U0524884

国家社会科学基金项目优秀成果

日本平成年代芥川奖获奖女作家作品研究

王玉英 等著

中国社会科学出版社

图书在版编目（CIP）数据

日本平成年代芥川奖获奖女作家作品研究/王玉英等著.
—北京：中国社会科学出版社，2023.7
 ISBN 978-7-5227-2010-4

Ⅰ.①日… Ⅱ.①王… Ⅲ.①女作家—文学研究—日本—现代 Ⅳ.①I313.065

中国国家版本馆 CIP 数据核字（2023）第 103425 号

出 版 人	赵剑英
责任编辑	王　衡
责任校对	王　森
责任印制	王　超

出　　版	中国社会科学出版社
社　　址	北京鼓楼西大街甲 158 号
邮　　编	100720
网　　址	http://www.csspw.cn
发 行 部	010-84083685
门 市 部	010-84029450
经　　销	新华书店及其他书店
印　　刷	北京明恒达印务有限公司
装　　订	廊坊市广阳区广增装订厂
版　　次	2023 年 7 月第 1 版
印　　次	2023 年 7 月第 1 次印刷
开　　本	710×1000　1/16
印　　张	42.5
插　　页	2
字　　数	558 千字
定　　价	228.00 元

凡购买中国社会科学出版社图书，如有质量问题请与本社营销中心联系调换
电话：010-84083683
版权所有　侵权必究

序

《日本平成年代芥川奖获奖女作家作品研究》是玉英教授多年来潜心研究日本文学的结晶，也是中国学界对日本当代文学尤其是女性文学展开较为全面与系统研究的学术专著之一。这部著作汇聚平成年代30位芥川奖女作家的获奖作品，以"价值取向"切入平成年代令人瞩目的社会与文学问题，为我们考察平成社会以及日本当代文学提供了极具价值的研究方向。

平成年代始于1989年1月7日，终于2019年4月30日。1999年日本经济新闻社出版的《讲习日本经济入门》首次使用"失去的十年"来形容泡沫经济崩溃后的日本经济。2009年，朝日新闻社"变转经济"采访组又出版了一本名为《失去的"二十年"》的著作，首次提出了"失去的二十年"的概念，截至平成年代结束，有人甚至干脆称之为"失去的三十年"。①富冈幸一郎在《平成椿说文学论》中将平成年代定位为"废墟"。究竟如何准确和把握日本当代社会即平成日本是摆在日本乃至中国社会科学研究者面前的时代课题。东京大学教授小熊英二在平成二十五年（2013）组织出版了《平成史》，并于2014年再版，开启了日本学界平成史的深入研究。中国学者刘晓峰提出了

---

① 张玉来：《平成时代（1989—2019）日本衰退的虚与实》，天津人民出版社2019年版，第2—3页。

"平成日本学"这一概念,开创了中国研究日本平成时代历史的先河:"'平成日本学'以平成时代的日本为研究对象,是立足于新的断代史视点对于平成日本的综合研究。"① 平成日本学系列研究是从政治、外交、经济、社会、文化等视角,对日本过往30年的重大现实课题进行系统梳理,对"平成年代"进行综合分析和研究,展现日本内外形势及中日关系全景。《日本平成年代芥川奖获奖女作家作品研究》无疑是"平成日本学"这一新的学术平台上不可或缺的代表之作。

为了更清晰地理解平成年代文学的特色与意义,论著首先抓住了平成年代之"变",对今日之文学在何种历史语境下被创造出来的这一本质性问题进行系统而深入的考察。做平成史研究或平成年代的文学研究,众所周知的困难莫过于,"平成"是年号更迭、充满偶然性的"媒体事件",还是另有深意?由于过于切近与鲜活,"平成年代"可否积淀为"史",能否对其内在规律加以精准把握?作者可谓知难而上,在绪论部分以及各个章节的具体论述中,始终将平成三十年纳入世界格局的巨变之中,将文学创作与背后的社会历史和权力关系紧密相连,展露工业生产模式转型、"泡沫经济"破灭、政府不断更迭等诸多变迁,反映阪神大地震、地铁沙林事件、"3·11"大地震以及核泄漏事件等天灾人祸,考察社会的高龄化、少子化、伦理道德失衡、传统家庭结构解体等社会问题,剖析其看似偶然实则必然的内在发展逻辑,指出正是日本政治、国家、社会生活这些深刻变化使得平成年代不同于日本以往的任何一个历史时代,为读者进一步阐明了"压力"与"破型"这一平成日本社会历史发展的内在特征。② 正是在这一众多平成病症的背景之下,日本国民的心理结构、价值观念、生活方式等随之发生裂变和转型,这也为日本文学特别是女作家的创作提供了

---

① 刘晓峰:《平成日本学论》,《日本学刊》2015年第3期,第3页。
② [日]小熊英二:『平成史』,河出ブックス2014年版,第3—4页。

"生存与繁荣的土壤"。因此，玉英教授指出平成文学发展的深层动因在于："日本文坛包括芥川奖、直木奖在内的各类文学奖项具有较强的意识形态性，获奖女作家将自己的文学表达嵌入到社会转型期的政治图谱中，内在地将自己置身于'历史的星空'之中。"

平成三十年，文学创作成就丰富而多元，如何在群星璀璨的作家作品中展开评述并凸显平成文学的特色和代表性？对于研究者而言，这又是一个迫切需要解决的难题，引入芥川奖获奖女作家的创作作为研究对象是这本著作的最主要的特色。芥川奖自 1935 年设立至 2021 年，共举办 165 届，先后有 176 位作家获奖。1958 年，担任评审员的佐藤春夫宣告芥川奖的遴选原则："芥川奖从今往后不再是所谓'新人登龙门'的奖项，而是一个肯定新晋作家确立了自己文坛地位的奖项。"[①] 从此，芥川奖不仅成为选拔与培育纯文学新人作家的重镇，也成为日本现当代纯文学发展的风向标与文学创新的大本营。

"平成文学是由女性作标记的文学。"[②] 平成年代共有 71 位作家获得芥川奖，其中女作家有 30 人，占比 42.3%。如果说平成文学最为突出的特征之一是女作家群体及女性文学的异军突起，那么芥川奖的获奖情况足以证明了这一事实。正是由于芥川奖女作家连续获奖与平成年代的文学创作特色互为表征，所以我们也可以感受到玉英教授在选择研究对象时的问题敏锐性。平成年代女作家的频繁获奖一个重要原因就是她们为日本文坛输送了新鲜的尤其是富有创新价值的作品，而这一创新性与社会性别问题密切相关。一方面，女性作家的创作与女流文学传统源远流长；另一方面，女作家的创作展现了时代性的新质变化，克服"内向时代"颓废的个人感受，不断在艺术形式上推陈出新，并越来越在个人与国家的文化认同与建构中承担重任。

---

① ［日］梅田康夫：『芥川赏里话』，『芥川赏的研究』1977 年第 3 期，第 8 页。
② ［日］三浦雅士：「「平成文学」とは何か」，『新潮』2002 年新年特别号，第 255 页。

30位获奖作家，意味着本研究至少关涉30部作品，而且大都是没有中译的作品，也就是说很多研究资料在中国学界都是首发。论著引入了丰富的日本学者的最新的相关研究资料，并对芥川奖的获奖评语——解读，作为鲜活的第一手资料做了详尽的列表说明。这是对这一课题研究的资料汇编，也为本课题研究夯实了研究基础，同时更有益于日本当代文学研究学科的基础性建设。

难能可贵的是，论著也并没有囿于芥川奖获奖的单篇作品。众所周知，芥川奖常常是作家们创作的出发点，她们在之后的文坛上将继续大放异彩，在很多章节的文本细读中，玉英教授将作家其他作品尤其是后续作品也纳入了研究视域，一方面凸显了芥川奖获奖作品的独特性和开创性，另一方面也为我们书写了一部别样的平成文学史。

值得注意的是，论著绝非是资料的泛泛介绍与说明，而是勘测30位女作家的获奖作品文本肌理的内部，通过多种理论视角多方位探查其深层结构所具有的意蕴，并借此发现一些具有规律性和普遍性的东西。玉英教授在第六章"叙事话语与自我建构"中，指出"平成年代获奖女作家们建构了一个集传统、现代、未来于一体的话语体系，她们在自己建构的语言装置中，以日本女性特有的言语方式进行着价值取向的表达与引领"。通过"古语与假名：日本文化的保护与传承"、"'混搭式'语言组合"以及"多元化叙事方式的探索"等章节，试图从语词运用、意象的隐喻或象征意味中寻找文本依据，让我们既看到作家为了独创性的苦心追求，也能了解日本当代文学的困境与突破。能被理解的存在就是语言，"在语言形式的'解构'与'建构'中实现社会转型期价值体系的'解构'与'建构'的引导，进而实现了语言建构价值的功能"，论著可谓是抓住了文学审美的圭臬。

因此，玉英教授的平成年代的女性文学研究并不是一般的"文学"研究，而是从社会转型期价值体系建构的问题入手，具有强烈的专题性。30位女性作家的创作，跨越三十年，无论是对共时性而言，还是对历时性而言，恐怕都是一个散在的存在。论著将"价值取向"作为中心线索，"价值取向是一定主体基于自己的价值观在面对或处理各种关系、矛盾、冲突时所持有的基本价值立场、价值态度以及所表现出来的基本价值倾向和特定的价值方向"[①]。由此，论著以"价值取向"统摄全文，将研究分为"迷失中的问题呈现、现实中的问题探索、引领中的问题破解"三个层面，使之系统化。同时，通过分析作家作品，以"价值取向"作为深入当代日本社会内部观察的重要视点，"从个体主义和集体主义、权势距离、不确定性规避、男性气质和女性气质、长期定位与短期定位五个价值取向维度出发"，将日本当下社会问题与作家的文本世界建立密切关联，将审美价值与社会价值融会贯通。绪论部分作为总纲，围绕着共通的问题意识、研究逻辑和研究路径等做了整体性的阐释，共通的问题意识将诸多作品相互紧密关联，在各章节中围绕价值取向问题，对文本或作细读剖析，或作纵览性考察，帮助读者体悟和理解文学文本建构的话语体系，并进一步透视当代日本国民国家体制与国民文化精神的潜在意义。在这个意义上，该论著扩大了文学研究的视域，开拓了平成年代文学的价值，切中了日本当代文学与文化研究的要害，其方法论也具有借鉴性意义。

在与玉英教授的学术交往中，深切感受着她对学术的真诚、热情与执着，期待她的研究之路越发顺畅，勇攀高峰。也期待在该书奠定的基础上，涌现出更多的"平成日本学"的优秀成果。

东北师范大学文学院
刘　研

---

① 祁型雨：《利益表达与整合——教育政策的决策模式研究》，人民出版社2006年版，第209页。

前　　言

　　平成年代的日本社会遇到了前所未有的风险与危机，维系社会秩序良性运行的道德伦理和社会关系均发生了裂变和转型，出现了传统价值观弱化、多元价值观冲击、共同体归属迷茫等问题，日本人的价值观和生活方式正处在解构与建构的拐点，人们从不同层面探索着"重构"的路径。纯文学奖项芥川奖以时代性、社会性的评选标准在平成年代的30年间共推出了71部作品，其中有30部作品是女作家创作的，占芥川奖历届获奖女作家总数的56.6%。女作家的集中获奖不是偶然现象，她们迎合社会变化，迎合迷向的读者心理慰藉的需求，通过不同题材的作品帮助读者深入认识社会变化的内在本质，潜移默化地影响读者的思想和精神面貌，引领读者的价值取向，用女性特有的社会关切方式言说着平成年代的"破型"与"构型"。

　　本研究立足于转型期的平成社会，依据文学所承载的文化建设功能，利用代表日本当代文学律动的芥川奖这一平台，将分散的、各自书写的、相互独立的30位获奖女作家的30部获奖作品聚焦在"价值取向"同一主题下，置于后现代主义视域中，运用霍夫斯泰德的文化价值取向的研究结论，抽取其调查中与日本相关的数据，整理出日本的价值取向指数值，从个体主义和集体主义、权势距离、不确定规避、男性气质和女性气质、长期定位和短期定位等价值取向维度，对日本社会价值取向问题进行分析，并结合获奖女作家文本世界的现实书写，围绕迷失中的问题呈现、现实中的问题探索、引领中的问题破解，深入探讨了该创作群体对价值取向的认知、找寻及引导，总结了平成年代芥川奖获奖女作家及其作品引导的价值取向和引导策略，在此基础上回应了女性文学言说及文学的文化建设作用等问题。

本研究以30部获奖小说言说的"价值取向"为主线，从以下几个层面展开。

第一，迷失中的问题呈现。获奖女作家不约而同地聚焦"转型"及由此引发的价值"迷失"，透过作品从不同角度、不同层面呈现了不同群体的自我价值感、自我意义感的丧失。一是自我意识的弱化与迷失。以贯穿平成年代的"宅思想"和"御宅族"群体为切入点，关注"宅思想"影响下的中学生、大学生、白领、家庭主妇等群体的自我迷失问题。分析了家庭沦丧后的自我意识弱化和身体交换中的自我意识弱化，并以偶像崇拜中的自我迷失为例，分析了自我迷失的种种表现及引发自我同一性缺乏的机理。二是角色冲突中的身份错乱。女作家们十分关注价值取向的主体性问题——角色和身份。通过作品解读，分析了个性化社会与自我身份确立、性别角色的冲突与自我认知、家庭归属与女性角色裂变等自我身份定位问题，呈现了角色冲突的多重性、反复性，自然身份、社会身份与文化身份的稳定性与传承性，自我身份和角色定位的可变性、多元性；揭示了多重身份与角色转换的冲突、矛盾、迷茫，身份与角色定位固化、位移带来的困惑与空虚等身份错乱问题。三是社会适应中的价值迷茫。价值取向的核心问题是价值迷茫，首先分析了"大物语"衰退后的"价值迷茫"，并以获奖作品中描写的女性身体的"破"和"变化"为视点，对身体感受中的认同迷茫、性别迷失中的自我确立、异化中的身份找寻进行了解读，分析了社会适应中的迷茫、困惑，以及试图用身体的非正常体验摆脱适应中的迷茫的行为选择，言说的是平成年代社会转型带来的个体奋斗目标的迷茫。

第二，现实中的问题探索。30位获奖女作家呈现的不同文本世界有一个共性的认知，即将"人"的需求放在时代的坐标中，通过自我找寻，追问"我是谁"，寻找深层次的"我"，重新树立人生目标，在交往中获得他者认同。通过对文本的解读，从寻求认同与交往方式的调适、人际关系中的他者认同、价值取向与情境的力量等几个层面展开，分析了获奖作品中言说的自我找寻的方式和获取他者认同的可能。在寻求认同与交往方式的调适中，女作家首先强调了家庭的重要性，探讨了在原生家庭、重组家庭中获得认同的种种方式；在人际关系调适中的他者认同层面，女作家描写了新型的既有传统社会痕迹又有后现代意识的人际关系，在自我找寻和他者认同的律动中，这种关系决定、影响了行为者的价值取向；在价值取向与情境力量的互动中，透过作品我们看到了一种充满真情、彼此信任的新型的人际关系，人性"善"的回归是维系这种关系的保障，是走出后现代情境下认同危机的密钥。

第三，引领中的问题破解。女作家纷纷把认同危机的引导目标指向人性、传统，分别从自我探寻与他者认同、认同危机与价值引导、叙事话语与自我建构等层面探讨价值取向问题的破解之道。她们强调爱是重建自我的生命基点，强调现代人超越困境、走出迷茫的能力，强调活着就要创造自己的传统志向。同时，通过对作品中女作家言说策略的分析，探讨了女作家关于叙事话语和身份建构的历史性、时代性结合的思考。她们一反后现代社会"去中心化""碎片化"的潮流与惯习，从叙事形式入手，以自己独特的语言与叙事策略、叙事技巧进行叙事，凭借组合式的语言与多种创作模式进行着自我身份的建构。她们以日本女性特有的母性进行着示范与引导，告诉社会变革时期的人们"说什么""怎么说"。叙事形式的多元化与独特性局面的呈现，既表明了她们基于现实的文学形式的创新，也说明了她们对"新价值建构"的叙事策略与方向的选择。

在上述发现问题、分析问题、解决问题的研究过程中，我们总结出了芥川奖获奖女作家及其作品引导价值取向的策略以及所引导的价值取向，得出以下结论。

首先，女作家们通过作品引领价值取向的过程中充分发挥了文学作品的交往功能，在与读者的对话中，润物细无声地影响着读者的价值判断，引导着读者的价值选择。一是充分发挥作品的传达潜能，让读者在自我认知与他者认知的互动中，理解、接受取代她们熟悉的态度和行为的可行的行为模式与价值判断；二是充分释放作品表达的情感，透过隐藏在风格化的语言和虚构性的故事中的情感，使读者产生亲切感、认同感，与人物同呼吸，与作家共同寻找、建构文化身份；三是策略运用文本的劝说功能，有意或无意地采用了正向策略和逆行策略，引领读者走进文本建构的世界，并把他们对小说的反应同其他读者相协调；四是积极建构语言的交际功能，她们创作的文学世界不断地与历史对话，与经典对话，在古今日外的对话与交流中获得写作灵感，从文化的深层次对读者进行引领、启发；五是刻意强化文本的元语言功能，充分发挥日常语言的复杂性，运用丰富的叙事"话语"技巧，让读者在阅读中自然获取语言逻辑，体悟语言掩饰的思想，感悟语言结构背后作者的意图；六是自然追求文本的审美功能，没有在小说结构上煞费苦心，只是把所思、所想、所感、所为直接写出，通过身体、宅、物哀、涩等方式实现审美功能。

其次，通过作品交往功能的充分发挥，女作家们潜移默化地引导着日本人的价值取向与行为方式，提出了回归人性、回归自我、回归传统的价值取向。一是从人性中的爱入手，描写了人性深处的人与人之间的爱，不约而同地将尘封了的日本式的爱呈现了出来，娓娓道出了什么是爱，应当怎样去爱；二是在女作家集体上演的故事里"静悄悄"地引导着读者要重新形塑自我，回归自我的关键在于内心的强大与内在的改造，在选择和行动过程中创造自己；三是面对转型期出现的价值取向问题，女作家们尝试着向日本传统索要答案，透过活着的、流动的言说策略，立足于日本文学的传统写作模式，用温柔的方式，引导读者创造性地保存与传承日本文化。

本研究将获奖女作家的文本世界与日本当下社会问题密切关联，对价值取向问题进行了深入研究，不仅为我们观察日本社会文化提供了素材，而且也为中国文化建设提供了参照。第一，平成年代女作家之所以能够频频摘得芥川奖，一是因为她们的文学言说创造性地构建了一个超越男女二元思维和东西方界限的新的共同体，真实地描写了一个又一个在社会转型风浪中沉浮的现实的"自然人"，揭示了后现代社会人的内心需求，是对社会现实的真实反映，顺应了芥川奖的社会性评价标准，诠释了芥川奖的时代性；二是女性作家得天独厚的感性、细腻，看似可爱、单纯，实则有品位、有深度、有厚度。她们的作品着眼于看似没有任何波澜的日常生活，书写"小物语"却在反映时代的"大物语"，探讨着人性、价值取向等人类的大问题。第二，客观、科学地认识社会是作家重要的文学能力，也是文学实现价值引领的重要前提。作家对时代、社会、个人的现实书写应处理好感性与理性的关系，多一些理性书写，多思考文本能指与所指的关系，实现话语意义的增殖。第三，借鉴日本利用文学奖项推出新人新作、培养作家人才的经验，从年轻人抓起，从评选标准、培养过程、方向引领、可持续性机制的设置上入手，构建中国文学人才培养的长效机制，推动文学创作的后继有人，实现文学的文化建设作用。

以"平成社会"为背景，跟踪研究芥川奖的多位获奖女作家及多部获奖作品的价值取向问题本身就具有一定的学术价值；而获奖女性文学的言说价值，以及文学参与文化建设的经验借鉴体现了本研究的应用价值。项目组成员发表的高水平的研究成果，专业期刊中日本女性文学研究专栏的设置，一些研究成果的被转引，项目组成员在一些学术会议上的发言，研究成果的多次获奖，都说明本项目的研究产生了一定的社会影响。

目　录

绪　论 …………………………………………………………… 1

第一章　自我意识的弱化与迷失 ………………………… 46
　第一节　"宅思想"与"自我意识"的弱化 …………… 47
　第二节　自我同一性的迷失 ………………………………… 73
　第三节　肉体冒险中的挫折 ………………………………… 102

第二章　角色冲突中的身份错乱 ………………………… 113
　第一节　个性化社会与自我身份的确立 …………………… 116
　第二节　性别角色的认知 …………………………………… 137
　第三节　家庭归属与女性角色裂变 ………………………… 154
　第四节　职场女性的挣扎与调适 …………………………… 165

第三章　社会适应中的价值迷茫 ………………………… 172
　第一节　"大物语"衰退后的"价值迷茫" …………… 173
　第二节　身体感受中的认同迷茫 …………………………… 179
　第三节　性别迷失中的自我确立 …………………………… 207
　第四节　异化中的身份找寻 ………………………………… 217

第四章　自我探寻与他者认同 ……………………………………… 236
第一节　寻求认同与交往方式的调适 …………………………… 238
第二节　人际关系中的他者认同 ………………………………… 260
第三节　价值取向与情境的力量 ………………………………… 296
第四节　真情回归的新型人际关系 ……………………………… 307

第五章　认同危机与价值引领 …………………………………… 322
第一节　危机意识与新价值的选择 ……………………………… 323
第二节　爱是重建自我的生命基点 ……………………………… 344
第三节　现代人有能力超越不幸 ………………………………… 367
第四节　价值引导的传统志向 …………………………………… 393

第六章　叙事话语与自我建构 …………………………………… 431
第一节　古语与假名：日本文化的保护与传承 ………………… 434
第二节　"混搭式"语言组合 …………………………………… 449
第三节　多元化叙事方式的探索 ………………………………… 491

第七章　获奖女作家及其作品的价值引导 ……………………… 514

结　语 ……………………………………………………………… 542

参考文献 …………………………………………………………… 558

附　录 ……………………………………………………………… 588

后　记 ……………………………………………………………… 662

绪　论

日本第125代天皇明仁天皇1989年1月7日即位，2019年4月30日退位，年号为"平成"。"平成"典出两部典籍——《尚书·大禹谟》中的"地平天成"和《史记·五帝本纪》中的"内平外成"，其寓意为"内外、天地能够和平"。事实上，平成年代并没有像其寓意所言，"困境""探索"始终是其主旋律，是昭和年代"毁灭""再生"后的"破型"与"构型"。昭和后期，在诸多成功经验的基础上构成了日本当代社会内在秩序的"型"[①]，这个"型"的内核就是曾经让日本成功完成经济起飞的"1955年体制"，这一体制不仅使日本在第二次世界大战后经济快速复苏，高速增长，成为世界经济大国，同时也形塑了这一时期日本政治、经济、社会、文化的样态。1989年开始的平成年代与世界格局的大转折相契合，冷战结束，整个世界进入一个全新的历史时期。除了世界格局的剧烈变化对平成时期日本社会的影响，东亚格局和日本自身的剧烈变化也对完全适应"型"的日本社会产生了极大的冲击。东亚地区工业化、现代化的冲击，日本国内政治、经济、社会泡沫的崩溃，诸多日本神话的破灭，使还没有来得及"转型""定型"的平成日本面临着诸多方面的压力，与现实不适应、冲突

---

① 刘晓峰：《平成日本学论》，《日本学刊》2015年第3期，第1页。

的"型"开始裂变，日本社会遇到了前所未有的风险与危机。一方面，出现了人口增长停滞化、高龄化，劳动时间缩短，业余时间增多，消费个性化、多样化，价值多元化，追求个性自由等社会现象；另一方面，诸如劳动欲望减退、少子化老龄化、技术革新缓慢、投资欲望减退、犯罪率上升等社会问题日益凸显，像慢性病一样在社会各阶层中蔓延，表现出人性空洞、自我迷失、价值迷茫、规范衰退等症状，"意味着作为人们行为规范和基础的道德观念的衰退"①。平成年代是这些病症的发作期，日本人的心理结构、价值观念、行为方式等深受影响，日本社会面临着诸如传统价值观弱化、多元价值观冲击、共同体归属迷茫等问题，维系社会秩序良性运行的道德伦理和社会关系均发生了裂变和转型，日本人的价值观和生活方式正处在解构与建构的拐点，人们从不同层面探索着"重构"的路径。这种"破型"与"构型"为女性文学的创作和繁荣提供了别样丰富的土壤和腐殖质。

大江健三郎认为1987年是当代日本文学"转向"的一年②，柄谷行人也认为平成时期日本文学进入了一个全新时期。③而菅野昭正、川本三郎等则认为，1989年开始的平成年使日本文学进入了"平成文学"时代。④平成文学具有某些新的特征，其中最为典型的就是女作家群体及女性文学的异军突起。闪亮登场的女作家们从近代日本的昭和意识中解放出来，获得自由，在平成时期大为活跃，集中、频频摘得包括芥川奖在内的各种文学奖项，成为当代日本文学中一道亮丽的风景线。

---

① [日] 米川茂信、矢川正见：《成熟社会の病理学》，日本学文社1991年版，第13—15页。
② [日] 大江健三郎：《大江健三郎口述自传》，许金龙译，新世纪出版社2008年版，第173页。
③ [日] 柄谷行人：《柄谷行人文集Ⅲ历史与反思》，王成译，中央编译出版社2011年版，第141—158页。
④ [日] 菅野昭正、川本三郎等：《"平成文学"とは何か——1990年代の文学と社会から》，《文學界》1999年第3期，第58页。

大江健三郎在 2001 年就满怀期待地讲过这样的话："不远的将来，在日本，能够构建新小说思想或新小说世界的，惟有（日本的）年轻女性们……"① 女作家纷纷获奖，不仅带来了文学的新气象，而且使一度处于低潮的芥川奖评奖活动重获生机。女作家创作个性鲜明，与男作家一道在世界和本土间、传统与当代间、严肃文学与大众文学间、传统纸制传媒与网络传媒间共同寻求平衡。这种平衡的寻求，确保了当代文学的文学史书写与建构既没有同传统断裂，也没有与世隔绝。女作家群体的共同言说、价值取向的引领对转型期日本社会的有序改变也起到了非常重要的作用，充分发挥了女性、女性文学在日本社会变革期的引领与预测未来的独特价值。在社会转型的模糊期，女作家们紧紧抓住时代脉搏，通过娓娓道来的言说告诉人们：我们是谁，我们应当走向何方，我们应当以怎样的方式走出迷茫、走出困境。

一　平成年代芥川奖获奖女作家的异军突起

芥川奖是为纪念日本大正时代文豪芥川龙之介（1892—1927）而设立的，该奖的评选由文艺春秋（现为日本文学振兴会）主办，每年举行两次，分上半年度和下半年度，其目的是选拔与培育纯文学新人作家，已成为日本现当代纯文学发展的风向标。

1935—2021 年，芥川奖评选活动共举办了 165 届，有 176 位作家获奖，其中女作家 53 人，所占比重为 30.1%。平成年代共有 71 位作家获奖，其中女作家 30 人，所占比重为 42.3%，获奖人数创芥川奖评选活动的历史新高，占芥川奖历届获奖女作家总数的 56.6%。平成年代女作家集中获奖，刷新了芥川奖的多项纪录，成为当今日本文坛耀眼的群星。平成年代 30 位获奖女作家及其作品的基本信息如 0–1 所示。

---

① 许金龙、[日]原善：《新小说思想或思想性小说的建设者》，载[日]笙野赖子《无尽的噩梦》，竺家荣、王建新译，中国文联出版社 2001 年版，第 1—8 页。

表 0-1　平成年代芥川奖获奖女作家及其作品统计

获奖年份	获奖届别	获奖作家	作品
1989	第100届	李良枝（1955—1992）	『由熙（ユヒ）』（《由熙》）
1990	第102届	瀧澤美恵子（1939—2020）	『ネコババのいる町で』（《猫婆婆所在的小镇》）
1991	第104届	小川洋子（1964—　）	『妊娠カレンダー』（《妊娠日历》）
1991	第105届	荻野アンナ（1956—　）	『背負い水』（《背水》）
1992	第106届	松村栄子（1961—　）	『至高聖所』（《至高圣所》）
1992	第108届	多和田葉子（1960—　）	『犬婿入り』（《狗女婿上门》）
1994	第111届	笙野頼子（1956—　）	『タイムスリップ・コンビナート』（《跨越时空的企业联合体》）
1996	第115届	川上弘美（1958—　）	『蛇を踏む』（《踩蛇》）
1996	第116届	柳美里（1968—　）	『家族シネマ』（《家庭电影》）
2000	第122届	藤野千夜（1962—　）	『夏の約束』（《夏天的约会》）
2003	第128届	大道珠貴（1966—　）	『しょっぱいドライブ』（《咸味兜风》）
2004	第130届	金原瞳（1983—　）	『蛇にピアス』（《裂舌》）
2004	第130届	綿矢りさ（1984—　）	『蹴りたい背中』（《欠踹的背影》）
2006	第134届	絲山秋子（1966—　）	『沖で待つ』（《在海浪上等待》）
2007	第136届	青山七恵（1983—　）	『ひとり日和』（《一个人的好天气》）
2008	第138届	川上未映子（1976—　）	『乳と卵』（《乳与卵》）
2008	第139届	楊逸（1964—　）	『時が滲む朝』（《渗透时光的早晨》）
2009	第140届	津村記久子（1978—　）	『ポトスライムの舟』（《绿萝之舟》）

绪　论

续表

获奖年份	获奖届别	获奖作家	作品
2010	第143届	赤染晶子(1974—2017)	『乙女の密告』(《少女的告密》)
2011	第144届	朝吹真理子(1984—)	『きことわ』(《贵子永远》)
2012	第147届	鹿島田真希(1976—)	『冥土めぐり』(《冥土巡游》)
2013	第148届	黒田夏子(1937—)	『abさんご』(《分枝的珊瑚》)
2013	第149届	藤野可織(1980—)	『爪と目』(《指甲与眼睛》)
2014	第150届	小山田浩子(1983—)	『穴』(《洞穴》)
2014	第151届	柴崎友香(1973—)	『春の庭』(《春之庭院》)
2015	第154届	本谷有希子(1979—)	『異類婚姻譚』(《异类婚姻谭》)
2016	第155届	村田沙耶香(1979—)	『コンビニ人間』(《人间便利店》)
2017	第158届	若竹千佐子(1954—)	『おらおらでひとりいぐも』(《我将独自前行》)
2017	第158届	石井遊佳(1963—)	『百年泥』(《百年泥》)
2019	第161届	今村夏子(1980—)	『むらさきのスカートの女』(《穿紫色裙子的女人》)

　　获奖女作家的所学专业五花八门，中文、德语、歌舞伎、国文科、美学、艺术学、比较文学与日本文学、生物学、图书馆信息学、哲学、人文地理学、艺术文化、印度哲学与中国佛教学、教育学等，还有一些是小学毕业、初中毕业、高中毕业。她们多为主妇出身，接地气，作品容易融入并内化于主妇的生活。她们在自身的专业经历、职业经历、生活经历中积累了丰富的经验，受到社会不同阶层的喜爱，与阅读者达成共识。基于丰富经验的言说构成了女作家群体的言语行为，形成言内、言外、言后行为场域，一旦她们集体发声，自然会形成社

会舆情的云团，成为一种强劲的隐性的社会力量，成为引导人们价值取向的风向标与导航图。

　　30位获奖女作家，虽然创作主体不同、创作手法多样、风格各异，创作活动完全属于个人行为，但她们的作品"具备独特而深刻的文学性"①，在极具女性色彩的本真书写中杂糅着传统日本文学的内敛与细腻，形成了一种独特的风格。她们的创作带有明显的后现代主义的"反抗性""多元性""差异性"，以及对差异的尊重；同时，又与后现代社会"去中心化""碎片化"的潮流与常态格格不入。语言风格上，既有"外来语泛滥"的带有时代标记的口语化特征，也有基于后现代美学视域下的"混搭"。这种"混搭"既有与古日本语的混搭，也有标准语与诸多方言的混搭，形成了多种旋律的音响形式。词语的混搭为读者建构了碎片化、陌生化的言语行为空间，看似"去中心"，但如果将其进行粘贴，就形成了一幅幅粘贴画。叙事风格上，一方面立足于日本文学的传统写作模式，继承了私小说的写作技巧，"正统"的写作模式，"物哀"的感觉书写，字斟句酌的修辞细节描写，通感式"日常"叙事；另一方面，女作家还积极进行文学样式的革新，尝试运用第二人称、第三人称叙事，并有意识在人称视点转移层面实现语义场的扩大、意义的增殖。动漫叙事、寓言式写作、魔幻现实主义等手法的运用，非现实主义的漫画或动画片叙事格调，都体现了女作家写作风格的独特性、日本性与世界性。她们用后现代性的话语策略使日本文学拥有了世界性，拥有了价值取向引领的权威性与超然性。

　　获奖女作家的国际化程度比较高，创作主体、内容的国际化为小说被世界阅读、理解提供了可能，推进了日本文学的日本性与世界性

---

① ［日］池澤夏樹：《ぼくの芥川賞採点表》，《文學界》2011年第9期，第183页。

的融合。混血儿荻野安娜在写作中植入日本传统文化落语、法国文化、美国文化,自然带入跨文化思维意识;同为"异邦人"的李良枝、柳美里在韩国语与日本语的选择、杂糅中,思考"走出去""引进来"的问题。李良枝的作品其实就是她本人现实生活的文学再现;柳美里在两国文化夹缝中创作的文学跨文化的味道浓烈;龙泽美惠子在外资企业的工作经历为其创作提供了国际化的生活素材与经验;多和田叶子的专业经历、多年德国居住及学习的经历为其进行双语写作提供了有利条件;金原瞳因曾随其父在美国旧金山生活一年,小说中美国元素进入得极为自然;石井游佳因居住、工作在印度,其作品里日本文化与印度文化的相遇、对话就是作者亲身经历与所思所想的产物。没有国外经历或联系的女作家也在作品中融入了他国文化元素。如青山七惠《一个人的好天气》里的知寿母亲的中国婚姻,津村记久子《绿萝之舟》中长濑的海外旅行之梦,赤染晶子《少女的告密》里战后日本的世界记号"我"与安妮,藤野千夜《夏天的约会》里的绍兴酒,川上弘美《踩蛇》里的美国牛仔裤,村田沙耶香《春之庭院》里以干支辰、巳、午、未、申、酉、戌、亥命名的房间号码,小川洋子《妊娠日历》里的中华料理、美国的葡萄柚子,鹿岛田真希《冥土巡游》里的法国料理、法国民歌、意大利餐馆、绍兴酒、美国高级珠宝,等等。这些获奖小说里极为自然地将世界文化元素嵌入文本,关注离散群体的价值取向、身份伦理等问题,较好地实现了日本文学与世界文学的对接,推进了日本文学的世界化进程。

在芥川奖近90年的发展历程中,女作家经历了由芥川奖设立之初的"女流作家"到平成年代的"作家"的成熟过程,女作家"不再是带有引号的女性作家,而是纯粹的作家"①。她们不断地为日本文坛增

---

① [日]川本三郎:《"平成文学"とは何か》,《新潮》2002年新年特别号,第244页。

添新鲜血液，影响着日本文学的潮流与态势。同时，女作家的密集获奖也体现了芥川奖对作品的新鲜度与正能量的肯定，是对作家所捕捉到的当下社会的某种需求的回应与认同。她们迎合社会变化，迎合迷向的阅读者心理慰藉的需求，与男作家一道为拯救日本纯文学的颓废而创作，作为"想象的共同体"活跃于文坛，进行着文学的"静静的革命"。

二　获奖女作家及其作品生存与繁荣的土壤

平成年代芥川奖获奖女作家的异军突起，是日本文学的女性话语趋向在历史机遇中的一次成熟与实现，是一个复杂的历史现象与文学现象，是多重因素作用的合力。其中，社会思想的流变，社会结构的转型，女性地位的改变，芥川奖评选的现实性是促成女性文学繁荣的时代土壤。

（一）

第二次世界大战后日本废墟中的崛起和经济的高速发展验证了总体上性格内向、血液里却有积极因子的日本人的强大隐忍力、爆发力，体现了日本人强烈的社会责任感、历史使命感和万众一心的奋斗精神。然而，美欧的自由民主并未内化为日本人的信仰道德。"日本传统的将政治乃至宗教等生活化和世俗化，将历史特别是战争等故事化、文学化、动漫化的习惯势力及意识十分强大，轻道义、重实利、远离政治、注重经济及个人生活的现代日本民族性格左右了社会思想的潮变。"[①] 平成年代的三十年是日本自我寻找、自我定位、自我确立的三十年，社会思想的流变十年为一个周期，在人们还没有看清楚时社会思想已经发生了变化。女性天生的凭感觉和知觉判断模糊不清

---

① 胡澎：《平成日本社会问题解析》，社会科学文献出版社2019年版，第193页。

事物的能力为女作家辨识思想、捕捉现实提供了条件，女作家凭直觉将观察到的日本社会通过作品予以表达、言说，建构了一个较为系统的话语体系。

第一个十年是 20 世纪 90 年代，带有后现代社会初期诸多不确定性特征的"丧失"的十年，大到社会发展前景，小到人生目标，社会思想处于杂乱无序和价值取向的浑浊之中。① 这一时期共有十位女作家获奖，获奖小说互不相关，自成体系。女作家们不自觉地凭借小说来思考普通人的生活，通过文学的认知、审美，参与该时期日本文化的建构，引领价值取向。这些获奖小说告诉读者：转型期的日本社会因技术与理性绑架带来的"成熟社会病"会很痛苦，它会像妊娠一样，令人惊喜、满足、自我陶醉，却又伴有因"双身"带来的诸多反应而难受，这个过程是孕育新生命的过程，需要打破原有的秩序、观念与结构；这种渐进式的痛感是一种历史的必然，是新生命的源泉，要像背水一样，通过"至高圣所"的感性和生活体验识别出后现代社会日本人的"异化"，疗愈现代性"殖民地"在技术与理性等方面的"侵略"。

第二个十年是 21 世纪初至 2010 年前后，日本经济持续低迷，迷失的一代经历着心理上的盲、理智上的盲，变成了看得见的盲人。获奖女作家面对日本社会的迷失，运用后现代主义理论、后现代女性主义理论，选择以文字为剑，划破这道黑暗。从日常生活切入，通过细节描写去看、去观察，发挥女性的审美创造力，用作品的价值取向引领时代。告诉读者"不要因眼见心盲而迷失方向，让爱、怜悯、尊重……那些使人之所以为人的东西，变成我们的拐杖，指引我们前行"②。这

---

① 田庆立：《日本国家战略的演变及其面临的困境》，《日本学刊》2017 年第 1 期，第 53 页。
② 邱雨奇：《不要迷失》，《读者》2020 年第 13 期，第 19 页。

一时期也有十位女作家获奖，获奖小说从各自构建的不同的人际关系入手，在不同性别人际关系的解构与建构中，考量迷失的表现及其根源，引导阅读者在迷失中辨别前行的方向。这些作品告诉我们：后现代社会的日本需要一个强大的国家精神来引领社会走出困境，需要在打破旧秩序的同时建构一个全新的价值体系。

第三个十年是21世纪的第二个十年，"风险社会"的危机意识较为强烈。面对诸多国内外风险，日本民众摆脱恐惧、不安的心理共鸣促成了思维转变，在他者中确立自我的双重自我观念一度盛行。这一时期的十位获奖女作家意识到身处时代的不确定性，在全面分析社会各种风险的基础上，抓住了关乎日本民族与国家未来的价值迷茫问题，在人际关系的变化中，思考自我调适与他者认同等问题，通过文本创作见证了当代日本人自我调适、力图摆脱迷茫的奋斗历程。女作家们针对"社会契约"的破裂使许多人陷入了迷茫、不安与迷向，通过自我找寻，在重新树立人生目标追问"我是谁"的过程中，从依恋群体到打造个体的痛苦的价值观的变迁中进行努力，将一个时代作为"人"的渴望放在优先位置，在家庭、社会、世界的互动中进行着自我探寻，并获得他者的认同。

看似纯文学的芥川奖，获奖女作家的文学创作却表达出了当代女性在平成这个特殊的历史时期逐渐苏醒的独立意识与诉求，诉求的内核不仅仅与女性自身利益有关，还涵盖了对生活在这个时代的每一个人来说都至关重要的根本性问题——人应该怎样活着，从文化结构更深层面探讨让人活得有尊严的社会应该是什么样子的大问题。而她们的诉求与愿望恰好与平成年代的社会思想的潮变"不谋而合"，看似无关紧要的"女性问题"却缘于社会的大问题。女作家从文本的"小物语"世界辨认出日本社会由古至今比较稳定的某些规律，在文本世界"表层结构"的字面意义到"深层结构"的功能意义转换中实现了意义的增殖,在社会"变"与"不变"中,起到了"抚慰"与"疗愈"的作用,稳定了人心、调节了情绪,悄悄地对阅读者进行价值引领。

(二)

日本文坛包括芥川奖、直木奖在内的各类文学奖项具有较强的意识形态性,获奖女作家将自己的文学表达嵌入社会转型期的政治图谱,内在地将自己置身于"历史的星空"。

政治结构的转型为日本女性文学创作提供了自由、宽泛的书写空间与主题表达。任何国家、任何形态的文学都与政治有着"剪不断理还乱"的关系,日本文学史中的"政治性"倾向也是显而易见的。明治维新时代的政治小说,几近是政治的传声筒,之后的夏目漱石、森鸥外、芥川龙之介这些文坛巨子,他们的成就恰恰在于他们的创作与时代气息相通。女性文学的源头《源氏物语》通过"男女间的爱情生活反映社会的变化"①,反映时代与历史潮流。如果说紫式部在世界文学史上具有重要影响的话,那么当时社会贵族阶级、社会内部之间的政治矛盾为紫式部提供了重要的政治土壤。20 世纪 20 年代出现的无产阶级文学中的"侵华文学""满洲女性作家的文学创作"都体现了女作家较强的文学政治性。1988 年的"利库路特事件"② 拉开了"1955

---

① 唐月梅:《日本文学》,上海文化出版社 2018 年版,第 62 页。
② "利库路特事件"被称为日本第二次世界大战后第一大腐败案。1988 年 6 月 18 日《朝日新闻》刊登了"一亿日元利益供与川崎市副市长之疑惑"一文,揭露了利库路特 Cosmos 为了获取川崎市站前明治制糖工场的旧地,把公司的股票让渡给川崎市副市长小松秀熙的内幕消息,各界政要收受利库路特 Cosmos 股票的事情被挖出来。从 1988 年 6 月曝光,到 1989 年 5 月调查结束,日本检察当局传讯了 3800 人次,搜查了 80 余处,查明有 7000 余人卷入利案,其中包括 40 多名国会议员,前首相中曾根康弘、竹下登、副首相兼大藏大臣宫泽喜一、自民党干事长安倍晋太郎、自民党政调会长渡边美智雄等 90 多人,森喜朗、桥本龙太郎、小渊惠三、梶山静六、加藤纮一、小泽一郎等自民党政坛新秀,自民党各主要派伐首脑人物无一幸免。

年体制"终结的序幕,随着"1955 年体制"与"昭和精神"的终焉,面对政治体制改革带来的社会结构变化,日本女作家快速摸到时代的脉搏,通过文学作品来书写现实,反映时代,具有非常强烈的现实关怀,呈现出了女性文学的文化政治趋势。

这一时期获奖女作家的作品大多反映城市化后都市不同年龄段单身女性,如何面对社会转型给女性群体带来的影响和变化。泷泽美惠子的《猫婆婆所在的小镇》描写了 20 世纪 80 年代日本城镇化后不同年龄段女性对社会变迁的反映与调适。作者试图通过"外婆"与"小姨"的"死",母亲放弃"日本"赴美远嫁的"消失","美惠子"由赴美寻母的"失语""水土不服"到猫婆婆的"疗愈"、适应,并扎根日本,言说转型的日本需要"日本性""本土性"来完成历史的涅槃重生。李良枝的《由熙》描写了在日韩国人由熙怀着极大热情回到自己的祖国,在首尔大学留学,因语言的不适应而中途退学返回日本的故事。我们从当时的历史背景来思考,其实也影射了日本在城市化进程中,由于社会阶层的不同,"语言"的不同,进城工作的"农民"找不到归属感的困惑与苦恼,反映了日本政治转型与社会转型的冲突,凸显出新的身份认同、伦理认同的焦虑、错序与彷徨。村田喜代子的《锅中》则描写了城市化进程中,进城青年人的子女暑假回到乡下,通过守在乡下老家务农的奶奶"咕嘟咕嘟"的锅中烹煮的原生态的美味料理,以及山峦、蔬菜等对孩子们的吸引,呈现了四个孩子与奶奶共同编织的美丽人生与美好回忆。小说着眼于人类生存的根本性,流露出压抑的、眷恋的情愫,即便奶奶的二弟的儿子从美国寄信,邀请奶奶去夏威夷与他父亲见最后一面,也没有改变乡下奶奶与孩子们的兴致,体现了隔代进城人对曾经生活的向往与眷恋。多和田叶子的《狗女婿上门》中的美津子卖掉了部分土地,在火车站附近建了一栋高级公寓。"他们脱离了住宅新村、旧市镇居民的日常轨道，在故事的世界里，异质的存在让纳入地方共同体的、无意识'制度'浮现出来，并且要破坏他们。"① 多和田叶子通过作品揭示了进城后的"新城市人"虽然被限制在各种空间里，但人类的动物性仍然在那里，穿上衣服也不代表就真的渴望文明，需要大自然的广阔才能治愈的真理，发出了城市化进程是否真的提高了人类文明的叩问。

（三）

近代日本女性参与国家事务始于第二次世界大战后。第二次世界大战后麦克阿瑟对日实施的系列政治改革改变了日本社会秩序，硬性、巧妙地"人神互换"②后，原有的精神支柱被摧毁，效忠天皇的价值取向同时也被击碎，日本人的精神获得了解放与觉醒。建构一种新的价值追求成为新的奋斗动力，恰是这种自己努力、奋斗的追求精神，使战后日本没有一蹶不振，反而以欧美为方向奋进。③ 这为平成年代日本新价值的形成提供了极其重要的预设与前提，也推动了战后日本女性政治地位的提高与确立，奠定了平成年代女性进行文学创作的基础。

1946 年 4 月 10 日，日本举行了战后的第一次众议院选举，日本女性第一次获得了参政权，有投票资格的妇女 67% 参与了投票，"不但女性有了投票权，而且还有 39 名女性当选议员"④。日本女性"劣于男

---

① [日]与那霸惠子：《解说——围绕"隔阂"的隐喻》，载[日]多和田叶子《狗女婿上门》，金晓宇译，河南大学出版社 2018 年版，第 108 页。

② 1946 年 1 月 1 日，裕仁天皇发表《关于建设新日本之诏书》（即"人间宣言"），宣称自己是人，不再是"神"，进而完成了人神互换。在日本一夜之间，有关神道教的标志物、宣传品和节假日都被销毁或废止。参见徐航《平成十二年》，北京联合出版公司 2018 年版，第 25 页。

③ [日]中曾根康弘：《新的保守理论》，金苏城、张和平译，世界知识出版社 1984 年版，第 7 页。

④ 陈杰：《战后日本 废墟中的崛起》，陕西人民出版社 2015 年版，第 120 页。

性",女儿是"姓氏的污点,父母的耻辱"①的性别歧视观的历史性改变,表明日本女性开始具备了较强的参与政治生活的意识,她们开始关注国家建设的大问题。"女性不喜欢战争,日本之所以会走上军国主义,跟生养这些男人的妇女集体失语有很大关联。她们长期没有发言权,只有听命权,所以政府要给她们参与改造社会的权利。"② 1947年,日本国会两院通过了《参议院议员选举法》,赋予了女性相应的选举权利,在这届选举中全国区选举女性的投票率为54%,有10位女性当选参议院议员。随着日本女性政治地位的提升,"日本女性获得了参与政治生活的权利,初步培养起了参与政治生活的热情和意识,日本女性开始对政治产生重要影响"。平成年代日本女性参与国家高层政治事务与国家核心决策的机会大幅增加,女性的决策能力与领导能力得到了很大的提升。截至2013年5月,先后有28位女性当选为地方市长或区长。日本社会对女性领导能力的认同,日本女性政治上愈加成熟,也表明社会转型期日本女性智慧的意义与价值。③

政治地位的本质提升使女性在国家与公共事务等方面拥有了一定的话语权,更加透彻、深入地了解了日本社会的各个层面,诱发了女性思考社会发展的问题,这无疑为日本女性用文学书写社会转型问题找到了极好的理据。提升日本女性政治经济地位,是日本社会全体女性追求、为之奋斗的共同目标,获奖女作家文学的政治表达,是对女性政治地位获得的一种保卫战,是从政治意识形态领域的一种里应外合,对话、呼应,是一种正当防卫,也是女作家的责任和追求。

---

① [美]詹姆斯·L.麦克莱恩:《日本史(1600—2000)》,王翔等译,海南出版社2016年版,第89页。
② 徐航:《平成十二年》,北京联合出版公司2018年版,第20页。
③ 于朔、陈然:《日本女性政治地位的变化及其原因》,《日本研究》2013年第4期,第67页。

（四）

1935年的《文艺春秋》新年号上首次公布了芥川奖的"新人、新作品、新文学"的评选原则。"审查的绝对公平"、新人新作的推出、文学发展方向的引领使芥川奖深受文学爱好者的欢迎，每年两次的芥川奖评选结果的公布已成为日本文坛的盛世。

文艺评论家中村光夫在《近代文学和文学者》一书中指出："所谓的文学，就是通过一部一部小说迈出的未知的一步所进行的新的冒险。"① 这也是芥川奖评选的一个很重要的标准，即"作品是否为新文学"。安部公房、安冈章太郎、吉行淳之介、开高健、远藤周作、河野多惠子、大江健三郎等作家不拘泥于传统，以作品为本位追求文学的新鲜感，不断催生新的文学样态。菊池宽主张"生活第一，艺术第二"②，强调了获奖小说的纯文学不能太偏离通俗小说，纯文学的主流离不开那个时代最好、最生动的文学。"平成时代是日本女性主义兴盛的时代，女性的观点，实际上是将近代全部相对化的纯文学、娱乐作品、随笔等所有体裁予以展现，而且在融合各种题材上大显身手。"③ 芥川奖作为当代纯文学的风向标，率先聚焦社会转型期的精神世界，描绘出了一个崭新的、陌生的，难以用世俗语言表达的，与我们用肉眼看到的小世界相对称的广大无边的世界。

近90年的芥川奖评选中还有一个从未改变的重要评选标准，即作品的时代性和社会性。每一部获奖小说都是时代与现实的缩影，都是反映社会、引领价值、传承文化的文学的社会功能的体现。纵观平成年代获奖的30位女作家及其作品，所塑造的形象"都是那个时代赋予

---

① ［日］鹈饲哲夫：《芥川賞の謎を解く》，日本文藝春秋2015年版，第5页。
② ［日］小谷野敦：《芥川賞の偏差値》，日本二見書房2017年版，第11页。
③ ［日］三浦雅士：《"平成文学"とは何か》，《新潮》2002年新年特别号，第243页。

女性的符号与代码，都鲜明地呈现出时代的烙印和痕迹"①。她们用日本女性特有的柔性与韧性，根据变化了的时代需求来实现文学的社会价值。平成年代日本社会经历了"困境"与"探索"，群体社会向个体社会转变给人带来的最大影响是心灵创伤，社会与文化的撕裂之痛直接转嫁到每一个成员身上，让人们不知所措，麻木迷向。获奖女作家非常敏锐地捕捉到这个最大的社会现实，利用"母性"特有的敏感与果断，笔触后现代主义思潮下的日本女性群体的精神世界，运用作品解读人的"失语""颓废""惊慌"与"不知所措"，探索痛了之后的身份问题，回应"我是谁""我从哪里来""我要到哪里去"的社会诉求。她们用小说回应了时代需求，用小故事大物语的散点透视法、远近法的文学策略变现出了女作家对社会现实的书写，践行着文学审美要为社会服务，引领社会的价值取向的芥川奖评选初衷。

三 后现代主义视域下获奖女作家及其作品呈现的价值取向问题

平成年代是后现代主义对社会文化产生影响的重要时期，传统的现代主义思维方式、审美价值、生活方式处于解构与建构中，这为女作家观察社会、书写人生提供了机遇。

（一）

后现代主义是20世纪60年代开始流行于西方的一场艺术、社会文化与哲学思潮，是在对现代文化哲学和精神价值取向进行批判和解构时体现出的一种哲学思维方式和态度，波及文学、艺术、语言、历史、哲学等社会文化和意识形态的各个方面。后现代主义最主要的特点是反抗性，"它怀疑关于真理、理性、同一性和客观性的经典概念，

---

① 刘春英：《日本女性文学史》，商务印书馆2012年版，第21页。

怀疑关于普遍进步和解放的观念,怀疑单一体系、宏大叙事或者解释的最终根据"①,是"反形式的、无约束的或反创造的"②,其要旨在于放弃现代性的基本前提及规范内容。后现代主义极力赞同功能主义语言学视域下的言语行为理论,用语言表达的不确定性、语境性来推论真理的相对性;去中心化,反对"宏大叙事",提倡语言表达的碎片化、多元化的多棱效应;语言的游戏性,由语言游戏的异质性和否定性取代了思想的同一性;知识图像化,"信息的传送与储存不再依赖于个体,而是电脑"③,信息将被生产与销售,知识不是由心灵的训练获得,而是通过复制来完成。

　　后现代主义思潮是科学技术发展到一定阶段的产物,科学技术引发了人们思想的改变,反过来新思潮又会影响社会的变化以及人的价值观,传统的权威中心开始腐烂,传统的风俗礼仪被忽视和堕落,消极厌世的情绪到处可见,而牢固的"事业心"却荡然无存。④ 后现代的城市居民是被疏离的,他们在幻觉之中生活,在令人激动的混沌之中生活,其生活现实逐渐消失于单纯的图像、奇异的景象和奇形怪状的时空扭曲。他们陷于商品、物质产品或图像中,陷于从消费文化所借来的,并用工业技术复制出来的图像的泛滥中。社会上也没有了高雅文化与低俗文化的区分,肤浅、无深度,抹杀了人的审美,碎片化的"读者文摘文化"导致文化的连续性、传统性中断。面对浩瀚的网络无中心的世界,后现代人往往因缺乏社会目标而变得空虚,缺乏找

---

　　① [美]特里·伊格尔顿:《后现代主义的幻象》,华明译,商务印书馆2002年版,前言第Ⅶ页。
　　② [荷兰]佛克马、伯顿斯:《走向后现代主义》,王宁等译,北京大学出版社1992年版,第32页。
　　③ [美]吉姆·鲍威尔:《图解后现代主义》,章辉译,重庆大学出版社2015年版,第23页。
　　④ [荷兰]佛克马、伯顿斯:《走向后现代主义》,王宁等译,北京大学出版社1992年版,第16—18页。

到与之建立联系的能力，在世界上随波逐流，迷失了前行的方向，由传统和权威确立的社会关系也悄然不见了，他们正经历着发达国家病所带来的病痛的折磨与痛苦。①

20世纪80年代正在成长中的日本已进入后现代社会，面临集团社会向个体社会转型、发达国家病症发作、风云变幻的国际形势的侵袭，一系列社会问题接踵而至。平成年代初期，随着"御宅族"群体范围的扩大，衍生出了具有日本特色的后现代问题，社会文化表现出典型的后现代特性。休闲、娱乐和游戏日常化，沉迷二次元动漫和游戏，从追求快乐到追求高兴，从更美生活到个人最美生活，"宅"成为越来越多人的生活方式，生活越简单越好，小确幸的幸福感与断舍离的追求等极简主义成为时尚，日本意识、地方意识等回归意识愈发强烈，共享理念逐步形成，剩男剩女逐渐成为都市主流，低欲望社会来临，日剧、动漫、游戏、小说等文化输出，一夫一妻的基本家庭结构朝着以个人为单位的方向发展。传统的现实主义、功利主义的思想意识在战后美国式自由民主的思想解放与制度改革后更加放大，自身生活利益和感情好恶高于社会公正和理性判断成为常态②，"自我"意识及"个人生活中心主义"价值取向强烈，社会进入了"破型"与"构型"的自我解构、自我修复的后现代主义激变期。

平成年代日本社会出现了几个值得关注的思想倾向。一是去合理主义，即人们对近代社会特征的合理主义价值观表示反感，并试图在非效率、非合理的行为中找出意义；二是去结构化，即近现代的文化整合迟缓，在约束人们的价值观、社会规范不断变动的同时，与人差别的界限变得模糊；三是类像的优越化，即相对于重视创造性、原创

---

① ［美］吉姆·鲍威尔：《图解后现代主义》，章辉译，重庆大学出版社2015年版，第37—39页。
② 胡澎：《平成日本社会问题解析》，社会科学文献出版社2019年版，第196页。

的近现代价值观,大量的模仿与复制化盛行,其文化意义也逐渐变得深刻①;四是反抗性,轻道义、重实利、远离政治、注重经济及个人生活的日本民族性格左右了社会思想的流变,民众多考虑自身的生命与价值;五是"传统"的塑造性,所谓传统不是固定不变的,而是在与"现代"的自反性关系中塑造与被塑造的,充满了不确定性与可能性。在这样的"后现代性"背景下,人与人之间、家庭和各种社会组织之间的关系渐行渐远,以往的制约与牵制变得松散而失去了平衡与稳定,整个社会结构在"去中心"化的蔓延中变得松散,碎片化、不确定性等后现代主义特征加剧了社会的各种风险,使人处于一种不安的生活状态中,焦虑、迷茫等发达国家病的蔓延成为一种历史的必然,影响着转型期日本人的价值取向。

平成年代日本社会呈现出以下一些特征。第一,集体主义渐趋衰落,个人化倾向日益明显。不成熟的个人主义脱胎于昭和时期的年功序列制度下的集体主义,逐渐超越了集体和家庭的整体发展,重视个人的价值实现,使"早就存在的变迁朝着个人化的方向前进,且以一种更强有力的方式出现,认为个人权利高于任何其他义务"②。

第二,价值观日益多元化。社会转型期的诸多不确定因素促成多元化价值观的形成与发展,既有群体主义价值思想,也有个人主义价值思想,功利、实用、平等、道德、存在等诸多观念相互作用、相互影响,不断衍生出新的价值观。

第三,对传统的超越与继承。日本社会的后现代性"既肯定后现

---

① [日]間々田孝夫:《第三の消費文化論―モダンでもなくポストモダンでもなく》,ミネルヴァ書房2007年版,第14—15页。
② [美]罗纳德·英格尔哈特:《变化中的价值观:经济发展与政治变迁》,载中国社会科学杂志社编著《社会转型:多文化多民族社会》,社会科学文献出版社2000年版,第56—61页。

代主义对现代性的反叛，但又不赞成其颠覆一切，消解中心的策略"①，现代生活中不断注入传统文化元素，向传统致敬，向传统探寻解决现代问题的关键与钥匙，"发现美丽的日本"，传统的价值观及行为模式也被赋予了许多全新的内涵。

第四，"宅文化"正悄然成为一种时尚。"御宅族"是后现代社会极端个人主义的典型，疏于人际交往，热衷于自我的小世界，滋生了一种新型的人际关系。宅文化已经逐渐脱离传统的"御宅族"及与之相关的低幼化特征，在内容和形式上走向广义化和多元化，成为平成社会的一个典型特征，"御宅族"（Otaku）一词早已作为一个世界公认的词汇，被收录入各大英语词典。

第五，中产阶级空心化。"中产阶级空心化"是指中产阶级本身人数在减少，被稀释及缺席，这种情况似乎是整个平成时代的特征。平成时期反复强调1亿中流的瓦解，反复谈到"格差社会"，用以描述全球化所带来的日益扩大的社会不平等。"格差社会"述说着"1亿中产阶级社会"的崩溃。贫困阶层与富裕阶层的登场，人们意识到并排的平等性正在逐渐消失，尽管许多人仍保持着中产阶级意识，在生活上能够保持某种满足，但对自己生活前景的担心更为强烈。②

第六，人们的生活归属从国家转变为"我家"。平成年代约定俗成的人生轨迹模式随着社会转型而消失，"中产阶级的梦想"也破灭了，中产阶级怀揣着解体的恐惧，表达着贫富的差距，人们为未来的不确定性而烦恼，关注点转向拥有自住房，生活归属从国家转变为我家，民族主义反而屡遭批判。

第七，生活标准化。基于技术的规模化的生产与分配，使人们

---

① 孟庆枢、杨守森：《西方文论》，高等教育出版社2007年版，第431页。
② [日]吉见俊哉：《平成史讲义》，奚伶译，东方出版中心2021年版，第237—249页。

生活在一个充斥着复制品的社会中，生活本身被标准化了，意味着许多人在相似的模式中过日子，以低于最低标准的水平经营着自己的生活。

第八，极端个人主义与道德缺失日渐严重。极端个人主义往往导致人们处于迷惘状态，在急剧变化的社会中随波逐流，有的甚至有悖道德规范，出现新的社会问题。家庭不再是主要的依赖对象，人们对公共机构的信任度下降；对事物的理解也不再以传统的道德观念来衡量，而以自身的好恶，以及利益的切身与否加以判断；主体趋向于参与社会，以攫取更多的社会财富与社会资本为目标；对社会义务、家庭责任的观念日趋淡漠，个人自由和生活的享乐更显得重要。① 传统的集体主义所养成的工作价值和劳动伦理衰退，工作是为自己，而不是为企业和国家。

第九，信息技术介入人们的现实生活。互联网和智能手机影响着人们的生活、思想、行为，将复制来的文本作为"思想"，无限复制的话语行为控制和影响着人们日常生活。

第十，共享理念悄然出现。东日本大地震后，看着被洪水、海浪卷走的房屋和汽车，许多国民都感受到这些私家车和私家房所代表的"断舍离"的风潮，震后脱离私有的意识进一步加快了，价值取向表现出共享倾向。共享价值观并不要求自己异于他人，反而更多地追求和他人之间的联系，这样的价值观开始逐渐兴起，被更多的年轻人认可。

（二）

"后现代主义是一种文化风格，它以一种无深度、无中心、无根据的、自我反思的、游戏的、模拟的、折中主义的、多元主义的艺术反映这个时代性变化的某些方面，这种艺术模糊了'高雅'和'大

---

① 杜伟：《日本后现代社会的价值观与道德观》，《当代青年研究》2003 年第 12 期，第 26—29 页。

众'之间，以及艺术和日常经验之间的界限。"① 后现代主义文学也呈现出了一些新特征，它吸纳了西方现代主义的观念和技巧，通过新的价值取向与传统伦理道德观念发生决裂，反映现代生活中的情感享受、物质追求和底层人们生活的合理性，追求人格平等。因此，后现代主义文学的主题、体裁、文本结构、语言风格、现实书写等充满了反抗性、不确定性与多元化趋势，以兼容并包的姿态追求差异性。"后现代主义作家的创作全然摒弃了英雄和英雄人物的冲突，倾向于通俗艺术，填平精英文化和大众文化之间的鸿沟。后现代主义文学是一种'破坏的'文学，一种致力于以其自身两难来揭示不可表现之物的文学，同时也是一种表演性的和'活动经历'的文学。"② 后现代主义文学的创作观可以概括为以下四点。第一，彻底的反传统。后现代主义文学不仅仅反"旧的"传统，对于现代主义文学试图建立的"新的"传统也彻底否定，是一种"破坏性"的文学，即某种意义上的"反文学"。第二，摈弃所谓的"终极价值"。后现代主义者认为，客观世界和人自身都被异化了，历史失去了方向和意义，社会体系不可改变。后现代主义作家不愿意对重大的社会、政治、道德、美学等问题进行严肃认真的思考，他们不仅无视对这些问题的关切，甚至无视这些问题本身，不再试图给世界以意义。第三，崇尚所谓"零度写作"。反对现代主义关于深度的"神话"，拒斥孤独感、焦灼感之类的深沉意识，将其平面化。在后现代文学中，写作消失了内容，而转向"写作"自身。作家仅仅把话语、语言结构当作自己为所欲为的领地，写作成为一种纯粹的表演、操作。第四，蓄意打破精英文学与大众文学的界限，出现了明显的向大众文学和"亚文学"

---

① ［英］特里·伊格尔顿：《后现代主义的幻想》，华明译，商务印书馆2002年版，前言第Ⅶ页。
② ［荷兰］佛克马、伯顿斯：《走向后现代主义》，王宁等译，北京大学出版社1992年版，第14—36页。

靠拢的倾向。有些作品干脆以大众的文化消费品形式出现，试图模糊文学与非文学的界限。在文体上，惯用矛盾、交替、非连贯性和任意性、极度、短路、反体裁、话语膨胀等手段，使得读者对作品的解读困难重重。①

"自昭和末期流入日本的后现代主义是思想文化领域全球化的具体体现，其核心是批判性和反思性，主张消解主体、去中心化，崇尚多元和谐，这深深影响了日本平成时代文学图景的构成。"② 芥川奖评奖定位的"细腻、纤细、美丽、感性"的标准与后现代主义理念、后现代文学的创作观不谋而合，这种合力促成了日本女作家的闪亮登场。截至2021年7月，令和时期的芥川奖共有7位作家获奖，其中女作家就有5位，占比71.4%，女作家继续大放光彩，大有后现代主义思潮不完结，女性作家获奖不止的势头。从1989年平成元年获奖的李良枝开始，获奖女作家立足于后现代日本社会的变革和消费观所引起的价值观改变的现状，以全新的视角、全新的态度来描写后现代社会的日本。"比起男性作家，日本女性作家群体对于'神''国家''家族制''父权制'等元素叙述的社会语境的反抗和批判更为自觉和彻底，对于'小型叙事'的运用也更加娴熟自如。"③ 她们接受了后现代主义文学的创作理念与审美意识，"尝试着以一种开放式的、多元的文学理念述说自己的时代，大胆地表述自己的故事和个人意志，将女性的话语言说提升到了意识形态领域，浓重墨彩地构建了女性话语的空间，从而打破了传统日本文学的语言体系，解构了男性主义或男权思想的

---

① 班晓燕：《后现代主义文学的主要特征》，《后现代哲学与生态文明国际学术研讨会论文集》，2011年，第167—171页。
② 杨洪俊：《日本平成时代文学的后现代图景》，《中国社会科学报》2019年6月13日第6版。
③ 沈俊：《日本后现代文学空间研究——以战争记忆与主体为中心》，博士学位论文，南京大学，2019年。

话语体系"①。她们以创作主体的消解、文本语义的碎裂、审美规则的颠覆、创作风格的反叛等创作观反映社会价值取向问题。女作家的日常化叙事，剪贴画的故事情节，"不再将文学艺术看作是一个向世人训诫的完人，不再像现代主义作家那样高踞于文学圣堂之上，以一个全知全能的视界去看这个世界的芸芸众生，不再是绝对意义的'创始者'，以非凡的想象，创造一个统一存在的艺术世界，在这一世界里，哪怕像燕雀之死这类看似偶然的事件，也可以得到充分的解释"②。获奖女作家直面后现代日本社会的价值取向问题，将城市单亲母亲、女性的贫穷、身体改造、同性恋、母亲教育、职场新型人际关系、女性生育等后现代题材纳入自己的个性化文学创作，围绕转型期的迷向与迷失、角色与身份的嬗变、价值迷茫与自我调适、认同危机与价值引导、叙事话语与自我建构等主题，思考时代的大问题，透过对诸多社会现实问题的关切，"研究人的问题、人的关系、人的未来发展"③。

获奖女作家紧紧抓住日本当下的社会现实，敏锐地捕捉到社会转型期出现的新的文化现象——"御宅族"文化，将"宅思想"与日本人尤其是年轻人的成长对接，寻觅到了"宅思想"对转型期的迷向与迷失的影响，并运用文学作品潜移默化地引导年轻人选择和确定自己的社会角色，选择符合社会发展与社会潮流的"价值取向"，客观地描述处于"破型"与"构型"中间地带的个体的角色与身份的错乱、迷茫。对于社会转型带来的"心灵迷茫""失语"，女作家启用了身体感觉，利用外力来确定自我、调整自我；对于人的价值迷失，获奖作品呈现了危机意识与新价值选择的可能，在"爱是重建自我的生命基点，现代人有能力超越不幸"的基础上进行了传统指向的价值引导，用后

---

① 叶琳：《论平成时代日本后现代女性主义文学的繁荣与变化》，《东北亚外语研究》2020年第1期，第4页。
② 孟庆枢、杨守森：《西方文论》，高等教育出版社2007年版，第434—438页。
③ 袁鼎生：《文学理论基础》，广西师范大学出版社2000年版，第46页。

现代性的话语策略使日本文学拥有了世界性，拥有了价值取向引领的权威性与超然性。这种对转型期人们价值取向的变化轨迹及存在问题的关照，表现出她们高度的社会责任感，在"多变"与"转型"中从不同层面探索"重构"的路径。

综观平成年代获奖女作家的30部获奖小说，无论是女作家们的创作，还是芥川奖评委们的评选，都没有进行整体的构思与设计，但当我们将这些作品置于价值取向的问题架构中时，似乎可以看到30部小说围绕价值取向问题而达成的共识。按照这个线索将30部小说串联起来，就形成了一个关于平成年代芥川奖获奖女作家及其作品价值取向问题的完整的闭环结构，即迷失中的问题呈现，现实中的问题探索，引领中的问题破解。

1. 迷失中的问题呈现

平成年代的关键词是"转型""迷失"。集体社会向个体社会转型，各项社会制度逐步向个体社会过渡，政府出台了一系列与男女社会角色调整相关的政策，再加上网络化、信息化的普及，等等，这一切对民众的心理产生了强大的影响与冲击。这种社会结构与制度的转型，政府推动与社会主体的接受之间并没有衔接好，失去了平衡。对前所未有的历史巨变，日本国民对社会与经济发展方向表现出迷茫，进而出现"自我价值感、自我意义感的丧失"[①]，要么无所事事、要么沉迷于网络、动漫。

"迷向"首先需要定位，寻找到心理的安慰和精神的寄托。获奖女作家及其作品书写了"宅思想"影响下的"新人类"的自我迷失等价值取向问题，从文学层面呈现了在"社会"中寻求自己的"御宅族"的精神史，在选择符合社会发展与社会潮流的"价值取向"的过程中，

---

① ［美］埃里克·H. 埃里克森：《同一性：青少年与危机》，孙名之译，浙江教育出版社1998年版，第2页。

强调了引领与引导的力量。不仅为"宅文化"大本营的日本，也为进入信息化时代的世界各国提供了重要的参考与借鉴。"宅"的价值取向涉及高中生、大学生、职场女性、家庭主妇、单身女性，甚至老年人。"无所事事"却又"执迷不悟"的价值迷茫削弱了人的意志，滋生了一些超出传统、正常人际交往底线的价值观，成为社会转型的烂泥塘与沼气池，波及面广、影响力大。由来已久的价值观失去了载体与生存土壤，人们迷失方向的核心是迷失了价值观。"徘徊"与"不知所措"成为常态。价值观解构与建构过程的时间差恰好出现于平成年代，有些人在等待、观望，有些人沉迷于幻想，有些人在追忆过去，有些人成为"宅人"，有些人积极进取奋进。30部小说从不同角度、不同侧面将这些关乎价值取向的问题一览无遗地呈现出来，如同一部平成年代日本价值取向问题的书写史。

2. 现实中的问题探索

书写转型期年轻人的成长、转变是获奖女作家的重头戏。比起悬疑等大众文学，青春小说等纯文学洗涤心灵、纯化心灵的功效更明显，特别是社会转型期，青年人的成长、转变与成熟愈显重要。30部获奖作品中有18部描写了年轻人的青春与成长。如描写高中生的《欠踹的背影》，描写大学生的《由熙》《少女的告密》《妊娠日历》《至高圣所》，崩克族的《蛇舌》，描写同性恋群体的《夏天的约会》，描写派遣族的《指甲与眼睛》《一个人的好天气》《人间便利店》《绿萝之舟》《踩蛇》，描写正式职员的《在海浪上等待》，描写家庭主妇的《咸味兜风》《贵子永远》《冥图巡游》《洞穴》《异类婚姻谭》。作者的年龄在20岁至40岁之间，这些刚刚步入龙门的新作家与老牌作家描写的青春与成长的不同之处是发生在主人公身上的故事往往就是作者本人的亲身经历，是时代的缩影。同时代阅读者在阅读中能够对号入座，拆除了一切防备，潜移默化中实现了对读者、对社会的价值引领，这恐怕就是芥川奖推出新人、价值引领的间接用意吧！平成年代社会转型期推出不同年龄段的青年女性作家，充分发挥年轻人现身说法的言语行为效果，应当说"同类效应"是日本文坛拯救颓废文学的有效举措。从作品被广泛阅读、获奖小说印刷数量不断刷新纪录来看，推出年轻女作家很奏效。

"角色"与"身份"问题是价值取向的主体性问题，自我定位是解决"迷失"的关键。小川洋子、多和田叶子、本谷有希子等具有后现代特征的获奖女作家更多以寓言化、荒诞性的方式表达着同样的主题。关于价值取向的主体性问题，可以用"偏离"来形容，这种偏离有别于传统，正处于建构过程中。后现代社会的不确定性赋予了"身份"的可变性、游离性与多元性，女作家在"反母性、反女性"和"母性、女性"的悖论中思考女性身份与角色的确定。在川上弘美、多和田叶子、本谷有希子等21世纪以来的作品中，"家庭叙事"复现，而作品主题和女性角色体现的内涵与价值取向已与过去完全不同，发生了不同方向、不同性质的"裂变"。

价值迷茫与自我调适。价值取向的核心问题是价值迷失。在有着集团观念的日本文化里滋生的个人主义与西方的个人主义有所差别，在被挤压的不安全空间里，这种比较柔软的个人主义很容易扩大风险传播空间，使人感到迷茫。解决价值迷茫的首选策略是自我调适。价值迷茫是价值迷失后心灵与价值追求的不知所措。《乳和卵》里的隆胸手术中的自我找回，《妊娠日历》里的妊娠中的身份迷惘，《踩蛇》里的人蛇交往，《狗女婿上门》里的正常人与异化人的性爱，《夏天的约会》里的同性恋歌，等等，通过讲故事，讲自己身边的"日常事"，潜移默化地引领人的价值取向，看似讲"民间故事"，实则在讲"日本故事""世界故事"。

自我探寻与他者认同。女作家们并没有在群体社会的崩溃中过度强化与书写因群体社会改变而出现的家族、亲戚、地域以及职场中人际关系过疏、弱化的现状,而是在"变"中依稀看到了个人的自我责任和努力的力量与价值,通过自我找寻,在重新树立人生目标、追问"我是谁"的过程中,从依恋群体到打造个体的痛苦的价值观的变迁中进行努力。鹿岛田真希、龙泽美惠子、藤野可知、藤野千夜、赤染晶子、青山七惠、村田沙耶香、丝山秋子等获奖女作家书写的文学世界,将一个时代作为"人"的渴望放在优先位置,女人应当学会享受自己做女人的身份,不再是按照男人的需求或是模仿男人,而是要寻找深层次的"我"。在一片属于她们自己的、与她们的丈夫和孩子不同的世界里进行着自我探寻,并获得他者的认同。

3. 引领中的问题破解

获奖女作家从"日本性""女性性"视角洞见母性与女性的力量,重新认识女性与母性对人的成长的作用与价值,把目标指向了日本传统、人性,在绝对价值、社会价值、个人价值等方面进行着引导。

认同危机与价值引领。平成年代价值取向问题根植于认同危机,认同危机的摆脱需要充满正能量的、符合时代发展需要的价值引领。女性具有价值引领的先天优势与传统,可以激活日本传统女性的奉献与自我牺牲精神,以女性特质建构新的价值,这种新价值突出"人"的重要性,突出回归自然、回归简单的"后现代性"。获奖女作家绵矢莉莎、金原瞳、龙泽美惠子、若竹千佐子、津村记久子、朝吹真理子、鹿岛田真希、石井游佳等在展示潜在的各种危机的基础上进行价值取向的引导,强调爱是重建自我的生命基点、现代人有能力超越不幸、活着就要创造自己的传统志向,这些引导策略不仅表现出获奖女作家的高明与前瞻性,也使平成年代获奖女作家的文学价值选择具有了引领性与时代性。

叙事话语与自我建构。女作家们一反后现代社会"去中心化""碎片化"的潮流与常态,直奔时代思考的大问题,思考叙事话语与身份建构的历史性与时代性的结合。首先从叙事形式入手进行积极的文学创作,她们以自己独特的语言与叙事策略、叙事技巧进行叙事,凭借组合式的语言与多种创作模式进行着自我身份的建构。叙事形式的多元化与独特性局面的呈现,既表明了她们基于现实性的文学形式的创新,也说明了她们对"新价值建构"的叙事话语策略与方向的选择,她们以日本女性特有的母性进行着示范与引导,告诉社会变革时期的人们"说什么"和"怎么说"。

平成年代,面对文坛的颓废与纯文学的危机,面对网络化信息化社会的"物欲横流""娱乐至死",文坛推出女性作家,充分发挥女性的"柔性""韧性""反抗性""日本性",通过阅读纯文学来"纯化"人的焦虑与浮躁,疗愈后现代社会日本人的种种不适,从人性的深层次来引导日本人摆脱世俗的污染,洗尽铅华,让心灵跟上脚步,追求有别于动物性的人性的"本真""爱"与"向上"。

(三)

平成年代是日本由现代社会向后现代社会的转型期,面对转型期"各种价值和信念中的历史连续性的丧失"[①],面对"自我价值感、自我意义感的丧失"[②],女作家充分发挥女性特有的"母性"与细腻的观察能力,启动搜索按钮,敏锐地捕捉到了转型期"迷失"中的价值取向问题。

1. 自我意识的弱化与迷失

"自我意识是意识的一种形式,指主体对自身的意识。它包括对

---

① [美]戴维·哈维:《后现代的状况对文化变迁之缘起的探究》,阎嘉译,商务印书馆2013年版,第79页。

② [美]埃里克·H. 埃里克森:《同一性:青少年与危机》,孙名之译,浙江教育出版社1998年版,第2页。

自身机体及其状态的意识,对自己肢体活动状态的意识,对自己的思维、情感、意志等心理活动的意识。自我观念、自我知觉、自我评价、自我体验、自我监督和自我调节控制等是其重要的内容。"① 自我意识是人对自己身心状态的自我认知,以及自己同客观世界的关系的认知,主要包括三个层面:对自己及状态的认识,对自己肢体活动状态的认识,对自己思维、情感、意志等心理活动的认识。自我意识不仅是人脑对主体自身的意识与反应,而且人的发展离不开周围环境,特别是人与人之间关系的制约和影响,所以自我意识也反映人与周围现实之间的关系。自我意识具有意识性、社会性、能动性、同一性等特点。②

  平成年代初期以"御宅族"为代表的年轻人,明显的特征是自我迷向,沉浸在动画、漫画中而不能自拔。1991年获奖的松村荣子的《至高圣所》描写了一群来自日本各地的"新人类"的在校大学生在大学进行"移民垦殖"过程中植入了"宅文化",在"殖民地"里寝室、教室、图书馆是治愈"五月病"与"精神分裂"的至高圣所,节奏是自我意识强化的良药。2003年获奖的大道珠贵的《咸味兜风》的故事情节不复杂,格局也不大。34岁的小镇女子美惠失去家庭依靠,以打零工维持生活,因迷恋小镇歌星游先生,将处女贞操献给了游先生,很快遭遇抛弃,失望之余,她投向了年过六十的富有老人九十九的怀抱,是一个自我意识弱化的典范。摆放在镇政府门口"不见、不问、不听"的三尊猴子木雕像表明了现代文明时代被弱化的自我意识,也是"御宅族"的重要表征。如何体现自我,大道珠贵给出了答案,走出去,去海边兜风,去拥抱大海,在与大自然的接触中认识自我。

---

① 车文博:《心理咨询大百科全书》,浙江科学技术出版社2001年版,第12页。
② 刘文敏、高燕、赵丹主编:《大学生心理健康教育》,东南大学出版社2015年版,第60—69页。

绪　论

　　"宅思想"贯穿于平成年代始终，进入令和时代仍未消失。以"宅思想"为代表的"个人意识已经开始在生活中浸透"。"御宅族"由最初的迷恋动漫、网络游戏、追星而逐渐升级，所热衷的内容不断扩大，痴迷一种爱好，痴迷一个事项，等等，像传染病般迅速蔓延。人群构成由最初的高中生等少男少女发展到了大学生、飞特族、朋克族、高级白领、家庭主妇等。《欠踹的背影》里的高中生蜷川是最初的"御宅族"，《至高圣所》里的真穗、沙月等人是大学生"御宅族"，《蛇舌》里的路易、阿马、阿柴是朋克族的狂野的"御宅族"，《一个人的好天气》里的知寿、《指甲与眼睛》里的麻衣、《人间便利店》里的谷仓惠子是飞特族的"御宅族"，《穿紫色裙子的女人》里的真由子与"我"是职场白领"御宅族"，《指甲与眼睛》里三岁女儿的母亲孤独自杀于阳台则是家庭主妇"御宅族"。

　　"御宅族"的出现绝非偶然。日本学者从成熟型日本社会中寻觅到了端倪。"人是恩惠于逆境，惨于顺境，一旦获得安全和富有就会失去目的的生物。庆幸的是日本总体上还没有到集团性'失去目的生物'阶段，但已经出现了零碎的短片式的征候。"① 这里所说的目的指的是传统意义上为了生存与发展的奋斗目标，女作家所描绘的"御宅族"即日本泡沫经济破裂之初的"零碎的短片式的征候"。2015年日本学者齐藤环在《战斗美少女的精神分析》里将"御宅族"视为一种精神疾病。当初"御宅族"仅限于高中生年龄段的少男少女，到后来队伍不断扩大。第一代"御宅族"的长大、成熟、变老与日本社会随之而来的"发达国家病"犬牙交错，与"发达国家病"重要表征之一的"青少年颓废症"合并为综合症状，表现为心理耐力欠缺、欺骗、家庭内暴力、性别的倒错、机械性亲和等。只是心脏有力，而伦理、思想

---

　　① ［日］左原洋：《日本的成熟社会論：20世紀末の日本と日本人の生活》，日本東海大学出版会1989年版，第72页。

欠缺，行动拖拽却又突然火气冲天①，对现实表现出一种强烈的反抗与叛逆。金原瞳本人是典型的"御宅族"，小学四年级辍学做自己喜欢做的事，初中、高中几乎没有去过，15 岁的时候反复进行自残行为。《蛇舌》里的中泽路易有金原瞳本人的影子。随着"御宅族"病体感染面的扩大，大有影响集体健康与安全的潜在危险，其中最为突出的"青少年无气力症"是对自古以来"集团意识"较强的日本文化的冲击，积极向上的团队与集体意识、奋斗精神受到严峻挑战。几十年来，"御宅族"已经形成了一个体系，"青少年颓废症"泛化到各个年龄段，"年龄段跨越了高中生到 30 岁，社会规范衰退，意味着作为人们行为规范与基础的道德观念的衰退"②。社会的不同层面都出现了"御宅族"的身影，他们的表现各式各样，极度的彷徨、犹豫、迷向，迷失了自我。"我是谁、我从哪里来、我要到哪里去"变得似是而非，"御宅族"由文化小众变成了多数，"动画、游戏、偶像明星、卡哇伊等等充斥在日本普通人的生活中，御宅族已经被社会完全接受"③。一些青少年将自己融于某一群体中，将自己从主流社会的规范中分离出来，通过与主流文化的对抗体现存在感与生存价值。他们有一个共性体征就是自我意识弱化与自我迷失，他们生活在"现实世界""象征世界""想象世界"三界交错的虚构世界里，在"自我意识"的弱化、自我同一性的迷失中建构着"自我理想"与"理想自我"。

人员数量庞大、辐射人群阶层范围广、思想比较坚定与顽固的"御宅族"的行为方式、生存状况以及信念等开始进入文化的建构层

---

① ［日］左原洋：《日本的成熟社会論：20 世紀末の日本と日本人の生活》，日本東海大学出版会 1989 年版，第 88—89 页。

② ［日］米川茂信、矢川正見：《成熟社会の病理学》，日本学文社 1991 年版，第 13—15 页。

③ ［日］东浩纪：《御宅文化与政治批评》，https：//www.douban.com/group/topic/174593009/，2020 年 9 月 19 日。

面，对文化的内核产生重要影响，逐渐蔓延甚至会影响到每个社会成员的社会行为。这种新出现的思潮或者说是一种新的生活方式渐渐成为社会的深层结构，如何将"宅思想"中不利于人的发展与社会进步的因素摒弃掉，将执着干事的精神激活，转化成新的工作与生活的活水与新的动力源，值得我们反思。

身体交换中的"自我意识"弱化是"自我意识"恶性循环的产物。后现代社会一切都被符号化，包括人的身体。"御宅族"身体符号化，导致自我意识弱化与身份的迷茫。他们全力以赴地拒绝"成为主体"，却又渴望"自己就是自己"，这是典型的"御宅族"的生存逻辑。消费身体换取物质利益虽是老生常谈，"御宅族"却将自身的存在与自我意识淹没在与身体的狂欢中，凭借异性的身体来确定自我意识与存在，弱化了自我意识，只能是迷失加重，不可取。用身体交换物质，用身体抹平债务的经济原则，主体意识被弱化与抹杀，使自己更加被动与迷惘。将价值取向的权势距离交给身体以及身体感觉，只会导致"自我意识"更加弱化。

自我同一性的迷失是"御宅族"价值取向朝向自我的重要体现。偶像崇拜中的自我迷失是"御宅族"在"自我同一性过剩"中放大了自我意识，容易导致自我身份的迷失。自我同一性缺乏，拒绝自己在成人社会中应担任的角色。自我生物体同一性的缺乏，是沉迷于自我追求的世界，在心灵与身体分离的同时，作为生物体的自身明显与年龄不同步。他们醉心、痴迷于自我世界，生理年龄"冻结"。自我心理同一性的缺乏，是缺乏群体融入的主动性与自信，内心极度自卑，不知道该如何与人交往所致。自我社会同一性的缺乏，是他们并不了解现实世界，将虚构世界与现实世界混淆，并且对虚构世界过度阐释，他们与社会的对接出现了裂缝，是他们作为"自然人"融入社会的障碍之一。

2. 角色冲突中的身份错乱

群体社会向个体社会转型的过程中，女性群体受到的影响较大，她们面临着角色定位中的徘徊、冲突、迷茫等问题。握住家庭主妇的接力棒继续向前跑，还是洗白职业主妇的身份融入社会，重新定位自己，是女性群体的思考与困惑，也是国家要考虑的大问题。

《由熙》告诉我们"由熙"之所以从韩国逃离返回日本，是因为文化身份的游离不定所致；《猫婆婆所在的小镇》中的小姨为了照顾被移民美国的母亲抛弃的"我"承担着"母亲"与"父亲"的养育职责，在社会与家庭的双重身份冲突中迷失了自我，45岁便早早离开了这个世界；《妊娠日历》中的怀孕的姐姐始终都在记录妊娠的身体反应而忽略了"孕妇""母亲"的身份，后现代享受自我生活的"我"始终没有厘清"母亲""孕妇""姐姐"等多重身份与角色的冲突、矛盾，跟着身体的感觉走，即便是孕期也没有忘记享受生活、自我舒服的追求，明知道美国产的葡萄柚子有毒，有导致胎儿畸形的危险，但为了身体感觉，全然不顾，连续不断吃下了大量葡萄柚制成的果酱，典型的后现代主义反理性、反母性做法；《负水》里的"我"为了对抗父亲对女儿未婚同居的反对，在与男友珠里同居的同时还与其他两位男性发生性行为，纠结于"女儿""女友""性伴侣"等多重身份之中；《至高圣所》里一群大学生们在家庭、学校、社会等中的多种身份与角色转换中迷茫，再现了日本社会"啃老族"的现状与焦虑；《家庭影院》《冥土巡游》里沉迷于曾经辉煌的母亲，显示了社会转型期个人的身份与角色定位滞后于社会变化的节奏所带来的困惑与空虚；《咸味兜风》又老又丑的九十九稳定生活的定力反衬出美惠在一会儿追星、一会儿追钱的身份游离中的悲哀与空虚；《夏天的约会》里同性恋、变性人群体的烦恼，两次爽约夏天的约会，是因为他们对自我身份与角色定位的迷惘、恐惧与不自信所致；《家庭影院》中破碎的家庭无法回到从前是因为每个人的角色，无论是家庭的还是社会的都发生了改变，后现代人的角色定位很顽固，不好改变；《欠踹的背影》的获奖表明，后现代高中生的叛逆原因主要是学生身份的定位发生位移，该群体将成为具有彻底反抗精神的后现代社会重要成员，如果他们的空虚与孤独被带入社会，将会产生一定的爆发力与影响力；《一个人的好天气》里70岁的吟子始终站在那里，而知寿的身份始终是游离不定的，虽然成了公司的正式职员，社会身份已经得到确立，但最后与有妇之夫的交往又将她推向了婚姻角色的不确定，表明了后现代社会角色冲突的多重性、反复性；《指甲与眼睛》里"母亲"的自杀是身份矛盾冲突的极端化体现，"准继母"的试婚，与旧书店小老板的交往与掐断，以及对"我"态度的变化等说明后现代社会人的身份与角色定位的可变性与多元性；《人间便利店》里谷仓惠子从大学一年级开始就在便利店做兼职，一干就是18年，在她自己看来早已是便利店的"正式"员工，像便利店的一个机器零件一样，她已经离不开便利店了，但作为女性，婚姻家庭的身份一直是缺失的，她对婚姻、家庭带有某种恐惧，甚至是排斥，为了掩人耳目，接收了失业并穷困潦倒的男性白羽与自己同住，但却没有发生任何身体的交往，在共享住房资源中，化解了自己便利店打工族身份、女性身份的冲突，角色冲突中的身份迷失是可以调和的；《我将独自前行》中的桃子分化成多个"我"，与丈夫周造、女儿、外孙女的交往和相处是多个"我"使然，丈夫去世后，一个人孤零零的时候，桃子大脑里冒出的东北方言，在家里情不自禁地教会自己女儿东北方言，表明人的自然身份、社会身份与文化身份的多重性、稳定性与传承性。

3. 社会适应中的价值迷茫

价值分为绝对价值、社会价值与个人价值，其中个人价值系统选择哪些价值具有自主性，但并非完全自由，有时甚至不能完全自主地创造个人价值系统，其建构过程是"由个人（或多或少与他人一致）瞄准的目标以及他们想遵守的基本标准所决定的。如果个人的目标和标准发生了变化，那么他们的价值归属也会发生变化"。[①] 因此，个体的价值选择最主要的影响因素之一是价值标准，而价值标准是由价值取向选定的。这里的价值迷茫既包括价值取向的不清晰，也包括应有的积极价值观丢失或丧失后对人的存在和活动的社会意义的不清晰。作为人们围绕着如何实现价值目标而形成的一系列的观念性活动，价值取向是一个变化的动态过程，价值取向的不清晰意味着变化过程中的价值标准的模糊，按照标准行动的行为主体的迷茫。很显然，价值迷茫与社会转型息息相关，平成年代日本社会的转型导致了国家、社会、个体奋斗目标的迷茫。平成初期，从集体社会转化而来的个体社会不是一个纯粹的个性化社会，随着经济的高度发展和城镇化进程的不断推进，人们面临的社会风险不断扩大，柔弱的个人主义很容易扩大风险带来不安、焦虑、迷茫、麻木，行为标准的选择困惑加剧，生活空间与生活方式失序。这种社会转型引发的价值迷茫从获奖女作家的作品中描写的"身体破坏"中可见一斑。获奖女作家首先颠覆了女性的"天然的"属性，笔下的女性或是对身体进行惊世骇俗的改造，或是厌恶"排卵""初潮"，或是对生育不屑一顾。作品中并未把那些超越性别的女性看作"正常"的，但也发出了乳房、排卵、月经是否就是女性的标志的疑问。答案是否定的，这种多元化的身体观和文化的兼容并蓄直接指向后现代的多元化趋势。

获奖女作家通过对身体的"破""变化"，描写迷茫中的困惑、探索。《妊娠日历》描写了双身后孕妇的身体反应、身体变化，认为腹中胎儿是"脓包"，孕育生命很痛苦，我不需要做母亲；《乳与卵》围绕

[①] ［荷兰］D. 佛克马、E. 蚁布思：《文学研究与文化参与》，俞国强译，北京大学出版社1996年版，第193页。

绪　论

"我"因对月经、初潮的恐怖而产生的"讨厌长大""讨厌身体变化"和对身体发育成熟的恐惧、无语，以及母亲试图对乳房实施手术调试自己的价值观，言说了身体改造并不是女性走出迷茫的解药；《蛇舌》则是从反衬的角度描写了惊世骇俗的身体改造的身体之痛，在肯定身体的欲望以及表达的合理性的同时，这个被解放的身体却走向了发泄的暴力；《踩蛇》则是在人蛇的身体接触中，探究蛇的世界比人的世界好还是不好，体现了现代人的空虚，或许让你在神话寓言等魔幻现实主义的书写中产生共鸣、确立自己的身份；《狗女婿入赘》超越了传统的人与动物、男与女等二元结构，描写了一系列与身体排泄物有关的言语行为，但主人公美津子和具有狗习性且双性恋的太郎的性交最终只能以肉体的逃跑收场；《负水》里"我"与其他男性发生同居内的一夜情，用身体交往证明身体相当于以暴制暴；《穿紫色裙子的女人》里真由子与所长的身体交换最终还是落得替罪羊的下场，女性的身体在关键时刻并不能派上用场；藤野千夜的《夏天的约会》里的同性恋歌奏出了性别迷失中的陌生化曲目。现代人调节价值迷茫的非理性选择从破坏自己的身体入手，试图通过"越界"找寻到自己作为现实人的存在，走出不知所措的徘徊。获奖女作家从身体感觉入手，告诉阅读者女性身体并非摆脱迷失的法宝与武器，应当将传统赋予女性身上的诸多标签进行调和，在多重身份正反的悖论与"越界"中，在"我就是我"的价值中走出迷茫。

"平成文学是由女性做标记的文学"[①]，尤其是芥川奖获奖女作家及其作品的价值取向引导。她们立足于日益变化的时代，用高度的社会责任感和积极应对的姿态，通过自己的"眼睛"和"手指"反映社会现实问题，用比较宽泛的视点对社会现实进行多角度的扫描与透

---

① ［日］三浦雅士：《"平成文学"とは何か》，《新潮》2002年新年特别号，第255页。

视，不仅对不同群体的生活现实进行了全景扫描，还从不同侧面揭示了转型期自我意识的弱化与迷失、角色冲突中的身份迷茫、社会适应中的价值迷茫等价值取向问题，并探讨了走出迷失、摆脱困境的策略。

四 获奖女作家及其作品价值分析的维度

价值是一种明晰或隐含的概念，是一种持久的信念，体现的是某个群体对某种行为方式或生存状况的偏好，是特定群体的个性以及他所希冀的东西的彰显。"价值影响主体的行为，决定主体的价值选择和价值取向。"[①] 价值取向是一定主体基于自己的价值观在面对或处理各种关系、矛盾、冲突时所持有的基本价值立场、价值态度以及所表现出来的基本价值倾向和特定的价值方向。[②] 价值取向的突出作用在于决定、支配主体的价值选择。主体活动追求的只能是对主体具有价值的东西，且当这一事物对主体价值越大，主体的追求就越强烈。这样一种价值与价值追求行为的关系便展现了主体的价值取向。价值取向对一个人行为的影响贯穿于个体活动之中，指导着个体的行为。价值取向不仅受制于人们长期对世界的解释与认知，也受制于阶级、民族、性别、职业、地区等因素，具有地域性、社会性、时代性的特征。一个时代，不同文明、文化主体的价值取向影响着一种文化的走向，映射了同一时代的文化变化轨迹。不同的价值取向受制于人与环境的关系、时间的概念、人性、行为观念和人际关系等方面的价值定位。

当代著名的跨文化交际研究专家、荷兰学者吉尔特·霍夫斯泰德

---

① 王玉樑：《价值哲学新探》，陕西人民教育出版社1993年版，第77页。
② 祁型雨：《利益表达与整合——教育政策的决策模式研究》，人民出版社2006年版，第209页。

在《文化后果》一书中综合了克拉克洪等前人研究成果，对包括日本在内的72个国家的跨国公司和其他相关部门做了几十万份的问卷调查，在翔实数据的基础上进行了更为深入的探讨，得出了较为科学的关于文化价值取向的研究结论。①

霍夫斯泰德从个体主义和集体主义、权势距离、不确定规避、男性气质和女性气质、长期定位和短期定位五个方面探讨了文化价值取向的维度，这五个观测维度为本项目的研究提供理论参考与借鉴。本研究将霍夫斯泰德调查中与日本相关的数据、结论抽取出来，整理出价值取向的维度数值，形成日本的价值取向指数值（见表0-2），并借此对日本平成年代以来的价值取向问题进行分析，以探索芥川奖获奖女作家及其作品对价值取向问题的应答路径及合理性。

表0-2　　　　　　　　　日本价值取向指数值

	权势距离	不确定性规避	个体主义	男性气质	长期定位
数值	54	92	46	95	80
评价	中等	高	偏低	高	偏高

资料来源：G. Hofstede, "Culture's Consequences: Comparing Values", *Behaviors, Insitutions and Organizations across Nations*, 2001, p. 87。

权势距离是霍夫斯泰德考察的第一个价值维度。权势是"控制或指挥他人行为、使之服从的潜能"，权势距离指的是"体现同一个社会系统中某个较弱个体与某个较强个体之间权力不平等的程度"。在霍夫斯泰德的调查中，日本的权势距离指数值是54，处于中等水平。影响权势距离的主要因素有地理纬度、人口数量和财富。一般而言，居住

---

① 参见戴晓东《跨文化交际理论》，上海外语教育出版社2011年版，第96—114页。以下同，不再逐一标注。

在高纬度、气候寒冷地区的人们更倾向于采取非传统、富有进取性的思维方式，在文化的现代化、普及教育、权力的去中心化等方面有更大的动力。而热带、亚热带的人们容易生存，往往缺乏创新动力，倾向于依赖传统。日本位于北纬20°25″—45°31″，地理位置对日本人价值取向的影响居中，再加上日本的岛国危机意识等文化心理的影响，形成了日本人特有的价值取向和行为规范。倾向于依赖他人，认可社会等级和人与人之间的不平等，以不同的态度对待上下级，强调权力的必要性，社会关系紧张，老人们受到尊敬与特殊关照。在日本历史上，"虽然职业、性别、财富以及社会阶层方面的差异形成了各种不同的生活，一些重要的平民人物还是把人民联结在一起，创造了一种共同的文化身份和持久的'日本性'感觉。近世早期共同的政治地理也推动了文化的合成"①。平成年代获奖女作家的作品中一系列老年女性形象的塑造，体现了女作家在如何传承"日本性"上启动了权势距离价值取向的引导机制。获奖女作家在文化身份界限迷糊、工业文化生产均质、异化与趋同的信息化时代，通过文学书写现实，塑造女性群体的形象，进行文化身份的标识，延续"日本性"的文化基因，将"日本性"注入"信息化"时代大潮，通过反"日本性"的写作，引起阅读者注意，非常高明地实现了"日本性"的认知、认同、传承与传播。看似说自己，说女性的一些平常事，实则在言说"日本性"，通过"女性性"彰显"日本性"推动了日本文化的保存与合成。平成年代频频摘得芥川奖，这个群体似乎是一个行动共同体，但碎片化、个性化的书写与表达却引发了蝴蝶效应，润物细无声地传递着"日本性"的文化符号。

第二个价值维度是不确定性规避。任何人在生活中都面临诸多不

---

① ［美］詹姆斯·L.麦克莱恩：《日本史（1600—2000）》，王翔等译，海南出版社2016年版，第89—98页。

确定因素，而不同的文化成员对他们有不同的态度和应对措施。不确定性规避主要指人们在社会交际中避免暧昧或模棱两可的一般倾向。在霍夫斯泰德的调查中，日本的不确定性规避指数值为92，属于偏高的国家。不确定性规避倾向左右着人们的社会行为，日本人身上体现的特征比较明显。容易情绪化地处理人际关系，注重传统和绝对价值，不易接受偏差，强调集体忠诚、法制的完备，对个人的力量缺乏自信；希望能够确切地定位生活，不愿承担风险；在人际交往时得体，语言表达是丰富性与多样性、间接性与直接性的完美结合。反之，这种文化接受较高的暧昧性，也为"不明确"的、性格暧昧的日本人提供了游刃有余的时间和空间。平成年代芥川奖获奖女作家的小说以短篇为主，文学语言表达与叙事策略迎合日本人的阅读需求，读者在阅读中，完成了价值的学习过程，实现了女作家的言说功能，实现了价值取向潜移默化的引导。

第三个价值维度是个人主义与集体主义的定位。集体主义与个人主义是文化价值体系的重要参照，它不仅反映了该社会成员的生活方式，还直接影响到人们对教育、宗教和政治等社会机制的意义与功能的理解。在霍夫斯泰德的调查中，日本的个人主义指数值为46，偏低，属于典型的集体主义文化国家。其表征为社会成员重视集体忠诚，重视团队利益和互相之间的义务，从集体的角度处理人际关系，重视集体认同和社会和睦，情绪化地看待工作和制度，崇尚传统和尊重权威，把集体利益置于个人利益之上，较少考虑个人的隐私与权利。价值定位表现为和谐、面子、孝顺、谦虚、节俭、财富的均等、对他人要求的满足等。日本社会几经转型与变迁，镶嵌在日本人骨子里的集体主义价值取向从未丢失，在战后由现代社会走向后现代社会的过程中，集体主义与个人主义的力量对比发生了悄然的、微妙的变化。后现代社会的"社会结构（技术与经济体系）同文化之间有着明显的断裂，强调自律、先劳后享的品格构造目前仍与技术—经济结构相互连接，但它同文化发生着剧烈的冲突"①，从根本上动摇着日本社会集体主义的价值观。如何在个性化社会到来的日本继续保持集体主义价值观，平成年代的芥川奖获奖女作家预见性地通过文学进行预防、免疫，或是提前打疫苗，或让排斥反应强烈者先感染后治疗，等等，进行集体主义价值观引领。平成年代的时机恰到好处，在要丢还没丢的时候进行戒备，女作家们通过文学的言说、言传身教的体验、预见性的推测等及时拯救着濒临消亡的集体主义思想与价值观，高明地将"自由、诚实、社会承认、舒适、享乐和平等"的个人主义文化与集体主义文化进行了嫁接，将个人主义文化作为接穗嫁接到集体主义文化的砧木上，彼此愈合成为一个整体，使其成为集体主义文化的有机体。女性文学的价值在于促使接穗（个性主义文化）与砧木（集体主义文化）的形成层紧密结合，以确保接穗成活。

　　第四个价值维度是男性气质与女性气质。生命的两重性把人类自然地分成了男性与女性，文化的男性气质与女性气质倾向规范着人们的行为，影响着他们的价值观。生物禀性与生理功能的差异使男女双方的社会角色、社会分工有所不同，两者的关系变化体现了其在社会关系建构中价值取向的变化轨迹。关于此，女性主义研究者有五种观点与立场。男女相异—男尊女卑，男权制，父权制；男女相同—男女平等，自由主义女性主义；男女相异—男女平等，社会主义女性主义；男女相异—女尊男卑，文化女性主义和激进女性主义；男女混合—男女界限不清，难分高低，后现代女性主义。②但无论是传统社会，还是现代社会，都不同程度地存在这样一种倾向：男主外女主内。男性主

---

　　① ［美］丹尼尔·贝尔：《资本主义文化矛盾》，赵一凡等译，生活·读书·新知三联书店1989年版，第83页。

　　② 李银河：《女性主义》，山东人民出版社2005年版，第11页。

要负责经济收入和社会交往，女人负责照顾家庭与孩子。在霍夫斯泰德的调查中，日本的男性气质指数值为95，居50个调查国家之首，这表明日本社会重视男女不同的角色，男性获得更多的关注、机遇与报酬，在解决冲突时不轻易让步，求胜欲较强，宗教观念较为浓厚，对性的态度比较保守。这一时期获奖女作家的文学创作立足于后现代主义、后现代女性主义，不再将男性气质与女性气质置于"非此即彼"的二元对立，而是进行了文化女性主义和激进女性主义的突围，客观、高明地将女性回归于"自然人"的范畴，在"只有废除了资本对男女双方的剥削，并把私人劳动变成一种公共的行业以后，男女的真正平等才能实现"① 的高度，通过自身具有某种超越理性的直觉，洞察人与人之间以及一切生命形式之间的微妙联系，通过小说主人公表达这一时代日本社会的价值倾向性。女作家作为女性表明自己的立场，表现出有别于传统，有别于男性的文学特征，争取话语权，谋求认同，自觉或不自觉地对言说方式进行选择，既是自然的，又是刻意的，更是策略性的。

长期定位与短期定位是霍夫斯泰德考察的第五个价值维度。长期定位是指以未来回报为目标的道德培养，特别是对节制和刚毅的培养；短期定位则是指对与过去和现在相联系的道德培养，尤其是对尊重传统和履行社会职责的培养。长期定位与短期定位这一维度对于儒家文化圈的中国、日本更具有说服力与针对性。在霍夫斯泰德的调查中，日本的长期定位指数值为80，仅次于中国，属于长期定位指数较高国家。长期定位是日本价值取向的传统保留曲目，即使是后现代社会的今天，由此衍生出的"耻感意识"的价值取向依然是"日本人绝对的价值取向，聚焦在人与人之间所形成的气场，以及彼此之间相对和谐

---

① 《马克思恩格斯选集》（第四卷），人民出版社2008年版，第26页。

的影响之中"①。此外，思维方式上惯用归纳与合成，注重节俭、人际关系和社会教育，把勤俭、谦虚、忍耐和刚毅看作美德，重视长远效应，强调社会伦理，提倡和谐与人治，长于综合性思维。当然，每一种文化都有自己独特的"时代"意识或"内在精神"，"每一种文化，每一历史'时期'，以及与它们相应的那个社会，都是由一个结构严密的整体，由某种内部原则束扎成型"②。平成年代芥川奖获奖女作家一反具有"反传统""去中心化""碎片化"的后现代主义的潮流，勇于向传统致敬，在思维方式、文化品格方面积极向传统要答案，无论是语言表达，还是日常生活，无不内含日本传统文化元素。人际关系的梳理与建构中，时不时地让诸如吟子、桃子等女性长者出现，或是言传身教，或是隔代间相传，潜移默化地将上一代、上上一代的价值观、道德观、世界观予以传承。看似日常性书写，却传递出绝对价值与相对价值的引导，是女作家们直奔时代思考的大问题，思考历史性与时代性的结合。

霍夫斯泰德的研究表明，价值取向是一个由相关的价值所形成的体系，由价值观和机制构成，因不同历史时期社会结构与文化结构的调和，价值观会有所变化。获奖女作家紧紧抓住了价值取向的系统构造，从价值观、认知、情感与意志等方面入手，在"破型"与"构型"的平成年代，用比较宽泛的视点对社会现实进行了多角度的扫描与透视，从不同侧面书写日本人的价值观、生活观、审美观，在文本与现实之间书写着当下日本人的价值取向，通过文学引导阅读者在尊重不同的价值观基础上协调与引导不同的价值取向。

虽然平成年代获奖女作家的 30 部获奖小说的创作是女作家们的私

---

① ［日］黑川雅之：《日本人的八个审美意识》，王超鹰、张迎星译，中信出版集团 2018 年版，序言。

② ［美］丹尼尔·贝尔：《资本主义文化矛盾》，赵一凡等译，生活·读书·新知三联书店 1989 年版，第 54 页。

人创作，并没有统一的、集体的构思与设计，但是当我们将这些作品置于霍夫斯泰德的五个文化价值取向的维度中进行考察时，可以看到30部小说围绕价值取向问题而形成的共识。基于此，本研究运用后现代主义、后现代女性主义等理论展开研究与分析。从个体主义和集体主义、权势距离、不确定性规避、男性气质和女性气质、长期定位与短期定位五个价值取向维度出发，以"价值追寻"为主线，将日本当下社会、人生的大问题与作家的文本世界建立密切关联，对价值取向进行深入研究。通过对芥川奖获奖女作家文学景观的构筑，关注获奖女作家文学中新意义的生成，以"社会问题"为视点对获奖作品进行归类，分析静态文本所追求的价值取向，透视作家对社会现实认知所表现出的价值判断，探讨价值取向的现实动态反映（被阅读和被谈论），剖析价值取向对日本国民社会心理的影响。把握作品深层的话语结构，分析作品中身份追寻、价值取向的轨迹，及获奖女作家形塑"社会价值"的方式。通过对平成年代芥川奖获奖女作家及其作品的系统分析，不仅有助于更深入地观察、理解日本社会文化，总结目前中国学界对获日本芥川奖作家及其作品的零散性研究，把握日本当下文学的走向，更有助于剖析日本社会心理变化和价值取向，探讨中国文化建设的参照因素。

第一章　自我意识的弱化与迷失

平成年代因社会转型而引发的一系列成熟社会病的重要的病因之一是日本社会由来已久的群体意识与集团意识的悄然变化，集体社会意识开始崩溃，直接影响到个体层面，辐射到人、群体、社会的文化心理，进而影响到日本人价值取向。这种转变所带来的前所未有的不安与不适应自然波及了家庭、职场和人际关系，改变了人们的生活与工作习惯，改变了人们的思维方式，以"宅思想"为代表的"个人意识已经开始在生活中浸透"[①]。社会个性化的演变给青少年社会化带来的后果便是个人独立性、自律性的或缺以及家庭内部的个人自闭性。面对一个新的有别于日本集团意识的环境，一个特殊的成长土壤，在家庭社会化功能衰退的社会现实中，青少年成长首先陷入了自我的迷失。芥川奖获奖女作家高度关注青少年成长问题，用自己的创作见证了当代日本年轻人自我确立的青春岁月，用文本勾勒出了"宅思想"参与他们成长、成熟的历程，从权势距离是否继续奏效、语言行为性别中性化的男性气质和女性气质的调和、集体主义与个人主义等价值取向维度思考与探索社会转型期自我意识的弱化与迷失问题。

平成年代，一批描写青年成长的小说先后获奖。松村荣子的《至高

[①] 黄亚南：《谁能拯救日本：个体社会的启示》，上海辞书出版社2009年版，第241页。

圣所》(第 106 届),大道珠贵的《咸味兜风》(第 128 届),绵矢莉莎的《欠踹的背影》,金原瞳的《蛇舌》(第 130 届),青山七惠的《一个人的好天气》(第 136 届),川上未映子的《乳与卵》(第 138 届),赤染晶子的《少女的告密》(第 143 届)。这些获奖女作家及其作品书写了"宅思想"浸润下的"新人类"的中学生、大学生以及"飞特族""朋克族"等多种类型的"御宅族",书写了从"另类"的自我迷失、社会迷失到自我确立、他者确立的成长物语。通过引导年轻人选择和确定自己的社会角色,选择符合社会发展与社会潮流的"价值取向",从文学层面呈现了在"社会"中寻求自己的"御宅族"的精神史。

第一节 "宅思想"与"自我意识"的弱化

"御宅"(Otaku)一词最早见于1981年6月日本女小说家新井素子在《综艺》杂志上发表的随笔《我,旅行去了》,文中用"御宅"一词称呼朋友"弘子酱",是第二人称说法比较早的用例。1983年中森明夫在《漫画布力克》中分三期连载了《"御宅族"的研究》,"御宅"这个词在漫画迷之间普及。[①] 20 世纪90 年代,随着日本动漫、科幻在亚洲和世界其他国家、地区的输出和迅速蔓延,"御宅"作为外来语成为欧美等语言中的新词语,连同"御宅"文化引起世界各国广泛关注,形成了全球性的文化现象与后现代社会的一种新的思潮。从最初中森明夫的"御宅歧视"到大塚英志对"新人类文化"的重新认识,这种"思想体系"不断演绎,由最初"处于'御宅'地位的'新人类'们是不具有叙述它的语言的"[②],到已经逐步常态化与正统化,

---

[①] [日]大塚英志:《"御宅族"的精神史1980年代论》,周以量译,北京大学出版社2015年版,第15页。
[②] [日]大塚英志:《"御宅族"的精神史1980年代论》,周以量译,北京大学出版社2015年版,第39页。

甚至可以认为是当今社会思想史的重要组成部分。在互联网技术普及的日本，在虚构的现实与现实的现实的重构过程中，"御宅文化"也由最初的弱小，逐渐与"全球化"紧密相连，形成了有机系统。作为亚文化的新样态，以"土著文化"和"地方性知识"为标志的宅族现象——"御宅族"的生活方式、人际交往、身份认同等大多在虚拟的网络空间中得以完成，"新的'世间'取代社会，在假想的现实领域中迈出了第一步"①。将近30年的发展历程中形成的一整套系列"宅思想"贯穿于平成年代始终，进入令和时代仍未消失。

作为日语中的一个新词语，"御宅"语义上表示"您的家"，语用上形成了语义场，承袭了日本"间人"文化、"耻感"文化背景下的人与人的交往方式。首先，在说话者与听话者之间预设了距离，表示对听话者的尊敬，表明交际双方是互不相交的两条线，都是以客观的眼神凝视着对方，还谈不上他们之间的亲疏关系。其次，20世纪80年代日本社会出现了一批以青少年为主体的动漫画迷，他们之间以"御宅"来互相称呼，表达了"请展示你（御宅）的收藏"的言内语用意义，进而衍生了"御宅"的言外之意，我们之间关系不要太接近，你有你的世界，我有我的领地，不交集、不来往。作为伴随动漫文化和快速发展的现代媒介而出现的一个独特的社会群体，"御宅族"不区分年龄段，但以青少年为主体，具有比较相同或相近的心理基础和特定的生活方式，最突出的表现是对动画片、漫画、游戏产品及相关文化的极度痴迷，对正常的学习、工作失去兴趣。通过各种媒介，可以不顾一切地，不惜花费大量时间、金钱收集各种喜好的漫画、动画、动漫角色模型，对于参加或组织与其喜好的动漫相关的活动情有独钟。他们的生活方式与同时代的其他人相比，具有一定的独特性。虽然对

---

① ［日］大塚英志：《"御宅族"的精神史 1980年代论》，周以量译，北京大学出版社2015年版，第199页。

于自己沉迷的事物无所不知，希望把想知道的事情尽量记入脑中，以成为某个流行的"玄人"而自我满足，但对其他事情不会主动去接触，麻木或是漠不关心，对于自己分内应该做的事情也是以"素人"姿态对待。因此，他们完全封闭在自己的世界中，非但不觉得自己的行为是没有意义的，反而每天过着很满足的生活。平成年代女作家们敏锐地抓住这一社会现象，全方位书写了"御宅族"的现实生活，呈现了不同社会群体的"宅思想"。她们从"御宅族"自我意识的弱化着手，在同一性的迷失、肉体冒险的挫折中剖析这一时代人们的精神世界，在迷向与痛中进行暗示与引领。

一 家庭沦丧后的自我意识弱化[①]

西方现代文明的关键词是"主体的生成"[②]，而"日本人被认为缺乏主体性，没有确立自我"[③]。日本传统文化中，主体缺失被客体化。日本人总是介意他人的眼神，在意别人如何看待自我，各式各样的他者的眼光与评价经常在自己的生活中发挥重要作用。这种自我意识的不确定性导致日本人在重大情况下，缺少判断力，容易出现犹豫、迷惘的倾向，"这种倾向不是缺乏为了决定所需要的判断力，而是从预想行动的结果中产生了不安，预想不安走在前面，这是日本式的'预先主义'的一种"[④]。这种自我构造与日本的集团意识、"集团我"有着密不可分的关系，在霍夫斯泰德的调查中，日本属于典型的集体主义

---

① 本部分中与松村荣子《至高圣所》相关的研究内容由课题组成员王爱军副教授等发表于《佳木斯职业学院学报》2018年第9期。
② [法]罗兰·巴特：《符号帝国》，江灏译，载《詹伟雄导读》，（台北）麦田出版2016年版，第36页。
③ [日]南博：《日本人的心理 日本人的自我》，刘延州译，社会科学文献出版社2014年版，第183页。
④ [日]南博：《日本人的心理 日本人的自我》，刘延州译，社会科学文献出版社2014年版，第187页。

文化国家。而战后日本的价值观却被美国强行改变。1946年1月1日，麦克阿瑟迫使裕仁天皇发表《人间宣言》，宣布自己不是神而是人，自我否定其所拥有的神权，并以立法的形式改革天皇制，新宪法取消了天皇总揽国家一切统治权的权力。"人神互换"后，日本人的精神灵魂被抽空，原有的精神支柱被摧毁，效忠天皇的价值取向同时也被击碎，取而代之的是美国人硬性、巧妙置换、植入的个体主义价值观。大江健三郎回忆说，《终战诏书》播放当天，他们全村的人，包括小孩，都聚集在村长家及周围，听着收音机里传出来的声音。最先听懂的是村长，他走出屋门，流着眼泪跟村里人说日本完了。就在这时，大江的母亲用极低的声音在他耳边悄悄告诉他："这只是他完了，你将来可以迎来新的人生。"① 第二次世界大战后人们生活疾苦，又指不上天皇，怎么办？需要新生，需要解放、觉醒，需要努力建构一种新的价值追求，成为新的奋斗动力。恰是这种努力、奋斗的追求精神，使得战后的日本没有一蹶不振，反而以欧美为样板，为方向，努力奋进。随着群体社会的瓦解、新自由主义改革的深入，日本进入个性化社会，各项制度也逐步向个体社会过渡，原有的个人我、集团我、家庭我等集团一体化意识被摧毁。两种本质完全不同的社会更替，迫使日本社会进入痛苦的价值观改造时期，导致平成年代日本人的自我意识弱化与迷失。作为"新人类"的新一代青年人，对经济发展简直漠不关心②，"他们始终都在玩着差异化的游戏"③，"御宅族"的典型特征是对某一事物的执着与痴迷，表现出"无足轻重"的无名鼠辈与"是个人物"的自己之间的差异，"这是御宅文化内部的一种差异化运动，是

---

① 徐航：《平成十二年》，北京联合出版公司2018年版，第9页。
② [美]傅高义：《日本第一》，谷英、张柯、丹柳译，上海译文出版社2016年版，第14页。
③ [日]大塚英志：《"御宅族"的精神史 1980年代论》，周以量译，北京大学出版社2015年版，第23页。

'御宅族'的阶级斗争"①。因此,"宅文化"可以看作日本人文化建构的一种突围。

(一) 内在家庭生活的丧失

长期定位与短期定位是霍夫斯泰德考察的价值维度之一,研究显示,日本这项指数较高,表明社会成员注重节俭、人际关系和社会教育,将勤俭、谦虚、忍耐和刚毅看成美德。日本人在经济高度发展时期,非常看重长远效应,家庭在人类文化传承中始终扮演着重要角色,这种文化价值的长期定位对家庭成员的行为和规范具有显著的影响。但转型期出现的新的文化集团"御宅族",他们的价值取向的长期定位与短期定位不断调和,影响着当下日本人,尤其是年轻一代的价值观的形成,第106届芥川奖的获奖者松村荣子在获奖作品《至高圣所》里对此进行了深入的思考与探寻。

松村荣子1961年出生于日本静冈县,毕业于筑波大学比较文化专业。1990年发表的《我是辉夜姬》获得海燕新人文学奖,随后发表的《至高圣所》荣获1991年下半期的芥川文学奖。她的作品还有《人鱼的保险》《茶道少主京都出走》等。松村荣子的《至高圣所》里的主人公都不同程度地具有"御宅族"的特质,这个特质与各自的家庭背景相关联,作者透过小说尝试着分析内在家庭生活的丧失给这群大学校园内的"御宅族"带来的影响。

《至高圣所》以第一人称叙事,作品的叙事者"我"即青山沙月进入大学后,选择加入了矿物研究会学生社团,对矿物研究深感兴趣,经常在学生宿舍的房间里孜孜不倦地敲打石头进行研究。性格沉静、行为规范的沙月和展现出奇特行为的宿舍室友渡边真穗,从最初的格

---

① [日]大塚英志:《"御宅族"的精神史1980年代论》,周以量译,北京大学出版社2015年版,第16页。

格不入，到相互了解，渐渐地显露出了某些地方的共同点：真穗对与继父之间微妙关系的感受，沙月对以姐姐为中心的家族结构的变化认知，在各自的现实世界中，同样地感受着孤独与落寞。真穗初中时代丧父，大学入学时丧母，曾经一度陷入沉睡，在睡梦中弥补现实的缺憾，更进一步创作了以古希腊阿斯克勒庇俄斯神殿最深处的梦治疗场"至高圣所"为舞台的戏剧剧本，渴望着自己的戏剧能够公演，用戏剧治疗自己无法满足的内心缺失，平复自己心灵的创伤。沙月生活在以美貌的姐姐为中心的家庭之中，姐姐是家族生活的希望，更是"我"的精神寄托，而姐姐结婚怀孕，自己却全然不知，父母也对其忍让默许使沙月无法接受，深陷于被亲人疏远的孤独之中，沙月彻夜难眠深夜来到图书馆门前，在大理石柱下，在这个臆想中的"至高圣所"的所在，祈盼可以治愈自己心灵的创伤。"作者的小说设计很连贯，创作出一个客观坚固的世界是年轻作家走向成熟的道路。"① 青春的痛苦与迷茫是每一个人走向成熟的必经之路，"这里描写的大学住宿生们的生活可能是1980年代的东西，但是这个情景映射出亘古不变的青春姿态"②。《至高圣所》对主人公的描写呈现出新创办大学校内新生大学生活的明线索，以及各自家庭的暗含线索。图书馆的正面是作品中非常重要的舞台背景，这是巨大的石头建筑物，是无机质的王国，主人公沙月加入了矿务研究会所小组。"仿造筑波大学，以宽大的群落似的大学空间为背景，描绘了女子学生枯燥的生活感觉和悲痛的心灵，让人感受到小说的新鲜度和感性，这个女子学生之所以被吸引，是因为大片琉璃与大理石柱等拥有'整齐的轮廓和安定的结晶构造'的矿石世界，对深埋人内心深处的庸俗的血肉关系的背叛，明明感受到自己

---

① [日] 大江健三郎：《新しい無機的な場所で》，《文藝春秋》1992年第3期，第392页。
② [日] 大庭美奈子：《なつかしい情景》，《文藝春秋》1992年第3期，第392页。

的痛,却又在拒绝中慢慢地感受,着实捕捉到了现代人类痛苦的意识。"① 这种痛通过隐形线索"不是抓住大学生活的密闭空间,而是涉及登场人物们之间的家族关系,这可以说是作品的宽度和深度"②。作者通过明线隐喻书写暗线,表面上写一群大学生的王国生活,实际上探讨了他们自我意识弱化的家庭缘由。

  作品的主人公"我"从高中时开始着迷于青金石等矿物质,进入大学后更加沉迷于对各类矿物质的研究。"我"拥有着大家羡慕的"美满"家庭。"我"有一个与众不同的姐姐,她有着美丽的容貌和出色的钢琴表演才能,在学校甚至拥有歌迷俱乐部。"我"爱姐姐甚至超出她对自己的爱,而发电所工作的父亲和操持家务不问世事的母亲也因为邻居们对姐姐的赞美而备感欣喜。"大概我的家人全部都是因为爱她而觉得满足。(中略)总之家庭是和平的。餐桌的四个椅子都有人在,即使是发生世界战争我们也会幸福吧。特别是姐姐的椅子很重要。这是因为我们的幸福从外部得到保证的原因是经常听到对姐姐赞美。我们是爱自己的'姐姐的父亲''姐姐的母亲''姐姐的妹妹'。"姐姐的成就与成功就是我们最大的骄傲,"我"也事事以姐姐为先,心甘情愿地为姐姐未来的美好前程让路,甚至在关乎自己未来命运的大学选择上都是优先考虑姐姐的利益,"总觉得姐姐也会接受音乐大学。我要考虑家庭开支,于是考虑升学时没有确定方向。没有什么特别想去的大学理由是因为万一姐姐有了成为钢琴师的可能,我想全面的支持"。对于"我"而言,姐姐具备了"我"并不具备的才能,她是我的精神偶像,对于我们家庭来说,姐姐成功考取音乐大学,让邻居羡慕就是最大的家庭价值,即便舍弃作为妹妹的"我"的未来也没关系。"我"单纯而无私地崇拜着姐姐,时刻准备着为家庭的利益做出牺牲,因此当姐

---

① [日] 田久保英夫:《人と鉱物のあいいだ》,《文藝春秋》1992年第3期,第393页。
② [日] 黒井千次:《石の領域》,《文藝春秋》1992年第3期,第394页。

姐没有考上音乐大学而随便找了一份工作时,"我"极为震惊。"姐姐没有考上音乐大学。于是突然说她不去上大学了。一次考不上大学是无论如何也不可能会成为钢琴家的,只为了成为钢琴老师毁掉妹妹的前途,上大学是没有意义的。母亲和我,恐怕连父亲也目瞪口呆。这看似是为妹妹着想的发言对我们来说是荒唐的背叛。她随意在邻县找个保养所的工作。她不仅抛弃了父母,甚至连我都抛弃了。"① 于"我"而言,姐姐没有去音乐大学就想去工作也无所谓,只是以"为了妹妹"为借口,无论如何"我"都不能容许。如果说这是"我"第一次因姐姐的曲解与背叛而感到委屈失落,那么"我"大学暑假回家,听到姐姐结婚怀孕而父母也默许了的消息时,所感受到的就是愤怒了。"那不是我所知道的姐姐,仿佛也不是熟悉的父亲和母亲。感觉像是隔着幕布偷窥别人的家庭一样。我上大学期间,姐姐悄悄地把父母带到一个地方游玩。三人结伙只有我被疏远在外,现在如果对这个婴儿的诞生不满就不能成为他们的伙伴。但是为什么我要卑躬屈膝地向他们献媚呢。"② "我"真的受到打击,曾经属于"我",仅属于"我"的姐姐背叛了"我",离"我"而去,爸爸妈妈也像是她的同盟,曾属于"我"的家庭坍塌崩溃,"我"在内心世界成了"弃儿"。坚守家庭的"我"失去了精神支柱,"家庭"分崩离析,巨大的失落感使我焦躁不安,从不失眠的我竟然三天无眠,"像真穗戏剧中的国主那样。想睡觉时感受到噩梦带给他的苦恼。"③

(二) 外在家庭生活的丧失

渡边真穗的登场方式极为特别,第一次出场就是大学报到迟到两

---

① [日] 松村栄子:《至高聖所》,福武书店 1992 年版,第 43—44 页。
② [日] 松村栄子:《至高聖所》,福武书店 1992 年版,第 106 页。
③ [日] 松村栄子:《至高聖所》,福武书店 1992 年版,第 108 页。

周突然出现在宿舍里,并且对一切不闻不问,倒头大睡,从星期二睡到星期五。不仅其外貌与"我"的想象相差甚远,病态的消瘦、黑色的短发,"随意穿着男士大衬衫,别说大小姐了有点像空腹流浪汉的样子,从衬衫的下摆露出木棒般的腿"①。其行为更是让沙月极为困惑:搬入宿舍大批的家用电器、化产品,几乎与入舍同时,她开始参加新闻会、志愿者和剧团的活动。刚开始的时候"我"不问,却也逐一把各项活动向"我"汇报,参加多个活动的结果是她的生活超繁忙。真穗使我备感困惑,"我们没有共同点,如果兴趣的方向不同,思考方法就不同,行动方式更是南辕北辙"。同一空间的两个人总是擦肩而过,彼此对对方都没有指责,也毫不关心,甚至彼此都放弃了交流。

  随着时间的推移,真穗的种种格格不入渐渐有了答案:初中时代她的亲生父亲就去世了,刚考上大学准备报道时母亲也离世了,原本温馨的家庭生活荡然无存。之后每周,她都穿上与平时不相符合的裙子并且化妆去见继父。"用心打扮?啊,是这样。这是作为女儿的舞台衣服。"② 她通过这种方式想去寻觅一个让她安心、温暖的家庭,即使是每周不辞辛苦地从学校回到东京的家,去见毫无血缘关系的继父。

  "家庭本质上的机能就是养育孩子,实现家庭成员精神上的安定。"③ 对于我们每个人来说,家庭是建立最亲密人际关系,孕育最浓厚情感的场所。而家庭的缺失是人类最难以承受的痛苦,对于坚强的真穗来说,尽管没有在任何人面前表现出悲伤,却仍然希望找到可以治愈自己的地方。在现实的世界中无法得到,就要在幻想的世界中寻找答案。真穗废寝忘食地创作了自己的剧本,千方百计地渴望自己悉心创作的剧本能够在大学校庆时公演,却遭遇了重重障碍,以失败告

---

① [日]松村荣子:《至高圣所》,福武书店1992年版,第42页。
② [日]松村荣子:《至高圣所》,福武书店1992年版,第74页。
③ [日]青井和夫:《家族とは何か》,講談社1990年版,第17页。

终。真穗备受打击,"校庆之后的真穗似乎一如既往地行动着,却好像缺乏生机,不像从前那样巧言善辩,和朋友们交谈时被动草率的态度很明显。可能因为戏剧没能上演很受影响。我非常清楚她到底有多努力。那对她来说不是简单的戏剧而是起到像是精神治疗的作用"。剧本失败,和学长的爱情没有结果,"我"以为她会哭泣,然而真穗却没有哭。所谓泄气不是悲伤叹气,也不是抽出身体的力量,"我"终于明白了什么叫失去全部力气。而且这是比悲伤叹气更危险的状态。"每周都回家的真穗,现在生活上张弛有度,倒不如说是为了把精力放在有必要的事情上。但是如果回去也是笑得很勉强,刚刚回来的她脸色也是土色,看起来不健康。"忍受着巨大不幸的真穗"像摔倒似的倒在床上,蒙上被子。就这样大概要睡吧。又是几晚不会醒吧。因为睡觉之外是不能被治愈的"①。

(三) 寻找精神的寄托之所

"至高圣所"一词来源于古希腊神话故事,它是阿斯克勒庇俄斯治疗患者的地方。阿斯克勒庇俄斯是太阳神阿波罗的儿子,他怀着拯救全人类的崇高志愿,经常在荒山野林考察动植物,寻求防治疾病的药物,他以医术精深闻名。阿斯克勒庇俄斯的神殿也是其治疗的场所,他在这里进行外科疗法和温泉疗法,而在神殿最深处则是实施梦疗的"至高圣所"。在"至高圣所"中,病人在圣廊中睡觉做梦时,阿斯克勒庇俄斯的医术就会传送到病人身上为其治病。② 松村荣子将至高圣所作为其小说的名字,本身寓意就非常明显:现代病疗愈需要一个至高圣所,需要睡梦,需要停下脚步,需要在理想中寻找人生坐标,需要

---

① [日] 松村荣子:《至高聖所》,福武書店1992年版,第117页。
② [苏联] M. H. 鲍特文尼克等编著:《神话辞典》,黄鸿森译,商务印书馆1985年版,第31页。

静下心来自我定位。因为睡眠是婴儿最初的生命形态,在母亲的子宫中沉睡时的安全温暖的记忆成为每一个人最初的生命体验,"在梦中有神的告知,睡眠让我好像死了一次又重新恢复健康的身体"①。真穗在遭遇每一次重大挫折时选择沉睡正仿佛是回到了母亲的子宫,在漫长的睡眠中获得安全,也获得再次重生、成长的勇气。隐喻了当今社会因缺失来自母亲、母性的安全感而导致自我意识的弱化。

如果真穗所创作的剧本中的"至高圣所"是其内在家庭向往,那么存在于现实世界的大学校园中图书馆前的大理石柱围成的"至高圣所"对于"我"来说就是外在的精神寄托。美国符号论美学家苏珊·朗格认为,"艺术品就是情感的形式或是能够将内在情感系统地呈现出来供我们认识的形式"②。"我"在图书馆门前的大理石柱下有了困意,是因为大理石的质感与青金石一样,是一切都拥有分明的轮廓和稳定的结晶构造的矿石世界。稳定的结晶构造不会改变,犹如"我"心中向往的家庭结构,只有稳定不会发生变故的家庭才能带给我安稳。

在真穗创作的剧本中,患病的国主和对人生烦恼不已的女儿在阿斯克勒庇俄斯神殿前相遇了。国主曾经为了权力不得不抛弃了自己的女儿,现在他拥有了让国家富裕、现世幸福的能力,但每夜都做着与过去有关的奇怪的噩梦。女儿艰难地度过了贫穷艰辛的少女期,好不容易找到了幸福,即将结婚之际,未婚夫却在婚礼前夜去世,女儿对自己的命运无限担忧。他们都想在神殿的至高圣所中得到治愈,然而却被至高圣所拒之门外。开始来求医的两个人都沉浸在各自的悲伤中,彼此并不关联,当他们因被拒绝而绝望,打算离开的时候,没有关联的各自独白终于转化成对话。最终他们领悟到彼此是亲子关系,彼此互为病根,终于他们相互交流、谅解,彼此的噩梦被治愈,迎来了大

---

① [日]松村荣子:《至高聖所》,福武書店1992年版,第72页。
② [美]苏珊·朗格:《艺术问题》,滕守尧译,中国社会科学出版社1983年版,第24页。

团圆的结局。

真穗与"我"也恰如其剧本中的父女两人,从彼此互不关联到最终对家庭的向往,奇妙地联系在一起,"不管那是什么样的人,那个人在我眼前做料理的那一刹那,会产生无条件的信赖感是为什么呢?我们总是在挨饿吗?比起说一句华丽的话,在和晚餐风情相适合的餐桌前,我感到我的心一直和真穗互相依偎着。在她醒的那天给她做三明治的夜晚,真穗也是这样依偎着我的心情吧"①。亲人般的相互关爱使两颗受伤的少女之心得到慰藉,"爱是人类交流最自然的情感与最原始的情愫,爱是生命起航的起点,是重构自我、重新开始生活的起点"②。在与家庭的解离中认识自我,又在对家庭的向往中重新构建自我,不断探索成长之路。

"一个小说表现的现实,即它对现实的幻觉,它使读者产生一种仿佛在阅读生活本身的效果,并不必然是也不主要是在环境上、细节上或日常事务上的现实。"③ 松村荣子展现给我们的是性格迥异的两个人——青山沙月与渡边真穗在同一个宿舍里生活的故事。真穗和"我"在遭受挫折后,努力摆脱困境,开始意识到自己作为独立的个体应该具有自我的主题精神和价值。在成长的漫漫征途上"就是不断探寻自己。在哀悼自己已然丧失的东西的同时,又增添了对世界新的认知。并由此下定要在现世好好活下去的决心"④。过程中免不了伴随着伤痛,现实与理想之间的冲突是不可避免的。在成长的过程中,女性开始构建自我,真正成长为精神有所寄托的独立个体。现实生活如同干燥的

---

① [日]松村荣子:《至高圣所》,福武书店1992年版,第156页。
② 王玉英:《现实书写与身份追寻——新世纪日本芥川奖获奖女作家及其作品研》,吉林出版集团有限责任公司2015年版,第172页。
③ [美]勒内·韦勒克、奥斯汀·沃伦:《文学理论》,刘象愚等译,江苏教育出版社2017年版,第248页。
④ 刘研:《日本"后战后"时期的精神史寓言——村上春树论》,商务印书馆2016年版,第82页。

矿物质，需要"我左手戴着军用手套，右手握着铁锤"，"敲着、看着、触摸着，也许能模糊地看出来，这不是石英可能是方解石。即使多次看图鉴不摸到实物的话也是没有意义的"①。人人都应当是"石头鉴赏公主"，希望现代人"在睡眠外被治愈"，这说明现代社会人的自我意识弱化的原因在于离开现实社会太久了，需要接触现实社会，游离、"宅"、放弃交流都只会导致无尽的自我意识弱化。小说最后给出了答案——"真穗睡眠之外的治疗失败了，不管怎样都要进入神殿的门，必须到至高圣所"。现代社会的至高圣所是图书馆，是大学。"在广场亮光处，岩石背后池塘边缘处坐下。正对面是图书馆，右手边是讲堂，左手边是理学部的楼，脚下是斑岩石的石阶。它们沾上夜里的露水放出更加寒冷的光芒。图书馆圆柱下是曲缓的铺成扇状的石阶。我眺望着青白色的风景很长时间。虽然皮肤像结冰一样寒冷却让人感觉心情舒畅。"②

二 身体交换中的自我意识弱化

近代以来，日本社会形成了男主外女主内的男女社会分工模式，按照霍夫斯泰德的调查结论，日本社会男性气质指数达到95，是比较符合现实的。平成时期开始进入个性化社会，女性纷纷从家庭走向职场，力图通过自己的努力来摆脱男性的束缚，是否现实与可行，女作家在不断的探讨中。大道珠贵的《咸味兜风》2002年获得第128届芥川奖。大道珠贵，1966年4月生于福冈县，2000年以小说《裸》获第30届九州艺术节文学奖，完成了作为小说家的出道，2005年又凭借《伤口上的伏特加》获第15届文化村德马戈文学奖。其代表作品有《离经叛道的孩子》《裸》《甲鱼》《忧郁的草莓》《准日本小姐热海》

---

① ［日］松村荣子：《至高圣所》，福武书店1992年版，第106页。
② ［日］松村荣子：《至高圣所》，福武书店1992年版，第176页。

等。大道珠贵多以博多方言进行写作。《咸味兜风》描写了34岁的小镇女子美惠追星失败后，以算计、报恩为目的与老人同居，期望通过身体交换获得利益，获得生存。小说"完整地描写了人和人际关系"，主人公美惠由开始与小镇明星游先生身体交往的倒贴到与老男人九十九交往的盈利的转变，显现了平成年代中期"御宅族"边缘人、社会底层人的自我意识从无目的到有目的弱化的转变。

（一）性表达的主体符号化

"1983年前后是'御宅族'成立的时期，理由之一是性表达发生了变化。"[①] 20世纪80年代，性表达的变化体现为"性表达出现了符号化的现象；性表达的主体开始转移到的女性一方，与此同时，性中的性别出现摇摆；性与自我意识的背离"[②]。美惠与游先生与九十九的性交往有着不同的含义：与游先生的性活动是美惠身体符号的"宅"的内涵显露，满足自己对美，对异性的盲目追求的欲望，在与之性的互动中，确立自己的女性身份，但却失去了自我意识。凡是游先生喜欢做的事情，美惠是没有条件的，具有与其年龄极为不符的盲目与冲动，甚至生活在幻想中，期盼与游先生的第三次乃至第N次的身体交往。"不可能，不可能，尽管心里知道，但却还是不能死心。只要自己有这么个决心，总感到与游先生还会有缘分。"[③] 其实美惠一直生活在幻想世界里，因为只有在想象的世界里满足了某种虚荣心，甚至是所谓的对异性的爱，这是精神层面的追求，具有虚幻性，并以此来对抗对嫂子"虎牙妞"的种种不满。而与九十九的身体交往源于生存的需

---

① ［日］大塚英志：《"御宅族"的精神史1980年代论》，周以量译，北京大学出版社2015年版，第29页。
② ［日］大塚英志：《"御宅族"的精神史1980年代论》，周以量译，北京大学出版社2015年版，第31页。
③ ［日］大道珠贵：《咸味兜风》，祝子平译，上海文艺出版社2005年版，第100页。

要，九十九有钱，可以满足美惠的物质生活需要，美惠不用再去打零工，可以去看游先生的太宰治"无赖派"以及"樋口一叶戏剧"的演出，求得与游先生见上一面，与九十九的交往过程充满了算计与应付，处处有游先生的影子。游先生、九十九是美惠身体符号所指的两个层面：想象世界与现实世界。对于"御宅族"来说，只要解决了现实世界的生存问题，其他的问题他们并不介意。他们只顾精神世界的虚幻与痴迷，甚至达到了忘我。同样是身体符号的能指形式，但表达的所指具有了双重性，体现了"御宅族"虚幻身份与现实身份的矛盾与冲突。

　　如果说此时的"御宅族"迷恋于动漫与网络游戏，美惠所居住的海边小镇，还没有那么与时俱进。简陋住处二楼哥嫂夜里的"翻云覆雨"导致了美惠"每天夜里的耳热心跳地痛苦万状"和"精神恍惚"。因此，对地方杂志上刊载的游先生小剧团的小广告产生了兴趣，看到游先生的照片心跳不已，开始了追星的历程。首先进入小剧团当临时工，寻找机会接近男演员，果真如愿以偿，并与游先生发生了两次性的交往。第一次因为"他对我来说，是在云端之上，不，起码是在屋顶之上，是憧憬已久的大明星"，因此，美惠将处女的贞操献给了游先生，尽管在性爱的三十分钟光景里，做爱技巧笨拙，"我果然是不称他意的"，但是，对美惠来说游先生是"我的第一个男人，这个男人太令我兴奋了，我只想着独自一味地享受着他的恩泽，陶醉在温柔乡中"。美惠是剧团的临时工，作为追星族，跟大明星有染，明知根本不会有什么结果，但还是"认为做得有价值，以后即使没有男人也无关紧要"。美惠在与明星的身体交往中，带有极强的主动性，完事以后，"下人似的殷勤地为游先生将鞋摆好，直至最后都沉醉在一种飘飘欲仙的感觉之中"。将自己活生生的身体符号化，实现了自己追星的梦想，只顾过程，不关心结果，自我陶醉在幸福感爆满的世界里。应当说，这种满足是美惠在现实的虚拟世界里发明了自导自演的其他装置，"通过礼仪"试图达到社会化的愿望。"通过礼仪"从此前的"场域""现实"中摆脱出来,成为一个大人的必经之路。她缺乏一个摆脱的现在或现实,因此,美惠必须恢复现实感,通过身体消费的实验,创造了一个达到目标后的新的自我形象。

　　第二次与游先生在一起,是在他闹离婚、经济比较落魄之际,他用电话将美惠约到小旅馆见面,目的只有两个,一个是解决吃饭问题,"一看到我他也不打招呼,眼睛只盯着我手里的寿司"。美惠在与游先生完成第二次云雨之欢后,兴奋地觉得自己捡到了什么了不起的宝贝。其实,这次只不过是游先生让美惠填补自己离婚的寂寞空缺而已,根本谈不上身体交换的对等,美惠始终处于单向性的。很快,这位男明星随着身价的提高,不断地更换女友,"那个女孩子不在了,马上就会有别的女孩子补缺,而且一个接一个地连绵不断。当然,那些女孩子也是一个一个地由崇敬到主动献身,最后也都逃不了被一脚踢开的命运"。在美惠预设的现实的虚构世界里,把游先生的身体作为了假想的性爱对象,之所以假想为游先生,是因为"大城市的明星是可望不可即的,游先生是小地方的演员,努力一把也许是有希望的"。美惠将游先生的身体当作一个符号,"近到他的身边,看上一眼,嗅一下他身上的气息就心满意足了"。抱着能与游先生"相爱,哪怕一回,则更是此生足矣",这样的幻想,离开了自己的故乡,来到了游先生的小剧团打工。与一般的"御宅族"一样,收集了关于游先生"有自己的住所,却经常在剧团同事家、便宜的小旅馆里甚至公园的长椅上过夜"① 的详细资料,然后付诸行动,虚构世界现实化,经过努力,在剧团后面小路上的一家小旅馆里,将自己的处女之身献给了游先生。游先生的身体就是一个符号,或许之前看到的杂志上是别的什么先生,那么与美

---

① ［日］大道珠贵:《咸味兜风》,祝子平译,上海文艺出版社2005年版,第90—98页。

惠发生性关系的就是其他的什么先生了。美惠就是要将由哥嫂的做爱声勾起的性欲望付诸行动,将虚拟世界现实化。因此,游先生的身体在美惠的世界被符号化。"如何从偶像身上挖掘身体性的方法问题,为了适应假象现实化的环境,偶像们被强行要求其身体的假象现实化。"① 美惠为游先生支付小旅馆的费用、寿司费用,如同购买了一本漫画杂志,在消费游先生的身体。如同"御宅族"迷恋自己的喜好一样,美惠喜欢游先生的身体,喜欢他的长相,喜欢他喜欢音乐的样子。关注游先生都与哪些女孩睡了,什么时候离婚,与出演樋口一叶的戏剧女演员结婚等信息。美惠更多的是期待与游先生的身体交往,即便与九十九进行性交时,她都会想起游先生。"世界朝着虚拟世界的方向发展并被重新认识,确切地说,人们按照世界由符号堆积而成的看法来构筑现实世界,就像现实由信息设计而成的一样。"② 美惠对待游先生的这个身体符号,是虚构世界现实化的实践,如同宫崎勤连环杀人一样,在现实世界中体验、享受幻想世界的精神追求。

美惠与九十九的身体交往则是现实版的符号身体。生活在日本的后现代社会的美惠,虽然在高中时有过被高年级男生猥亵的经历,但没有性生活的经历。高中毕业不想考大学,直接在鱼糕场工作。尽管在游先生小剧场的临时工、百货店的熟食柜台、百货店的牛肉盖浇饭店工作,还是欠下了九十九 30 万日元外债。为了活下去不得不与又老又丑的九十九同居,通过身体、性的交换,维持生计。只要活着就行,是"御宅族"的现实世界的物质追求。当美惠与九十九同居后,辞掉了百货店的牛肉盖浇饭店的工作,很容易获得她想要的生活。即便已经同意与九十九同居,美惠内心仍然惦记着游先生。"御宅族"的精神

---

① [日] 大塚英志:《"御宅族"的精神史 1980 年代论》,周以量译,北京大学出版社 2015 年版,第 93 页。

② [日] 大塚英志:《"御宅族"的精神史 1980 年代论》,周以量译,北京大学出版社 2015 年版,第 6 页。

追求不会受制于现实社会,他们的喜怒哀乐随着感觉走。34岁的美惠按照日本传统观念,也该真正成家、为人妻为人母了,但追星的美惠很显然不是这样想的。"御宅族"对现实生活要求很低,只要满足基本的生活需要,她们的"自我实现"与"自食其力"是在寻求主体到彻底拒绝主体中完成的。美惠与九十九同住在一个小镇上,认识了三十多年,"交往才短短两年","对他的印象却实在是十分淡薄,即使是现在坐在他的车里,看着他的脸,也还是感到非常的生分和陌生。而且不管与他在一起多少次,这种陌生的感觉总不能消失"[①]。他们之间没有任何感情的交集,美惠与他在一起时,并非心甘情愿,缺少了像与游先生交往时的主动性。"我们在一起睡过觉,但那算不算男女之间的相爱,我至今没弄明白"[②],之所以还能保持这种身体的交往,主要是因为九十九是个好人,"给了人帮助也不求什么回报。有事情去找他,他是有求必应"[③]。即使要与九十九在一起生活了,九十九给予了美惠极为宽松"什么也不管不问"[④] 的好日子,并将以美惠实名开的账户存折交给了美惠,但"月亮升了起来,我凝视着躺在身边的九十九那张老脸,我知道我在演戏"[⑤]。原本居住在同一小镇的老少两人,美惠为了生存需求委身于与她父亲年龄相仿的窝囊、善良的男人,只是为了满足生物体存活的需求,而生理需求、精神需求在九十九这里是没有办法得到了。在高度发达的日本社会,或许生物体的存活是第一位的,而生理需求、精神需求是第二位的。美惠在第一需求里灵魂是一个空壳,灵魂早已出窍,她不可能像以前的同学那样,"他们都已经成家立

---

① [日] 大道珠贵:《咸味兜风》,祝子平译,上海文艺出版社2005年版,第82页。
② [日] 大道珠贵:《咸味兜风》,祝子平译,上海文艺出版社2005年版,第87页。
③ [日] 大道珠贵:《咸味兜风》,祝子平译,上海文艺出版社2005年版,第123页。
④ [日] 大道珠贵:《咸味兜风》,祝子平译,上海文艺出版社2005年版,第83页。
⑤ [日] 大道珠贵:《咸味兜风》,祝子平译,上海文艺出版社2005年版,第124页。

业，成了体格魁梧的父亲，或是操劳家务的母亲"①。也不能向扮演樋口一叶的女演员借钱，实现自己的理想。而是靠借钱维持生计，靠出卖身体、赖账而过上不劳而获的生活。她希望全力以赴地拒绝"成为主体"的压抑，渴望"自己就是自己"，这是典型的当代"御宅族"的生存逻辑。

对于美惠来说，无论是在满足生存需求的九十九那里，还是在满足生理需求、精神需求的游先生那里，主体都是残缺的。随着对其两重性需求的追求，主体意识愈发走向弱化。"对主体世界来说，社会世界的结构与文化的变化，比世代交替的步伐要快。在个体的生命历程当中，社会世界不再是稳定不变的。这对身份认同的模式与主体形式带来深远的影响。"② 平成年代的日本处于社会转型期，这一时期由"内心世界"而产生的自我的性的身体意识也被发现，"无论其表达主体是男性还是女性，对性的身体的注视逐渐从作品中消失。性表达本身变得多余，与性相纠缠的主题已不成立，只是作为符号为人们描绘而已"③。美惠34岁还在追星，关于作为女性如何以"自然人"的状态生存、生活，美惠其实并不知道。但受到这一时期"宅文化"思想的影响，美惠具有了典型的"宅族"的思维方式。"作为近代终点的1980年代里，我们彻底地延迟了无论男女的'成熟'，我们生存于由此产生的一种时间差中。从人那里寻求'主体'的强大的社会力量正相对地弱化。"④ 这也是"御宅文化"与日本文化传统切断的地方。

都市作为符号发生了变化，为适应这个变化，美惠被要求发生

---

① ［日］大道珠贵：《咸味兜风》，祝子平译，上海文艺出版社2005年版，第86页。
② ［德］哈特穆特·罗萨：《新的异化诞生》，郑作彧译，上海文艺出版社2018年版，第59页。
③ ［日］大塚英志：《"御宅族"的精神史 1980年代论》，周以量译，北京大学出版社2015年版，第31页。
④ ［日］大塚英志：《"御宅族"的精神史 1980年代论》，周以量译，北京大学出版社2015年版，第293页。

"变化",身体符号化。"1980年代的消费社会时代的重心从作为使用价值的'物'转移到符号价值支撑的'物'的方面。"① 对于游先生、九十九,美惠的身体交往无论是身体本身还是交往行为都变成了一个符号,符号的意义与所指跟能指、符号的主体没有必然的联系,后现代社会,人们更多地关注符号的所指,符号的能指以及符号主体被弱化是再自然不过的事情了,当然拥有符号的主体——人的主体意识弱化也是情理之中的事情。受"宅思想"影响,人们根本不关注符号的提供主体,更多地关注符号的使用价值、交换价值的最大化,根本不关心符号本身所具有的价值。"虚构世界与现实世界相同原理构成,御宅族对虚构世界的过度阐释,他们认为虚构世界是在与现实世界相同的结构中形成的,他们在物语消费过程中,看到作品情节背后存在的与现实相同的整合性以及有序的'世界',读出了创作者还没有开始构筑的深层次的东西。"② 女性的身体、女性本身符号化之后的主体价值被忽略,无论是在女性自身还是他者的思维逻辑中,都迷失了自我与他我,"我是谁""你是谁"统统被束之高阁。美惠的身体在自我理想与理想的自我之间符号化,如同"战斗美少女"一样,"除了巨大乳房以外,所有主体性缺失"③,她在游先生的虚构世界与九十九的现实世界的穿梭中主体性被弱化、被消解。

(二) 身体交换与各取所取

"御宅族"迫于社会压力与自我封闭,擅长逃避现实生活。许多令御宅族沉迷的东西实际上都是社会上的流行事物,包括电脑和偶像组

---

① [日] 大塚英志:《"御宅族"的精神史 1980年代论》,周以量译,北京大学出版社 2015年版,第172页。
② [日] 大塚英志:《"御宅族"的精神史 1980年代论》,周以量译,北京大学出版社 2015年版,第160页。
③ [日] 斉藤環:《戦闘美少女の精神分析》,日本筑摩书房 2016年版,第12页。

合。但真正造就御宅的其实是他在某一领域投入的巨大精力和时间。他们的"狂热"始于视觉。美惠对游先生的迷恋始于地方杂志上对游先生小剧团的画报。首先通过媒介产生幻觉，然后付诸行动。"御宅族"具有很强的自我务实性。美惠在 30 岁时开始追星游先生，初衷很简单，一方面为脱离高中时自己就不喜欢的"虎牙妞"成了自己的嫂子，不愿与她同在一个屋檐下生活，为自己提供一个离开家去大一点小镇的理由；另一方面妒忌哥嫂们夜里肆无忌惮的"大呼小叫"，对已经 30 岁却还是处女身的一种自我逃避，当然，也可能是要避开小镇人们的闲言碎语。"御宅族"最大的一个改变恐怕是为了寻找自我缺失的东西而进行空间的移动，"存在着希望在日常秩序的压力中解放出来的被压抑的愿望"①。美惠一人来到比自己家乡稍微大一点的小镇，目的很简单，就是接触游先生，因此也不会因为当游先生小剧团的临时工而计较工资的多少。通过种种努力与游先生建立了联系之后，毫不犹豫、不计较小旅馆费用的支付，就与游先生发生了性关系，将自己的处女贞操献给了他的"偶像"。她所想要的并非出卖身体来换取金钱与物质，她觉得只要能与游先生见面，哪怕是一次的性接触都是她莫大的快乐。这是她来到这个小镇的目的，实现了她追求明星的愿望，这是她生理需求与精神需求的满足。虽然美惠知道游先生有多个女性朋友，但她也不计较，或者说她根本就没有计较的资本，卑微地付出身体与金钱。明知游先生"身上那股纨绔子弟哥的秉性，是永远改不了"；明知"我进不了他们的圈子，但心里则是自己能跟自己说话的"；明知自己被玩弄，却又心安理得。"御宅族"只在乎与关心自己的感受，即使被抛弃也"并不恨他"。美惠完全封闭在自己的世界中，且不觉得自己的行为是没有意义的，每天过着很满足的生活。

---

① ［日］加藤周一：《日本文化中的时间与空间》，彭曦译，南京大学出版社 2010 年版，第 128 页。

游先生与美惠的往来也是各取所取的。所谓的明星，无非通过身体赚取物质利益，利用美惠追星的狂热，一方面消费美惠的身体，另一方面还要算计美惠可怜的钱包，结账时装作系鞋带巧妙地让美惠付小旅馆的房费。甚至"第二次与他在一起时，那天他在浴室里仔细洗了身子，连指甲缝都仔细地洗过，还用毛巾擦了好几次身体。看来他是好久没洗澡了"。原来打电话约美惠来小旅馆，是为了洗澡，为了美惠手里的饭团。美惠心知肚明，但还是很感谢游先生，"上帝又给了我第二次机会，云雨之间，我只感到像捡到了什么宝贝似的"。而对此，游先生无动于衷，与美惠的两次性事，加起来共四十分钟，都是在剧团后面的小旅馆进行的，其目的只是让美惠"替他出一半的旅馆费"。而与美惠的身体之欢，转身就忘了，"那以后游先生便疏远我了。他知道即使疏远了我，我也会去追他的"①。仗着自己明星的身份与招牌骗取数位女孩的身体与钱财，利用女孩对他的崇敬、主动献身，满足身体需求与物质需求之后将她们统统一脚踢开。

他们之间的需求虽然都是通过身体交换而实现的，但他们的索取与目的是截然不同的，这对执迷不悟的"御宅族"来说是不公平的。美惠远离家乡卑微地通过做临时工来维持生活，在有限的收入里还要被游先生剥削去，为了追星，为了生理与心理的需求付出了靠向九十九借钱度日的代价；而游先生达到无耻的状态，消费着美惠的精神世界与身体。在利益天平上是不平衡的，但是作为"御宅族"的美惠根本不计较其对等性，或者说作为弱势根本没有资格谈对等。游先生根本不在意美惠对他付出的身体、经费与情感，获取对于他是司空见惯之事，充其量送给美惠亲笔签名的彩色纪念纸，"龙飞凤舞的笔迹，有些怪异，又有些装模作样"②。

---

① ［日］大道珠贵：《咸味兜风》，祝子平译，上海文艺出版社2005年版，第94—98页。
② ［日］大道珠贵：《咸味兜风》，祝子平译，上海文艺出版社2005年版，第99页。

在这不公平的交易中，美惠与游先生的身体交往是冲动与盲从的，自从来到小镇找游先生那一刻起，就在招之即来挥之即去的顺从与卑微中度过，没有任何的主体意识而言；而美惠与九十九的身体交往同样是被动的，为了偿还欠下的三十万元，为了不劳而获的生存，她选择了一个最经济、最现实的捷径——用身体交换物质，用身体抹平债务。此时身体是主角，主体意识被弱化与抹杀。

（三）身体交换与"扭曲"的人际关系

"'御宅族'以各式各样的形式从'保守'中发现了自己存在的场所"[①]，在处理人际关系时正在冲破日本的传统。这也可以视作"宅文化"诞生后社会底层人、边缘人的人际关系对日本传统文化中"务实"的显现与明晰化。宅文化背景下，"间人文化"的距离感、耻感被"务实"所超越。如果说战后日本为了追赶欧美，励志图强发展本国经济，在经历了高度发展之后，整个日本出现了疲惫感、满足感，一度懈怠、颓废也是符合事物发展规律的，但其后爆发的经济危机，将这种颓废与懈怠蔓延到社会各个阶层，在摧毁不给别人添麻烦、自我努力与拼搏的"阿信精神""排球女将精神"的同时，催生了身体交换与扭曲的人际关系。这一代人生活在电脑展示的假想的现实世界里，建构了一种扭曲的、追求身体感觉的、最为经济的人际关系，其中一些有关传统的道德、伦理被去势，看似有悖常理，实则又有了后现代意味的某种合理性。这也表现出作者的一种探寻与思考，大道珠贵把这个具有时代意义的命题抛给了阅读者。正如大道珠贵所说的那样，"《咸味兜风》的主人公美惠可能有点普通。普通之处在于她活了三十多年，认识到了人为什么在经历了内疚、自卑等之后会变得圆滑，觉得自己

---

① ［日］大塚英志：《"御宅族"的精神史 1980 年代论》，周以量译，北京大学出版社 2015 年版，第 292 页。

变成了能够柔和地包容别人的女性。但是她虽说如此也不会依靠谁和对方走到一起。如果依靠别人可能会轻松，但是会一直觉得空虚，最终走上歧路"①。美惠与游先生、九十九身体交换中建构得极为扭曲的人际关系，挑战了日本传统的人际关系底线，建构了具有"御宅族思想"的人际关系图谱。"小说将有钱而其貌不扬的六旬老人的外貌描写和三十多岁女主人公的心理活动巧妙地啮合在一起，两人上演了算计与纯洁、厚颜与真心的戏剧。"② 后现代背景下，这种放大了的"对依赖心理的偏爱"③，其实已经突破日本传统的"人情"与"义理观"。日本传统意义上的"义理"关系，按照土居健郎的说法是"受恩惠构成'义理'关系的一个重要契机，人在受恩惠时会产生一种心理上的负债感，而'义理'则是借此机缘发展期间相互扶助关系"④。我们看一下《咸味兜风》中美惠与九十九、哥哥与嫂子、游先生以及游先生与数位女演员的人际关系。

　　美惠与九十九的关系是"人情""义理"的利益化、现实化体现。九十九是"百分之百的好人，给了人帮助也不求什么回报。有事找他，他是有求必应。借给别人钱从不计利息"，同时还不记账。美惠的父亲、哥哥、美惠本人都向九十九借过钱，小到五千、一万日元，大到几十万日元不等。九十九被美惠的父亲称为"好人、任人欺诈、无动于衷的大傻瓜"。但美惠最初对九十九的印象还不错，"他的名字十分响亮，叫作英雄"，也"绝不是什么傻瓜"，却有着人原初的善良、本真，对于钱等物质利益并不那么的在意，很乐于助人，不求回报。"作为一个商人，他当然不具备任何素质"，这个素质就是商人的唯利是图，是算计与欺诈。"九十九"虽然是姓，但也隐喻了作者的期待：作

---

① ［日］大道珠貴：《小説はザルと巻紙から》，《文學界》2003 年第 3 期，第 21 页。
② ［日］黒井千次：《順当な受賞》，《文藝春秋》2003 年第 3 期，第 356 页。
③ ［日］土居健郎：《日本人的心理结构》，阎小妹译，商务印书馆 2006 年版，第 33 页。
④ ［日］土居健郎：《日本人的心理结构》，阎小妹译，商务印书馆 2006 年版，第 21 页。

为一个自然人,就应该像九十九那样,不计较、顺其自然,适应环境的改变而保持人性中的本真与善良,虽然九十九其貌不扬、老、丑、窝囊,却反衬出九十九隐藏在背后的美,之所以没给他设定为姓"一百",原因恐怕就在于此。表面上看,九十九很窝囊,老婆和姘头一起出现在他的面前竟然无动于衷,是一个地道的"无用的人"。① 大道珠贵十九岁时就阅读了太宰治的《人间失格》,受其影响,产生了"已经不能相信活着的人"的心态。大道珠贵书写了《人间失格》太宰治说的"没用的人",她确信"人世间不仅有,而且有很多这样的人"②。对于美惠来说,九十九是一个表面上没用实际可以解决美惠生存问题最为有用的人。在美惠的情感世界里没有九十九的位置,也谈不上什么爱与不爱,对于美惠来说九十九是局外人。"宅思想"背景下人与人之间的关系已经混淆了,传统意义上人际关系划分的标准与界限,即人与人之间的"情"的比例、因素正在悄然发生变化,某些"实用"与"现实"的成分逐渐增多。由于"宅"与专注于某一种自己喜爱的事物,身体与精神过于集中,往往忽略传统的人际关系处理的原则与底线,变得很实用。这种想法与做法突破了地域、民族的底线,人性的惰性所致变得雷同与均质,无所谓局外人与没有用的人了。网络化、信息化时代,技术+文化解决问题的方式前所未有,有用、无用的界限并非传统意义上的结构性与中心化,"御宅族"的这些变化式的互动改变着人与人之间的关系,改变着人们对世界的看法。

美惠与游先生是身体交换的关系。这种交换关系背后体现了交换者的交换目的、交换商品的非等价性、交换者的不平等性。这宗交易中,凸显出"御宅族"游走于现实世界、媒介世界与虚拟世界,表达了对爱的渴望、对爱的追求,体现出人际交往的扭曲、错序与不平衡

---

① [日]大道珠贵:《咸味兜风》,祝子平译,上海文艺出版社2005年版,第83—84页。
② [日]大道珠貴:《小説はザルと巻紙から》,《文學界》2003年第3期,第17页。

性。所不同的是，美惠的这种追求超越了理性，超越了世俗，大胆而又肆无忌惮，不计后果，不算计物质的得失。"御宅族"其实生活在介于现实世界与虚拟世界的媒介世界里，既有挣脱现实世界的逃离，又有通过漫画等间接环境的间接体验来认知现实世界，自认为"印象"构成的媒介世界就是社会现实，"御宅族"对事物结果的判断是基于虚拟环境、媒介环境的扩张式认知，具有一定的煽动力。"如二战期间，德、意、日等法西斯国家的媒介，清一色地宣传侵略战争的'正义性'，让多少民众心甘情愿地充当了炮灰。"① 美惠年过三十，但追星热度未减，可以无所顾忌地与游先生进行身体交往，享受着精神追求的快感。这种交往，美惠与游先生是不对等的。美惠享受的是画报宣传的那个男明星的身体，无论怎样付出，她都觉得值得，小旅馆费用、餐费都不在话下，游先生婚内、婚外的女友的轮换都不会改变她对明星崇拜、迷恋的初衷。当遭遇游先生"冷遇""疏远""无视"后，无奈选择了九十九，当与九十九性交时还是满眼的"游先生"。但在"游先生"眼里，美惠就是招之即来挥之即去的剧组打杂人员，无论得到了什么，都不会动心与负责的。这笔交易中，游先生当然是零投入，也谈不上获多大的利，而美惠投入的则是她的整个精神世界，是她的真爱。但是她的投入是掷地无声，颗粒未收的。搭进去四年的好时光，还搭钱、搭物，做了一个亏本的买卖。心灰意冷、无望之后选择了又老又丑的九十九，在经历了一番坎坷之后又回到现实世界。很明显，女性凭借身体很难改变男性气质的价值取向。或许大道珠贵残忍了点，小说设计让"御宅族"的美惠嫁给了九十九，虽然没有上演一个喜剧的完美结局，但是在这种不平等的交易中，美惠获得了成长、成熟，小说最后关于美惠的心理描写点题，"干一件事，可能成功，也可能不

---

① 张国良：《传播学原理》，复旦大学出版社 2009 年版，第 57 页。

成功，但首先要干，不干就什么也不明白"①，这恐怕也是大道珠贵要告诫读者的真谛："御宅族"在经历了风雨之后，一定会见到彩虹，要给予他们包容、等待，在社会结构调整、思维方式转变的过程中，人的各种变化都是极为正常的，要学会等待人的成长、社会的成长。让时间改变空间，经得起时光洗刷的努力与奋斗才是人世间的原初的自然人的真实状貌。

第二节 自我同一性的迷失

自我同一性是西方心理学的一个重要概念，虽然学术界还没有形成一个被普遍接受的定义，但就其本质而言，是指人格发展的连续性、成熟性和统合感，其形成与确立标志着人格的形成。它包含了自我身份同一性、个人同一性与社会同一性等内涵，体现了对自我、集体自我和环境之间的互动与链接。在青少年人格形成的过程中，自我同一性是指他们的需要、情感、能力、目标、价值观等特质整合为统一的人格框架，即具有自我一致的情感和态度，自我贯通的需要和能力，自我恒定的目标和信仰。"自我同一性"首先是确立自我，个体尝试着把与自己有关的各方面结合起来，形成一个自己协调一致，不同于他人的独具"统一风格"的自我。人在确立自我、寻求自我的发展中，往往对理想、职业、价值观、人生观等重大问题要进行思考和选择，逐渐形成了生物、心理、社会三方面的统一的自我，这个过程也是自我同一性的形成与确立的过程。这个过程并非一帆风顺，往往会受到来自自身、家庭与社会环境诸多因素的影响，"环境的意识形态结构正是

---

① [日]大道珠贵：《咸味兜风》，祝子平译，上海文艺出版社2005年版，第128页。

在青年期才变成了自我的作为根本的东西"①，如果处理、引导不当就会引发一些社会问题。

日本进入成熟社会后，出现了"人口增长停滞化、高龄化，劳动时间缩短，业余时间增多，消费个性化、多样化，消费者主体性与创造性走向联营，价值多元化，追求个性自由等倾向；出现了一系列发达国病症，如劳动欲望减退，少子化老龄化，麻药酒精中毒者增加，技术革新缓慢，投资欲望减退，犯罪率上升，等等；表现出了人性空洞化，地缘血缘消减，家庭空洞化。这种慢性病在社会各个阶层人群中蔓延，青少年身上体现出了'青少年颓废症'，年龄段跨越了高中生到30岁，社会规范衰退，意味着作为人们行为规范与基础的道德观念的衰退"②。网络化、信息化时代的到来，复制常态化，便捷的生活模式逐渐削弱人的进攻性、主动性、占领性，随之而来的惰性、依赖性、惯性思维性不断增强，导致"御宅族"在信息化过程中失去了个人同一性和时代连续性，表现为失去了对自己中枢神经的控制，失去了自我同一性，其混乱感主要是由于他们自己的内心冲突。而在混乱的反抗者和具有破坏性的少年犯罪者身上，则与社会发生冲突。在不确定性规避倾向影响下，"自我同一性过剩""同一性缺乏""早期完成"和"同一性扩散"等自我同一性迷失引发了青少年"同一性危机"，"宅"们表现出了极度的彷徨、犹豫、迷向，迷失了自我，"我是谁、我从哪里来、我要到哪里去"变得似是而非。

一　偶像崇拜中的自我迷失③

"自我同一性过剩"是当今日本社会青少年成长过程中都可能遇到

---

① ［美］埃里克·H. 埃里克森：《同一性：青少年与危机》，孙名之译，浙江教育出版社2005年版，第14页。
② ［日］米川茂信、矢川正见：《成熟社会の病理学》，日本学文社1991年版，第13—15页。
③ 部分内容发表于《中日文化文学比较研究（2015年）》，第202—228页。

的难题，强调的是，一个人过分地卷入特定团体或某种亚文化中的特定角色中而绝对地排他，坚信他的方式是唯一的方式。这些人主动热情地将一些人召集于自己的周围，把自己的信念、爱好和生活方式推介、强加给其他人，他的预设就是我拥有的一切都是顶级的，不顾一切地推介给别人，根本不考虑其他人的感受。这种"过于自我""非爱行为"状态，是典型的"御宅族"的思维逻辑，呈现出极端的自我中心、个人崇拜、狂热主义等不良社会态度。2004年获得第130届芥川奖的绵矢莉莎的《欠踹的背影》较为深刻地思考了"御宅族"偶像崇拜中的自我同一性过剩的问题。小说书写了"自我同一性过剩"的主人公在经历了明星狂热崇拜的自我迷失，如何走出困境，实现自我身份同一性的成长过程。绵矢莉莎借助极富有象征意义的具有关西人特质的动作"踹"这一外力，在"踹"别人与被人"踹"的互动中完成自我身份的认同，在人与人的互动关系中确立自我定位与他者认同，重新回归社会，进而实现社会认同。绵矢莉莎在书写困惑的同时，也给出了走出同一性危机的方法——回归社会、回归人际交往与互动。

美少女作家绵矢莉莎及其小说《欠踹的背影》轰动日本文坛一时，其所书写的文本世界吸引了读者的高度关注。绵矢莉莎2004年获奖时刚19岁，如此小的获奖年龄打破了芥川奖自1935年设立以来的获奖年龄纪录；小说《欠踹的背影》的销量也打破了纪录，因刊登《欠踹的背影》，当年3月号《文艺春秋》的印刷量突破了118.5万册，创芥川奖小说印刷数量新高。绵矢莉莎本名山田梨沙，1984年出生，京都府出身。2001年就读高中时凭借《安装》获得第38届文艺奖，成为该奖当时最年轻的得主。2004年读大一时凭借《欠踹的背影》获得第130届芥川奖。19岁摘取芥川奖后，笔耕不辍，多部作品面世。2008年获得第26届京都府文化奖鼓励奖。2012年凭借《这样不是太可怜了吗》获得第6届大江健三郎奖。同时，不断尝试小说动漫化、电影化的结合，自己也主演了处女作《安装》。2020 年与导演大九明子合作将同名小说《把我关起来》搬上了银幕，当年冬季上映并获得了第 33 届东京国际电影节观众奖。在此之前，2017 年也曾与大九明子合作将《不想恋爱》拍成电影，获得好评。随着作家本人年龄的增长，思考社会问题的范围不断拓宽，其作品多半描写了社会转型期女性的同一性迷失，在抗争、适应的博弈中，绵矢莉莎带有劝诫式的引导读者走出困境。

《欠踹的背影》描写了不能融入集体的高一学生"我"（长谷川）与模特 Oli 的偶像崇拜者蜷川不习惯班里三五成群的所谓"志同道合"的小团体，看不惯他们"无聊与庸俗市侩"的行为，宁愿自己忍受孤独。原以为"多余事"可以解除空虚，但在见到偶像后，热衷的狂热并没有换来轻松感、满足感，反而更加空虚。反思之后，从追星梦想中清醒，"我"在蜷川的回归中，踢向了蜷川的后背，微妙的感情，谱写了一曲青春之痛与成长之歌。第 130 届芥川奖的评选会上，《欠踹的背影》获得十分之九的赞成票，并被给予了很高的评价。"小说并非简单地描写了男女高中生的人际关系，而是运用关西人的踹后背的动作行为，隐含着关西人做爱前与做爱后的生理行为，巧妙地捕捉到了男女交往时所折射出的距离感"[①]，"展现出作者准确描写高中学校里排挤另类的机制的才能"[②]。"作者既没有局限于自己周围流行滑稽的游戏概念，也没有拘泥于形式的创新，而是坚持描写人际关系"[③]，"人与人关系的书写与表达，不正是小说创作的捷径吗"[④]？"从这个意义上讲，看到了作者文学成长的潜在性"[⑤]，"成长年代中才有的成长力

---

① ［日］黒井千次：《一人称の必然性》，《文藝春秋》2004 年第 3 期，第 314 页。
② ［日］池澤夏樹：《若い人人》，《文藝春秋》2004 年第 3 期，第 317 页。
③ ［日］高樹信子：《期待と感慨》，《文藝春秋》2004 年第 3 期，第 319 页。
④ ［日］池澤夏樹：《若い人人》，《文藝春秋》2004 年第 3 期，第 317 页。
⑤ ［日］高樹信子：《期待と感慨》，《文藝春秋》2004 年第 3 期，第 319 页。

量"①。高中生人际关系的书写与探讨，表明日本作家开始关注青少年的成长，这一文学趋势应当值得注意，作家在有限的观测范围内，焦点透视到了更大的、更宽阔的社会风景。

（一）自我意识的放大与迷失

"我"、蜷川、绢代都是刚刚进入高一的新生，面临着校园生活的转型，不仅是学习内容难度的加大，还有人际关系的转型。如果处理不当极易出现同一性的成长危机。如果不能快速融入新的集体，就会出现两种情形。一种情形是像"我"一样对学习不感兴趣，课业内容如同多余的东西，把正常的三五成群所谓"志同道合"的小团体，看作"无聊与庸俗市侩"，显得很清高、孤傲，宁可自己忍受孤独，也要恪守自己的原则，不与他们随波逐流，"我"在小组学习与活动中成为另类与"多余人"。另外一种情形就是偶像崇拜型，将校园内的孤独、寂寞与追星纠葛在一起，时而孤独、时而在移情与疯狂中排解孤独，精神游走于现实与媒介世界里，具有不确定性、不可捉摸性。蜷川竟然喜欢时尚杂志模特Oli，典型的女模特追星族。课堂上，"他避开老师的视线，看着膝盖上摊开来的杂志，打发时间，表情黯然，没有特定焦点的虚幻眼神"②盯着女模特，成为课堂生的"局外人"。同病相怜的两个"多余人"，相同的孤独与寂寞使他们逐渐有了共同语言，在较为密切的交往、相互影响与关照中，各自逐渐反思自己的成长。

在"自我同一性过剩"中，蜷川首当其冲成为主角。蜷川具有比较典型的御宅族的特征，"好长的刘海，如同整瓶酱油泼洒在头上般，又厚又黑的，在过长刘海深处，隐约可见充满警戒的发光眼睛"③。喜

---

① ［日］宫本辉：《伸びようとする力》，《文藝春秋》2004年第3期，第314页。
② ［日］绵矢莉莎：《欠踹的背影》，涂愫芸译，上海译文出版社2011年版，第3页。
③ ［日］绵矢莉莎：《欠踹的背影》，涂愫芸译，上海译文出版社2011年版，第5—6页。

欢穿"墨绿黑格子，象棋盘图案的旧衬衫，以及裤管已经磨得发白的紧身细长牛仔裤"。喜欢搜集与收藏有关模特 Oli 的报道的旧杂志，"其他的衣服、饰品，回馈读者的抽奖奖品或广播节目的赠品，还有 Oli 签名的手帕"，在自己的房间里装了满满一大箱。许多令"御宅族"沉迷的东西实际上都是社会上的流行事物，但真正造就御宅的其实是人们在某一领域投入的巨大精力和时间，蜷川便是如此。除了旧房子，他家里用的东西都比较陈旧，如泛黄的棉被壁橱，旧式小型冰箱，老旧的家具，粗糙的墙面，去世奶奶留下的日本娃娃以及"泛黄的睡衣"。虽然他在生活上不肯花钱置办东西，对崇拜的偶像却舍得花费大量精力与金钱，"从网上的商店里买齐了很久以前里面有关 Oli 报道的旧杂志"①。蜷川的粉丝箱子里装着 Oli 使用的同品牌的香水，香水瓶上贴着小字条，上面分别写着不同的年代。箱子里装满了从很久以前开始搜集的大量流行杂志、T 恤、鞋子、糖果、饰物、手机吊饰、书、漫画、签名的头巾、各种零碎的东西以及 Oli 爱用的红色罩衫。还有一个有关 Oli 详细档案的文件夹，内装 Oli 的详细档案文件、大量的剪报。文件中详细记载了 Oli 的生辰年、月、日，读过的小、初、高、专门学校的校名，常去的商店，家庭地址，手绘的房间结构图。Oli 占据了他生活的全部，不是蜷川喜爱特定的一件事，而是除了这一件事之外对其他的事毫无感觉。"'整个偶像生产过程'的批判者和接受者共同构成环境，在这个环境中，偶像这个具体的身体被弱化，而产生偶像的整个过程，即所谓作为信息的偶像取代了身体。"②

"御宅族"的自我意识放大后容易导致自我身份的迷失，"男人把自己已经投射给（现在原则上可以征服的）上天的永久同一性又重新

---

① ［日］绵矢莉莎：《欠踹的背影》，涂愫芸译，上海译文出版社 2011 年版，第 19—24 页。
② ［日］大塚英志：《"御宅族"的精神史 1980 年代论》，周以量译，北京大学出版社 2015 年版，第 93 页。

加以内化,并力求在一种制造同一性中再造"①。蜷川对偶像的崇拜不仅局限于默默地关注与积累,他的注意力也是可以进行分流的。他还可以保持正常的生活状态,但往往偶像崇拜者会采取行动,进一步走进偶像领地,并将这种狂热进行扩散、传染。蜷川拉着"我"去 MUJI 咖啡厅追寻 Oli 的足迹,寻找间接接触感、体验感。坐到了 Oli 曾经坐过的椅子,当听到 Oli 带着外国男伴像一对情侣一样彼此喂对方爆米花时,"蜷川眼中的光彩消失了"②。这表明"御宅族"同一性剩余时存在着领属观念,往往会挣脱约定俗成的道德规定,一般不太容易被影响与同化。同时,他们也给自己找到维持追星的理据,对偶像也会很理解与包容。明明很在意与妒忌 Oli 交男朋友,却又自我解嘲,认为 27 岁的 Oli 与男朋友交往也属于正常范围,体现出"御宅族"面对无力解决的问题时的阿 Q 精神。挫败不会阻止他们崇拜的脚步,邀请"我"来自己家时正赶上收听 Oli 的广播时间,他也会毫不在意地坚持自己的收听习惯,"啊,Oli 的广播时间到了,对不起,我要听了"③。蜷川火速从抽屉里拿出收音机,把银色天线拉长到极限,再以娴熟地动作将天线倾斜到 45 度左右的位置。然后背对着我,面对收音机坐着,再戴上耳机,自己听广播。蜷川如同幼儿园小朋友们一起玩儿时,一个小朋友躲着偷吃糖果一样,他的社交活动还停留在幼儿园时代吧。"御宅族"的偶像崇拜导致了交往能力与水平的幼稚化,他们自己却认为自己品位高,跟幼稚的人说话会很累。这种对没有自我意识的高中生形象的叙述,其实反映了"叙述者本人想从自我意识的束缚中解脱出

---

① [美] 埃里克·H. 埃里克森:《同一性:青少年与危机》,孙名之译,浙江教育出版社 2005 年版,第 41 页。
② [日] 绵矢莉莎:《欠踹的背影》,涂愫芸译,上海译文出版社 2011 年版,第 45 页。
③ [日] 绵矢莉莎:《欠踹的背影》,涂愫芸译,上海译文出版社 2011 年版,第 51 页。

来的欲望。"①

　　间接体验、收听信息当是偶像崇拜的第二阶段，顶级追求是见面，见到活生生的偶像那才是最高的享受。高价购买各种演唱会门票，各种活动的现场交流，追求直接体验感，并试图通过自己将这种激动与疯狂传递给他者，与自己认为关系比较好的人一同分享，试图让别人走进他自己的世界。当蜷川得到 Oli 在一个周六晚上举行现场秀消息时，从凌晨 4 点开始排队买票，一个人最多可以买 4 张入场券，索性一下子买下了 4 张。每张票 3500 日元，对于一名高中生来说，这不是一个小数目；但对"御宅族"的崇拜与痴迷来说，数字从来就不是问题，无论是金钱还是暴力杀人的数字，他们完全没有概念，他们所追求的就是享受获得过程中的快感，常人看来不可思议，甚至是恐怖。因模特 Oli 的长相是鼻子高挺，具有雕刻、深邃与清晰般的脸部线条，配上具有日本传统古典美人的单眼皮，所以蜷川很用心地穿了件英文图案的印满了英文字母的灰色对襟衬衫，表明自己是 Oli 迷，故意将自己打扮得成熟些，以配得上 27 岁的 Oli。入场排队时看到明星 T 恤一件 4500 日元，海报一张 1000 日元，蜷川虽然很想买，但是看样子经费不足，"蜷川盯着摊子看，一脸的渴望"，如果还有钱，他会毫不犹豫地买下。拥挤不堪的现场，在观众狂呼中 Oli 站上了舞台，蜷川第一次见到了活生生的真人 Oli。"他露出了饥渴的表情，着迷似地看着 Oli"，"渴望 Oli，紧紧盯着 Oli，仿佛自己就要消失不见了"②。蜷川全场紧盯着 Oli 粗糙的表演，任何的细节都没有放过，还做着狂欢之时发生地震英雄救美的美梦。但他绝望了，因为现场表演根本不可能发生地震，大失所望后的孤独感油然而生。现场表演散场时，蜷川和粉丝

---

①［日］大塚英志：《"御宅族"的精神史 1980 年代论》，周以量译，北京大学出版社 2015 年版，第 281 页。

②［日］绵矢莉莎：《欠踹的背影》，涂愫芸译，上海译文出版社 2011 年版，第 113—116 页。

队伍一起来到了停车场,蜷川的眼睛布满了血丝,一直盯着表演会场紧闭的后门。当 Oli 在粉丝们的拍照、花束、惊声尖叫中经过蜷川时,"像突然被 Oli 拉走似的,跟跟跄跄地往前走,走到包围 Oli 的人群前,想用双手拨开人墙"。粉丝们对 Oli 着了迷,怎么拨也拨不开,是蜷川用力推开了挡在 Oli 面前的女孩。Oli 瞄都没有瞄蜷川一眼,转了个大弯,避开了蜷川所在的地方。蜷川顺势踏进了专门为 Oli 准备的通道,却被工作人员揪出来警告,蜷川"眼睛呆滞,神情茫然……好像被丢在地上的大型垃圾"①。蜷川自己出钱买票并邀请"我"和同班同学绢代,原本想一起来欣赏自己崇拜偶像的现场表演,一起分享其中的快乐。但没想到就算是狂热之际的自己也未如愿以偿,与偶像面对面时受到的冷落、无视以及失控保护 Oli 却遭受侮辱,如一盆冷水泼到了头上,一下子清醒了,认为自己"简直就是个变态",露出神色黯然的微笑。"我觉得接近 Oli 时,反而是她离我最远的时候,比收集她的片段,放入箱子那段时间还要遥远。"② 欢笑之后的代价便是寂寞,在经历了一切现实之后,蜷川开始反思自己的追星行为。其实蜷川根本不了解 Oli,而 Oli 只是一个作为信息的偶像,一个符号。对于不符合自我选择之物,眼中的光彩就会消失,那是对现实世界的躲避,当幻想的符号消失,他们自己就会迷失,最终感觉到了厌烦,变得空虚,萌生了改变自己的欲望。

当世界从遐想走向现实,走向信息化时,模仿主义被放大,赞美模仿主义背后的某些东西暴露出来。人总是对陌生的新事物拥有好奇,在追逐好奇事物时,有时眼里只有前方与想象物,一般不太关注当下,脚下的荆棘往往会被忽略,一心想着热衷物,往往在他者看来不拘小

---

① [日] 绵矢莉莎:《欠踹的背影》,涂愫芸译,上海译文出版社 2011 年版,第 122—124 页。
② [日] 绵矢莉莎:《欠踹的背影》,涂愫芸译,上海译文出版社 2011 年版,第 186 页。

节、不和"规矩"与不和"秩序"。一系列的"怪形"打破了已经程式化了的、系统化了的、约定俗成了的机制，自觉、不自觉地调节着人际关系与互动模式，这种调节模式是内外合力的产物。当"我"在训练时受伤，蜷川快速地从书包里拿出了创可贴，谨慎地贴上创可贴，很让"我"感动；当排队入场 Oli 现场秀时，也能够想到自己占排，让两个女生坐在旁边椅子上等待；当"我"和绢代未赶上末班车住进蜷川家时，他主动腾出自己狭小的、有冷气的房间，自己却睡到了空调外挂的阳台一端，蜷着身子，忍受着燥热。这一切都表明"蜷川"具有可塑性与可变性。

（二）群体隔绝的自我不确定

日本社会的团体概念根深蒂固，学生自幼儿园时，就已被分到不同的组别，到了中小学每个学生都有属于自己的团体，每个人都不想被自己所属的团体离弃。为了避免自己与他人有所不同，同一群体的人通常会做同一种事情。日本社会通过这种方式从小培养日本人的集团意识与团队意识。相对于其他国家，日本的群体压力较大，恐怕这也是"御宅族"脱离社会的主要原因之一。随着信息化时代的到来，"御宅族"因喜欢的事物太狭窄，过于单一，明显地与其他人"不合群"，很容易被身边的人所排挤或者将其看作另类，也很容易因其与众不同成为被欺凌的对象。他们为了保护自己而远离身边的人，与其他人保持距离，消解了集体主义、长期等位、权势距离的价值建构的效力，我行我素，"人一旦与身体、感官和真实环境越来越疏离，很可能就会感觉孤单、迷失方向"[①]。高中时期是一个人学习生涯中最为重要的阶段，也是世界观、人生观与价值取向趋向成熟的重要阶

---

① ［以色列］尤瓦尔·赫拉利：《今日简史——人类命运大议题》，林俊红译，中信出版集团2018年版，第83页。

段，更是人际关系、人力资源形成的重要时期。"在任何时期，青少年首先意味着民族喧闹的和更为引人注目的部分"①，高中阶段校内各种"俱乐部""社团""ALL教室"的设立也都有这方面的考量。日本人在进行自我介绍时往往要提及自己毕业的高中。一般情况下，高中毕业典礼当天就要成立同学会以及由家长组成的"后援会"，将同学的名簿、家长的名簿及联系方式统统制作完毕交给专人管理，并隆重举行交接仪式。从那时起，同学之间就建立起了一个同学家长交际圈子与联系网，可见日本高中人际关系的重要。绵矢莉莎的《欠踹的背影》书写了当代日本高中生的人际关系，通过对"不合群"的"御宅族"的书写，为阅读者提供了观察日本社会的别样视角，让人去反思当代高中生的价值取向为变革中的新型人际关系的建构提供了怎样的土壤，应当说，美少女作家绵矢莉莎已经在思考社会的大问题。

　　小说故事情节并不复杂，人物间关系也很容易勾勒出来。主要出场人物"我"（长谷川）、蜷川、绢代两女一男，他们之间的关系也是日本高中校园的人际关系的缩影。绵矢在展现高中生校园生活和青春风采的同时，通过这三人的微妙关系，表达了个体与集体隔绝的困惑以及"御宅族"人际交往的思考。初中时"我"和绢代是形影不离的朋友，关系维度比较单一。进入高中以后，这种一对一的交往模式被打破，变成了一对多、一对集团之间的关系，也就是说在一个更大的范围内进行人际互动，"我"是非常不适应的。先是瞧不起班里的其他同学，认为他们长相不好，"他们的体型、脸部气质参差不齐，就像一束绑到一起的各类杂草"②。他们品位低、水平差，是"不可思议

---

① ［美］埃里克·H. 埃里克森：《同一性：青少年与危机》，孙名之译，浙江教育出版社2005年版，第12页。

② ［日］绵矢莉莎：《欠踹的背影》，涂愫芸译，上海译文出版社2011年版，第12页。

派"。甚至不了解各个不同的社团组织开展活动的形式、内容与意义，认为这些活动没有用，还将其误读为小集团，认为从成立的那一刻起，就是靠不断做表面功夫来维系。"我"从心里蔑视与远离这些小集团，根本不想加入任何一个活动小组，因好友绢代加入各种活动而对其产生不满，主动疏远了"志不同、道不合"的绢代。"我"变成了特立独行的大侠。

高中阶段是自我同一性形成的关键期，是幼稚走向成熟的一个重要拐点，也是一个人由少年向青年阶段过渡的重要时期，人的交往能力大多在该阶段定型。同时也是青春叛逆期，由懵懂到成熟的转型会受到许多因素的影响。他们自认为已经长大成人，把"'按照自己的意愿'当作唯一的价值基准"[①]。校园生活中，小组学习模式、小组课外活动使小团体经常一起行动，即使是课间、中午休息也是如此。现在的高中男生比较蔫，女生十分活跃。男生一般喜欢坐在教室靠后的位置，目光怯怯地观察眼前的一切，而女生就不一样了，她们的活跃身影无处不在，她们更会充分利用午休时光，边吃饭边跟同伴搞笑嬉闹，教学楼的走廊里流淌着她们之间交流的声音。高中生的课间、午休时光是这群年轻人非常重要的人际沟通、交往的时段，他们多半以三三两两的小集团的形式出现，善于交往、性格外向与活跃者会充分利用这些碎片化时间来交际、结交朋友。但在"我"看来，这些做法很无聊与幼稚，"她们为了抓住无聊的话题，想尽办法炒热气氛，发出夸张的笑声"[②]，感觉跟初中没有什么两样，"不成熟"的班级氛围，"我"极度排斥。于是，"我"在班级里拒绝和"幼稚与无聊们"交往与合作。生物课时我无心听课，在"我"堆积成山的撕成条状的教科书的

[①] [日] 橘玲：《〈日本人〉：括号里的日本人》，周以量译，中信出版集团股份有限公司2013年版，第312页。

[②] [日] 绵矢莉莎：《欠踹的背影》，涂愫芸译，上海译文出版社2011年版，第14页。

纸屑堆里排解着游离于课堂之外的孤独与空虚。漫长的午饭时间,也是"我"最难受的时光,"我"不愿意和她们在一起,故意躲开她们以示存在与清高。"我"将教室的椅子搬到窗前,连人带椅子一起钻到窗帘里,打开窗户,眺望着窗外的风景,将便当吃完。这样既可以不看绢代及其小团伙一起吃便当,眼不见心不烦,也逃避了一个人坐在自己的座位上吃饭时的孤独、寂寞与无人理睬的尴尬。表面上似乎是"我"自己不喜欢与那些"幼稚们"同流合污,自己选择了孤独,要凸显"我"的存在,实际上就是一种逃离。"我"因另类与"不合群"招致了欺凌。小集团们不允许"我"另开小灶,班上男同学煞有正义感地警告"我",命令"我"关上窗户,理由很简单也很合理,说什么教室今天开始开空调了,把窗户打开就会影响整个教室的温度,"我"自己靠近窗口是凉快了,那么班级其他人会热死等一些维护公共利益的理由,似乎"我"是多么的自私与不可理喻。"我"乖乖地关上了窗户,在全班同学差异的目光中,很难堪地回到了自己的座位上,自我解围的、可以缓解被排挤尴尬的藏身之处也被赤裸裸地曝光。"多余人"没有话语权,只能被动地、不得不按着"集团人"那样去做,无地自容的"我"煎熬着中午休息时光,承受着被排挤出来的尴尬、无助、无力。在学校时,一刻也不想多留,盼望下课,盼望放学,盼望回家。但是回到家仍然赶不走学校里的孤独、欺凌,满脑子都是学校的事,满脑子都是小集团们的容颜。孤独与寂寞每天都是这样的重复,袭击着、困扰着"我"。

随着社会转型和集团社会的瓦解,日本进入个人主义社会。日本的个人主义被称为"温柔的个人主义",这种个人主义伴随日本社会传统的集团主义、家庭主义的衰退与崩溃而产生,因此可以说是一种不完备的个人主义,始终纠缠于个体群体的缠绕中,既有挣脱与突围的强烈欲望,又有瞻前顾后的徘徊、恐惧与不自信。"被认为缺乏主体性，没有确立自我。"① "在自我建构中，常常是'外的客我'意识强，因过分意识他人对自己的看法而产生的'自我意识过剩'影响着整个自我构造。'外的客我'压倒'内的客我'便形成'否定我'。"② 这个特征在20世纪90年代初的"御宅族"身上体现得尤为明显。特别是伴随着"失去的十年""失去的二十年"，甚至"失去的三十年"，日本社会进入了"迷失时代""迷失社会"，出现"道路迷失"与"人的迷失"，这是一种历史的必然。他们的游离、试错、进退徘徊的表现塑造了"宅思想"与"宅文化"，呈现出"宅文化"的多元化样态，成就了日本"宅文化"的大本营。

女作家在揭示这一现象的同时，也预测了另外一种倾向，以及"御宅族"的"自我同一性过剩"的另外一种表现形式，即在个人核心、集体核心和社会核心中建构同一性，且这种同一性的建构会更加艰难。以"我"为代表的高中生人群，他们与学校的现实世界格格不入，且根本没有试图融入其中的打算。生物课堂上"撕讲义"代表着对现实教化、约定俗成规范的否定与决裂，表现出极强的反抗意识，他们"敏锐地觉察到了世界的虚无性，并希望通过对世界的否定来消解这种虚无"③。不想与世上万物互动的"我"，努力抹消自己的存在，却又害怕自己的存在彻底被抹消了。人是需要交流的动物，"我"虽然有自己的交友原则与个性，但也并非不食人间烟火。可以参加吹奏社团、田径社团，特别是在田径社团的拼搏与努力中，焕发出青春的活力，锻炼了自己的心智，获得了同学的好感，其实也是在改善同学关

---

① [日] 南博：《日本人的心理　日本人的自我》，刘延州译，社会科学文献出版社2014年版，第183页。
② [日] 南博：《日本人的心理　日本人的自我》，刘延州译，社会科学文献出版社2014年版，第187页。
③ 夏怡：《存在主义视野下的日本新生代作家研究》，重庆师范大学，硕士学位论文，2013年。

系。当蜷川邀请去看 Oli 现场秀时，能请绢代一同前往，表明"我"有想摆脱孤独困境，排解这种空虚与虚无的愿望，并付诸努力。这一切昭示着"我"的同一性建构的动态性与可调试性，存在着重构"我"的身份的主观与客观潜意识。

如何建构，其实绵矢莉莎给出了范本——绢代。绢代是当代大多数高中生的状态，能够按照学校规定去完成学习。她们的精力不在学习内容上，而是通过学习过程来结交朋友，将"学习过程交际化"，成为交友、交往的媒介，学习成绩早已不是她们的最爱了。生物课堂望远镜的设置，与同学们的学习态度形成了落差，反映了当下日本高中生的学习状况。1970年的高等教育大众化标志着学历社会的终结。在日本，"除非名牌大学，如今是想上大学就能上，即所谓'全入'时代。高考出的是考高中的试题，甚至只要在试卷上写上名字就能录取"[①]。高中学生不再把学习知识当作唯一的主要任务，拯救世界的英雄主义精神在许多高中生身上存在，自认为有着强大的力量和重要的责任，他们似乎有自己的信仰与奋斗目标，往往与高中生身份偏离，与学校教育格格不入。"日本高中生、国穿越者、美国流浪汉（抑或是美国退伍士兵）并称为地球上单兵作战能力最强的人类单位，是很多ACG作品里常见的主角身份设定。"[②] 日本的高中生无论是性格、想象力还是创作力具有无比的可挖掘空间。"待在学校这段时间，我都在大脑中跟自己说话，所以，离外面的世界很远。"[③] 绵矢莉莎把令人惊诧不已的否定性感觉生动地描绘出来，"年轻人感受到自身的不确定性，与世界的隔绝感，都以文学特有的普遍性和说服力表现得淋漓尽致"[④]。

---

① 李长生：《哈，日本——二十年零距离观察》，中国书店2010年版，第160页。
② 《日本普通高中生是什么梗》，http://www.suyanw.com/zhishi/7840.html，2020年10月26日。
③ [日]绵矢莉莎：《欠踹的背影》，涂愫芸译，上海译文出版社2011年版，第69页。
④ [日]中条省平：《居心地の悪さを鈍敏に》，《文藝春秋》2004年第3期，第125页。

绢代在处理"我"和班级同学的关系方面，得体与老道。她适应环境很快，短短的2个月，就能快速地融入新的学习环境，马上就建构了自己的小集团，找到了自己的存在。因此，无论是生物课的实验，还是课间、午休时光，都会和小伙伴打得火热，形成了生存共同体，在维护小集团关系的同时也考虑"老友"——"我"的感受，主动拉我进入她的小集团，但当两者利益发生冲突时，她便"临阵倒戈"，倒向了小集团，传递出人要不断适应环境、适应新的集团主义利益的世界观。"日本人一个人时，谨慎、谦恭，但一旦成为集体，便积极得如同换了一个人。"① 绢代选择快速融入集团比较符合日本人的集团思维方式，追求的是超越成员个人之力的超越性的存在。这样在"集团我"形成中强化自我以减轻自我不确实感。日本文化中的集团概念、村落的"内""外"意识影响着他们所维系的人际关系。日本"间"文化意味着维系人际关系需要距离，但同时绵矢莉莎也道出了"不破不立"的道理。

（三）人际互动的同一性探寻

日本高中生的成长深受传统文化、西洋文化以及中国传统文化等多种因素的影响，其中一个关键词是"混搭"。蜷川的偶像Oli是"混血女模特"，洋人面孔上镶嵌着日本式的单眼皮小眼睛；时尚打扮的Oli偏偏在老旧的市政厅前拍写真，"露出与建筑格格不入的开朗笑容，摆出撩人的姿态"②；蜷川房间里的陈旧物品与Oli光鲜亮丽的肖像画；等等都形成了反差。这一切表明了在"混搭"语境下自我的定位，需要经历更复杂的探险与追寻。蜷川房间与父母房间的"混搭"，揭示了

---

① ［日］南博：《日本人的心理 日本人的自我》，刘延州译，社会科学文献出版社2014年版，第192页。
② ［日］绵矢莉莎：《欠踹的背影》，涂愫芸译，上海译文出版社2011年版，第27页。

现代人生存空间的狭窄，存在感被挤压的社会现实，自我同一性确立需要拨开层层幔帐。蜷川崇拜的是一只游牧于现代都市的"犬"，这种动物生活在都市里，已经丧失了动物性、兽性与生存性。城市"犬"的欲望很低，他们只会通过讨好主人来获得他想要的一切。在众多的生存本领中，讨好主人最容易做，城市"犬"是没有自我的。以蜷川为代表的"御宅族"，灵魂是漂游的，外表是伪装的。只有回到自己的家里，他们才觉得回到了现实，他们才觉得安全。越是对某一事物显得过于热衷，越能体现出现代人追求的虚无，也就更加反衬出他们的孤独与空虚，更没有存在感。以蜷川为代表的"御宅族"，"在学校或学校以外都缺乏自我能力感，他们不想在学校里学习，只是一味做着与学习无关的也是无法实现的有关亚文化的梦。如果既没有能力，又一味空想做梦，始终无法从梦中回到现实来，那倒的确是个问题"[①]。对于这个问题，绵矢莉莎给出了一个密钥，一个答案——"动起来"与"活起来"。通过参加社团活动融入集体，让梦者尽快醒来，在"踹"与"被踹"的人际互动中走出空虚与孤独。这个"踹醒"的过程也会是一个革命性的过程。美少女作家通过蜷川对在象征资本主义制度与权威的老旧市政府大楼前拍广告的模特 Oli 的狂热到冷静的书写，以初生牛犊不怕死的气魄开始思索与触碰社会制度本身。改变资本主义生产关系禁锢的生存空间，为青年人提供利于成长、利于自我同一性形成的社会环境，才能使他们在语言、意象、符号等多重元素的"混搭"的社会背景下成为"日本人"。

绵矢莉莎如同一时期的樱庭一树（《推定少女》《糖果子弹》，2005）、日日日（处女作《在遥远彼方的小千》，2005）一样，探讨了在教室这个严肃的、充斥着自我意识战争的空间里，共有的是"要不

[①] ［日］三浦展：《下流社会——一个新社会阶层的出现》，陆求实、戴铮译，上海文汇出版社2007年版，第134页。

要活下去"的"生存感"。绵矢莉莎在作品中渗透了对于社会自我实现信赖的低下，但是只要努力了就会有意义的世界观。

高中生的这种努力不是沉迷于偶像崇拜。蜷川等这一代年轻人的成长恰逢日本社会的转型期，在日本泡沫经济崩溃时期出生，在"终身雇佣制"解体时读高中，无论是社会环境，还是家庭教育环境，其自我同一性的形成与确立都是在变与不变的选择中完成的。当网络信息化袭来，社会、学校与家庭一时难以判断和控制孩子对电子信息的接受维度，他们陷入了迷失。"后期现代社会里，社会原本存在的宗教、阶级和中间共同体空洞化，社会被'液体化'。人们将社会性问题还原到个人环境和异常心理的角度加以解释。"① 在传统的家庭教育与电子教育的博弈中，电子教育、动漫等新生事物占了上风。"个人的成长在心理（特别是情绪）发展过程中反映了社会的历史发展；个人生长中出现的危机也反映着社会历史发展中的危机，两者直接相关，是不可分离的。"② 日本从 20 世纪 90 年代开始，以秋叶原为中心不断上演"游戏宅男"的"无差别杀人事件"③，虚拟世界现实化，在无杀人动机、无罪恶与痛苦背景下，自编自演了一场现实版的游戏，"点击"杀人＝愉快地点击"删除"。狂人的偶像崇拜亦是如此，他们的忘我程度不亚于"游戏宅男"。人是群居动物，人与人之间存在着一系列的约定俗成的清规戒律，存在着伦理关系及道德秩序，伦理的核心是人与人之间、人与自然之间、人与宇宙之间的关系及道德秩序。偶像崇拜在打破了这些秩序的同时却不知道自己该走向何方。表面上看，如蜷川似

---

① ［日］橘玲：《〈日本人〉：括号里的日本人》，周以量译，中信出版集团 2013 年版，第 312 页。
② ［美］埃里克·H. 埃里克森：《同一性：青少年与危机》，孙名之译，浙江教育出版社 2011（译序）年版，第 7 页。
③ "无差别杀人"是指犯罪嫌疑人和被害人没有仇怨，随机选择作案目标、在作案现场见谁杀谁的杀人案件。

乎对于自己沉迷的事物无所不知，对于崇拜的偶像每天不断寻找新的资料加以牢记，不惜重金购买，收集有关偶像的物件、资料，对其他事情丝毫不感兴趣。但实际上蜷川并不了解真实的偶像，"蜷川只搜集 Oli 自己释放出来的信息，他完全不了解活生生的 Oli"①，他只是在他自己做的 Oli 大人脸少女身裸体的剪接照片的媒介世界里幻想，这种媒介符号唤起了从虚构中寻求与现实信息相同的蜷川的认知，以及虚构世界假想现实化而形成的具体的信息总量。只有作为含有那些属性的"常见御宅"，自己才能生存下去，那种状态才能让自己觉得获得了某种身份认同。

高中生的这种努力应当从虚拟世界中走出来，回归到作为自然人的人际交往与互动状态。要给予他们时间，学会等待他们的成长。"只有一种坚实的内在同一性才标志着青年过程的结束，而且也才是进一步成熟的一个真正的条件。"② 在人际互动中尽快帮助他们形成自我的同一性。对学习毫无兴趣的"我"虽然课堂上撕讲义、睡觉，但对自己喜欢的运动项目，还是乐意参加的。"我"可以潜心研究跑步的技巧与规则，并能自主，也非常卖力气地练习。"我这双勇猛的腿，为了赢得胜利，什么事都做得出来。"③ 学校里教师与同学的互动也启发了"我"：人，只有与人接触，才能融入人的集团。"跟别人交谈，就不会有沉默的时候了。即使有，也是很自然的沉默，完全不会让人觉得不自在。"④ 绢代教"我"与别人多交往的好处，以及人际交往的技巧与方法。"我"逐渐开窍，开始反思"我"的特立独行，在目睹了运动场上排球团体训练后，有强烈的回归集团的愿望。要迈出这一步必须

---

① ［日］绵矢莉莎：《欠踹的背影》，涂愫芸译，上海译文出版社 2011 年版，第 63 页。
② ［美］埃里克·H. 埃里克森：《同一性：青少年与危机》，孙名之译，浙江教育出版社 2011 年版，第 74 页。
③ ［日］绵矢莉莎：《欠踹的背影》，涂愫芸译，上海译文出版社 2011 年版，第 37 页。
④ ［日］绵矢莉莎：《欠踹的背影》，涂愫芸译，上海译文出版社 2011 年版，第 77 页。

面对现实，适应现在的环境，走出困惑。在操场跑步受伤后，蜷川给"我"上药、耐心贴上创可贴的举动焐热了我孤独、冰冷的心，激活了"我"与人交往的欲望，"我"还主动提出去蜷川家，开始尝试着与人交往，尝试着去喜欢别人，这是一种自觉的成熟，是自我同一性形成的关键一步。"我"还邀请了绢代一起去看Oli的现场秀，在"融冰之旅"的交流中"我们"和好如初。另外，高中生的这种努力首先要与人交往，但不是"身体"交往。小说里三处描写了"我""渴望"与蜷川的"身体"交往，甚至是一种期待，在一直没有发生"性爱"时，产生了一丝丝的忧伤。作者告诫阅读者以及高中生，"身体恋爱"不是高中的人际交往方式，因为它无法摆脱寂寞，也没有任何的存在感。

"在青少年期要么形成良好的自我同一性，要么就形成同一性混乱……这种同一性的混乱，与伦理的、宗教的及社会意识形态均有某种联系。"[①] 相对于同一性较为混乱的"御宅族"的"我"与蜷川，绢代的自我同一性形成当是绵矢莉莎所褒扬的。绢代是日本大多数高中生的缩影，以最快的速度完成了由初中到高中阶段的转型，进入高中后马上就投入课程学习环节，很合群地处理着同学关系。开始化妆、改变头型、打扮自己，"眼皮上的白色眼影涂得太浓，初中那头乌黑的秀发，也染成了不会被老师发现的褐色"[②]，表明绢代从心理上暗示自己已经长大成人，并开始以成年人的形象打扮自己。同时，绢代也能社会化地去处理人际关系，入学刚刚两个月，班级里就有了一群死党，处理问题得体、有分寸，能够考虑到各种因素，很是周到。"我"对绢代的做法嗤之以鼻，虽然在表面上"我"有意远离她，但绢代始终没

---

① 刘翔平：《西方心理学名著提要（〈同一性：青少年与危机〉）》，江西人民出版社1998年版，第284—285页。
② ［日］绵矢莉莎：《欠踹的背影》，涂愫芸译，上海译文出版社2011年版，第11页。

有放弃"我"、疏远"我",想尽办法尽一切可能拉我进入她的小团体,客观上绢代起着"教化""引导""我"的功能。绵矢莉莎设置绢代这一"他者"告诉"我"与人沟通交往的道理,自我同一性的确立有时也需要外力的介入,环境成就了一个人的成长,作者通过"我"的"踹"在迷失中进行着突围。

二 自我同一性缺乏

日本社会较为重视团体,重视垂直关系。泡沫经济的破裂致使从前那种在遵守游戏规则的前提下结成的大小、强弱之间的团结,已经逐渐开始出现了障碍。作为被社会压抑的边缘人群,御宅族由文化小众变成了多数,"动画、游戏、偶像明星、卡哇伊等充斥在日本普通人的生活中,御宅族已经被社会完全接受"[①]。一些青少年将自己融入某一群体,将自己从主流社会的规范中分离出来,通过与主流文化的对抗体现存在感与生存价值。埃里克森将这种现象称为"拒偿"(Repudiation),即同一性缺乏(Lack of Identity),强调一个人拒绝自己在成人社会中应担任的角色,甚至否定自己的同一性需要。

(一)自我生物体同一性的缺乏

以绵矢莉莎为代表的女作家通过文学书写着日本社会现实与青年人的成长危机。信息化时代"御宅族"沉迷于自我追求的世界,在心灵与身体分离的同时,作为生物体的自身明显与年龄不同步。他们醉心、痴迷于自我世界,生理年龄"冻结"。

1. 懒散、不修边幅

《欠踹的背影》中"我"(长谷川)之所以与班级同学"格格不

[①] [日]东浩纪:《御宅文化与政治批评》,https://www.douban.com/group/topic/174593009/,2020年9月19日。

入",就是因为心智还停留在初中阶段,身体年龄没有跟上高中的节奏,学习方法显然不适应高中生活,误解了初中同学绢代游刃有余的同学关系处理,将新朋友视为"一群死党"。"蜷川"就更谈不上"长大"了,进入高中后,既不主动学习,也不主动融入集体,仍然延续着他的追星生活,且生活邋遢。庭院如同没有屋顶的仓库,杂草丛生,蚊子成群;房间脏乱,下不去脚,牙膏、牙刷、自动铅笔、美工刀竟然都能放到笔筒里;黏答答的橘色三角形糖果上,沾满了毛巾被的毛絮;桌子上更是杂乱无章,《广辞苑》、不断堆积灰尘的剩的意大利面,等等,宅气十足。高中生仍然活在初中生甚至小学生的幼稚、懒散中。

2. 图省事,极简主义者

《咸味兜风》里的美惠虽然已经 34 岁,四年前就开始追星,生理年龄严重缩水,为了与不喜欢的"虎牙妞"嫂子置气,离家来到游先生的小剧团"奉献一切"。当被游先生无情抛弃后没有做出符合她自己年龄的事情——像她的同学那样嫁人、生子,为人妻为人母,而是走了一条捷径,与又老又丑的九十九同居,既可以将欠人家的几十万日元一笔勾销,还可以不用再去打短工。这也是比较符合"御宅族"的越简单越好、越省事越好的逻辑。

3. 闭塞,生活无序,依赖睡眠自我调节

《至高圣所》中病态的消瘦的渡边真穗在大学入学晚报到两周后,见到室友"我""像铁一样没有表情",并没有像一般新入学大学生那样对大学充满热情、好奇,解释说明为何迟到两周才办入学手续等,全没有交流,只是在床上说:"我暂时要睡觉了,但是不是生病请不要担心,如果在周五的晚上还在睡的话,对不起,请叫醒我。"不吃不喝,大学报到后就钻进被窝大睡,而且是从现在(周二)一直到周五。"那天矿物会聚会,在谈话中无意得知东京出生的前辈和渡边真穗是同窗。他对她没有很好的印象。"生活无序,半夜起来淋浴,不管"我"

(沙月)是否需要休息,将需要了解的学校信息统统问个便,一直问到天亮。经谈话方知,渡边真穗之所以晚来报到,是因为她的母亲去世了。"她一边大口吃着火腿三明治,一边像说着别人的事一样。"① 在整整睡了60小时以后,吃完后又去睡了。"因为母亲的去世所带来的悲伤,代替哭泣,而一直睡着。"② 面对生活的不幸,"御宅族"最大的办法就是通过睡觉来麻木与逃避。参加多个活动似乎超繁忙,可以工作到深夜,大白天在房间里睡觉之类,生活没有节奏没有规律。"御宅族"除了做自己热衷的事情,还有就是睡不完的觉。睡觉是排除空虚与孤独的良方,也是生存下去的基本常识。

4. 炫酷、另类,生活混乱

《蛇舌》作者金原瞳本人就是一位染金发、戴淡褐色隐形眼镜、留着青绿色长指甲的女孩。小时因不喜欢受到约束,从小学四年级开始旷课,初中几乎没上过,高一年级时终于退学。但热爱文学,喜欢山田咏美、村上龙等人的小说。《蛇舌》内容"惊世骇俗",小说中牛仔女③路易、"崩客族"④ 阿柴、流氓阿马等另类"宅男""宅女",可以忍受常人无法理解的身体改造之"痛",凸显他们的"酷"与"另类"。他们经常另类打扮,"眉间、嘴唇扎着三个4G的针形饰环,头发染得红红的,背上背着纹身的飞龙"⑤,出入 Hip – Hop⑥ 风格的夜总会。酗酒,在马路上招摇,致使路人"敬而远之",平日邋里邋遢,在一起同居生活却不知道对方的姓名,性虐待狂,同性恋与异性恋并举。

---

① [日] 松村栄子:《至高聖所》,《文藝春秋》1992年第3期,第402—405页。
② [日] 小山鉄郎:《"性の反転"の意味——松村栄子の世界》,《文學界》1992年第3期,第97页。
③ 原文为英语gai,指年轻活泼的少女。在日本,这个词自1972年GaIs牌女仔裤上市开始流行。
④ 日本另类男女。
⑤ [日] 金原瞳:《蛇舌》,载日本著名文学奖《"芥川奖"获奖小说选》,祝子平译,上海文艺出版社2005年版,第14页。
⑥ 以美国纽约南布朗克斯区黑人青年为中心的文化,包括摇滚乐、霹雳舞等。

5. 暴力与自杀

"御宅族"作为"多余人"最不擅长语言交际，生气时可以采用暴力。《欠踹的背影》中"我"在蜷川家曾两次踹了蜷川，"我"因田径运动外伤，提出去他家休息一下，到他家以后，恰巧到了听 Oli 广播时间段，蜷川置"我"于不顾，独自一个人专心致志听起来，"我"趁机翻看到了蜷川搜集的有关 Oli 的物件，特别是看到 Oli 人头照片嵌入一裸体少女画上时，将被冷落、嫉妒甚至是朦朦胧胧的"醋意"瞬间变成爆发力，用脚使劲地踹向了蜷川的后背。高兴时也可以采用暴力。当看到蜷川追星受挫后能自我反省，"在表演会场的休息室外面，完全失控，还挨了一顿骂，简直就像个变态"时，还是想踹他、弄痛他，"那种感觉，比所谓的爱还要强烈"[①]。仇恨时还可以采用暴力。《蛇舌》中小流氓阿马在与牛仔女交往的同时还与崩客族"阿柴"保持同性恋的关系，阿柴喜欢上牛仔女路易后，将阿马强奸后杀死；《指甲与眼睛》中 3 岁的女孩阳奈的母亲虽然是一位合格的家庭主妇，却没有经受住网络带来的空虚与孤独，在 2011 年某漫画连载结束时不顾年仅 3 岁的女儿的死活，选择了在自家阳台自杀身亡。

（二）自我心理同一性的缺乏

究竟是怎样的心理导致"御宅族"们的"特殊行为"？

首先是内心孤独与自命清高，缺乏群体融入的主动性与自信。其实他们内心极度自卑，不知道该如何与人交往，一般是在逃避与侥幸中打发时光。明知道自己特立独行，在他者眼里是"另类""不合群""多余人"，但偏偏说"选人的品位相当高，跟幼稚的人说话很累"[②]。

---

① ［日］绵矢莉莎：《欠踹的背影》，涂愫芸译，上海译文出版社 2011 年版，第 136 页。
② ［日］绵矢莉莎：《欠踹的背影》，涂愫芸译，上海译文出版社 2011 年版，第 98 页。

他们把自己装入自认为安全的装置与套子，我行我素。他们认为当今社会人的价值观有问题，现在社会是不安全的，需要启动自我保护机制。对于自己无序、邋遢的生活状态不在意，正如影片《百元之恋》里的32岁的"家里蹲"斋藤一子整天百无聊赖，非常享受整日玩游戏虐杀小外甥，反而还瞧不上在店里整日忙碌的妹妹。《欠踹的背影》中"我"与蜷川、绢代等小集团"格格不入"，瞧不上、不喜欢、不来往，清高中不但没有增加自信，反而更加孤独与空虚。他们太看重主观感受，过分强调主观感受的价值。"主观感受只是一种电光石火的波动，每个瞬间都在改变，就像海浪一样。不论你感受到的是快感或不快，觉得生命是否有着意义，这都只是一瞬间波动而已。"① "御宅族"太看重这些内心的波动，因此变得太过执迷，心灵也就焦躁不安，感到不满。每次遇到不快，就感觉痛苦。如路易的身体改造就算得到了内心的激动但还是担心这种快感的消失或减弱，因此她们的心理还是不能满足，始终都无法摆脱空虚。

其次是回归常态，自信心不足。明知自己该怎么做，但由于慵懒与痴迷单一事物，对如何适应日新月异的信息化、网络化底气不足。一是不了解变化了的社会，二是没有打破原有生活秩序的勇气与能力。《咸味兜风》里的美惠明知游先生根本不爱他，而又老又丑的九十九根本就不是自己的最爱，但为了不再靠打短工维持生计，为了将外债一笔勾销，却与还没有离婚的又老又丑的九十九公开同居。表面上看，美惠似乎"吃亏"了，但实际上也是为深度的"宅"生活奠定基础。《蛇舌》里的中泽路易在同居男友阿马死去后，非常痛苦，自己也觉得真的爱阿马，体重从四十二千克降到三十四千克；在阿马被杀现场的薄荷型万宝路香烟证明是阿柴所为，但最终还是和阿柴同居，指望

---

① ［以色列］尤瓦尔·赫拉利：《人类简史——从动物到上帝》，林俊红译，中信出版集团2017年版，第370页。

"阿柴也许不再与我做爱，但他一定会格外爱护我"①。其实，中泽路易一直依赖阿马打发日子，打打工，和阿马一起去外边吃饭、喝酒、吃下酒菜，然后回到家再喝酒、做爱，在对她阿马的依赖中也慢慢产生了爱，但这些都不足以产生开启新生活的动力。

最后是从自我肯定到"内心世界"的崩溃。在日本经济高速发展时期，日本人的消费目标是提高档次，生活再好一点，钱再多一点，居住条件再好一点。而经济泡沫破裂以后，人们的消费观、价值观从自我扩张开始转向自我肯定。"御宅族"不追求消费的档次与生活环境，讲究的是自我存在感，如蜷川家一样，御宅族的家庭环境大多为脏乱，遍地堆满垃圾、报纸、漫画、零食袋子，他们很享受他们的"属地"，似乎这才是他们的标配。《蛇舌》令人感到惊世骇俗并给人以冲击的地方在于，金原瞳过度地叙述"自我"，她以第一人称"我"发自内心、喋喋不休地谈论自己的身体改造，阅读者却将这种叙述当作一种奇怪的事情来接受。金原瞳这种放大了的自我意识，使阅读者在小说中遇到的这种自我意识＝"我"的情形。金原瞳"歪曲了的我"的方式是通过破坏"我"的方式实现的。在小说画面中，金原瞳完全将"我"和身体极端地暴露出来，只是寻找自我的手段，在"身体之痛"中获得了"自我"的内心和身体。"'御宅族＝新人类文化'不是将'女性的身体'作为消费的对象，而是通过换一种说法——'女性这种信息'，试图使自己的行为合理化。"②

（三）自我社会同一性的缺乏

将虚构世界的形成与现实世界等同。"御宅族"并不了解现实世

---

① ［日］金原瞳：《蛇舌》，载日本著名文学奖《"芥川奖"获奖小说选》，祝子平译，上海文艺出版社2005年版，第75页。
② ［日］大塚英志：《"御宅族"的精神史 1980年代论》，周以量译，北京大学出版社2015年版，第129页。

界，他们对虚构世界过度阐释，"认为虚构世界是在与现实世界相同的结构中形成的，他们在物语消费过程中，看到作品情节背后存在的与现实相同的整合性以及有序的'世界'，读出了创作者还没有开始构筑的深层次的东西"①。他们仅仅从小说、动漫中了解历史，是"'历史'缺失的典型"②。因此他们与社会的对接出了裂缝，自我社会同一性的缺乏是他们作为"自然人"融入社会的障碍之一。

1. 深陷媒介世界，难以自拔

《指甲与眼睛》里"我死去的母亲"，作为日本经济高度发展时期无忧无虑、相夫教子的家庭主妇，其实与现实社会渐行渐远，接触的人十分有限，娘家的父母双亲早已不在人世，只有一个50岁哥哥在外地生活，基本没有什么来往。丈夫转勤于全国各地，家里只剩下3岁的女儿和她。随着网络化、信息化时代的到来，她们的工作变得简单、轻松，物联网的便捷使得各种上门服务随叫随到，"母亲"工作的时间大大缩短，增加了大量的空闲时间。读书、看漫画、网络交际成为她生活的主旋律。媒介世界成了她的全部世界，她无法走进现实社会，醉心于网络世界，追求着"不能取消的、固定着的、独一无二的、不能变化的欲望"③。在2011年某漫画连载结束时自杀，在连接自我世界与外部世界的"阳台"死亡。即便是3岁的女儿也没有留住她的心。虚拟世界、媒介世界与现实世界的博弈中，现实世界让位于前者。"以1988年为界，支撑我们现实的语言的确走向崩溃，发生着变化。换句话说，新的'世间'取代社会，在假想的现实领域中迈出了第一

---

① ［日］大塚英志：《"御宅族"的精神史1980年代论》，周以量译，北京大学出版社2015年版，第160页。
② ［日］大塚英志：《"御宅族"的精神史1980年代论》，周以量译，北京大学出版社2015年版，第166页。
③ ［日］藤野可織：《爪と目》，《文藝春秋》2013年第9期，第439页。

步。"① 这恐怕也是"御宅族"成为"世界族"的土壤。

2. "虚拟环境",远离社会

由于大众媒介的普及,信息传播技术的快速发展,现代人的认知能力大大加强,"御宅族"的"虚拟环境"能力不断提升,因远离社会,他们对"虚拟环境"的验证能力则大大缩小了。《欠踹的背影》中的蜷川与"我"的世界是一个虚拟的世界,绢代的世界是一个现实的世界。表面上是两种类型人的冲突,实际上是两个世界的博弈。他们开始时对绢代及其小集团的排斥实际上是对现实社会的拒绝。支撑他们坚持下来的不是偶像而是"虚拟环境"的力量。《蛇舌》里的路易尽管怀疑阿马的死与阿柴有关,怀疑阿马与阿柴是同性恋者,在阿马死后的第六天,还是去了阿柴处,尽管暗下决心不与他做爱,可以很明显断定路易的犹豫以及在虚构领域和现实领域之间的摇摆不定。路易的"疾病"是虚构的现实与现实的现实重构过程中的焦虑症,是在现实感的重构、转换中的迷茫所在。

3. 暴力事件与心灵深处的荒原

"人们单纯地相信,所谓都市就是信息的聚集,它是 1980 年代的一种价值观。"② 信息时代,人们从海量的信息中寻找自己需要的东西,"御宅族"对信息的筛选手足无措,一些不能够利用的垃圾信息迷惑了他们的视线与判断力。信息化加重了虚拟化,两者遮蔽了真实,在海量信息淹没下建构"主体"实属难事。一些未成年人被信息淹没,无力从"丛杂信息"中汲取成长的有机养料。1988 年日本发生了令人发指的宫崎勤幼女系列杀人事件,在他的住所搜出了很多

---

① [日] 大塚英志:《"御宅族"的精神史 1980 年代论》,周以量译,北京大学出版社 2015 年版,第 199 页。

② [日] 大塚英志:《"御宅族"的精神史 1980 年代论》,周以量译,北京大学出版社 2015 年版,第 218 页。

含有暴力、色情、猎奇内容的漫画和录像带。2008年6月17日杀人犯宫崎勤最终判处死刑。多年以来他在监狱一直未向受害者家属道歉，反而认为自己是个好人。宫崎勤在被捕之后，一直认为是卡通人物"老鼠人"下的毒手，还画了一张所谓的"老鼠人"草图。当时在案发之后，在他不堪入目的家里发现了5000个不良内容录像，其中一部分就是儿童不良内容的录像以及漫画。宫崎勤与父母冷淡的关系是他心理变态的先兆，为了找到替代品，他逃到了一个幻想的世界里。这个世界里有漫画书和动漫电影，它们给予宫崎勤慰藉。《欠踹的背影》中的蜷川与父母虽然住在一个二层楼里，其实生活在各自的"领地"。蜷川生活在自己的"王国"里，在学校不与同学接触，时不时"不登校"，醉心于他的偶像世界。在家也很少与他的父母交往，在自己的房间里吃饭、看电视、洗澡，他与父母其实没有交集。蜷川家的设置，隐喻了现代社会中"御宅族"问题的家庭根源。《蛇舌》里的阿柴觉得路易是个孤儿，她的生活中根本就看不到"父母"的影子，而阿马的父母也只是出现在其葬礼上。《咸味兜风》中34岁的美惠，在父母离世后与充满了算计且无亲情的"虎牙妞"嫂子生活在一起。昏睡了60小时的渡边真穗也是因受母亲去世的影响而产生痛苦、无助而致。

4. 日本集团文化的形成与日本传统的家庭生活密不可分

日本进入高速经济发展期后，受传统文化中"间人意识"的影响，这种家庭关系的处理方式以及不给别人添麻烦的价值观为"御宅族"直接提供了主动切断社会关系的借口，他们醉心于远离社会关系的虚拟自我世界，建构着虚拟的自我同一。家庭、故乡是一个人成长的心灵家园，但随着日本现代化进程，以农业文明为特色的日本文化的底色悄然发生了变化，整个社会如同"新型矿物质"的"殖民地"，荒无人烟、宽广与孤零零，"冰冷的大理石建筑"里充满了石头和矿物质是《至高圣所》隐喻的现代社会"石头的语言,石头的距离感"①。内在与外在家庭生活的丧失,朋友间、恋人间、家人间的距离感导致精神家园的荒废,成为现代人内心孤单的根源,其后果是陷入更深的孤独与空虚,在更加"宅"的状态中呈现自在的"我",与此同时,却用暴力捅破涨得满满的孤独与空虚的气球。

第三节　肉体冒险中的挫折②

埃里克森认为,"个人的成长在心理(特别是情绪)发展过程中反映了社会的历史发展;个人生长中出现的危机也反映着社会历史发展中的危机,两者直接相关,是不可分离的"③。如何走出迷失,女作家尝试着各种突围,她们不约而同地选择了以"动"治"静"。绵矢莉莎的"踹",金原瞳的"身体改造",大道珠贵的"身体交换",松村荣子的"睡眠"等,跃跃欲试通过肉体冒险来调和心灵,试图以此帮助年轻人尽快摆脱"同一性"成长危机。

一　改造身体与自我改造

"消费主义和消费是后现代社会的核心主题,人的身体也必然受到消费文化的规范,人工智能、虚拟现实以及基因工程、整容手术都在以不同的方式重塑人体和新的身体观念。各种可视媒体频频昭告人们:优雅健美的身体和魅力四射的脸蛋、得体的衣着是开启幸福的钥匙。

---

① [日]小山鉄郎:《"性の反転"の意味——松村栄子の世界》,《文學界》1992年第3期,第97页。
② 部分内容发表于《中日文化文学比较研究(2018)年》,第52—60页。
③ [美]埃里克·H. 埃里克森:《同一性:青少年与危机》,孙名之译,浙江教育出版社2011年版,"译序"第7页。

因此对身体进行修正成为消费文化的重要任务。"① 在日本，美女整容很普遍，"整容与化妆变成了同一层次，满街都是整过容的人工美女"②。御宅族的身体改造与一般人的整形整容不同。

川上未映子的《乳与卵》中年近四十的单身母亲卷子是一名大阪"女招待"，在小型酒吧里做陪酒女郎的工作，带着女儿来到东京打算做隆胸手术。如果说卷子希望通过隆胸变得年轻、保住工作还能够理解，"御宅族"们的整形手术与身体改造消费却另有企图。他们的身体改造与身体消费不是为了美而是为了摆脱空虚与孤独，通过身体改造来打发时光，等待迟到的心灵。"惊世骇俗"的身体改造与身体消费在常人看来是为了变丑的改造，在故意制造缺陷的"侘"中寻找生存感与存在感，以"招摇过市"的样态凸显自己的存在，引起别人的注意，满足自己的"与众不同"，可谓成熟的身体里裹着一颗未成熟的心。

《蛇舌》的"惊世骇俗"的身体改造。金原瞳的《蛇舌》描写了三个着魔把舌头一割为二的"御宅族"：十九岁的少女中泽路易，十八岁的小流氓、双性恋青年阿马以及二十四五岁的朋克族阿柴，他们是以身体改造为乐趣的一类人。切割身体的场面令人惊心动魄。小说获得了芥川奖评委会十名评委全票通过，对《蛇舌》评价极高。金原瞳写作的高明之处在于"作品中的年轻人的世界不悲哀，但整篇作品都在抽象地描写某种哀伤"③的违和感，以及"从暗含杀意的粗暴的时间里流露出静寂哀伤的调子"④，"悲痛的故事讲述着一种纯粹的爱"⑤，"塑造了非常年轻的人物形象"⑥，却"有深度、老成，写得很扎实"⑦。

---

① 刘研：《身体的出场——规训与突围》，《东方丛刊》2010年第2期，第50页。
② 池雨花：《雪国之樱——图说日本女性》，团结出版社2009年版，第378页。
③ [日] 宫本辉：《伸びようとする力》，《文藝春秋》2004年第3期，第314页。
④ [日] 黑井千次：《一人称の必然性》，《文藝春秋》2004年第3期，第315页。
⑤ [日] 池澤夏樹：《若い人人》，《文藝春秋》2004年第3期，第317页。
⑥ [日] 河野多惠子：《二受賞作について》，《文藝春秋》2004年第3期，第317页。
⑦ [日] 三浦哲郎：《感想》，《文藝春秋》2004年第3期，第318页。

由此，芥川奖历史上诞生了一位极具个性的年轻女得主。

"御宅族"的消费没有一个明确的目的性，品牌、价格、品位对于他们来讲都是无所谓的，讲究的是自己的感觉与内心瞬间的激动，讲究的是极简主义。《蛇舌》作为身体写作展示后现代消费文化的极端的体现。消费者的欲望很多，希望立即拿到自己喜欢的东西，得到满足后却又不稀罕、不珍惜，"想得发疯的服装也好，拎包也好，得到了便马上降格为收藏品之一，用两三次就没什么稀罕了"①，其实他们根本就不知道自己真正需要什么。当今身体与心灵分离的时代里，人没有欲望，由"物"的消费转向身体消费成为一种必然。

路易、阿马、阿柴等人是当下身体消费人群的极端代表。他们的交往不仅仅是性还有"志同道合"的身体改造观、审美观。他们将身体的改造作为一项工程，试图在身体的改造中重塑自我形象，指望凭借变了形的身体来指称自己，靠这种再造身体的"标签"来凸显自身的个性、身份与地位。舌头、脸、后背的改变则外显化预测身体消费已经没有了性别属性的区分，女性消费的不是"女性"的消费而是"人"的消费。

对于耳朵上装饰耳环，可以说是先痛而后美，当然这种痛比较轻微。耳环的尺寸过大，越大流血就会越多、越痛。牛仔女路易是一个大耳环的热衷者，目标是戴上00G耳环。耳饰的粗细用G来表示，往往数字越小，尺寸越粗。耳环尺寸的增大是慢慢适应的过程，开始戴耳饰时从16G到6G并不感到困难，但从4G到2G，再从2G到0G就越来越难，耳孔里会一直充血，耳垂红肿。每大一档，耳朵都会针刺般痛上两三天，到0G需要三个月左右。这样的耳环工程一般人是难以忍受的，但牛仔女显然不是出于生存的需要，她在证明自己的忍耐力

---

① ［日］金原瞳：《蛇舌》，载日本著名文学奖《"芥川奖"获奖小说选》，祝子平译，上海文艺出版社2005年版，第52页。

的同时证明自己的存在。

　　当路易向 0G 冲刺的时候，在阿马的唆使下同时又开始了用手术刀或剃须刀将舌尖切开的"蛇舌"工程，之所以这样做就是因为"将舌头割成两片，据说是现今酷男靓女的时尚的身体改造"①，甚至将"蛇舌"工程作为与阿马的爱之工程。同时路易又疯狂地模仿阿马进行文身。她将这种近乎认为自残的身体改造被解读为"上帝才有的特权"②，认为上帝改变形状才能造出聪明的人，她要做聪明的人，所以要接受上帝的改造，要进行身体诸多项改造，似乎改造越多，变化越多，就能变得越聪明，这是路易身体消费的逻辑与理据。

　　阿马左上臂到背心青龙文身，眉间扎着三个 4G 针饰耳环，下嘴唇扎着三个 4G 针饰耳环，舌头一分两叉；阿柴"身躯就像一张画布，狭小的空间画着各种的色彩绚丽的图画，背上有龙、猪、鹿，还有牡丹、樱花和松树"③。"光着头皮发亮的脑袋，后脑上文着一条盘成一圈的龙"，"脸上、额头、眉际、嘴唇、鼻子无处不挂着闪亮的银环。这样一张全副武装的脸是分不清表情的。还有他的双手，指甲上都是黑色的瘢痕，烙出来的时尚"④。阿马、阿柴的整个上半身通通进行了整形与改造。身体改造的痛中也有美，也会有快感，身体在虐待与被虐中，在痛的挣扎中存在快乐。

　　在这群年轻人看来，改变身体举动无可厚非，甚至认为是上帝给他们的自由与眷顾。他们很享受这种极为时尚与别致的生活，"无问西

---

①　[日] 金原瞳：《蛇舌》，载日本著名文学奖《"芥川奖"获奖小说选》，祝子平译，上海文艺出版社 2005 年版，第 5 页。
②　[日] 金原瞳：《蛇舌》，载日本著名文学奖《"芥川奖"获奖小说选》，祝子平译，上海文艺出版社 2005 年版，第 12 页。
③　[日] 金原瞳：《蛇舌》，载日本著名文学奖《"芥川奖"获奖小说选》，祝子平译，上海文艺出版社 2005 年版，第 25 页。
④　[日] 金原瞳：《蛇舌》，载日本著名文学奖《"芥川奖"获奖小说选》，祝子平译，上海文艺出版社 2005 年版，第 7—8 页。

东"。路易与阿马同居自认为彼此很爱，但连阿马的真实姓名等信息一无所知，到了阿马葬礼时才知道其真实姓名叫雨田和泽。路易与性虐待狂阿柴做爱等放纵式生活方式，大胆揭露了现代年轻人心灵深处隐藏的恐惧和无尽的悲哀，深度剖析了他们的价值观，身体交往与爱不爱没有关系，与寻求刺激，在身体消费中自我定位有关。同时表明了作者的态度，用身体改造来确认身份具有一定的危险性。在人的一生中或许一辈子都不能改变的东西，路易却靠一己之力改变了。"为自己活一回""自己改变自己"这不仅是"御宅族"的人生观，而且是当下日本年轻人的生存逻辑。绵矢莉莎通过路易之口告诉阅读者，"我的人生是无所有、无所忌、无所咎的。我的未来，我的文身，我的蛇舌，肯定是无意义的"[①]。路易整个蛇舌的手术过程隐喻了"御宅族"通过身体改造来确立自我身份是一个痛苦的过程，这种做法不成熟、不可取。

二 身体痛感与自我同一性

身体之痛是否可以摆脱空虚？是否可以加速同一性的自我转化？现代社会是一片沙漠，年轻人想逃避现实，却又不甘心成为光照的影子，因此，他们要通过身体的痛感来证明自己的存在。存在感与形成同一性其实是两回事，这里面存在痛点与疼痛度的问题。金原瞳通过身体改造的痛消解虚拟世界的空虚后，回到了梦一般现实世界。绵矢莉莎通过"踹"别人与"被踹"的痛觉感受人际互动的魅力。

《蛇舌》的身体改造是令人心理震颤与恐惧的，这种通感式描写，"在舌头中间打孔，戴上饰环，慢慢将这个空孔弄大，将舌尖的部分用洁牙线或钓鱼的尼龙线什么的缚住，最后用手术刀或剃须刀将

[①] [日]金原瞳：《蛇舌》，载日本著名文学奖《"芥川奖"获奖小说选》，祝子平译，上海文艺出版社2005年版，第51页。

舌尖切开"①。骇人听闻的蛇舌手术，把视觉、触觉、痛觉沟通起来，打破彼此的界限，进行感觉移植，使视觉与触觉互联互通，产生感觉移位，以柔软触觉表形象，很容易使读者与路易一同感觉到痛，不敢想象人的舌头弄成如蛇或蜥蜴的样子。这种痛会启动人的联想心理机制，在充分联想回味中，获得一种顿悟的美感享受，领会到后现代社会人与其他动物本无区别之真谛。"所谓的现代'人'，永远都是首先是'人—动物'，是生命拯救人。生命不在别处，就在承载着人的动物体中，就在人所在的动物那里，就在人的动物性中。同样，也在我们周遭的那些动物那里。"②"御宅族"那里，动物与人、自然与知识、生命与灵魂、赤裸与衣装、杀人与删除、虚拟与现实等一切差别都被悬置了，进入一种"无功利""空虚"的状态。在整个"空虚"的场域里，缺少了"我"主体性，因"同一性混乱"导致的迷失渐行渐远，"御宅族"远离文明、远离人性。路易第一次看到蛇舌时，"感到自己以前的价值观轰然崩塌，瞬间被他的舌头彻底俘虏了"③。瞬间被蛊惑，热血沸腾回到动物时代，这表明"御宅族""同一性"绕不开动物性。

"御宅族""同一性"也绕不开历史性——神性。如同宫崎勤认为天皇是他的爷爷一样，阿马说自己是希腊神话中最伟大的宙斯神，阿柴称自己是日本神的儿子，路易是一个平凡的人，三个人共同的目标成为神。④ 平凡的人要按着神的旨意办事，而且是按着日本神的旨意行

---

① [日]金原瞳：《蛇舌》，载日本著名文学奖《"芥川奖"获奖小说选》，祝子平译，上海文艺出版社2005年版，第5页。
② 赵倞：《传统与现代之间的人性根由——动物性》，北京大学出版社2013年版，第175—176页。
③ [日]金原瞳：《蛇舌》，载日本著名文学奖《"芥川奖"获奖小说选》，祝子平译，上海文艺出版社2005年版，第18页。
④ 程金城、王彦彦：《另一种身体——〈裂舌〉试析》，《廊坊师范学院学报》2006年第12期，第2页。

事。"御宅族"们的生存逻辑多源于自己痴迷的偶像、动漫与电玩。在混淆了界限的虚拟世界与现实世界里,有一个类似与"阿马""阿柴"神一样的行动与精神控制者,他们以神、拯救世界的战士姿态出现,在一些动漫中,自虐与被虐、暴力与施暴往往与神联系在一起,更加延缓了自我的同一性进程,英雄的性爱逐渐靠武器和暴力取得,性与暴力的结合越来越密切,暴力的加入使性行为越来越变态。游戏宅男导演的"日本秋叶原重大杀人事件"(2008),杀人动机是宣泄,根本谈不上罪恶与痛苦,而只是一场现实版的游戏,"点击"杀人 = 愉快地点击"删除"。最近几年来,日本已经发生多起"无差别杀人事件"①,日本神与英雄的暴力性成为"御宅族"走向犯罪的隐形推手。

"都市文明压迫着现在的年轻人,他们毫无保护地赤裸裸地与都市文明最困难之处相碰撞,强烈地感受着痛苦,生活在都市的年轻人的剥离开来的皮肤伤痕累累。那各种各样的痛苦正是由《蛇舌》传达出来。"② 这种痛来源于空虚与虚拟世界。"我现在脑子里思考的东西,眼前看到的东西,甚至手里夹着的香烟,都不是现实的东西。我感到自己在别的什么地方观察着自己。什么也不可信,什么也感觉不到。我实实在在地感觉到自己活着,只有我在感到痛的时候。"③ 人身体有两个最怕疼的器官:性器与舌头。阿柴是一个正牌的性虐待狂,路易一方面很享受与阿柴做爱的被虐之痛,另一方面还迷恋阿柴给她带来的身体的痛感。路易在性的痛苦中等待进行蛇舌手术,徘徊于同一性的边缘,在经历了性的欲望与身体的痛之后,最后留下的还是空虚的悲哀,她颓废到了极点,以自杀的方式抵抗现代社会的沙漠化是一种

---

① "无差别杀人"是指犯罪嫌疑人和被害人没有仇怨,随机选择作案目标,在作案现场见谁杀谁的杀人案件。
② [日]国谷裕子:《言葉にできない痛み》,《文藝春秋》2004 年第 4 期,第 118 页。
③ [日]金原瞳:《蛇舌》,载日本著名文学奖《"芥川奖"获奖小说选》,祝子平译,上海文艺出版社 2005 年版,第 59 页。

必然的选择，反叛已有社会秩序，抵抗与延缓着同一性的形成。

"御宅族"生活在虚拟世界，没有任何的存在感，唯一证明他们存在的是身体，是身体的痛觉。因此，他们只能用身体消解空虚与寂寞。身体改造就算改变了身体外形"也无法触及那崇高的人类心灵"①。

三 生存之痛与回归自我

人通过自然选择获得了人的形式，真正将人与动物区分开来的是人的伦理意识，"由于伦理意识的产生，人类便开始渴望从伦理混乱中解脱出来而走向伦理秩序"。"人类第一次生物学意义上完成自然选择之后，还经历了第二次选择，即伦理选择。人类社会从自然选择到伦理选择再到科学选择的过程，是人类文明发展的逻辑进程。"② 研究表明，人类的自然选择是一种生物性的选择，它奠定了人类向更高阶段进化的基础。人在生存和繁殖方面仍然保持着兽的特性。其实在人类长期发展进程中，人性与兽性在博弈。两者的平衡点在很大程度上取决于环境，是生物进化、适者生存的丛林法则使然。人化自然过程中，人性与兽性不断地进行着平衡与调节。信息时代，一方面，便捷的生活模式逐渐削弱人的进攻性、主动性、占领性，以"御宅族"为代表的惰性、依赖性不断增强；另一方面，以"御宅族"为反面教材呼唤人原生态回归的意识，不断提出了"何以为人"的时代命题。

快乐等于感受。路易经历了蛇舌手术、文身，阿马的死亡，阿柴的性虐待，常人看来痛苦，简直就是作践自己的身体，践踏自己的生命。果真痛苦吗？1932 年赫胥黎出版了反乌托邦小说《美丽的世界》，"书中将'快乐'当成最重要的价值。每天所有人都要服用苏麻，这能

---

① [以色列] 尤瓦尔·赫拉利：《人类简史——从动物到上帝》，林俊红译，中信出版集团 2017 年版，第 388 页。
② 聂珍钊：《文学伦理学批评导论》，北京大学出版社 2014 年版，第 33 页。

让他们感到快乐"。赫胥黎的笔下世界有一项基本的生命假设,"快乐等于感受"①。美惠尽管34岁,还仍然跟着感觉走,可以为喜欢的游先生付出一切,也可以因为好逸恶劳跟又老又丑、自己根本不喜欢的九十九回到小镇同居。日本村落文化的发展背景,特别是乡下的小镇比较在意镇里人们的议论,此时,个人的感受占了上风。蛇舌、文身、满耳的银环,与正常人的扮相格格不入的牛仔女、小流氓与朋克族,屡屡遭到认识的人嫌弃,不认识的人白眼,走在大街上,行人会绕开他们,"敬而远之"。长谷川、蜷川她们在自己的世界里都很快乐。"快乐并不在于像任何财富、健康甚至社群之间的客观条件,而是在于客观条件与主观期望之间是否相符。"②

生命整体有意义、有价值就能得到快乐。"人一旦与身体、感官和真实环境越来越疏离,很可能就会感觉孤单、迷失方向。"③ "御宅族"的快乐仅仅是在自己的"宅"空间里,离开了特定的场所,她们就会有种种的不适与烦恼,丝毫没有快乐之谈。"不管任何文化、任何时代的人,身体感受快感和痛苦的机制都一样。"④ 在"宅"世界里的快乐其实是她们对虚拟世界的集体错觉与幻想而已。

一系列的痛之后,路易开始思考自己的生存问题。房租、生活费用随着阿马的死去都没有了着落,体重骤降的身体状况暂时还不能去当酒吧女郎,堂而皇之地正式入驻阿柴家,麻木地活着,身体改造并没有让路易摆脱空虚,她对着镜子里自己的蛇舌叩问"追求这个难看

---

① [以色列]尤瓦尔·赫拉利:《人类简史——从动物到上帝》,林俊红译,中信出版集团2017年版,第366页。
② [以色列]尤瓦尔·赫拉利:《人类简史——从动物到上帝》,林俊红译,中信出版集团2017年版,第358页。
③ [以色列]尤瓦尔·赫拉利:《今日简史——人类命运大议题》,林俊红译,中信出版集团2018年版,第83页。
④ [以色列]尤瓦尔·赫拉利:《人类简史——从动物到上帝》,林俊红译,中信出版集团2017年版,第367页。

地突然裂开的空洞"的意义和价值。她看到了明媚的阳光，喝进了生命之水，梦里"嘴里有条河"与"五六个过去的好朋友，全是晃屁股扭腰的朋友"①。表明路易仍挣扎于现实、过去与未来之间，梦里的伙伴是她潜意识里的某种欲望，身体合作的欲望破灭之后，仅存的是对同伴与合作的期待，尽管"因迟到招致了同伴的愤怒"，但路易还是赶上了与他们的约定。但那毕竟是梦境，现实中的路易，自我有极大的自主权可以主宰自己的时候，发现自己能够主宰的似乎只有身体，仍然没有确证真正的自我，因为她还没有直面现实。"我希望他（老师）肯定我，也希望他原谅我。还希望他像把绕在梳子上的头发一根根地拔出般，也把缠在我心中的黑线，用手指一条条揪出来，扔进垃圾桶。"②

　　自我同一性的确立，是青少年期的发展课题。在完成这一课题的过程中，往往伴随着种种危机和失败。日本获奖女作家立足于社会转型期，小说里的青年人出生时期赶上泡沫经济崩溃，高中阶段恰逢"终身雇佣制"解体，他们自我认知的成长也是日本进入信息化时期，家长自身也无法判断和调节孩子对电子信息的接受尺度，导致孩子对动漫、电子游戏等新事物处于自由发展状态。"在将无可替代的'我'作为独一无二的绝对价值的后现代社会里，社会原本存在的宗教、阶级和中间共同体空洞化，社会被'液体化'。人们将社会性问题还原到个人环境和异常心理的角度加以解释。比如说'精神创伤''成年小孩''多重人格'等通俗心理学术语流行就是一个最好的例子。"③ 传统的家庭教育在与电子教育的博弈中开始失去灵验，引发了一系列问

---

　　① ［日］金原瞳：《蛇舌》，载日本著名文学奖《"芥川奖"获奖小说选》，祝子平译，上海文艺出版社2005年版，第75—76页。
　　② ［日］绵矢莉莎：《欠踹的背影》，涂愫芸译，上海译文出版社2011年版，第86页。
　　③ ［日］橘玲：《(日本人)：括号里的日本人》，周以量译，中信出版集团股份有限公司2013年版，第312页。

题，这一代人还积极参与了捣毁日本安全神话的行动。埃里克森认为，"个人的成长在心理（特别是情绪）发展过程中反映了社会的历史发展；个人生长中出现的危机也反映着社会历史发展中的危机，两者直接相关，是不可分离的"①。这些人共同的特点，绝大多数都是无业或失业者，没有稳定的生活来源，在某种意义上说也是日本的一个历史性转型期的产物，是日本"泡沫经济"破裂的必然结果。他们无法从"成为主体"的压抑中解脱出来，但他们成为大人的生存技巧或处世哲学的形成阶段延迟，回避现实世界，渴望"自己成为自己"甚至达到异常程度。渴望成为"自我"的"御宅族"试图首先在规训身体的"自我训练"中确立自己，在"蛇舌""文身"等的身体改造、"踹"与"被踹"的"动"中体现存在感并指望获得存在感，宫崎勤等将杀人案当作自我实现手段，身体改造后更加空虚与迷茫，由寻求主体到彻底拒绝主体。他们试图反抗社会和体制，试图走出平常人都经历过的"自我"，试图在缺乏社会化场所的自我世界进行社会化，在"内心深处"与"外部社会"进行着纠结、妥协、较量，"其结果导致社会化的需求在内心深处的彻底自由化"。当然，他们一直在希望自己变成什么样人的自我欲望中进行"内心的改革"，"一直保持着自我实现的欲望，仍然有一种变成其他人的冲动"②。

---

① ［美］埃里克·H. 埃里克森：《同一性：青少年与危机》，孙名之译，浙江教育出版社2011年版，译序第7页。
② ［日］大塚英志：《"御宅族"的精神史1980年代论》，周以量译，北京大学出版社2015年版，第306页。

第二章　角色冲突中的身份错乱

　　探讨平成年代芥川奖获奖女作家及其作品中的角色冲突与身份迷茫，我们必须顾及或者说必须从三个总体的大背景出发。一是当代日本已经演变为一个成熟的后工业社会；二是在"后现代"乃至"后后现代"的视域中，日本的文化、精神领域就总体价值取向和特征而言已与西方融为一体；三是芥川奖女性文学毕竟是日本当代女性文学总体的一部分，因此，我们也要关注这个"总体"。

　　当代日本从所谓"昭和年代"向"平成年代"的转换，也恰逢一次重要的国家、民族、社会、文化的转型，即从发达的工业化社会向成熟的后工业化社会的转换。平成元年至今，从外部或"物质"形态的变迁看，有"泡沫经济"的破灭，及"失去的十年"，工业生产模式的转型，政府走马灯式更迭和自安倍第二次组阁以来自民党一强政治之持续，"3·11"大地震及后续效应，等等；与社会的高龄化、少子化、传统家庭结构的解体（离婚率持续增高、亲情淡漠、家庭伦理破碎）、性爱道德的败坏相伴而来的后工业社会形态的全面呈现，即进入了所谓"烂熟的资本主义时代"[①]。这既是政治、国家、社会生活总体形态的深刻变化，也是文化、情感、精神领域质的转型的总体背景。

---

　　① 陈世华：《新世纪日本文学发展进程——黑古一夫访谈录》，《外国文学动态研究》2016年第3期，第81页。

同时自"昭和"年代末期,来自欧美的后现代主义文化、思潮波及日本,与其趋向成熟、几乎与西方同步,并且极富特征与个性的当代科技、人文学术产生碰撞与共鸣,日本学术界、文化艺术(包括文学领域——女性文学的迅速崛起与繁荣)也实现了"后现代化",涌现了一批大艺术家和柄谷行人、小森阳一等后现代主义思想家,日式后现代主义实现了与西方后现代主义(学界、文学艺术界)的同步进退和常态交流。如大江健三郎和马尔克斯、萨义德等名流就人类面临的一系列重大危机、问题的对话①;如多和田叶子、水村美苗的双语写作及她们与德(欧)、美文学界的频繁交流与合作,等等。也就是说,从各个方面看,日本国家与民族已经步入了成熟的后工业——后现代时代,其总体的价值取向和社会、文化、精神活动与欧美代表的西方世界融为一体了。

著名文学评论家重里辙也曾就当代日本社会生活的深刻变化以及文学的回应有过深刻思考,他认为:"平成时代是苦难的时代,最初是泡沫经济瓦解和经济不振交织在一起,然后是发生在 1995 年的阪神大地震,……1995 年也是非常重要的一年,奥姆真理教的信徒在地铁里制造了沙林毒气事件。值得深思的是,这些信徒中有很多物理、医学等理科精英学者和学生。这起事件让我们重新思考,战后日本社会究竟是一个什么样的社会。之后,2011 年又发生了东日本大地震,海啸夺走了很多人的生命。同时,核电站反应堆发生事故——核发电究竟是什么?核发电是必要的吗?文明的现状在当今受到质疑。其次,平成时代是一个动荡的时代。……平成时代也是日本不断衰退的时代。……这一时期对日本文学来说是极其丰富、繁荣的时代,这是一个非常有趣的文学现象。是因为这种苦难的历程造就了文学的

---

① [日]大江健三郎:《大江健三郎口述自传》,许金龙译,新世纪出版社 2008 年版,第 73、265 页。

繁荣，还是说尽管日本处境艰难，文学依旧苦苦支撑？然而，我们只需稍稍回顾一下常识性内容并探究文学的功能，就会发现，文学擅长表现潜意识的渴望以及自身对'个体'的彻底依靠，比如信仰的问题、生命意义的问题、时间流逝的问题等，这就不难理解平成时代文学的极度繁荣了。"① 可以说，平成时代日本"极度繁荣"的文学其标志性特征便是女作家的持续活跃、新作家的不断涌现和频繁摘取芥川奖，甚至出现了绵矢莉莎、金原瞳等以"最年少得主"称号获得芥川奖的"少女作家""成为文坛佳话"。

无疑，女性文学的崛起不仅体现在不断斩获芥川奖上，也体现在女作家创作的上乘质量，她们的作品往往能更迅捷、全面、真实地表现时代的主题，真切传达生活与生命的呼声。

同时，我们也必须考虑到，虽然芥川奖（获奖作家作品）代表着日本现当代文学纯文学的方向（或曰精英文学的孵育器），但与芥川奖同时存在的还有十几种的文学奖项，如著名的直木奖（并非单纯地授予大众娱乐小说，也兼顾高水平的长篇小说和中短篇小说集）、川端康成文学奖、谷崎润一郎文学奖、朝日文学奖、读卖文学奖等，每年每届的获奖作家作品代表了日本当代文学的最高水平，却也并不是优秀文学的全部——仅仅是代表着而已。在获奖作家的背后，实际上遮蔽了大量的勤奋写作、努力向高水平迈进的作家们；更何况，21 世纪以来，随着"手机小说"和网络文学的普及与兴盛，仅在网络文学空间就活跃着数以万计的小说家、散文家和诗人，他们并不以追求获奖为目标，但无疑拥有自己的"粉丝"和拥戴者，他们至少是为自己也为自己的读者们创作着。同理，芥川奖获奖女作家及其作品在数量上仅仅是全部女性文学中极小一部分，就质量而言，也并未包括全部优秀

---

① 陈世华、王奕华:《从小说看平成 30 年的日本——对话日本评论家、圣德大学教授重里彻也》,《中国社会科学报》2020 年 12 月 31 日。

的女性文学，至少如吉本芭娜娜、林真理子、江国香织、水村美苗等一流女作家就未获得过芥川奖，而吉本芭娜娜、林真理子等人的影响力却是大部分芥川奖获奖女作家无法企及的，获芥川奖获奖女作家及其作品只是当代日本文学界异常活跃的女性文学的很小一部分，因此，我们展开本项目相关论题研究时，就不能不考虑获芥川奖女性文学与总体女性文学的这种（整体与部分的）关系，乃至在具体的考察、讨论中就不能不涉及一些非获（芥川）奖而具有代表性的女性作家作品。

此外，本章所说的"角色"和"身份"也有两个层面的意指，一是指女性文学作品（以小说为主）中的人物形象所代表的角色和身份；二是指作为女性群体和社会成员的作家本人在社会生活和文化活动中的角色与身份。在下述文字中，我们将有意识地给予充分论述，但就作家作品对文化生活、精神生活总体影响而言，这两个层面的"角色"和"身份"往往又会合二为一，因为作家的"发声"和作品的"发声"，作家的言说和作品的言说对于同一的对象（接受者），与其说绝无本质差别，毋宁说是一体的，都是通过女作家及其作品里的女主人公在男性气质、女性气质的调和与律动中展示女性的魅力。特别是在价值取向的引领与价值的建构中会带来怎样的影响，始终是女作家进行探索的重要内容。女性的角色与定位将会给正在转型的日本社会价值取向维度上的权势距离、长短期定位、男性气质和女性气质等方面带来怎样的影响，获奖女作家们的思考与探索值得肯定。

第一节　个性化社会与自我身份的确立

如前所述，作为"成熟"的后工业社会（国家）的日本，也意味着社会生活（政治、文化、伦理等各领域）的充分的个性化，即个性化的充分实现。其重要的标志和证明便是"女权"的基本实现（如女性参政等）和总体上女性自我身份的确立。这正如评论家川村凑所指出的，"平成时代是日本文学史上继平安时代、明治时代初期又一个女性作家活跃的时代。在女性主义运动的推动下，女性进入现代文学世界的道路比以往更加宽广。芥川奖、直木奖作为当今日本最重要的文学奖项，其评委可谓'位高权重'，在现任9名评委中，女性就各占四席。日本女作家在文坛大放异彩，呼应了愈来愈热的女性写作世界潮流。……女性以倔强的精神力量寻找或开创新的空间，来对抗所谓'正常'的现实世界"①。当代日本巨大的社会历史变化，不仅由平成年代初期起始的当代女性文学所记录、所反映（从吉本芭娜娜、林真理子的靓丽登场和持续活跃，到21世纪以来新锐女作家不断荣获芥川奖），而且也由几乎全部的女性作家在各类媒体和社会舞台上不断"发声"显示出来，在不断介入现实的担当行动中显示出来。

在2011年"3·11"大地震及核事故后，正是多和田叶子、林真理子等女作家就事故、灾难的原因和责任做了最为深刻的反省，并通过"奔走各处募集救援资金"② 等实际行动参与到灾后重建工程。多和田叶子、林真理子等女性作家的介入行动不仅具有现实的、物质上的效力，而且她们的切身反省"判断正确"，她们以此替整个日本民族"内疚"，以女性之思/之身替自己的国家、社会背负历史责任的"十字架"，实际上是精神疗救的行动——这比援救自然灾难、弥补物质损失更有意义和价值，而且是一种更加积极、久远的意义与价值。女性作家这种对社会生活、政治生活乃至精神生活的全面参与，并勇于担当（尽管她们绝不是各种人为、自然灾祸的主要责任者）的姿态，便完全印证了女性已完全确立其独立、自主身份这一事实。

---

① 杨洪俊：《日本平成年代文学的后现代图景》，《中国社会科学报》2019年6月13日。
② ［日］土屋昌明：《三·一一以后的小说家和新文学》，载孟庆枢主编《中日文化文学比较研究》，吉林出版集团股份有限公司2012年版，第167—177页。

这里我们还应列举林真理子，她的文学城就与吉本芭娜娜、小川洋子、川上未映子、多和田叶子等都属女性文学的一流作家，而她的文学作品始终是标准的写实主义的，与日本的当下生活最为贴近，最能反映当下日本妇女的思想、情感和生活实相，对家庭婚姻和两性关系的变化也有切实反映。林真理子自20世纪80年代以《把快乐买回家》（1982）一举成名后至今，一直活跃于文学、时尚、社会、媒体等多个领域，先后斩获直木奖、吉川英治文学奖、柴田炼三郎奖等重要文学大奖，迄今已出版著作逾200部。同时，自2000年以来，一直担任直木奖、每日出版文化奖的评委，被日本文学读者评为"四大女天王作家"之一。林真理子作为当代女性文学的代表和妇女界名人，她存在的意义不只是在畅销的小说中塑造了一系列个性鲜明的女性角色（形象），也在于她本人作为当代女性在现实社会生活中发挥的重要作用，即林真理子文学的意义是多重的：既来自她塑造的文学形象（角色），也来自她作为女性主体自身充任的角色和社会身份。林真理子的《青果》《错位》《平民之宴》《遗失的世界》等代表性作品都以家庭、恋爱、两性关系为主题，她用朴素、自然、真切、诙谐的手法书写了一系列自强不息、敢作敢为敢追求、具有强烈自我意识和个性的当代日本新女性形象，再现了当代女性生活的真实状态、命运与诉求，也通过这些新型女性角色揭示了处于后工业社会状态下的日本社会生活中的普遍性问题和诸多矛盾。这一系列新女性形象与传统日本社会中的妇女已大相径庭了。这些新型的女性也代表着一种全新的社会视角：她们是大都会时尚生活的宠儿，不论在公共场合还是私人、家庭空间，都昂首阔步，谈吐自如，自信满满、一切皆以自我为中心，她们穿行于婚恋与家庭、工作与休闲、健身美容与交际娱乐等所有时髦场合，尽显新女性的风姿与个性，一扫传统社会中"男尊女卑"的气派，彰显了超越传统反叛正统的新式人生理想与价值观。《青果》女主人公水越麻也子就是这样一位新女性的代表。在小说中，麻也子是一位成功的职场女性，事业成功，收入稳定，拥有一个看起来和美、温馨的家庭。麻也子天生丽质，即便到了32岁仍拥有少女的身姿与肌肤，因而自信的麻也子对爱情的标准也不断提升。然而她的丈夫航一却因为公司不景气、工作压力大而渐渐地对她冷淡起来，对她的"爱的要求"也常常敷衍了事，这让麻也子颇感冷落和孤独。被爱、求爱是女性应有的权利——麻也子认识到作为当代女性应该勇敢、大胆地"选择自己的人生"，她"出轨了"。她与多个男人发生婚外情，寻觅真爱体验，最后移爱于艺术评论家工藤，在激情的引领下追求"灵与肉"统一，为此不惜与丈夫离婚，义无反顾地抛弃了令人羡慕的温馨家庭。然而仅是寻求婚外情的刺激，甚至追求"情"与"欲"和谐统一的真爱情，还不足以表明麻也子的自信、独立和新女性意识；更重要的是麻也子拥有的选择意识和选择后的自我观照与反思。麻也子始终保持清醒的自我意识，即使与情人一起去中国台湾旅行时，即情与欲得到满足的最快乐时刻！"在快乐的背后，到处都潜藏着痛苦，以前她几乎没有发现这一点。"①

  再婚后（与工藤通彦）的麻也子仍然偶尔与旧情人大野村幽会，然而这单纯的欲望满足却令她忽然感受到了从未有过的空虚，于是一种新的欲念油然而生："一天，麻也子突然想起孩子的事。这的确可以说是她体内出现的一种决议要生育的躁动……，某种立刻就要吐出来似的强烈感觉在她的体内游走。她惊讶地以为那感觉或许是后悔，不，不对！是一种空虚！她不知为什么为此感到忧虑。自己与原配丈夫分手后，和喜欢的男人结了婚，甚至偶尔与中意的男人上床的乐趣都得到了。可是，这种空虚之感就是挥之不去。……麻也子想到从未体验

---

① ［日］林真理子：《青果》，石不石译，漓江出版社2004年版，第221页。

过的生孩子的事。这是她最后的赌注。如果多数女子面对的最后领地是孩子滑溜溜的脸蛋儿,那么她自己也想体验一下。"① 从艺术形式和诗学特征上说,林真理子的《青果》《错位》等畅销小说是完全的写实主义作品,小说叙事如同新闻报道一样,如实记录、反映了当下日本女性的真实生活,因而像水越麻也子这样的女性形象,其心路历程、生活与命运就具有特别重要的意义。可以说麻也子对爱情的选择历程所传达的精神路向与当代最为前卫的(后、新)女性主义思想探索恰好一致。作为职场成功女性的麻也子,美丽、聪慧、热情、勇敢、自信,乃至有几分男人也不具备的豪放之气。这是一位作为年过三十却保持着少女体态的俏丽女子,她女性意识的觉醒,首先是从对自己身体之美的自赏、自信开始的,"年龄刚到三十二岁的麻也子脖颈到胸脯之间皮肤下附着的脂肪恰到好处,在盥洗间的荧光灯下闪烁着银色的光泽,尤其是皮肤肌理细腻,简直令她有些羞怯",如此心态的麻也子,对于婆婆劝导她"最好趁着年轻体壮的时候,认真地生儿育女"置若罔闻,即便是与丈夫周末回婆婆家探望的路上,她想的仍然是"首先确切无疑的一点是,在这心情舒畅的秋夜自己能得到与其他男性幽会的自由与机会"。"绝对应该用啊!这比去那些按摩屋要强多了啊!"于是麻也子开始频繁与旧男友约会,并且不断结交新的情人。从一开始的完全没有肉体关系的咖啡馆怡情聊天,到与男友(后来的第二任丈夫)工藤半公开的海外恋爱之旅,麻也子可以说是肆无忌惮地享受女性解放后的身体快乐,婚外情变成了一次一次的身体狂欢,她作为"实现了恋爱的传奇女性"令女伴们羡慕不已。麻也子的"解放"是彻底的,即便同既可以沟通心灵情感,又能充分愉悦身体的美男音乐评论家工腾再婚后,她仍然时不时外出与旧男友野村"偷情",这无疑表

---

① [日] 林真理子:《青果》,石不石译,漓江出版社2004年版,第331页。

明麻也子是完全自由了，她的"女权"充分实现了。有工作有收入，有心仪的丈夫、恋人和和美的家庭，包括身体欲望的几乎全部的权利与价值都实现了——麻也子却并未止步于此，这不是她人生的终点，她几乎是凭借着女性的本能继续向前迈进。当一切的欲望与意愿都达成后，某一天麻也子忽然感到空虚无聊了，于是新的渴望再次降临："麻也子就着水龙头流出的微温的水，喝下每次饭后都服用的促进排卵剂。……今天，就这样做。"① 麻叶子渴望体验"生育"，她的母性复归了。此刻丈夫、情人、男友他们身份的界限完全模糊了，"无巧不成书，通彦和野村属同一血型，所以哪一位的精子先到达麻也子的子宫都无所谓，因为她恨不得一下子就怀上孩子"。也就是说，女主角麻也子把丈夫工藤和情人野村当作了生育工具！母性的复活，对母亲身份、生育经验的欲求超过了一切！而这正是一种根本性的女性权利。

20世纪90年代兴起的后女性主义思潮开始反思此前的极端女权主义倾向，反对那种"夸大男女不平等"、女性男性化的倾向。格伦特（David Gelernter）发表了《母亲为什么应该待在家里》一文，反而"要求女性回归传统角色，要求母亲待在家中（女性回归母亲角色），认为母亲出去工作是自私的，不负责任的表现"②；后女性主义中的保守派甚至认为"传统的性别秩序毫无问题，是天然合理的秩序"③。而21世纪以来的生活现实也似乎印证了后女性主义的思想主张，"一个无法回避的现实是，大多数18—24岁的女性虽然认同女性主义争取男女平等的目标，但是并不喜欢（之前）的女权主义，往往还会憎恨女权主义这个词，认为它意味着愤怒、好斗精神和女同性恋；认为它意味着必须拒绝正常女性的性、母性、养育性、热情和攻击性"④。后女性

---

① ［日］林真理子：《青果》，石不石译，漓江出版社2004年版，第331页。
② 李银河：《女性主义》，山东人民出版社2005年版，第174页。
③ 李银河：《女性主义》，山东人民出版社2005年版，第176页。
④ 李银河：《女性主义》，山东人民出版社2005年版，第177页。

主义显然反对极端女权主义的一些"错误的做法",其中包括精神控制、充当思想警察、信念的不合理、不适当、性变态、性无能、女性男性化、从政治上颠覆关键的社会制度等。而进入21世纪后的"新女性主义的最主要特征就是非常务实,不擅理论,几乎是非意识形态的。它只是就问题说问题,……它只讲策略,不讲战略;只讲具体,不讲抽象;只讲个人快乐,不讲群体利益;只讲妥协合作,不讲斗争;只讲实际,不讲理论"。"新女性主义接受家庭和异性恋,……倡导女性要搞好工作与家庭之间的平衡,而不是像过去的女性(权)主义者那样有意无意地把工作与家庭对立起来。"①

这正如美国当代妇女运动领袖、女性主义思想家贝蒂·弗里丹提出的新女性主义"第二阶段学说"所指出的那样,妇女走出家庭外出工作只是解放的第一阶段(她名之曰"找回黑夜阶段");而在当代"新女性主义"运动中,女性要与男性一起找回白昼:坚守独属于自己领地的"对家庭、孩子的人生支配","在工作、工会、公司、职场中加入男人的行列,获得对工作的新的人性的支配"②。

职场女强人麻也子最后对"生育"的醒悟,可以说完全来自她作为女人的本能,又恰与弗里丹新女性主义哲学主张相契合,这不能不让我们钦佩林真理子的文学洞察力。

由此可以看到,作为当代日本女性生活写照的文学人物麻也子在追求自我解放的道路上的确经历了"角色错乱"(在解放自身生命、身心欲望都得到满足的空虚和缺失感)与"身份迷茫"(妻子—情人—妻子—情人的不断转换与自我迷失)。然而,最后麻也子的幡然醒悟("决心生育的躁动"),却一扫上述那些"错乱"与"迷茫"的阴霾,

---

① 李银河:《女性主义》,山东人民出版社2005年版,第178—179页。
② [美]贝蒂·弗里丹:《非常女人》,邵文实、尹铁超译,北方文艺出版社2000年版,第299页。

表明了一次真正的女性地位的回归——伟大的母性的复活，生育新生命使命感的回归，这绝不是一次女权或女性意识的倒退，而是一次本质性的进步。

就女性对于作为物种的人类、对于世界未来的意义而言，就当代日本日趋高龄化、少子化的严酷现实而言，还有什么权利比生育权更为重要，还有哪个责任比保持人类的永续繁衍更为重大的责任和义务？麻也子对新的权利和身份（母亲）的悟得，恰是代表了21世纪的新女性主义思潮运动的主流方向。

作为当红女作家、女性时尚引领者、"21世纪女性代言人"[①] 的林真理子，她在当下日本社会生活中的多重身份，也正是现实版的新女性主义者的"标准像"：作为事业女强人的林真理子毫不隐讳自己欲出人头地的"野心"，她全力以赴追求自己的人生目标，通过小说、散文、媒体发声、社会演讲等毫不做作、极为坦率地表达对人生、婚姻、情爱、职业、交际、化妆品、服饰时尚、健身、瘦身诸事的观点，"我最不能容忍的是他人对我的支配，我所有的感情可归纳为两个字，爱和恨"[②]。一方面，以最朴素、直白的方式表达21世纪（日本）女性的种种诉求，坦陈"林真理子式"新女性主义思想；另一方面，她也极重视和热爱自己的家庭，每天都为丈夫、女儿精心准备早餐，亲自送女儿上学，对家、亲人、丈夫、孩子充满挚爱。这样的"身份"和行为，再好不过地诠释了"新女性主义"。林真理子的文学作品和她的个人生活是一体相通的，她又可以区别对待二者，尽显一位成熟女性的大智慧——由此我们也更加信任她的文学。

与林真理子这种直白、坦率的"角色"与"身份"叙述相比，小

[①] ［日］林真理子：《青果》，石不石译，漓江出版社2004年版，第21页。
[②] 徐明徽：《作家林真理子：男评论家说我写的下流》，《他们惧怕女性表达欲望》，澎湃新闻，https://m.thepaper.cn/newsDetail_forward_1777894，2017年8月29日。

川洋子、多和田叶子、本谷有希子等具有后现代主义特征的芥川奖获奖女作家则更多地以寓言化、荒诞性的方式表达着同样的主题。比如小川洋子，我们从她的《妊娠日历》和《沉默博物馆》中看得十分清楚。

小川洋子，日本著名女作家，芥川奖评委。1962年出生于冈山县，毕业于早稻田大学。1990年以《妊娠日历》获得第104届芥川奖，这是战后首次由20多岁的女性获得该奖项，而且是主妇，更加引起了人们的关注。2003年小说《博士的爱情算式》获得巨大成功，这本小说不仅在日本国内获得多个奖项，畅销100万册，其英文版在欧美也引起强烈反响，获提名英国独立报外国小说奖。2008年凭借英文版小说集《深水池》获得美国雪莉·杰克逊奖，成为继远藤周作和村上春树之后，第三个提名该奖的日本作家，也是继村上春树和大江健三郎之后，获《纽约客》青睐的日本作家。2013年《小鸟》获得艺术选奖文部科学大臣奖。川上是一位多产的作家，已经创作了30多部作品，其作品在美国、法国、德国、西班牙、意大利等国均有译本。同时，在欧洲一些国家还经常举办小川洋子作品朗诵会，2005年小说《无名指的标本》在法国改拍成电影，引起强烈反响。

《妊娠日历》绝非表现什么"女性意识觉醒"这样早已过时的主题[①]，我们认为这部小说的核心内容是用一个"二女（姐妹）"共同体取代"夫妻"（姐姐、姐夫）共同体；用一个"二女一男"结构取代家庭结构，用"二女"的强势消除了"一男"的存在感。小说中妹妹是唯一的"看者"、评论者、叙述者，并且实际上左右着姐姐、姐夫的生活——她是姐姐食物（柚子果酱）的供应者和制作者，而姐姐无限依赖这种食物，姐妹二人结成了"吃果酱的共同体"。姐姐因为暴饮暴

---

① 谢小洁：《论小川洋子〈妊娠日记〉中的女性自我意识》，《大众文艺》2021年第3期，第15—16页。

食而不断肥胖，高大沉重的身体彻底碾压了弱势、瘦小的姐夫——这一共同体中唯一的男性侏儒化了。显然，《妊娠日历》中的"姐夫"作为男主人是无足轻重的，姐妹二人在任何方面对他都没有依赖性，姐夫在工作单位也是个配角，他在牙科诊所工作，但并不是牙科医生，他只是一位制作"牙模"的技师。姐姐怀孕所引发的唯一身体（生命）效应就是不断暴涨的食欲，既不顾及女性的仪态外表，更没有因"妊娠"而激发任何"母爱"情愫或其他高尚的情感，也就是说，姐姐"妊娠"这一"事变"使她变成了单一的饕餮鬼。这个纯一的"吃货"就彻底解构了传统（男权社会）道德理想中的"母亲"形象。而主角——叙事者妹妹又如何呢？姐姐的"妊娠"事件既没有激发她结婚成家当母亲的冲动（按一般我们所理解的女人天性），也没有引发任何嫉妒或不快的情感，她只是有意或无意地（近乎下意识，因而冷漠而残酷）利用工作（超市职员）之便不断地给姐姐做她爱吃的柚子果酱，有意或无意地想到媒体报道的进口柚子上的防腐剂PWH含有强烈的致癌物，会破坏人类的染色体——孕妇吃多了会导致胎儿的畸形甚至死亡！姐姐腹中的胎儿作为即将诞生的新生命没有引起三个人任何的期盼和爱的情感，甚至从故乡赶来为胎儿和孕妇祈福的公公婆婆也只是冷漠地走走过场，使这个即将临世的胎儿几乎成了个不受欢迎的"角色"，而实际上"她"已经被食物、冷漠和PWH提前消解了！在姐姐顺利产下婴儿后，"我"仍然没能——当然不可能有任何激动的表示，反而在那所医院里回忆童年往事，回忆起童年时与姐姐从窗子窥视医院内部的情景，然后一个奇异的意象出现了：医院的长长的寂静而神秘的尽头被光亮充塞的走廊。

而小说的开篇，就是一段关于姐妹俩在这个医院的院内玩耍、从窗子向内窥探的叙事，结尾回扣开头，这构成了一个叙述的圆环，一个圈。这令我们立即想到当代著名女性主义思想家克里斯蒂娃和露西·艾瑞格瑞借助柏拉图的"洞穴譬喻"和"Chora"意向进行的极具创意的思想建构:"洞穴就是子宫,意味着一种全面的生活视野……";而《蒂迈欧篇》中的 Chora 也是一个"类似子宫的空间","幽深的生命之井","是孩子与母亲共同的空间,同时 Chora 也是先于一切理想、思维、思想乃至时空诸神的存在,是生命的源起之处"①。也就是说,小川洋子在《妊娠日历》中使妻子、丈夫、母亲、姐妹这些传统伦理关系中有固定内涵的角色完全错乱化,因而也就解构了一切传统的伦理关系、人情及盛载者包括那个婴儿,那么在一切旧的事物、生命与关系全部崩溃之后,作家就引领我们回到了原初之处,童年嬉戏之所,那个神秘的空间和通道,"一瞬间,外面的光线被遮住了,我感到有些晕眩。……伫立片刻后,隐约看清了一只延伸到里面的走廊"②。而这正是象征新的生命、生活重新开始的"子宫"、母体。《妊娠日历》实际上隐含着一个关于毁灭、起源和创世的新神话,新女性主义的创世神话。有意思的是,《妊娠日历》的"日历"用的是一个外来语。"カレンダー,Calendar",有日历、月历、记事簿、事项、日程表等多种含义,也意味着历史和时间(的开始和延续)。

小川洋子在 21 世纪的一部重要作品长篇小说《沉默博物馆》中,仍然延续着那种隐秘的神话叙事:"我"作为博物馆的技师受雇来到一座边远的村镇,雇主是一名老得不能再老"年近百岁"的老妇人,主人公随身带着一本《博物馆学》和一本《安妮日记》来此处。第一次与雇主老夫人面对面时,老夫人的"这间书房的天花板极高,显得格外冷清。外面天气晴朗,可是里面却拉起厚重的窗帘,遮蔽了阳光,积灰的灯罩下灯光微弱,整个房间都有些昏暗",这个摆了书籍、珍稀

---

① [英]凯文·奥顿奈尔:《黄昏后的契机:后现代主义》,王萍丽译,北京大学出版社 2004 年版,第 94—97 页。

② [日]小川洋子:《妊娠日历》,竺家荣译,浙江文艺出版社 2010 年版,第 73 页。

器物和大量廉价物件的大房间"散发出皮革与纸张混合在一起的独特气味",犹如一间摆满了随葬品的巨大墓穴。但是,这位行将就木的老妇人却要求远方来的博物馆专家建一座"在这世上哪儿都找不到,但又绝对需要的宏大的博物馆,……博物馆是一种背负着永恒的、可悲的存在"。而这座(计划中的)"博物馆必须不断增殖,可以扩大但绝不可以缩小。……如果看着一天天变多的藏品落荒而逃,那些可怜的藏品就会再一次死掉"。显然,老夫人委托"我"建这所最大的、不断增殖的博物馆是为了收藏所有的逝者和旧物,为了不让他(它)们"死掉",它肩负着"永恒"的重任;正如主人公每晚都要捧读逝去母亲留下的《安妮日记》——为了纪念、记住母亲,"我能感觉到安妮·弗兰克的话语",犹如故去的母亲在诉说。我们可以想见,博物馆里的藏品也会这样向后来的人们诉说他们自己的曾经的生命存在,这意味着逝者的永恒。当然,这样的诉说一定令人"感到悲伤",一定是"可悲可怜的"。这是一座"特殊的博物馆,因而每一件藏品的价值都是平等的","所有藏品总能在博物馆里找到自己的位置",这又是一座"唯一的""沉默博物馆"①。这里"沉默"恰恰意味着无声地诉说。另一个意思,"沉默的博物馆"是指不配备解说员和解说录音设备而由藏品自己来诉说。最后,博物馆技师甚至把哥哥留给他的显微镜和母亲留下的《安妮日记》也收藏到了博物馆,"取出两枚编标签贴在书和显微镜上……我将它们放入陈列架,然后在心底默默地跟母亲和哥哥依依作别。……在四天后的傍晚,博物馆宣告完工"。而此刻,主导博物馆建设的老夫人已到弥留之际。"我极其惊讶地发现,她的眼睛竟黑得如此深邃。它们比冬季的夜晚更深沉,仿佛能吸收所有映入视野的物体,表面没有丝毫波动,静如死水。就好像她的躯壳早已腐朽,只有

---

① [日] 小川洋子:《沉默博物馆》,伏怡琳译,人民文学出版社2012年版,第5—8、10—12页。

两只眼睛依然鲜活地留在原处。"

园艺师背着老妇在馆内转了一圈，我们三人紧随其后，每个人都沉默不语。耳畔只能听到老妇时断时续的、艰难的呼吸声。窗户被晚霞染成一片绯红，雪花飘落时映出一片片更为清晰的阴影。馆内听不到风声，树林冻结在远处，夜色正悄悄潜伏在林子的另一边。这恰似一场悼念死者的巡礼。老妇嘶哑的呼吸宛如一曲沉痛的挽歌。①

博物馆建成翌日，老妇人死去了，而连续多日的坏天气也随之结束，"太阳入冬以来第一次普照大地，未被一丝云彩遮挡。……他们开始低头默哀，我站起身，拉开窗帘。旭日在白雪的反衬下越发耀眼，一缕阳光射向老夫人的脸庞"。老妇的遗物同样被收进博物馆。"我最终决定将拐杖和历书作为遗物。虽然沉默博物馆从没为同一个人收过两件物品，但我相信可以为老妇破例。拐杖支撑着她的肉体，历书指引着她的精神，不会再有比这两样更合适的东西。"

"别说蠢话！没有明天了。今天就是最后一天。今天才是一切。完成使命的人就得退场。这正是历书的真理。好了，快开始吧。……遗物的故事，将由我开始传叙。"②

老妇人是旧世界的最后一位遗民，她的离世也为旧世界画上了句号。"我"、园艺师以及那把作为旧世界遗物的缩耳手术刀，会很自然地让我们想到，这个"旧世界"就是20世纪及之前的现代世界。它彻底结束了，连标志它的时间和"真理"的历书也一同被收藏进了"沉默博物馆"。这部小说是一曲真正的挽歌，是小川洋子在新世纪写下的对旧世纪（世界）的悼亡曲，它婉约，凄凉，透着无尽的悲哀与绝望——却在结尾处让我们看到了希望的曙光，我们同样确信少女、少

---

① ［日］小川洋子：《沉默博物馆》，伏怡琳译，人民文学出版社2012年版，第247页。
② ［日］小川洋子：《沉默博物馆》，伏怡琳译，人民文学出版社2012年版，第5—8、10—12页。

年传教士和"我"必将走向新世界、开创新世界。

显然,小川洋子用这样极富寓言性的新作品超越了她自己的旧作。以《妊娠日历》为代表的旧作中那些终结了旧传统、旧伦理,也解构了她们自身形象因而错乱化的角色,他们的"日本性"和女性单一视角再一次被彻底超越了——在《沉默博物馆》中已成功置换了身份。博物馆技师、作为老妇人养女和精神传承人的少女、神秘的通往未来的少年传教士。这些新人物充满青春活力和勃勃生机,他们只致力于建设,建起一座巨大的博物馆,收存旧世界(旧人类)的记忆,向未来和新世界"传叙"这些信息,并必然要肩负起创建新世界的使命。对,他们拥有明确的身份:终结者、建设者和创造者。

美国当代哲学家大卫·格里芬和中国学者王治大声呼吁"建设性的后现代主义"① 哲学,笔者相信,小川洋子等当代日本女作家已用她们的文学创作做出了某种回应。

就这一点而言,自然令人联想起多和田叶子的创作。多和田叶子与其他当代日本女作家的最大不同是她创作之初就是国际化的。这不仅有别于当代日本女性文学,也与大江健三郎、村上春树、村上龙等男性作家完全不同。大江、村上等是从日本开始走向世界才逐渐具备了世界与人类意识的,而多和田创作之始便是双语(日、德)写作,她几乎是同时在日本、德国两国登上文坛。20 世纪 80 年代初,多和田大学毕业后来到当时的民主德国工作。不久之后,就在她的第一批日文作品问世的同时,她的德日文双语著作 *Nur da wo du bist da ist nichts/あなたのいるところだけ何もない* 于 1987 年也在民主德国出版,这是一部由若干短篇小说和 19 首诗构成的相当奇特的作品,日文原文和对译的德文对应交错存在,从正面(左侧)翻阅时是德文部分,

---

① 王治河、樊美筠:《第二次启蒙》,北京大学出版社 2011 年版,第 1 页。

从反面（右侧）翻开时，则出现的是日文书名。西式横排的德语书写与东方古老的竖排日文书写交替相接对应共在，所谓"在语言和语言的'间隙'形成的语言，催生了一部新颖的书"①。因此多和田一登上文坛便显示出一种国际化、世界化的风采。多和田不仅先在国外发表还首先在德国获奖——1990年1月她获得了汉堡市文学激励奖。这是一项鼓励用德语写作的外国文学家的奖项，在德国（以德日双语写作）出版三部作品后，她的首部日文小说《失去脚后跟》（《群像》1991年6月号）获得1991年的"群像新人文学奖"，同一年的《三人关系》摘取了三岛由纪夫文学奖，多和田由此开始了她文字的"高光"时刻。1992年出版了《面具》《狗女婿上门》等重要小说，自《狗女婿上门》荣获1993年芥川奖后，特别是进入21世纪以来，她差不多囊括了全部重要的日本文学奖项：泉镜花文学奖、谷崎润一郎文学奖、伊藤整文学奖、紫式部文学奖、读卖文学奖等。

凭借着这份成绩单，多和田叶子已与村上春树一同进入了诺贝尔文学奖候选者名单。让我们把目光聚焦于1992年，多和田叶子的一部中篇小说《面具》。我们认为正是《面具》和《狗女婿上门》合起来，才预示了多和田21世纪以来的标志性的文学特征。《面具》表现的是一对日本姐弟（道子与和男）在德国汉堡市的留学生活，而叙述视角主要是女主人公道子的，以道子的所见、所遇、所感精彩地展示了在居于主体主流的西方（德国）文化视野内作为"他者"身份代表的东方人（日、韩、土耳其等）的尴尬处境，文化窘态：朴实、严谨的韩裔男护工"金成龙"受到女性精神病人雷娜特诬陷，就是因为他那张"东亚人的没有表情的面孔"，因为"即使看上去和蔼可亲，可是在假

---

① ［日］与那霸惠子：《解说——围绕'隔阂'的隐喻》，载多和田叶子《狗女婿上门》，金晓宇译，河南大学出版社2018年版，第102页。

面具一样的面孔下面,他在想什么?别人无从得知,所以……"① 无法自辩的金成龙"不久之后,……得了胃病"。道子也同样处境艰难,她因为成绩不佳被日本政府取消了助学金,只好外出打工——做精神病院的护工和家庭教师(驻德日本孩子学德育,教德国妇女学日语)来维持自己和弟弟的生活。和善的,可以用德语与人自由交流的道子试图向德国人解释自己的文化身份,却根本做不到。德国人将一切来自东方的黄皮肤的亚洲人一律视为"东亚人",他们到底是日本人或韩国人或泰国人和菲律宾人或"越南难民"都是无所谓的。

"不对呀,我是日本人哟!道子没办法只好回答说。啊,是丰田吗?第一个男人说完妩媚地笑了。道子将身体转回原来的方向,走了起来。我不是什么丰田,她这么一想,就感觉自己的身体就好像真变成了一辆小汽车。"② 语言的解释是无力的,无用的,他者化的极致是被物化"变成一辆小汽车",甚至连弟弟和男对姐姐的感觉也变了:"姐姐也是日本女性啊,一想到此,和男心里就涌起一股温柔的情绪。有一次在街上偶然看到了姐姐,起初和男只是认为那是一位日本女性,过了一会儿,才发现那是姐姐。从前他感觉姐姐是棵大树,来到汉堡之后,则感觉姐姐像根纤细的、快要折断的树枝。他也经常感觉自己像一根纤细的、快要折断的树枝。"③

他者化的结果就是原有身份的迷失,乃至自我迷失、自我取消。显然多和田 20 世纪 90 年代初的这部小说的主题和思考角度与当年流行的后殖民主义思潮是十分接近的,而小说中醒目的语言(解释)、文化标志(文化面具)的无力感则促使作家本人继续探索新的表达和言说方式,不断关注当代女性生存状态的新变化。

---

① [日] 多和田叶子:《狗女婿上门》,金晓宇译,河南大学出版社 2018 年版,第 11 页。
② [日] 多和田叶子:《狗女婿上门》,金晓宇译,河南大学出版社 2018 年版,第 26 页。
③ [日] 多和田叶子:《狗女婿上门》,金晓宇译,河南大学出版社 2018 年版,第 33 页。

值得注意的是，小说中还写到两位日本驻德国商务代表的妻子佐田夫人和山本夫人，即便是生活在德国，这两位也是标准的传统的日本式家庭主妇，这两位中年妇女长相相近犹如亲姐妹，穿着打扮、面部表情、言行做派甚至太阳穴上薄嫩的皮肤下面的血管纹路都是一致的，在同一性的"主妇"的身份下，她们真实的自我也同样消失了。而可怕的是，她们是可以用英语、德语与德国人自由交流的——这证明她们与道子一样受过良好的现代教育。这两位日本主妇正是陷入了弗里丹描述的"舒适的集中营"① 困境，因同质化而自我消解生命价值的典型。当然，佐田夫人和山本夫人并不是因来了德国才身陷这种困境的，毋宁说，是强烈的犹如浓硫酸般具有腐蚀和消解力量的异文化环境使两位日本主妇的身份特征进一步凸显出来。同样是由于这种异文化的销蚀作用，是道子觉得弟弟"和男像是处于同性与异性中间的某种（中性）生物"。这是一种男性身份的迷失。问题还在于，和男并不像他姐姐那样与各色人等有着频繁的接触和交往，和男甚至觉得在大学宿舍中与同学的谈话都是件麻烦事，所以他只埋头学习，常常是一连数小时关在自己的房间里读书。这里，造成和男"中性化"的力量竟然是语言——话语的力量，显示了多和田文学的与众不同的高明和深刻：话语可以否定、取消人的身份（性别特征）乃至消解人自身。这一点也体现在小说中德国人史泰福夫人的话语的力量。史泰福夫人不久之后将随丈夫去日本工作，她需要学习日语以便应付在日本异文化环境的生活，因而请道子做她的日语教师。史泰福夫人学日语是"因为日本的女佣人不会外语，为了防止他们熨烫不该熨烫的衣服，以及防止她们给自己的爱犬史努基喂食带刺的鱼"，表面上看史泰福夫人学习日语是为了应付好生活中一些琐事，其实背后隐藏着一种强大

---

① ［美］贝蒂·弗里丹：《女性的奥秘》，程锡林等译，北方文艺出版社2002年版，第1页。

的面向东方文化—人—生活的集体意识。果然，当佐田夫人用英语同史泰福聊天时，她却"突然用刚刚学到的日语说道，请不要把带刺儿和眼珠子的鱼喂给狗"，以及"请不要用苍蝇拍把苍蝇拍烂"，"请不要用大蒜，请不要买章鱼，请不要把菠菜的梗子切下来扔掉，请不要把啤酒放进冰箱里"，请注意，史泰福夫人的话语不仅全是否定式，而且全是命令式口气。"为了让自己满意，史泰夫夫人对生活的方方面面都要发号施令，无论多小的事情，她都不会任由女佣人的习惯或判断吧。"这令佐田夫人和山本夫人"神色僵硬""眼神茫然"。这种不协调的，甚至暗含着矛盾与冲突的谈话令两位日本主妇落入某种语言的陷阱中而不能自持，完全失去了自我。同时也让道子"脑海中浮现出电影里看到的，殖民地的女主人和奴仆的对话来"①。语言的力量来自文化，而西方化中充溢着强大的东方主义惯性。

认识到通过语言无法达成平等对话与沟通、理解的道子情急之下把佐田夫人家墙上的作为装饰品挂着的一副能剧面具——深井面具摘下来戴在自己的脸上——遮住这张典型的东方式面孔来到大街上，道子感到"此前被脸压倒、蜷缩起来的身体好像变大了，而且此前无法用语言表达的东西，现在变成了表情，在那种面具上清楚地显现出来"。然而结果完全出乎道子所料，情况显然更糟了。迎面而来的或者是年轻姑娘的嗤笑，或是上了年纪的夫人的惊异，或是厌恶（"立即把目光移开"），甚至还有人把她当成了精神病人。"通过面具上部眼睛处的小洞，道子能看见她们的样子，觉得好像是看录像带中的一个场景。道子开始感觉，与其说自己是用面具遮盖着脸走路，还不如说是裸露着身体走路。而且那不是观赏用的身体，而是拥有强烈语言的身体"。无疑，满大街的盯视"他者"的目光已经穿透了面具，剥离了那面具，

---

① ［日］多和田叶子：《狗女婿上门》，金晓宇译，河南大学出版社2018年版，第47—49页。

她成了一具"裸露的身体",这身体"还拥有具有表征作用的强烈语言",身体,还有戴着面具的脸(身体)——身份,都成了具有表征作用的语言符号。道子在充斥着"性用品商店、色情录像放映馆"的"绳索街"上赫然看见的广告牌上的"赤身裸体躺卧在那里的小耳朵女人"揭示了一切。在这条大街上,道子无法找到她与弟弟约好见面的"金龙中餐馆",找不到与星老师在一起的弟弟,她无法寻找自我和归宿,她整个儿都迷失了。

"道子最像日本人的这一天,人们却没有注意到道子是日本人。"[①]道子已不是道子,也不再是日本人,而成了作为西方欲望对象的"裸体女人",连"他者"的身份也不存在了。

《面具》这部小说直接内容和主题是表现异文化冲突和以语言表征标志的"我者—他者"目光注视下主体身份的迷失,其隐藏的更深一层意味还有作家本人对传统文学语言的失望。《面具》"可谓是揭示多和田文学方法论原型的作品"[②]。正如评论家与那霸惠子指出的,多和田叶子由此起步,不断探索新的文学形式和文学语言,通过《飞魂》《献灯侠》等创新性作品,持续地提升文学表现的境界。

多和田叶子因她特殊的学习(俄罗斯文学)工作和创作经验(双语写作)而对异文化、异语言有强烈的特别的感受性,由文化间的难以沟通和理解而产生了对表征这些文化的语言产生了不信任感,进而对传统的文学语言也失去了信心,这一点与那霸惠子已经指出过:"她不再想去流利地使用德语,而是模模糊糊地想去发现在两种语言之间存在的某种'沟壑'一样的东西,然后在这沟壑中生活。……我用德语写作的目的,是让自己的德语与以德语为母语的人有所不同,通过

[①] [日]多和田叶子:《狗女婿上门》,金晓宇译,河南大学出版社2018年版,第51—53页。

[②] [日]多和田叶子:《狗女婿上门》,金晓宇译,河南大学出版社2018年版,第106页。

这样的写作，反过来用自己的母语写作的时候，也想把所谓的高明的日语、漂亮的日语打破。也就是说，我不想成为熟练掌握两种语言的人。另外也不是舍弃一种语言进入另一种，而是继续拥有两种语言的同时又破坏它们。虽然有些难为情，可我姑且以此为目标"①。

多和田叶子由此开始了一次伟大的令人眼花缭乱的文学——语言的实验。这一实验在《面具》中表现为超越了日常语言、文化和作为其表征的"面具"、身体、他者意向、某种生命感受性，在《失去了脚后跟》和《狗女婿上门》中表现为令人惊异的新形象（章鱼、狗身体的丈夫），在《飞魂》中达到了一次高峰。多和田在《飞魂》中构筑了一个完整的"异"世界，这个书中世界拥有自身的历史，记录自己历史起源、内情的文献，以及活跃于其中的动物、植物、诗人、拥有生命感的谚语；当然作为一个"世界"，也建立并执行一套令我们人类感觉陌生却有其自身逻辑并行之有效的管理规则；且在这个世界中，文学拥有巨大的魔力，"语言文字本身成为实体"②，是活的生命体，有自己的生命意志，甚至可以像拥有性别的活体一样与主人公"梨水"幽会。人类若想读懂它必须经过专门的学习和训练。当然，有一点值得注意，在《飞魂》中，我们"人类"所熟悉的传统意义上的两性位置与关系被彻底地颠覆了，多和田叶子决不悯惜使用这份女性作家的特权。作为当下日本女性文学中的一部代表性作品，《飞魂》无疑是一次文学新语言的狂欢盛宴：

> 如果以日语为母语的人适合干汉字加工业这一行，那我也想在这条路上试着磨炼一下技艺。说不定，我在写《飞魂》时，已

---

① ［日］与那霸惠子：《解说——围绕"隔阂"的隐喻》，载［日］多和田叶子《狗女婿上门》，金晓宇译，河南大学出版社2018年版，第103页。
② 芳州：《文字有灵，在多和田叶子这里发挥到极致》，中国作家网，http：//www.chinawriter.com.cn/n1/2019/0305/c404092-30958214.html，2019年3月5日。

经在进行那样的工作了——把两个汉字组合起来，创造出某种意象，这种是有一半像绘画的文字工作，不读出声，享受那在静默中显现的图像。比如，把"梨"和"水"两个字组合在一起所产生的鲜嫩欲滴的嚼劲，含有光亮、无限接近雪白的绿色又微微泛红的感觉，秋天凉爽的空气，趋于成熟、一丝丝的甜味等等。[①]

对于创造新语言的快乐，多和田甘之若饴！

而在《献灯使》中，多和田叶子创造新文学语及用新语创造文学新世纪的工程已初步完成。《献灯使》刚出版时，曾自然地被归类为"赈灾文学"，而今天看来，它的意义已远远地超出了这个界限。《献灯使》的背景确实是遭遇大地震灾难后而闭关锁国的日本。此时政府以及警察治安机构均已民营化，国家处于没有外来语（信息）输入、没有汽车，也没有互联网的闭锁状态，环境污染越来越严重，人们的健康状况普遍恶化，人们的身体发生了与年龄大小相反的本质性的逆行变化。作家义郎先生已经108岁，却仍精神饱满、健旺，相反他的曾孙作为一个少年体能却健康急剧退化，连步行去上学的力气都没有了。为了医治自己的身体，也为了拯救行将死亡的国家，少年"无名"被选为"献灯使"出使国外，踏上了寻找希望之旅。《献灯使》紧扣"3·11"大震灾后日本的现实，直击日本民族精神上的迷惘不安，既受到读者欢迎，又得到了学术界的高度评价。东京大学文学部教授、著名的批评家沼野充义认为，多和田的这部小说用新的文学语言"凸显了现代日本的焦虑感"，令人感到一种"世界性的紧张"[②]。岂止如此，《献灯使》不正是对"新冠"肆虐下的今日世界现实和人类精神困境的预言性表达吗？日本读者认为《献灯使》"各个方面都令人感受

[①] 上河卓远文化：《多和田叶子 汉字和汉字文化圈》，搜狐网，https://www.sohu.com/a/283756859_295306，2018年12月21日。

[②] 戴铮：《多和田叶子新作拷问现代社会》，《中国读书报》2014年11月19日。

到作者创造力的旺盛,让我们读出了充满现实感的警告",而重要的是小说为我们"献上了向着未来的希望的灯火"①。《献灯使》完成了一次建设,多和田的文学世界的达成,象征着送给未来的希望的完成,或许表明一种新女性主义的哲学话语的创制。

"……语言超越了传递手段,作为'事物'本质屹立的语言空间显现出来。多和田的小说中充溢着各种各样的隐喻。不过在这里流动着一股强烈的磁场,要反思日语的语言体系,将现有的文学语言推倒。一边明显可见有文学语言的结构,一边向语言输入新的生命。这一立场相当于德勒兹所说的,'针对一切文学的革命性的少数文学'。"② 多和田叶子已经创立了独属于她自己的文学世界。她有自己的语言,通过这独特的语言建构了新的事物,它们共同言说着人和世界的本质,语言显现事物——世界的本身、本体。

那么,我们也就可以逻辑化地推断,拥有自己独创的语言——文学世界的多和田叶子同时也就为自己确立了创造者、言说者的新身份,这个新的身份也应属于她所代表的全体获芥川奖的当代女性作家,她们正向着未来言说,一次新的文学创世纪已经开始了。

第二节 性别角色的认知

显然,"性别身份"或"两性身份"问题是当代(后、新)女性主义哲学探索的一个重点领域,也是当代女性文学创作的聚焦点之一。在日本平成年代以来获芥川奖的女作家中,几乎每一位对此都有所涉及,这些体验性、感性化的书写和探索,往往显示了超越哲学思考的

---

① [日] 多和田葉子:《"献灯使"》,Mugittei,www. mugitter. com/2015/02/03/kentoushi/,2015年2月3日。

② [日] 与那霸惠子:《解说——围绕"隔阂"的隐喻》,载 [日] 多和田叶子《狗女婿上门》,金晓宇译,河南大学出版社2018年版,第109页。

新迹象。她们能够从历史发展的角度，从"性别身份"或"两性身份"视角悄无声息地不断加大女性气质对社会转型期价值观建构的影响，从根本上强化了女性角色认知对权势距离的价值建构意义，以及如何利用后现代思潮的不确定性与价值取向的不确定规避来引导价值取向。

我们知道，20世纪90年代以来新女性主义哲学研究的一个重要目标就是从各种途径探索和拓展，试图找到新的"女性主义哲学基石"[1]，从而使女性主义哲学成为一种高度系统化、统一（统合各个派）的新哲学，使其可以从最高点面对危机重重的当下世界，获得一种永久的自主自觉的本质。然而，这些占据新女性主义制高点的西方女性学者往往忽略了对女性文学新进展的考察（而只进行脱离当下现实鲜活生命、生活的纯理论思考），特别是在她们的理论视野中几乎没有西方之外的女性文学的位置，如此一来，理论的建构恐怕也就实现不了真正的"系统化、统一化"。

两相对照（新女性主义哲学和当下的日本女性文学），以芥川奖获奖女作家为代表的日本女性文学实在是给我们带来不少意外的惊喜。

当然，我们首先要看到，因为日本经济、社会本身的巨大进步（所谓成熟的后工业社会），也带来了生活方式和伦理观的剧烈更新与调整，两性关系在各种社会、生活场域内无不发生质的变化，处于不断的调适之中，因而当代日本女性文学已较少从传统家庭婚姻视角表现女性的生活与命运了。

一　从被动、错乱走向新的和谐

这里首先还是要强调一下，本篇中的"身份"概念是一个客观性

---

[1] 朱晓佳：《女性"性别身份"的哲学思考》，《山西师大学报》（社会科学版）2012年第3期，第111—114页。

的哲学式称谓,在具体文学作品之外,主要是对历史、现实、政治、生活、性别关系意义上的抽象的主体的称呼;而"角色"则主要是叙事性文学作品中的人物形象的具体"身份",如由伦理关系或两性张力联结的丈夫、妻子、儿女、恋人的角色。

前面讲过,日本当代女性作家已不再致力于描写传统意义上的家庭生活及两性(伦理)关系,从吉本芭娜娜、林真理子到小川洋子、本谷有希子等代表性作家作品中都可见出这种趋向。与其说不论是作为纯文学代表的芥川奖获奖女性文学,还是具有大众化、通俗化倾向的女性文学,对于正面、直接表现传统家庭、伦理生活进而关注性别、身份问题都失去了热情,毋宁说,当代日本女性文学之主流、主体正是建立在对上述那种传统文学样式的超越之上的。这与日本社会、文化、日常生活的"后工业性""后现代性"相一致,也是女性作家积极探索、不断进取的必然选择。

这种新的文学生态及价值取向在柳美里的创作中体现得尤为明显。作为韩裔作家,柳美里的生活和创作历程充满了挫折与艰辛。

柳美里,1968年出生于一个二代韩国移民家庭,出生不久,因父母忙于生计被送到姑母家寄养,同样生活贫困的姑母带着她几乎是过着一种乞丐加流浪者的生活。父母关系失和不久后的离异本来就给幼年时的柳美里带来了极大的创伤,上小学时又因为自己的移民后代身份和卑下的社会地位受尽了欺辱和歧视。父母失和,家庭的名存实亡,校园霸凌,使敏感的小柳美里躲进了书籍世界,沉湎于文学作品,以忘记现实的痛苦,且几次离家出走并试图自杀,这也让她正常的学校生活无法维系,终于在16岁时辍学,孤身步入社会。一开始,她以散发商业性广告和兜售小商品为生,后偶然加入戏剧家东由多加主办的剧团充当演员,并在东由多加指导、支持下开始了文学创作。柳美里初期写作以戏剧为主,1997年她的中篇小说《家庭电影》

获得芥川奖后，便基本上放弃了戏剧写作。被称为"死亡与重生四部曲"的第一部《命》于2000年出版后便成为畅销小说，这也是一部使她的创作走向成熟并迈到高峰的新型小说，同时也是她初期和中期创作的一个分界线。此前的作品主要以家庭生活为题材，表达传统的家庭生活、伦理关系、两性关系的彻底破灭乃至无法复合如初，这也属于"创伤叙事"性的文学。从成名作《鱼之祭》（1992年获得第37届岸田国士戏剧奖）到小说《客满新居》和确立柳美里作家地位的《家庭电影》，家庭题材、伦理主题和亲情关系的破碎、两性关系的错位的主题贯穿其间。以《家庭电影》为例，"我"的妹妹是一名三流演员，她与情夫（电影导演）的所谓爱情只是一种违背社会道德的不伦关系，无真爱可言，联结他们的无非身体欲望和金钱关系。利用妹妹及其情夫准备拍一部纪实"家庭电影"的契机，一家之主的父亲试图与已同别的男人私奔的妻子修复关系——重建美好的夫妻关系，并试图恢复与子女们的亲情之爱，重建家庭和睦。但实际上，由父权制建立并且由父权一手破坏掉的旧式家庭（伦理关系）根本不可能由同一个父权（父亲）重建起来，因为"他"并不是为了修睦亲情，仅仅是为了再建他自己失去了的男性——父权权威，为了他自己的虚荣，这是造成旧式家庭解体和破坏其伦理关系（包括性别关系）破败的根本前提。这是一个恶的循环，不可能再容纳任何的真爱真情了。当然，与父权紧黏合在一起的还有普遍的人性之恶，人心之野蛮，以及以"资本主义"为标志的私欲：与人私奔的妻子之所以呼应丈夫的召唤归来，绝不是为了与丈夫重修旧好，而仅仅是为了与年轻的男友过得更好，企图借机多分些财产而已。这些强大的物欲与私心必然造成不可调和的冲突和矛盾，所以这对貌合神离的夫妻重见不久即恶语相向、争吵不休，结局只能是不欢而散，破镜难圆。

第二章　角色冲突中的身份错乱

柳美里的这些初期代表作为她之后作品中书写新型的性别角色和身份奠定了基础。这便是作为她创作转型的临界标志的中篇小说《女学生之友》，这篇小说始于家庭叙事，而结束于新型性别角色的确立和新型人物的塑造。《女学生之友》大部分篇幅是讲述两个东京市民家庭的故事，他们的命运是无可救药的自我解体。表面上，在左邻右舍看来，这两个家庭"关系和睦"，令人羡慕，堪为日式家庭典范。弦一郎是一名退休赋闲在家的老人，与儿子一家同住，妻子在他退休前三个月去世了，儿子俊一是一家香烟公司的职员，儿媳佐和子是全职家庭主妇，这对夫妻之所以选择搬离自己的公寓与弦一郎同住（当然住在贤一郎的二层小楼的独立住宅），并非为了来照顾身体健康日益恶化的老人，仅是觊觎老人的住宅和高额退休金，他总是试图让弦一郎卖掉住宅购买一套能眺望大海的高级公寓。物和金钱是两代人之间唯一的联系。唯一能给老人带来心灵和情感安慰的是孙女——高中生梓，以及梓的高中同学——邻家女孩未菜。未菜的父亲是一家工厂的老板，她与母亲和弟弟住在一套宽敞的公寓中，母亲照料他们俩的生活。父亲早已移情别恋，只是支付母女三人每月的生活费而已，金钱是这位父亲与他们之间唯一的联系。所以，这两个家庭表面上看一个是富裕的中产之家，另一个属于富人阶层，看起来也长幼亲睦，安详平静，所谓"岁月静好"，实则亲情尽失，伦理崩坏。弦一郎刚退休时曾试图找一份工作重新进入社会而未果，于是每日靠着无聊的电视节目——大部分是"为招徕顾客，身穿紧身衣的舞女表演的电视广告"，金钱、物欲主导一切，"在这个世界上，最恐怖的莫过于不发生任何事情和没有任何可做之事"[①]。于是弦一郎日复一日地酗酒："资本主义真可怕！"[②] 弦一郎绝望

[①] ［日］柳美里：《女学生之友》，李华武、许金龙译，中国文联出版社2001年版，第69页。
[②] ［日］柳美里：《女学生之友》，李华武、许金龙译，中国文联出版社2001年版，第71页。

之下准备自杀，只是在孙女和邻居家女孩未菜的真情牵动下才放弃了自杀计划，于是这位老人与四个女中学生巧设"美人局"，惩罚了他丑恶的儿子、儿媳，也暂时缓解了未菜母子二人因父亲工厂倒闭造成的经济危机。小说最精彩感人的情节是16岁的未菜与比她年长50多岁的弦一郎以"援助交际"的方式住进了一家旅馆，按照援助交际的方式，由老人请少女吃了一顿丰盛的晚餐，并且他们真的睡到了一张床上。然而接下来发生的，并不是一场金钱与肉体的交易，却是我们这个时代最需要的一次心灵与情感的"援助"疗愈。

"刚才，您说是要去一个遥远的小镇生活，再接着说吧。"

"在一处靠近大海的小镇子，不，较之于小镇也许小岛更合适些。就是那种只有四五十户人家的小岛。……已经是这样一把岁数了，不能出海打鱼了，就租上一些旱田，种上一些蔬菜，过着那种拮据却恬淡的自给自足的生活吧。"

听起来，这好像是老人的童话，又似乎是悲惨的末路……

"一起去，行吗？"

弦一郎感觉到含带牙膏味的呼吸正覆盖住自己的面孔，他开始幻想起两人的生活来。

"就从那个小岛上考大学吧。"

"听起来很不错。"

两人一起笑了起来。他们将语言分割开来，并没有向真正希望述说的未来推进，断之续之的生活话语只是像浮标一样，在波浪间摇曳不停。

他俩好像开始飘荡在了各自的梦境中一般，沉没，静谧。

在这个女孩儿能够独立生活以前，要设法为她做点儿什么。弦一郎在想，如果将自己的这个想法告诉她，一定会被拒绝的。不过，成年人自有成年人的智慧，过些日子找他的母亲谈一谈，总能找到不让这个女孩察觉的方法。唯有如此才是真正的援助交际。①

无疑，柳美里完成了一次令人称奇的颠覆性叙事：她重述了作为丑陋的当代资本主义日本象征的"援助交际"的形式，却摈除了其原有的一切邪恶、黑暗的内容——老人的金钱与少女的肉身的交换，无可救药的欲望以及罪孽化，金钱与商品拜物教，青春的物化，遍布于日常生活的生命的死亡；而在其中灌注了一部人性复归、情感复活、生命重生的悲喜剧。弦一郎枯朽的心灵在热爱生活的少女们的感召下复苏了，他的爱欲复燃，成为一位真正的作为保护者、爱人者的父亲，他向少女们所显示的新的父爱是一种可比拟于佛陀、基督耶稣式的至真大爱；而梓、未莱这些天真未泯的少女们则代表着希望和未来，她们的生命活力、挚情真心可促使枯败的身心获得新生。

在小说的结尾处，弦一郎还是在花园前椅上孤独地死去了，但他是在旭日东升的清晨，带着希望死去的——他的使命已经完成。

> 在朝阳的光亮中，弦一郎看着自己满是污渍的指甲。再将目光下移，看着自己的鞋尖。……终究还是……弘一郎在脑袋里嘟囔着，却不愿意接着往下想。他将头仰靠在椅背上，透过薄薄的眼帘看见了太阳。即使闭着眼睛，那红色的斑点扩展开来，他知道，这是太阳在冉冉升起。他感到泪水从闭合的眼睑之间流淌出来，并听到喉咙处发出的呜咽，但他并不觉得悲哀。……曙光像是将公园置放在了镜头之外，撇下弦一郎后将光亮往街瓦撒去。②

---

① ［日］柳美里：《女学生之友》，李华武、许金龙译，中国文联出版社2001年版，第198—199页。
② ［日］柳美里：《女学生之友》，李华武、许金龙译，中国文联出版社2001年版，第204页。

老人带着希望离开了这个世界，但显然离开的只是他的身体——在此之前，他经历了一次复活，他将那复活的生命之爱永久地留在了世间。

《女学生之友》也标志着柳美里开拓了新的文学之路。更为重要的是，我们看到女作家在这部小说中完成了对性别角色的重新设定，并实现了对这种新性别角色及新型两性关系的初步认知。

弦一郎先是经历了一次死亡：他作为拥有财产的退休职员和父亲、丈夫角色的死亡。妻子先他而去，使他失去一个爱人，也失去了丈夫的身份；与儿子、儿媳的关系演变成了纯粹的金钱关系，亲情死了，父亲的身份也就自行消解。但是通过与少女们的交往，在少女们的感召之下，他本已枯死的心灵复生了伟大的父爱，本已绝望，试图自杀的老人得以重生——重生为一位真正的父亲，他以实际行动将父爱无私地献给一群"幼小者"[①]，他的爱心将像他肉体死亡那一刻笼罩着人间的曙光一样，关爱和保护着人间。不是为肉欲俘获，不是执着于金钱、权力、统治、征服，而只是将伟大的父亲奉予幼小者以及人间，这应该是一个男性理想化的角色和身份。"他"是当下最为稀缺的，也是属于未来的。未莱和梓这两位只有16岁的少女也代表着新型的女性形象，她们没有淹没于冷酷的成人世界（她们父母的生活），而是以超越年龄的勇气与智慧同生活的磨难抗争，以鲜活的生命力和真爱润泽干枯的心灵，润泽走向死灵的生活，拯救将死的生命，犹如降临沙漠中的甘霖，并勇敢地走向了未来；尤如未莱在与弦一郎度过珍贵的一夜后，在凌晨四点前便离开旅馆房间，在黎明前的晦暗走进了新的生活。

"幼者啊！将又不幸又幸福的你们的父母的祝福，浸在心中，上人生的旅路罢。前途很远，也很暗。然而不要怕，不怕的人的前面才有

---

① 幼小者，这个词来自100年前日本近代文学家有岛武郎的《与幼者》一文，以及鲁迅五四时代的杂文《与幼者》。有岛武郎和鲁迅都在一个黑暗的时代大声呼唤超越旧式伦理的伟大的新型父爱——对幼者，对人的生命的爱。其实也意味着对一种新型男性角色的呼唤，以致对"新人"的呼唤。

路。走罢！勇敢着！幼者呵！"① 这是一群全新的女性角色与形象，她们与重生后的弦一郎的关系具有多重性：新型的父子（女）关系，新型的长幼关系，新型的两性关系——去除了原始、污秽的肉体关系的纯爱友情。

在《女学生之友》之后，柳美里在21世纪之初依据自己真实生活经历创作的"死亡与重生四部曲"《命》（2000）、《魂》（2001）、《生》（2001）、《声》（2002）中，她完成了对新型性别角色和身份的建构。

"四部曲"的主人公是柳美里本人，她的前男友、老师、剧作家东由多加，以及柳的非婚生儿子丈阳。小说从"我"的怀孕和东由加多生病开始，写到东由加多去世后，新人丈阳一周岁时为止，描写了"我"与东、丈阳建立一种无血缘联系和法律契约规定，即与传统家庭迥异的新型家庭的过程，其间穿插了自"东由多加三十九岁，我十六岁"二人初识到柳美里"初为人母"的十几年生活历程。主体的叙事发生在东住院、治疗到去世一年多的时间。这期间，"我"和东由多加经历了生与死的考验和波峰浪谷般的思想和情感的巨澜，而他们的性别—角色—身份也就由此发生了一次脱胎换骨的质变。东是20世纪70—90年代东京知名的剧作家和舞台剧导演，柳美里步入社会遇到东由多加无疑是她人生的一大幸事。东成了柳的文学引路人、启蒙者、指导者，可以说主导了柳美里16岁到30岁间的人生道路，他们还曾经同居10年（柳17岁之后），他们分手后1年柳即以《家庭电影》荣获芥川奖，成为当代少有的几位在30岁前获奖的作家。东对青年时代的柳来说，是亦师亦友亦情人的关系，这时东所扮演的基本是传统意义上的男性角色：这个男性角色体现了父权、男权、夫权和（文学）

---

① 鲁迅：《鲁迅全集》（第一卷），中国文联出版社2005年版，第380页。

导师与先知等多重意义；而柳美里尽管从文学青年转化为青年女作家，但在与东的关系中，她是传统的女性角色，东的角色是主导性的。而在"四部曲"中，柳却变为了一切的主导者：操持东的入院，转院，制定新的诊疗方案，请新的医生看病，决定服用各种新出抗癌药，等等；在东临终前，柳成了东的心理医生和人生导师，使东战胜了肌体的痛苦，带着希望以平静怡然的心境离世。更为重要的是，在柳的主导下，与东和丈阳建立了一种新型的家庭关系，这个新家是一种新型的共同体——由女性主导，它建立时，正对应着东青年时代试图建立的男性共同体的彻底失败。

"（二十世纪）七十年代初的时候，我们聚集了五十个人，……一起去乌取县，想在那里建立一个乌托邦式的自治组织。结果遭到当地居民的反对，最后以失败告终。说起这段经历来，和奥姆真理教还挺相似的。"（东）

"奥姆真理教和你们剧团就像亲兄妹一样。"（柳）

"好像我和他们麻原教主还有血缘关系呢。"（东）

东握住我的手，我忽然意识到，他这是在向我道别。他的身上，再也不能重现生命的光辉了。我也紧紧地握住他的手。

此刻，丈阳不在我身边。东也生活在虚幻当中，意识几近于无。但是，我，东，丈阳，我们三人永远彼此相连。他们两个并非生活在我身体之外，他们两个的灵魂都深藏在我体内。

……我的面前忽然出现这样的画面，苍茫的天空下寸草不生，只有大片大片的岩石裸露在炎炎烈日下，一条笔直的路延伸向远方，我与东顶着头上的浓浓烈日，走在这条路上。东在我的耳边轻声耳语，但那些话听上去没有任何意义，我自顾自地点着头。即使不发一言，东也明白我的意思……

我和东手牵着手走在人生的路上。①

这种奇妙的关系首先告诉我们，由男性角色东由加多代表的那个乌托邦彻底地失败了——尤如东的正在被病魔吞噬的肌体，已无可救药，与这个男性乌托邦同时败亡的还有技术先进、物质发达的日式资本主义社会，正如当年的奥姆真理教地铁沙林毒气事件宣告了后工业、后现代的日本梦的破灭一样；其次，也是最为重要的是，这个由柳主导，"我，东，丈阳，我们三人"组建的新家——新乌托邦标志着一个新式女性角色的诞生："他们两个并非生活在我身体之外，他两个的灵魂，都深藏在我体内。"这象征着作为女性角色的"我"不仅是这个新乌托邦的创制者和主宰者，而且是东和丈阳的精神之母——这一老一小两个男性的精神生命都包含在"我体内"；其延伸象征意义可能是：作为新女性角色的代表，"我"犹如一位新的生育了神族和人类的大地母神盖娅。

二 性别角色的翻转与明朗化

如果，柳美里、多和田叶子等作家初期作品中确实存在性别角色的错乱、女性角色的迷失倾向的叙事，那么，进入20世纪末（90年代后期）阶段，她们作品中性别角色的地位使趋向明朗化，女性角色走向自主自觉，甚至努力成为生活和男性世界的管控者。下面，我们不妨以多和田叶子和本谷有希子为例展开探讨。

多和田的《失去了脚后跟》是一部奇妙的小说，描写了一个通过"文件结婚"，一纸婚姻契约嫁到国外的女性所感所遇，这种被支配的命运使她感到犹如"失去脚后跟"一样无法正常行走和生活，在日常生活中总是"跌跌撞撞"，犹如游荡在噩梦中，她总是感觉那个通过

---

① ［日］柳美里：《魂》，贾黎黎译，海南出版社2008年版，第242—243页。

"文件"娶了她却未曾谋面的丈夫时刻在监视着她:"也许,墙壁上有一个小孔,丈夫每天早上都通过这个孔洞观察着手里拿着钱的我那呆傻的样子。说不定,墙壁本身就是一面魔镜,从丈夫的房间看,这里就像水族馆一样,被看得一清二楚。"①

这里出现了一种典型的"看"与"被看",即支配与被支配的格局,只要对应于米歇尔·福柯的权力理论,我们一下子就明白了这里面男—女两性关系的本质。但我们面对的是多和田的女性文学作品。女主角试图一探究竟,请人拆掉门锁,打开神秘的"丈夫的房间"时,她却看到了这样的惊人的一幕:

> 门吱地一声打开了,可是我的身体却动不了了,房子里就像刚刚搬完家,空荡荡的,一片灰色。房间的正中间有一个小东西横躺在那里,我马上就明白了它是什么。但是,我竭力不把自己明白了的东西在脑袋里转译为词汇。我不愿承认它。当然,我既不觉得悲伤,也不感到生气,只是认为这一切毫无意义,……也就是说,在房间的正中间横躺着一只死了的鱿鱼这样一个事实,它本身没有任何不可思议的地方。我成了未亡人站在这里,这也没有什么新鲜的。只要消除了那些无聊的联想和过程,我还是可以重新开始的。②

这真是一段奇妙的叙事,里面隐含的潜台词极多,如女性角色需要把某些事实"在脑袋里转译为词汇"之类,除了表明多和田叶子对文学语创新的高度热情,其令人回味的意义空间也是极大的。而上述这般文字的重点在于,那个时时处处掌控着"我"的存在,掌控着"我"的命运的"丈夫"——男性角色,权力和力量的代表者,

---

① [日]多和田叶子:《三人关系》,于家胜译,中国文联出版社2001年版,第41页。
② [日]多和田叶子:《三人关系》,于家胜译,中国文联出版社2001年版,第44页。

竟然只是一只鱿鱼，而且他死去了，只是一具冷寂的鱿鱼的尸体，一块无所谓的物。于是，"我"这个嫁异国的"娼妓"般的新娘，这个从异国的火车站一落地就感到"失去脚后跟"的处处时时被动的女性，当她一旦认清"丈夫"的真面目时，她就一下子变为主动者，自主行动者和掌控者了（她首先可以掌控用来描述"丈夫"这个物体的词汇）。由此，在《失去了脚后跟》的结尾，便一下子实现了性别角色地位的翻转。而这一变化，在《狗女婿上门》中表现得更为突出。

"北村塾"，一个陌生女子新开办的补习班，突然出现在住宅新村的一角，一下子成了这个脏兮兮的，"像人死绝了一般，笼罩着愁闷的气氛"的住宅小区的一道亮丽的风景。作为"北村塾"的主人，北村美津子老师可称得上是一位奇异的女性，她已经 39 岁，本该为人妻，为人母了，可看起来似乎是单身一人生活。北村老师从衣装到言谈举止都与众不同，甚至有些越出常轨：她劝小学生们把擤过三遍鼻涕的面巾纸继续当厕纸用，她竟然用"鸡屎做成的药膏"恶心女生，还故意露出"气鼓鼓的河豚一样弹出"的丰满乳房吓唬男生，让他们"逃向了篱笆墙的外面"。总之，北村老师幽默、快乐、美丽、大方、自立，还有几分鬼里鬼气的。这是一位完全独立自主的职业女性，她的身份是教师，而且深受学生欢迎。

在"八月份补习班放暑假之后不久的一天"，一个陌生青年男子的突然来访令北村老师的生活起了波澜，她的一切更因"太郎"的来访引起周围邻居和学生家长们的格外关注，平静和谐的日常生活状态被打破了。从这一刻起，我们注意到一个特别之处：小说中的叙述者，出场人物几乎全部是女性形象，整个的叙事是由女性角色完成的，如北村老师、折田太太、良子夫人、学生扶希子等，而男性形象则成了招之即来，挥之即去的配角。从情节的建构，故事的推进，到一个又一个"谜题"的提出破解，都是由女性角色完成的。女性角色的主导性不言自明。男性角色的被动、被叙事显而易见。连"狗女婿"的称呼也是不确定的，在女士们口中，他一会儿是"太郎"，一会儿变成了"イイヌマ"，一会儿又成了"饭沼君"，他的身份竟然要有女性角色呼出的名字来定。

而生活本身和整个世界的情状似乎也是由女性角色（北村美津子老师）决定的。当折田夫人与北村商量，需要"太郎"回归自己本家继续当良子丈夫，还是要他干脆与良子离婚，"入赘到老师您这儿当上门女婿"时，北村老师才"猛然一惊"，意识到自己和"太郎"的某种不利的处境——这一新型关系面临解体危险，于是不久之后，太郎和扶希子的爸爸便结伴乘火车出门旅游，从生活中消失了。试图把他们追回来的折田先生惊呼："让他们逃掉了！"[1] 与此同时，北村老师和她的学生扶希子也从生活中神秘消失了。"第二天，折田家接到美津子发来的电报，上面写道：我带着扶希子逃掉了，请多保重！"[2]

在这里，作家写太郎的"跑掉"用了"にげる"一词，有"逃跑、躲避"之意，而行文中使用的是被动式"にげられる"，这意味着太郎是被迫或被安排、被支配而逃掉的；然而，美津子电报中"逃脱"却用的是"にげします"一词，这是自动词"にげさる"的动作持存式和未来式，表明美津子的离开是她的自主决定，而且她和扶希子是逃向了未来的某处的。这是一个别有一番深意的结局。

三 取缔者、造物者或"女上帝"

多和田叶子已经开始让她笔下的女性角色主导和重构生活，主导和"命名"男性角色。而本谷有希子恐怕走得更远：她塑造的女性角

---

[1] ［日］多和田叶子：《狗女婿上门》，金晓宇译，河南大学出版社2018年版，第99页。
[2] ［日］多和田叶子：《狗女婿上门》，金晓宇译，河南大学出版社2018年版，第156页。

色可以让她们的丈夫消失、物化，甚至可以构建出一个新的"丈夫"（男性角色）来。

本谷有希子的代表作《异类婚姻谭》（2016年第154届芥川奖获奖作品）可谓一部奇妙至极的小说。首先，小说女主人公只是一个普通的家庭主妇，"她"既不是多和田叶子笔下那种具有女巫般神奇力量的职业女性，也不是青山七惠作品中的打工妇女或林真理子小说中的"女强人"形象，"阿姗"是一位全职主妇，学学操作电脑，与邻居北江老太太在遛狗场上聊天是每天的主要事项。忽然有一天，阿姗"留意到自己的脸和丈夫的脸变得一模一样"——让笔下的人物变身、变形，是本谷有希子的拿手好戏。于是，在北江老人的提示下，阿姗开始注意起丈夫的长相来。阿姗的丈夫"收入高出普通人"，而且是家中的小儿子——被娇宠长大的，加上工资收入比一般职员要高，所以日常生活中完全是个以自我为中心、傲慢而自私的男人，每天下班后必须看"三小时电视里的综艺节目"，对同事、妻子包括对妻弟千太也总是一副高高在上、颐指气使的架势，实际上却是个长相丑陋、平庸无能的家伙。他不屑于做日常生活中的一些小事，实际上是由于无能和被动的性格。他时时喜欢拿腔作调，处处显示自己的高人一等，他是男权和男性中心主义的一枚象征物，实则外强中干。这不，有一次闲聊中他自顾自看电视，竟然答不出自己的年岁："那什么，喂，我今年多少岁来着？……一件一件的都要考虑，不是很麻烦嘛，……阿姗，你必须替我好好记住才行哟。……自顾地说完想说的话，看起来已酒足饭饱的丈夫头也不回地泡澡去了。"①

这样一个倨傲、散漫、无能的家伙在一次外出就餐时终于惹出事来，"丈夫"无端在一户人家门前吐痰被打扫卫生的女主人逮了个正着儿，这是丈夫"一贯的恶癖"。"丈夫打定了主意只冲着我说话，一边

---

① ［日］本谷有希子:《异类婚姻谭》，唐辛子译，上海译文出版社2018年版，第25页。

用手指揉着眼角，一边满不在乎，不胜其烦地对我说道：吐痰这种事儿的确不好，这我也知道，阿姗，你替我解释一下吧？"① 正是这次小小的"事故"之后，让阿姗一下看清了丈夫的真面目："……我抬起头向慢慢腾腾往前走的丈夫看了一眼，'哎呀！'我不由得大声惊叫起来。丈夫的眼睛和鼻子滑落到了脸的下方，一瞬之间，似乎是对我的惊呼做出的反应，那眼、鼻又慌里慌张地快速移动，之后就像什么也没发生过一样，又回到了原来的位置。我不禁倒吸一口凉气。"

在注意到丈夫的脸开始变形后，连丈夫的身体也开始变化，坐在沙发上呆呆地看电视的丈夫"后背眼看萎缩起来，整整的缩小了一圈"②。终于，丈夫变成了"像是丈夫一类的东西"。

"像丈夫一样的东西"会"噢"地发出兴奋的叫声，接过阿姗递给他的削好皮的水果；"像是丈夫的东西"会"将电视机的遥控器抓在手中，随意的胡乱的调换频道"；终至于"像是丈夫的东西发出的声音就像隔着一堵水墙，只能模模糊糊的传到耳中"。在丈夫开始物化逐渐变成"东西"的同时，阿姗也意识到"自己的生活实际上与荒岛流放没有太大差别"。

丈夫的面部和身体一直变形，甚至连说话和行为方式也开始变化，决定性的时刻终于到来："于是，丈夫的身体就像人失去了形状一样激烈的震动起来。轮廓模糊，后背开始或倏地膨胀，或倏地收缩。可是即使这样，脸仍旧不愿意朝着我这边。这令我恐惧起来，好吧，干脆直说了。我气急败坏地大叫：'——你不必再是丈夫的样子了，你给我变成你喜欢的样子！'那一瞬间，松松软软形状不定的丈夫的身体'啪'的一声发出裂开的爆音。然后，变成无数的、小小的块状物，落在地板上。……在堆积起来的大浴巾的后面，正开放着一轮山芍药。"

① ［日］本谷有希子：《异类婚姻谭》，唐辛子译，上海译文出版社2018年版，第32页。
② ［日］本谷有希子：《异类婚姻谭》，唐辛子译，上海译文出版社2018年版，第35页。

第二章 角色冲突中的身份错乱

"那个人,……就像是证明那就是丈夫的唯一证据一般,山芍药从丈夫的裤衩中伸出了笔直的茎。"①

受到邻居北江家把年老病弱、大小便失禁的宠物猫放归山野的启示(或曰"诱惑"),阿姗也把丈夫变身的芍药花送到了山林中,"是在放置山椒(宠物猫的名字)的岩石场附近,面向阳光的一处安静位置,又想到一个人会寂寞吧,于是将山芍药与开放在附近的紫色的龙胆花也友好的排种在了一起"。

> 回到家中后,我做一人份的早餐,洗一人份的碗,收拾一人份的衣服,烧一人份的水,然后上床睡觉。
>
> 闭上眼睛时,已经轮廓模糊的自己的身体,开始轻飘飘地回到从前。呃!我惊讶的想。我自己还有只属于我自己的身体吗?触摸着依旧有些轻飘飘的身体,我好生感叹。②

在成功地把丈夫变成一株芍药,并放归自然后,阿姗终于恢复了"体感",寻回了自我,这意味着某种回归吧!

实际上,在阿姗把物化的丈夫"放逐"之前,丈夫物化或被异化的命运已经是确定了的。那就是他自感志得意满的,给他带来高工资收入的工作,以及他所沉迷于其中无法自拔的电视节目和电子游戏。这些事物已经将他封闭于其中,褫夺了他的灵魂和生命活力,早已把他变成了后工业社会中的一件工具。

似乎,这位丈夫也曾试图改变自己的生活状态,试图寻回一些存在感,如计划开着同事的房车,去大自然中露宿,去大山深处烧烤,却始终未能成行。"丈夫"的另一个挣扎就是尝试下厨房做菜,这却让他的身体更加收缩、更加脆弱了。物化、异化的命运已无法更改,

---

① [日] 本谷有希子:《异类婚姻谭》,唐辛子译,上海译文出版社2018年版,第120页。
② [日] 本谷有希子:《异类婚姻谭》,唐辛子译,上海译文出版社2018年版,第121页。

那么变成一轮鲜花，重归大自然，恐怕是一个不错的归宿吧！毕竟"他"回归大山后还一直鲜艳地开放着，也许还存有重返人间的一线生机呢！

而阿姗经过这么一场"家庭变故"，已经回归了自我，重拾女性的存在感，从而确定了她的新女性的角色与身份。

另外，这里最值得注意的是，"丈夫"的变身与异化，虽然也是现代性带来的他自身的异化（丈夫的变形表现为一种渐进的身体的量变），但根本上是妻子的某种神秘的意志和力量决定了他的"质变"，最后是妻子阿姗将他放逐山野，这个女性角色便具有了新女性主义哲学强调的"造物主——女上帝"的强力。①

第三节　家庭归属与女性角色裂变

对于平成年代以来获芥川奖女作家来说，由于她们观念、思想和美学意识的前卫性与先进性，家庭叙事已逐渐被她们疏离，不再是她们书写的重点对象。而在为数不多的涉及"家庭"的获奖作品中，女性的地位、女性的角色的变异自然成为女作家们关注的核心内容。

始终坚持传统写作风格的"60后"女作家大道珠贵的《咸味兜风》荣获128届芥川奖，对于这次获奖的作品，评论界和读者间是颇有些争议的，因为直接看来，这是一部缺乏新意的小说：美惠是一位在小镇上生活的普通34岁女子，在生活中是个活泼可爱、自由潇洒的人，不过因为不久前被作为小镇剧团里的明星的男友抛弃，同时又被公司炒了鱿鱼，在无奈之下主动投奔到六十出头的和善老人九十九家——九十九是当年美惠父亲的同学，九十九"那副老态龙钟的样子，

---

① 钟志清：《新世纪女性主义圣经研究的新趋向》，《外国文学动态研究》2015年第1期，第68—77页。

真让人怀疑他是否有过生龙活虎的青年时代","从我的感觉来说,他则确实是一个七十岁左右的老人了"。看起来这老男人毫无魅力可言,但他是个有钱人,拥有一套宽敞漂亮带花园的大宅子,而老婆又与另一个年轻男人跑掉了——年轻美丽的女子投怀送抱,主动依傍上富有的老年男人,很像一个俗套的通俗小说的故事。然而,芥川奖的评委们是有眼光的,这部小说作为"有厚度的优秀作品",凭借"非比寻常的力度","合情合理"地折下桂冠。① 细读这部小说,确实可以品出独特的艺术张力。实际上,女主人公美惠绝不是一般意义上的"投怀送抱",而是主动地寻求,自主地建设自己的新生活。

因为同在小镇上生活,美惠从小就认识九十九老人,"与九十九交往才短短的两年时间,可与他认识则有三十多年了",即美惠一出生差不多就认识了九十九,因为九十九是个"百分之百"的老好人,给了人帮助也从不求什么回报。有事去找他,他总是有求必应。美惠一家人——体弱多病、满身恶习的父亲以及"比父亲更矮小猥琐的哥哥都常年受着九十九的帮助,九十九借钱给人很是爽快,而且从来不计利息,当然也从不怀有得到回报的念头"②,而美惠自己向老人借过的"三十万元被我糊里糊涂地赖了账"。可见"英雄九十九"虽身体干瘦,却是一位内心无私、强大、乐于助人、勇于担当的男子汉,正如他的名字"英雄"一样。那么,美惠主动与九十九交往就不是冲着老人的钱财,而是充分认可了他的人品和性格。

"不过,九十九与游先生(前男友)哪一位更好呢?"美惠回到小镇上九十九"二十年的老房子",这个院子种植着"瑞香花、柿子树、金雀花、芙蓉花",且被山茶花树篱笆围起的美丽的庭院,与九十九合睡在大床上,令美惠"感到生活充满希望"。

---

① [日]大道珠贵:《咸味兜风》,祝子平译,上海文艺出版社2005年版,前言。
② [日]大道珠贵:《咸味兜风》,祝子平译,上海文艺出版社2005年版,第3—7页。

"可不是吗？与这些镇上的老头相比，九十九棒多了！……躲在被窝里，我一边偷偷地笑，一边心里这么想。还是没有起床的念头，看不到九十九脸上那颇有耐心的神情的消失，我是不打算起床的。"① 显然，美惠已经以这个新家的主妇自居了。这是一个当代日本女性文学中极为罕见的实现"家庭归属"的女性角色。然而，这是对传统意义上的家庭传统和家庭伦理的回归吗？我们认为，绝不是这样的。正如那个清晨里的场景一样，九十九在花园忙碌，给花儿浇水、喷药驱逐野蜂，"准备和我吃的小菜"，而"我"却躺在被窝懒床，迟迟不肯起来，只想着"待会儿吃饭，一定要称赞一下九十九的手艺"。在这一对儿新型的两性角色的关系中，九十九的行为言辞始终处于自然状态、被动状态，而主动行动者始终是美惠，美惠的选择出自她的精心的谋划和果敢的行动，除了九十九对她的吸引，没有任何第三方（如父母、兄弟、朋友）影响她的思谋和最后的选择，因此她不是"归属"旧家，而是选择了一个新家，并且开始了营建这个新家。次之，这个新家的所在地并不是东京大都会之类的城市，而是位于海滨的每日都有"闪着银光"的新鲜鱼摆上市场，"散发着海潮的清香"的边远小镇，一个犹如童话般美好的地方。的确，美惠的爱情奇遇类似一则新型的"笨蛋汉斯"②的故事，也像一出当代灰姑娘的童话，当然，都是反转了的。

值得注意的是，看似平实的《咸味兜风》的文风却得到来自多数芥川奖评委的高度评价。评论家黑井千次认为，"小说将其貌不扬的六旬老人的外部描写和三十多岁的女主人公的心理活动巧妙地啮合在一起，……由此飘出的潮湿的幽默感支撑着这部作品的底部"；评论家三

---

① ［日］大道珠贵：《咸味兜风》，祝子平译，上海文艺出版社2005年版，第128页。
② 《笨蛋汉斯》是安徒生的一则童话，讲述了青年绅士"笨蛋汉斯"凭着憨直勤劳的品行赢得爱情和幸福婚姻的故事。可参见《安徒生全集》第二卷，任溶溶译，上海译文出版社1996年版，第6页。

浦哲郎、宫本辉、小说家村上龙、高村信子都对这部作品给予了高度评价，高村信子直言《咸味兜风》是一部"有厚度的优秀作品"，其艺术性"令人感到非比寻常的力度"。[①] 值得注意的是，评论中的"潮湿的幽默感""倦怠感"等评语，显然是强调这部小说的洋溢其间的女性气质和女性文学的特征。笔者认为，正是这些文风的特点凸显了整部作品中的女性主体性，女性角色在两性关系、构建新家庭中的主导性。《咸味兜风》从语言风格、叙事节奏、情节推进展开与完成到意蕴的呈现和主题的达成，无不由这位女性角色统御着，无处不洋溢着成熟女性的自由自在、欢快畅达的精神，整个都浸没在了"潮湿"、温润、富有生气的女性气息中。

当然，像《咸味兜风》这种"家庭归属"，即便那"家庭"已是全新的，"归属"也以全新的方式，在日本当代女性文学中也是极罕见的。我们更多看到的仍是从旧家庭中的"裂变"和出走。

青山七惠自2007年获芥川奖后，创作力爆发，接连推出佳作《碎片》（2009年获得了35届川端康成文学奖）、《我的男友》《灯之湖畔》等，而她新近出版的长篇小说《茧》仍继续着她一贯的描述都市青年、职业女性生活的主题，小说女主角希子和同事"舞"都是脱离丈夫和家庭，奋力追寻新的"人生另一半"的职业妇女，又都走向了失落与孤独。当希子找到男友道朗的家，恳求新男友"赶快和我一起逃走"时，却被这个懦弱的男人无情地拒绝了。离开道朗家的希子孤寂地徘徊在雨雪交加的凄冷的大街上，遇到同样失魂落魄的舞，这两位三十多岁的女性都无法与男友、男性建立一种真正对等的爱情，落入了生活和情感的分裂与残缺状态。

无独有偶，在川上弘美、多和田叶子、本谷有希子们21世纪以来

[①] 王玉英：《现实书写与身体追寻——新世纪日本芥川奖获奖女作家及其作品研究》，吉林出版集团有限公司2014年版，第206—207页。

的作品中,"家庭叙事"复现,而作品主题和女性角色体现的内涵与价值取向上已与过去时代的完全不同,即发生了不同方向、不同性质的"裂变"。

《风花》是川上弘美2008年出版的一部长篇小说,讲述爱情—婚姻—两性关系,川上弘美似乎已摒弃了《踩蛇》《龟鸣》《火鸡》式的动物叙事风格,而完全转向了"人间"叙事。不少评论者认为《风花》平淡无奇,然而我们只要注意一下作品女主人公最终的选择,就会意识到作家的良苦用心和小说的真正价值所在。33岁的女主人公野百合循因爱情而结合的道路,与丈夫结婚7年来一直充任全职主妇。然而丈夫卓哉的婚外恋打破了家庭的平静,夫妻分居,野百合重新开始独立生活,外出打工了。但她仍与卓哉藕断丝连,毕竟仍有爱情在。然而在卓哉试图与她复合的"最后晚餐"之夜,野百合终于决然地与卓哉分手,促使她坚定地走向独立的力量是什么?可以说是"身体"。

与丈夫分居那段时间,野百合偶尔会去录像店租借一些僵尸恐怖电影的录像带看,她总是下意识地担心"自己也变成了僵尸",录像店里那位好心的老人提醒她"老看恐怖片对身体不好",这让野百合若有所悟、若有所思:"身体。野百合笑着,把老人的话重复了一遍"①,但她重复的只有"身体"一词。于是,野百合不顾"脸色惨白"的卓哉的哭泣与恳求,毅然地说出:"我们离婚吧。卓哉,……再见。"②

正是"身体",这来自女性生命内部的本然的呼唤,促使野百合决心摆脱无爱的丈夫和家庭,走向完全彻底的独立。这样一次由"身体"的呼唤而引发的女性生命(角色)的本质性的"裂变",验证了《风花》是一部拥有重大价值的小说,也标志了当代日本女性文学的一种珍贵的价值。

---

① [日]川上弘美:《风花》,李萍译,上海文艺出版社2014年版,第251页。
② [日]川上弘美:《风花》,李萍译,上海文艺出版社2014年版,第265页。

第二章 角色冲突中的身份错乱

本谷有希子的《多摩子的年轮蛋糕》《秸秆丈夫》（短篇小说）与《风花》有异曲同工之妙。

多摩子是一位带着两个孩子的全职太太，丈夫在外打拼，孩子们聪明可爱，这是一个美好的四口之家，一切都看起来幸福美满。在带孩子、打理家务之余，多摩子通过观看电视中的智力竞赛节目打发闲散时光。"自己家的起居室，看起来几乎是可以去做商品目录册的封面一般舒适，多摩子有些不知所措。总觉得起居室在诱惑自己，企图让自己陷入一个恐怖的圈套。"①

这位拥有自己美满家庭的幸福的主妇显然不满意自己的生活，而"荒野里吹拂着的风"总是令"多摩子隐约意识到，在日常给家人看到的'自己'这一层的下面，还有一层无法给任何人看到的苦闷的自己。平时是可以忘记的，但每次这种苦闷因为某种机缘而被想起时，多摩子就会悄悄溜下夫妻俩的床，禁不住地要去紧紧握住儿子里欧的手……因此，只有避开丈夫在孩子的房间锁上门的时候，多摩子才能安静地应付这连自己也不明白的不安"②。在小说的结尾处，多摩子在一个闲散无聊的午后，脑际映现了这样一幅幻觉的画面：

> 多摩子们在漫无边际永远延伸的荒野，在大地的裂缝前被强制性地排列着。被戴上小丑的帽子，紧紧握住按钮，永远持续地等待着正确答案。主持人已死，制作者已去，只有出题机器在没完没了地运转着。多摩子们谁也没想过要出声指责。多摩子们戴着的帽子亮铮铮地发光、反射，好像在向谁发送 SOS 一样。③

是的，"多摩子们"的心灵和"身体"已经在向她们自己报警了，

---

① ［日］本谷有希子：《异类婚姻谭》，唐辛子译，上海译文出版社2018年版，第154页。
② ［日］本谷有希子：《异类婚姻谭》，唐辛子译，上海译文出版社2018年版，第152页。
③ ［日］本谷有希子：《异类婚姻谭》，唐辛子译，上海译文出版社2018年版，第161页。

也对这个世界，包括传统生活模式中的家庭结构、两性夫妻、亲子关系报警了，我们完全可以确信，接下来"多摩子们"肯定会做出一次裂变式的选择。

果然，在《秸秆丈夫》中，另一位"多摩子"太太就显得更加清醒和决然。

《秸秆丈夫》是一篇容量极大、蕴含繁复的卡夫卡式的寓言小说，在有限的篇幅内，本谷有希子完成了对爱情童话、婚姻神话、男权主义神话和男性——丈夫角色的彻底的消解。小说开篇是新婚的多摩子与她身姿矫健的丈夫在公园里跑步，丈夫一边跑一边充满爱意地悉心指导多摩子矫正跑步姿势，讲解如何正确地、健康地锻炼等。

多摩子开始时还是注意"一边巧妙地避开那些东西（从丈夫身上抖落的秸秆碎屑），一边倾听着他的声音，……如此劲头十足地教给自己跑步方法，当然很高兴，但一次就各种各样教导那么多，反而不知道应该怎么跑了——她紧绷起差点要笑出来的脸，一边将丈夫的说明当成耳旁风，一边将注意力转移到了伸到头顶上的树枝上的红叶"。

这里有两个暗示，一个是告诉我们多摩子嫁给了她的"秸秆丈夫"，一个是"红叶"所暗示的一种毁灭——消解力量——对"秸秆"的。为什么明知丈夫这个男人是秸秆捆绑成的，还要嫁给他呢？

> 看到对面一对身穿同款简洁粗呢大衣的恋人正牵着狗朝这边走过来。"喂，快看！那两个人，仔细看已经是上了年纪的大叔和大婶了呢。好可爱。"多摩子打趣地小声对丈夫说道……婚后半年，越来越坚信在自己的前方，已经给铺设好了一条通往幸福的路。那种确信自己已经回避了许多人所犯下的挑选伴侣失败错误的满足感，是从哪儿来的呢？……现在多摩子有了一种做出正确选择后被祝福的心境。

多摩子和老夫妻擦肩而过时，将自己和丈夫不久之后当然也会是如此的、关系亲密的两个人的身影牢牢刻入眼帘之中。如常的公园里一切都闪闪生辉,安静祥和。透过枝叶间间隙漏进的阳光,喷泉,草地,以及秸秆丈夫。多摩子对自己富足的人生发出幸福的叹息。①

很显然,作为生活中的一名普通女子,多摩子向往着那幅图画展示的幸福美好的人生:那由来已久的白头偕老,执子之手相伴终生的爱情童话和婚姻神话,生活中人大约谁也不能摆脱这种古老的诱惑吧?尽管这已经是十分古老陈旧,已经腐烂不堪的童话和神话了,恰如那个用干巴巴的失去了生命活力的秸秆做成的丈夫。

果然,就在夫妻二人结束跑步开着丈夫新购的轿车回家的路上,多摩子不小心在解开安全带时在车身上碰出了一道划痕,由此引来了丈夫没完没了的抱怨和不满:

"……为什么用那么粗暴的方式系安全带呢?"
"瞧,你看看,就这儿,不是给碰坏了?"
"……看看吧,凹陷下去了!"
"丧气啊!沮丧啊!……"
丈夫的一连串的"开口说道""他说""唉声叹气"。
"丈夫声嘶力竭般地说:真的不明白,买了还不到一个月……"

秸秆丈夫的"空洞的声音"就这样一直从路上"响"到家中的起居室。而多摩子的反复的"对不起"的道歉和"真的不是故意的"的一点申辩却引来秸秆丈夫的更大更强烈的反应:

——果然如此。丈夫的,特别是相当于丈夫的嘴唇部分的周边,好像被什么东西挤压般地颤动着。……感觉丈夫每说一句话,

---

① [日] 本谷有希子:《异类婚姻谭》,唐辛子译,上海译文出版社 2018 年版,第 168 页。

秸秆和秸秆的缝隙里马上便会有什么东西出现一般，多摩子有好几次都差点要窒息。在秸秆的深处，丈夫的内核在蠢动。那是什么？那是——……从丈夫的脸上所有有空隙的地方，开始扑簌扑簌冒出某些东西。那是很小的乐器。用手指刚刚能够捏起来的很小但是很多种类的乐器，仿佛从丈夫的身体里逃出来的一般不断地往外冒出来。小号、长号、黑管、小鼓、洋琴……①

多摩子略加辩解，丈夫的声音里便"开始交织着愤怒——这与乐器从他的身体里不断地溢落出来有什么关联呢"？于是，"从丈夫身体里的外溢的乐器，势头猛增了一倍，开始堆积如山，连脚边的拖鞋也看不到了。而且，那些堆积的量，也正是丈夫的身体萎缩掉的量"。"咣锵——咣锵——咣锵——"

倾倒出来的金属乐器发出刺耳和干枯的声响，是丈夫的，"冷冰冰的，拒人千里的声音"。

对，外溢的金属乐器代表着丈夫没有说完的话，那是倾倒向女性的，没完没了的男性——丈夫的声音，是存在已久的（恐怕与那爱情童话、婚姻神话同样久远的）男权主义——男性中心主义的霸道的声音：冷冰冰的、拒人千里的声音，也是一种男权社会里的统治性的声音。

为什么？这个人为什么一点也没有察觉到自己在口吐乐器呢？于是乎，突然之间，乐器的势头变弱了。多摩子慌忙抬起脸来，只见应该是坐在沙发上的丈夫的身姿面目全非得令人惊心。——没有了内核的丈夫，现在只是空荡荡的寒碜的稻草。捆绑用的绳子四下松弛，感觉下一秒就会完全散落在沙发上了。哪一个是他

---

① ［日］本谷有希子：《异类婚姻谭》，唐辛子译，上海译文出版社2018年版，第180—181页。以下引文不再另注。

呢？多摩子想从他身体里出来的乐器，以及这些剩下的空落落的稻草，哪一个才是自己的丈夫呢？

……盯视着从他的缝隙中可以看见的黑色的空洞，多摩子想：乐器已经一点不剩地全吐出来，瞧，正好是一个丈夫的体量的乐器的山堆，在地毯上堆出了好几处，丈夫似乎无法支撑起自己球服的重量，已经像被风刮倒的植物一样瘫软在沙发上。

也就是说，那些金属乐器及其上附着"咣铿、咣锵"的声音正好可以填补上秸秆丈夫身体的空洞，乐器（声音）合成了一个完整的"丈夫"，而这个丈夫的真正的核心部分，是那些没完没了发出的声音。

果然，当丈夫体内的乐器——声音被倾泻一空后，多摩子发现"原来感觉宛如在太阳下晒干了的毛巾一样可爱的他的气息，已变成了喂养家畜的饲料的臭味"。

失去了声音，光剩下一堆干枯稻草秆儿的"丈夫"发出了"臭味"，这或许意味着"丈夫"的死亡，因为人体内除了粪便，大约只有他死去变成尸体时才会发出臭味。

"多摩子站起身来，俯视着背朝着自己侧卧着的空心的丈夫。我怎么会跟这样的东西结婚呢？"这是一次根本性否定式质问，它标志着多摩子已经完全解体了丈夫，剩下的还有什么呢？

另一个自己在脑子里嘟哝着。怎么会高兴地以为和秸秆结婚就会幸福呢？将乐器全部吐光了的丈夫已经纹丝不动。说不定已经死了，用什么东西狠狠敲打一下这个身体的话，或许能确认他到底是不是空心的吧？这个时候，俯视着丈夫的多摩子的脑子里，栩栩如生地浮现出红彤彤的火焰，正在燃烧着的画面。……给秸秆点上火会怎么样呢？多摩子还不曾清楚。干燥的秸秆，会怎样地燃烧呢？仅仅只是想象，心脏已经砰砰地跳个不停。

是的，这样的"丈夫"已经死去了——代表他生命的只有那些无聊、干枯、冷冰冰的声音，一旦失去了声音，"丈夫"即死去，而剩下的"只需很少的一点火"，就可以清除那些残余的痕迹。

当然多摩子并没有把"丈夫"的残骸一把火烧掉，她还要继续验证一下："回过神来的多摩子再无法继续直视丈夫，开始将溢落出来的乐器重新装回去，不清楚乐器是否有损坏，用双手轻轻地捧起乐器，塞到身体的空隙里，于是丈夫的身体就像吸水的海绵一样开始饱满起来。"

这个丈夫果然是由秸秆和金属乐器构成的——根本上讲，丈夫是个物化的存在。而多摩子已经在尝试消除它了："多摩子停住了手，拾起一根散落的秸秆，拿起点香用的打火机悄悄点燃。火焰像生命物一样燃烧着。为这份美而忍不住叹了口气的多摩子心里边想着什么时候要这样点燃成捆的秸秆试试，边将最后的一点乐器也全部塞进了丈夫的空隙里。"

多摩子没有用火器清除"物化"的丈夫——因为那意味着暴力，是男性的方式，多摩子已经是一位觉醒了的聪慧的成年女子，她以智慧的方式完成了最后的使命。在下一次跑步时"两个人在比刚才稍许增多了一些人的公园里奔跑时，从丈夫身上又掉落了稍许的乐器，但是多摩子将视线转移到了红叶上，不由自主地赞叹：'真美呀'。透过枝叶间隙漏的阳光、喷泉、草坪、花坛，在脚边接连不断地响起乐器落地摔坏的声音。小小的圆号、定音鼓。一边跟着丈夫学习跑步的方式，多摩子一边呼吸着冰冷的空气，心情舒畅的午后。头顶上的红叶燃烧的就像火一样美"。

秸秆、乐器什么的落入了草地、花坛，没入土地，将与泥土溶解为一体——这个物化的丈夫归入大自然了。

多摩子用她的觉悟的新女性的某种力量——与大自然中的红叶一样美而强大的力量，清除了丈夫的身体和他的存在。

"乐器落地摔坏的声音"意味着丈夫的身体、丈夫本人也不可能复原了。

"火一样的红叶""冰凉的空气"告诉我们，多摩子是在一个美好的秋天里完成这件大事的。金红的秋天意味着什么？意味着丰厚的收成，意味着财富拥有。而秋天之后是严冬，某些生物们死去的严冬。我们相信，这或许也是作家木谷有希子的内心声音，通过《秸秆丈夫》传达给世人的。这个富厚的秋天属于多摩子和所有的新女性，那个冬天呢，是所有的陈旧的、物化的丈夫——男性角色的归宿吧！

正如《异类婚姻谭》中的阿姗把丈夫放归山林一样，多摩子也让早已物化的丈夫回归了大自然。其后又将如何？多摩子头顶上"燃烧得像火一样美的红叶"也意味着一次生命的浴火重生，不仅仅是多摩子的生命，也包括她曾经的丈夫的生命以及所有的男性、女性的生命。多摩子和北村美津子们，以及创造了这些动人女性形象的多和田叶子、木谷有希子们，以小说—美学的方式，完成了一次后女性主义思想运动的使命：彻底消除了并终结了男性形象、男性话语，将人类引导向原初之处。一切新生命新世界重新开始的地方，引向一次新的创世纪。这些女性形象拥有多么令人震撼、令人赞叹的思想力量！

第四节　职场女性的挣扎与调适

不可否认，职场早已取代"家庭场"，成为新时代里新女性的主要活动场域。

凡是读过青山七惠《一个人的好天气》的人，无不对这样的场景印象深刻：

>就这样，我不断地更换认识的人，也不断地使自己进入不认识的人们之中去。我既不悲观，也不乐观，只是每天早上睁开眼睛迎接新的一天，一个人努力过下去。……到了二月中旬，有时候严寒稍稍减弱一些，这样的日子我一整天心情都特别好。①

无论"天气"和"心情"有多么美好，那都是主人公三田一个人的。这个居无定所，如浮萍般漂流的"飞特族"，不仅没有固定的职业，甚至连稳定的人际关系都难以建立，她注定生活在孤独之中，即使是最后有了男友，那也只是一个有家室的男人，这是一段注定没有结果的"不伦之恋"。一个人的好天气，也意味着一个人的永久的孤独。

同样是描绘职场女性的充满变数和艰辛的生活与工作，津村记久子的《绿萝之舟》却为我们描述了职场女性的群像，为我们描绘了一幅战胜艰难困苦、驱逐孤独的女性共同体的美好画卷。

小说中的职场女性是一群生活在社会底层，辛苦工作，努力打拼的普通职业妇女，主人公长濑29岁，自认为已无结婚嫁人的希望了，对人生未来不存奢望。几年前，她从一家竞争激烈、人际环境险恶的大公司辞职，来到这家生产化妆品的小工厂的灌装车间打工。工作虽然稳定，也不再有残酷的竞争和人际矛盾，工资收入却相当低，以至于当看见工厂布告栏上贴出的环游世界的海报上印出的163万元的旅游费用时，她不无惊骇地意识到，自己月收入才13.8万日元，不吃不喝攒一年，也不够支付这一次的旅费呀！长濑对自己的生存境况有着清醒的认识，"出卖时间换取金钱，再用这些钱买食物，付

---

① ［日］青山七惠：《一个人的好天气》，竺家荣译，上海译文出版社2011年版，第171页。

水电费，让自己继续活下去，……长濑对这种浮萍般无着无落的生活，对不得不维持下去的现状感到厌倦"①。于是去实现那个环球之旅，在热带岛国的海滨荡起独木舟成了她工作和生活的唯一寄托。长濑为此制订了一项详细周密的"攒钱计划"，如把日常开销降到最低水平，除了在生产线上的正式工作外再打两份儿零工，晚上去朋友的咖啡馆帮忙，节假日则到一个电脑培训班打工。然而长濑的计划一开始实施便遇到了麻烦，他的大学同学律子遭遇婚姻危机，带着女儿惠奈从家中出走，来到她这里求助，寄居到了长濑与母亲合住的一套破旧的住宅中，长濑的日常开支一下子又提高了。她和母亲要照管律子娘俩的日常生活，还要借钱给律子应付其他支出，长赖的攒钱出游的计划不得不搁浅了。

小说中另一个重要的"形象"便是水栽植物绿萝。小说开篇就是写长濑在工作间休时，给休息室桌子上的绿萝换水期间，偶然瞥见了墙上那个"一周环游世界"的海报。与桌子上的绿萝交织在一起的，是海报上正在划独木舟的土著男孩儿的照片，"绿萝之舟"的意象初步呈现。其后，随着情节的推进，绿萝犹如一个重要的角色，伴随着他们的生活，"玄关处，长濑的房间里，甚至工厂的更衣室都摆放着绿萝，每株绿萝都插在便宜的杯子里，只给它们换换水，却总不见枯萎。长濑再次感到了绿萝的不可思议之处。……家里所有的空瓶子都用上了，每个瓶子里插一株绿萝，并排摆在走廊上，煞是壮观"。

由于律子母女的意外加入，长濑海外旅行的计划便无限期地推迟了，她多少有些沮丧。某一天，长濑做了一个关于"吃绿萝"的梦：

> 那天晚上，下了一夜的雨，长濑听着雨滴敲打在窗户上的声音，做了一个梦，是吃绿萝的梦，她梦见了绿萝的各种烹调方法，

---

① ［日］津村记久子：《绿萝之舟》，叶蓉译，上海译文出版社2014年版，第7页。

比如把绿萝的叶子切成细丝，用千岛酱拌成色拉，把绿萝的根捣碎成泥，做成调味料，还把绿萝的茎做成了大酱汤味道呢，没有大葱那么浓烈，比菠菜润滑，比卷心菜苦一点儿，水分虽然赶不上生菜，但是很充分。

吃了绿萝的长濑非常满足，她笑眯眯地在自己的小本子上写道：——0。①

长濑在书上看到，绿萝是一种有毒的植物，当然不能吃。这是一个具有双重意味的梦。一方面，它表明长濑环球旅游的愿望是多么强烈，而"0"积蓄意味着这个计划泡汤了；另一方面，"吃"下绿萝又意味着她们的生命、生活与无处不在且生命力强韧绿萝的合而为一。

在"绿萝不能吃，让长濑非常沮丧"的那段日子里，"惠奈几乎每天都给那些绿萝换水，在她的照料下，鲜嫩欲滴的绿萝变得枝繁叶茂了。"与此同时，这个安置在长濑母亲的下雨时经常漏水的旧房子里的家却变得稳固而温馨了。

律子一心想快点儿从长濑家搬出去。"可是惠奈这么频繁地换幼儿园对她不太好啊，暂且在这儿住到三月份吧。"长濑的母亲说，对于母亲的提议，律子有些犹豫，但最终还是答应了。……入冬时节，律子母女和长濑母女已经融洽得像一家人一样了。②

过新年的时候，美香也来了。美香是长濑和律子的大学同学，自己开着一家咖啡馆，她也经常过来帮助这个四口之家。于是五个人一同去东大寺和兴福寺游玩。据说在兴福寺向这里的"一言观音"参拜许愿很灵验，凡是许过愿的人都得偿所愿。而轮到长濑许愿时，她

---

① ［日］津村记久子：《绿萝之舟》，叶蓉译，上海译文出版社2014年版，第47页。
② ［日］津村记久子：《绿萝之舟》，叶蓉译，上海译文出版社2014年版，第51页。

"双手合一：'我想环游……'这句话在脑子里刚默念到一半，她停了下来，改口道：'希望美香、律子、惠奈，还有母亲的愿望都能实现。'"①

这是一次无私而利他的许愿，一次天使般美好的许愿。长濑毫不犹豫地按捺下私心，而将美好的祝愿送给了其他人——这个家的其他成员。的确，这是无私的，利他的许愿，这是一次天使般圣母般的许愿。长濑把美好的祝愿送给了其他人，送给了这个美好的家，这个女性共同体建成了。惠奈的许愿正好表明这个孩子对这个新家的认可与信任："我的愿望是能上小学！"

显然，这个孩子虽然经历了父母离异、家庭不幸和颠沛流离的生活，现在却是一个健康、幸福，对未来生活充满无限期冀的孩童。

兼做三份工作，还要为律子和惠奈操心，过于劳累的长濑病倒了，在病床上长濑又开始做梦了。

> 梦里的长濑划着独木舟，去了很多小岛。每到一个岛上，她就把绿萝的水栽发给当地的居民。……她非常耐心地告诉他们，这些植物光靠水就能茁壮成长，难道你们不觉得它很了不起吗？
>
> 她把一瓶绿萝擎在手里，对着阳光。
>
> ……于是这个独木舟就在大海上顺流而漂，飘啊飘啊，不知怎么的就漂到了长濑家的院子里。院子的后墙没有了，院子直接通向了无边无际的大海。②

"绿萝之舟"，这是女作家津村记久子为我们编织出的一个无限美好、诗情画意的梦。绿萝之舟也是长濑、美香、律子们凭着女性的天

---

① [日]津村记久子：《绿萝之舟》，叶蓉译，上海译文出版社2014年版，第55页。
② [日]津村记久子：《绿萝之舟》，叶蓉译，上海译文出版社2014年版，第70页。

然爱心和良知建立起的美好而和谐的新家。这是一个可以"遮风挡雨"①的新式共同体,一个唯有女性才可以建立起的理想的新家。

在小说的后部,从婚姻失败的痛苦与沮丧中重新站立起来的律子找到了一份工作,美香、长濑还有长濑的母亲帮律子在公司附近安置了一个自己的家,病愈之后的长濑也摆脱了晦暗的心情,勇敢而乐观地开始了新的生活。

> 她越想心情越好,觉得自己肯定能在下雨之前回到火车站。已经好几年没有这种浑身来劲的感觉了,总之先请冈田喝茶吃曲奇饼,再给惠奈买一些草莓幼苗⋯⋯
> 她又跨上自行车,飞快地骑起来。
> 回头见。长濑小声对自己说,她觉得海报中那个划独木舟的男孩儿正在向自己招手。②

美国著名后现代女性主义思想家苏哈克(Marjorie Suchoki)在《女权主义的开放性、互依性与过程思想及女权主义运动》一文中提出,"所谓女性主义的'开放性'是指人与人之间的新认同和潜能的可能性;所谓'互依性',则是指人与人之间的相互依赖性,它乃是生命的真正要素,它制约着人自身的生成,而且人类个体之间不是偶然互依的,而是必然如此。"如此,才能实现人类(男女两性共同追求)的"普遍幸福"③。

显然,长濑、美香、律子们用行动诠释了这一人类普遍幸福的理念。

---

① [英]齐格蒙特·鲍曼:《共同体》,欧阳景根译,江苏人民出版社2007年版,第2页。
② [英]齐格蒙特·鲍曼:《共同体》,欧阳景根译,江苏人民出版社2007年版,第74、80页。
③ 李银河:《女性主义》,山东人民出版社2005年版,第188—189页。

当代著名思想家齐格蒙特·鲍曼（Zygmunt Bauman）早就指出："首先，共同体是一个温馨的地方，一个温暖而又舒适的场所。它是一个'家'（Roof）。其次，在共同体中，我们能够互相依靠对方。如果我们跌倒了，其他人会帮助我们重新站立起来，没有人会取笑我们，也没有人会嘲笑我们的笨拙并幸灾乐祸。"①

是的，长濑、长濑妈妈、美香、律子、惠奈共同建立的就是这样的一个温馨而舒适的"家"。这个新家同样也是《春之庭》中的太郎和小西努力寻觅的那个曾经失去的美妙居所；是《狗女婿上门》中北村美津子带着扶希子逃往的地方；是《在海上等待》中的小太和笈川畅快神聊的天堂。"共同体是人们最想念的东西，……如果说在这个个体的世界上存在着共同体的话，那它只可能是（而且必须是）一个用互相的、共同的关心编织起来的共同体，只可能是一个由做人的平等权利，以及对根据这一平等权利行动的平等能力的关注与责任编织起来的共同体。"② 我们相信，包括津村记久子、多和田叶子、本谷有希子在内的日本当代获芥川奖女作家已经用她们美妙的艺术语言描绘出了这样一幅真实可感的共同体画卷。

---

① ［英］齐格蒙特·鲍曼：《共同体》，欧阳景根译，江苏人民出版社2007年版，第3页。
② ［英］齐格蒙特·鲍曼：《共同体》，欧阳景根译，江苏人民出版社2007年版，第177页。

第三章　社会适应中的价值迷茫

　　平成年代的30年被鹈饲哲夫称作"没有海图的航行",在日本近代历史上是极其特殊的。一是时间最短,仅有短短的30年,似乎刚刚开始就结束了;二是"多灾多难",年轻的平成经历了世界的变革和日本的转型。在纷繁复杂的时代变迁和社会变革中日本人经历了价值观转换的阵痛,引发了"恐慌",这种"恐慌"像一只无形的手在引领人们的思维方式与行动方向,价值取向问题凸显。医治因社会转型而产生的发达国家病,各国都有自己的密钥良方。欧美文化中有基督教作为疗愈基础,美国的实用主义、英国的功利主义、法国的自由主义都纷纷奏效。日本用什么方子呢?儒家文化、佛教文化、日本本土的神教文化为一体的"杂糅性"导致他们自己的规范越来越欠缺,价值迷茫凸显,这种迷茫是价值迷失后心灵与价值追求的不知所措。这里的价值迷失既包括价值观的不清晰,也包括应有的积极价值观丢失或丧失后对人的存在和活动的社会意义的不清晰。文学家们在东奔西突中探索着价值迷茫的破解之道,各式各样的文学作品以漂流状态探索着如何活下去的主题,这为平成年代女性文学的繁荣提供了富壤,女性的社会引领功能再次得以强化。

　　芥川奖获奖女作家以敏锐的视角抓住了关乎日本民族与国家未来的价值迷茫问题,以母性特有的柔性与韧性讲故事,讲自己身边的

"日常事",看似讲"民间故事",实则在讲"日本故事""世界故事",用自己的创作再现了当代日本人自我调适、力图摆脱迷茫的奋斗历程。女作家们从细微之处入手,触摸到迷人的、柔软的内心深处,用女性体验式的文学样式为思考"怎么办"指点迷津,潜移默化地引领价值取向。

第一节 "大物语"衰退后的"价值迷茫"

平成年代初期日本进入后现代社会,去中心化,宏大叙事让位于碎片化的表达。女作家们深知"后现代主义的语言和意义的碎片化",文学实践并非用微小叙事的大杂烩取代宏大叙事、大型故事,而是宏大叙事主导微小叙事,在微小叙事中呈现社会转型期人们的不适、恐慌与迷茫。

一 昭和精神的终焉与"心灵迷茫"

"文学的存在与社会性的文化、历史状况紧密联系在一起。评论家桶谷秀昭曾在其《战后及战后史论》中这样概括说,'回顾日本的昭和历史,曾经有过两次价值的失落。第一次自然是昭和二十年(1945年)的日本战败,第二次是日本高度成长期之后的战后价值崩溃(二十世纪七十年代前后)。战后价值当然是否定战前价值的。那么之后出现的战后价值的崩溃,其又是基于何等新的价值呢?那是种单纯的崩溃,而不是基于其他价值的否定'。"[①] 昭和时期价值的崩溃有客观的历史原因。我们知道欧洲大致用了400年时间完成了现代化进程,而日本只用了100年时间就完成了,这必然"使亚洲的第二现代化社会

---

① 魏大海:《日本当代文学思考》,青岛出版社2006年版,第1页。

出现准备不足而导致扭曲"的问题,其中,主要的表现就是各个社会空间的不同步。日本第二次世界大战后经历了经济快速发展后进入了现代化。"西方国家的现代化始于文化现代化,然后是政治现代化、经济现代化和社会现代化。而日本的现代化始于经济现代化,然后是政治现代化、社会现代化。现代化开始了一百多年,日本目前只完成了经济现代化,政治、社会和文化现代化还没有完成。"① 这种压缩是空间移动的时间压缩。这种空间移动的时间压缩,往往会在使人的活动范围扩大的同时也加速了人的流动。伴随现代化进程,大量农村人口涌向城市,城市的人口郊区化、旅游国际化。"每个人压缩的力度不是质的,最终导致传统社会开始瓦解,个人主义开始普及。"② 战后日本人迁入城市,不能定居,过的是公寓生活,集团组织正在逐步减弱,物质丰富,改变了社会的价值观念,年轻人中间,有些人骑着摩托车或开了汽车到处游逛,很少考虑自己的前途。受外来文化的影响,产生了所谓"现代儿""不喜欢依赖集团生活方式"③ 的新的年轻人文化。在有着集团观念的日本文化里滋生的个人主义与西方的个人主义有所差别,权势距离处于被挤压的不安全空间里,这种比较柔软的个人主义很容易扩大风险传播空间,使人感到迷茫。

《狗女婿入赘》描写的是东京扩建时发生在"城乡接合部"的小镇"此处"与"彼处""此时"与"彼时"的一系列寓言故事。小镇位于变成城市的"北区"与依然为乡村的"南区"的交汇处。一直经营农业的主人公美津子卖掉了"南区"的一部分土地,在"北区"黄金地段火车站附近建了一栋高级公寓,自己也搬进了其中的一个单元,并在"新区"租了房子,开办"课后班"。人们在空间移动的时

---

① [日]富永健一:《日本的现代化与社会变迁》,李国庆、边静译,商务印书馆2004年版,第28页。
② 胡澎:《平成日本社会问题解析》,社会科学文献出版社2019年版,第35页。
③ 傅高义:《日本第一》,谷英、张柯、丹柳译,上海译文出版社2016年版,第103页。

间压缩的新旧交替时代,一方面享受现代化给予的福利,另一方面无限怀念过去与曾经的辉煌,这是一种"越境","这种越境不仅仅是不同文化或者语言间的'越境',也可以是不同性别、不同阶层的'越境',甚至还表现为同物种的'越境'"①。小镇的母亲们参加民间传说研究讲座,孩子们在课后班学习民间故事,美津子的性事中狗元素的介入,等等,这一切无不在展示着人们在跨越式的、急剧的"越境"中的焦虑、迷茫、不安。

这种迷茫同样也波及了双重身份的日籍外国侨民。李良枝弹着伽耶琴塑造的由熙,作为一个层层身份包裹的"越界者",因空间挤压试图回到母国,奢望用母语的生活与学习来摆脱挤压感,当是另外一种逃离与"无语"。如果说这种挤压还能够坚持撑下去的缘由是战后赶超欧美富国强民的民族共同体意识,那么,1989年昭和天皇的离去,将日本人内心仅存的一盏为国家奋斗的灯熄灭了,仅存的一点奋斗力量也被破除了。天皇的离去也带走了日本人为同一目标共同奋斗的精神,人们一下子从一个全日本民族利益共同体中松绑,一个人、一个集团或是一个国家一下子从一个极度紧张的状态下松弛下来,首先想到接下来"我要做什么",这是再正常不过的事情了。

日本是一个以农耕社会、农耕文明发展起来的国家,集团意识、合作意识根深蒂固。如果说战后天皇由"神"变成"人",大江健三郎的母亲还可以用"天皇完了但你没有完,你可以继续奋斗"的话激励他努力奋斗,那么,昭和天皇的死去,连同那种奋斗的"劲头"也死去了。人在手足无措,内心被掏空后,身体感受或许能够缓解这种空虚。小川洋子的《妊娠日记》里的"妹妹"明知道美国产的葡萄柚果酱里的防腐剂 PWH 中含有强烈的致癌物质,会破坏人的染色体,却

---

① 孙洛丹:《文字移植后——多和田叶子创作述评》,《外国文学动态》2013 年第 1 期,第 14—16 页。

不告诉与制止姐姐，反而不断地做着这种有毒果酱让姐姐吃，以减轻姐姐严重的妊娠反应。这让我们看到了现代人的麻木，看到了她们调节心理迷茫的非理性选择。现代人的病不在肉体中而是在被肉体包裹着的心灵深处，这种带有危险性的选择会使人陷入更加迷茫的境地。《狗女婿入赘》《踩蛇》《洞穴》的魔幻现实主义的种种"异化"，试图通过"越界"找寻到自己作为现实人的存在，走出不知所措的徘徊。

二 泡沫经济的破裂与"价值迷失"

所谓泡沫时代大抵分为两个阶段：泡沫诞生以及亢进期（1986—1992年）和泡沫幻灭期（1992—1997年）。平成年代几乎经历了整个泡沫时代，直至结束也未能走出低谷。20世纪80年代是高消费时代，大量生产，大量消费，金钱万能，一时间拜金主义盛行。"工作与消费成为二战后日本人的身份认同。"消费的过度化、个性化体现了泡沫经济时代人们的膨胀心理：高消费代表高品位与高层级，代表人的阶层。"日本人在物质上变得丰裕的同时，似乎在精神上已经破产了。"[①] 透过虚幻的泡沫世象看到了那时的日本社会几近疯狂，钱可以解决一切。日本国内不惜重金投资大型基础设施、名目繁多的文化休闲项目，推崇海外旅游、度假养老等，国际上打造了日本富国的形象。

1985年"广场协议"签订后，日元大幅升值，国内泡沫急剧扩大，最终由于房地产泡沫的破灭造成了日本经济的长期停滞，经济出现大倒退，此后进入了"平成大萧条"时期。20世纪90年代丰富的物质生活获得感使日本形成了"一亿国民整体中产化"的社会结构，求稳趋同保守的"一亿总中流意识"随之成为主流。泡沫经济破灭、房地产价格暴跌、银行不良资产引发的多米诺骨牌效应将日本人对个

[①] [美] 詹姆斯·L. 麦克莱恩：《日本史（1600—2000）》，王翔等译，海南出版社2016年版，第600页。

人生活的高度敏感和关心转化成了忧虑，社会思想杂乱无序，价值取向混浊。"人们对于'真正自我'的追求越来越强烈，消费行为早已超越了消费本身，'寻找自我'的热情开始不断扩大。"① 人们开始思考自己究竟想成为什么样的人，什么样的自我才是真正的自我，越来越多的人开始寻找这些问题的答案。

对于这种社会变化，最先敏感地感受到时代崩溃危机并发出呼声的是文学作品。作为纯文学风向标的芥川奖很快就嗅到了时代的变化气息，1990年上半期的103届颁给了辻原登的《村庄的名字》，下半期的104届颁给了小川洋子的《妊娠日历》。评委对这两部作品写作的艺术性给予了高度评价，两部作品共同之处在于对生活的记录。商社职员的工作体验与女性妊娠孕期的身体体验，在身体体验感中感悟生命与生存。生活的无序调整始于身体感觉的调整，从记录每一天的身体感觉开始。

芥川奖的独特之处在于"新故事、新人、新手法"②，"时代性"③。"幽默"成了一段时间以来芥川奖评委语的高频词，也是泡沫破裂初期人的心态由狂妄制高点跌入绝望谷底时的调节剂，是人类面对共同的生活困境创造出来的一种文明、一种力量。20世纪90年代后人们开始寻找自我，年轻的自由职业者、无业人员增多，无论收入多与少，只要在工作中能够实现自己的价值，他们就非常愿意做这项工作。荻野安娜的《背水》"强调女性的生命体验，故事和体验变得越来越重要，女性的心理和情感以更加清晰、明白的方式表达出来"④。

---

① ［日］三浦展：《第四次消费时代》，马奈译，东方出版社2014年版，第19页。
② ［日］石原慎太郎：《芥川奖·直木奖150回全纪录》，《文藝春秋》，特别编辑2013年版，第236页。
③ ［日］石原慎太郎：《芥川奖·直木奖150回全纪录》，《文藝春秋》，特别编辑2013年版，第236页。
④ 王伟伟、李先瑞：《笑对磨难——记日本新锐作家荻野安娜》，《世界文化》2018年第10期，第39页。

纯文学女旗手笙野赖子的《跨越时间的联合企业》，魔幻现实主义的"幽默"匪夷所思，试图在书写孤独感和灾难感的过程中寻找通向新世界的道路。

东日本大地震、福岛核辐射等灾害与固有矛盾纠结在一起形成的"问题群"，集中引发了潜隐在社会各个领域的深刻问题，民众甚至将"3·11"与1945年8月15日的特殊记忆相提并论，发出了"3·11"我们将如何活下去的叩问。这些问题没有任何经验可以借鉴，它不同于与战前的直接关联，不同于摆脱战后美国对日本的支配与影响，却与亚洲密切相关，与一直以来的经济成长主义至上、富国强兵、天皇制、殖民主义、公害、差别、社会性相关。冲绳、东北、九州等地的水俣病、自然灾害以及釜崎、福岛等这些"受苦"人们的生活方式构成了日本社会的潜流，在失去的与没实现的之间架起了一道沟壑。

2000年的《日本时报》的元旦社论指出，"过去的十年是一段灰暗的经历。在经济领域日本从世界成功的顶点跌落为蹒跚的巨人；管理的艺术摇摇欲坠；当教室变成战场，青少年以'援助交际'的名义出卖肉体时，则凸显了国家道德的真空"[①]。新千年似乎没有人能够提出任何激动人心的富于灵感的克服世纪末病症的良方，报纸等新闻媒体充斥着寻找"新目标感"和"绘制世纪的新路线"的老生常谈。大多数日本人低调进入21世纪，他们相信，"议会民主的手段和原则最终会给他们的国家带来良好的秩序和经济的繁荣"[②]，也有一些日本人想开辟通向未来的新文化之路。《朝日新闻》调查显示了日本社会意识的另一个侧面，2010年以来该报进行舆论调查中90%以上的受访者对日本的未来持怀疑和不安的认知，74%的人认为日本已失去信

---

① ［美］詹姆斯·L.麦克莱恩：《日本史（1600—2000）》，王翔等译，海南出版社2016年版，第607页。

② ［美］詹姆斯·L.麦克莱恩：《日本史（1600—2000）》，王翔等译，海南出版社2016年版，第608页。

心。从社会意识视角分析,"步入自反性强的后工业社会后,没人拿自己当回事、无立锥之地、没人代表我等感觉,会在每一个日本人的内心深处引起共鸣"①,反映出当代日本人自我定位的迷失与社会意识的混沌。

第二节　身体感受中的认同迷茫

"平成文学是由女性做标记的文学"②,她们频频摘得芥川奖,折射了日本文坛发展走向。平成文学所关注的不再是昭和文学意义上的大问题,而是"人"的问题,平成文学要想存活下去需要依靠细节描写。解决"人"的问题,伦理道德是绕不开的。获奖女作家的细节描写以突出"初潮""乳房""妊娠"等身体感受以及同性恋爱的心理感受,在男女平等口号下,通过文本探讨后现代社会日本女性究竟应当以怎样的姿态迈入个性化的社会,字里行间透露出了女性对传统价值观与时代接轨的态度,指出了日本现代女性作为自然人的主体生存理念——"我就是我"。这种对"自我"的认知与重构,旨在强调如何得体地表达"自我",强化个体身份,凸显性别意识。这种凸显既不是卑微示弱,也不是女权主义的自我优越感的膨胀,而是作为人的属性的"雌性"特征。川上未映子的《乳与卵》,在描写三个不同年龄段女性对"卵子""初潮""乳房"等身体特征的自我认知过程,将女性性前景化,表现出女性在个性化社会转型中,对于传统与现代悖论中的女性身体意识及自我身份的认知轨迹。小川洋子的《妊娠日记》通过生命体验的另外的视角探索了理性与感性平衡中的自我调适。平成年

---

① [日] 小熊英二:《改变社会》,王晓尘译,上海译文出版社2017年版,第238页。
② [日] 菅野昭正、川本三郎、三浦雅士:《"平成文学"とは何か》,《文藝春秋》2002新年特别号,第239—267页。

代获奖女作家的小说通过设定一个广大读者群,并吸引这个读者群,进而形成民族的创作团体。① 因有芥川奖评选原则的导引与把关,小说无声地、不断地渗入读者的真实生活,默默地创造着一种非凡的共同体信念,让越来越多的读者对这个团体怀有一种渴望,无形中提高了阅读者品位,潜移默化中规范着人们的行为,伦理道德问题得以解决,人格品质也得以塑造。

一　身体感受与生存思考

"女性意识总是试图用某些方式来修复曾经被切断的关系,……荣格曾经将完整性和整体性做比较,完整性是靠排除缺点和邪恶来实现的。而父权意识就是企图实现这种完整性,因此父权意识会坚决地切断并且摒弃邪恶的东西。而女性意识就是接受一切,以整体性为目的,然而女性意识试图接受一切时,也必须同时接受完整性。"②《乳与卵》是游离于完整性和整体性的代表,讲述了发生在三个女性之间的故事。渴望以隆胸手术改变现实的母亲,困惑于青春期发育的女儿,独自在东京奋斗的小姨。六年前与丈夫离婚的卷子和即将迎来青春期的女儿绿子一起在大阪生活,为了卷子的隆胸手术,母女二人到卷子的妹妹——住在东京的"我"家做客,在东京住了三天两夜。绿子正处于青春发育期,对自己身体的变化备感困惑,而母亲面临更年期的到来,却热衷于隆胸手术。母女在是否隆胸的问题上发生了冲突,绿子拒绝讲话,进入失语状态。通过"我"的努力化解了母女之间的冲突,东京之旅成为融冰之旅。小说在身体和语言的相互作用中,表明了作者及笔下的日本女性对自我身份的深层次追寻。"米兰·昆德拉认为,当

---

① [美]乔纳森·卡勒:《当代学术入门 文学理论》(第一版),李平译,辽宁教育出版社、牛津大学出版社1998年版,第39页。
② [日]河合隼雄:《民间故事与日本人的心灵》,范作申译,生活·读书·新知三联书店2018年版,第213页。

代的小说已走过了18世纪的叙事（讲故事）阶段，19世纪的描绘阶段，从而进入了一个思考的阶段。小说将承接哲学的职责，思索'具体的形而上学'，思考人类永无终尽的存在问题。"①

集歌手、作家、演员为一身的川上未映子，本名川上三枝子，1976年8月29日出生于大阪市，获奖时为日本大学通信教育部文理学院哲学专业的在读生。2002年以歌手的身份步入人们的视线，出过三张CD，出演过根据太宰治小说改编的电影《潘多拉的盒子》。2005年开始发表诗歌和小说。2007年凭借《牙齿或世界里我的比率》与《世界溜进空空的大脑》获得早稻田大学第1届坪内逍遥大奖鼓励奖，与村上春树站在了同一领奖台。2008年短篇小说《乳与卵》获得第138届芥川奖。2009年《尖端、刺或被刺都不错》获第14届中原中也奖。2010年《潘多拉的盒子》获电影旬报新人女演员奖。2010年《天堂》获第20届紫式部文学奖。2013年《水瓶》获第43届高见顺奖。2013年《说什么爱的梦》获第49届谷崎润一郎文学奖。川上未映子是日本文坛一位名副其实的、耀眼的明星，2020年日本选出的100本必读书中，川上未映子的《夏天的物语》被列其中。

川上深受其大学老师——日本大学理学部伦理学教授永井均的《漫画哲学》的影响，加上自己哲学科班出身的背景，展开文学的哲学思考也是顺理成章的。《我的牙齿比例，或世界》"讲的都是哲学"②，《乳与卵》延续了《我的牙齿比例，或世界》主题，"开始以身体为文本结构，到后来以语言为结构"，以身体为书写对象，探讨身体的违和感、偶然性，以及为何"这个身体里有我"等哲学问题。在身体的感觉中，"在身体的一处放置了一个'我'就等于放入了一个大脑，嵌入了种思

---

① 于长敏：《第136届芥川奖获奖作品解读》，《日本学论坛》2017年第1期，第34页。
② ［日］永井均：《哲学とわたくし（師弟对談）》，《文學界》2008年第3期，第102页。

想"①，这种思想与哲学思考的"我"，与身体器官、大脑的关系，究竟哪一部分器官可以是"我"呢？通过部分、整体关系的哲学命题思考了转型期个人与社会的内在逻辑关系，试图在"我""身体""语言"的完整性中把握"我""身体""语言"的整体性，在"有"与"无"的悖论中思考转型期文化的整体性、完整性与传承性。

（一）身体改造与身份认同的迷茫

《现代汉语词典》中关于"乳"有以下解释。生殖，乳房，奶汁，像奶汁一样的东西。"乳房"是"人和哺乳动物乳腺集合的部分。发育成熟的女子和雌性哺乳动物的乳房比较膨大"②。乳房作为女性的标志性器官，不同民族文化背景下有其独特的含义。2001年，美国斯坦福大学克莱曼研究所资深学者玛莉莲·亚隆出版了《乳房的历史》一书，引起了巨大轰动，引发了身体历史写作之高潮。玛莉莲·亚隆在神圣的乳房、情色的乳房、家庭的乳房、政治的乳房、心理的乳房、商业化的乳房、医学上的乳房、解放的乳房、危机中的乳房等有关乳房的历史长河里追寻着作为女性身体象征的乳房，在人类想象里拥有的特别地位，不同历史时空里的特定意义，以及成为当时社会主流意识的足迹。她提出，无论是首度成为基督教性灵滋养的象征乳房，文艺复兴时期被画家与诗人涂上情色意象的乳房，还是18世纪的欧洲思想家打造成公民权利来源的乳房，"都是通过男性眼光折射之后的想法"③，乳房被宗教、情色、家庭、政治、心理学与商业涂上各种色调。科学的进步让医学界摒弃旧有的"乳房仅仅是哺乳器官"的狭隘观念，聚焦于乳房疾病。社会主流意识也倾向将附加于乳房的过多观念剥离，

---

① ［日］川上未映子：《哲学とわたくし（師弟対談）》，《文學界》2008年，第3页。
② 中国社会科学院语言研究所：《现代汉语词典》（第5版），商务出版社2007年版，第1160页。
③ ［美］玛莉莲·亚隆：《乳房的历史》，何颖怡译，华龄出版社2001年版。

回归女性自身诉求，乳房终于是"女性自己的乳房"了。

众所周知，在性崇拜的文化影响下，日本女人对性还是比较开放的，"平日里作为东方女人，矜持、端庄、含蓄，但私下里在性方面却表现得很随意甚至放肆"①。在她们看来，性是一件自然而然的事情，不下流也不肮脏。日本创世纪神话里，天照大神关闭了天窗，世界霎时一片黑暗，众神来到天窗前聚会，一位女神露出乳房和阴部，大跳艳舞，引来全场哄堂大笑。日本女性乳房的外露是内外有别的。传统上，日本女人的乳房一般不会像西方女性那样，将乳房的能指与所指同时展露出来。但近年来，她们扩大了乳房的外显尺度，1991年宫泽理惠的全裸写真曝光，引发了日本女性展示乳房的热潮，女孩内衣秀，乳房文身，卡通中"三点式"的少女形象，动漫中"咔哇伊"少女大大圆圆的乳房造型。在东京闹市总能看到一些身穿吊带裙的年轻女性进行着"援助交际"，消费自己的身体，消费着男性。2000年前后，日本东京等繁华街道上曾流行一种怪异的围巾，竟然以女人的乳房为形，围巾戴在脖子上看上去确实有些不雅，不过在大街上却受到了一些女性、青年男性的青睐，他们觉得很新奇，并没有什么不好意思。当今日本社会因商业化运作，打造了硕大坚挺的乳房形象与乳房审美，进而引领了不同年龄段日本女性对于乳房整形的风潮。她们正在打破日本传统的身体文化观，身体发肤受自父母，从父母得来的身体不能轻易折损伤害。过去一个人要想进行整形美容手术，要经过伦理观、道德观等一番思考的，而当下的日本人如果认准无须任何思考，准备好了就去做，而且毫不掩饰自己的整形身份。

表面上，《乳与卵》以主人公卷子是否实施隆胸手术为线索。在大阪酒吧做女招待，实际年龄39岁，但看起来像50岁，为了更好地养

---

① 池雨花：《雪国之樱——图说日本女性》，团结出版社2009年版，第201页。

家糊口，经过仔细研究后，带着小学六年级的女儿绿子来到了在东京打拼的妹妹家，希望选择一家安全、医疗水平高、价钱比较合理的医院来完成手术。卷子的慎重有几个理由。一是这种隆胸手术的技术还存在着一定风险，担心手术失败后无法养育女儿绿子。二是手术费用昂贵，150万日元对于月收入只有25万日元的绿子来说确实不是一个小数目。虽然也有80万日元、45万日元价位的，但她又担心不安全。三是不确定即便做了隆胸手术，自己工作状况可以好转多少。虽然搜集了各种有关隆胸手术的宣传画册，但最后是否接受这个手术，其实来东京前并没有确定下来。在选择是否做手术的过程中，她的身份是游离不定的，"我"一会儿是母亲，一会儿是酒吧的女招待，一会儿是单身离婚女性。唯独没有从自身的实际情况来考虑这件事，也就是说她缺少了"自我"定位的稳定性。其实，在"身份"迷失中的选择与判断是比较艰难的，选择也一定是痛苦与煎熬的。对乳房整形手术的慎重表现了卷子对生存选择的慎重，可以说，乳房整形手术形象生动地展现了卷子心中的欲望以及这种欲望所带来的困境。卷子"要通过人为的手术整形，重拾已丧失的自我。一方面，说明了她对自我的自然审视已经出现了严重的偏差与失衡，由对自我的强烈不满发展到对自我的彻底否定；另一方面，又表达了她渴望适应主流社会，接受新科技、新事物的前卫意识"①。作为经历了日本诸多神话破灭的川上未映子，用作品实现了芥川奖不可或缺的评选标准，"小说要具有文学性与社会性、时代性。要具有能够反映当下社会新鲜度与质量的信息"②。《乳与卵》塑造了生活在现代和后现代社会夹缝中具有反抗意识的新一代女性形象，揭示了她们在物质、精神的困境中融入新时代的矛盾心

---

① 叶琳：《论川上未映子〈乳与卵〉的象征意义》，《湖南科技大学学报》（社会科学版）2016年第3期，第39页。
② ［日］高樹のぶこ：《絶対文学と文芸ジャーナリズムの間で》，《文藝春秋》2008年第3期，第338页。

态和自我身份的焦虑。卷子出生在昭和时期，是日本女性的典型代表，她对乳房整形手术的态度由坚决、犹豫再到放弃的纠结过程，显现了她自我身份认知的混乱，以及她和绿子这两代人在新旧两种文化冲突下矛盾的精神状态。

"卵"的意思为"动植物的雌性生殖细胞，与精子结合后产生第二代；昆虫学上特指受精是卵，是昆虫生活周期的第一发育阶段；某些动物由卵细胞发育成的借以繁殖传代的物质，鸟卵、蛇卵、龟卵等；睾丸或阴茎（多指人的）"①。日语中"卵"与"玉子"发音相同，它还有鸡蛋的意思。有关"卵"的内容，是通过绿子写的日记看到的。相关日记处作者用"O"做了特殊标记。川上未映子从小喜欢阅读，十岁开始阅读小说，"印象最深刻的是高中一年级教科书里的太宰治的短篇小说《等待》和松井启子的诗《让猫填满咽喉》。在那之后还在教科书上读到了村上春树的短篇小说《萤火虫》"②。小说《乳与卵》中，卷子的明线索与绿子日记的隐性线索可能是模仿了村上春树奇数章、偶数章的写作风格，将乳与卵分开叙述。绿子在日记中较为详细地记录了她"初潮"时心理的变化过程。第一次来月经时有种恐惧感，女孩子谁都不确定第一次来月经的时间，心理是没有任何准备的。血从两腿之间流出，还不能告诉任何人，多少有些害怕，对于突然成为女人的真正含义还不十分明白。如果家庭关系融洽，母亲会引导女儿如何打理，如何应对。绿子对于"月经"与"生育"之间的关系，卵子要经过与精子的结合才能生育等生理卫生的常识了如指掌。因为妈妈与爸爸结婚生下了自己，为了维持家里的生计，每天晚上要骑着自行车去酒吧上班，还要冒着生命危险去做隆胸手术。看到母亲的种种

---

① 中国社会科学院语言研究所：《现代汉语词典》（第5版），商务出版社2007年版，第894页。
② ［日］川上未映子：《家には本が一冊もなかった》，《文藝春秋》2008年第3期，第343页。

艰辛，对来月经排卵，将来还要变成受精卵，虽然不是谁的错，"但还是停止让精子和卵子结合在一起"①。对于突然到来的一切，都是没有做好准备的，因此陷入了"无语"状态。正如泡沫经济破裂，几千年延续不断的集体社会向从未有过的个体社会转型一样，日本人已有的价值观受到新的社会结构的挑战，在"变"与"不变""哪些需要变""哪些不需要变"的抉择中，像绿子一样陷入"失语"状态。

以卷子为代表的一些女性为何要接受隆胸手术？"女人是作为男人所确定的那样认识自己和做出选择"②，我们在波伏瓦这里找到了理论依据。在小说中，川上未映子设计了让两个女孩讨论为什么隆胸的情节。不赞成隆胸的女孩说，隆胸就是"为了在和男人做爱时，或是被男人揉捏胸脯时，激发那些希望我乳房更大的男人的欲望"③；而希望隆胸的女孩则辩驳，"为了男人才隆胸，为了取悦于男人而改造自己的身体，实在是荒唐"，"胸脯是自己的胸脯，与男人毫无关系"，只是"对大罩杯的一种憧憬"。"与男性主义、增强男人的性欲无关。"④ 这也是卷子转述给夏子的内容，说明卷子通过身体取悦男人而获得自我生存空间的想法的动摇。东京之行开阔了卷子的眼界，妹妹夏子一个人在东京打拼的精神感染了她，质疑女人是否一定要靠身体生存，这是卷子身份认同的觉醒。

(二) 多元身体观与自我认同的冲突⑤

在《乳与卵》中，川上未映子运用摄影技术搭建了一个舞台，"舞

---

① [日] 川上未映子：《乳与卵》，杨伟译，上海译文出版社2009年版，第79页。
② [法] 西蒙娜·德·波伏瓦：《第二性Ⅱ》，郑克鲁译，上海译文出版社2011年版，第9页。
③ [日] 川上未映子：《乳与卵》，杨伟译，上海译文出版社2009年版，第68页。
④ [日] 川上未映子：《乳与卵》，杨伟译，上海译文出版社2009年版，第38—39页。
⑤ 本部分内容参考了王玉英发表于《汉语言文学研究》2011年第4期中的论文《从身体改造到文化重建——记〈乳与卵〉》。

台为三个车轮","通过三个视点进行着某种建构"①。舞台的三个轮子分别是小说的主人公卷子、绿子和"我",她们代表着不同的文化符号,反映了三个不同年龄段的女性对于自己身体的管理与掌控,反映了个性化社会里女性对身体改造的再造之美、母性、生育等女性性的认知,进而通过三个女性的心理行为变化反映当今日本社会。

作为完整女性的性别特征——乳房、卵子,二者缺一不可。乳与卵既是母性的象征,更是文化的雏形与原动力。卷子、"我"、绿子对待"乳""卵""初潮"等身体特征的认识与处理态度实际上反映了她们在一定社会背景下的心理状态,折射出她们所处的社会阶段的社会心理与社会现状。她们的身体观体现了当代日本文化的多样性,体现了作者文化解构的隐喻化的叙事策略,体现了后现代语境下日本文化的并存与冲突。

怀孕—生子—哺乳使卷子的乳房发生了变化,干瘪瘪的乳房与其所从事的"女招待"的职业发生了冲突。为了维持生计、养育绿子,为了满足社会的主流审美需求,卷子专门来到东京准备隆胸手术。这本身是对生育的否定,对绿子的否定。卷子想通过适应社会,通过身体的局部整形恢复生产前的丰满,通过改变自己的身体而获得话语权,这本无可厚非。但卷子未从现实出发,置自己的财力、物力等现实状况于不顾,置女儿的坚决对抗于不顾,孤注一掷地选择引发了一系列的矛盾与冲突。卷子应当是20世纪60年代末出生的,她成长的年代刚好经历了战后经济的恢复、繁荣、高速增长,社会心理结构发生了变化。卷子对于隆胸义无反顾地热衷体现了卷子思维深处的挣扎与适应,体现了生活在多样化文化环境中的卷子的盲从与妄想。这是在母本孕育出新生文化后,传统文化对变化了的自己身份的否定、失落与

---

① [日]川上未映子氏:《言葉から建築される普遍性》,《ABS・建築雑誌》2008年第8期,第4页。

挣扎，对曾经的繁荣复辟的妄想。

绿子对自己的初潮与排卵感到厌恶，甚至恐惧。"几十年内都会有鲜血从大腿间流出，这让人感到好恐怖。"① 对于新生命的孕育，绿子充满了恐惧，并对母亲的隆胸行为感到极度的费解、厌恶、恶心，并发下绝对不生孩子的誓言。她的这些厌恶、恐惧心理源于后现代社会飞速发展的科技进步。科学文明在使人类感到自豪的同时已经失去了以往的灵验，让年轻人越来越恐惧、彷徨与厌恶，甚至对变化了的社会产生了绝望与失语。物欲横流的现代社会，追求男女平等的呼声越来越高，许多女性开始走向社会，温柔贤惠也不再是日本女性的代表符号，还有一些年轻女子开始让自己的胸部与腹部变平，把头发剪到齐肩处，炫耀修长的美腿，脸部涂上古铜色，未婚同居，不生孩子。传统女性的生育与相夫教子的观念在后现代语境下逐渐消失，她们与男性一样追求新的自由和新的生活方式，对于传统与前工业时代的文化模式进行着颠覆性的变革。她们崇洋媚外的同时，对于文明的发展，信息化、网络化、科技化带来的社会变革，又充满了极度的苦恼。

卷子与绿子之间的矛盾冲突由隆胸事件引发。绿子对卷子的隆胸手术表现出讨厌、恐惧、不可思议、抗议、蔑视、可怜、同情、担心的态度变化。由"我厌恶胸脯长大，厌恶得不得了，厌恶死了"②，到认为母亲太愚蠢，担心自己也会像妈妈那样因怀孕与生育带来身体的变化，破坏身体的结构。而卷子则置女儿的反对于不顾，执意要来东京做隆胸手术，为此查阅了大量的有关手术方面的资料，对手术进行了全方位的调研，但对于手术的负面影响却并未进行预测与评估，可以说是一意孤行。对于女儿绿子反对的失语，卷子表现出极大的愤怒，表面上看是气愤，实则在埋怨："没有你的出现，我今天怎么会如此，

---

① ［日］川上未映子：《乳与卵》，杨伟译，上海译文出版社2009年版，第26页。
② ［日］川上未映子：《乳与卵》，杨伟译，上海译文出版社2009年版，第78页。

我何苦要费此周折?"她把隆胸的原因归咎于绿子的孕育与出生。所以她对绿子的反对才置之不理,根本不考虑女儿的感受。从文化的视角来看,传统文化总是认为我是你们的母体,没有我哪有你,我怎么做都不过分,你们都必须理解、必须无条件地支持,这是天经地义的事。传统文化对于后现代文化的指责与抱怨实际上是对自己大势已去的一种无奈,不甘在孕育了后现代文化后被冷落与遗忘,强化自己的存在,并试图通过自身的改造来恢复话语权。

母女俩的关系僵持到卷子酩酊大醉半夜归来的晚上,卷子质问绿子为什么不理自己,为什么不理解自己的苦衷与付出,对于绿子的行为容忍到了极限。"卷子抓住了绿子的手肘。霎时,绿子使劲甩开了她……绿子的手猛然碰到了卷子的头部,手指戳进了卷子的眼睛。……只见眼泪从充血的眼睛里如同汁液般滴落下来。"① 这个行为打碎了绿子对母亲所有的不理解,二人由无言以对、无话可说到开口叫妈妈。鸡蛋——"卵"成为母女二人发泄积怨的媒介,她们的矛盾在东京的小姨家被化解。这里,从文化形态视角上说,传统文化与后现代文化的代沟,彼此间的误解与冲突远远大于传统与现代之间的跨度,这种跨越式的形态之间的矛盾的解决一定要通过一个缓冲地带来调和才能达到融合与和谐。

而"我"正是这样的缓冲地带,是始终处于卷子与绿子之间的桥梁与纽带。"我"是让卷子与绿子恢复正常生活,对未来生活充满希望的他者。对于卷子的隆胸计划,"我"由最初长途电话里的一筹莫展,张皇失措,到"适当的附和着"②;对于卷子的言行,"我"一直都配合着她;对于绿子,作为小姨"我"欣赏她的年轻、美丽与完美,十分理解绿子的处境与感受;对于绿子的一些在其母亲看来不可思议的

---

① [日]川上未映子:《乳与卵》,杨伟译,上海译文出版社2009年版,第96页。
② [日]川上未映子:《乳与卵》,杨伟译,上海译文出版社2009年版,第9页。

言行,"我"给予了纵容与协助,出资支持绿子购买焰火。川上通过如此设计"我"与卷子母女的关系,表象上合情合理,人之常情。实际上川上以一个文学家的视角,列举出当今日本文化多元的现状。对于卷子的附和放任,隐含着"我"——这个缓冲地带与传统文化之间的继承性,与后现代文化之间的传承性。"我"无论是对待卷子还是绿子所表现出的理性,都表征出传统与后现代文化形态的兼容并蓄,以及它们在相互接触与交流中的冷静与理性。

作者通过这三个不同年纪的女性的身体观的对比,反映了现今日本社会文化所面临的传统性与后现代性之间的矛盾与冲突,并试图建构化解矛盾与冲突的理想模式。小说中母亲卷子是一个受传统文化影响较深的女性,她的意象可以理解为传统文化形态;女儿绿子成长于信息化、网络化时代,其体现的价值观是典型的后现代人的思维与追求,其意象可以理解为后现代文化形态;小姨"我"是连接着传统与后现代的缓冲地带,也是作者着意建构的用来解决两种文化形态冲突的一个巧妙的重要装置。川上正是用这三个视点,通过三个女性的不同的身体语言,让我们看到了日本社会心理结构的变化与文化多元形态并存的现状。

(三) 兼容并蓄的女性意识[①]

精子与卵子的结合才可以繁衍人类,才可以生产出物质文明与精神文明总和的创造者——人。怀孕独有的成形构造——另外一个人活在自己的身体里,是自己的一部分,又将和自己分离,体现了文化的包孕性特征,怀孕是一种可以被塑造成众多社会形式的文化建构。日本文化的转型不是改变原有传统、变革文化形态,然后再创造新传统,

---

① 本部分内容参考了王玉英发表于《汉语言文学研究》2011年第4期中的论文《从身体改造到文化重建——记〈乳与卵〉》。

而是很容易地接受新的文化。文化形态呈现出你中有我、我中有你的兼容并蓄的多元态势，这种传统与后现代文化形态的兼容并蓄植根于日本文化较强的包孕性中。

卷子通过隆胸，改变自己的身体——物质形态，试图补救变化了的身体损伤或缺陷，通过整形传达着强烈的、坚定的自我存在认同，通过隆胸等整形手术拯救随着时间的流逝逐渐变老的身体，至少希望她的身体表层永远不老。可以体会到日本传统文化在接受新型文化时试图超越差异，完成文化的转变。"卷子似乎无意倾听我的感想和意见"①，体现了传统文化在接受后现代文化时的坚定性与盲目性。"尽管不能说卷子的性格本来就很阴郁，但至少是不爱说话，或许不妨说，从孩提时代起就有些畏首畏尾吧。"② 这是日本传统文化接受新的文化形态时"顺从""吸收"的形象体现。日本人对于外来文化，首先是乖巧、顺从，随后是贪婪、吸收，全面融会贯通，寻求切合自己发展与壮大的最佳方法。

日本文化的这种包孕性很大程度上源自日本人心理结构的相对稳定性，表现为对神祇信仰的一贯性与包孕性。日本神祇信仰可以分为日本固有的神与从中国舶来的佛教，日本中世纪后两者发展为一种复合的在日本具有很大弹性空间的信仰，正是这种神佛结合思想的发展，促成了日本式思想的产生，也培育出日本人灵活吸收外来思想的平衡思考模式。在世界经济全球化、网络信息化的时代，日本的传统文化、日本人的思维模式受到了挑战，在多元文化形态并存的现实中充满了忧虑和担心。中国餐馆里的"那台电视机被放置在一个像是神龛似的木台上。这木台已经变色，拿起来很不结实……担心在用餐过程中坍

---

① ［日］川上未映子：《乳与卵》，杨伟译，上海译文出版社2009年版，第8页。
② ［日］川上未映子：《乳与卵》，杨伟译，上海译文出版社2009年版，第18页。

塌……只有我还在胆战心惊地惦挂着神龛的摇摇欲坠"①。"我"一直都在担心佛龛的坠落，表现出极度的"胆战心惊"，体现了对传统文化的承认与日本人的思维"变色"和"很不结实"的担忧，担心其自然老化与"坍塌"。正是由于日本国民心理结构的相对稳定性和文化的极强包孕性，使得人们对颓废的后现代社会里的日本文化的定位寄予了希望。作者通过焰火作为意象，强调虽然今年未燃放，但相约明年绿子来东京时共同燃放美丽的焰火。预示着多元的现代社会是一个充满希望与理性的社会，这样的社会将很快到来。

那么如何处理传统文化与后现代文化之间的并存关系，川上首先通过对隆胸手术不同方式的利与弊的探讨，隐喻了一般情况下传统文化与后现代文化融合的几种模式。

卷子的隆胸手术种类的选择有三种方式，"一是所谓的硅胶填充术，二是透明质酸注射术，三是自体脂肪移植术"②。三种方式中，硅胶填充术最为昂贵，用凝胶海绵、硅胶做假体植入乳房，"的确安全""但手感逊色了一大截""要全身麻醉"，价格昂贵；透明质酸注射术，不用开刀，不用缝线，操作简单，但透明质酸很快就会被身体吸收掉，维持不了多久；自体脂肪移植术，对身体无害，在身体某一部位切开一个窟窿，把多余脂肪移植进去，前提是自己身体上要有多余的脂肪。

利用硅胶填充乳房的方式体现了日本文化发展中传统文化对后现代文化的借用与"涵化"。文化的借用如果经过深思熟虑，掺入非同质异物（硅胶），对于传统文化形态的冲击与影响会比较妥帖，形式上也会比较美观。但"为了接纳借来的文化元素，既有文化也会加以改变"③，

---

① ［日］川上未映子：《乳与卵》，杨伟译，上海译文出版社2009年版，第63—64页。
② ［日］川上未映子：《乳与卵》，杨伟译，上海译文出版社2009年版，第30页。
③ ［美］威廉·A. 哈维兰：《文化人类学》，瞿铁鹏、张钰译，上海社会科学院出版社2006年版，第461页。

未必适宜，未必能与自身构造融为一体，可能会产生激烈的矛盾与冲突，出现隔离地带。在这种情况下，发生"涵化"是必然的选择。涵化是指"当有着不同文化的一些群体开始频繁而直接接触的时候，其中的一个或两个群体原有的文化模式内部随之发生极大的变化"①。但人为地植入异物来"涵化"其结果为"人们都要面临被迫离开他们传统的家园的悲剧"②，就要失去原有的文化，或者招致文化的灭绝。无论是传统文化面对后现代文化，还是后现代文化面对传统文化，这种人为植入异物来"涵化"的形式都是不可取的，这也反映出川上对于多元文化形态相处的鲜明立场与态度。

利用透明质酸注射术隆胸的方式虽然操作简单，但透明质酸维持不了多久。各种文化形态在"涵化"过程中如果过于简单化其结果必然是短命鬼，就像透明质酸很快会被身体吸收掉一样，随着时间的流逝将快速消失。川上就是想以此劝诫人们，不要失去自我的盲从，不要简单地适应某种文化形态。

利用自体脂肪移植术隆胸的方式其前提是要有多余的脂肪。"我身上现在也找不到可以移植的多余的脂肪了。"③ 卷子没有，日本也没有。日本文化的最大特征是模仿。明治维新前中国文化是日本的主体文化，物态文化、制度文化、行为文化、观念文化大多模仿中国。明治维新后，日本在保持原有文化的基础上，又不断地从西方文化中吸收营养，使日本文化呈现兼容并蓄的复合性特色。政治上，既有西方的议会政治，又有传统的天皇制度。在衣食住方面，表现为日西合璧，西装与和服，和食与西餐，榻榻米与西式客厅。神佛合一的宗教信仰，基督教的升温，等等。许多方面都充斥着外来的文化元素。因此，在这样

---

① ［日］川上未映子：《乳与卵》，杨伟译，上海译文出版社2009年版，第64页。
② ［日］川上未映子：《乳与卵》，杨伟译，上海译文出版社2009年版，第28页。
③ ［日］川上未映子：《乳与卵》，杨伟译，上海译文出版社2009年版，第34页。

大的文化背景下，同时并存的文化形态单纯靠自身的移植式的"涵化"实现相互的交融是没有可能的。

为了进一步探讨传统文化与后现代文化之间的并存关系，在小说的后半部分，川上给出自己的思考与理解，建构了处理传统文化与后现代文化关系的模式，这种模式的建构基于日本文化的包孕性和多元文化融合的"涵化"。卷子与绿子发生肢体冲突，在一段无语后，绿子突然开口喊道"妈妈"，瞬间母女矛盾化解。传统和后现代这两种文化形态经过"包孕""涵化"后，最后在激烈的碰撞中顺利地渡过了文化休克期，达到了融合与和谐。卷子母女东京之旅，和好如初，取消隆胸手术计划，维持原状，在充满期盼中——明年再来东京放焰火，释然地离开东京返回大阪。卷子、"我"、绿子重新开始了原来的生活轨迹，恢复了往日的和谐状态。

这种和谐状态的再现是传统文化与后现代文化在纵向与横向上的平衡。这两种文化形态在相互的冲突与交融中并非盲目、简单、片面地模仿、依从，也不是人为地植入异物进行"涵化"，而是顺其自然，冷静地处理变化了的关系，理性地、辩证地"涵化"。"多元主义的安排是达成世界平衡与和平的唯一可行措施……文化多元主义要实现，就必须抛弃固执、偏见。"[①] 用理性与辩证的"涵化"建构传统文化与后现代文化兼容并蓄的多元文化模式。

二 孕育生命与自我认知

妊娠对于夫妻关系正常的人来说，是件喜庆的事情，但小川洋子笔下的妊娠却是另外一番景象，妊娠与恶相连，写出了"在现实的社会或家庭的语境下，人们认为是正常或异常、正确或不正确等价值标

---

① ［美］威廉·A. 哈维兰：《文化人类学》，瞿铁鹏、张钰译，上海社会科学院出版社2006年版，第525页。

准被全部推翻的'现实'"①。

小川洋子的《妊娠日历》是以妹妹"我"的视点,用日记形式描写了同居的姐姐从妊娠到生产的过程。中国民间口语表达往往会把"妊娠"反应说成"闹小病",言语中摒弃了"妊娠"的喜悦,侧重表达了"妊娠"对孕妇诸如呕吐、厌食、变胖等的身体感觉,这种感觉也是一种"病态"。小川洋子恰恰抓住了"妊娠"过程中,"我"、姐姐、姐夫的种种不适应与"病态","在描写人们经受病魔折磨的同时,也描述了他们平实而质朴的生活,这种'质朴'可以说是贯穿其小说世界的、作者价值观的象征"②。在胎动前,对"妊娠"的自我感觉与他者认知多集中在孕妇的妊娠反应中,实际上都处于一种"病态"的临界点,是女性经验的纯粹性的保存。

(一) 医学、生物学、科学之物与女性性的反转

小川洋子的祖父在金光教会工作,祖父、祖母是金光教信徒,家也住在教会附近,从小在教会与祖父母、伯父、伯母、堂兄等一起生活,阅读了《家庭医学大事典》,热衷于内脏图解,小小的年纪,不但未被令人害怕的疾病名称吓住,反而对其恐惧产生了兴趣。她认为,真正恐怖的是这些疾病所潜藏的巨大威胁力量,而人们又必须面对它们,"这才是人的存在所背负的根本的残酷与丑恶"③,这也是《妊娠日历》描写妊娠产生的不安的魅力所在,也是小川作为作家的新拓展。

看题目以为肯定是书写愉快的妊娠、母性与母爱之作,但翻开小

---

① [日]高根泽纪子:《小川洋子的文学世界》,载小川洋子《妊娠日历》,竺家荣译,中国文联出版社2001年版,第360页。
② 李先瑞、沈晓晓:《小川洋子——异类人生的描绘者》,《世界文化》2019年第8期,第39页。
③ 李先瑞、沈晓晓:《小川洋子——异类人生的描绘者》,《世界文化》2019年第8期,第40页。

说，正如芥川奖评委田九保英夫所言，"树立了对女性的身体和吃的东西的敏锐的感觉，是这部作品非常特殊的机能。瞄准了对怀孕的姐姐，愈演愈烈的妹妹的奇特的恶意的描写"①。小说较少描写人物之间的关系，而是以描写身体器官为主，通过身体部位、生理反应、感觉等感性，表现难以把握的男女关系或家庭关系。"现代女性文学写作的历史，是女性作家面对现成的话语权威或文学传统，由避免冲突到侧翼包抄，再到正面的历史冲突；反映在文体上，则从隐喻式文本到倾诉式文本，再到声讨式的演变。"小川洋子则采用了日记体隐喻式文本，体现出在现实主义男性话语中分享权利的写作意图。使用日记体写作首先是小川的一种写作策略，表面上维护性别和文体之间的二元区分，实际上想割裂或混淆这种二元区分。日记既是女性情感倾诉和表达欲望的合法渠道，也可以"用这种私人女性化叙事方式达到公共著作权并使女性声音公开化的目的"②。

日记体被小川用来进行对现成话语秩序的偷袭，写出了"把当代流行的句式加以变化和改变，直到她写出了一种能够以自然的形式容纳她的思想而不至于压碎或歪曲它的句子"③。她书写了有别于传统、有别于男性的文本特征，因为"作为劣势、弱势群体的女性，同时又在谋求权力处于上升时期，她们自觉不自觉地对言说方式进行选择，既是自然的，又是刻意的，更是策略的"④。

1. 十二月二十九日的日记

姐姐第一次去 M 医院产检，医院是一栋古老的木结构三层楼房，

---

① [日] 田九保英夫：《女の身体感覚》，《文藝春秋》1991 年第 3 期，第 420 页。
② 魏天真、梅兰：《女性主义文学批评导论》，华中师范大学出版社 2011 年版，第 173—174 页。
③ [英] 弗吉尼亚·伍尔夫：《妇女与小说》，瞿世锐译，河北教育出版社 1991 年版，第 398—403 页。
④ 魏天真、梅兰：《女性主义文学批评导论》，华中师范大学出版社 2011 年版，第 175 页。

"长满青苔的院墙,字迹不清的招牌,以及模糊不清的窗户玻璃,都给人阴森的感觉"①。院子里铺满了草坪,"我恍惚觉得天空、微风和地面都远离了自己的身体,在天上飘来飘去"②。姐姐体检的医院是我们儿时的玩处,外面的人可以窥视到医院房间里的动静。医生检查病人的情形一览无遗。姐姐就像标本一样可以任由人观察,每个被观察人的眼神木然地望着前面。小说一开始摒弃了孕妇的常识,将姐姐的身体以及腹中的胎儿看作一个医学观察对象。日本社会也好,其他国家也好,对孕妇都是给予特殊照顾的,因为她们是需要保护的人,是弱者,并且承担着为国家繁衍人口的重任。保护母亲的利益就是保护国家的利益。小川洋子却将姐姐孕妇的身份进行了反转,将其写成了"怀孕过程被窥视",孕妇的身体像展品一样供医生、护士以及过往行人观看,与传统伦理道德上的孕妇观进行了反叛式描写,医院是治疗"病"的场所,来的人都是病人,孕妇存在是病人的可能性。

2. 十二月三十日的日记

"正好是第六周",得知姐姐怀孕一切正常,"我"竟然连一句祝贺的话也没说。因为姐姐"看不出有多幸兴奋",非常淡定,"我"还质疑"姐姐和姐夫之间有了小孩这件事,真的值得恭喜吗"③。小说又摒弃了妊娠的常识性意义与观念,仅仅把它当作了生理性的身体变化与反应。日本社会老龄化、少子化已经成为人人知晓的常识。对于父母已经不在人世的家庭,姐姐无疑成为家长,姐姐怀孕应当是家里的喜事,作为妹妹说一句恭喜之类的话是再应该不过的事情。但是,小川却反其道而行之,迎合了女性主义"拒绝历史文化和社会的写作策

---

① [日] 小川洋子:《妊娠日历》,竺家荣译,浙江出版联合公司2014年版,第6页。
② [日] 小川洋子:《妊娠日历》,竺家荣译,浙江出版联合公司2014年版,第7页。
③ [日] 小川洋子:《妊娠日历》,竺家荣译,浙江出版联合公司2014年版,第9—10页。

略"，"通过对现存的一切的悬搁，既摆脱了历史性和故事性，从而也得以从反映男性需求的'他者话语'中抽身而出以保存女性经验的纯粹性"①。小川洋子对女性生育观进行了反向描写，书写了别样的"女性性"。

3. 一月十三日的日记

姐姐医院产检后拿回了胎儿的超声波照片。"我第一次从姐姐那儿看到那张片子的时候，感觉画面好像冰冷的夜空下着雨。"对胎儿片子的描写非常理性，"夜空是深邃而清澈的黑色，盯着看上一会儿，会感到有些眩晕。雨丝像变幻不定的雾一样飘浮在空中，浮现出一个蚕豆状的空洞"，这个空洞就是姐姐的胎儿。在"我凝视着蚕豆状的空洞，仿佛听到了淋湿夜空的雨雾声。卡在那个空洞的狭窄之处的就是胎儿"②。将充满生机与活力的胎儿比喻成了"蚕豆般的空洞"，没有任何的母性与母爱而言，所描绘的就是一个冰冷的医学图像。作为大学生的"我"，从图片上感知胎儿的形状以及特征确实有些勉为其难，作为孕妇的妹妹却从极为客观的视角来观察图像，将隐藏于其中的"生命"的意义进行了剥离与消解。

4. 三月一日的日记

现在我的脑子里用于理解婴儿的关键词是染色体，"我"要彻底地把姐姐的身体当作科学研究对象。"在考虑到姐姐的婴儿时，我就会联想到那些蝴蝶双胞胎的幼虫。"③ 这些"椭圆形的细长幼虫圆乎乎的，刚好可以用大拇指和食指捏住的感觉"，将姐姐的身体以及胎儿的身体当作科学实验的标本进行观察，说明"我"对生命的冷漠态度。小川

---

① 赵昉：《同一经验的两种言说——关于〈妊娠日历〉与〈太阳出世〉的解读》，《许昌学院学报》2008年第4期，第67—69页。
② ［日］小川洋子：《妊娠日历》，竺家荣译，浙江出版联合公司2014年版，第18页。
③ ［日］小川洋子：《妊娠日历》，竺家荣译，浙江出版联合公司2014年版，第32页。

第三章　社会适应中的价值迷茫

跳开了女性对于生命的感知与理解,将女性置于理性的科学研究者的位置,"让女性重建对世界的认知,让世界正视女性的存在"①。

5. 五月二十八日的日记

我思考着姐姐肚子里的胎儿,"她隆起的肚子里,蝴蝶双胞胎幼虫是否连在一起蠕动着"②。"我"从超市拿回来店长送我的不能出售的一袋葡萄柚。之前参加同学的"思考地球污染人类"的研讨会,知道了美国产的葡萄柚是"危险的进口食品",上市前浸泡过三种毒药,"防腐剂PWH中具有强烈的致癌物质,会破坏人的染色体"③。我将葡萄柚做成果酱,看到锅里被姐姐吃得所剩无几,发出"PWH是不是也会破坏胎儿的染色体"的疑问,但始终没有制止姐姐吃葡萄柚果酱。"家里的葡萄柚全部做了果酱,我会去打工的超市再买一批新的葡萄柚来。每次,我必定会向水果卖场的店员叮问:'这是美国产的葡萄柚吗'。"④

6. 八月八日的日记

"不管天气多热,姐姐仍然吞噬着刚刚做好的、烫嘴的葡萄柚果酱,她大口大口地吞下去,从不细细品味。""我"想象着姐姐会生一个什么样的孩子,"我脑子一直在想那些受了伤害的染色体形状"⑤。究竟为什么"我"想要胎儿正常发育,还不间断地让姐姐吃下含有致癌物质的葡萄柚果酱?"我"对姐姐腹中的新生命没有任何高兴、激动与喜悦,反而怀着悲哀的心情。"姐姐的身体好像变成了一个大脓包,自行膨胀着。"⑥妊娠破坏了女性的美,破坏了身体的和谐。"这种思

---

① 魏天真、梅兰:《女性主义文学批评导论》,华中师范大学出版社2011年版,第182页。
② [日]小川洋子:《妊娠日历》,竺家荣译,浙江出版联合公司2014年版,第53页。
③ [日]小川洋子:《妊娠日历》,竺家荣译,浙江出版联合公司2014年版,第55页。
④ [日]小川洋子:《妊娠日历》,竺家荣译,浙江出版联合公司2014年版,第59页。
⑤ [日]小川洋子:《妊娠日历》,竺家荣译,浙江出版联合公司2014年版,第65页。
⑥ [日]小川洋子:《妊娠日历》,竺家荣译,浙江出版联合公司2014年版,第57页。

想跟第二次女性解放运动浪潮时期的反母性思潮具有一致性。"① 恰是间接性的女性主义思想，才促成了"我"作为女性的反转。这一点也受到了评委黑井千次的肯定。"《妊娠日记》是一部对抱有着想要破坏姐姐胎儿欲望的妹妹的规劝的观察形式的小说。那种恶意的轮廓用只专注于生理描写的方式来讲述，非常有意思。妹妹的恶意通过没有什么性质的伦理来裁判，整个作品孕育着透明的昏暗。这就是魅力之所在，与此同时，实际上又残留着暧昧。"② "我"对姐姐怀孕的恶意是小说的聚焦点。

（二）妊娠的痛苦、无奈与母性性的反转

"母性"一般指"女性作为母亲所拥有的性质，或者指母亲"③。作为母亲，具有妊娠、分娩、哺乳等女性固有的生理与身体特征，以及对幼稚的保护、慈爱、奋不顾身等精神。因此，作为母性包含了社会学的、生理学的、情感性的等多方面因素。大正时期的资本主义的发展，进行了社会性别的分工，"男主外，女主内""贤妻良母"的母性模式出炉。日本社会"母性"的作用与价值首先强调的是生育，生育是母性重要的特征，母性观是伴随日本近代家族的诞生而形成的理念。"女人是一个子宫、一个卵巢"④，这也是日本社会对女性的定位。

《妊娠日历》中怀孕姐姐的妊娠生理、心理、身体反应等摆脱了母性的社会性、情感性，将怀孕描绘成了"痛苦""毒瘤"，对日本传统

---

① 李先瑞、沈晓晓：《小川洋子——异类人生的描绘者》，《世界文化》2019年第8期，第40页。
② ［日］黑井千次：《一長一短》，《文藝春秋》1991年第3期，第419页。
③ ［日］井上輝子、上野千鶴子、江原由美子等：《女性学事典》，日本岩波書店2002年版，第436页。
④ ［法］西蒙娜·德·波伏瓦：《第二性Ⅰ》，郑克鲁译，上海译文出版社2011年版，第27页。

母性观进行了解构与置换，"怀孕"无非是身体上的变化而已。

姐姐在小说中是妊娠的主体，"我"是观察的客体，"我"的视点随着姐姐去医院、姐姐的身体变化而移动。

1. 十二月二十九日的日记

今天姐姐去了 M 医院检查，表现出"心神不定"，自己不知道应该穿什么衣服。"面对第一次见面的大夫，我能说清楚吗？"因此，到医院体检一直拖到了年底医院休假前的最后一天。把两个月测量的二十四张基础体温图表，交给医生翻看时，"觉得特别难堪，仿佛自己的怀孕过程被人家逐一窥视似的"。说明姐姐根本不重视怀孕之事，到医院检查也是不得已而为之的事，之所以紧张，是担心自己说不清楚，面对怀孕"一脸茫然"①。体现出女性对自身变化的不知所措，掩饰、无语，以及面对被"观察"、被"窥视"的紧张感。

姐姐怀孕期间妊娠反应最为强烈的就是吃的问题，初期是对气味的敏感。当闻到厨房做饭的气味，"普通的煎鸡蛋和腊肉"在姐姐看来"全是黄油、油脂、鸡蛋和猪肉的气味"。的确，孕妇妊娠反应对油等气味比较敏感，但是姐姐的反应有些特别，趴在餐桌上大哭了起来，她"发自心底地哭着，哭得伤心极了"。"早晨一睁眼睛，那股难闻的气味就侵入了我的全身，嘴里、肺里和胃里被搅成一锅粥，内脏都在旋转。"表现出对气味的恐惧、可怕与无处可逃，对妊娠反应的恐惧。姐姐的"心情坏透了，什么也吃不下"，并且将因妊娠不好导致心情不好的情绪也传给了姐夫。整个家庭都没有因为怀孕而带来喜悦，反而如临大敌。姐姐的妊娠反应"就像一件湿透的衬衣似的紧紧地贴在姐姐的身上"，"神经、荷尔蒙，还有感情都已经支离破碎了"②。妊娠改

---

① [日]小川洋子：《妊娠日历》，竺家荣译，浙江出版联合公司 2014 年版，第3—4页。

② [日]小川洋子：《妊娠日历》，竺家荣译，浙江出版联合公司 2014 年版，第24—29页。

变了姐姐的一切，呈现出"病"态。二阶堂的医生还进行了心理测试、催眠疗法以及药物治疗。怀孕是生病，依据妊娠反应为妊娠定性，背离了近代以来日本关于妊娠原初的、基本的定义。从妊娠反应一般不被正面书写，却存在的"病态"部分展开书写，将其看作是身体之"病"，书写女性妊娠的痛苦。社会转型期，对于女性的身体之痛与心理之痛，若引导不善，定会加重少子化等社会问题，同时也说明当今年轻女性的母性性中关于生育观的转变。她们的命运已经从生育战船上进行了松绑，她们无比在意自己的感受，缺少了付出与承担精神，哪怕是为了自己的孩子。

2. 五月一日的日记

姐姐的妊娠反应持续了十四周，体重掉了五千克，妊娠反应结束后，只用了十天的时间就补回来了。"只要是不睡觉，姐姐手里总是拿着吃的东西。她不是趴在餐桌上吃东西，就是抱着点心袋吃，或者找起罐器，或者打开冰箱找吃的，她整个人仿佛都被食欲吞噬了。"[①] 一般来说，孕妇吃进去的食物是腹中胎儿的重要营养源，应讲究科学、合理与健康。而姐姐的孕妇食谱是她的食欲，她的口味，点心、罐头等都是不太理想的孕妇食谱。因为姐姐对胎儿的不负责任，才为"我"对胎儿"下手"提供了机会，为姐姐不断地制作含有致癌物质的葡萄柚果酱，致使她吃下了大量会破坏人类的染色体的葡萄柚果酱。因此，姐姐越来越胖了，因为隆起肚子的胎儿，还有她大量进食不健康的食品，"身体好像变成了一个大脓包，自行膨胀着"[②]。姐姐置《母子手册》里的体重限制于不顾，为了满足食欲，使体重增加了13千克，远远超出了6千克的理想状态。姐姐把生产胎儿的疼痛与癌症晚期、双腿截肢的疼痛进行比较，对生产产生了极大的恐惧。

[①] [日]小川洋子：《妊娠日历》，竺家荣译，浙江出版联合公司2014年版，第45页。
[②] [日]小川洋子：《妊娠日历》，竺家荣译，浙江出版联合公司2014年版，第87页。

"《妊娠日记》残缺的是主人公的精神。"① 姐姐妊娠反应由厌食体重骤减到嗜食体重骤增，其中缺少的是母性的精神。她只考虑自身的感受，没有从胎儿的角度考虑，"跟着身体的感觉走"。小川的这种书写，体现了女性主义的女性文体的性别化特征，"至少在某种程度上是反女性特征的，拒绝社会给她们规定的角色，甚至从心理上排斥母爱"②。她"用语言把架空的东西叙述出来，将隐藏着许多看不见的地方以及未知的世界，根据自己的喜好进行了创作"③。小川的女性主义、反母性见解是由妊娠的姐姐通过妊娠反应表达的。她"想让读者在阅读小说的过程中产生一种'咦？我现在在哪'这种迷路的感觉，或者让阅读者陷入一种扭曲的氛围"④。她所描写的模糊不清的世界，能够让阅读者与现实世界中存在的不确定性进行比对，进而在灵魂深处产生共鸣。社会转型期，人如何生存？不能是纯粹的感性，也不能是纯粹的理性，而是在两者之间的交界处如何处理，至今虽然未给出明确答案，但是小川告诉我们，纯粹的感性、纯粹的身体感觉是靠不住的。这种调和，靠他者或许也是行不通的。现代人都处于一种"病态"的临界点。丈夫对妊娠反应的姐姐束手无策，身为医生，却对家里的"病人"束手无策。无论是家庭的文化氛围，孕妇饮食结构的调理，还是妊娠对妻子的"饮食无度"都表现出无能为力，而且还被"传染"，只能听之任之。妹妹对姐姐怀孕的冰冷、无情与恶意，只能导致姐姐腹中胎儿的畸形与死亡。

---

① ［日］高根泽纪子：《小川洋子的文学世界》，载小川洋子《妊娠日历》，竺家荣译，中国文联出版社 2001 年版，第 360 页。
② 魏天真、梅兰：《女性主义文学批评导论》，华中师范大学出版社 2011 年版，第 167 页。
③ ［日］小川洋子：《最後の小説》，《文學界》1992 年第 6 期，第 14—15 页。
④ ［日］小川洋子：《至福の空間を求めて》，《文學界》1991 年第 3 期，第 40 页。

(三) 不确定中的自我寻找

在社会转型的不安定状态中如何找到自我,"观察"至关重要。首先要观察自身所处的环境。"《妊娠日历》,一方面细致地观察了怀孕的姐姐,一方面又将作为同性的妹妹内心的正常与癫狂、不断变化的心理状态描写了出来,呈现出了透明的文章效果。"① 社会的变化与转型对人的影响与改变,不仅仅体现在日常的表面,其实真正的变化或许在日常的背面,它才是人的内心以及价值取向的"基础体温表"。通过背面才能够观察出现代人面对变化了的世界的真正变化轨迹与特征,通过观察"孕妇"的痛苦走进"胎儿"与"婴儿"的世界。如果将怀孕的姐姐比喻成现代、后现代社会语境,那么,她腹中的"胎儿"则变成了正在变革中的时代。社会转型的"以旧带新","新"的部分如同腹中的"胎儿",非常脆弱,需要"观察",需要"医生""仪器"的定期检查与保胎。新价值亦是如此。一方面它需要一个健康的"母体",需要"孕妇"足够的营养供给,需要"孕妇"大量的进食,需要"孕妇"体重的增加。另一方面,"胎儿"非常脆弱,不但不能脱离"母体"而存活,反而还要防备"母体"大量摄入含有致癌物质,破坏染色体的"PHW"对自身的摧残。如果处理不好可能会导致流产或胎儿畸形。同时,也不乏诸如"我"的人为恶意破坏与阻止。

如何培育好新价值,小川没有明确表达她的思想,但在字里行间也有所流露。

1. 一月二十八日的日记

"姐夫不断找来登有《特集·我是这样度过妊娠反应期的》《妊娠反应时丈夫的作用》等杂志"②,来了解孕妇和婴儿的知识,来了解生

---

① [日] 三浦哲郎:《感想》,《文藝春秋》1991年第3期,第424页。
② [日] 小川洋子:《妊娠日历》,竺家荣译,浙江出版联合公司2014年版,第24页。

存环境以及自身的潜在危机。转型期新价值观形成于新的知识土壤之中，它可以帮助新价值顺利度过"妊娠反应期"。社会转型也是知识更新与思想形成的活跃期，无论是中国春秋战国时期的轴心时代，还是日本近世文化的形成，无不体现了新知识、新思想对新文化样态的催生作用。知识、科学与理性是推动社会转型的潜在动力，暗流涌动，新的知识体系是新价值诞生不可阻抗的强大力量。以此告诫网络时代的青年人，知识仍然是安身立命的法宝，是改变命运的密钥。贯穿于"孕妇"整个过程的饮食结构偏向于西餐的设置，与日本孕妇的传统饮食结构有些违和，担心"这些食物对孕妇、对胎儿会不会有不好的影响"，日本的"孕妇"、日本的"胎儿"对西餐的营养是否都能够吸收等疑问。这些也是社会转型期新价值的营养问题。大量西餐营养的摄入，"孕妇"体重的减与增，到最后大量吃进含有破坏染色体的葡萄柚果酱，一切充满了不确定性、不可逆性。"孕妇"的饮食结构至关重要，如果贪图"口感"等身体感觉，不科学设置"孕妇"菜单，或许会从"染色体"的基因上破坏胎儿。新的价值需要绿色，适合自身体质的营养与食量。战后"人神互换"的美国式发展道路，美国式价值观的培育，高度发展与泡沫经济如同吃了葡萄柚果酱的"孕妇"一样，"姐姐对自己的身体变形一点都不关心，只是一味地吃东西。身体好像变成了一个大脓包，自行膨胀着"①。身体的大脓包在破裂后产生的新价值，需要逐渐切断曾经的营养源与养分链条，才有可能存活。否则，只会生下染色体变异的婴儿，以后会如何，不敢想象。

2. 一月三日的日记

交代了"爸爸妈妈相继病逝后，家里过节的气氛就越来越淡薄了。姐夫来到这个家后，也没有什么任何的改观"②。在"我"家，日本的

---

① ［日］小川洋子：《妊娠日历》，竺家荣译，浙江出版联合公司2014年版，第57页。
② ［日］小川洋子：《妊娠日历》，竺家荣译，浙江出版联合公司2014年版，第10页。

传统文化遭遇了家庭的断裂，"口感"上已经变味。因此，姐姐在怀孕期间的饮食结构也就没有了"日本"的影子。姐夫的父母带着盛有传统节日菜的多层食盒来我家。"我们被二老带来的如此丰盛的节日菜给镇住了。那些节日菜看上去就像精心制作的华美工艺品，根本不像是吃的东西。"日本的新年是最重要的节日，一般是全家人一起除夕守岁，迎接新年的到来。而这个家庭很特殊，儿媳妇怀孕，儿子住在女方家，儿媳妇还有一个读大学的妹妹。因此，作为晚辈的她们并没有去看望老人，但老人也没责怪，"只是由衷地为有了孙子而高兴"。她们潜移默化地影响着这三个年轻人，尤其是"我"，"不知道该怎么跟她们说话，也不知道该怎么称呼她们"①。这也体现了新价值观产生对原有价值观的间隙与疏离。

3. 三月二十二日的日记

姐夫的父母送来了她们去神宫请来的祈祷平安分娩的"盖有狗形印章的一块布""竹棒、一束红线和银色的小铃铛、神宫小册子"等平安物。姐夫的父母很虔诚，打开包袱的动作都很"小心翼翼"，唯恐破坏了灵验。当着老人的面，她们都做出了很相信的样子，"我们五个人依次拿起面前的东西，点着头，拿起来看着，或是摇晃着"。但当两位老人一走，"姐姐马上对那套东西失去了兴趣，回到自己房间去了"，姐夫将东西包好收起来。但是"小铃铛发出了轻微的响声"，以及"包袱皮里的那条狗印章上的狗一直看着我们"②。这暗示着作者认为新价值的产生过程不可完全偏离日本传统，应当像超市里"脖子上系着一块像手巾一样的围巾，左手提着一个茶色的布荷包的驼背老太太"排队品尝咸味饼干一样，"她像小孩子似的把嘴张得圆圆的，闭嘴时把

---

① ［日］小川洋子：《妊娠日历》，竺家荣译，浙江出版联合公司2014年版，第14页。
② ［日］小川洋子：《妊娠日历》，竺家荣译，浙江出版联合公司2014年版，第36—37页。

眼睛一起闭上"①,"日本"味十足的老太太很"日本"式品尝着"西洋"饼干。

4. 五月二十八日的日记

"姐姐和姐夫出去吃中华料理了。"②体现出新价值的中华文化元素,同时也表明了作者对新价值产生路径的态度。日本料理如同艺术品,虽然家里可以做,但需要时间、需要用心;一般西餐,制作也比较简单,但摄取的能量太高,不太适合日本人的体质;中华料理家里一般很少有人会做,需要到外面去吃,价格比较贵,经常吃中餐也不太习惯,经济上也不划算。表明后现代社会的日本新价值的元素应当是综合性的,有西洋,有日本,也要有中华。但是它们的比例分配有所侧重,日本传统文化的比例应当还是占比最高。"尽管院子里堆满了落叶,冰箱里只有苹果汁和奶酪,他们也从不怪姐姐。"③说明日本文化在当今时代,它的包容性仍未改变,价值体系的主体性仍然是日本性的。

第三节 性别迷失中的自我确立

20世纪80年代经常被称作是"女性的时代","女性不再是家庭主妇","家庭变化的关键词是'女性的自立'"④。日本女性受益于国家开放及生活方式和价值的多元化发展,在展示"女性性"时更加积极与主动,她们脱离了家庭主妇的角色,开始改变自己的生活方式。获奖女作家们紧紧抓住这一历史变化瞬间,一反传统的性别标签,超

---

① [日]小川洋子:《妊娠日历》,竺家荣译,浙江出版联合公司2014年版,第39—40页。
② [日]小川洋子:《妊娠日历》,竺家荣译,浙江出版联合公司2014年版,第54页。
③ [日]小川洋子:《妊娠日历》,竺家荣译,浙江出版联合公司2014年版,第14页。
④ [日]落河美惠子:《21世纪的日本家庭,何去何从》,郑杨译,山东人民出版社2010年版,第151页。

越自我，超越性别书写，尝试着推翻某些游戏规则，鼓励价值的演变。川上弘美的《踩蛇》、多和田叶子《狗女婿入赘》、藤野千夜的《夏天的约会》等书写了超越"性爱"的一群人组成的幻想共同体的心灵交流之爱。《踩蛇》建构了人与蛇女的"女性同盟"，川上弘美将女儿、母亲、妻子角色统一起来，把女性的注意力从男性为中心的价值观念转向女性群落，期待女性之间培养一种正常的积极的关系；多和田叶子的《狗女婿上门》书写了太郎与松原利夫的男同性恋、与美津子的异性恋，"他们像某座城市暂时漂浮的'旅行者'一样，虽然不属于任何一个共同体，但是可以进入任何一个地方，因为他们超越了人/动物、男/女、父/女、老师/学生这样的二元对立，相互交叉，也是因为他们是中间的、中性的存在"①；《夏天的约会》则描写了被社会疏远的同性恋或变性者的世界，在"脱离性别框架活着的人们创造的世界"里"建造一个不用结婚的家"②。女作家们在书写小说主人公的生存状态中倾诉对生命和生存的独特体验，"在多元的思索中更客观地解读着人类'性'的实质"③，在性别的迷失中寻找与确立自我。

一 酷儿理论与多元性类型

"酷儿"（Queer）由英文音译而来，指古怪的人。酷儿理论的"酷儿"是对这个贬义词的反其道而行的利用和改造，是20世纪80年代末以来，"植根于同性恋及其他性少数社区活动的女性主义的重要政治理论与实践。它糅合了女性主义一系列最棘手和最具有挑战性的问题，

---

① ［日］与那霸惠子：《解说——围绕着"隔阂"的隐喻》，载［日］多和田叶子《狗女婿上门》，金晓宇译，河南大学出版社2018年版，第108页。
② ［日］黑井千次、藤野千夜：《性差を越えた世界を描く》，《文學界》2000年第3期，第34—35页。
③ 何昌邑、区林：《西方男同性恋文学书写和述评》，《云南大学学报》（社会科学版）2011年第2期，第94页。

比如反社会反家庭、反性/性欲等,是女性主义最前沿、最激进的理论与实践"①。LGBT 是女同性恋 Lesbians、男同性恋 Gays、双性恋 Bisexuals 和跨性别者 Transgender 的英文首字母缩写,这个组合词强调了其所指的多元共生性,已成为同性恋、双性恋、跨性别社群、同性恋刊物和高等院校学术界的主流用法。

酷儿理论具有多学科背景,它涵盖了社会学、心理学、哲学、文学等学科,涉及社会建构论社会学、精神分析理论、马克思主义、后现代主义哲学、女性主义、文学批评等。对酷儿理论产生过重大影响的理论家有盖尔·鲁宾、莫尼克·维蒂格、琼·里维埃尔、朱迪斯·巴特勒等。酷儿理论受到后现代主义哲学家福柯和德里达的很大影响,它的目标是反对象征秩序的性别二分结构,反对性别主义的权力暴政,用性的多元话语来扰乱性别主义的异性恋霸权。米歇尔·福柯认为,"'性'根本不是一种被压抑的、自然的东西,而是一种错综复杂的理念,是一系社会实践、调查、言论和书面文字——话语或者话语实践制造出来的,所有这一切在 19 世纪共同制造了'性'"②。酷儿理论有着一个强烈的倾向,即"创造并维护一个向异性恋规范发起挑战的多重差异话语的理论空间"③。

"酷儿理论实际上存在两种身份,一种是面对社会性体制的整体身份,另一种是面对自身的带有创造性的性身份,只不过酷儿理论更重视和强调后者。"④《踩蛇》创造性地建构了蛇女与人的联盟。蛇母与比和子的亲情联盟、大黑夫人与主持的男女异性联盟、小菅夫妇与蛇

---

① 魏天真、梅兰:《女性主义文学批评导论》,华中师范大学出版社 2011 年版,第 116 页。
② [美] Jonath Culler:《文学理论入门》,李平译,译林出版社 2008 年版,第 5 页。
③ [美] 露斯·高德曼:《那个怪异的酷儿是谁?——探讨酷儿理论中性、种族与阶级的规范》,载 [美] 葛尔·罗宾等《酷儿理论:西方 90 年代性思潮》,李银河译,时事出版社 2000 年版,第 192 页。
④ 魏天真、梅兰:《女性主义文学批评导论》,华中师范大学出版社 2011 年版,第 117 页。

婶婶联盟的流产，等等，体现了越界"性联盟"世界的温情。"女人贴着我的脸，用双臂抱住了我，她的胳膊是凉凉的，手指卷曲着。稍稍有点变回蛇的样子了。我们好像变成了连体人，互相抱着对方。"① 比和子作为一名职业学校的教师，因不适应新的教学体制，辞职后领取了失业保险金，并未找到稳定的工作，只得来到念珠店打工维持生计。对于一个近30岁的单身女性，这是非常不幸的事情。也曾处过一个男朋友，可是异性恋男友只不过是蛇的幻影，与其做爱时，"我一直睁着眼睛，只是想看看对方是如何取悦我的，是如何和我对抗的、把我征服的"②。不小心在公园踩着蛇了，这具有一定的偶然性。蛇变成了女人，并自称是比和子的母亲，比和子当然知道这是不可能的，但是跟蛇母在一起却很愉快，这种身体肌肤之亲，明显超过了与男友性爱的快感。这种来自同性间的身体之感，丝毫不陌生，似乎认识了几百年。比和子非常享受蛇母的关爱、蛇母的身体，以此化解因社会冷酷而带来的无助、空虚与寂寞。空虚孤独的现代人需要有温度的世界，需要有人情冷暖的安慰与关爱。川上弘美尝试从人类文化中保存的一个自然的内核，一个无须检验分析的异性恋关系入手，试图切断男人和女人之间强制性的社会关系，从迷向与幻想中清醒，尝试在性/性别的拆解与同性恋的建构中确定自我。

多和田叶子的《狗女婿上门》直接把故事发生的背景放到了东京郊外繁盛的市镇和新兴住宅区之间的新旧交汇处，一个是铁路沿线北侧开放的，以小区为主的新建的住宅区，一个是南侧自古以来从事农业生产的地区。在这两者夹缝间出现的，"是不知从哪儿来的北村美津子的住所兼补习学校"③，还有处于夹缝中的美津子。整个故事发生的

---

① ［日］川上弘美：《踩蛇》，杨建琴译，南海出版公司2011年版，第24页。
② ［日］川上弘美：《踩蛇》，杨建琴译，南海出版公司2011年版，第29页。
③ ［日］与那霸惠子：《解说——围绕着"隔阂"的隐喻》，载［日］多和田叶子《狗女婿上门》，金晓宇译，河南大学出版社2018年版，第107页。

第三章　社会适应中的价值迷茫

大语境是经济高速发展结束后处于转型期的日本。

"游离性"应是本故事的关键词。美津子身份充满了不确定性。时髦文艺女性？39岁，"平时穿着磨砂的、款腰窄裤管的裤子，戴一副漂亮的太阳镜，在八重樱树下快乐地阅读波兰语小说"。怎样的家境？怎样的教育背景？如何界定是青年还是中年？不确定。女教师？在补习班上课前"不是面对书桌，大多是在缝纽扣，或者在读书，或者在剪脚指甲。在家穿着（七年前买的）一件桃红色、皱皱巴巴的背心，……故意将丰满的乳房露出来给学生们看"①。行为怪异？用擤鼻涕纸当面巾纸，"曾经在东南亚或是非洲流浪"，"嬉皮士，一边拉小提琴，一边乘着马车，摇摇晃晃地流浪"②。

与美津子有瓜葛的太郎的身份更是一个谜团。非同常人？一是人际交往、性爱的不寻常。八月份暑假后的一天，突然来到补习班，年龄二十七八岁，"从哪点看都不像是美津子的朋友，但对美津子家里的方方面面似乎了解得一清二楚"③。与美津子刚一见面，"将美津子的短裤刺溜一下脱掉，自己穿着衬衫和西裤，彬彬有礼地压到仰面朝天倒下的美津子身上"，像狗一样，"把犬牙小心翼翼地凑到美津子脖颈皮肤薄弱的地方，使劲儿抵住，唖唖的吮吸起来"④，"用两只硕大的手掌毫不费劲地抓住她两条大腿，抬得高高的，对着悬在空中的肛门，唰啦唰啦舔舐起来"⑤。与美津子没有语言的交流，美津子好像被他的头发、皮肤迷倒了，"来回抚摩他的脑袋"，太郎一脸严肃的表情，突然将下半身裸体的美津子留在那儿，自己跑到厨房抄起豆芽菜，非常娴熟地准备好了晚饭。吃饭时，"男子用硕大的舌头将大木钵连钵底舔

---

① ［日］多和田叶子：《狗女婿上门》，金晓宇译，河南大学出版社2018年版，第65页。
② ［日］多和田叶子：《狗女婿上门》，金晓宇译，河南大学出版社2018年版，第63页。
③ ［日］多和田叶子：《狗女婿上门》，金晓宇译，河南大学出版社2018年版，第70页。
④ ［日］多和田叶子：《狗女婿上门》，金晓宇译，河南大学出版社2018年版，第71页。
⑤ ［日］多和田叶子：《狗女婿上门》，金晓宇译，河南大学出版社2018年版，第72页。

得一干二净"①,从皮箱里取出抹布、掸子、折叠式扫帚打扫卫生;二是生活节奏的不寻常。"白天一直倦懒地睡觉,但到了傍晚六点左右他准会起床,在家里搞卫生,做一顿美美的晚餐,和美津子两人吃完后,突然来了精神,想和美津子交媾,外面天全暗下来后,他一个人出去,不知去哪儿跑了一大圈。深更半夜当美津子准备就寝的时候,他终于悄无声息地回来,整宿地不睡,又要和美津子交媾"②。三是习性的不寻常。喜欢闻人身上的气味。"太郎只要闻起自己喜欢的气味儿就不会厌倦"③。他也不出去工作,除了做饭、打扫、洗衣服,其他时间什么也不干。不看书、不看报、不看电视,唯一的爱好是闻美津子身上的气味。他对乳房这种东西不感兴趣,"从不抚摸美津子的乳房,对于接吻也毫无兴致,他吸吮时,只是像吸血鬼一样吮吸美津子的脖颈"④。这些表现从某种意义上与狗的习性较为相似。

太郎的双性恋行为可以追溯到三年前,附近丘陵地还没有建起大片住宅楼的时候。太郎和妻子良子在丘陵上开的一家餐厅买了牛排和调味汁带回家的途中,在羊场小路左右空地上齐腰高的杂草里遇到了一群野狗,因手里拿着牛排的气味太郎招致了狗的袭击,腿上有十五六处狗咬过的痕迹,虽然没有感染上狂犬病,但自称太郎祖母的人说,"这孩子已经没有指望了,他被恶灵附了体"⑤。妻子听了后,非常震惊,使劲摇晃太郎的身体,太郎被妻子严厉的语调惊着了,从此一言不发。太郎失语了。"良子的焦躁越发厉害,时常将饭碗向一声不吭的太郎扔去。"⑥之后不久,太郎就离家出走了。表面上看,太郎的出走

---

① [日]多和田叶子:《狗女婿上门》,金晓宇译,河南大学出版社2018年版,第73页。
② [日]多和田叶子:《狗女婿上门》,金晓宇译,河南大学出版社2018年版,第76页。
③ [日]多和田叶子:《狗女婿上门》,金晓宇译,河南大学出版社2018年版,第77页。
④ [日]多和田叶子:《狗女婿上门》,金晓宇译,河南大学出版社2018年版,第78页。
⑤ [日]多和田叶子:《狗女婿上门》,金晓宇译,河南大学出版社2018年版,第91页。
⑥ [日]多和田叶子:《狗女婿上门》,金晓宇译,河南大学出版社2018年版,第92页。

是因为受不了妻子的恐吓与暴力，实际上隐喻了社会转型期备受压力、挤压的年轻人，在"变"与"不变"抉择中的困惑与彷徨。一方面，像狗一样追求身体的享受，与美津子没有诸如语言的情感交流，更谈不上爱与不爱，为美津子做饭、打扫卫生，就是为了获得与她交媾而满足生理上性的需求。另一方面，晚上太郎又变成了男同性恋者，经常去游艺场"斗腰"，在同性恋中追求社会性别的实现，在同性恋中建构了他与社会的关系。太郎最终离开了美津子，与松原利夫拎着旅行包去上野车站，开启了旅行。体现了太郎的性取向的多元性。人的性取向是流动的，不存在同性恋者或异性恋者，只存在此一时的同性间的性行为，以及彼一时的异性间的性行为，只存在着一个个具体的、活生生的人。从而验证了酷儿理论所主张的性行为与性倾向上均具有多元的可能。

小说最后，美津子带着扶西子跑了，美津子住过的那幢房子被拆掉，那里也要变成新区，修建公寓楼，"所有的孩子都各自找到了补习班解读，也几乎不再涉足南区了"①。身体的移动，肉体的逃跑，说明现代人格的"柔弱性"，并由此加强了阅读者对超越新旧文化差异的"他者"进行了解的可能。

二 性别的多元化与幻想共同体

在阿里斯托芬的阴阳人的神话里，从前的人本来分成三种性别：男人、女人、阴阳人。从前人的形体是一个圆形的东西，腰和背都是圆的，每个人有四只手、四只脚，一个圆颈项上安着一个圆头，头上长着两副面孔，一副朝前，一副朝后，形状一模一样，耳朵有四个，生殖器有一对，其他器官的数目都按比例加倍，他们的精力非常强壮，

---

① ［日］多和田叶子：《狗女婿上门》，金晓宇译，河南大学出版社2018年版，第160页。

想与神灵比高低。因此，宙斯和其他神们商量对策，决定把这些人切成两半，既削弱了人的力量，也增加了人的数量。人切成两半以后，这一半总是想念另一半，想再合拢起来，常常互相拥抱不肯放手。宙斯起了慈悲心，把人的生殖器移到了前边（从前都是在后面，生殖不是凭男女交媾，而是把卵生到土里，像蝉一样孵化），男女可以交媾生殖。如果抱着的是男人和女人，就会传下人种；如果抱着的是相配合的男人和男人，也可以平息情欲，让心情轻松一下，更好地从事人生的日常工作。从这个意义上讲，"我们每个人都是人的一半，是一种合起来的东西，我们每个人都在寻找自己的另一半"。按照阿里斯托芬的说法，男人、女人"本来就是一个整体，这种成为整体的希冀和追求就叫做爱"。世界上的男男女女，只有一条幸福之路，"就是实现自己的爱，找到恰好和自己配合的爱人，还原自己本来的面目"①。神话告诉了我们人的来路与终极目标：找到自己的另一半，还原本真的自我。男人和女人都是"人"的另一半，因此是同等重要，无法分出伯仲的，缺一不可的。这里的两性是平起平坐的，人需要爱，爱是对某某东西的爱，也是对他欠缺东西的爱，爱让人更完整、更强大。藤野千夜的《夏天的约会》描写了超越"性爱"的男同性恋、变性人、年轻女性等年轻人的心灵交流之爱的故事。作家通过描写同性恋，试图清除导致男女两性阻隔的某些社会文化因素，在重建一种超越男女性别二元对立的新型合作关系中找回自我。

藤野千夜作为对"性"有着独特认知的作家②，一直活跃于当今日本文坛，2000年其小说《夏天的约会》获得第122届芥川奖。《夏天的约会》以极为平常的心态描写了男同性恋、变性人、年轻女性等的日常生活，用温暖的视角淡淡地描绘出他们的孤独和欠缺感，对他

---

① ［古希腊］柏拉图：《柏拉图对话集》，王太庆译，商务印书馆2011年版，第312页。
② 藤野千夜，男性作家，以女性方式生活。

们试图逃离现实空间，投入森林、原野的大自然怀抱予以理解，对他们寻找人类的精神家园与回归的行为予以赞扬。

第二次世界大战后日本人的精神史经历了"开拓生存空间、目光的转换、从中央到地方远近法的反远近法"，2000年前后进入"脱离系统的内部，步入公共圈的共享时代"①。经历了近20年的努力，日本仍未走出泡沫经济的阴影，人们由当初的极度焦虑已经变得麻木与"失语"，年青一代人也将其视为常态。这一社会转型期需要人们拥有平和的、淡定的，用常人眼观看世界的心态。后现代主义的去中心化、多元主体意识为年轻一代提供了较为前卫的思考。藤野千夜以自然的姿态"陈述"新出现的多元性别趋势，淡淡地"说"了同性恋、情侣、变性人的普通的生活故事。他们虽然有时会被周围歧视的态度所伤害，但一边感到疼痛，一边享受着自己的生活。他们既没有背离社会，也没有隐藏在封闭的世界里。"现代日本有一个值得关注的现象是部分日本人性别角色或者性别意识错乱。这种错乱是一种同性恋倾向，有着深刻的历史情节。"② 平安朝时期，男性贵族喜欢雇用少年、儿童做随从，变童现象已经产生了，到了中世，女歌舞伎阿国女扮男装在当时走红，这是日本人接受欣赏性倒错的代表。明治时代以前的同性恋多是"未开化与半开化"③，而"在江户时代男同性恋是一种崇高的雅癖"④。日本文学史上介绍同性恋的经典之作是《心友记》，描写的典型事例是武士堀尾忠晴（1599—1633）与大名前田利常（1593—1658）之间的同性恋。日本现代社会电视节目上经常可以看到男扮女装，说话娘娘腔，做着各种女性动作的表演，深受观众喜爱。落河惠

---

① ［日］栗原彬：《震災戦後2000年以降（ひとびとの精神史 C 第9卷）》，日本岩波书店2016年版，第1—3页。
② 郝祥满：《日本人的色道》，湖北人民出版社2009年版，第152页。
③ 郝祥满：《日本人的色道》，湖北人民出版社2009年版，第96页。
④ ［日］茂吕美耶：《江户日本》，广西师范大学出版社2012年版，第149页。

子1990年创作的《偶然的家庭》描写了男同性恋的故事。藤野千夜从《少年和少女的波尔卡舞》开始,"对同性恋或变性者的孩子们感到有兴趣"①,其本人虽为男性,却喜欢女性的打扮,"本来是作为男性被雇用的,但我穿短裙,这太过于女性化说是有些麻烦"② 而被解雇,成就了"那部小说有着若无其事的凄惨感"③。

"在日本,人际关系源于'场',如果失去'场'的话,人们只能够回到孤独。"④ 藤野千夜将小说出场人物置于人际关系的"场域"里:29岁的公司职员松井丸尾与27岁的自由编辑三木桥光是一对男同性恋人,26岁的美容师、变性人、喜欢宠物的平田玉代是丸尾午饭后散步偶遇结交的朋友,冈野熏是丸尾的女邻居、婚外恋的女性,公司职员岩渊望和女作家田道菊江是平田玉代的客户。这群人视野开阔,他们的世界已经超越了性别的区分。最后将这一群人紧密联系到一起的是共同约定的"夏天的旅行"。

藤野千夜敏锐地看到了社会的变化与转型,看到了"女性的生活方式和角色发生了重大变化,传统的道德不再通用,新的基准却未确立,出现了一定程度的混乱"⑤ 的社会现状,看到了"失语"与"现代人的病态",对同性恋、变性人等人群的生存现状展开书写,以言说者的身份告诉阅读者,"同性恋不是没经过深思熟虑的反常行为,而是

---

① [日] 藤野千夜、黑井千次:《性別を超えた世界を描く》,《文學界》2000年第3期,第32页。
② [日] 藤野千夜、黑井千次:《性別を超えた世界を描く》,《文學界》2000年第3期,第38页。
③ [日] 藤野千夜、黑井千次:《性別を超えた世界を描く》,《文學界》2000年第3期,第39页。
④ [日] 橘玲:《(日本人):括号里的日本人》,周以量译,中信出版集团2013年版,第129页。
⑤ [日] 坂东真理子:《女人的品格》,赵玉皎译,中信出版社2008年版,第14页。

一种在生存处境中选择的态度"①。藤野描绘的同性恋问题,在当今时代虽然对其认知还存在着一定的差异,但越来越多的人已经能够正常看待了。"20世纪有三分之二的社会似乎默认了同性恋活动,事实上,几乎找不到完全没有同性恋现象的社会。"②"(在中国)同性恋者至少占总人口的百分之一。"③ 同性恋者、异性恋者、变性人、婚外恋者等都是社会的重要成员,正如希腊神话所言,爱是永恒的,要给予他们爱,要关爱他们的生活与生存。他们真的很重要,因为他们"时时刻刻威胁着那个规范的主体,提醒我们意义重组和主体重构的必要性和紧迫性"④。这群人承担着纳税人的职责,也是社会的重要贡献者,社会没有歧视他们的理由。

小说《夏天的约会》"在描写同性恋人世界的同时,还书写了一些生活摆脱传统概念的、20多岁的年轻人开拓出的自由舒展生活空间","这种开放的氛围使得作品视野开阔、通达,显示了具有普遍意义的道理"⑤。芥川奖颁给了描写同性恋、变性人、婚外恋人群的《夏天的约会》,足见小说背后的社会问题的重要性。

第四节 异化中的身份找寻

"纵观三十年间芥川奖女作家获奖作品,大致可以概括为三种叙事趋向:身体写作、日常性写实和幻想的寓言叙事。"⑥ 获得第115届芥

---

① [法]西蒙娜·德·波伏瓦:《第二性Ⅱ》,郑克鲁译,上海译文出版社2011年版,第610页。
② 张在舟:《暧昧的历程——中国古代同性恋史》,中州古籍出版社2001年版,第19页。
③ 李银河:《同性恋亚文化》,内蒙古大学出版社2009年版,第32页。
④ [美]朱迪斯·巴特勒:《性别麻烦——女性主义与身份的颠覆》,上海三联书店2009年版,第5页。
⑤ [日]黑井千次:《静かな力と重い力》,《文藝春秋》2000年第3期,第361页。
⑥ 刘研:《川上弘美〈踩蛇〉:神话叙事与女性意识的曲折言说》,《汉语言文学研究》2011年第12期,第28页。

川奖的《踩蛇》则是在身体异化中，将寓言嵌入日常生活，"演绎了日本最新版的神话故事。'我踩着蛇了'，一个普通的年轻女性的日常生活中触碰到了神话领域，探讨了在科技发展的今天，人们内心深处神话原型的黑暗面的生死存亡问题"①。被誉为日本文坛的卡夫卡的川上弘美是一位描写与异物融合与排斥的、展示独特的女性幻想世界的特异作家，在她的文学世界里，让美人鱼、蛇、熊等异类进入人的日常生活，在与异界的相处、情感纠葛中来思考人的生存问题，揭示带有普遍性的深层心理。《踩蛇》描写了比和子在上班途经公园草丛时踩到一条蛇后发生的此世界与彼世界的异化物语，叙述了比和子与蛇母、小菅夫妇与蛇婶婶、住持与蛇妻大黑夫人这三段人蛇共处的奇幻，还插叙了比和子的祖父与外遇鸟妻的故事。蛇春天从洞里爬出来、秋天入洞冬眠，最为活跃的季节是在夏天。蛇的活跃季节具有明显的中间性特点。一般人看来，蛇的外形令人恐惧，如果遇上毒蛇可能还会有生命的危险。关于蛇的象征性，"不管隶属西方还是东方，其实它们都有一个共同的背景，即这些象征性都是文明的产物"②。在日本文化中，"蛇是一种充满非现实力量的能预兆吉凶的动物"③。日本学者铃木正宗认为蛇是多种象征的综合体。第一种象征为神灵，第二种象征具有媒介性的特征，第三象征与再生观的关联，第四种象征为动物性。1996年日本文坛将最有分量的文学奖项芥川奖颁发给川上弘美的《踩蛇》，其深层的价值取向引领功能应当予以考量。小说"不是人变成蛇，而是要蛇变成人，因此年轻的女主人公进行抵抗、否定蛇世界的姿态很有趣，从某种意义上讲，与其说是变身谭还不如说是对变身引诱的抗争，是反变身式变身谭"④。这也是川上弘美文学的特征之一，

---

① ［日］日野启三：《戦いの物語》，《文藝春秋》1996年第9期，第431页。
② 蔡春华：《中日文学中的蛇形象》，上海三联书店2004年版，第8页。
③ 蔡春华：《中日文学中的蛇形象》，上海三联书店2004年版，第16页。
④ ［日］黒井千次：《反変身の変身譚》，《文藝春秋》1996年第9期，第436页。

"用充满幽默情趣的飘逸笔触描写与日常比邻的幻想的同时,酿造出了不可思议的恐怖感觉"[①]。

一 现代人的异化:孤独、空虚与焦虑

"后现代主义中,主体丧失了中心地位,已经'零散化'而没有一个自我的存在了。'我'这一概念,也仅仅成为语言所构成的想象而已。"《踩蛇》中女性的现实世界的"我"与蛇界幻想世界的"我"、想象世界的"我"已经超越了主体与客体的界限,其中无论是哪一个"我"都是不完整的,已经"是一个非中心化的主体,一个没有任何身份的主体"[②]。如何在"迷向"的时代找到自我?川上敏锐地观察到"现代社会,异化不再主要体现为以'物'为主的外在的力量对人的直接统治和压迫,而是更多地体现为被无形的社会和文化的力量操控的人的自我异化,人的主体性的消解"[③]。她仅仅抓住后现代的关键词"去中心化""体验",通过"游戏""语言的谎言性"等塑造了蛇的"异化"形象,写出了"平淡无奇的日常生活中的朦胧感觉",在不确定性与朦朦胧胧中实现主体与客体的融合,"踩到了"后现代人的"柔软"处,在自我感觉与他者观察的"融合中"确立自我。

川上弘美作为描写与异物融合与排斥的幻想作家,将熊、美人鱼、章鱼、海马、鼹鼠等动物拟人化,塑造了一些具有代表性的"异化"形象,它们均以人类的朋友出现,力图帮助人走出困境,在人与他们的互动中逐渐消除此世界与彼世界、人的世界与动物世界的界限与隔阂。《踩蛇》里的"我"在公园草丛无意中踩了一条蛇,于是这条蛇

---

① [日]原善:《川上弘美的文学世界》,载《沉溺》,竺家荣译,中国文联出版社2001年版,第344页。
② 王岳川:《后现代主义文化研究》,北京大学出版社1991年版,第240页。
③ 郭燕梅:《孤独与异化孤独与异化:论川上弘美的〈踩蛇〉》,《东北亚外语论坛》2018年第6期,第17页。

"异化"成了五十多岁的女人,自称是"我"的妈妈缠上了"我",住在"我"家里,无微不至地照料"我"的生活,在"我"的生活中扮演着母亲的角色,"我"甚至怀疑她真的是"我"的母亲。念珠店的西子也有一条人幻化成的蛇存在,寺庙住持的妻子大黑也是蛇"异化"成的人。"蛇"究竟象征着什么?"蛇在这里什么象征都不是"①,"动物在某种意义上是人类"②。《踩蛇》打破了生物和无生物的界限,象征了无法捕捉的"他者"的真实,"蛇的隐喻不仅限于人,还涉及了周边的事物"③。

真田比和子多重身份确立的迷茫。个性化时代主体意识缺乏的"我"们,最为明显的标志就是现实世界主体地位的丧失,多重身份或许是元凶。比和子是城市单身女性,具有城市单身女性的一般特征:远离家乡静冈县,一个人只身来到大城市生活,作为家里的长女,之下还有两个弟弟,一个在静冈上大学,一个在上高中。跟家里联系不多,一个人过着单身生活。年近三十,曾经在女子学校做过4年的理科老师,苦于"弄不清自己给学生的是否是他们需要的烦恼"④,筋疲力尽后辞去了工作,靠失业救济金过了一段日子后,来到念珠店"香奈堂"打工维持生计。按照自己的喜好生活,对于自己没有一个长远的规划,对于未来比较迷茫,过着早出晚归的打工生活,不需要向社会纳税,不需要承担社会责任。

比和子是发达社会病的"患者",空虚、孤独、焦虑。表现之一是缺少亲情。"我"在公园里踩到的那条中等大小的蛇"异化"成了女

---

① [日] 原善:《川上弘美的文学世界》,载《沉溺》,竺家荣译,中国文联出版社2001年版,第342页。
② [日] 筒井康隆、川上弘:《面白さをきわめたい》,《文學界》1996年第10期,第205页。
③ [日] 松浦寿辉:《解説——分類学の遊園地》,载川上弘美《蛇を踏む》,日本文春文庫1999年版,第174—183页。
④ [日] 川上弘美:《踩蛇》,杨建琴译,南海出版公司2011年版,第11页。

人，"长得很像西方人，脸部有轮廓，睫毛长长的，颧骨很高，眼角和嘴边的皱纹让人觉得她的皮肤很薄"①，自称是"我"的妈妈，来到了"我"家。"蛇母"刚来到家里时，首先"我"觉得恶心，柔软的蛇的身体与做了一桌"我"喜欢吃的"手捏米粉团""扁豆炖菜""豆腐渣""生鱼片"、啤酒形成的违和感极强。一般来讲，此时再好吃的饭菜也是无法下咽的。但因"我"数年单身在外，缺少家庭的爱，久违了的"家"的感觉一下子"踩"到了我内心的柔软之处，"那味道几乎和我自己做的一模一样，于是我也大口吃起来"。② 城市单身女性家里或是不吃晚饭，或是简单对付，家里很少有人与"我"共进晚餐。"她的眼神充满了慈爱"，给"我"做喜欢吃的饭菜，为我夹菜、斟酒，虽然我知道她的确不是"我"的母亲，但"我"却在她身上闻到了母亲的味道，看到了母亲的身影，感受到了母亲般的亲情。蛇母填补了"我"这个常年在外的"大城市人"皮袍里的空虚，填补了亲情之爱，让"我"很满足。

表现之二是人际交往能力差，交往圈子小，活在极度自我的世界里。"我"没有朋友，与人交往较少，除了念珠店的小菅、西子、原信寺的住持及其蛇妻大黑夫人外，再没有可以来往的朋友。自从蛇母进入家门以后，每天晚上与"我"交谈，谈"我"家里人、小时候的事，当然，更多的话题还是引诱、劝我去蛇的世界。"我"虽然一直反对去蛇的世界，但并不反感与之讨论相关的内容。"我"非常空虚，寂寞难耐，只要有人跟我交谈就已经非常满足了，何况还有好吃好喝，还不用"我"做任何的家务，因为"我"实在是没什么可干的。年轻人不善与人交往，与任何人的往来都"隔着一层墙"，现代人的疏离感跃然纸上。

---

① ［日］川上弘美：《踩蛇》，杨建琴译，南海出版公司2011年版，第9页。
② ［日］川上弘美：《踩蛇》，杨建琴译，南海出版公司2011年版，第8页。

表现之三是性冷淡。对日本人而言，性是一件自然而然的事情，没有什么肮脏、见不得人的说法。在日本传统家庭与传统观念里，"性"仍然是"贤妻良母"的重要条件。"我"到了这个年龄，几乎没有什么异性朋友。与曾经的异性第一次做爱时"希望和想拥的人变成其他什么动物"，几次之后并幻想对方变成蛇的模样，"变成红色、绿色、灰色的各种各样的蛇"①。这种将性行为游戏化、表演化、动物化、娱乐化的心理和行为，既反映出年轻人的"性"的价值取向和"性"冷淡，也反衬出他们的空虚、孤独到了极致，也许这也是导致日本晚婚、少子化问题的原因之一。

表现之四是焦虑。复制、均质模式的后现代生活方式，缺少了差异感与让人奋斗进取的目标与动力。现代年轻人也因交际欲望低下、交际范围小、交际能力差而导致交际障碍。比和子每次跟蛇母交谈时总是甘拜下风，语言表达、话题、话轮转换等都处于被动，尽管感到"恶心"与"不情愿"，但最后总是"乖乖"地听从她的饮食起居安排。对于是否接受邀请去蛇的世界，"我"的态度还是很坚决的，对于蛇母的"蛇的世界很温暖""快来到我们的世界""我再也等不及了"等的步步紧逼，"我总会觉得脑袋里好像有什么东西在响，像一个疙瘩，随着时间的推移，逐渐变成了一种让人魂不守舍的焦躁。焦躁感越累越强，那个疙瘩也越来越大"②。对于蛇的邀请带来的焦虑，导致"我"的睡眠不足，影响到了"我"的生活秩序，甚至做梦都要对是否去蛇的世界进行决定。"无法琢磨"与"幻想式暧昧"体现了"后现代女性主义不再聚焦于如何消灭男性与女性之间的现实不平等，而是聚焦于反形而上学、反二元论模式、反本质论、反理性、反权威、反中心论、差异化、多元化、去边缘化等认识

---

① ［日］川上弘美：《踩蛇》，杨建琴译，南海出版公司2011年版，第29页。
② ［日］川上弘美：《踩蛇》，杨建琴译，南海出版公司2011年版，第40页。

论方面"①。"我"内心深处"千万不要变成蛇",但不讨厌蛇,甚至是喜欢与依赖,与蛇交往、相处完全可以接受,但是要我变成蛇,似乎没有可能。充分体现了现代社会年轻人焦虑的心态,对"反常态"的生活方式可以接受,但完全进入"反常态"与"反传统"是不可能的。梦中"拉开抽屉,几条小蛇从里面的本子和钢笔之间滑过来,爬到我的手臂上,顺着手臂游到脖子上,然后钻进我耳朵里……进入耳道,然后化成液体,径直往深处流淌,感觉凉凉的……黏糊糊的液体把整个耳小骨都淹没了。耳朵里爬满了蛇……整个大脑都溢满了蛇的黏液,最后身体的每一个部位都有蛇在游动的感觉。不论手指、嘴唇、眼皮、手掌、足底、脚踝、小腿还是脊背、毛孔,只要是能接触到空气的地方都有滑腻腻的感觉"②。这段毛骨悚然的梦境描写,让芥川奖评委三浦哲郎"阅读时中途淋浴了三次"③。现代生活的空虚、孤独与焦虑犹如钻入体内的一条条小蛇,无孔不入,挥之不去,始终伴随着人的一生。

西子是小说中的副歌式的主人公。她是"我"现在工作单位念珠店的老板娘,年过六十,但头上几乎没有白头发,看上去比实际年龄年轻好几岁。丈夫小菅比她小8岁,曾经在京都一家念珠店当学徒。当时西子是那家店的老板娘,但因其丈夫不务正业,她承担起店里的生产与管理,最终被小菅说服,和小菅一起私奔。俩人来到关东继续做念珠的生意已经三年多了。西子家二十年前有一个"蛇婶"一直到现在。"西子是争取自主爱情、摆脱夫权窠臼、实现个体价值的一代新

---

① 杨永忠、周庆:《后现代主义哲学视野中的女性主义认识论研究》,《山东女子学院学报》2018年第3期,第10—15页。
② [日]川上弘美:《踩蛇》,杨建琴译,南海出版公司2011年版,第27页。
③ [日]三浦哲郎:《感想》,《文藝春秋》1996年第9期,第432页。

女性"①，为了追求真爱，与小菅私奔，婚后三年，生活并没有她想象的那样如意。一方面，西子反思自己的行为是否正确，这种反思夹杂着忏悔，"每天把店里的盐堆得高高的，不停地念珠"。在以男性为中心的日本社会，与人私奔是不被世俗所接受的"另类"。另一方面，西子也心存不安与恐惧。西子的恐惧中夹杂着自己对小菅，对自己爱情的怀疑，西子对小菅的爱因"不顾一切地去追求"与小菅"没有这么热烈的爱过"的差异而由爱到恨，由恨化作更深的爱，感情渐渐淡了，甚至还有几分嫌弃，嫌弃中还有几分喜欢。最终蛇婶在缠绕着的西子身体里死去。西子大病一场，将神蛇尸体埋入园中，与蛇婶常相伴，与空虚、孤独相伴，她的诱惑与对其的抗争永远在路上。

二 动物的异化：精神需求与匮乏

现代汉语词典将异化解释为"相似或相同的事物逐渐变得不相似或不相同；哲学上指把自己的素质或力量转化为跟自己对立、支配自己的东西"②。现代社会的异化可以理解人变得不那么像人的过程，是人的行为脱离人的需要的过程，也是人和人之间的关系变得失去人性的过程。"异化指出了自我与世界之间关系的一种深层的、结构性的扭曲，亦即一种主体处于'坐落'于世界当中的方式遭到了扭曲。"③ 异化让我们撕裂，成为不再与自己相连，也不再与他人相连的人。人人都有一个"自我"，人人都认识他的自我，认识自我是一件非常难的事情。尼采认为，"真实的'自我'往往是隐藏在无意识之中的，而通常

---

① 刘研：《川上弘美〈踩蛇〉：神话叙事与女性意识的曲折言说》，《汉语言文学研究》2011年第12期，第29页。
② 中国社会科学院语言研究所：《现代汉语词典》（第5版），商务印书馆2007年版，第1614页。
③ ［德］哈特穆特·罗萨：《社会加速批判理论大纲》，郑作彧译，人民出版社2018年版，第117页。

的认识方式，借助语言，求之思维，不但不能达到'自我'，反而扭曲了'自我'"。尼采揭示了，"人人都有'自我'，可人人都不愿意别人表现出他们的'自我'，为此宁愿牺牲掉自己的'自我'"。究竟什么是自我？尼采告诉我们真实的自我有两层含义。"在较低层次上，它是隐藏在潜意识之中的某个人的生命本能，种种无意识的欲望、情绪、情感和体验。在较高的层次上，便是精神的自我，它是个人创造的产物。"① 《踩蛇》中车里的收音机传来股市行情，葡萄牙语的讲座，城市扩建到处开发土地，蛇母西方人的长相，驱走庄稼地里小鸟的枪声，住持儿子去了美国收购二手牛仔裤带回日本倒卖，等等，这些现象反映的是日本经济快速发展时期真实"自我"迷失在"无精神性"的"劳作与奔波"中，迷失的这个"自我"是一种精神的"自我"，具有"教养和高尚情趣"的独立个性。后现代社会如何书写迷失的"自我"？后现代主义写作模式是反体裁，是一种无体裁的写作。"当体裁瓦解时，在作者、读者、批评家之间达成的传统契约条件与框架就被更改。"② 后现代女性主义者则"拒斥所谓的世界观、元叙事、元话语、元基础、宏大叙事和整体性等观念，彻底瓦解同质化的认识主体，并建构多元主体"③。作为世界文学的重要特征之一，日本当代作家通过文学进行着多元主体建构的实践与探索。2017年获得诺贝尔文学奖的日裔英国作家石黑一雄的小说在我们与世界连为一体的幻觉下展现了一道深渊，此世界与彼世界也一直是村上春树文学思考的主题。川上弘美则通过异化，将此世界与动物异化世界联结，在现实世界与非现实世界中思考社会问题。人与蛇行走于两个世界之间，形成了人的世界里有蛇、蛇的世界里有人，你中有我，我中有你，彼此不分离的

---

① 周国平：《尼采 在世纪的转折点上》，上海人民出版社2000年版，第134—141页。
② 王岳川：《后现代主义文化研究》，北京大学出版社1991年版，第298页。
③ 杨永忠、周庆：《后现代主义哲学视野中的女性主义认识论研究》，《山东女子学院学报》2018年第3期，第10—15页。

和平友好世界。在这个世界里，人与动物平起平坐，互相关心，互相爱护，但也不乏争斗。小说的异化思想如萨特所言，以"孤独的个人"为切入点，"把'匮乏'看作异化的根源，揭露了异化导致的种种生存困境"①。

  首先，缺少家庭关爱与异化。"我"作为一个三十岁左右的现代城市女性，大学毕业后，属于贫困女性，举目无亲一个人在外地生活打拼。对于职业、家庭没有规划，"我"的异化与迷失体现在生活仅仅能维持温饱的低层次"自我"上。比和子日常生活很平淡，基本上两点一线：家—念珠店，"飞特族"式的生活方式把自己降低到在社会上被决定被需要的物的位置，"无欲望"的生活理念使她失去了主动选择的可能和自由，当然她也不必承担一切相应的社会责任。预设的理由是自己不是别人需要的东西，同时也将自己诱骗到一种不可能的想象世界里。比和子的日常生活与想象世界重合，她的这种异化表现是《踩蛇》中重点阐释的。她想象了一个充满温情、充满母爱的蛇的世界，幻想有一个充满亲情的家，幻想有一个能体贴入微照料自己生活的母亲。"不小心踩到的蛇"变成了母亲，来到家里与"我"同住。蛇母做"我"喜欢的饭菜，并陪"我"共进晚餐，一起喝啤酒，关心"我"的工作与生活状况，跟"我"聊小时候家庭邻里的一些往事，甚至抚摸、拥抱"我"，"我们好像一对连体人"，让我感受到了家的温暖，感受到了久违了的母亲的爱。"我"喜欢回到有蛇母存在的家的感觉，喜欢她身上的味道。现实中的"我"靠打工维持生活，疏于与家人联系，甚至记不清母亲的长相，对一切充满了怀疑与不信任，与任何人交往都感觉有隔阂，"中间有道墙"，但是"蛇和我之间却没有

---

① 郭燕梅：《孤独与异化孤独与异化：论川上弘美的〈踩蛇〉》，《东北亚外语论坛》2018 年第 6 期，第 16 页。

任何壁垒"①,这是现代社会人的异化。

其次,缺少真爱与异化。西子虽然与人私奔,她在婚姻中却没有得到足以让她私奔的爱。生活单调,除了做佛珠给佛寺送之外,过着不变旋律的生活。西子60多岁,经历了战后"人神互换"和富国强兵建设,骨子里有一种奋斗精神,有种对真爱的渴望与诉求。但前夫没给她,现任的小丈夫也没能给她。年近花甲,发自内心的爱却是缺失的。她幻想了一条大黑蛇走进她的世界,蛇婶跟随西子20多年了,给西子以安慰。当西子对婚姻不抱什么希望时,蛇婶死了,西子大病一场,几乎死里逃生,断了这段缘分后,西子才回到了正常的生活。

最后,缺少人间温情与异化。愿信寺的住持作为佛教的象征,整日做佛事,原本就与社会有一定的距离。虽然日本的和尚、住持可以娶妻生子,但他们的日常交往还是比较单调的,他们交往的空间有限。愿信寺的住持已经结婚生子了,儿子已经成人去了美国。虽然小说中未交代前妻的去向,或是死了或是与人私奔或是离婚,总之住持需要一个妻子,而且需要一位贤妻良母、温顺、具有传统美德的妻子。蛇妻满足了住持的需要,"很会照顾人,擅做家务还精打细算,床笫功夫也是一流。而且不会像一般女人那样歇斯底里,总是一副温柔的样子"。大黑夫人穿着日本黑色和服,外面罩着一件围裙,招待客人时"眼睛凝视着住持,她的眼睛果然如住持说的,清澈、湿润,还充满了诱惑"②。大黑夫人是典型的日本完美妻子形象,日本传统的女性形象,没有主体性、没有话语权,是男性用来消费的"物"一般的存在。

三 人的异化:剩余与被需要

后现代人的工作很忙却只是在不断重复,找不到意义,体会不到

---

① [日]川上弘美:《踩蛇》,杨建琴译,南海出版公司2011年版,第19页。
② [日]川上弘美:《踩蛇》,杨建琴译,南海出版公司2011年版,第37页。

以前的那种快乐，暴躁、心烦、"迷茫""无聊""没意思"成为耳熟能详的口头禅。这种状态产生的根源是人的异化。被异化了的人不再能够感知到自身的存在，时常感觉自己是被设置好的程序，停不下来，却也不知道自己继续做下去还有什么意义，从而陷入自我异化境地。

比和子"不小心"踩到了蛇，一下子成为蛇引诱的对象。"既然你踩到了我，也没有办法了"①。因为"'自足的'存在与自觉的'意识'的语言表现上的战斗"② 经历了几百年，蛇的世界需要人手。蛇母为了引诱"我"进入蛇的世界，千方百计给予我所需要的一切，并非出自蛇的真情与爱，而是出于需要。所有的行为都是诱饵。而对"我"在享受的照顾，宛如跳进了她提前设计好的陷阱。首先，从饮食、日常生活、身体接触、童年趣事等全方位展开进攻；其次，语言上下功夫。三次邀请"我"去蛇的世界。"蛇的世界很温暖"③，"快来我们的世界""比和子为什么不到我们蛇的世界来呢"④。"我"从开始的恶心，到在蛇旁边安心入睡，以为蛇就是自己的母亲，"我渐渐习惯了那条蛇"⑤，"她即使变成蛇的样子我也不觉得恶心，反而更加安心"⑥。比和子逐渐习惯了"身体会间歇性变成蛇的样子"⑦，但又担心自己完全变成一条蛇，"我真的快要进入蛇的世界了"，比和子品味着痛苦与快乐的感觉。比和子渐进异化世界。终究比和子没有同意蛇的邀请，没有去蛇的世界，表明比和子的世界没有被完全异化。

蛇婶伴随西子生活了二十多年，蛇多次不厌其烦地邀请、劝诱西

---

① ［日］川上弘美：《踩蛇》，杨建琴译，南海出版公司2011年版，第4页。
② ［日］日野启三：《戦いの物語》，《文藝春秋》1996年第9期，第431页。
③ ［日］川上弘美：《踩蛇》，杨建琴译，南海出版公司2011年版，第24页。
④ ［日］川上弘美：《踩蛇》，杨建琴译，南海出版公司2011年版，第30页。
⑤ ［日］川上弘美：《踩蛇》，杨建琴译，南海出版公司2011年版，第24页。
⑥ ［日］川上弘美：《踩蛇》，杨建琴译，南海出版公司2011年版，第23页。
⑦ ［日］川上弘美：《踩蛇》，杨建琴译，南海出版公司2011年版，第35页。

子去它们的世界，都被西子拒绝了。西子经历了日本的战后贫穷、发展与建设，人们的精神世界很丰满，西子精明能干，往日在京都经营的佛珠店铺也是风生水起的，西子的世界是不需要异化的。近年来，随着日本经济的发展，生意也不错，似乎找到了真爱的西子，当蛇婶死去时，她却认为"蛇的世界一定非常棒！那个世界一定非常温暖，我完全不会不适应，里面可以踏踏实实地睡觉"[①]。小说中二十年后的日本应当进入了消费的新时代。对于西子来说，物质的匮乏靠努力容易实现，但因物质的剩余，无法实现某种消费而产生的焦虑、痛苦，自己就无能为力了。她将精神世界的空虚与缺失指向了曾经面临过的但被她拒绝了的异化。

日本经济高速发展时期，人们陷入不断运转、无法停下的工作，他们不再感知自己的真实需求，甚至不敢面对，因为他们知道在尝试改变之前，首先需要面对的是无能为力的"自我"。同时，现代人也不再与他人有联结，在各取所需的过程中，失去了信任他人的能力。在人际关系中，我们的体验也在被异化。"我"与蛇母的交往是一种"需要"与"被需要"的关系，我们需要自己对别人有"用"，也需要别人对自己有"用"。当人被简化成一个功能性符号，我们感受到了越来越少的联结，以及越来越强烈的孤独。

不被需要与自我需要的悖论的探讨。小说插叙了比和子的曾祖父与鸟妻的故事。曾祖父因迷恋上女人那纤细的馥郁芬芳的手，抛下家人与她走了。在一起生活了三年，因曾祖父无法让鸟妻产卵生蛋而被抛弃，曾祖父回到了家里。看来，鸟妻引诱曾祖父的目的是要他与鸟交配产卵生蛋，繁衍鸟类。两者之间，鸟的引诱在先，鸟的需要在先。曾祖父一旦变成"没用的男人时"，就会被抛弃。曾祖父的"异化"

---

① ［日］川上弘美：《踩蛇》，杨建琴译，南海出版公司2011年版，第28页。

结束。被异化的人能否回到原来的"自我"状态？答案是肯定的，可以，但要看当时的社会语境与社会体制。尤其在男女不同等的日本社会，异化要小心，否则就会出现"即将被鲨鱼吃掉，结果却被鲸鱼吃掉"①，如果处理不当，躲开了一种危机可能会面临更大的危机。

四 "我"与"他者"的一体化

身体是后现代思想关注最多的事物之一。在阿奎那斯看来，"灵魂是身体的形式，就像意义对于词语来说一样，是和它结合在一起的"。该观点被维特根斯坦所采纳，认为，"身体是我们灵魂的最佳形式"②。伊格尔顿认为身体的特殊之处在于"它的在改造周围物质客体的过程中改造自己的能力"③。后现代人的工作很忙，却只是在不断重复，找不到意义，体会不到以前的那种快乐。这种状态产生的根源是人的异化。被异化了的人不再能够感知到自身的存在，时常感觉自己是被设置好的程序，停不下来，却也不知道自己继续做下去还有什么意义。《踩蛇》通过身体的不同器官揭示主体与客体的融合，"我"与"他者"的一体化过程，身体出场，"我"通过视觉、触觉、嗅觉、听觉等身体感觉，"在人与蛇之战的物语"④ 里引导人的自我存在意识。

小说中蛇母、蛇婶、蛇妻等异化人类，有一个共同目的就是劝诱人跟它们一起去蛇的世界。现实世界的人们分别与蛇进行了交往与博弈，徘徊在"去"与"不去"中，似乎交锋还在进行时。比和子、西子、住持他们能够在较短时间内接受蛇，是因为他们亲眼看到了蛇

---

① ［日］川上弘美：《踩蛇》，杨建琴译，南海出版公司2011年版，第20页。
② ［英］特里·伊格尔顿：《后现代主义的幻象》，华明译，商务印书馆2002年版，第84页。
③ ［英］特里·伊格尔顿：《后现代主义的幻象》，华明译，商务印书馆2002年版，第7页。
④ ［日］日野启三：《戦いの物語》，《文藝春秋》1996年第9期，第431页。

的善解人意、温柔体贴。它们长相好看,蛇母大大的眼睛、高鼻梁、高颧骨的西洋模样,蛇妻的温柔与典雅,以及大黑蛇的柔软,无论是比和子,还是读者,对蛇第一印象都被突破。从外观上看,它们与现实世界的我们确实不同,差异中的陌生化,人们似乎不排斥,甚至还有想进一步接触的欲望与冲动。比和子、西子、住持都很自然地与蛇们进行交往。"色诱"容易迷惑人的心灵,是人的异化的第一道防线。现代人"自我迷失"在千篇一律的超真实之中,"在符码、拟真和像这些普遍的、中立的、中性的流动之物背后,没有真实的存在。千篇一律的购物城、充斥着千篇一律的电视图像、药品、避孕套、食品、家具和麦当娜肚脐的图像"①。川上弘美从视觉上尝试着主体与客体的融合。

  蛇的世界,最典型的感觉应该是触觉。后现代社会强调体验,蛇的身子非常柔软,不管怎么踩,都让人有意犹未尽的感觉。踩的一刹那,人内心的柔软与蛇体的柔软达到了同一,蛇被我踩了,我被社会踩了,我们是同类,我们的身体感觉相同,心里感觉也相同,因此,"我"和蛇之间没有"墙壁"。恰是这种柔软的触感,蛇母问我为什么辞职时的口吻很像母亲,"我的心似乎柔软起来",母女同感,蛇母的皮肤花泥柔软,它的声音很温柔,这一切告诉比和子蛇的世界很温暖、很好。"我"开始习惯了和蛇一起生活。当它柔软的双臂抱住"我"的时候,她用面颊蹭"我"脸时,"我"感受到了它脸凉凉的,像是抱着宠物,"我不觉得恶心,反而更加安心"②。当蛇屡次劝诱"我"被拒绝后,梦里无数条小蛇钻到"我"身体的感觉,黏糊糊的液体,整个大脑都溢满了蛇的黏液,最后身体的每一个部位都有蛇在游动的

---

  ① [美]吉姆·鲍威尔:《图解后现代主义》,章辉译,重庆大学出版社2015年版,第63页。
  ② [日]川上弘美:《踩蛇》,杨建琴译,南海出版公司2011年版,第24页。

感觉。不论手指、嘴唇、眼皮、手掌、足底、脚踝、小腿还是脊背、毛孔，只要是能接触到空气的地方都有滑腻腻的感觉。浑身起鸡皮疙瘩，屋子里充满了蛇的气息。无止境的感觉正是现代人难以摆脱的孤独。现代社会，人面对冰冷的机器，孤独的感觉会越来越严重。"人与孤独的纠缠就好似比和子与蛇之间的纠葛，充满了诱惑、抗拒与挣扎。"① 在去中心化、碎片化的世界里，身体的感觉已经失去了灵敏，寂寞难忍如同身体爬进了无数条小蛇一样。"'我内心的硬物无论如何不让我与蛇同化'，说明主人公们并非追求完全的融合。一边追求这种融合，却没有实现完全的一体化，这是因为在被对象所吸引的同时，还感觉到了对象内里的恐怖。"②

作为主体的自身感觉是实现"我"与"他者"一体化的重要前提。比和子曾经在一家女子学校当过四年理科教师。因为不适应这个职业，所以辞职了。虽然那时学生对老师的要求不多，但比和子觉得学生可能有许多要求，很负责地给学生们一些其实不需要的东西，因苦于弄不清自己给学生的是否就是他们真正想要的，烦恼让她筋疲力尽，渐渐失去了教书的心情。靠领失业救济生活了一段时间后，来到了"香奈堂"念珠店站柜台。日本重视教育，学校的教师一般都需要相应的教师资格证。而且教师工作要比站柜台打工的飞特族好，社会地位高，收入比较稳定。可是比和子依据自己的感觉和判断竟然辞掉了这份旱涝保收的工作。从她的角度看有两种可能。一是教师的工作"不再是我想要，而是社会告诉'我想要'"的工作，教书不是比和子真正需要的工作。她能够根据自己的感觉、喜好选择工作，是对当今社会人的异化的反叛，具有一定的敢为天下当的精神。二是比和子对

---

① 郭燕梅：《孤独与异化孤独与异化：论川上弘美的〈踩蛇〉》，《东北亚外语论坛》2018年第6期，第18页。
② [日]原善：《川上弘美的文学世界》，载《沉溺》，竺家荣译，中国文联出版社2001年版，第347页。

变化了的时代不适应，社会转型，学生们的知识结构需要相应地进行调整。作为一个当了四年专业课的教师应当通过改变自己来适应学生的要求，适应社会的变革。但从小说中比和子与蛇母等人的关系看，应当是后者。她的辞职实际是一种对现实的逃离，但没想到，念珠店的工作也没比教师好多少，单调与简单的工作将她推向更大的空虚境地，接受蛇的异化，自己异化成为必然。社会对于美好生活的要求，已经规训了我们自身的欲望。我们的欲望不再和自身的需求相联结，所欲求的都是这个社会告诉我们应该追寻的目标，以至于我们难以觉察什么才是自己真正想要的，即便我们实现了世俗意义上的"好生活"，内心依然感到麻木、空虚和无意义。

"自我"的分裂与博弈。蛇的异化给予人的自我如尼采所言是低层次的自我，满足人们较低层次的需要，干干净净的屋子，喜欢吃的饭菜，性的欲望，等等。按照马斯洛的需求理论，人在满足物质需求以后必然会追求高一层次的"自我"。

蛇的种种表现就是劝诱人去蛇的世界。现实世界的"自我"始终被蛇界需要，如同比和子的曾祖父当年的鸟妻一样，如果达不到她的目的，便会一脚踢开。尽管蛇的世界很温暖，让"我"与它拆除了常人之间的"墙壁"，心里、感情已然被蛇同化。每当"我"对它产生好感放松戒备时，它就会亮出她的底牌：劝诱、邀请"我"去蛇的世界。这也是"我"的底线，"身体深处总有一种异常顽固的东西，执拗阻止我被蛇同化"[1]。对于邀请被拒绝，蛇开始露出本性报复，"我"看到了满屋子的小蛇，看到了无数条小蛇爬到身上，"身体的每个部位都有蛇在游动的感觉"[2]。"我"像疟疾发热似的，痛苦感觉反复出现，"说明蛇与'我'的身体发生了强烈的排异反应以及'我'对于'被

---

[1] [日] 川上弘美：《踩蛇》，杨建琴译，南海出版公司2011年版，第35页。
[2] [日] 川上弘美：《踩蛇》，杨建琴译，南海出版公司2011年版，第33页。

异化'的抗拒"①。自我内心的斗争，"千万不要变成蛇"②，说明"我"对"异化"的排斥，梦中母亲的"千万不要变成蛇"助力我离开"异化"。

冬天将至，快要到蛇的冬眠季节了。蛇母的劝诱多次被拒绝后，开始了直接进攻比和子，当"我"的拳头砸向蛇母软绵绵的身体时，"觉得陶醉，忍不住倒在她的怀里"③，表明"我"对"被异化"的犹豫、麻木。"世上根本不存在什么蛇的世界"，"我"终于想明白并说出了自己的想法。蛇不过是"我"万分孤独时的幻想，孤独与幻想像蛇一样几乎毁掉了"我"的一切。蛇母向"我"发起最后的总攻，掐住比和子的脖子，彻底露出蛇的本性，让屋里发水，整个公寓被水吞没，最后被浊流冲到了香奈堂。经过一个晚上的搏斗"我"和蛇母用同样的力气拼命掐着对方的脖子，"屋子被水流冲卷着，飞速向前"④。"我"的被异化与"异化"的斗争永远在路上，已经几百年了，"总是她进攻，我防卫"⑤。主体和客体的融合，实现"我"与"他者"的一体化，任重而道远。

被异化了的人不再能够感知到自身的存在，时常感觉自己是被设置好的程序，停不下来，却也不知道自己继续做下去还有什么意义。结尾处小菅对顺流而下的"我"说："真田，演习很重要啊！"我回答："不是演习，要是演习的话，就可以获救了。""重要"的歌声是什么呢？我与蛇母的搏斗结果充满了不确定性，但斗争的过程是很明确的，重要的是过程不能迷失，过程中的主体意识不能迷失，飞速向

---

① 郭燕梅：《孤独与异化孤独与异化：论川上弘美的〈踩蛇〉》，《东北亚外语论坛》2018年第6期，第20页。
② [日] 川上弘美：《踩蛇》，杨建琴译，南海出版公司2011年版，第34页。
③ [日] 川上弘美：《踩蛇》，杨建琴译，南海出版公司2011年版，第42页。
④ [日] 川上弘美：《踩蛇》，杨建琴译，南海出版公司2011年版，第45页。
⑤ [日] 川上弘美：《踩蛇》，杨建琴译，南海出版公司2011年版，第42页。

前的水流容不得演习，人不能轻易离开自己该走的路，这真的是自卫。

如何保存这份重要的自卫，小说中没有给出明确答案。川上弘美曾在《踩蛇》一书的后记中写道："我所写的只是我头脑中想象到的，是虚构的。我私底下把自己写的小说称为'谎言'。"① 但从文本环境设计上还是依稀可见作者的意图。"主体零散成碎片以后，以人为中心的视点被打破，主观性消弭，主体意向性被悬隔搁，世界已不再是人与物的世界，而是物与物的世界，人的能动性和创造性消失了，剩下的只是纯客观的表现物，没有一星半点的情感、情思，也没有任何表现的热情。"② "佛教的世界和后现代不同，它是由带有无尽异质性自我组成的。"③ 比和子辞职后再就业的念珠堂，愿心寺，净土宗的念珠等佛教元素以及西子认为"我"有做念珠的天赋，打算教"我"做念珠，主人公们喝的日本茶、荞麦茶，吃的日本料理等表明川上弘美进行的一种尝试性的内卷式的努力。"在日本，都市和农村都失去了人力资源的方向感，被物质资源的膨胀和难衡量的混乱所扫荡。这些变化扩大了异化和不安，侵蚀了政治和经济上的道义，破坏了祖先留下来的遗产。"④ 回归传统、回归原生态当是最重要的自卫。池泽夏树认为，"川上弘美的《踩蛇》踏着《今昔物语》变身谭系列足迹，是最近才有的古风的佳作"⑤，似乎也证明了这一点。

---

① ［日］川上弘美：《"蛇を踏む"》，《文藝春秋》1999年第3期，第168—169页。
② 王岳川：《后现代主义文化研究》，北京大学出版社1991年版，第240页。
③ ［美］吉姆·鲍威尔：《图解后现代主义》，章辉译，重庆大学出版社2015年版，第148页。
④ ［澳］加文·麦考马克：《虚幻的乐园》，郭南燕译，上海人民出版社1999年版，第114页。
⑤ ［日］池澤夏樹：《闇からへ》，《文藝春秋》1996年第9期，第436页。

第四章　自我探寻与他者认同

传统社会里每个人的生活空间基本是固定的,参与社会交往的人基本上也是确定的,自己在社会中的角色大体上也是被规约的,因此认同相对来说是比较简单的。但在网络化、信息化迅速发展的后现代社会,人们通过技术不断变换空间概念、时间概念和文化概念,传统上曾经确定的空间边界和交际网络开始消失,"物理边界不断被超越,其文化内涵不断被抽空、填充和再生产"[①],人们正在步入鲍曼所说的"流动的现代性"。因"物理空间和社会空间的流动性和相对化从根本上抽空了社会认同所必须依赖的确定的参照群体"[②],这种"流动"使人们生活在一个没有确定性和固定性的港湾中,传统的道德不再通用,新的基准尚未确立,出现一定程度的混乱、漂移、风险不可避免。这一切往往会波及价值取向判断的几个相关维度,由原来注重集体价值与身份的集体主义取向开始转向注重个体价值与身份的个体主义取向,后现代思潮下权势距离对社会等级认可度逐渐降低,等等。受此影响,女性的生活方式和角色也发生了重大变化,出现了不同层面的迷向。一些女性社会学家开始有意识地引领与推动女性对自我身份的确认与

[①] 李友梅、肖瑛、黄晓春:《社会认同:一种结构视野的分析——以美、德、日三国为例》,上海人民出版社2007年版,第8页。

[②] 李友梅、肖瑛、黄晓春:《社会认同:一种结构视野的分析——以美、德、日三国为例》,上海人民出版社2007年版,第9页。

建构。日本电视界的先行者下重晓子出版了一系列关于女性找寻自我身份的专著，如《颤抖的二十四年》《快乐做女人》《毫无困扰的，更为真实的生活原则》等，提出了"为自己而活""成为自己决定命运的女人""我的身份，我确认"①等理念，表达了女人应当学会享受自己做女人的身份，不再按照男人的需求或是模仿男人，而是要寻找深层次的"我"的观点。美泽英彦则把身份的找寻看作整个日本女人的一种趋向②，并预言"这种趋向在40岁到50岁的女性当中还会延续下去"③。

无独有偶，芥川奖获奖女作家以敏锐的视角抓住了关乎日本民族与国家未来的价值迷茫问题，在人际交往方式的微妙变化中，思考自我调适与他者认同，通过文本创作见证当代日本人自我调适、力图摆脱迷茫的奋斗历程。女作家们并没有在群体社会的崩溃中过度强化与书写因群体社会改变而出现的家族、亲戚、地域以及职场中的连带关系日益稀薄、弱化的现状，而是在"变"中依稀看到了个人的责任和努力的力量与价值。在"国民自我负责和自助努力的个体社会"④里，针对许多人的迷茫、不安与迷向，获奖女作家们直面个体痛苦的价值观变迁，通过自我找寻，追问"我是谁"，重新树立人生目标，将"人"的渴望放在时代的优先位置，在一片属于她们自己的，与她们的丈夫和孩子不同的世界里进行着自我探寻，并获得他者的认同。

---

① ［法］高丽安：《日本女人，温柔的革命》，佟心平、徐艳译，时代文艺出版社2011年版，第5页。
② ［法］高丽安：《日本女人，温柔的革命》，佟心平、徐艳译，时代文艺出版社2011年版，第9页。
③ ［法］高丽安：《日本女人，温柔的革命》，佟心平、徐艳译，时代文艺出版社2011年版，第11页。
④ 黄亚南：《谁能拯救日本：个体社会的启示》，上海辞书出版社2009年版，第241页。

第一节　寻求认同与交往方式的调适

平成年代日本社会最大的变化是群体社会的崩溃。日本作为以农耕文明为基础的民族，集团的内外意识、共同体的思维观念根深蒂固，加上历史上受到中国传统文化的影响，儒教、佛教思想在日本文化基因中具有很强的遗传性。因此，人际交往方式相当程度上受制于集团社会。在集团中要摆正自己的位置，首先应确立"我是谁"，然后才能进行人际交往与人际互动。作为希腊古城特尔斐的阿波罗神殿上的名言，"人啊，认识你自己"阐释了"我是谁"的重大命题。查尔斯·泰勒也说过"知道我是谁，就是知道我站在何处"[①]。不忘来时的路，了解自己，意味着你要成为什么样的人。如何处理个人与社会，与他者的关系，在怎样的具有终极价值的世界观支配下找寻与确立自己的身份，并在互动中获得认同，这也是获奖女作家们思考与探寻的问题，她们用文学诠释了人际交往方式的调适以及对"转型"社会的适应。

一　原生家庭交往方式的调适

原生家庭是一个社会学概念，是指自己出生和成长的家庭，儿女还未成婚，仍与父母生活在一起的家庭。家庭作为社会最基本的单位，家庭的气氛、传统习惯、子女在家庭角色上的学效对象、家人互动的关系，等等，都影响子女日后在自己新家庭中的表现。原生家庭对日本人的交往方式的形成与变化起着非常重要的作用。获奖女作家通过对原生家庭内、外人际交往方式调适的书写，引导家庭如何适应社会的转型。

[①] ［德］查尔斯·泰勒：《自我的根源与自我认同》，赵旭东、方文译，生活·读书·新知三联书店1998年版，第2页。

(一) 原生家庭的内部调适

平成年代初期,经济由曾经的辉煌滑到谷底,社会心理产生了巨大的落差。2012年第147届芥川奖获奖的鹿岛田真希的《一次远行》(又译《冥土巡游》)描写了原生家庭内部成员人际关系调适的轨迹及各自不同的表现,试图告诉阅读者原生家庭内部家人关系调适同样需要顺势而为,需要人性的本真与善良,而家庭成员之间的爱依然是人际关系调适的润滑剂。

以主人公奈津子的母亲为代表的经济高度发达期的"过来人",是传统原生家庭的强势。她经历了辉煌与富足的生活,却好景不长。"富裕的外祖父死去,接着父亲因为谜一样的脑疾死去"①,她"有的只是丧失,是拥有全部快乐的丧失"②。泡沫经济破裂时,她活下去的动力就是靠讲过去的故事,依靠"美好的回忆"趾高气扬,消解当下生活的"无聊与贫穷"。她与女儿、儿子的关系就是炫耀,凭借曾经一流的消费、一流的饭店、一流的意大利料理来证明自己是一流的人。依靠回忆"身穿晚礼服的年轻外祖父、身穿当时罕见的敞胸礼服裙的外祖母"等身份的高贵来填补经济泡沫破裂后自身的落魄与空虚,凭借往日的辉煌来诋毁务实的女儿。为了弥补这种丧失,母亲将希望寄托在女儿身上,希望女儿嫁给一个富翁,通过女儿的婚姻来恢复自己从前的辉煌生活,希望奈津子找一个填补亡故丈夫的男人,续写高级消费的篇章。占有、不劳而获与盘剥是她一直以来处理家庭人际关系的逻辑。她没有根据自身变化、家庭经济状况而调适家庭内部的人际关系,一意孤行的结果只能是失落与对亲人的伤害。母亲一直是善良、任劳任怨、坚毅的形象,而这部小说里的母亲却颠覆了日本传统的母亲形

---

① [日]鹿岛田真希:《一次远行》,蔡鸿雁译,上海译文出版社2017年版,第2页。
② [日]鹿岛田真希:《一次远行》,蔡鸿雁译,上海译文出版社2017年版,第34页。

象，市侩、冷漠、虚荣与刻薄，甚至唯利是图、不择手段。对待病故的父亲、丈夫没有任何的伤心与悲痛，有的是抱怨，抱怨这两个能为她提供经济后盾，带有银行提款机性质的男人死得过于突然，死得太早，她还没有享受够这两个男人提供的福祉。她没有失去亲人的痛苦，更没有将悲痛化为力量，扛起作为一个母亲应有的责任与担当。一会儿是怨天尤人，一会儿又是幼稚化、装可爱。在家庭内部人际关系处理方面，她根本不打算做任何的改变，顽固不化。她无法接受女儿的简单、低级与没有情趣，更容不下一般职员的女婿，根本瞧不上女婿太一送给女儿的美国高级珠宝品牌海瑞温斯特设计的小钻戒。在她眼里，要"去城堡一样的法国餐厅用餐"，过人上人的生活才是女儿的婚姻追求。母亲典型形象的塑造，隐喻了社会转型期固守过去曾经辉煌的顽固派的坚持，只能破坏家庭内部的人际关系，成为人际关系调适的障碍者，注定会是社会转型期的失败者与替罪羊。

  家庭内部成员间的关系调适也有所差异。作为女儿的奈津子从小就看不惯母亲的张扬与膨胀，更不喜欢弟弟靠透支别人信誉卡消费的不劳而获，甚至讨厌母亲与弟弟的冷酷与无情。她偏偏喜欢北海道出身的、为人坦诚的太一，不顾母亲与弟弟的坚决反对，毅然决然地与太一结婚成为夫妻，即便太一生病做了脑手术失去了工作，靠年金生活也不离不弃，坚持与太一在一起。奈津子觉得"如果看到他人的美好，自己也会有那样的感觉，会稍稍变得心平气和"[①]。平凡而普通的奈津子以常人的心态接受生活的变化，乐观向上的生活态度，靠自己的打拼照顾着生病的丈夫太一、母亲和弟弟。如果说母亲和弟弟留下了经济发达的富贵病，那么，奈津子则患上了新旧时代交替的恐慌病。虽然被以母亲、弟弟为代表的曾经的发达折磨得无奈与无语，对生活

---

① ［日］鹿岛田真希：《一次远行》，蔡鸿雁译，上海译文出版社2017年版，第57页。

在美好回忆里的母亲的所谓"住在豪华套房、穿着晚礼服在大厅里跳舞、在海景餐厅吃法国料理、看法国民歌表演"觉得不可思议,但她还是能忍辱负重承受着来自母亲与弟弟的种种不公正待遇。

平成年代社会转型期,原生家庭成员的人际关系矛盾起源于经济利益,成员之间的爱成为矛盾的调和剂。奈津子通过翻看父亲的遗物与日记明白了,漂亮空姐的母亲与父亲结婚时只是因为父亲是一流企业的职员,薪水高,俩人结婚不久就买了公寓住进去了。日本经济高度发展时期,一流企业工资高得惊人,生活奢侈,似乎有花不完的钱。经济膨胀的同时,人的思想也跟着膨胀起来。母亲与父亲订婚后,辞掉了空姐工作,什么都不做,"觉得就像泡在温暖的热水里一样,幸福感爆满"。母亲是冲着钱才嫁给父亲的,当然父亲死后,母亲需要寻找下一个剥削对象,目标锁定了漂亮的女儿,让女儿重走自己的致富路成为必然。父亲的脑死亡象征着泡沫经济的破裂,"一流企业职员的脑子——被谜一样的病魔侵袭,变成痴呆",象征了泡沫经济破裂得太快,让人如同梦中烟云,人的生活瞬间跌入低谷;也象征了"本不该变成这种人生的母亲的人生,也象征着本不该如此的外祖父之后的家族的末路"①。这一切来得太突然,坍塌后,母亲对此毫无心理准备,也曾一度迷向,她却没有承担起母亲该承担的责任,而是与同谋者、帮凶者的儿子一起将奈津子当成新的剥削对象。

奈津子与母亲、弟弟的行为格格不入,她既不接受母亲对自己的婚姻、空姐等职业的安排,也不拒绝对母亲与弟弟的照顾与付出。她很自然地接受了时代的变化,从派遣族做起,脚踏实地做好区政府主办的逃学儿童社团的简报工作。这与母亲的浮夸与膨胀心理形成了巨大反差,促成了她们母女之间的矛盾与冲突。在这个冲突中,母亲的

---

① [日]鹿岛田真希:《一次远行》,蔡鸿雁译,上海译文出版社2017年版,第68页。

自我是迷失的、游离的，或指向已故的丈夫与父亲，或指向没有能力也不情愿帮她实现梦想的奈津子，无论是前者还是后者，都是虚幻的、无法实现的。母亲代表了经历泡沫经济破裂的一代人的虚幻自我，这种自我探寻可谓路漫漫其修远兮。而以奈津子、太一为代表的另一类人，他们虽然经历了经济发展的辉煌期，却不以从前的繁荣为荣，无论做什么都脚踏实地，即便遇到了生活的挫折，他们也不气馁，调适得很快。因为他们内心没有虚幻的追求因而活得比较真实，即使遭到了母亲与弟弟的侮辱与剥削，也能够泰然处之，也对未来充满希冀。他们在母亲与弟弟的"劣行"中不断调适自己与他们的交往方式，顺应了变化的时代与没有变化的家庭关系。

维系这个原生家庭的三种关系中，母亲之所以活在回忆中，是因为自己曾经的拥有与现实生活反差太大，没有做好适应这种变化的心理准备，因此千方百计地试图通过女儿奈津子的婚姻来找回从前的自我。因此，在处理与女儿的关系时，一切以钱为标准，试图将经济高速发展时期的拜金主义思想强加给女儿，却遭到了女儿柔软的拒绝。母亲作为团块世代（1946—1950年）、婴儿潮世代生人，是经济高速增长与主妇化的产物，这一代人"具有强烈的自我主张"[①]，但作为工薪阶层的妻子，经济上依靠丈夫，失去了经济上的自立，也让母亲失去作为社会人的存在而感到惶惶不安。母亲的"家庭主妇思秋期"陷入烦恼的不是孩子们长大了自己已经不年轻，不知该做什么的不安，而是她所依赖的作为经济来源的父亲与丈夫的死去所带来的恐惧，她将这种恐惧转嫁给了女儿。家庭内部的交往方式发生了转变，母亲由过去率领女儿、儿子享受"高级"生活，在经济危机之后，母亲与弟弟将曾经的"美好"生活当作梦想寄托于奈津子身上。说明以母亲为代表

---

① ［日］落河美惠子：《21世纪的日本家庭，何去何从》，郑杨译，山东人民出版社2010年版，第18页。

的一代"富人",不适应社会转型,在迷失中幻想的不是未来而是从前、过去,家庭关系处理不好,会给诸如小说中弟弟那样的一些人带来不良影响,影响他们的价值取向,进而产生连锁反应,影响他们对新型社会的适应而被社会所淘汰。

(二) 家庭内部与外部关系调适

1990年,第102届芥川奖获奖的龙泽美惠子的《猫婆婆所在的小镇》,描写了家庭外部关系对家庭内部成员间关系调适的影响。战后日本国内经济困难时期,一部分日本人浮躁、盲目,更为崇尚美国,以留学美国,在美生活为荣。小说主人公惠里子的母亲是家庭内部矛盾与不和谐的始作俑者,是崇洋媚外的典型。已经有了男朋友,并在怀有身孕期间,因为"喜欢上那个美国人,……就甩了父亲"①,去了美国,并在美国生下了惠里子。母亲没有责任感。对于名古屋男友,谎称肚子里的孩子不是男友的,一走了之。对于自己亲生的女儿试图完全美国化,起了美国式的名字"艾丽",一句日语都没有教过,实现了母语的英语化。当与美国丈夫怀孕后,根本不考虑一句日语都不会说的三岁女儿的感受,通过航空公司将其送回日本。既没有考虑失去了丈夫的母亲的感受,也没有考虑刚刚二十岁的妹妹的负担。

惠里子是家庭所有人际关系的重要连线与中心点。惠里子在美国出生,不知道自己的亲生父亲是谁,虽然说着英语,但对那个粉色皮肤、个子很高又很魁梧的美国养父,"陷入了沉默"。上小学前,被她的母亲两次"像货物一般送到了羽田机场"。第一次是"三岁那年连日语也不会讲"时,一个人被送回日本。因语言不通,先是吵着"快让我坐飞机去。我不想待在这里。我要回去了,我要妈妈来接我"。当接

---

① [日]滝沢美惠子:《ネコババのいる町で》,《文學界》1990年第3期,第477页。

到妈妈的电话,非常高兴,好像疯了一般,用高亢的声音较劲般喊叫着,"我要快点回去,快来接我"。母亲却冷冷地回复道,"暂时先在这里跟你外婆一起"。母亲因为生了同母异父的妹妹,暂时还不能把惠理子接到美国。从此惠里子陷入了自己不能说日语,外婆、小姨等人听不懂她说的英语的"失语"状态。5岁的时候,惠里子的日语已经很流利了。甚至偶尔妈妈打电话来,不能用英语表达清楚的时候,也偶尔会用日语说了。第二次是五岁的"那年夏天,妈妈突然说让我回洛杉矶去"。到了洛杉矶,"妈妈红了眼眶,在公众面前抱着我落下泪来"。"我"思念的家里,除了蓝眼睛的、妈妈的丈夫之外,还有"我"同母异父的妹妹,"我"住的地方也变得不那么开心了。无论何时何事,总是要以同母异父的妹妹为中心。而且因为"我"与外婆她们一起生活了两年,日语的表达能力远远高于两年前的英语水平,反而想跟母亲的丈夫说些什么,或是用英语对母亲说些什么的时候,总觉得很为难。即使母亲帮助"我"表达,因为总是结巴也不能得到满意的回答。母亲注意到丈夫困惑的表情,迁怒于"我",这种时候"我"越发觉得语言的可怕。母亲意识到"我"不在的话,家庭会比较和平,于是不到两个月就决定再次把我送回日本。来洛杉矶前,"日语我记得很清楚。小姨的话也听得懂,她来接'我','我'很高兴,但想要开口的时候却一句话也说不出来了。'我'想让小姨高兴的念头比先前更加强烈了,在脑海中组织着日语和英语,但无论哪种语言都说不出来。见到外婆也是一样"①。那之后有半年之久,"我"都没有开口说话。这次"我"已经很清楚,"我"再也不能回洛杉矶去了,妈妈已经把"我"抛弃了。5岁的"我"已经完全明白,除了在外婆家努力获得外婆和小姨的疼爱,没有别的办法可以活下去了。在外婆

---

① [日] 滝沢美惠子:《ネコババのいる町で》,《文學界》1990年第3期,第456—461页。

家,"我"是一个忠实的听众与观众,"失语"已经成为常态,对此外婆和小姨已是司空见惯。从小对母亲有怨气,关系比较疏远。"一年只来一两次信的妈妈,在信上写道自己获得了好像是牙科技工什么的资格,在那边工作了。"[1] 小学、初中、高中、短大期间基本没有交集,只是在婚礼上"母亲送来一副绿松石的耳环"[2]。"我"的成长岁月里没有母亲,更没有父亲。

小姨是"我"成长中的母亲,因为"我"这个拖油瓶,谈了几个对象都没有成功,对方不愿意和小姨一起来负担她姐姐的孩子。在与外祖母、小姨的家庭生活里,她们一边照顾着"我",一边抱怨母亲,并将这种爱恨交加的情绪发泄在"我"身上,这一方面滋生了"我"对母亲的疏远,另一方面也催生了"我"对外祖母、小姨的叛逆,进而导致了两次"失语"。外婆日常也穿着和服,小姨不会说英语,她们的日本传统观念根深蒂固,对于"我"母亲的行为与生活方式持反对态度。家庭交往中更多地体现了层级与差别。

家庭内的"失语"在他者处获得了疗愈。邻居猫婆婆比外婆年长十岁,却喜欢穿西服,人际交往中具有西洋文化中的"以对方中心"的观念,处处体现了对惠里子的理解与尊重。通过照顾猫的行动唤醒了沉睡在惠里子内心的爱,6岁时在猫婆婆家开口说话,还产生了想去见自己亲生父亲的念头。

外婆与小姨对惠里子付出的爱是她们死去之后才被惠理子感悟到的,但对惠里子来说,想要报答已经没有了机会。社会转型期家庭关系的处理,需要顺应时代的变化进行调适,"日本性"需要与"世界性"的融合。猫婆婆得体、恰当的人际互动方式,"超前性"里又不乏日本人的观念,值得现代人借鉴,交往方式的改变与调适,与年龄无

---

[1] [日]滝沢美恵子:《ネコババのいる町で》,《文學界》1990年第3期,第479页。
[2] [日]滝沢美恵子:《ネコババのいる町で》,《文學界》1990年第3期,第482页。

关，与是否适应相关。

猫婆婆一家人的交往方式影响着"我"与外婆、小姨，尤其是与亲生父母关系的处理。"我"在高二时只身一人前往名古屋看望了亲生父亲，在与父亲短暂的接触中释放了对父亲的种种情怀，血管里流淌着同样的血，初次与父亲相见却未见生疏。父亲按了按"我"的肩膀，"父亲的手抚摸的部分，一下像火一样热了起来"。到了外面，"父亲看着我，微微笑了。就像一起做了什么秘密的坏事一样，微妙的亲密感在我们两人之间流淌"①。是猫婆婆一家人彼此留有空间与距离的交往方式让惠里子找到了自我，同时也在与家人的处理中看清了自我。日本"间人主义"②与"村落文化"的影响，社会转型期要调适人与人之间的交往方式，有距离但不是拒绝交往，提倡交往但也要内外有别。家庭外部的交往可以是家庭内部矛盾的缓冲带，缓解交往压力的同时，可以从外部看清自己，调适自己与家人之间的交往。惠里子从小姨的死、猫婆婆一家人的友好、儿子的关心中感悟到，"就像父亲一样，只要知道他在就好了。母亲和父亲不知从何时起都变成了令人怀念的存在，我也曾试想过与他们一起生活的话会怎样，却从没想要与他们真正一起生活"。"我"一次也没有给母亲写过信，我无意中想起来，等料理完小姨的后事，等安顿好这些事，思考了"要不要和丈夫儿子一家三口去拜访她呢"③。作者与读者可以一同预测到，她们一定会去的。

龙泽美惠子曾在东京外国语大学汉语系就读，英语也很好，自学过德语，曾经在美国出版公司、昭和海运、美国保险公司工作过，是

---

① ［日］滝沢美恵子：《ネコババのいる町で》，《文學界》1990年第3期，第474—475页。

② 这一概念由日本的滨口教授提出，所谓"间人主义"，即行动时要充分考虑他人或所属部门的立场、心情及相互关系，强调相互间的依存和尊重。

③ ［日］滝沢美恵子：《ネコババのいる町で》，《文學界》1990年第3期，第482—483页。

外资企业的高级白领。中学、小学就读了吉川英治的小说，高中时学校图书馆里的书她大概全都读过，并进入了易道学校，学习过易学、看相、气学、姓名学等科目。她喜欢日本的茶道和插花与竞技舞蹈、长歌、三弦琴、和服。50岁开始写作，获芥川奖时已经61岁。《猫婆婆所在的小镇》里三次出现的"藤筐"等情景设计可以看出，龙泽美惠子的小说融合了日本以及中西文化元素与思维方式，"平稳的笔调书写了人间温情，体会到了作者的老道与成熟"①，且"倾心打造、没有任何的矫揉造作，用自己的语言不经意间讲述着'只有再见才是人生'的故事"②。因此，面对社会转型、跨文化交际时如何快速远离"失语"与"迷失"，"同时收听五国外语讲座"③ 的龙泽美惠子给出了由外向内调适人际交往方式的策略，看似说个人的自我，也有可能在说转型期的日本国家，意义深刻。

《乳与卵》中寻求认同与交往方式的特殊性在于"流动性"。居住在大阪的39岁的母亲卷子与女儿绿子之间因隆胸手术引发争吵，争执不下，无法进行自我认同，导致母女之间交流"失语"，在大阪缺乏他者的介入，交流一度陷入僵局。东京成为破冰之旅，小姨始终在母女俩中间进行着调和，没有偏向姐姐说服外甥女绿子，努力尽地主之谊，满足姐姐的一切需求，搜集隆胸手术相关资料信息，亲自跟姐姐去整形医院实地考察。对于小外甥女绿子则更是热情、友爱，十分理解绿子作为女儿对卷子的爱，对隆胸手术带来的风险的担心，出钱为绿子购买烟花，临别时还送给绿子带有樋口一叶头像的5000日元作为礼物。作为妹妹的"我"是卷子与绿子的他者，"我"的出场及东京的家为矛盾的母女提供了被他者凝视的新的场域，在不断考察中露出了

---

① ［日］黒井千次：《僅差の印象》，《文藝春秋》1990年第3期，第405页。
② ［日］三浦哲郎：《感想》，《文藝春秋》1990年第3期，第402页。
③ ［日］滝沢美惠子：《雪が降って、受賞しました》，《文學界》1990年第3期，第80页。

些许的犹豫，最终让卷子取消实施隆胸手术计划的是十年未见的前夫——绿子的父亲，最终母女在厨房发生"鸡蛋战""调料战"，激烈冲突后，绿子突然开口喊"妈妈"后和好，实现了生命流动的平衡。家庭内部人际关系的调适需要流动的场所，需要冲突，需要不在场的他者。川上未映子是日本大学通信教育部文理学部哲学专业出身，她运用了哲学中最基本的命题——矛盾的转化规律来处理转型期人际交往的方式，往往这种冲突会像打散的生鸡蛋一样，再多的恩怨瞬间会化为乌有。受网络化、信息化影响，人的"间人性"交往方式开始弱化，后现代社会的多元性却埋下了人际交往方式的简单化、数字化、冷漠化。这也是当下日本人际交往方式的新动态，需要用人性中亘古不变的爱与亲情来进行引导与调适。

二 重组家庭人际交往的调适

家庭生活只是人的一种生活方式，"并不是人的一生中的必然经历，是在特定时期，和某个特定有纽带关系的个人共同创造出来的"①。重组家庭的人际交往有其特殊性，相对来说，比较难以调适。藤野可织的《指甲与眼睛》、大道珠贵的《咸味兜风》，描绘了重新组合家庭的人际交往方式，她们笔下的女主人公常常在逼真性和现实光景间产生的偏差透镜世界里进行着人际交往焦距的调适，寻求自我与他者的认同。

藤野可织1980年出生于京都府，大学毕业于日本同志大学文学院，研究生毕业于该校的美学与艺术学专业。2006年凭借《贪嘴的鸟》获得文学界新人奖，2013年凭借《指甲和眼睛》获得第149届芥川奖。藤野可织的文学世界具有美学与文学理论的支撑度与厚重感，

---

① [日] 目黑依子：《個性化の家庭》，劲草书房1987年版，第Ⅳ页。

时而用美丽的语言描绘出不稳定的世界，时而迸发出奇想的设定。《指甲和眼睛》以第二人称视角讲述了一个重组家庭成员之间关系处理的故事。小说的叙述者是去世前妻留下的三岁女儿阳奈与父亲现在的情人、试婚者、家庭主妇麻衣相处的故事。小说《指甲与眼睛》里有两个关键词"眼疾"与"距离"。信息时代的时空错乱，在拉近人与人之间的距离的同时，泛滥的信息同时也遮蔽、迷惑了我们的双眼，亲眼看到的世界未必是真实的世界，"眼""心""身体"呈现病态，人际关系失衡，出现了异化，这不仅加大了自我探寻的难度，也催生了人际交往方式调适的独特性。

（一）"自我欺骗"与人际交往的距离

对于主体世界来说，社会结构与文化的变化比世代交替的步调还要快。"在个体的生命历程中，社会世界不再是稳定不变的。这对身份认同的模式与主体形式带来深远的影响。"[①] 萨特认为，现代人异化的重要表现首先是"自我欺骗"，其次是被注视。信息化、网络化使人与人之间隔着镜头的距离交往成为一种常态。藤野仅仅抓住这一社会变化特征，运用"距离"的美学原理诠释了当下人的"自我欺骗"。

麻衣看世界，与人相处的距离感。《指甲与眼睛》里的麻衣与父亲的不伦关系始于医院的眼科诊所，两个人都是眼睛疾病的患者，当时麻衣裸视不足0.1，高度近视，因戴着隐形眼镜导致眼球受伤来诊所就医。而父亲眼睛特别好，只是因季节性过敏性结膜炎导致眼睛充血，所以来医院就诊。父亲去了三次医院，眼疾基本痊愈。其实，麻衣从高中或者更小时所看到的世界都是通过镜片看到的，一旦隐形眼镜被取出，形同一个"盲人"，什么也看不见，就连走路都需要别人的引

---

① ［德］哈特穆德·罗萨：《新异化的诞生》，郑作彧译，上海人民出版社2018年版，第59页。

领。她眼中的世界是非现实的世界，为了看清世界，需要调整镜片的焦距。她所认识的世界都会带有很强的"自我欺骗"性。麻衣生活在与镜片共谋的自我世界里，其实她根本不了解，也不愿意了解真实的世界。刚刚二十五六岁的麻衣，或许代表了当下日本的年轻一代，家庭成员之间的关系比较疏远，自己准备结婚的消息只是象征性地告诉了自己的妈妈，并对自己的父亲保密。很显然，日本传统的家庭观念、家庭成员亲情关系开始松动。"我就是我"的观念，我行我素的价值观根植于当代日本年轻人的骨子里，与有血缘关系的家庭成员之间都失去了信任与依赖，日本传统的集团意识、家庭观念的瓦解可见一斑。个性化社会带来的不仅仅是日本集团社会的瓦解，对根深蒂固的家庭关系也形成了巨大的冲击，"失去的一代"不仅仅是奋斗精神的丧失，更是流淌在日本人血液中传统家庭文化链接与传承的家庭人际关系的断裂。信息时代信息交流便捷了、效率了，但亲情需要交往，需要交换信息，需要看似"没用"的嘘寒问暖，这样才能稳固家庭成员之间的关系。

叙事视角的距离感。整部小说是以"我"的视角与口吻与你进行对话，"我"既是叙述者，又是故事中人物，是说话者。小说中始终将麻衣称呼为"あなた"（你），你是听话者，是第二人称指示，第二人称叙事与第一人称叙事相结合，第二人称主要用于指示听话人，在一定语境中它的指称是确定的。"我"和"你"是交际的双方，是说话者和听话者，我们之间有距离。但是，我的眼睛很好。小说以"我"的眼光讲故事，虽然"也会有意无意地对故事进行变形和扭曲"①，但从三岁的"我"的视角来讲故事，进一步强化了故事的真实性，因三岁的"我"在一些"特殊"场合的缺席，导致叙事的不可靠性。作者

---

① 申丹、王丽亚：《西方叙事学：经典与后经典》，北京大学出版社2011年版，第29页。

从美学角度对素材进行了重新安排与设置,为读者提供了参与思考的空间,体现了小说情节结构的文学性。这种不确定性体现的"距离意识"恰是"强烈的自我意识,生活来生活去最终仍还原为自我的态度与个人孤独,是现代女性必然面临的问题"[1]。

人际交往的实用性与"可怕性"。麻衣裸视不足0.1,从中学时就佩戴着隐形眼镜,在眼科医院看病且在"我"的妈妈还活着的时候认识了"我"的爸爸并开始了不伦的交往。当时麻衣是某贩卖公司的一名派遣员,也有过正式社员的经历,但是评价较差,始终没吸取教训。最后她选择了人际关系最好处理的派遣员工作,虽然工资不高,但省劲,不用付出太多的努力。麻衣置母亲的劝告于不顾,坚持与有三岁女儿的父亲来往、同居、试婚,觉得很实用、很划算。一是她可以不用再去工作了,不再与公司内复杂的人际关系有纠葛;二是可以做到"不劳而获",拿着父亲的信用卡任意消费,不用再为每月数量有限的薪水发愁,因有一个三岁的女孩儿也不用生育孩子了,很现实地解决了麻衣的物质需求。但是,麻衣"得不到的东西不强求,得到的东西也不放手,绝对不自找麻烦,也绝不会毫无意义地失控"[2],足见麻衣精神情感空间的缺失。试婚的两个月里,麻衣和父亲性生活极度不和谐,到后来的无性生活,似乎也知道父亲在外面又有了新欢。麻衣从被囚禁窒息、备受压抑的家庭空间中走出,毫不隐讳地与旧书店老板幽会。在公共空间中叙述完自己的欲望,满足了精神与肉体的需求后,开始冷淡旧书店老板,因为旧书店老板的物质条件不能满足麻衣所需要的,又回归到家庭。麻衣与男性的交往也体现了日本文化中的实用性,并将这种实用性带入家庭。家庭成员之间关系的利用与被利用、实用与被实用拆解了原有家庭的主体间的关系,维系家庭的不再是亲

---

[1] 刘春英:《日本女性文学史》,商务印书馆2012年版,第286页。
[2] [日]藤野可織:《爪と目》,《文藝春秋》2013年第9期,第420页。

情，存在着被功利所取缔的危险与不安全因素，这恐怕是藤野可织所说的"世界的可怕"①之处。

"女性"与"母性"角色的认知对人际交往方式的影响。麻衣对待生活的态度是，"生活对你来说是平稳的。几乎失去了所有对时间的感觉。被喜欢与被讨厌是作为一个人的正常状态，不认为有何不正常。你感觉到生活会永远如此进行下去。时间不是一天一天地线性状经过，而是被延长了的时间在空间的留存"②。用时间换空间是进入后现代社会人的一种思考问题的方式。麻衣对待工作的态度是，"谈不上喜欢与不喜欢，因为不得不工作，所以工作不是什么痛苦，或者说即使痛苦也是一种习惯性的痛苦，如同在眼球上放了既干涩又疼痛的隐形眼镜片一般"③。工作上感觉的缺失，又没有热情，越省事越好，缺少了日本女性身上的勤劳、奋斗与追求的精神。在听到试婚、同居后只是在家料理家务不再工作——工作即将成为过去，这或许就是麻衣同居、试婚乃至今后结婚的个人追求。不愿为任何人承担义务和付出。麻衣对生育、母性繁衍不感兴趣。理由很简单，生孩子痛苦、麻烦，认为"怀孕这种事自古以来吞噬了那么多的身体，眼下这一时刻，还有从今往后仍会持续不断地吞噬"④。这是对母性神圣的挑战与质疑，更是一种自私的、自我的体现，也是对日本传统女性道德底线的挑战。麻衣目睹了流产住院的朋友的素面与痛苦状后，坚定了原本就不喜欢孩子的想法，决定不生育孩子，同时还庆幸对方有一个"三岁"的女孩。这是一个非常可怕的想法，因女性的不婚、不孕导致日本早已进入少

---

① ［日］藤野可織：《世界は恐ろしい、でも素晴しいこともある》，《文藝春秋》2013年第9期，第408—413页。
② ［日］藤野可織：《爪と目》，《文藝春秋》2013年第9期，第420页。
③ ［日］藤野可織：《爪と目》，《文藝春秋》2013年第9期，第417页。
④ ［日］藤野可织：《指甲和眼睛》，金伟、吴彦译，《四川文学》2015年第21期，第120—121页。

子化社会，女性的"反母性"用在这个地方我觉得是一种不负责任的解脱，再把自己的命运寄托在男人身上的同时，不劳动、不生育，整天混日子不可取，可能这也是作者所不提倡的。"男女角色的重新排列组合已经进入了超越女性计划的新阶段了"①，女性如何作为女性，如何作为一个自然人，藤野可织提出了自己的担忧。一个不负责任的"准继母"对待"女孩"的态度可想而知。她就像对待一个小动物一样，照顾与养育"三岁"的女孩。母亲出了问题。现代人的动物化、宠物化是人类的退化，更是母亲教育退化所致。"在人类漫长的文明历史长河中，人类第一次在生物学的意义上完成自然选择之后，还经历了第二次选择即伦理选择。人类社会从自然选择到伦理选择再到科学选择的过程，是人类文明发展的逻辑进程。"② 恩格斯提出了劳动创造人类的科学论断。"不劳动"应当不是作者所提倡的，也不是社会进步、社会文明的产物，"丑陋的事物和恐怖的事物也是美丽的，能给人留下强烈印象的事物和能给予情感上某种刺激的事物"③，这恐怕是作者真正的写作意图吧！

（二）不被凝视与"幸福主妇"形象的瓦解

《指甲与眼睛》中阳奈的亲生母亲是一位幸福、称职的家庭主妇，在某漫画连载结束时在自家阳台选择自杀身亡。这位贤妻良母的女性，细心照料女儿的起居生活，将家打理得井井有条。让丈夫安心工作，无论转勤到何处，都不用担心家里的任何事情。喜欢阅读小说、看绘本以及烹调方面的书，知识面比较宽。女儿的饮食结构依据料理

---

① ［日］落河美惠子：《21世纪的日本家庭，何去何从》，郑杨译，山东人民出版社2010年版，第174页。
② 聂珍钊：《文学伦理学批评导论》，北京大学出版社2014年版，第32页。
③ ［日］藤野可織：《世界は恐ろしい、でも素晴しいこともある》，《文藝春秋》2013年第9期，第408页。

书、网络研究得非常透彻,每顿饭"差不多都是三菜一汤"、新鲜蔬菜等健康食品,"几乎就没给女儿吃过不健康的小食品"①。生活也很有品位,从家里比较考究的古色古香的欧式家具、洁白的餐具中可以看出母亲的生活很有档次,也非常前卫。胡桃木花纹的家具都是涂了白漆的实木制造的,所有家具的造型都利落简洁,房间搭配的色调高雅、明快。

阳奈的亲生母亲人际交往简单,现实世界基本没有什么朋友。她的父母已去世多年,仅有的一个哥哥也已经50岁,家在外地,他们兄妹之间基本上没有来往。丈夫与女儿就是她直接交往的全部。她非常爱自己的女儿,从饮食到衣服的购买都非常的用心,将自己所有的爱都倾注给了女儿。她活动的场所也非常有限,家务做完后,喜欢在阳台上看外边,喜欢站在阳台上仰望天空。一直使用结婚前的电脑,用"清澄的日子"名字以每月四次的频率写博客,作为博主,以管理人的"hina*mama"网名,在网络的虚拟世界里进行交流,表达心声,通过网络平台打理自己的生活。网络博客记录显示,她渴望有一棵海外盛行的名为榕猪苓的观赏植物。她却在网络上活跃了2年多后,在电脑彻底坏掉的三周前于自家阳台上因抑郁而自杀身亡。

随着信息化与科学技术的发展,家庭主妇的分内职责,诸如家政管理、置办衣物、料理家务、照顾丈夫和孩子等工作变得轻而易举,简单省时、省力。尤其是在20世纪80年代日本就已经进入互联网时代,日常生活的信息化、网络化已经成为常态。她们更多的时间与精力用在了互联网的虚拟世界。网络交际、网络小说阅读、动漫观赏等自然而然地进入她们的生活。她们将注意力从丈夫、孩子的身上转向了网络,引发了网恋、赌博、酒精依赖症、购物癖、浪费癖等社会问

---

① [日] 藤野可織:《爪と目》,《文藝春秋》2013年第9期,第427页。

题。而这些社会问题往往与她们的丈夫的家庭关系的处理方式有关联。"在以伴侣为单位的社会中男性被视为单位的代表,女性作为'被抚养者'而被'影子化'了。"① 家庭主妇为长期单调的生活所困惑,衣食无忧后往往开始思考自己的人生,进入了自立和"思秋期"——人生的"秋天",她们意识到自己已经不再年轻,被一种莫名的不安所包围。这种网络给女性带来的焦虑,或因男性的焦虑而加速的女性空虚,都会促使家庭成员间关系的异化,导致家庭破裂。

现代日本社会越是高级白领的妻子越容易出现上述问题。小说中的父亲,是著名企业的单身赴任职员,三十五六岁,性格内向,两周才能回一次家,有时还因加班、婚外情等种种理由减少回家次数。母亲作为传统家庭主妇与现代网民的双重身份,女儿还小,现实生活被孤独包围着,是"戴着面具假装幸福"的主妇。女性对于情感是非常敏感的,她们的第六感官很灵敏。父亲与麻衣不正常的男女关系,其实早就被母亲发现了。"你闭上眼睛看一下,非常简单的事情。无论是多闹心的事儿,眼睛一闭就什么都没有了"②,透露出母亲现实世界、网络世界都无法摆脱的痛苦,试图用"死"来了结一切,获得解脱的想法。母亲内心的崩溃却又无法和丈夫沟通,只能压抑自己,在煎熬的边缘,孤独地死去。对于追求"一点都不能受伤害的闪闪发光的身体与心灵"③ 的母亲,致力于对爱情的纯洁性追求。发现丈夫婚外的不伦行为后,选择自杀,具有了"樱花绚丽之美"的民族性与文化性。与以麻衣为代表的现代人不劳而获的反"日本性"进行对照,作者通过母亲的死呼唤网络时代"日本性"在人际交往中传承与延续的历史意义。死亡是可怕的,这恐怕也是作者所描绘的美吧!"与其说是表现

---

① [日] 落河美惠子:《21世纪的日本家庭,何去何从》,郑杨译,山东人民出版社2010年版,第185页。
② [日] 藤野可織:《爪と目》,《文藝春秋》2013年第9期,第443页。
③ [日] 藤野可織:《爪と目》,《文藝春秋》2013年第9期,第440页。

出日常的恐怖，不如说日常本身就是有恐怖的存在。"① 藤野可织言说了网络是把双刃剑，其可怕的一面在于，它不仅无法真正解决现代人的苦恼与困惑，而且往往还会加大网民的空虚。

母亲选择了阳台作为死亡场所，她喜欢站在阳台眺望远方，她如同笼子里的金丝鸟一样，希望飞出牢笼，飞向外部世界。阳台是通往外部世界的门，阳台虽然是室外，开阳台门的把手却在"屋里"。母亲虽然知道了丈夫的婚外行为，但只能忍气吞声，佯装不知。因为高级白领的丈夫是整个家庭的经济支柱，经济上无法摆脱对丈夫的依赖，即使是个性化社会，女性在家庭中的地位仍然是一个弱者。以母亲为代表的家庭主妇，她们支撑着社会的繁荣却不得不直面内外的空虚。她们没有伙伴，没有交际的现实的人。日本著名记者齐藤茂男的《思秋期的妻子们》描绘了看似光鲜、幸福家庭背后的无尽寂寞和空虚。这些日本都市的中产阶级家庭里的平凡主妇，她们将全身心奉献给了家庭，让作为"企业战士"的丈夫没有后顾之忧，全速奔跑，支撑起了日本经济的飞速发展，却没有人看到她们的痛苦，这痛苦里有无尽的等待、无助的寂寞，还有无能为力的忍受。

（三）凝视中的阻隔：真实性与现实光景之间的偏差

3岁的阳奈受到了两个不同母亲的影响，形成了性格迥异的人格。在孩子成长过程中来自母亲的爱往往通过眼神获取。"母子之间正是通过注视，获得人际距离的免疫。"② 3岁的阳奈，眼睛特别好。她不记得母亲的声音却永远记住了母亲的"笑脸"，也忘不了母亲死亡后塌陷的眼睑，阳奈的人际交往的免疫遭到了破坏，对人际交往产生了极大

---

① ［日］藤野可織：《世界は恐ろしい、でも素晴しいこともある》，《文藝春秋》2013年第9期，第412页。

② ［日］斋腾茂男：《饱食穷民》，王晓夏译，浙江人民出版社2020年版，第258页。

的恐惧感。曾经"日常性"的生活突然因母亲的自杀而断裂，这对阳奈造成了极大的心灵伤害。原本有教养、比较自理、"性格稳重、不爱说话、老实的孩子"①，一下子变成了"一个不吉祥的孩子，一个不可救药的孩子"②。因母亲死于阳台，所以"我是绝对不到阳台附近去，看都不看一眼，就连阳台与起居室、餐厅之间的儿童房也不能去了。如果强行拽到那里的话会大声哭喊，是一种不可思议的哭声……我无法正常生活。父亲、我、临时保姆不得不在卧室里进餐"③。从此，阳奈便养成了咬指甲并吃进肚子里的习惯。孩子本来需要无穷无尽的、无条件的爱，因为对母爱的需求无法满足，产生了依赖性格，"就会寻找其他事物去代替其所需的爱，并以此填补心中对爱的需求"④。母亲的爱具有不可替代性，父亲、保姆、准继母都无法填补阳奈心中的空洞。

在母亲去世两个月后，与父亲有不伦关系的麻衣登堂入室，与女孩的父亲开始了试婚生活。新的女主人对于家中的3岁女孩，谈不上喜欢与不喜欢，反正即使将来试婚成功也不想生孩子。麻衣机械地给3岁女孩喂廉价的小食品，新家庭的饮食没有了以往的合理搭配，也没有了整洁舒适的居家环境，越简单越好，她根本不考虑3岁孩子的成长与教育问题。麻衣就像一个机器人一样对待3岁的阳奈，如同完成工作一样，程序越简单越好，机械喂养，按时去幼儿园接送孩子。短短时间内，阳奈因大量食用小食品，迅速增胖，亲生母亲为其买的衣服变小，麻衣根本就没有发现。"我的视力非常好"⑤，时刻凝视着麻衣的行为。不爱做家务，家里物品摆放混乱等做法与阳奈的母亲形成

---

① ［日］藤野可織：《爪と目》，《文藝春秋》2013年第9期，第414页。
② ［日］藤野可織：《爪と目》，《文藝春秋》2013年第9期，第422页。
③ ［日］藤野可織：《爪と目》，《文藝春秋》2013年第9期，第424页。
④ ［日］斋腾茂男：《饱食穷民》，王晓夏译，浙江人民出版社2020年版，第260页。
⑤ ［日］藤野可織：《爪と目》，《文藝春秋》2013年第9期，第419页。

了巨大的反差，愈发给孩子带来不安与恐惧。麻衣屡次把孩子送到幼儿园后就去与旧书店的小老板"鬼混"来排解自己的空虚与寂寞。尤其是被"冷落"数次的旧书店的小老板找上家门时被弄得措手不及，将阳奈推到阳台并拉上窗帘的行为激活了小女孩对亲生母亲死在阳台的回忆，无助、思念、恐惧与怨恨等复杂情绪导致了孩子的暴力倾向，用手使劲拍打阳台门的玻璃。当天在幼儿园用指甲挠破了小朋友的皮肤，被老师批评、家长围攻后，暴力升级，将咬掉的指甲作为隐形眼镜放入麻衣的眼睛里。

网络社会改变了人的思维方式与生活方式，强烈的自我意识、孤独与空虚是现代女性必然面临的问题，由此所引发的人际交往方式会变得更加复杂。麻衣为了逃离现实生活的孤独，视母亲的劝告于不顾，执意要与带着3岁女儿的男人来往、同居。因为这样她可以不再去工作，可以逃避复杂的人际关系，逃离现实社会的劳动与努力。同居后随意使用男人的信用卡，物质需求获得满足后，又面临着精神的再度空虚。与同居男人不和谐的性生活，缺少了不伦时期的冲动与激情。于是，麻衣又从家庭空间走出，肆无忌惮地在公共空间叙述自己的欲望，非理性地与旧书店老板进行着幽会与身体交往，毫无顾忌地宣泄着精神与肉体的需求，在生活空间中寻找自我，来实现作为社会人的隐性价值的兑现。

阳奈的母亲是传统的家庭主妇，温柔贤惠，兢兢业业照顾着丈夫与女儿的起居生活，是一位称职的家庭主妇。现实社会中人际交往少，交往几乎都是在网络的虚拟世界进行的，所有的喜怒哀乐都在网络上呈现与倾吐。网络社会总归不是现实，本来想凭借写博客、网购、网络交际来排解孤独与空虚，不但没有走出自我，反而被无情的"间人关系"的现实与网络的虚拟所击毁，走向了死亡。作者通过设置阳奈的母亲死在了通往外界的阳台，说明社会转型期的信息化，人们的交往方式、人际关系不能完全依靠网络，虚拟世界无法代替现实世界的人际交往，否则将面临走向死亡的危险。这对出生在新时期的人的教育影响尤为严重，关乎日本文化的传承。

麻衣因逃离现实世界的压力与负担，宁可用自己的青春与婚姻换得"不劳而获"，由派遣员变成了准家庭主妇。作者敏锐地观察到当代日本一些年轻女性无力周旋于复杂的人际关系的现实，逃避复杂的社会，回归家庭后又会进入女性的"思秋期"，在精神追求的驱使下再度逃离家庭，最终结局仍是要回归家庭。这种物质追求与精神追求的平衡点落到了网络的虚拟世界。小说中的麻衣通过网络和母亲在书中的阅读痕迹得知母亲的爱好与品位后，潜意识中开始模仿。"同居两个月之后，脱下来的衣服与晾干的衣服出现在沙发上的次数越发减少了，晾衣架也只是放到了关闭的日式房间里，不在碍眼了。你浏览网站上连载着很多收纳与整理指南，参考着网上信息开始着手诸如扫除、收拾屋子等家务。"① 并"用母亲原来的 hina * mama 的用户名每天都上网，与其他管理者一样调节、整合、引导着生活"②，还用母亲的网名进行网购。家庭主妇很难逃脱虚拟的网络交际魔咒，她们掌握着家庭的消费权力，可以自由支配家庭的经济收入，当消费欲望得到满足，生存价值似乎得以兑现，但是精神价值的真正兑现还需要走很长的一段路。

日本近代家庭以家庭成员的爱为纽带，重视私生活，实行丈夫工作、妻子做家庭主妇的性别分工，对孩子有着强烈的亲情。近代母亲有两种，"一种是医生，一种是代替学校的教师"③。传统上，日本的"家庭价值"对传承日本文化的人伦、义理等人际关系，延续日本人最

---

① ［日］藤野可織：《爪と目》，《文藝春秋》2013 年第 9 期，第 436 页。
② ［日］藤野可織：《爪と目》，《文藝春秋》2013 年第 9 期，第 440 页。
③ ［日］落河美惠子：《21 世纪的日本家庭，何去何从》，郑杨译，山东人民出版社 2010 年版，第 54 页。

得心应手的"'顺从'和'吸收'的心理",维系人与人之间的相互依赖关系非常重要。"日本两千多年来的依赖心理自然构成了日本人的基本情感"①,依赖心理的原型是"婴儿朦胧地察觉到自己与母亲的区别,渴望紧紧依附母亲的情感"②,失去了母子关系,就不可能使幼儿正常地发育成长。"依赖心理即便在幼儿成人后寻找新的人际关系时也仍然发挥着某种作用。"③ 如何调理好这种代际的依赖与传承,作者提出了看清风景需要去垫一些隔板,需要重新看世界,需要用感觉去看世界。三次搬"家","暂时租住在3LDK公寓",最终要买一套独门独户的自由生活的"房子"等设置,隐喻了日本女性追求由现实生存空间向精神情感空间转换的必然,同时也预示了日本家庭主妇真正实现隐性价值路途的遥远与艰辛。

第二节 人际关系中的他者认同

近年来,在各种学术文本中,"认同"是一个出境率相当高的概念,"是一种被赋予具有军事、暴力等'硬权力'所无法企及的独特和具有非凡能量的'软权力'形态"。随着20世纪80年代前后世界学术话语的后现代转向,"修辞""诠释""建构""想象""符号"等概念凸显出来,"并很快发展成为一种高调的声音"。认同强调个人或群体的自我建构,"强调认同承载着的主体性"④。认同不同于简单的意识形态灌输或角色安排,"个人或群体在'认同'方面具有较强的能动性

---

① [日] 土居健郎:《日本人的心理结构》,阎小妹译,商务印书馆2006年版,第56—57页。
② [日] 土居健郎:《日本人的心理结构》,阎小妹译,商务印书馆2006年版,第51页。
③ [日] 土居健郎:《日本人的心理结构》,阎小妹译,商务印书馆2006年版,第52页。
④ 李友梅、肖瑛、黄晓春:《社会认同:一种结构视野的分析——以美、德、日三国为例》,上海人民出版社2007年版,第1—4页。

和建构权力,能够对各种外在因素做出适当的'解释',做出接受(内化)或拒绝的选择,它是行动者自我反思能力和行动能力的反身性监控能力提升的结果和表征"①。认同可以有多个定语,文学视角下的人际关系自我认同与他者认同犹如社会关系的一面镜子,反射出文本所描述时代的社会结构的运动轨迹。因"'认同'是行动者对认同对象自身意义和价值的诠释过程,本质上是精神的和文化的"②。社会等他者认同,是在一定程度上对特定社会类型的文化本质的认同,明确地反映了特定时代人们的价值取向。

人活在符号世界里,是符号的动物。符号的能指与所指关系建构取决于和人的关系的维系。平成年代日本传统社会开始瓦解,个人主义开始普及,但这种个性化社会,并非完全与昭和社会割裂开来,"平成日本有着昭和后期日本巨大的影子"③。日本社会缺乏个人主义意识,"家族主义和集体主义一直是传统社会的主导意识形态",社会结构已经进入了个性化的状态,但个人主义意识却没有与之呼应,日本进入了"没有个人主义的个人化社会",因此日本社会在社会转型中还未能积极地对待个人主义思想,对问题的一些处理与思考,尤其是人际关系,在很大程度上还受制于传统的集体社会惯性影响,进而导致"社会个体化的进程中造成思想真空和混乱,导致文化空间的缺乏以及和其他社会空间的不相适应"④,导致人际关系的他者认同危机。藤野千夜的脱离他者与自我认同,村田沙耶香的他者互动与寻找自我,赤染晶子的战胜他者与自我确立,青山七惠的感知物哀与实现自我,等等,

---

① [英]吉登斯:《社会的构成》,李康等译,生活·读书·新知三联书店1998年版,第524页。
② 李友梅、肖瑛、黄晓春:《社会认同:一种结构视野的分析——以美、德、日三国为例》,上海人民出版社2007年版,第8页。
③ 胡澎:《平成日本社会问题研究》,社会科学文献出版社2019年版,第19页。
④ 胡澎:《平成日本社会问题研究》,社会科学文献出版社2019年版,第35—36页。

揭示了这种没有个人主义的个人化社会,既有传统社会痕迹又有后现代意识的人际关系。这种新型的人际关系在自我认同与他者确立的律动中,寻觅日本社会新型人际关系建构的端倪。关系决定价值,人际关系与人际互动最能反映出交际者的价值取向。

一 脱离他者审美与自我认同

藤野千夜,1962 年生于福冈县,毕业于千叶大学教育学部。性别男,性别取向为女。日常生活与工作,均以女性打扮出场。曾担任过漫画杂志编辑,职场中作为男性被雇用,因其穿短裙等女性化的打扮而被开除。喜欢大岛弓子的漫画,文学创作受其影响较大。1995 年,凭借《午后的课表》获得第 14 届海燕新人文学奖,从而转型为小说家,作为高产作家活跃于当今日本文坛。1996 年,《少男少女的波尔卡舞曲》获第 18 届野间文艺新人奖候补。1998 年,《鬼怪杂谈》获得第 20 届野间文艺新人奖。2000 年,《夏天的约会》获得第 122 届芥川奖。2004 年,担任群像新人文学奖评委(第 47 届、第 51 届)。2006 年,《国道 225 号》被改编成电影。

藤野千夜在《夏天的约会》中描写了男同性恋、变性人、年轻女性等一群现代人试图结成一种跨越性别的联盟,他们从后现代社会被快速的时间节奏压缩的空间中挣脱出来,离开令人窒息的都市,走向森林,走向原野,在大自然的怀抱里,寻找人类原初的精神家园,寻找精神的回归。藤野千夜在日本社会"变"与"不变"的挣扎中,敏锐的目光触碰到了社会变革期的同性恋与变性人群,通过对年轻人的生存状态及人际关系的书写,"在多元的思索中更客观地解读着人类'性'的实质"[①]。

---

① [美]威廉·A. 哈维兰:《文化人类学》,瞿铁鹏、张钰译,上海社会科学院出版社 2006 年版,第 525 页。

(一) 挑战性别认同

在后现代主义理论视域下,同性恋问题与女性主义理论引起同性恋理论研究者的关注,有意识地将两者放到同一维度上展开分析。其中酷儿理论反对具有强制性意味的异性恋,指出,"强制性的异性恋是父权社会的权力话语和暴政,是对性欲的强制、剪裁和规范,排斥一切性欲的非异性恋的选择,这就是性别主义的男/女二分性别论的实质"①。酷儿理论涵盖了双性恋、男女同性恋、跨越性别的人、虐恋者等多元性类型,它有一个强烈的倾向,即"创造并维护一个向异性恋规范发起挑战的多重话语空间"②,进而建构一个反对异性恋的霸权和同性恋恐惧症的话语体系。

长期以来,西方现代学科和理论在文化中保存了一个自然的内核,一个无须检验分析的关系,那就是异性关系。人类社会"在这个强制性的异性恋基础上安排一套对历史、现实等的理解,力图把异性恋普遍化、真理化。在异性恋基础上建立的异性恋社会,则竭力压抑作为差异性的统治的合理性"③。维蒂格呼吁女性从拒绝"女人"的符号开始,她的《女人不是天生的》表达了同性恋者是逃离了男女特殊权力社会关系的群体,呼吁同性恋者以自己的存在消灭异性恋的社会体制。对异性恋的二元结构的拆解,对同性恋者的认同接近了福柯对人际关系的想象:"我们生活在一个制度相当匮乏的关系世界。社会和制度限制了人际关系的可能性,因为一个具有丰富的人际关系的世界管理起来太复杂……事实上,我们生活在一个法律的、社会的和制度的世界

---

① 魏天真、梅兰:《女性主义文学批评导论》,华中师范大学出版社2011年版,第117页。
② [美] 露斯·高德曼:《那个怪异的酷儿是谁?——探讨酷儿理论中性、种族与阶级的规范》,载 [美] 葛尔·罗宾等《酷儿理论:90年代性思潮》,李银河译,时事出版社2000年版,第192页。
③ 魏天真、梅兰:《女性主义文学批评导论》,华中师范大学出版社2011年版,第117页。

之中，人际关系的可能性极为稀少，极为简单，极为可怜。当然，存在着一些基本的婚姻关系和家庭关系，但是还有其他关系应当存在啊！"①酷儿理论体现了福柯关于自由、开放的人际关系的思想，拆解了人类社会源远流长的二元的性和性别观念，"创造着人类新的人际关系，表达着对多样性多元化的存在方式的持久向往"②。藤野千夜在具有特殊历史意义的平成年代凭借《夏天的约会》在日本文坛与之遥相呼应，书写了以丸尾、光、玉代等为代表的日本同性恋者与变性者这一特殊人群的日常生活，通过展示这群人独特的思维方式与角色认知，拆解了传统社会男女性别的二元结构，逃离以往社会传统所建构的社会关系群体，挑战约定俗成的性别社会体制，试图建构特殊人群的话语空间，在与他人和解与理解的眼神中获得他者的认同。

首先，《夏天的约会》作者选择了第三人称叙事，在对特殊人群存在的客观性事实描述中呈现出了性别价值取向，向二元性别认同发起挑战。在不确定的后现代社会，在诸多变与不变的因素中，作者使用第三人称叙事策略对性别多元化价值取向进行了判断与引导。"世界上就不存在'恰当的'性别，没有哪一个是原型，性别只是一种体制生产的结果。"③ 在作品中，藤野对丸尾、光、玉代等这群年轻的主人公的性别定位模糊、不确定，给阅读者以想象的空间，进而引发阅读者的思考。表面上看，这群年轻人生活状态与常人并无两样，具有明显的时代性、时尚性、年轻性，价值追求的多元化，具有用力活过的认真的精神，恋爱方式也呈现出审美化、享受化与消费化。他们也具有"日本性"的人情世故，潜移默化地传承日本的文化与传统。同时他们能够与国际化接轨，认同与选择"健身、美容、刺青"等生活方式。

---

① ［美］戴维·哈波林：《米歇尔·福柯的酷儿政治》，载［美］葛尔·罗宾等《酷儿理论：90年代性思潮》，李银河译，时事出版社2000年版，第192页。
② 魏天真、梅兰：《女性主义文学批评导论》，华中师范大学出版社2011年版，第121页。
③ 魏天真、梅兰：《女性主义文学批评导论》，华中师范大学出版社2011年版，第118页。

对名字叫"阿波罗"狗的细节描写，体现了作者及这群年轻人力图将现代生活与古代希腊（人类）文明、现代科技进行血脉想通的意图与价值取向。凡此种种，都处于"变"与"不变"的动态调节中。

在后现代社会城市空间的挤压之下，人的脚步与心灵分离、不同步，性别取向在生理决定论、社会建构论、社会政治选择论中已变得模糊不清，性别的价值取向明显呈现出多元化趋势。小说《夏天的约会》里的这群年轻人，生活在没有外界干扰的世界里，非常快活，感情也较为真挚与自然。有笑声，也有争吵，无不体现着"自然人"的生活状态。但也常常招致他者的不理解与白眼。初中最初被传言是同性恋的时候，丸尾被关到了学校的鸡窝里，与被高高的金属网围起来的十只瘦弱的公鸡一起关了半天。从那以后，尽管丸尾没有宣称自己是同性恋，但走到哪里，都被贴上了同性恋的标签。高中的时候，敲打身体，想要将身体里的恶魔赶出去，甘愿被自认为是空手道高手的前辈当沙袋打。大学的时候，班上有人出事故需要输 AB 型的血，"你的血我不要，被断然拒绝了"。同性恋的标签从中学到大学被牢牢地贴住了。丸尾本人也很坚定自己的性取向，越是受到打击越是变得更加顽强，"丸尾竟然产生了一种不可思议的活下去的勇气"。大学毕业进入公司后同性恋取向还是被发现了，公司男厕所墙上用蓝色圆珠笔写着，"松井是同性恋"[①]，可以看出公司里的人对松井同性恋取向的歧视与偏见。阅读者在同情、佩服松井的同性恋取向的同时，认同了这种性别的选择。

藤野在小说里设置了具有传统意义的性别取向作为对比，一个是丸尾的邻居，从熊本来到东京的冈野女士与有妇之夫的无果而终的异性恋，另个是一般家庭的夫妇二人，婚内肆无忌惮的争吵，甚至"男

---

① ［日］藤野千夜：《夏の約束》，《文藝春秋》2000 年第 3 期，第 420—421 页。

女"联合袭击玉代,将铜制单柄锅从公寓的二楼扔下导致了玉代的跌倒与下颚骨折。异性婚姻导致"今年的约会——野营"成为泡影,成为今年夏天约会的破坏者,但因共同照顾与看望受伤入院的玉代又加深了他们之间的友情,反而促成了明年的夏天约会,组成了更大的野营。原本对"夏天的约会"不太感兴趣的丸尾主动提出了"明年我也要去野营"①的要求。

其次,第三人称具有不确定性。第三人称指示语的常规用法很简单,意思清晰,一般没有什么隐含意义。但是指示语本身并不能提供准确的有关现实世界的信息,它需要语境的帮助。反过来借助语境,听话人才能更好地理解话语含义,领悟说话者的交际意图。因此,借助语境很自然地扩大了言说者与阅读者的范围与互动循环的场域,提高了语言力,有效实现了文本的增殖效应。《夏天的约会》选择了他者叙事并通过第三人称的视点转移,叙事者是第一人称的我,也可以是第二人称的你,还有可能是作者与读者。这种交际双方的不确定性表明了小说的深层主旨——究竟言说者是谁?需要借助后现代社会语境来予以确定。

对同性恋、变性人的认知与认同,世界与日本都经历了一个漫长与曲折的过程。20世纪50年代,美国建立了一个名为"比利蒂斯的女儿"的女同性恋组织。"目前在美国约有600个同性恋者的组织,有大量的出版物。"② 1989年10月1日,丹麦成为第一个认可同性结合,允许同性伴侣进行登记的国家。2001年1月1日,荷兰成为第一个法律认可同性婚姻的国家,同性婚姻家庭享有传统家庭所享有的一切待遇。在相对较为传统的日本,同性恋者则更加孤独,在沉默中遭受的心理压力更大。日本作为农耕文明的传统社会,无论男女,性格都比较内

---

① [日]藤野千夜:《夏の約束》,《文藝春秋》2000年第3期,第440页。
② 李银河:《女性主义》,山东大学出版社2005年版,第97页。

敛，一般都不太愿意在他者面前出风头。因此，同性恋者如何交际，几乎整个社会都不确定，作者运用第三人称叙事也充分说明了这一点。而小说能够大胆直面他者注视的目光，大方且自然地描写这群年轻人普通的日常生活，直接表现了这群年轻人的性别取向，直接回应了日本社会对同性恋等特殊人群的认知"偏差"与"偏见"，为同性恋者争取权利进行呐喊。与 2010 年举行的日本有史以来最大的同性恋者游行相比，早在 2000 年时藤野千夜就预见性地描写了同性恋、变性人等人群的生活，体现出作家对社会变化敏锐的洞察力。2011 年日本知名作家和政治活动家石川大雅当选为日本东京丰岛区议员，当选后公开承认自己的同性恋身份。2015 年 4 月 19 日，日本 34 岁女演员濑文香和同样是演员的 28 岁女友杉森茜在东京举办婚礼，呼吁同性婚姻合法化。近年来，由于社会环境的变化，日本同性恋人数呈现出逐年增加的趋势。藤野千夜通过《夏天的约会》潜移默化地引导阅读者，在后现代充满图像、符码均质的超现实的虚化社会里，应当回归人的原生状态。作为自然人，只要有感情，只要有爱，异性恋、同性恋、变性人都是合理的存在，都是极其自然的一种人的爱的状态，都应给予理解。藤野千夜看似第三人称的不确定叙事，实际是在没有确定条件下追求的确定性。"确定性的消失不但没有让人类放弃对确定性的追求，反而进一步促使人们认识到确定性的重要性。"[①] 这种确定性的追求表明了作者对性别价值取向的态度，预见性地让我们看到了后现代社会性别多元化的趋势。

(二) 书写美丽的同性恋情

藤野千夜通过《夏天的约会》书写了美丽的同性恋情，探讨了新

[①] 李友梅、肖瑛、黄晓春：《社会认同：一种结构视野的分析——以美、德、日三国为例》，上海人民出版社 2007 年版，第 1 页。

型社会人际关系中"他者认同何以可能"的问题。"社会认同何以可能不仅关涉现代和后现代条件下的'本体性安全'和'本体性焦虑',同时还关涉全球化条件下具体的社会或者组织如何实现自身的再团结以提升自身在各种新的社会竞争场域的驾驭能力。"①

首先,藤野探讨了性别认同的"本体性安全"问题。所谓"本体性安全"是指"对自然界与社会世界的表面反映了它们的内在性质这一点的信心或信任,包括自我认同与社会认同的基本存在性衡量因素"②,是作为一个正常人社会生存与发展的基本条件。人从出生落地就寻找安全,儿童成长过程中通过同一性确立获得安全,成长过程中适应环境、掌握社会及人际交往的规范,获得他者信任。儿童成长过程的一条主线就是"认同"。藤野千夜毕业于千叶大学教育学部,一直是漫画杂志的编辑,教育心理学的相关原理应当是熟知的。"只有确定和认同了具体的例行性日常生活,本体性安全才能真正获得,一旦例行性的日常生活被打破,认同和信任的基础就消失了。"③ 运用这一原理,藤野描写了日常生活里的同性恋歌,日常的美丽才有生命力,抛出了"日常""美好"的观点。

同性恋者是美丽的。他们的身体是美丽的。"二十七岁的自由编辑三木桥光,眨着那双'波子'一样的栗子般的大眼睛"④,雪白的肌肤泛着红晕。丸尾有模特一般的身材,皮肤因为满是汗水而变得光泽有亮,从浴室里出来,"像是缠着白布的木乃伊,又像是Q大婶"⑤。同

---

① [英]吉登斯:《社会的构成》,李康等译,生活·读书·新知三联书店1998年版,第523页。
② [英]吉登斯:《社会的构成》,李康等译,生活·读书·新知三联书店1998年版,第524页。
③ 李友梅、肖瑛、黄晓春:《社会认同:一种结构视野的分析——以美、德、日三国为例》,上海人民出版社2007年版,第11页。
④ [日]藤野千夜:《夏の約束》,《文藝春秋》2000年第3期,第404页。
⑤ [日]藤野千夜:《夏の約束》,《文藝春秋》2000年第3期,第406页。

性恋者的身体美与常人没有什么区别。他们穿的衣服也很美，丸尾的格子衫和贴身瘦腿裤，白色T恤，黄色的新百伦品牌运动鞋，"外衣穿着衬衫，左手里一直抓着黑色皮革的文件包"①。他们正值充满活力的年龄，健美的身体，赶潮流的衣着打扮，扑面而来的青春的活力与朝气。

他们的饮食是健康、有机与多样化的，体现了他们对生活的热爱与认真的态度。典型的日式料理体现出他们对日本传统文化传承的积极与主动，表明他们的恋情具有"和风"味道。中华粽子、绍兴酒、意大利料理、印度的咖喱饭、超辣烤冷面彰显了同性恋歌中的国际化音符。他们通过饮食文化进行古今日外的互联与互通，他们在后现代社会勇立潮头，争当时代弄潮儿。

他们的交往中流淌着挚爱。两位同性恋人与其他恋爱者别无两样，上街时两个人也会手牵着手，生活上互相关心、互相体贴，"穿着白色围裙的三木桥光把拿手的菜做好摆在饭桌上，满心等待着丸尾的回来，饭后也都主动自己收拾"②，并"做好一生都生活在一起的准备了"③。他们的爱不是心血来潮，不是赶时髦，看得出来，是发自内心的真挚的爱。这种爱体现在生活上相互关心。"'我晚上七点到家'这是三十分钟前我给光的留言。锅里煮着满满的筑前煮，饭桌上放着大概用剩下的一张办公信纸，再见了，再见了，再见，用蓝色的墨水竖写在办公信纸上。"④他们将对方看作家庭成员，关心对方的身体，关心对方的健康。他们对同性爱情的价值取向具有坚实的认知，说明日本社会同性恋作为一种性别取向存在的合理性与可持续发展的伦理基础。他们的语言交往也是充满了浓浓的爱意，当丸尾询问光野营事情时，

---

① ［日］藤野千夜：《夏の約束》，《文藝春秋》2000年第3期，第412页。
② ［日］藤野千夜：《夏の約束》，《文藝春秋》2000年第3期，第425页。
③ ［日］藤野千夜：《夏の約束》，《文藝春秋》2000年第3期，第415页。
④ ［日］藤野千夜：《夏の約束》，《文藝春秋》2000年第3期，第427页。

"'不告诉你',雪白的肌肤泛着红晕,光笑嘻嘻地讲着,噘起了嘴。丸尾掐了一把光胸上的肉,迅速逃离开了浴室"①。诙谐与幽默的语言与对话,在阅读者眼前展现出一幅美丽的画卷,如同两个儿童在戏水玩耍,看似书写两个青年男子间的打情骂俏,实则呈现出同性恋人之间的美丽瞬间,塑造了同性恋者之间的温情,毫无任何不适感与厌烦感。"在全球化和风险社会背景下,'个体化'成为社会认同的一个核心概念,意味着个人在认同选择和建构方面占据着主导地位,个人必须不断地根据新信息和新知识对自身的发展作出'反身性'筹划。"② 作品在描写同性之恋的纯洁与美好中反映出日本社会性价值取向的个性化、"反身性"苗头与合理性。

他们彼此的爱意表达毫不掩饰,相处和谐融洽。外出时会牵着彼此的手,"丸尾右手牢牢地紧握着光的左手"③。"……好热啊,还没等光说完,丸尾也热得够呛,急忙把空调打开。"④ 藤野以极其细腻的文笔,消解男性与女性的界限,使阅读者在自然的状态中与作者同行,徜徉在极其温暖与自然的爱河里,藤野与阅读者一起成为"认同者"。《夏天的约会》实现了"自我证明"与"自我预期"的"自我认同"以及"求同""去个性化"的"他者认同",日常性保证了安全性。

其次,探讨了性别认同的"本体性焦虑"。"一旦例行性的日常生活被打破,认同和信任的基础就消失了,随之而来的就只是从本体性安全坠入本体性焦虑的半空中"。"本体性焦虑"是现代社会的一种普遍现象,原本传统社会稳定的"本成性"基础遭受风险社会种种不确定因素的撞击而被打破,而这些风险都落于个体身上,使人长期处于

---

① [日]藤野千夜:《夏の約束》,《文藝春秋》2000 年第 3 期,第 406 页。
② 李友梅、肖瑛、黄晓春:《社会认同:一种结构视野的分析——以美、德、日三国为例》,上海人民出版社 2007 年版,第 5 页。
③ [日]藤野千夜:《夏の約束》,《文藝春秋》2000 年第 3 期,第 403 页。
④ [日]藤野千夜:《夏の約束》,《文藝春秋》2000 年第 3 期,第 417 页。

紧张、焦虑状态，产生新的认同危机。尤其是"在高科技理论建构起来的风险社会中，怀疑主义原则向社会认同领域渗透，个体必须通过并不断怀疑、批判、理性算计来获得社会认同"。藤野千夜立足于去中心化与充满不确定性的后现代社会，一切都不是终极正确的，一切都在"变"与"不变"中，在焦虑与恐惧中探寻走出新的"认同危机"的策略。

　　同性恋的恐惧感表现在对同性恋身份的自我认同上。他们的性别价值取向从小时候就有，彼此欣赏对方的身体美、行为美。丸尾身高有175厘米，体重95千克，要实施减肥计划，打造成像竹野内丰一样俊朗的身材，而三木桥光为了配合丸尾的减肥计划，打算文身。但是他们的自我身份认同仅仅局限于自己的家里、自己交往的圈子里，他们在公司、聚会场合，也还是要谨小慎微的，大庭广众之下，丸尾和光仍然要顾忌他者眼神，不能随便牵手或做出情侣的亲昵行为。因他们在公司的集团社会里工作，尽量还要躲避开他者。"认同是确定群体的符号边界，实现群体向心力的生产和再生产，确立群体的内向的合法性的必要条件"[①]。由此区分内外群体的过程。究竟是群体之内还是群体之外，作为当事者的他们也是有过犹豫与恐惧的。小说开篇，"说好了一起八月就去野营"，这是他们集团内的约定，却被丸尾忘记得一干二净，表明集团内的内化思维还没有形成。《夏天的约会》是集团内的重要事项，也是小说一直要探讨的隐性问题。这个同性恋的集团是否能够真的形成？丸尾对去乡下野营所表现出来的淡漠与犹豫态度，说明这个集团要想真正成形，还需要有许多的功课要完成。现代社会，摆脱"本体性焦虑"任重而道远。

　　丸尾与光对恋情的徘徊源自社会对他们的歧视与压抑。丸尾与光、

---

　　① 李友梅、肖瑛、黄晓春：《社会认同：一种结构视野的分析——以美、德、日三国为例》，上海人民出版社2007年版，第11—12页。

玉代等人，虽然以正常人状态进行生活与工作，但来自社会的歧视，对他们却产生了精神上的压力，他们也曾怀疑过自身的选择，自我认同也出现过断裂。他们一路走来都曾不同程度地受到过他者的歧视与白眼。丸尾从小就表现出了同性恋倾向，还是在被传言是同性恋的时候，作为另类被关进了学校的鸡窝里。这对于一个中学生来说是莫大的侮辱与伤害。那时的丸尾还不是一个真正意义上的同性恋者，却遭此"待遇"，从此以后，丸尾被牢牢地贴上了同性恋的标签。他自己也不想让自己处于集团之外，当另类。高中的时候想要将身体里的恶魔赶出去，但是无论如何"（丸尾）就是喜欢男人"①。为了抵御他者的冷眼，增强抗打的能力，依靠大量进食来排解焦虑。不断地被小学、中学、公司的人歧视、排挤，大家都把他当成了另类，都像躲蛇蝎一样不理睬他，甚至将他从"一般性""日常性"击毁。丸尾被强行从单身公寓里逐出，意味着被排挤出集团外，意味着从公共空间被排挤出局。可以看出，同性恋者改变社会歧视的境遇还需要继续努力，在一个性别二元的规定秩序里，是绝对不允许异端元素进入与破坏的，秩序的主控者必然要进行捍卫。

对于来自各方的歧视，他们表现得淡定与坚持。当丸尾在公司厕所墙上看到"松井是同性恋"时，感觉很好笑，如同小孩子的墙壁涂写游戏，如此大的公司还存在如此可笑的人、可笑的行为，反而变成"行动的反身性监控"，产生了较强的反作用力，"产生了一种不可思议的活下去的勇气"②。这种歧视如同瘟疫般蔓延到了丸尾的公司，直接破坏了他的工作环境与心情。对于同性恋者的"本体性焦虑"，确立自我意识，自己战胜自己尤为重要。丸尾选择了坚强，从"日常性"入手，每天正常地努力工作，下班后照例与同事出去饮酒、放松。所不

---

① ［日］藤野千夜：《夏の約束》，《文藝春秋》2000 年第 3 期，第 421 页。
② ［日］藤野千夜：《夏の約束》，《文藝春秋》2000 年第 3 期，第 420 页。

同的是不再去风俗屋了,他会坚定地选择回家陪伴光,他用大量的时间和精力,通过"日常性"经营自己的爱。来自外部的种种压力没有摧毁他们的恋情,丸尾因势利导,顺势而为,小心翼翼地经营着他们的爱,经营着他们的"约定"。

最后,探讨了性别认同的"驾驭能力"与性别秩序的重组。藤野千夜喜欢日本女性漫画家大岛弓子及其作品,"受到'没输就要加油'等类似信息和漫画"①的影响,在《夏天的约会》中深度思考了性别秩序的重组。"现代通信技术和交通技术的发展,又使得各种跨越地域限制的交流成为可能,人们可以通过这些全球性技术建立起新的认同,如今天互联网上出现的各种主题鲜明的社区,就是这种认同的典型。"②在"男女角色的重新排列组合已经进入了超越女性计划的新阶段"③,对未来的期待与打算,是同性恋者共同的困惑,新的社会认同会影响到同性婚恋的走向。在丸尾与光同居后,关于彼此的性别取向双方是尽量避而不谈。丸尾提出"不管到什么时候都不要沉迷于性角色",光的回答是,"好的,原则和空想是有区别的"④。同性恋当事人具有一定的性别认同的"驾驭能力"。

日常生活中,他们超越了传统的约定俗成的性别秩序的性文化内核重组,对未来却充满了恐慌与迷惘。表现之一就是对政治身份的担忧。小说中虽然光参加了UFO党投票,但是现实社会"恐同"人群依然存在,他们担忧同性恋人群的扩大,会加剧少子化、人口数量减少等社会问题。小说中出现了以家庭为单位在公园里野餐的场景,反

---

① [日] 藤野千夜、黒井千次:《性別を超えた世界を描く》,《文學界》2000年第3期,第35页。
② 李友梅、肖瑛、黄晓春:《社会认同:一种结构视野的分析——以美、德、日三国为例》,上海人民出版社2007年版,第14页。
③ [日] 落河美惠子:《21世纪的日本家庭,何去何从》,郑杨译,山东人民出版社2010年版,第174页。
④ [日] 藤野千夜:《夏の約束》,《文藝春秋》2000年第3期,第424页。

映了藤野本人对日本未来社会发展的担忧与困惑。老龄化与少子化的日本是否允许更多的无生育家庭的诞生呢？同性恋的艾滋恐慌是否会影响日本的国民健康与人口素质？因此，藤野所描绘的未来爱情蓝图是不可知的。西洋人与东洋人的孩子在公园聚餐，温馨幸福的场面里，顽皮、可爱的孩子激起了丸尾对孩子的渴望。"小孩好可爱啊！"① 自己作为同性恋者，与女性、孩子将是无缘的。当与光在一起时，对孩子的渴望也许没有感觉，但当看到孩子时又激活了作为生物人内心的某种渴求与期待，是发自内心的某种缺憾吗？至少可以反映出丸尾内心存有的某种动摇与不坚定。作为一个日本男性，对孩子的细致观察，岂不是内心对于父性的呼唤？岂不是对自己生命延续的沉思？"同性恋与异性恋者在爱情（欲望）的对象上截然不同，男性与男性之间或女性与女性之间组成一对伙伴关系，在这种伙伴关系之间不存在生殖策略的差异，因而双方之间就有可能产生利益一致的'纯爱'。"② 所以，小说结尾对此进行了隐晦的描写。"丸尾点了点头，三木桥光像是仰头看天棚一样，高高抬起下颚问道：'明年我们还一起去野营，好吧？'"③ 经历了一切之后，丸尾最终坚定地走向了自己的选择。日本人虽然"各得其所，各安其分"④。但因"文化恋母情结"，近代社会对同性恋的刻板印象，将与同性恋之间进行着某种博弈，在获得社会认同的过程中重新塑造日本的伦理价值观。

（三）在他者中确立自我

如何在他者中确立自我？关于这个时代命题，学界诸多学者都有

---

① ［日］藤野千夜：《夏の約束》，《文藝春秋》2000 年第 3 期，第 434 页。
② ［日］橘玲：《〈日本人〉：括号里的日本人》，周以量译，中信出版集团 2013 年版，第 51 页。
③ ［日］藤野千夜：《夏の約束》，《文藝春秋》2000 年第 3 期，第 440 页。
④ ［美］鲁思·本尼迪克特：《菊与刀》，吕万和等译，商务印书馆 2002 年版，第 31 页。

第四章　自我探寻与他者认同

论述。黑格尔认为，自我意识的确立是以他者的意识为参照为前提的，两者的主体并非独立了，而是投射关系，所谓他者是主体自我意识的投射。丸尾与光作为一对男同性恋情侣，他们的自我认同、自我认知、自我定位也是经历了一个过程。随着与变性人玉代、婚外恋女性冈野的交往逐步认清了自我，并确立了自我。

"拉康镜像理论的核心是一种无意识的自欺关系。"[①] 这群特殊的年轻人中，变性人玉代对自己身份的认知是一种想象性的认同。他原本是男儿身，性别取向为女，喜欢穿凸显女性颜色的衣服，"镶边衬衫和黄色半截裤"，时尚女性的"一头茶色的长发"，过着看似现代都市富裕女性抱着宠物满街跑的贵夫人生活。这种生活的装扮是刻意的，并非自然的，似乎通过这些来故意显示自己的"女性性"。这种假象导致他完全沉浸在自我欣赏与自我陶醉的世界。表面上像温柔的女性般侍弄狗的一切，发嗲的语言表达都是一种自我欺骗。欺骗自己的同时，也在欺骗他者。无论外表打扮、生活方式、语言表达怎样的女性化，都瞒不过他者的眼睛，遭人质疑是在所难免的。"刚才遇到的那个人，真的是女人吗？"[②] 一旦这种自我骗局被揭穿，一定会引发愤怒，甚至暴力。这种自我欺骗被公寓二楼吵架的小两口从楼上飞下来的锅击伤，致使最能代表女性美的颧骨与下颚骨折，反衬出二元性别社会对于变性人的扼杀与反对的态度。变性人玉代的自我认同是一种"自恋"，与丸尾等善意的他者构成一个想象世界，所有的美好都是镜中我的虚幻假象。朝着"虚构的方向发展"而形成的自我，是现实与虚幻的混淆，将镜中影像当作真实的自我，是幻影里的想象。这种虚幻性的自我认同，"骨折"是必然的，却坚定了丸尾的选择，主动提出参加明年的夏

[①] 史秋菊、彭乐乐：《镜像理论维度下的自我建构及他者认同》，《中共乐山市委党校学报》2014 年第 7 期，第 49 页。

[②] ［日］藤野千夜：《夏の約束》，《文藝春秋》2000 年第 3 期，第 406 页。

天约会。

住在一楼的丸尾的邻居冈野是丸尾与光同性恋情的旁观者,是他者。拉康镜像理论的核心理论——他者理论认为,"主体与他者具有互文性,主体的建构依赖于他者的存在,认同他者,才能确立自我"①。丸尾和光的"自我"与周围所接触的人的"他者"相应而生。冈野作为婚外恋者,与陌生男子相识于滑雪场,偷偷摸摸一直保持联系,交往了五个月后,在男人流着眼泪海誓山盟后发生了一夜情,男人从此以后便失联,手机处于关机状态,发短信也不回,住宅电话处于语音留言状态。尽管冈野疯狂地寻找,通过朋友打听下落,连续寻找了8天,仍然未有任何结果。从熊本来到东京的冈野,似乎非常在意这段恋情。发生关系后就被男人抛弃,作者对动了真情的冈野给予了同情,同时也让丸尾与光从冈野靠不住的异性恋的失败中坚定了他们的同性恋情。后现代社会,人们的思维方式与价值取向发生了变化,多元视角看世界,原有的观念与定律不断地被解构。这样的社会语境,也给同性恋人群提供了可被接受的机缘。冈野无果的婚外恋,从他者的视角声援与肯定了丸尾与光的同性恋情,这种情感在他者——冈野的认同中得以确立。《夏天的约会》是在与诸多的他者互动中,在他者的认同与反对中确立自我。关于这群人的未来,作者借助冈野所言"睡觉的时候预言到"②进行了表达,意味着同性恋获得他者认同,"驾驭能力"与性别秩序的重组的路途犹如这群人的约定充满了不确定与变数。人际关系的他者认同类型多样,或是如同传统社会对同性恋者的态度拒绝,以确保文化身份的纯洁性与独立性。较强的"危机意识"造就了日本人敏感的心理特征。"日本社会将'家族意识'和村落的'群

---

① 史秋菊、彭乐乐:《镜像理论维度下的自我建构及他者认同》,《中共乐山市委党校学报》2014年第7期,第50页。
② [日]藤野千夜:《夏の約束》,《文藝春秋》2000年第3期,第427页。

体意识'完整地嫁接移植到社会的各个领域。"① 面对新出现的人际关系，藤野率先以"夏天约会"的集体行动来呼吁日本社会，要对社会转型期新的人际关系予以理解和认同。"我们是一家人"②，明年大家一起去野营，意味着年轻人在流动的秩序中的自我定位与他者认同，他们也终将成为一种新的影响社会价值取向的力量。

藤野千夜通过小说探讨平成年代关乎性别问题的男同性恋与变性人的问题，试图以他者的角度，以旁观者的角度给予这群年轻人一种认同感与存在感，以一种常人的眼光来凝视他们，以鼓励的眼神给予他们自信，使他们完成自我的认同与确立。藤野的小说并非以描写男同性恋的性爱为目的，而是反映一种社会现实，从作家视角来观测这一特殊文化现象，通过希望与等待的交融、困惑与期盼的碰撞将日常生活前景化，在同性、变性与异性人际关系网络图的编制与秩序的构建中，"开拓出一个出乎意料的自由舒展的生活空间。显示出一条通向普遍意义的道理"③。藤野与小说的主人公进行着"共谋"，与常人世界歧视性眼光达成和解，探讨着性别多元化的可能性与合理性。

二 战胜他者与自我确立

赤染晶子的《少女的告密》于2009年获得第143届芥川奖。赤染晶子毕业于京都外国语大学，学习德语，研究生阶段专门研究布莱希特④，

---

① 李友梅、肖瑛、黄晓春：《社会认同：一种结构视野的分析——以美、德、日三国为例》，上海人民出版社2007年版，第132页。
② ［日］藤野千夜：《夏の約束》，《文藝春秋》2000年第3期，第428页。
③ ［日］黒井千次：《芥川賞選評》，http://homepage1.nifty.com/naokiaward/akutagawa/senpyo/senpyo122.htm，2014年6月20日。
④ 贝托尔特·布莱希特（1898年2月10日—1956年8月14日），是一位著名的德国戏剧家与诗人。1898年2月10日，生于德国巴伐利亚奥格斯堡镇。年轻时曾任剧院编剧和导演。曾投身工人运动。1933年后流亡欧洲大陆。1941年经苏联去美国，但第二次世界大战后遭迫害，1947年返回欧洲。1948年起定居东柏林。1951年因对戏剧的贡献而获国家奖金。1955年获列宁和平奖金。1956年8月14日布莱希特于柏林逝世。

博士阶段在北海道大学攻读比较文学与世界文学中的德国文学，中途退学。布莱希特本人的经历以及戏剧创作的国际性深深地影响了赤染晶子的文学创作。日本曾于 1995 年上映动漫电影《安妮日记》，赤染晶子受其影响，萌生小说创作的欲望。小说获奖的 2009 年，正值《安妮日记》的作者安妮·弗兰克 80 周年诞辰和英国版的《安妮日记》公映。赤染晶子是围绕平成 30 年战争背景与题材进行文学创作的绝无仅有的一名女作家，因此备受关注。芥川奖评委对其评价也是褒贬不一。评选会上，评委池泽夏树、石原慎太郎、小川洋子、川上弘美、黑井千次、高树信子、宫本辉、村上龙、山田咏美 9 位评委出席，村上龙、宫本辉与石原慎太郎三位评委投了反对票。村上龙不推荐的理由是"题材幼稚，故事围绕的'犹太人问题'处理方法欠妥"①。而石原慎太郎则极力反对该作品获奖，质疑具有历史悲剧意义的少女安妮与京都外语大学女大学生之间的关联性，认为《少女的告密》"诠释出来的东西不是很有技巧。究竟有谁读了这样的作品能有感动，会觉得反映自己的人生呢？这部作品毫无现实感而言。……该作品只不过是表现了日本现代文学衰败的作品而已"②。但另外 6 位评委还是对《少女的告密》给予了较高评价。

  小说将京都外国语大学作为故事发生地，以《安妮日记》为隐性背景讲述了德语专业的女大学生们跟随德国教授巴赫曼通过背诵和演讲《安妮日记》学习德语的故事。演绎了现实人通过对安妮本人及其《安妮日记》的还原与解读，与现代生活相结合，接通人性中战胜他者确立自我的心路历程。作品构思巧妙地把历史的素材融入现实生活，带领读者在跨越时空的历史和现实中自由地进行穿梭思考。一个是藏匿且充满恐怖的 25 个月的密室生活的记录，是逃离纳粹统治获得生命

---

① ［日］村上龍:《選評》，《文藝春秋》2010 年第 9 期，第 375 页。
② ［日］石原慎太郎:《現代文学の衰弱》，《文藝春秋》2010 年第 9 期，第 379 页。

的历程；一个是京都外国语大学女学生学习德语，掌握与德国交往的语言。两个完全不同的主体所处的环境是复杂的他者体系，共同之处都是战胜他者确立自我。"上帝从来不曾抛弃我们这个民族，千百年来的苦难只有使他们变得坚强，弱者会倒下去，强者会活下来，他们是打不败的。"① 这恐怕是作者在多重结构中寻觅到的连接点。

（一）自我身份认同是战胜他者的前提

身份问题是安妮始终纠结、困惑与追究的问题，是《少女的告密》中少女们在意的问题，更是在日本转型期影响日本人价值取向的问题。身份的确立往往来自与他者的互动关系，人所处的环境往往会起到重要的作用。

小说在行文中自然插入安妮及其日记中记录的密室生活，重点围绕1944年4月9日的那篇日记展开，这篇日记中记录了安妮对国家身份不确定的困惑，因为自己是犹太人，永远都不可能成为纳粹统治下的德国人、英国人或者其他什么国家的公民，永远是犹太人。安妮最大的希望是战后成为一名荷兰人，这也是最能让赤染晶子的动容之处。她"有感于一个14岁的孩子，一个隐藏着犹太人身份的、过着密室生活的孩子，背负着如此沉重的觉悟"，敏锐地"捕捉到了4月9日涉及他者的问题"②。小说将历史与现实进行时空跨越却又完美结合，肯定了在充满压抑与窒息气氛的教室里集体学习德语的少女们与关在奥斯维辛集中营的安妮跨越时空所形成的双重构造。在这个双重结构中，安妮经历了25天的密室生活，最终被德军逮捕抓走，使安妮在与诸多他者互动中快速走向成熟，由进入密室生活之初自己身为犹太人而苦

---

① ［日］赤染晶子：《少女的告密》，姚东敏译，上海文艺出版社2014年版，第12—13页。
② ［日］赤染晶子、小川洋子：《アンネフランクと私たち（特別対談）》，《文學界》2010年第11期，第174页。

恼，到最后剥掉假面具露出本来身份，"我是犹太人"①。安妮对自己是犹太人有着强烈的责任，做原来的自己既是安妮的责任，也是犹太人的责任。这为小说显性结构中想要学好德语、获得德语演讲比赛好成绩的京都外大的少女们提供了来自德语教材的启示：回归语言学习本身，"以吐血的精神"全力以赴投入学习。坚持自我也许很痛苦，但坚持到底就会胜利。

小说中在德国生活过、语言基础较好的贵代中途退出演讲比赛，演讲高手丽子因被怀疑与德国教授巴赫曼有染也被清除比赛团队。而美佳子坚持自己"比谁都热爱安妮"②的客观事实与自我，不顾被猜疑与可能产生的谣言，只身一人来到巴赫曼教授办公室请教《安妮日记》背诵的卡壳原因，接受老师外语学习指导。在巴赫曼教授一对一的指导下，明白了忘词的原因是把安妮·弗兰克割裂成了两个人，其实安妮一直都在坚持自己永远是犹太人，永远坚持自己的民族性。"犹太人在历史的长河中长期无法获得自己的祖国。但是，让追寻祖国又失去祖国的犹太人成为犹太人的又恰恰是祖国二字。世世代代的犹太人都在异乡思恋着祖国，犹太人的祖国始终在跨越年代的记忆对岸。这种世代传承的记忆造就了犹太人。"③ 因此，真正的安妮是犹太人，是寻找祖国的人，是续写历史记忆的人。德语教材 *Het Acherhuis* 的名称中，荷兰语原文是"背后的家"的意思，寻找真正的家园正是每一个犹太人内心的真正诉求，当然也是安妮的心内诉求。美佳子排除了一切杂念与干扰，坚持自我，从学习外语规律出发，在理解原文的字面意义，深入解读了《安妮日记》文字背后的含义，将文本置于战前犹太人的境遇来理解安妮。找寻到安妮本真的自我后，在练习与正式比

---

① ［日］赤染晶子：《少女的告密》，姚东敏译，上海文艺出版社2014年版，第6页。
② ［日］赤染晶子：《少女的告密》，姚东敏译，上海译文出版社2014年版，第4页。
③ ［日］赤染晶子：《少女的告密》，姚东敏译，上海文艺出版社2014年版，第42页。

赛中再没有忘词，获得了成功，在坚持自我、按客观规律行事中获得了成功。

在这个双重结构中，主人公美佳子成长中的"他者"得以分裂化、复数化，美佳子的成长是隐形"他者"（安妮）、现实"他者"（丽子、贵代）和"他者"同一的推手与助力器巴赫曼教授"合力"促成的结果，为我们揭开了美佳子成长的"他者"面纱。在《少女的告密》这部作品里，赤染晶子"描写了生活在虚拟世界里的女大学生如何脱离那个假象的世界，艰难重返现实世界的故事"①。通过对不同时空的少女们与安妮的双重建构，通过语言的述行行为，通过安妮在"他者"秩序中自我的确立，在深刻理解安妮与"他者"的同一中，理解了《少女的告密》的语言。在巴赫曼教授的指导下，主人公美佳子找到了背诵《安妮日记》的密钥，作品正是通过跨越时空的"他者"的理解，展现了历史与现实的完美结合。

作为犹太人的巴赫曼教授特意选择了1944年4月9日的"战争结束后想成为荷兰人"中关于"犹太人"对祖国的思考那篇日记，而没有选择1944年4月15日彼得与安妮初吻的少女们喜爱的浪漫的那篇。《安妮日记》"不是罗曼蒂克的问题，是尊严的问题"②。"安妮自己也说过是'失去了祖国的人'，那是真正的安妮，犹太人的安妮。……安妮称呼荷兰为祖国的时候，已经走向了安妮自己的反面。不要忘记被分裂的安妮语言的两重性。"③ 丽子作为领导，因为少女们的谣言与告密，她失去了领导的位置。安妮藏身密室被人告密，被抓到奥斯维辛集中营而丧命。美佳子也被同学告密，被少女们谣传与巴赫曼教授有染，陷入了与丽子同样的困境。人之所以害怕告密，就是因为有秘密，

---

① [日]赤染晶子：《少女的告密》，姚东敏译，上海译文出版社2014年版，第82页。
② [日]池泽夏树：《ロマンチックではなく尊厳の問題》，《文藝春秋》2010年第9期，第376页。
③ [日]赤染晶子：《乙女の密告》，《文藝春秋》2010年第9期，第406页。

而且希望隐藏不愿为人知。反过来讲，人只有被他人告了密，才会显现出自己本来的姿态。美佳子没有像丽子一样退缩，也没有像安妮一样在密室里整日幻想，而是勇敢地面对现实，用"吐血"的精神练习，通过自己的努力，用自己的语言漂亮地完成了比赛，澄清了自己的清白。安妮不再是一个浪漫的故事，美佳子不会再用浪漫的语言来讲故事，少女的幻想消失，回归现实，她相信安妮的真实，相信自己是纯洁的少女。美佳子的语言打破了传统的安妮印象，以现实的观念来认识安妮，预示着幻想的破灭，预示着脱离于幻想的"现实语言"将冲破复制，回归小说的事实本原。

（二）战胜他者，确立自我

自我成长是近年来日本女作家一贯强调的命题，赤染晶子的《少女的告密》中的"他者"与"同一性"诠释了作为主人公的美佳子的成长与作家本人的创作历程。"他者"与"同一性"是赤染晶子的一个具有连贯性的视点，《少女的告密》是她文学创作特点的集中显现，通过这部作品赤染十分明了地向我们展示了她的文学创作目标。在小说的最后，主人公美佳子"我想成为他者"，这是《安妮日记》中的一句话，美佳子每次背诵的时候都会忘记"我最大的愿望是在战争结束后成为一个荷兰人"①。在安妮看来，"他者"是秩序，只有成为荷兰人才能免于被德国纳粹追杀。在黎明前的可怕的夜晚，安妮偷偷地靠近"他者"。本真的安妮无法活下去，露出本真的犹太人活不下去，只有和"他者"同化才能生存，残酷的事实就是如此。"犹太人不能完全与'他者'同化，原来的犹太人也不能继续下去，是安妮希望的，也是安妮自身感悟到的。"② 安妮在"自我"与"他者"的转化解读中

---

① ［日］赤染晶子：《乙女の密告》，《文藝春秋》2010年第9期，第388页。
② ［日］赤染晶子：《乙女の密告》，《文藝春秋》2010年第9期，第405页。

获得了成长,这种成长需要具备一定的条件与努力。对于美佳子背诵忘词,巴赫曼教授进一步解释,"美佳子总是记不住的那句话正是把安妮·弗兰克分离成两部分的语言,也是安妮深深地压在心里的语言"①。只有成为"他者"才能存活下去的"我",只有成为"他者"并被撕裂才可以生存的"我"。赤染通过巴赫曼教授转换了美佳子的"他者",暗示了美佳子需要"撕裂""他者",才能确立"自我"。"大屠杀剥夺了一个犹太人的名字。不允许人们再做'自我',强加给他们一个名字,那就是'他者','他者'这一名头被世界所排斥,无论是犹太人、吉普赛人、敌人、政治犯、同性恋者,还是其他什么理由,被迫害的人们只剩下一个名字——'他者'。《安妮日记》跨越时间,为安妮取回了她的名字。不光是安妮,《安妮日记》让所有无名的人氏都是有名的了。那些人不是'他者',而是无可替代的'自我',这是《安妮日记》最大的功绩。"② 巴赫曼教授无数次提醒少女们不要忘记安妮的名字,这是《少女的告密》的逻辑,也是赤染晶子作为作家的创作轨迹。因为语言、名字而使自己有所动摇,进而确立自己。《少女的告密》的主人公美佳子是犹太人(个性)的同时,恐怕也是决心要成为超越犹太人的"他者"(普遍性)的安妮·弗兰克,也是检举安妮"说出事实"又没有名字的告密者。在有名字和没名字之间,变成了另外一个人的"我",《少女的告密》的最后一幕,正是讲述这件事情。美佳子在比赛卡壳时,巴赫曼教授提示的"慢慢来"让美佳子重拾记忆,激活了纯粹的安妮,"安妮·弗兰克是犹太人",是安妮的勇敢与尊严战胜了美佳子的恐惧,是安妮·M.弗兰克的精神使美佳子赢得了演讲的成功。"美佳子深吸一口气,只剩下最重要的词了,是安妮的名字。在这天日记的最后,安妮把'玛丽'这个中间名字的字母连

---

① [日]赤染晶子:《乙女の密告》,《文藝春秋》2010年第9期,第406页。
② [日]赤染晶子:《少女的告密》,姚东敏译,上海文艺出版社2014年版,第71页。

同自己的名字一起记下来。美佳子说话了,少女不得不再一次开口讲话,不得不吐着血说出安妮·弗兰克这个名字。"① 美佳子在阅读《安妮日记》的随后体验和对自我意义的思考之后,最终克服了这一问题的困扰而得到了成长。美佳子在努力拼搏的"自我"中战胜了强大的"他者",获得成功。

在《少女的告密》中,为了使美佳子在《安妮日记》中"我希望死了以后还活着"处站起来并发出声音,赤染必定会让丽子与贵代停止"发声",不得不让她们成为"无言的安妮",让丽子消失,让贵代在演讲赛场"失语"。为了让美佳子从谣言中振作起来,小说变成了赶走丽子、贵代失败的文本结构。比赛现场,丽子的退出,换来了"丽子是纯洁少女",证明清白的办法是沉默与离开,清者自清。寒假后又传出了"丽子是受害者的流言"②,丽子虽然被证明了清白,却不能再回来参加比赛了,不知道去了哪里。接着又有了新的流言,丽子藏到了美佳子的家里。美佳子仍旧处于流言的旋涡里,美佳子没有被这些谣言困扰,没有退缩,坚决地参加了演讲比赛,美佳子没有绝望,丽子说过的"记忆丧失是演讲的大忌,这个遗忘也会勾起记忆的欲望,你要记着忘了的地方,如果真的忘了,就是忘了最重要的事"③。美佳子终于以"像死一样活着""吐血也要背出来"的精神战胜了丽子、贵代等"他者",确立了"自我"。

在赤染晶子的文学世界里,"少女们"既是实实在在的少女,同时作者又赋予了少女们诸多的影子与分身,她们在循环场域中建构着同一。赤染在和元城塔、谷崎由依、藤野可织的座谈会上阐述了"这些

---

① [日] 赤染晶子:《乙女の密告》,《文藝春秋》2010 年第 9 期,第 422—423 页。
② [日] 赤染晶子:《乙女の密告》,《文藝春秋》2010 年第 9 期,第 417 页。
③ [日] 赤染晶子:《乙女の密告》,《文藝春秋》2010 年第 9 期,第 394 页。

作品是对现实主义小说发出的挑战书"①，这是赤染对自己文学创作的一个阐释。综观作品，作者实现了自己的创作目的——使日本读者重新理解"乐观"的安妮形象。"少女们失去名字（语言），又找到新的名字（语言），吐着血也必须说出新的名字（语言）。《少女的告密》中最后的宣言，通过述行行为证明了赤染晶子作为作家的努力与拼搏精神并以此开启了新的次元。"②赤染晶子在探究他者与同一性的关系，在同一中进行着自我身份的认同，在历史与现实分化的复数的他者的层层剥离中反思，在获得勇气与拼搏力量中明晰自我价值。超越梦幻和现实的界限、跨域时间和空间的分离，小说的主题和对象也被分裂、复数化，悲剧作为笑话被升华。这一切明示了赤染晶子对已有文学样式的突破与创新。

语言是人的道具，现代人在机器面前"失语"，赤染晶子直面日本小说的徘徊与颓废，发挥语言的工具性功能。"所有的工具都是用来改变某种东西的。"③美佳子反复练习、背诵，在不断的努力中，找到了自我，获得了胜利，这里的重复不是复制，是超越现实与想象中的"自我"与"他者"的同一。通过《少女的告密》，赤染十分明了地向我们展示了年轻人的成长需要努力与拼搏，需要在与"他者"的比对中获得"同一"，恶劣的环境往往是获得成长的土壤。在"他者"的秩序中明晰自我，在"他者"的情境中坚持自我，在力量的比拼中奋斗自我，这是赤染释放的青春成长的正能量。美佳子从醉心幻想世界中回到现实最终成为"告密者"，"安妮是一个犹太人，是一个人"④，

---

① [日] 円城塔、谷崎由依、藤野可織:《リアリズム小説への挑戦状》,《文學界》2008年第7期，第191页。

② [日] 安腾礼二:《花嫁供養——赤染晶子小論》,《文學界》2010年第10期，第151—152页。

③ [英] 维特根斯坦:《维特根斯坦读本》,陈嘉映译，新世界出版社2010年版，第100页。

④ [日] 赤染晶子:《乙女の密告》,《文藝春秋》2010年第9期，第423页。

应该昂首挺胸地承认现实,逃离幻想世界,或许这是赤染晶子想表达给读者的吧!

三 感知"物哀"与实现自我

价值取向的物哀式引导,既有日本传统的"日本性",又有回归原点意识的"后现代性"。2007年第136届芥川奖获奖女作家青山七惠通过《一个人的好天气》探讨了在"物哀"中如何寻找与确立自我。青山七惠是典型的日本"80后",1983年出生于埼玉县熊谷市,毕业于筑波大学图书馆信息专业。文学出道较早,2005年9月处女作《窗灯》一举摘得第42届日本文艺奖,2007年1月第二部作品《一个人的好天气》摘得"芥川奖",2009年《碎片》获得第35届川端康成文学奖,2012年担任群像文学新人奖评委。青山七惠获奖后笔耕不辍,新作不断,成果丰硕,其作品在中国大量翻译出版,深受中国读者喜爱,拥有一定数量的读者群,2013年10月曾在北京、上海、广州三个城市举行读者见面会。

(一)回归传统(简素)"感物哀"

日本当代思想家冈田武彦对日本文化的自我进行了深入研究,提出了"简素"和"崇物"两个带有根本性的哲学范畴,认为"日本文化的特色是'简素',日本人的世界观就是以简素的精神为基石的。……所谓的简素,就是简单朴素,也就是单纯"。青山七惠的《一个人的好天气》和她获奖后近10年的创作都在向日本的"简素"进军,通过表现形式和表达技巧的单纯化,实现了"使精神内容得到深化、提高而具有张力"[①]的"简素"精神。"我

---

① [日]冈田武彦:《简素》,钱明译,社会科学文献出版社2016年版,第2页。

要用最单纯的语言，把某一刹那连同彼时的味道、气氛都封存在字里行间。"① 在《一个人的好天气》里，青山正是通过"生の言葉"产生了"物哀"之美，在小人物的琐碎生活中勾勒出一个深刻复杂的大世界，创造了恬淡的"物哀"之情。"日本文学中的'物哀'是对万事万物的一种敏锐的包容、体察、体会、感觉、感动与感受，这是一种美的情绪、感动与感受。"② 青山及其作品不仅在"简素"中展示了日本的"物哀"之美，同时，面对日本人的迷失，透过"感物哀"重新回顾传统文化，重新认识传统文化的意义和价值，呼唤日本传统文化的回归（简素）。

这种"简素"体现在两个方面。一是小说故事的"简素"。《一个人的好天气》讲述了 20 岁的飞特族女孩知寿从琦玉来到东京打拼，住在远方亲戚吟子家，如何与年长的七十多岁的亲人相处，同时追寻自我、独立生活的故事。小说体现了青山七惠文学创作早期的语言风格，取材于平淡的日常，看似"叙述起东西来如同碎碎念一般。可是细细看起来，又好像这冬日的阳光，抓不住温度的触感，却一点一点地融化身上的寒冷。小说文笔轻松，故事情节也很简单，青山七惠及其笔下的七十多岁的吟子通过"凝视流转的世界"，凝视成长中的知寿，轻盈的文字背后却负载着沉重的感情，知寿对未来的迷茫和空虚，弥漫在字里行间，让人读起来感觉乌云密布。

二是小说结构的"简素"。小说按照时间的线性结构，没有插叙或倒叙，将文本明显分为"春天""夏天""秋天""冬天""迎接春天"五部分，人物、景色在轻松、愉悦的节奏中游走于五部分，作者、小说中的人物、阅读者都很轻松，对文本的结构及故事发生的时间一目

---

① 徐梅：《青山在中日青年作家会议上的演讲稿："生の言葉"》，http://www.douban.com/group/topic/16719236/，2015 年 2 月 3 日。
② ［日］本居宣长：《日本物哀》，王向远译，吉林出版集团有限责任公司 2010 年版，第 11 页。

了然。小说将人物的成长过程、四季景色的轮换与故事发生的节奏非常有技巧地整合为一，"这不是一部由观念而形成的作品，是作者在日常生活中摊开高品质感应装置，把该采集的信号采集过来，以自然体的形式编成的故事"①，呈现出一幅四季明显的画面。

　　春天是美丽的季节。春雨时节，19岁的知寿从乡下来到了71岁的吟子的家寄宿，开始了一种全新的生活。人际关系疏离的日本社会，寄宿到亲戚家实属少见。吟子家院子里"高大的山茶花，显得格外壮观。叶子被雨打湿了，绿油油的，粉红色大花点缀其间"②。樱花未开放时，东京街头一朵朵绽放的茶花具有樱花一样的大气、美丽，虽没有樱花烂漫时赏花的喧嚣，却在东京的街角默默绽放。青山七惠在春天里设置了茶花的意象具有多重的意义。茶花是花中娇客，有傲美之风骨，牡丹之娇美，四季常青，叶片翠绿光亮，冬春之际开红、粉、白花，花朵宛如牡丹，艳丽、娇媚，给人们带来无限生机和希望，是吉祥、长寿和繁殖的象征。茶花又名曼陀罗花，是佛教中的吉祥花。相传佛祖传法时手拈曼陀罗花，且漫天下起曼陀罗花雨，因此，茶花也象征着宁静安详、吉祥如意、佛光普照。青山对樱花却有些微词，"走在通向车站的樱花行道树下，白色的花瓣飘落身上，我不禁烦躁起来"③，显然作者避开了樱花的绚丽，而追求静中美的价值取向。"又廋又小，柔软卷曲的白发自然伸展到肩头"④的荻野吟子是典型的日本老人形象，名字借用了日本历史上第一个女医生、女医学博士荻野吟子的名字。整部小说里，吟子作为知寿的精神导师，在人生的转折期，在充满希望与开始的春天里出现，其寓意不言而喻，这是对长期培育

---

①　[日] 高樹のぶ子：《作意を隱す力》，http://homepage1.nifty.com/naokiaward/akutagawa/senpyo/senpyo136.htm，2015年2月3日。
②　[日] 青山七惠：《一个人的好天气》，竺家荣译，上海译文出版社2011年版，第7页。
③　[日] 青山七惠：《一个人的好天气》，竺家荣译，上海译文出版社2011年版，第14页。
④　[日] 青山七惠：《一个人的好天气》，竺家荣译，上海译文出版社2011年版，第16页。

起来的、深深渗透日本人躯体的传统文化的再认识。后现代在快速消解传统，文化呈现多元，"若不加甄别地全盘拒斥，就会使自己染上各种各样的外来病毒，顺气发展，甚至有可能连日本的生存也会危机四起"①。小说"春天"部分的结尾处出现了"三途河"，表面上看是在写吟子与男友芳介送别的情景，实际上是在思考传统文化的"三途河"问题，在探讨转型期人的价值观、价值取向的最根本的"此岸"与"彼岸"的问题。

夏天鲜花盛开，是一个美丽的季节，是恋爱的季节。知寿与同在一个车站打工的男孩藤田恋爱了，而吟子与芳介的恋爱逐步升温，"街上的绿更鲜亮，空气更充足了"②。吟子做着传统的日本料理：土豆、胡萝卜、肉的咖喱饭，还有充满希望的烟花。吟子年轻时曾与中国台湾男人相爱，但因家人反对导致恋爱无疾而终，而知寿的母亲正在与北京的王先生恋爱，夏天是一个充满爱的季节。

到了收获季节的秋天，吟子与芳介的恋爱顺利度过了审美疲劳期，老年人的孤独与寂寞使他们可以克服许多问题坚持走下去，相互扶持，相互安慰。而年轻人就没有那么远的考虑。虽然"到了秋天，我和藤田还在交往"③，但是当笹冢站来了新的女协调丝井后，藤田就移情别恋了，知寿与藤田痛苦分手了。在吟子的"嵌不进模子才是人之常情。嵌不进去的才是真正的自己"④的开导中，知寿学会了面对失恋的痛苦走出自我的方法，"忘记痛苦"。但忘记痛苦不是忘记传统，这是吟子交给知寿的，也是作者要告诉读者的在转型期社会新价值建构过程中要注意的。秋天没有得到收获，或许是希望萌生与播种的准备时期。

---

① ［日］冈田武彦：《简素》，钱明译，社会科学文献出版社 2016 年版，第 3 页。
② ［日］青山七惠：《一个人的好天气》，竺家荣译，上海译文出版社 2011 年版，第 56 页。
③ ［日］青山七惠：《一个人的好天气》，竺家荣译，上海译文出版社 2011 年版，第 95 页。
④ ［日］青山七惠：《一个人的好天气》，竺家荣译，上海译文出版社 2011 年版，第 111 页。

小说中"勤劳感谢节"的设定,原"以为只要自己满怀强烈的爱,每天坚持祈祷的话,他就一定会感受到"①,但最终还是失去了男友的爱,爱是双向的。

冬天是一个让人静下来的季节。虽然"院子里的杂草都枯黄了"②,但一年下来,吟子编织了自己的幸福,生活得很满足。一边刺绣一边喝茶,过着传统的江户人度过寒冷冬天的生活,绣完的产品或许没有多大的用途,但是它却能消解生活的枯燥与寂寞,也能激发生活的乐趣,为自己找到一种打发日子的好办法。吟子在绣回忆、绣着美丽的生活、绣着美好的未来。知寿失恋后逐渐融入吟子与芳介的生活,将吟子的家当成了抚慰心灵的精神家园,在吟子与芳介真挚的爱情中领悟到了人生的真谛,与中国王先生过着幸福生活的母亲都成为知寿回归的他者与参照,知寿逐渐接近正常生活状态。冬天,知寿走出了失恋的阴霾,在吟子的陪伴与鼓励下,获得了回归。过年后的第一天,对于知寿来说,是迎接自我成长的春天,在满二十岁后,向存款一百万日元的目标发起冲击,找到了正式工作,成为纳税的职员,意味着知寿开始承担社会责任了。临别时,吟子还按照日本的习俗给了知寿一个装有一千日元的小袋,知寿带着留恋与不舍开始了新的人生。

(二)立足当下"知物哀"

20世纪80年代开始的信息化,使理性、技术与大数据思维占据了思维主流。同时,随着技术的发达和都市空间的日趋狭小,人对自然的情感被技术与机器所替代,人们愈发远离现实社会,亲近大自然变

---

① [日]青山七惠:《一个人的好天气》,竺家荣译,上海译文出版社2011年版,第120页。
② [日]青山七惠:《一个人的好天气》,竺家荣译,上海译文出版社2011年版,第132页。

成了一种奢侈，甚至对自然不感兴趣，人们对自然的感悟、敬畏被繁忙都市生活的空虚、孤独所替代。尤其像知寿这样的年轻人，"蛰居"与"宅"的生活让他们忘记了四季分明的自然。"后现代社会的一个重要特征就是，我们每个人无不游弋于拟像而神魂颠倒"。在这个世界里，由光电与计算机技术"创造了一种属于其自身的'超真实'——这种表现序列不是'不真实'，而是代替了'真实'，它高于真实，比真实还真实"①。现代人被虚幻的场景所包围，都市就像一个发电厂、核电站，就像电影制片厂。"虚幻场所"把真实和能量带入都市，都市的神秘变成了无穷的、虚假的流通网络。这"一切显示了社会之死"②，显示了人对自然的感觉之死。20世纪70年代预见性开展的"发现日本"观光活动，在"新怀旧"中复活人对自然的感知与感悟，鼓励女性旅行，将"旅行变成一种叙事，女性在其中扮演的不再是和'家'联系在一起的那个自我"③，让女性通过旅行引导本源的回归，发现真实的自我，通过接触自然和传统，让她们发现自己的日本特性④。

"'知物哀'就是心有所动"，"'物哀'与'知物哀'既是一种文学审美论，也是一种人生修养论"⑤。《一个人的好天气》既保持了自然的人性，又体现了良好的情感教养，让阅读者体会到了女性柔软、细腻的力量。青山七惠从环境入手，营造了"知物哀"的氛围。小说

---

① ［美］吉姆·鲍威尔：《图解后现代主义》，章辉译，重庆大学出版社2015年版，第58页。
② ［美］吉姆·鲍威尔：《图解后现代主义》，章辉译，重庆大学出版社2015年版，第65页。
③ ［美］玛里琳·艾维：《日本生活风化物语》，牟学苑、油小丽译，南京人民出版社2018年版，第36页。
④ ［美］玛里琳·艾维：《日本生活风化物语》，牟学苑、油小丽译，南京人民出版社2018年版，第40页。
⑤ ［日］本居宣长：《日本物哀》，王向远译，吉林出版集团有限责任公司2010年版，第7页。

的"四季推移与风景描写,都是为了让人'知物哀'"①,文本在"对人的感动,对世相的感动,对自然物的感动"② 三个层面进行"知物哀"的创作。

在这个简素时空结构里,一年中的春、夏、秋、冬被平均分配,四季循环,色彩斑斓,如同一幅风景画卷。71 岁的吟子,19 岁的知寿、藤田等不仅表现出了对生命的尊重,同时对死去的猫的照片、小物件、围裙、饮食结构、节日礼物、服饰等都表现出了对物的感谢之念。淡淡的语言表达中,让阅读者看到了对物的感情与感受。在这个装置中,青山七惠对人性与人情进行了深度理解与表达,在季节的变换中描绘了"像河流流动的人际关系"③。"家"中经历了多变的四季与淡蓝的情,在迎接春天的时光里,坐上电车再次经过"我"成长的"家"与站台,像一面深邃的风景,深爱过与受伤的心,丰富了人生的记忆,只有经历了才明白这也是一种运气,当我安安心心地走在春天的季节里,欣慰"家"给予我的成长中的不后悔的美丽心情。"物语就是将世上所有事物都记述下来,使读者在阅读中自然而然辨善恶、知物哀。知物之心者就是知物哀。"④ 既不悲观,也不乐观,像溪水流入大海,顺其自然。我们一天一天的生活,就如同一篇一篇翻看自己的日记。任凭这世界的喧闹拥挤,我内心依旧安宁。当春夏秋冬过去,一个人也是好天气。踏着春雨知寿来到了东京舅姥姥的家,春天的故事是一个美丽的故事。淡淡的自然景色描写,粉红色高大的山茶花,白色的花瓣感觉到春天东京的美丽。这种美丽中却裹挟着淡淡的哀愁,

---

① [日]本居宣长:《日本物哀》,王向远译,吉林出版集团有限责任公司 2010 年版,第 45 页。
② 叶渭渠:《日本文学思潮史》,北京大学出版社 2010 年版,第 106 页。
③ [日]青山七惠:《流れゆく世界を見つめて》,《文學界》2007 年第 3 期,第 111 页。
④ [日]本居宣长:《日本物哀》,王向远译,吉林出版集团有限责任公司 2010 年版,第 45 页。

第四章　自我探寻与他者认同

知寿不喜欢春天，因为自己患有"花粉症"闻到了美丽樱花的"血腥味"，与自己交往两年半的男友阳乎不温不火，没有激情，没有爱的交叉，恋爱中没有美丽的心情，她爱的季节之春与自然的春季间有着淡淡的哀愁。

吟子家的小院却给知寿带来了春的期盼，知寿对街上人工修剪的樱花树丝毫不感兴趣，却对院子里犄角旮旯野生的"蒲公英"充满期待，"到了夏天不知长成啥样"①。这些野生的杂草却能让知寿感悟到生命的力量。她不喜欢春天，对樱花树下成堆的白花没有葬花式的悲哀，她却能"透过新长出的绿叶看见天空"②，看到更遥远的光明。人工的物只能让人焦虑，而纯粹自然却给人以希望与力量。

夏天来临之际吟子家小院里杂草绿意盎然，青山七惠并没有描绘鲜花烂漫的夏季，只是描写了具有物哀意味的梅雨天气。在这个季节里，人们凭借色彩鲜艳的服饰证明夏天的颜色，五颜六色的人流装扮着具有人工意味的夏天，夏天的"人工"性让人烦躁不安，这样的夏天里不可能"知物哀"。在红叶满眼的秋季里知寿被藤田抛弃，将秋天的红叶风景与卧轨自杀事件情景相对照，"我流出了悲伤，不，应该是可怜自己的眼泪"③。对于人间事相的感悟，是在用篱笆墙与车站隔离起来的视觉、听觉等都有很强隔离性的封闭空间——吟子的"家"完成的。吟子的家有爱、有温暖，也有淡淡的忧愁与空虚。青山七惠在这个家的设置里，将爱、恨、孤独、彷徨、叛逆、虚无、走向新生活等信息不断地采集与释放出来，在这个相对封闭的场所，在知寿品尝吟子做的传统手工料理的味觉中，知寿与读者通过感觉分享着四季里的"物哀"。

---

① [日]青山七惠：《一个人的好天气》，竺家荣译，上海译文出版社2011年版，第20页。
② [日]青山七惠：《一个人的好天气》，竺家荣译，上海译文出版社2011年版，第37页。
③ [日]青山七惠：《一个人的好天气》，竺家荣译，上海译文出版社2011年版，第124页。

同时，青山又通过车站的设置串联起小说中出现的每一个人物，车站承载了现代人的恋情、友情与亲情。站台是一个重要的"物语"意象，"既是作者基于自己的视线和观察力'构建'的东西，也能作为作品整体的纪念碑般的象征。也许作者并不是'有意识地'设定那样的场所和那样的意义，但通过敏锐的视线、接触，显现出更深层次的意识和理性领域中的东西"①。车站是一个公共空间，是都市中来来往往的人们每天必须经过的地方；车站是一个封闭的空间，人与人的关系是隔膜、冷漠；车站是陌生人的聚合地，是地上世界的另一个镜像。《一个人的好天气》里的车站是知寿爱情的发生地，是与藤田分手的痛苦之处，也是知寿开启新生活的起点。对于吟子与芳介来说，是约会的地点，培养爱情的场所。也是妈妈去中国、回日本后与知寿相见的约会地点。车站既是幸福人生的起点，又是人生死亡的终点，青山七惠的文学创作受石黑一雄作品的影响，特别是《别离开我》等小说里刻画的浓厚的"死"的氛围的影响，那些"死"，与其说是现实的，倒不如说作者采用了非现实的描写，给小说世界整体带来神秘的氛围②，进行了物哀式的死亡的思考。

　　情感的四季分明体现了"日本文学中的以'物哀'为审美取向的情绪性、感受性的高度发达，十分具有启发性的概括"的特征。在充满希望的春天里与宅男阳平分手，在人工"色彩斑斓"的夏季与藤田相恋，在原本收获的季节里失去恋情，在无限风光的冬季里与有妇之夫安藤相恋，淡淡的季节淡淡的情，疗愈成长中的知寿，也让阅读者停下脚步，品味四季、品味人生。

---

　　① ［日］村上龍：《芥川賞選評》，http://homepage1.nifty.com/naokiaward/akutagawa/senpyo/senpyo136.htm，2015 年 2 月 3 日。
　　② ［日］青山七惠：《流れゆく世界を見つめて》，《文學界》2007 年第 3 期，第 108—109 页。

（三）"物哀"下的自我成长

在一个人的价值取向形成中，一年的时间不算短，往往会对人的成长起着非常重要的作用。知寿来到东京的一年里，经历了春夏秋冬的季节转换，感悟到了生命的价值与成长的力量。在视觉、感觉、听觉、味觉中品味生活，品味到了生活的真谛与价值。人的成长需要经历时间的考验，需要经历坎坷与挫折，需要有"感物哀""知物哀"的过程。

日本经济步入"平成萧条"后，随着个性化社会的到来，传统终身雇用制度崩溃，改变了以往年轻人就业的模式，他们就职谋生的道路被切断，越来越多刚离校的青年，靠打临时工或当"派遣社员"挣扎求存。如知寿一样的"飞特族"逐渐演变为本该进入社会而拒绝进入社会的年轻人，因无法接受冷漠、单调的朝九晚五生活，不愿投入全职工作，担负责任，宁愿"宅"在家中，缺钱的时候打一份零工。他们害怕长大，害怕走进社会，但又不知这种恐惧从何而来。只有年龄介于15—35岁又无正规职业的青壮年才能称为"飞特族"。据统计，日本"飞特族"1990年为181万人，2001年已增加到417万人。早期的"飞特族"，转眼成了"老飞特"，不仅是工作没有保障的廉价劳工，而且随着年龄的增长加速沉沦，变成了"流浪族"的生力军。调查显示，年轻一代的"飞特族"靠打零工，收入不稳，结婚生子的概率大减，这对少子化严重的日本来说是一大警讯，官方甚至号召年轻人"为摆脱不景气，重视协作和结婚"。这一庞大的社会群体的价值取向影响着日本平成年代转型期价值体系的建构。

怎么办？青山七惠尝试从"飞特族"的"简"入手，让阅读者在体会日本传统文化"简"与"素"的审美中获得美的享受，思考人生，走出自我，获得成长。知寿的困惑与迷惘、接二连三的失恋与诸多生活的不如意，在吟子不经意的教育与引导下，感受到了人间的真情，感受到了爱。在真实的生活中感知物哀，走出家门，回归社会。知寿由"飞特族"成长为"每月按时缴纳居民税、年金和保险费的公民"的正式职员，一个游离于社会之外的分子由体外循环进入社会的体内循环。"人的社会性是人性的本质，是人类生存的根本之道"①，社会性需要知识，吟子对知寿名字的解释是"靠自己的知识得到长寿"②，与刚到吟子家看到的佛龛、吟子送给知寿的书、失恋后去的图书馆等情景设置相呼应，说明"飞特族"的成长需要知识的补充，需要传统文化的滋养。小说最后一章"迎接春天"，知寿的生活已经发生改变，在诸如吟子家的房子、车站站台等人生交叉口，需要吟子等社会导师的引领，最后知寿搬走了，暗示着她已经在人生的中转站找到了方向。青山七惠呼吁社会要学会等待"飞特族"的成长，要耐心等待他们的成长。

第三节　价值取向与情境的力量

心灵拥有其自我栖息之地，在其中可能创造出地狱般的天堂，也可能创造出天堂般的地狱。1971年，美国心理学教授菲利普·津巴多在斯坦福大学做了著名的斯坦福监狱实验。菲利普·津巴多随机抽取24名师范学院学生（另有3名大学生作为候补，但没有参加实验），在位于斯坦福大学心理学系大楼的地下室内的模拟监狱内充当"囚犯"和"看守"。这些学生很快就进入所扮演的角色，"看守"显示出虐待狂病态人格，而"囚犯"显示出极端被动和沮丧。囚犯和看守很快适

---

① ［日］冈田武彦：《简素》，钱明译，社会科学文献出版社2016年版，第364页。
② ［日］青山七惠：《一个人的好天气》，竺家荣译，上海译文出版社2011年版，第157页。

应了自己的角色，一步步地超过了预设的界限，出现了通向危险和造成心理伤害的情形。1/3 的看守被评价为显示出"真正的"虐待狂倾向，而许多囚犯在情感上受到创伤，有 2 人不得不提前退出实验。实验的进展速度远远超出了津巴多教授的研究预设，实验被迫提前结束。在这个实验中，好人变成坏人的重要的条件之一是情境，"支配生活的各样系统形塑着人，贫富、地理与气候、历史时代、文化、政治及宗教支配人们，但人也受到每天都需面对的特殊情境塑造"①。《人间便利店》中情境塑造的路西法效应，体现出了价值取向与情境的力量结合。

村田沙耶香，1979 年生于千叶县，毕业于玉川大学文学系艺术文化专业，2003 年处女作《哺乳》获得第 46 届群像新人文学奖，2009 年《银色的歌》获得第 31 届野间文艺新人奖，2012 年出版的"思春小说"《白色的街、那种骨头的体温》获得第 26 届三岛由纪夫奖，2016 年凭借《人间便利店》获得第 155 届芥川奖。《人间便利店》描绘了 36 岁未婚的谷仓惠子大学毕业后一直未就业，选择在便利店打工，一干就是 18 年。每天吃的是便利店的食物，即使在梦中也会在便利店的收银台上打字，干净的便利店风景和"欢迎光临"的呼声每天都给她带来平静的睡眠。谷仓惠子已经成了便利店运行的"零件"，便利店的生活就是她的全部，只要想起便利店，进入便利店工作，整个人就像打了鸡血一样兴奋，全情投入工作场景。一旦离开便利店，情况就会完全不一样。如辞掉便利店的工作打算参加面试找一份正式的工作期间，表现出了颓废、懒散与无精打采。便利店如同她人生轨迹中的坐标轴，一旦偏离就会失去方向感，陷入一片混乱状态。这是一部正常与异常交替冲击的现实主义小说，村田沙耶香本

---

① ［美］菲利普·津巴多：《路西法效应》，孙佩妏、陈雅欣译，生活·读书·新知三联书店 2018 年版，第 345 页。

人作为便利店的打工族,通过亲身经历,描绘了与现代社会中约定俗成的价值观不协调的主人公的姿态,以及强烈纠葛中不容忽视的情境力量。

一 声音的情境力量

"要改变或避免不恰当的个体或团体行为,就必须了解他们带入了什么力量、优点和弱点到情境中。"① 便利店的情景不仅左右了古仓惠子的行为方式,也塑造了她的行为。20 世纪 60 年代,日本从美国引进便利店模式,发展至今已有五十余年的历史,便利店已经不知不觉成为日本街头的一道风景,无论是繁华的都市,还是宁静的小镇,外表均一、日夜无休的千万家便利店的灯光点亮了日本狭长的版图。作为舶来品,便利店在日本生根发芽后,与日本文化巧妙结合,日本人将文化中简素的审美、整洁的生活习惯、职场的团队敬业精神等都融入了便利店,形成了独特的日系便利店风格。

便利店整日充斥着各种各样的韵律相似的声音:有顾客进门的铃声,店员响亮的"いらっしゃいませ"(欢迎光临)的问候声;有店内有线广播中宣传新商品的偶像说话声,也有扫描条码的声音;还有东西装进购物篮的声音,抓起面包口袋发出的声音……所有声音混杂在一起,成为"便利店的声音"②。这种"便利店的声音"是集团社会与个性社会混合的声音,"是象征标准化均质社会的声音,是在秩序下有'刚刚好'的距离感的声音,它嘈杂又有序,它漠然又热情"③。

小说主人公谷仓惠子大学毕业后之所以能够坚持 18 年在便利店

---

① [美]菲利普·津巴多:《路西法效应》,孙佩妏、陈雅欣译,生活·读书·新知三联书店 2018 年版,第 1 页。
② [日]村田沙耶香:《人间便利店》,吴曦译,湖南文艺出版社 2018 年版,第 1 页。
③ 茶乌龙:《便利店全解读》,中信出版集团 2019 年版,第 69 页。

打工，这种混合的"便利店的声音"的力量非常重要。在便利店里，谷仓惠子"几乎不用头脑，全靠渗透进骨髓的规矩给肉体发出指令"①。她的听力特别敏感，练就了捕捉声音的超强本领与能力，耳朵可以从分散在店堂内的无数响声中挑选出信息，可以根据声音快速调整商品摆放的位置与顺序。在便利店这套声音系统中，声音按钮使她"真正成为世界的零件"②，与惠子日常生活节奏重合，这种声音的情境力量浸透惠子的日常生活。晚上睡不着觉的时候，"我就会想着那个随时有人影晃动的透明玻璃箱。店里的声响就会在骨膜内侧复苏，我便能安心地沉沉睡去"。到了早晨，"我再次成为店员，感觉'早晨'这一段时间被输送进自己的身体，变成世界的齿轮。只有这样，才让我显得像个正常的人"。客人从外面走入店内的铃声，在惠子看来就像教堂的钟声，"打开这扇门，就有个发光的盒子在等着我。那是一个永远都在转动，无可动摇的正常世界。我坚信着这个充满光芒的盒中世界"③。便利店的声音对于惠子来说如同巴甫洛夫条件反射实验中给狗喂食时的摇铃一样，只要听到便利店的声音，她的大脑会即刻兴奋，马上进入繁忙、负责任的工作状态。

即使在自己家里，惠子也感觉好像在便利店，身处便利店的"声音"中。"闭上眼睛回想店堂中的一切，便利店的声音又从鼓膜内复苏了。"便利店成了惠子的一切，"它像音乐一样，流淌在我的身体中。铭刻在我身体之中的便利店营业声高高奏响，我在其中心神恍惚"④。在惠子辞掉便利店工作一个月后的一天，途经一家便利店打算上厕所，便利店自动门打开时"欢迎光临"的"声音"流进了惠子的身体，"这种振动在直接与我的细胞对话，就像音乐一样在体内回响"。不顾这家便

---

① ［日］村田沙耶香：《人间便利店》，吴曦译，湖南文艺出版社2018年版，第2页。
② ［日］村田沙耶香：《人间便利店》，吴曦译，湖南文艺出版社2018年版，第24页。
③ ［日］村田沙耶香：《人间便利店》，吴曦译，湖南文艺出版社2018年版，第28—39页。
④ ［日］村田沙耶香：《人间便利店》，吴曦译，湖南文艺出版社2018年版，第155页。

利店员的怀疑，惠子迅速整理货架上的物品。受含蓄、知耻文化的影响，日本人一般情况下是不会在大庭广众之下干这样的事的。为何惠子会有这样的举动呢？是因为"听到便利店的'声音'后，就再也停不下来了。便利店想要变成什么形态，店里需要些什么，这些'声音'都源源不断地流进我的身体。不是我在说话，是便利店在说话。我只是在传达便利店赋予我的天赋而已"①。惠子受到同伴白羽的斥责后并停下来，便利店的声音传进了她的身体，她就是为听到这个"声音"才来到这个世界的。是这种"声音"让惠子取消了面试，决心再找一家新的便利店继续工作；是这种"声音"让"宅"了一个月颓废的惠子寻回了自我，"为了更完美地遵从便利店的'声音'，我必须将整个肉体彻底进行改造"②；是这种"声音"点燃了她对生活的热爱，"我想去问候出生不久的外甥"；是这种"声音"让惠子充满了生活的热情与奋斗的动力，"我能够清楚地感受到，我浑身的细胞都与玻璃那边回响的音乐交相呼应，在皮肤下蠢蠢欲动"③。便利店的"声音"将惠子牢牢地嵌入便利店的情境而不能自拔。后现代社会烦躁的声音里需要这样催人奋进的精神，需要像从前一样爱企业如家的凝聚力与集体主义精神，需要这种踏实肯干、骨子里精益求精的价值观。

便利店成了惠子自我保护的工具。只有像"零件"一样在便利店工作的时候惠子才会被看作正常人，同时也正因为在便利店工作才能变成真正意义上的"零件"。虽然不能否认其积极意义，但也正如席勒所言，永远束缚在整体中一个孤零零的断片上，人也就把自己变成了一个断片。小说借用白羽先生之口说出了作者的心里话，"披着现代社

---

① ［日］村田沙耶香：《人间便利店》，吴曦译，湖南文艺出版社2018年版，第196页。
② ［日］村田沙耶香：《人间便利店》，吴曦译，湖南文艺出版社2018年版，第201页。
③ ［日］村田沙耶香：《人间便利店》，吴曦译，湖南文艺出版社2018年版，第202页。

会这张画皮的现今依然是绳文时代"①，这是后现代人的回归意识，要回归到面对面的人际交流的声音世界。现代人只有脱离背对背的网络交际，回到传统文化中才能获得重生，才能真正激活内心"向上"的本性。同时，也从相反的方向影射了现代社会人的异化，人成为一种条件反射的生物，成为社会的一个零件并非人类的进步，与后现代主义的人本主义形成违和。

二 服装符号系统的情境力量

符号是具有代表意义的标志，结构主义语言学家索绪尔基于符号的能指与所指的特性提出了语言是符号系统的重要论断，进而引发学界对符号学的研究热潮。符号是人存在的基本方式，人也正是通过符号化运作来认识并构建世界的，在一定意义上，只有符号化的世界才是人类的寓所。西尔认为，符号"在人那里已经发展起一种分离各种关系的能力"，这种能力德国哲学家赫尔德将其称为"反思"。《人间便利店》里"首先是便利店的声音，听觉，然后是视觉描写"②，村田沙耶香运用其所学习的艺术文化，将服装符号视觉化，不经意间建构了文化意义。

"一件衣服的描述（即服饰符码的能指）即是修辞含蓄之指所在。这种修辞的特殊性来源于被描述物体的物质属性，也就是衣服。"③ 津巴多教授的实验，分别给两组同学着装，让他们穿上狱卒和囚犯的服装。服装成了他们在实验中进行角色区分的标志，也是赋予他们权力的象征，给参与实验的大学生戴上了监狱里不同群体的假面具。服装

---

① ［日］村田沙耶香：《人间便利店》，吴曦译，湖南文艺出版社2018年版，第122页。绳文时代被称作日本民族与文化的起源。那时还没有文字，口口相传的声音是记录文化与保存的重要方式。

② ［日］村田沙耶香：《小説という教会》，《文學界》2017年，第1页。

③ ［法］罗兰·巴特：《流行体系》，敖军译，上海人民出版社2016年版，第217页。

是他们进行"表演"所必需的重要道具，也是他们表演尺度的依据。服装能帮助人们展现自我，成为人们自我表现的最重要的工具。《人间便利店》里的职员培训开始前"给所有人分发了制服"，培训人员穿上制服，调整好仪容，"把手表和首饰脱下，再排成一列。刚才还外貌各异的我们，顿时像极了'店员'"①。显然，制服是便利店店员的重要标志，符号所指意义非常清楚，这些"符号"是便利店工作人员、服务人员的象征。比如，某日早晨，惠子刚走进便利店，发现了一个很奇怪的男人在捣乱，她是先走进准备室，换上制服后才参与纠纷解决。制服是权力、责任与义务的象征。惠子"脱下制服，摘下姓名牌，交给店长"，就不再是店员了。"清点商品的扫描仪、发订单的机器、擦地的拖把、给手消毒的酒精、总插在腰间的掸子、这些亲如手足的工具，我再也碰不了了。"② 表露出惠子对从事了18年的工作的不舍。

  便利店的制服符号分离各种关系的能力在于有效区分了顾客与店员的身份，区分了村落的内与外，体现了短时间共处便利店中的人与人之间的关系。一套制服、一个身份，就会轻易让一个人性情大变。穿着制服的店员是主人，可以随意调整物品的摆放，可以解决顾客提出的"问题"。便利店的关键词是便利，店内物品的摆放顺序、层次、日期、排队、结账等都要以顾客为中心来思考与设计，要考虑顾客的便利与省事、省时。这种较为优越的主体性激活了店员工作的积极性与主动性，让如惠子一样的店员有存在感，激活了店员工作的热情。惠子将自己视为生来就是为便利店工作的观念的产生，是因为在便利店中工作热情能被激活，被尊重。

---

  ① ［日］村田沙耶香：《人间便利店》，吴曦译，湖南文艺出版社2018年版，第19页。
  ② ［日］村田沙耶香：《人间便利店》，吴曦译，湖南文艺出版社2018年版，第178—179页。

三 规则系统的情境力量

以便利店是否合理来判断一切事物。想在便利店一直待下去，就只有成为"店员"这一种方法。那是很简单的事，只要穿上制服，按照员工手册做就行，假如说世界仍旧是绳文时代，那么也要遵守这个规矩。"只要披上这张普通人的皮，照着员工手册行事，就不会被赶出村子，也不会被当作累赘。"① 津巴多教授的斯坦福监狱实验，狱卒与囚犯之间的规则意识很强，两者在各自的领域里行事就会相安无事，就会和平。

村田沙耶香笔下的惠子面对的是数个规则系统。首先是便利店的规则系统，客人进店、离店、结账后，店员要出声"欢迎光临""谢谢惠顾""谢谢"；店员要穿制服工作，再怎么简单也需要穿上带有便利店名称的围裙，严格按照《员工手册》行事，勤快努力工作是最基本的要求。便利店虽然是个体经营的小店，却是小集体大社会，店员要永远面带微笑，时刻为顾客着想。惠子认为自己生来就是在便利店工作的生物，具有"管理好身体状态，把健康的身体带到店里也属于薪水的一部分"② 的敬业精神。惠子大学毕业后的 18 年，身心完全融入便利店规则体系，完好地保存与继承了日本文化中的团队精神、集体主义、奉献精神，因此，在便利店里工作是惠子最幸福的事情。作者通过惠子告诉阅读者，个性化时代同样可以有集体主义精神，个人价值可以转化为社会价值。惠子很平凡，但她在便利店是位英雄。如津巴多教授在《路西法效应》前言中写到的"《路西法效应》将以颂扬存在于你我身边的平凡英雄作为结尾。在'邪恶的平庸性'的概念里，平凡人要对同类最残酷与堕落的卑劣行为负责，而我主张，则对每位

---

① ［日］村田沙耶香：《人间便利店》，吴曦译，湖南文艺出版社 2018 年版，第 115 页。
② ［日］村田沙耶香：《人间便利店》，吴曦译，湖南文艺出版社 2018 年版，第 119 页。

随时愿意尽人性本分的男男女女挥动英雄的旗帜。当我们面对情境和系统的强大压力时，都该坚持人类本性中最好的本质——以颂扬人性尊严来对抗邪恶"①。日本转型期需要惠子这样平庸的英雄。

惠子在现实生活规则系统中，面对"一个正常人，要么工作，要么家庭，总得做好一件事。归属到社会才是人的义务"②的规则，却显得力不从心。惠子无法与周遭同步，不断怀疑自己。委屈自己，无法游刃有余地适应环境，抗拒过剩的人际交往，也无法回应所谓的期待。无论是在校园还是在社会，她都无力反抗那种关于年龄和性别的压力。连续18年在同一间便利店打工，没有就业经验、没有恋爱经验，高度流程化的便利店业务指南让她找到自己的容身之处。她用条条框框的约束将自己同化成周围的颜色，用机械化的行为来掩盖内心的另类。

惠子游走于现实生活与便利店之间，现实生活规则不断威胁着便利店规则体系。白羽熟知现实生活规则却无法适应便利店规则系统而逃离，不断动摇着惠子。"所有人都在扮演着心目中的'普通人'这种虚构的生物。跟便利店里的所有人都在扮演'店员'这种虚构生物是相同的道理。"③妹妹幸福的家庭生活、同学聚会时的担忧、白羽及弟妹的冷嘲热讽都在动摇着惠子的选择，"我内心的某一处正渴求着变化。不论那是坏的变化还是好的变化，总比现在的这种胶着的状态要好"。她也在思考着"我会把众人觉得不可思议的部分，从自己的人生中删除掉。这或许就是所谓的治疗"④。

这两个系统的规则是一样的，正如常来的妇人说的那句"一点都

---

① ［美］菲利普·津巴多：《路西法效应》，孙佩妏、陈雅欣译，生活·读书·新知三联书店2018年版，"前言"第Ⅵ页。
② ［日］村田沙耶香：《人间便利店》，吴曦译，湖南文艺出版社2018年版，第77页。
③ ［日］村田沙耶香：《人间便利店》，吴曦译，湖南文艺出版社2018年版，第115页。
④ ［日］村田沙耶香：《人间便利店》，吴曦译，湖南文艺出版社2018年版，第116页。

没变"①。"这个世道就是披着现代社会这张皮的绳文时代。能逮住猎物的强壮男人身边女人成群,村花都嫁给他。不参加狩猎,或者参加了也气力不足的没用男人受到蔑视。这景象根本没变过。"② 白羽因不适应便利店的规则被迫出局,便利店"是个强制性确保正常的地方,异类立即就会被排除"③。而"世界或许跟便利店一样,只有我们被不断替换掉,从来都是一幅相同的光景在持续"④。"这个世界是不认可异类的,不跟其他人步调一致就过不下去。"⑤ 36岁女性应当是为人妻、为人母的人生阶段,但惠子还是处女,没有交过男性朋友,是现实生活中的另类。"这个世界跟绳文时代完全没差别。对村里没用的人会被排除掉。就是那群不去狩猎的男人,和不生孩子的女人。'现代社会、个人主义'什么的,说得好听。可实际上,不去融入村子的人就会被干涉、被强迫,最终从村子里流放出去。"⑥ 惠子辞职在家生活的一个月,完全进入吃了睡、睡了吃的个性化社会,生活没有规律,与从前把健康的身体带到店里的惠子判若两人。惠子无疑是村田沙耶香书写的集团社会与个性社会之间的临界人物,也体现了这两种系统规则的矛盾与冲突。惠子最终选择回归便利店是对个性化社会里的集团意识、团队精神的继承与发扬。

便利店是日本近几十年变化的缩影。芥川奖评委认为"谷仓"式的人物在当下日本社会无所不在,我们不能简单地评价是好还是坏,是叹息还是迎接这种新出现的人际交往方式,让读者自己思考。"'现实书写'是小说拥有的特质与力量。"但无论怎样,小说透出这样一个

---

① [日]村田沙耶香:《人间便利店》,吴曦译,湖南文艺出版社2018年版,第113页。
② [日]村田沙耶香:《人间便利店》,吴曦译,湖南文艺出版社2018年版,第77页。
③ [日]村田沙耶香:《人间便利店》,吴曦译,湖南文艺出版社2018年版,第76页。
④ [日]村田沙耶香:《人间便利店》,吴曦译,湖南文艺出版社2018年版,第113页。
⑤ [日]村田沙耶香:《人间便利店》,吴曦译,湖南文艺出版社2018年版,第109页。
⑥ [日]村田沙耶香:《人间便利店》,吴曦译,湖南文艺出版社2018年版,第112页。

社会生存原理，异物会非常简单地被排除掉。"① "村子里没有用的人，是没有隐私的，所有人都可以随随便便来践踏。你要么结婚生子，要么出去打猎赚钱，不选一条路去为村子做贡献的人，就是异端。所以村子的人想怎么干涉就怎么干涉。"② 集团社会向个体社会转型中，人要学会适应。"斯坦福监狱实验得到的一个主要的结论是不论是细微或明显的情境因素，皆可支配个体的抵抗意志。"③ 无论是社会层面还是个人层面都应注重情境因素的路西法效应，大到日本社会，小到便利店，仿佛都是津巴多教授实验的场所，或许需要像便利店那样具有教会功能的职场规则，尽快适应环境，每个人都从我做起，学习英雄主义，改善我们所处的世界。村田沙耶香一方面充分利用情境影响力，赞颂英雄人物来教会阅读者如何适应环境，尽快融入正在变革的社会洪流；另一方面她静静地引导人们抗拒诸如白羽及冷酷的弟妹、同学与家人的情境影响力，在社会转型中如何做一个完好的自我。在转型中如何保存好自己的人性，避免从我们身上被夺走人类最被珍视的品质——关爱、仁慈、合作与爱。

那么，适应的尺度又该如何把握？是否要失去自我一味地适应？小说中反复提到"普通"与"异常"，也体现了作者的担忧。白羽作为体系中的"异常"被便利店与现实社会排除掉了，惠子作为现实生活中的"异类"也被排除掉了。排除"异类"的路西法效应，在人与机器的博弈时代，结果会如何呢？惠子一旦像零件一样，到了便利店的机器上就会飞快地运转，这就是惠子所追求的"普通"状态。但与普通相比，惠子的个性会被诠释成异常，异质性就会凸显出来。如何做到"普通"？答案只有一个：在均质与程序化的社会转型中，只要按

---

① ［日］村上龍:《選評》,《文藝春秋》2016 年第 9 期,第 392 页。
② ［日］村田沙耶香:《人间便利店》,吴曦译,湖南文艺出版社 2018 年版,第 130 页。
③ ［美］菲利普·津巴多:《路西法效应》,孙佩妏、陈雅欣译,生活·读书·新知三联书店 2018 年版,"前言"第 V 页。

部就班地照做就是"普通",对于自身行为的合理性、理据性无须太多的思考,"复制、粘贴"就好,人脑机器化、程序化,拒绝反抗,排除异常。惠子表面上看貌似适应了便利店的规则系统,与之相对应的惠子的个人社会适应能力却在不断下降,一旦便利店这台机器的齿轮型号发生改变,那么惠子的未来又将如何?即便机器齿轮的型号完全相同,后果会更危险,因为随时都有被替换的可能。这恐怕也正是村田和广大阅读者思考的关乎社会发展中人与机器关系的大问题。

第四节　真情回归的新型人际关系[①]

日本社会进入平成年代后,随着20世纪90年代泡沫经济的破裂、群体社会的瓦解,"社会凝聚力开始走向松动",走向个体社会,迫使日本社会进入痛苦的价值观改造时期。"在泡沫经济崩溃后不仅日本的商业习惯发生了巨变,个人生活也出现了巨大变化"[②],这一变化也直接波及日本的职场。以丝山秋子为代表的获奖女作家在书写企业高级白领等职场女性工作的现实中,窥视到了日本社会出现的新型人际关系。第134届芥川奖获奖作品《在海浪上等待》,在重新审视传统社会固化了的交往模式、现代社会"冷漠"的交往方式的基础上,展示了现代企业男女职员之间的新型人际关系:既不是恋人,也不是情人,而是充满真情的、彼此信任的朋友关系。这种新型的人际关系印证了人类的回归,不是形式上的回归,而是一种返璞归真的真情的自然回归,是人性"善"的回归。这种对新型人际关系的书写,表达了丝山秋子对价值取向问题的极大热情,这是对日本传统的"间人"关系的挑战,

---

[①] 本部分内容发表于《中日文化文化比较研究(2017年)》,第18—32页。
[②] 黄亚南:《从群体社会到个体社会日本社会凝聚力出现松动》,《社会观察》2009年第6期,第59页。

也是对现代社会"冷漠"的交往方式的质疑。人变成机器的"奴仆",成为"低头族",整日对着屏幕,人与人之间用"冷漠"的机器沟通交往,在"间人"与"冷漠"中,真情淡化,身份迷茫,遭遇"同一性"危机。

一 男女社会角色与社会地位的改变

日本社会由群体社会向个体社会转型的助力器应当是 1986 年颁布的《男女雇佣机会均等法》,法令取消了企业内部男女员工的性别差异,将实现男女同工同酬。1966 年出生的丝山秋子正好赶上了这一变革的新时代,见证了《男女雇佣机会均等法》颁布后对企业以及员工人际关系的影响。《在海浪上等待》书写了同期入职的女职员"我"(及川)与男同事大胖之间的友情,两人有个约定,不管谁先死了,活着的那个人绝对不偷看另一个人硬盘里的东西,还要负责将计算机的硬盘毁掉。作为"新新人类"的"我"与大胖是个性化社会的典型代表。他们一改历史上同一职场中女同事收入较低的现状,生活方式与交往方式与之前企业员工间相处的方式有所不同。他们同期入职、同在一个部门工作、工资收入大体相当,他们的交往是在平等的基础上展开的,这是职场中的女性人际交往方式的最大改变。这种自信、平等与正常的交往方式是平成时期年轻一代异性间形成的一种新型人际关系。

《在海浪上等待》的人际关系层次分明。小说描写了社会转型期年轻人的人际交往状态,包括"我"与牧原太的异性交往,"我"与女同事的交往,大胖和男同事的男性之间的交往等。通过对职场中比较全面的人际关系的描写,绘制了一张具有后现代意义的男女、女女、男男之间的关系网络图,进而呈现出日本人际关系变化的新趋向与新特征。

第四章　自我探寻与他者认同

　　山梨县出身的"我"与茨城出身的大胖同期入职，同在东京读的大学，同时就职于一家住宅设备器具制造公司。诸多的相同之处，自然将他俩的关系拉近，在经历了"整整三个星期的东京本部实习"后关系更加密切。工作上互相关心与照顾也是自然而然的事。东京本部实习结束后，及川很想留在本部或像大阪这样的大城市工作，但事与愿违，他们被派往了九州地区。对此及川很担心九州地区根深蒂固的"男尊女卑"意识，担心"我一介女流，在那里人生地不熟，肯定会受人欺负的"。因此在东京总部培训期间，"心里忧闷一直难以排解，每天晚上出去酗酒，心里对将要去往的那陌生地方"①，对自己将来的命运有着莫大的恐惧。这种恐惧更担心自己工作中的性别歧视。

　　"我"怀着忐忑来到了福冈，情况比他们之前的预设好得多。公司的领导很热情，不但向全公司的人介绍了他们，而且还陪他们参观了"整整齐齐排列着各种器材样品和产品样本的陈列室"②，同时还给他们报销了从东京总部来福冈的差旅杂费，最后又让他们自己出去买上班用的皮包以及福冈市内的交通地图什么的。这种热情无形中将他俩变成了一个联合工作小组。同是单身的他们，白天到处奔波，跑客户，一起努力打拼，一起出去吃饭、喝酒也是顺理成章的事情。及川和大胖吃遍了美食之城福冈料理，除了福冈人家里的家常菜之外，各种餐馆里的海鲜、火锅、烤鸡、猪排、饺子、海边烧烤等都和大胖一起享用过。现代人的交往多开始于聚会，餐桌成为现代人相识的重要媒介，体现着平等与自由。

　　传统上讲，一男一女单独约会、饮酒往往多有"特殊关系"，这不同于欢迎会、送别会、忘年会等这类聚会上男男女女的畅饮。"我"与大胖的单独聚会畅饮的次数虽然很多，但能够看出来，他们之间并不

---

① ［日］丝山秋子：《在海浪上等待》，祝子平译，上海文艺出版社2008年版，第5页。
② ［日］丝山秋子：《在海浪上等待》，祝子平译，上海文艺出版社2008年版，第6页。

是男女恋人、情人等的暧昧关系。他们俩很投缘，很平等，工作、福冈、个人事项等，无话不谈。

　　小说中的"我"大学毕业后开始工作，不甘心回家当主妇，更希望把在大学里学过的知识和掌握的技能变成谋生的手段，通过自己的努力改变命运，成为一个不再依赖男性，不再把自己的命运交给男性的新女性。工作中及川、井口等公司女性，业务能力很强，"浴缸怎样放置、天花板上是否嵌板、厨房灶柜怎样合理装配、煤气热水器坏了怎么办、浴缸有裂纹要换新的，等等"①，这些一般只能由男性才能完成的工作，作为新入职的女职员的"我"却做得得心应手，而井口在业务能力方面还要高出男职员一筹。职场中的男女职员，工作中是努力争上游的竞争者，工作之余是无话不谈的好朋友。他们正在打破职场中传统意义上的男女角色分工，悄然改变企业文化的生态系统，改变社会的性别角色分工结构。这一切源于《男女雇佣机会均等法》中的同工同酬政策，同工同酬从根本上改变了女性在职场中的地位与形象，女性作为比较独立的个体再也不是男职员的附属品，而是一个自食其力的劳动者了。她们通过自己的努力，逐渐在公司中取得地位，与男性职员的同事关系也在悄然发生改变。

　　公司的职工更衣室与茶水供应处是女性职员的主要交际场所。这两个地方没有男性出入，"我"与她们碰面时虽然她们对"我"总是彬彬有礼，却让"我感到与她们格格不入"②。更衣室是职场里同性的私密空间，更衣室里相遇，迅速会把对方从"他者"的角度同化为"自我"，交际双方容易产生亲近之感。但是，"我"却像个外人，她们对"我"也是敬而远之。原因何在？本是同林鸟的我们却有着不同的身份，"我"的身份、工资、待遇远远优越于她们，无形中就形成了

---

① ［日］丝山秋子：《在海浪上等待》，祝子平译，上海文艺出版社2008年版，第7页。
② ［日］丝山秋子：《在海浪上等待》，祝子平译，上海文艺出版社2008年版，第10页。

村落的"内"与"外",自然"我"就成了局外人,这一点比较符合日本人的交往原则;另外日本人的"间"意识至今还是具有一定的影响力,与人保持一定"距离"是有教养的一种体现。"茶水间"是同一个单位职员交际的重要场所,他们可以随时来到这里喝茶、喝咖啡、吃些小点心等,可以端着茶杯自然交谈,也可以共同分享职工出差带回的土特产。此处休息时,职员们往往不谈工作,更多谈一些诸如今天的天气怎么了、最近新闻趣事等比较轻松的话题。随意、自然中透露出交际者关系的亲疏远近。

"我"在新的职场环境中之所以尴尬、不自然,是因为"我"是外来者,是公司职员中的"他者","我"空虚与寂寞,没有存在感。"距离感"是"我"尴尬的表面原因,更深一层的原因则是各个利益方的利益纠葛。《男女雇佣机会均等法》的实施对女性来说无疑是件大好事,却受到来自女性的质疑。"长谷川女士认为,《男女雇佣均等法》'破坏文化的生态系统'。如果让妇女都出来工作,就会破坏男女各有分工的'生态系统'。"[①] 来自女性自身的反对声音表明,一部分女性作为传统的文化卫士,比较认同传统的社会角色分工模式,认为世间的男女不平等的利益分配具有合理性;从另外一个层面也反映出这部分女性比较软弱的一面,她们自身对社会变革、秩序改变抱有恐惧感,对重新适应一种角色感到为难,这是一种新型人际关系,社会关系建立的过程性与过渡性,这种新型关系的建立要经过一定的撕裂与阵痛。

二 性别价值取向认知的变化

进入新新人类阶段以后,日本校园内出现了一个与以往不太一样的现象:小学、中学、高中、大学的同学之间,男、女生的性格发生

[①] 吕隆顺:《日本关于〈男女雇佣机会均等法〉之争》,《国外社会科学》1985年第1期,第12页。

了明显变化，原来生龙活虎的男生变得比较沉静，而文静的女生变得活泼与张扬，这恐怕与日本家庭的教育有关。孩子从小就接受了来自大人更多是母亲的教育，对于儿子的教育理念多为你是男子汉，不能欺负女孩，更不要和女孩一般见识，处处要谦让女孩，等等。因此，无论是在课堂上，还是在课后活动中，对于女孩的叽叽喳喳以沉默回应，自然带有不屑一顾的态势，时间长了就形成了一种交往习惯，在女孩面前话语较少，多为默默地注视着周围的一切。长大后进入职场也是如此，形成了不太愿意说话的性格与处世习惯。另外，这一代孩子的父母在家庭中的分工也很明确，男主外女主内，孩子的教育主要是由母亲来承担的，这一代人的父亲们在工作上压力大，竞争激烈，无暇顾及孩子的教育问题。由于男孩子受母亲性格的影响比较大，男性一般具备的独立、坚强、大胆、果断、自信、豪爽的个性，是母亲所不具备的。父爱的缺乏，使男孩子在不同成长阶段的角色习得不完备，很容易导致他们的恋母情结与女性倾向，阴柔有余而阳刚不足，呈现出一系列男性"中性化"的表征，催生出"草食男"这一较为特殊的群体。《在海浪上等待》中的大胖就是典型的"草食男"，是一枚典型的暖男。胖胖的身体，性格温和，从来不和别人争高低，不太计较个人的得与失，更不与人吵架，"即使有时我对他有些言语冲撞，他也只当耳边风，丝毫不会为此生气"①。工作上不太注意细节，经常出错。喜欢谈论一些日常生活性话题。以大胖为代表的"草食男"完全颠覆了传统日本男性的形象与性格特征，他们以"可爱"的外表为"美"，性格温和，气质偏向女性化。工作上也是随遇而安，没有太大的追求与抱负。他们比较听话，能够做好上司交办的工作，但不会精益求精。人缘好，合作意识与合作精神都比较好。这样的男人有女人缘，对恋

---

① ［日］丝山秋子：《在海浪上等待》，祝子平译，上海文艺出版社2008年版，第12页。

爱与婚姻方面要求不高，顺其自然，缺少主动进攻的精神，却深得美女的喜欢。"公司里高挑的姑娘井口珠惠，工作能力和人品都堪称一流"①，却看上了大胖，大胖不但抱得美人归，妻子还为他生了个女儿。

从历史上看，日本是一个以男性为中心的国家，无论是农耕社会，还是工业社会，男性一直都是社会劳动的主要承担者，男女地位不平等。但进入平成年代后，"少子化"已然成为一个社会问题，女性晚婚晚育、不育、同性恋、无性婚姻等现象比较普遍，女性生育繁殖的欲望在下降，一般年轻女性不愿意生孩子，更不愿意承担孩子的教育责任，反而进入职场的热情上涨，经济上逐渐摆脱了对男性的依赖，一些单身女性凭借自己的努力，自己养活自己完全没有问题，她们可以买房，可以高消费。由"阴盛"带来了"阳衰"，导致了"草食男"的出现。尤其是《男女雇佣机会均等法》的实施，从根本上改变了日本文化的生态结构，改变了女性的社会地位。她们重新进入职场，在工作中实现自我价值，感受到了一种平等，也在温柔的"草食男"那里找到了存在感，比较享受来自"草食男"们的关心、体贴与照顾。男性的女性化究其原因是为了讨女性的喜欢，换句话说，是女性的变化、容忍与宽容促使了男性的"中性化"性格。

随着男性的"中性化"，"草食男"队伍在不断地壮大，整个日本社会男性的角色取向发生着变化，他们获得了诸如大胖妻子"井口"们的喜爱，甚至可以为之重新回归家庭，成为相妻教子的专职家庭主夫。但是，由于"草食男"无法满足年轻女性对英雄崇拜的心理，迫使女性崇拜历史中的英雄人物，进而催生了日本社会大批"历女"的出现，这是近年来日本女性群体的一大变化。这表明日本泡沫经济破裂后，"男主外，女主内"的社会角色定位开始转向。受公司发展状况

---

① ［日］丝山秋子：《在海浪上等待》，祝子平译，上海文艺出版社2008年版，第9页。

的影响，男人的经济收入减少，大大削弱了以往在家庭里的威风凛凛。为了生存，一些专职家庭主妇开始回归社会，重新步入职场。她们以《男女雇佣均等法》为契机，依靠自己的工资收入，也变得"财大气粗"，在家庭里的经济地位得到了提升，使得她们更多地把控了家庭诸多事项的话语权，有时甚至将公司内的工作作风带回家庭，盛气凌人之势使原本大男子主义气概十足的男人们开始"英雄气短"。从1986年的《男女雇佣均等法》到1991年的《育儿修养法》，再到1999年的《男女共同参画社会基本法》，直至2003年的《少子化社会对策基本法》等一系列与女性相关的法律的实施，日本社会从家庭到职场，男性与女性的社会地位、角色分工在悄然地发生变化。一种新型的社会关系的诞生是历史的必然，的确改变了日本文化的生态平衡，丝山秋子以社会观察家的敏锐目光捕捉到了这一新生事物，恐怕这也是《在海浪上等待》获芥川奖的根本原因。

三 改变生活方式与建构新型人际关系

丝山秋子结合自己十几年的公司白领经历，大胆剖析了日本社会出现的新型的社会关系：这些年轻人之间的相互理解、高度信任，缔结了一种超越性别差别的、默契的合作与共赢的关系，建构了一种原初的、本真的人与人的关系。他们一方面享受着现代化带来的时尚与富足，另一方面也对新事物充满着激情，工作中积极进取、努力拼搏，形成了一股对抗"下流社会"流向的强劲逆流，反叛着"宅族"与"低头族"，成为后现代社会人类精神风貌的里程碑，让人们看到了后工业时代的希望与未来。

"我"作为职场单身女性，生活态度与生活方式与像大胖等单身赴任男性职员别无两样。由于男女职员同工同酬，没有经济负担，又不用花费更多精力从事家务，因此"我"生活得很潇洒、很舒服。"我"

和大胖工作时非常努力，休息时也很会享受生活。双休日，"我"会"经常去海边游泳、钓鱼"①，在海边架上烤炉品尝味道鲜美的"野外烧烤"。经济萧条期，工作辛苦且繁重，"我"可以和大胖等男职员加班到凌晨三四点，饿着肚子回家。当公司引进新技术需要学习时，"我"也不甘落后，加班加点，毫无怨言。"我"的适应性很强，如对九州生活的适应，由开始的恐惧到后来的习惯，再到离开时的不舍。"我们"这群人不同于沉迷于网络世界的现代人，虽然不是整天沉迷于网络世界，但"我们"与世界同行，深入社会，熟知世界的变化。而网络世界者，似乎知道的信息很多，但是他们其实并不了解现实世界人们的生活状态，并不了解现实世界人的思维方式，这不仅仅是"间人主义"的问题，也是后现代社会早期人们的一种生存方式。

  泡沫经济崩溃期，因房地产的不景气使得建筑产品推销工作变得更加艰难，但公司的业务量并未减少。及川等人对工作仍然充满热情，干劲不减，"真正地拼上命了"。生病请假获串休都是顺理成章的事情，但在经济不景气时期，每一个客户都显得非常珍贵，"大胖因流感发高烧将近四十度，可为了客户还必须赶去七十里以外的伊万里施工现场"。平时工作似乎不求甚解的大胖的这种执着与拼搏的精神与平日的"草食男"形象大相径庭。大胖的拼命精神也感染了及川，"为了工作，为了这家伙，我愿意尽全力"②。在个性化时代来临之际，集团的奋斗精神、团队精神在后现代社会年轻人身上已经不多见了。这是一种在后现代年轻人身上久违了的精神，他们有着高度责任感与使命感，具有了精神上的追求，具有了一种奋斗的精神，这是后现代社会的曙光，是希望。

---

  ① ［日］丝山秋子：《在海浪上等待》，祝子平译，上海文艺出版社2008年版，第8页。
  ② ［日］丝山秋子：《在海浪上等待》，祝子平译，上海文艺出版社2008年版，第16—17页。

四 传统人际关系的悄然裂变

《在海浪上等待》将很多公司生活所具有的幽默感的东西糅进了作品，对公司生活进行了有难度的立体描述，尤其对"我"和大胖的新型关系的洞见，让读者对原本烦躁、压力大的现代企业产生了一种"公司生活挺不错的嘛"的感觉。女主人公"我"与男主人共同在福冈分公司工作了一段时间后，转勤到其他各地。"我"转勤到埼玉分公司，大胖转勤到东京。尽管我们后来不在同一分公司，但彼此一直都是记着在福冈时关于销毁硬盘的约定。小说开篇对大胖老打冷嗝、脚上只穿着袜子、一脸苦相的描写，是"我"在大胖死了三个月后，途经大胖生前在东京五反田居住的公寓前想象出来的场景。这个房间及川也曾进来过，为了履行与大胖的诺言，接到大胖死讯后第一时间进入房间毁坏了大胖电脑的硬盘。在离开东京之前，"及川"想在大胖居住过的房间里，感受、回忆一下大胖的温暖与存在。"我"留恋着与大胖的交往，渴望那种不是恋人、不是朋友的那种淡淡的温暖。

这里，记忆的闸门被打开。两个人在公司的对话在耳边响起，跨越了时空与生死的界限，大胖虽死犹生。"怎么还在这屋里？""……不知道。""你在抽烟吗？""噢，是刚才，捡来的。"这是以前"我"与大胖在福冈分公司办公室里晚上加班时的对话，在"一股难以名状的心绪涌上了胸间"[①]后，作者通过意识流的手法展开了"我"与大胖的往事的回忆，展现"我"与大胖缔结的一种新的人际关系。

刚进公司，在新职员欢迎会结束后，彬彬有礼的大胖称"我"为"小姐"，这是一种尊重，是我们良好关系的前提与基础。福冈分公司工作的最初半年，"我"协助副岛、大胖和另外一位同事山崎走访客户

---

① [日] 丝山秋子：《在海浪上等待》，祝子平译，上海文艺出版社2008年版，第4页。

及售后服务的业务。工作性质决定我们行走于福冈市区的大街小巷。我们愉快地工作着,工作中"我"与大胖是铁哥们。大胖的理想是买一个小型赛艇,"我"一直挂念着他的理想。不久,大胖与公司出挑的井口珠惠恋爱结婚,大胖他们的孩子出生了。在"我"与大胖东京故地重逢一周后,大胖意外身亡。"我"在第一时间内冲到大胖东京的家,按照约定,将大胖电脑硬盘毁坏,遵守了对大胖的承诺。葬礼后的三个星期,我到福冈看望了大胖的妻子。回到埼玉以后,"我的生活一如既往"。这次奉调去滨松分公司。在这之前,大胖始终是"我"回忆的焦点,没有了大胖,"我"对工作已经麻木,激情与热情全部退去,对于送别会也是没有丝毫的惋惜与留恋,"我的心,可以说是早已是一潭静水,波澜不兴了"。如果是亲人逝去,会使活着的人有种行尸走肉般灵魂已死的空壳之感,但是,"我"与大胖既非恋人,也非亲人,但"我"的痛苦与无奈反应竟如此强烈,以致使"我"失去了从前工作的热情,见景生情。

接下来丝山让"我"在想象中与大胖的幽灵进行了对话:"你也该先做准备才是,你的HDD可危险呢!""怎么,大胖你知道?""你电脑里的那个'观察日记'要是让人看见,可就麻烦啦!"[①] 进而展开两人入职以来共事时的点点滴滴的往事回忆。"大胖,你死了以后,可不能再胖了呀!""你这丫头,总喜欢讲这种傻话!"[②] 小说的结尾出人意料,"我"的秘密被鬼发现,"我"又回到了从前,预示着"我"将走出大胖的死给"我"带来的忧伤。经过与大胖的跨界对话,"再次重逢",疗愈了"我"的伤痕,回到了原初的状态。转勤去滨松,"我"会在新的职场中找到"大胖",会与更多的"大胖"重逢,寻找到更多的"情"。

---

① [日] 丝山秋子:《在海浪上等待》,祝子平译,上海文艺出版社2008年版,第39页。
② [日] 丝山秋子:《在海浪上等待》,祝子平译,上海文艺出版社2008年版,第43页。

大胖的妻子"井口"作为现代职场的女性,在经历了恋爱、结婚、生子、丈夫的死亡等诸多的人生经历后,对于"我"与大胖这种新型关系表现出强烈的认同感,表现出一种对"我"的羡慕之情。"井口"与大胖结婚后因怀孕辞职,她曾是公司的业务骨干,也是"我"的好朋友。在大胖的遗像前,"我们本想安慰井口小姐几句,看上去她显得十分从容,仿佛已忘记了此事"。当问到井口是否因为大胖的死而劳累变瘦时,"井口笑着回答说'没有'"[①]。如何理解井口的表现?恐怕与日本人"间意识"的处世原则有关。日语里"间"是一个常见的汉字词,被大量地运用在自然、风俗、生活、艺术等多个方面,蕴涵着日本人对人或事的一种"稠和"感。与"间"相关的意识也自然地成为日本独特的文化概念,"'间意识'在日本人的日常生活、言行举止、艺术等诸方面起着重要的作用,表现着日本人的民族心理"[②],甚至有人干脆把日本文化称为"间的文化"。学者滨口惠俊把日本人的交际原则、人与人之间关系的处理法则系统化,提出了"间人主义"观点,是"间人"的延伸,是日本人的交际意识。为了使人际关系更加和谐,日本人时刻保有"间意识",注重并设置"间"。在处理人与人之间关系时,为了避免自身与自身以外的他人产生直接性摩擦,会在彼此之间保持一定的距离,给对方留有余地,极端地克制自己的感情,在公众场合喜怒哀乐基本不行于色。兴奋与激动时往往会流下幸福的泪水,悲伤与痛苦时不但不流泪,反而面带微笑。这种微笑自然不是出于礼仪,如若不然,就不会在晚上"我"住在她家一起翻看到大胖写给她的"在海浪上等待"的诗时流泪。

"朋友"是丝山在现实生活与文学作品中特别关注的一个视点。作

[①] [日]丝山秋子:《在海浪上等待》,祝子平译,上海文艺出版社2008年版,第30页。
[②] 陈瑶华:《"间意识"与日本人的人际关系》,载《福建省外国语文学会2010年年会论文集》,2010年,第1—15页。

者把后工业时代典型的、标准的日本场景与日本社会的缩影——职场作为观测点，从中窥视出日本职场、日本社会，甚至是人类出现了一种热烈的、令生命闪光的、充满真情的新型的人际关系。日本职场的工作关系与人际关系并不是完全重合的，往往出入较大，工作的伙伴未必一定是朋友，在这个轨道上，日本人的"间意识"非常明显。但是，"我"和大胖却突破了日本文化中固有的"间"——距离，他们一起喝酒、吸烟，一起努力工作，一起为人生奋斗。他们之间绝对相互信任与依赖，"告诉你，我最不想让人知道的，就是我的HDD呢。就是电脑里的东西"①。他们相约，无论谁先死，活着的人都要把对方电脑的硬盘毁坏，彼此保守秘密。现代人的秘密放在电脑里，这种秘密不会全部告诉他人，包括父母亲与自己的挚爱。但是，大胖却与"我"有了如此的约定。"我"不是他的恋人，也不是情人，是朋友，是同事，却彼此可以轻松地知道对方秘密，破坏电脑硬盘前，是可以看到电脑里的秘密的。如果不是绝对的信任，如果不是突破日本文化的"间人主义"，这种约定无论如何都不能成立。

通过"我"的手打开了大胖的电脑的情节设置，回应了"间人"关系的"距离"，反击了"机器"交往的"冷漠"。"真空的饭盒子打开了，也没听到刷呀嚓呀的空气流入的声音。这是大胖安息的灵柩！我现在是要打开他的灵柩，在大胖的身躯上刺一刀呀！可我一点也不犹豫，一种使命感在驱使着我。""两枚隐蔽的螺丝没拧下，这螺丝上贴着写有FRAGILE（易碎）字样的纸条，我剥下两颗螺丝，终于将饭盒子彻底打开了。"② "日本人认为灵魂存在于腹中，肚子里有思想。当一个人证明自己清白或表明自己忠心时，就要把内心世界拿出来给

---

① ［日］丝山秋子：《在海浪上等待》，祝子平译，上海文艺出版社2008年版，第23页。
② ［日］丝山秋子：《在海浪上等待》，祝子平译，上海文艺出版社2008年版，第30页。

人家看，所以就得打开肚子。"① 大胖的秘密被打开了，"饭盒子里静静地躺着一张镜面般的光盘，发出非常刺目的反光"②，曾经的虚拟世界也一同跟随主人离开了现实世界，在绝望的废墟中，以大胖电脑硬盘的毁坏、大胖的死亡预知象征了"现代人的异化究其根本是源自近代曙光的出现，无论人们如何相信凭借理性可以获得自立及自我充实，但最终却发觉那是一条死胡同"③。信息时代，人的生存方式、生活方式也在改变着。日本社会由"中流社会"向"下流社会"流动，从收入到"沟通能力、生活能力、工作意愿、学习意愿、消费意愿等全面下降"④。手机、电脑、网络等助长自闭的"现代玩具"，不但没有使"间人"关系中的"距离"淡化，反而使年轻人的"人际关系意识"逐渐丧失，人与人的整体信任感有所下降，社交能力明显下降。面对当下社会人际关系的现实，丝山秋子站在时代变革的前沿，通过文学创作，重新审视在高度发达的后工业日本社会里固化的人与人之间的关系，试图告诉我们一种新型的人际关系。人与人之间是永远都有距离的，但《在海浪上等待》的意义在于突破了"间"，超越一般世俗与传统关系，是一个需要重新界定的关系，新的人际关系，新的生存方式，小说在言说着一种新的东西。

作者本人因职场的劳累与烦恼而辞职，小说中的大胖的死亡结局，"我"有难觅知音之感，体现出了作者及小说主人公自我身份确立、自我追寻的迷茫。一方面，人们只有在自然、原生态的情感世界里，才能真正交流感情，现代人的交际中这部分感情被遮蔽，人的内心却呼唤着这种真情，丝山秋子给出了预言：舒适、自然、回归的情感交流

---

① 于长敏：《菊与刀：解密日本人》，吉林出版集团有限责任公司2009年版，第128页。
② [日] 丝山秋子：《在海浪上等待》，祝子平译，上海文艺出版社2008年版，第30页。
③ [日] 土居健郎：《日本人的心理结构》，阎晓妹译，商务印书馆2006年版，第113页。
④ [日] 三浦展：《下流社会——一个新的社会阶层的出现》，陆秋实、戴铮译，文汇出版社2007年版，封底。

正是未来社会人与人之间情感的交流方式。另一方面，电脑与纸质笔记本的对比描写，也反映了作者在信息化的社会里寻找着自我。记忆是无须技术记录的记忆，技术成果不能毁坏人与人之间的关系。作为社会单位的职场里出现的新的人际关系表明，人类的回归，不是形式上的回归，而是真情合作的回归，是丝山秋子的一种探寻与希望。为什么是在海浪上等待？在海浪上可以纵横驰骋，也可能随时翻船，如何维系等待的平衡，正是作者担忧的。

第五章　认同危机与价值引领

20世纪90年代，人们对于"真正的自我"的追求越来越强烈，消费行为早已超越了消费本身，消费文化的发展消解了日本人的自我认同，甚至"国民意识的功能开始衰退"，不断思考自己究竟要成为什么样的人，却无法得出结果。战后日本家族制度与村落共同体解体后，"将封建'家族意识'和村落的'集体意识'完整地嫁接移植到社会的各个领域"的现状开始改变。随着集体社会的瓦解，集团意识也随之丧失，逐渐转向个体意识。首先是"日本国民的价值观迷失"。他们看不出国家的发展方向，进而表现出迷茫的态度。这种迷失不同于日本经济高涨时期的"国家观念淡薄，价值观迷失"[1]，表现出如《一次远行》中主人公奈津子的母亲对曾经的经济高度发达社会的留恋，对个性化社会感到不安与诸多不适。当"曾经辉煌"的记忆与现实冲突时，对现实的不懈、不满，却又无法适应，就是一种典型的认同危机。个性化社会的新阶段需要人们"努力去适应以自己责任为标志的个体社会环境"[2]。然而，日本人的心理转型与社会转型是不同步的，心灵没有跟上脚步，明显出现了"自我价值感、自我

---

[1] 李友梅、肖瑛、黄晓春：《社会认同：一种结构视野的分析》，上海人民出版社2007年版，第133—153页。

[2] 黄亚南：《谁能拯救日本：个体社会的启示》，上海辞书出版社2009年版，第241页；黄亚南：《谁能拯救日本：个体社会的启示》，硕士学位论文，四川师范大学，2009年。

意义感丧失"①。无论社会层面，还是国民个体层面，面对自我价值感、自我意义感、自我身份感丧失的认同危机，需要找到破解的钥匙，需要找到新的心理安慰和精神寄托，需要实现"一种内在性认同，个人依据个人经历所形成的、作为反思性理解的自我，直接对象是对人自身意义的反思"②的自我认同，需要"人在劳动中形成的、在特定的社区中对该社区的特定的价值、文化和信念的共同或者本质上接近的态度，直接对象是人的行为的普遍和客观的社会意义"③的社会认同。面对自我认同与社会认同危机的现实，获奖女作家纷纷通过文本书写变化了的社会现实，从语言危机、无方向感、焦虑感的增强、价值核心的丧失、道德框架的四分五裂等方面书写着当下日本人的价值选择、身份追寻，成为社会转型期迷向、失语、价值转型的引领者。

第一节　危机意识与新价值的选择

危机是指"危险的根由或严重困难的关头"④，而危机意识是指对紧急或困难关头的感知及应变能力。危机一度成为平成年代的热词，诸如经济危机、金融危机、政治危机、教育危机等，文化危机、人的危机、价值问题恐怕更为严重。日本社会转型期的危机，"一方面，通过推翻某些游戏规则，鼓励价值的演变，促生了更为广阔的开放性与

---

①　[美] 埃里克·H. 埃里克森：《同一性：青少年与危机》，孙名之译，浙江教育出版社1998年版，第2页。

②　文斌：《大学生道德判断能力、道德自我认同与学业欺骗行为的关系》，硕士学位论文，四川师范大学，2012年。

③　柳礼泉、肖冬梅：《文化民生：改善民生进程中一个需要深切关注的领域》，《湖南大学学报》（社会科学版）2010年第6期。

④　中国社会科学院语言研究所词典编辑室：《现代汉语词典》，商务印书馆2007年版，第1412页。

社会多元性,从而利于敢闯敢干的女性的发展"①;另一方面,人的机器化、技术化等异化现象的普遍性又构成了一种障碍。如何通过文学引导阅读者在技术不断升级的社会转型期尽量减少身体、感官和真实环境的疏离,破解人内心的孤单、迷向,重新与身体建立联系引发了获奖女作家的深入思考,她们呼吁人类把更多的注意力放在自己所处的真实环境,回归现实社会。

"在日本,女人既被当作母性的女神来让人崇拜,又被当作魔鬼令人惧怕。日本列岛的创世女神就是最后一个让男神惧怕的母亲。"② 从历史传统上看,女性的言说具有了可信性与权威性。平成年代30名女作家频频摘取芥川奖,本身就具有了全面性、系统性与结构性,具有了价值引导的可能性。一些女性学者开始有意识地引领、推动女性对自我身份的确认与建构。日本电视界的先行者下重晓子出版了一系列关于女性找寻自我身份的专著,如《颤抖的二十四年》《快乐做女人》《毫无困扰的,更为真实的生活原则》,提出了"为自己而活""今天的女孩在个体上更为有意义""成为自己决定命运的女人","我的身份,我确认"③ 等。下重晓子释放出女人应当学会享受自己做女人的身份,不再是按照男人的需求或是模仿男人,而是要寻找深层次的"我"。学者美泽英彦认为,"对身份的找寻并不局限在年轻人身上,这已是整个日本女人的一种趋向"④,"这种趋向在40岁到50岁的女性当中还会延续下去"⑤。这与获奖女作家的文学书写不谋而合,下

---

① [法] 高丽安:《日本女人,温柔的革命》,佟心平、徐艳译,时代文艺出版社2011年版,第5页。
② 蒋丰:《风吹樱花落尘泥——当代日本风俗志》,九州出版社2014年版,第40页。
③ [法] 高丽安:《日本女人,温柔的革命》,佟心平、徐艳译,时代文艺出版社2011年版,第5页。
④ [法] 高丽安:《日本女人,温柔的革命》,佟心平、徐艳译,时代文艺出版社2011年版,第9页。
⑤ [法] 高丽安:《日本女人,温柔的革命》,佟心平、徐艳译,时代文艺出版社2011年版,第11页。

重晓子也曾与芥川奖年龄最高获奖者——黑田夏子关于"幼女から そのまま老人になりました"对谈。获奖女作家如同"煤矿中的金丝雀"最先敏感地感受到时代崩溃的危机,通过作品反映社会现实。她们及其笔下的女主人公们进入了建构新价值的行列,她们用温柔改变了世界,呈现出"女性的观点打破了男性文学论的垄断。女性创作者充斥着纯文学娱乐界和评论界,与之相对应的男性阵营只是防守的一方(女性成为攻击的一方),并且表现了女性作家把所有的领域都融合在一起的力量和技巧"①。在"消费产品已经丧失了其神圣功能,重新回归为简单的物品、一种工具,而对我的找寻已经扎了根"②的日本,获奖女作家在叩问关于存在的问题:为什么活着?我是谁?

"日本在亚洲里算是近代化取得惊人成绩的,变成了富裕的国家。可在精神层面上,却大大扭曲了。追求经济性和便利性的代价,就是极度的社会性的紧张在日本社会广泛蔓延。"③ 女作家的文学创作立足社会转型,以女性特有的敏感性与细致的观察力书写社会,反映现实,通过文学感知危机并有针对性地进行引导,以提高阅读者的应变能力。她们回归到"人"的本性,围绕人的成长、生存与发展进行描述,结合客观社会与人的发展规律进行书写,共同描绘一个人、一个日本人、一个男人或一个女人的应然状态。这不是一两个作家关注的问题,而是不同年龄段的作家共同关注的社会大问题,获奖的30部小说都能囊括其中。

---

① [日]菅野昭正、川本三郎、三浦雅士:《"平成文学"とは何か》,《新潮》2002年新年特别号,第239—267页。
② [法]高丽安:《日本女人,温柔的革命》,佟心平、徐艳译,时代文艺出版社2011年版,第9页。
③ [日]原田信男:《日本料理的社会史:和史与日本文化论》,周颖昕译,社会科学文献出版社2011年版,第162页。

一 成长危机：成长永远在路上

平成年代社会最大的变化是随着终身雇用制的解体，传统的群体社会逐渐走向个体社会。这种变化搅动了上百年来所形成的日本人较为稳定的国民文化心理，所带来的前所未有的不安与不适应自然波及了家庭、职场和人际关系等领域，改变了人们的生活与工作习惯，改变了日本人的思维方式，也为这一时期青少年的成长提供了一个有别于日本集团意识的新的环境，一个特殊的成长土壤，"个人意识已经开始在生活中浸透"①。日本的个体主义不同于西方文化的纯粹的个人主义与个性化，带有明显的东亚痕迹，是集体主义与个体主义的混合物。"给青少年社会化带来的后果便是个人独立性、自律性的或缺以及家庭内部的个人自闭性。"② 面对家庭社会化功能衰退这一社会现实，芥川奖获奖女作家以敏锐的视角抓住了关乎日本民族与国家未来的青少年成长问题，用自己的创作见证了当代日本年轻人自我确立的青春岁月。

平成年代涌现出一批获奖的成长小说，如1988年李良枝的《由熙》（第100届），1989年龙泽美惠子的《猫婆婆的小镇》（第102届），1990年小川洋子的《妊娠日历》（第104届），1992年松村荣子的《至高圣所》（第106届），2004年19岁的绵矢莉莎的《欠踹的背影》与20岁的金原瞳的《蛇舌》（第130届），2006年23岁的青山七惠的《一个人的好天气》（第136届），2007年川上未映子的《乳与卵》（第138届），2010年赤染晶子的《少女的告密》（第143届），2013年藤野可织的《指甲与眼睛》（第149届），2017年若竹千佐子的《我将独自前行》（第158届）和石井游佳的《百年泥》（第158届），等等。这些作品中，女作家所秉持的终身教育、终身成长的理念非常

---

① 黄亚南：《谁能拯救日本：个体社会的启示》，上海辞书出版社2009年版，第241页。
② 陈映芳：《个人化与日本的青少年问题》，《社会学研究》2002年第2期，第77页。

鲜明,她们用作品诠释了作为一个人、作为一个国家的成长永远在路上。"小说要思考社会问题"①,这些作品在关注儿童、中学生、大学生、家庭主妇、职场女性、老年女性等不同类型群体的生存与发展状况的同时,深入地书写了这些群体在人生转折与过渡阶段、在无方向感与迷失中自我身份追寻与成长的物语。他们通过选择和确定自己的社会角色,来获得同一感,克服同一性混乱。如果说"20 世纪 60 年代日本文坛大庭美奈子等女性作家都在通过否定传统社会对母性的定义,否定家庭来确定女性的独立意识"②,那么,平成年代"成为作家"③的她们,非常关注女性的社会角色,探讨价值取向等问题。主人公大多设定为高中生、大学生、飞特族、派遣族、朋克族、家庭主妇、职场女性等社会角色,试图通过社会转型中不同类型女性的学习、工作、生活等日常性活动,从"母性性""女性性"视角洞见母性与女性的力量,重新认识女性与母性对人的成长的作用与价值。

(一)单亲家庭、再婚家庭的母亲"家庭教育"的缺失

随着社会的转型,日本老龄化、少子化问题日趋严重,离婚率不断提升,"现在日本的离婚率已达到了与西欧各国并驾齐驱的程度了"④。传统意义上,"日本婚前性关系已经成为理所当然了,但同居的并不多,男女双方即使经历了婚前一个很短时间的同居,也会马上变成合法的婚姻"⑤。《指甲与眼睛》中,三岁阳奈的爸爸与婚外恋女友麻衣的婚前 6 个月同居生活就是如此。派遣族出身的单身女性麻衣,

---

① [日]川本三郎:《"平成文学"とは何か》,《新潮》2002 年新年特别号,第 244 页。
② 刘春英:《日本女性文学史》,商务印书馆 2012 年版,第 329 页。
③ [日]川本三郎:《"平成文学"とは何か》,《新潮》2002 年新年特别号,第 244 页。
④ [日]落合惠美子:《21 世纪日本家庭何去何从》(第三版),郑杨译,山东人民出版社 2010 年版,第 174 页。
⑤ [日]落合惠美子:《21 世纪日本家庭何去何从》(第三版),郑杨译,山东人民出版社 2010 年版,第 177 页。

"简单、快捷与方便"是她生活方式的主旋律,她没有做好结婚的准备,更没有做好做继母的准备。通过小食品、快餐的喂养,让原本乖巧、生活有规律、发育正常的三岁女孩迅速发胖;当着孩子的面与旧书店小老板厮混的行为加重了阳奈因亲生母亲突然死亡而形成的咬自己指甲、吃指甲的不良癖好,使阳奈的性格越来越孤僻、古怪。这一切还催生了阳奈的暴力倾向。她在幼儿园用指甲挠破小朋友的脸;在家里,趁着准继母在沙发上熟睡之际,将咬掉的指甲放入准继母的眼睛里。恐惧、可怕之余,我们都会思考这个三岁孩子长大后的性格、与人相处的方式、暴力倾向等问题。中国有句话,三岁看到老。儿时的家庭环境对孩子未来价值观的形成,对青少年阶段"同一性"的形成,对如何更好地适应社会等都会带来重要影响。一般来讲,单亲家庭、再婚家庭的母子关系对一个孩子未来的心理、性格的影响较大。日本20世纪90年代涌现出的"御宅族",他们扭曲的性格,价值追求的"另辟蹊径",与母亲"家庭教育"缺失,母亲教育让位于漫画、动画、电子游戏不无关系。如在当时引起社会极大恐慌与不安、影响极坏的、连续拐杀幼童案的宫崎勤,出身为中产家庭,自幼双亲忙于工作而分开居住,唯一的依靠是与他同住的祖父及妹妹,缺少母爱与正常的家庭教育。诸多的缺失导致他将自我否定、无自信的"对人恐惧症"衍发为"对人暴力症",虐待他人身体,发泄对自己、对家庭、对社会的不满,表现出多重人格、性倒错、性变态、虐待狂、食人等特征,失去判断能力,以致行为反常,危害社会。

(二)"母性"责任与担当的时代性与历史性

日本《男女雇佣均等法》的实施,使一些女性重新回到职场,城市单身女性无须依赖婚姻、依赖他人也可以很好地生活下去,她们对婚姻的兴趣不浓。在日本社会中,晚婚、不婚、不育等问题司空见惯。

《指甲与眼睛》里的麻衣婚后不打算生孩子，认为太辛苦、太麻烦，丈夫有一个孩子就足够了。麻衣想要的是简单、不劳而获的生活。日本传统女性所拥有的"阿信"精神在当代已经没有了踪影。即使婚后怀孕，也缺少了传统意义上的"女性性"与"母性性"。小川洋子的《妊娠日记》中怀孕的姐姐将"双身"与"体内之物"视为多余与痛苦之物，只要能够缓解妊娠反应，减少痛苦，她都乐此不疲地去做。如大量吃下含有导致胎儿畸形的有毒的葡萄柚子、面包等简餐，根本不考虑腹中胎儿的发育与成长。试想，这样的母亲是否具有日本传统女性为了孩子肯于牺牲自己的一切的奉献精神？姐姐的妊娠日历不是记录胎儿的发育与成长的过程，而是记录自己的变化与痛苦。这潜移默化地影响到了大学生妹妹的价值观。《蛇舌》中路易"惊世骇俗"的文身、蛇舌等身体改造，并没有思考过这些身体改变对未来生育、当母亲的不良影响，只是考虑自己的"潮"与"美"。金原瞳从事物发展的反面表达自己的观点，"身体改造要不得"。同样是身体改造，《乳与卵》的单身"母亲"卷子为了更好地照顾女儿绿子，多赚些钱来培养绿子，打算做隆胸手术。而深爱母亲的女儿绿子则坚决反对母亲的身体改造，理由是担心隆胸手术对母亲的身体不利。她们对身体改造的意见相左是因为对彼此的爱。母女间的"无语""冲突"发端于大阪，爆发于东京，并在东京和好如初。卷子放弃身体改造，东京之旅成为破冰之旅，母女间彼此爱的焰火得到了绽放。卷子作为母亲的付出、奉献精神也一定会对女儿绿子日后成长产生好影响，这种母爱会得到延续与回报。

（三）家庭教育环境重要性的书写

女作家强调了血缘关系、亲属关系对人的成长价值。作品表达出原生家庭隔代教育或许好于后组家庭的教育效果思考。《猫婆婆的小镇》中的惠理子两次被远嫁到美国的母亲抛弃，"五岁的我已经完全明白，除了在外婆家努力获得外婆和姨妈的疼爱之外，没有别的办法可以活下去"①。三岁时便被强制地跟外婆、小姨一起生活。在诸多的经历与挣扎中，惠理子看似无路可走只能留在外婆家，而外婆、小姨及邻居猫婆婆一家人却给了她一个很好的自然成长的环境。惠理子由开始的"失语""无语"到后来的顺利成长，上大学、结婚生子。小姨对外甥女却付出了她一生的代价，年轻时也曾有几次恋爱、结婚的机遇，均因"拖油瓶"惠理子而告吹，45岁便患心脏病而早早离世。小姨的死表明，日本要维系传统的家庭教育与传统的母性价值需要付出一定的代价，女性要誓死捍卫，宁可牺牲自己的生命也要维护家庭教育的传统。这也是在外企工作的高级白领、作者龙泽美惠子的心声。

（四）一个人的成长永远在路上

环境可以塑造人，也可以改变人。《欠踹的背影》中的蜷川，在不顾一切地痴迷于追星中的自我迷失，需要他者的动力系统引导，需要被"踹"，需要走出家庭，走出封闭的环境，接受外力的震动。当代高中生的成长只有在"踹"与"被踹"中确立自我，才能找到正常的成长之路。而大学生的成长同样也离不开家庭、社会与大学的合力教育。《至高圣所》是松村荣子模拟自己母校筑波大学而创作的小说，主题因受到解释梦境的集大成著作《梦想的王国》启发而完成。古希腊的神医阿斯库来碧昂丝，在神殿里面开了一个治疗睡眠的诊所，也就是所谓的"至高圣所"，"这里有保佑身体健康的三种神仙：睡眠之神，梦想之神，健康女神"。当代日本大学教育疏于对学生的日常管理，使一些自律性较差的学生作息时间黑白颠倒，"不去上课

---

① ［日］滝沢美恵子：《ネコババのいる町で》，《文學界》1990年第3期，第457页。

只是睡觉"已成为一种常态。对大学生的培养教育更多的是按照指定严格的如同矿物质一样的"日程表"进行，还不能真正实现以学生为中心的人本主义教育范式。在校大学生比较自由与松散，随着网络的发达、物流的便利，他们的学习、生活状态恐怕全世界都是大同小异。晚上熬夜、白天睡觉、翘课、热衷于各项活动已是一种普遍。"睡觉的时候，世界是现实的，但是，现实的世界也是虚拟的。"① 诸如此类的大学生的学习环境与状况怎能不令人担忧？大学生自主学习的定力与努力程度往往与之前的家庭教育环境有关。《至高圣所》的沙月、真穗、千秋三个室友，由于受到各自家庭的影响，她们在大学校园内也表现出明显的差异性。沙月受到父母对姐姐的"不同待遇"的影响而形成了她努力拼搏但却不太通情达理的性格。这是格差社会、无缘社会对人的价值观的影响，或许这种"差别"能催人奋进，却不利于个人价值与社会价值的对接；渡边真穗因母亲的去世而抑郁，只有在睡梦中才能忘掉悲伤，一睡就是60小时。无论社会如何转型，来自家庭的母爱、亲情依然是一个人非常重要的精神需求，一旦缺失就会影响一个人的成长与成熟。

（五）一个人的成长需要他者的引导

《一个人的好天气》中飞特族知寿的成长受到了71岁的吟子有爱、有情趣的晚年生活的启迪，勇敢地走出"宅"空间，进入职场开始新生活。《猫婆婆的小镇》里"我"从3岁开始一直受到小姨、外婆及猫婆婆一家人的引导，在与她们的接触中，耳濡目染，学会了生活知识与适应社会的能力。《洞穴》讲述了身为派遣员工的主人公"我"（松浦朝日）的丈夫因工作关系需调往他的家乡任职，婆婆主动提出让他

---

① ［日］小山鉄郎：《"性の反転"の意味——松村栄子の世界》，《文學界》1992年第3期，第97页。

们住在自家出租屋里，年轻的"我们"于是就搬到了那里的故事。"我"因迁居而辞掉了工作，在婆婆家的隔壁开始了新生活。虽然从非正规、不安定的劳动环境中解放出来了，但是过着专职家庭主妇生活的"我"却总感到某种失落。而婆婆一直在工作着。据说生丈夫的时候也仅仅只休了半年产假。丈夫的父母家经济条件还不错，并不需要婆婆必须工作，但婆婆却一直都很努力。受到婆婆的影响，松浦朝日最后买了辆自行车，找到了一份便利店的工作，重新从家庭回归社会。可以看出，获奖作品中的引导者多为一些女性长者，她们身上具有日本传统的宁静、坚毅与适应，她们是小说里的人物获得成长与成熟的引领者，也是日本价值取向的导航者，更是平成年代社会转型阶段价值取向的引领者。

（六）家庭主妇、职场女性、老年女性的成长也正在进行时

她们的成长不是成长的危机，而是在转型期的社会生活中自我继续成熟与适应的危机。面对主妇纷纷走出家庭，如何适应社会的新需求，需要女性自我思考与自我再成长。《指甲与眼睛》里的麻衣，由最初热衷于和旧书店小老板约会的身体交往，到最后一个月不回复短信。待小老板找上门时，顾及对三岁儿童的不良影响，将孩子推到阳台并上锁。不想让孩子看到她与小老板交往的情形，这是一种成长。最终她还是断绝了同居期内的"异常交往"。《我将独自前行》讲述了一个74岁老人桃子在1964年东京奥运会那年从岩手逃婚到东京打拼，如今在城市近郊独自生活。在心爱的丈夫周造离世后自己顽强生活下去的心路成长历程。在人生的每一个节点上"都有一个自己不知道的世界"[①]，不仅仅是"桃子想，我要去看看，我要独自前行"，我们每个

---

① ［日］若竹千佐子：《我将独自前行》，杜海玲译，北京联合出版公司2020年版，第132页。

人都应去看看,都要独自前行,要自我成长与成熟。"与周造相识,感恩。与周造分别,感恩。"① 感谢生命中所遇见的一切,淡淡的平静心态,迎接生命的每一次变化。这是一个人的成长,也是一个国家的成长,转型期的日本需要像桃子那样坦然接受社会的变革,需要一个人独自前行。

二 生存危机:"下流"阶层的个性追求

平成年代的日本经历了"战后所遭遇的最大灾难——"泡沫经济",它对这个国家的发展带来了沉重的打击,被称为"失落的二十年"的长期萧条,"其创伤注定会绵延至后一代,乃至几代人的时间",并因此酿成了"'下流社会的贫困化景象',出现战后前所未有的社会问题"②。对日本国民而言,"今天的日本正直面经济高度成长以来最大的危机:贫困。而且这种贫困,是干活不干活都贫困,甚至是越干越贫困",更为严重的是,目前的贫困,并不单纯意味着物质的贫困。这种贫苦在 2010 年被吉本隆明称为"新贫困社会"。"无论怎么干活也难以轻松的实感,正在年轻一代蔓延,这种状况导致人的心病陡增:今天的日本,相当于产业革命时代的肺结核,怕是精神疾病吧!"个性化社会背景下,"不仅为低收入所困,而且老龄社会的发展、地方经济的凋敝,使人孤独无所依,是一种毫无前途可言的浮萍状态"③。对此,人们意识到日本的社会结构正在发生质的变化,财富收入的两极化趋势在日益加剧。以人均年收入 600 万日元为基准,将日本社会分为上层阶级、中上阶级、中低阶级、下层阶级,那么"日本的中低阶层及低层阶层人数明显增加,上层阶层也微微增加,但是在中段的中上阶

---

① [日]若竹千佐子:《我将独自前行》,杜海玲译,北京联合出版公司 2020 年版,第 176 页。
② 刘柠:《"下流"的日本》,新星出版社 2010 年版,第 273 页。
③ 刘柠:《"下流"的日本》,新星出版社 2010 年版,第 124 页。

层的人数却大为减少,尤其中低阶层以下竟然在所有人口中占了近八成(78.9%)"①。橄榄型的中流社会已然瓦解,中产阶级锐减的两极化"M"形社会到来了。

目前日本不断增长的贫困率和日益扩大的贫富差距导致一系列资源、机会、能力等的不平等,严重阻碍了社会各阶层之间的流动互通,加重了阶级分化的固定化倾向。著名学者橘木俊诏认为,日本曾经是机会与结果都高平等的社会,可与北欧媲美,但如今已跌落至与英、法、德等国为伍了,变成了机会与结果皆不太平等的社会。② 在这样的背景之下,"中流崩溃"论铺天盖地席卷而来,关于"下流社会"普遍性的讨论热潮也愈演愈烈。日本学者三浦展在《下流社会》中发出了振聋发聩的警告——当今的日本社会正在从"中流社会"走向"下流社会"。

当今日本的生存问题不再是衣食住行等基本生存条件的具备,而是如何更好、更有质量、更健康地活下去。人应以怎样的方式、怎样的价值判断活下去已然成为时代命题。获奖女作家展开了仔细的观察与丰富的想象,依靠细节描写了当下与未来的女性生存、人类生存。《人间便利店》《绿萝之舟》诠释了"穷忙族"奋斗中获得生存的传统观念的新内涵,《春之庭院》《我将独自前行》告诉我们如何适应变化了的新形势、新环境更好地活下去的道理。如何应对厌倦的"日常"生活,如何从平淡无奇的生活中剪取鲜活的片段,在发掘不易被察觉的时间流逝的痕迹中生活下去。

(一)看不见的女性贫困与生存的艰辛

《人间便利店》中的古仓惠子大学毕业后在便利店一干就是18年,

---

① [日]门仓贵史:《穷忙族》,袁淼译,中信出版社2009年版,第36页。
② [日]橘木俊詔:《日本の経済格差:所得と資産から考える》,日本岩波書店1998年版,第5—6页。

每天努力工作，将自己的身体、精神全部交给了便利店，但她也不过是便利店这个运转机器上的一个螺丝。无论她怎样努力，都不过是一个飞特族，一个自由职业者，只能按小时取酬金，绝不会有年末的奖金与分红。当古仓惠子辞职在家"宅"了一个月后，各种费用花掉了她在便利店工作18年攒下的一点点存款的一大半。可见，便利店的工资低得可怜。飞特族等自由职业者不能享受国民健康医疗保险，像古仓惠子、《一个人的好天气》中的知寿、《蛇舌》里的路易等人一旦生病，就会因"医疗崩溃"的"超医疗格差"变得更加贫穷。她们因"2020年以后，国民健康保险制度将面临实质性崩盘，有至少两成的病患因无力加入民间医疗保险而无法享受哪怕是低级的医疗服务"①，即使患上痢疾、肠炎、贫血等一般普通疾病，也可能被夺去生命。很明显，收入低导致的贫穷不是吃、穿、居住等基本的物质生存问题，而是生病无钱医治的生命问题。这恐怕是所有下流社会成员都要面对的贫穷与生存问题。据2014年日本NHK特别节目组录制的《女性贫困》调查，"日本年收入未满两百万的年轻女性（15—45岁）合同工多达289万人，其中非正式雇用女性占70%"②，也就意味着这289万女性因日本社会下流化导致"对现代日式资本主义的三重破坏，即'生存的破坏、自豪的破坏和未来的破坏'"③。这种贫困数量可能还会增加，"处于工作年龄段的26岁到62岁单身女性，三人当中就有一个贫困"④。这群人表面上看不出贫穷，她们穿着得体、妆容精致、看上去靓丽动人。这也是在平成年代呈现出的一种新的贫困形式。这让我联想到是枝裕和拍摄的获得第71届戛纳国际电影节金棕榈奖的影片《小

---

① 刘柠：《"下流"的日本》，新星出版社2010年版，第154页。
② [日]NHK特别节目录制组：《女性贫困》，李颖译，上海译文出版社2017年版，第17页。
③ 刘柠：《"下流"的日本》，新星出版社2010年版，第125页。
④ 刘柠：《"下流"的日本》，新星出版社2010年版，第4页。

偷家族》，没有血缘关系的"一家"穷人，在破烂的平房中艰难度日。做短工的治与"儿子"祥太做扒手补贴家用，在一家超市中偷盗香波等生活日用品都要尽可能与现在家里之前偷的品牌、款式保持一致，这与现代贫困女性同出一辙，穷得有模有样。

(二) 底层女性劳而固穷的挣扎

在经济长期衰退，就业状况一直处境艰难的情况下，面对严峻的生存压力，许多人迫于生计不得不辗转于多个工作场所打零工，且大多都是在重复单调机械性的低薪工作，没有技术含量和上升空间。又因为忙碌劳累，没有时间和经济基础去自我提升、自我投资，在竞争激烈的知识经济时代就更难找到收入可观的工作，于是形成恶性循环，最终造成愈忙愈穷、劳而固穷的局面。年轻的"穷忙族"在二十多岁时还能找到临时的工作，三十岁后就会变得步履维艰。想要通过个人努力实现向上级阶层进发的代内流动变得困难重重。2009年津村记久子凭借《绿萝之舟》获得第140届芥川奖。小说描写了29岁的单身长濑和母亲两人居住在奈良的一座老房子里，大学毕业后遭遇"就业冰河期"，遭遇上司的精神骚扰并在九个月后辞职。为了生存，她不得不身兼数职，她渴望休息却不敢造次。一个偶然的机会她看到一份环游世界的广告单，发现费用竟然和自己工厂的年收入相当。为了筹集旅行的163万日元费用，她一如既往努力工作，即使积劳成疾，还是告诫自己"千万不要有不工作的念头"。长濑是一个典型的很努力的"穷忙族"。她不仅在一家化妆品工厂做合同工，还在朋友美香的咖啡店打工，在家做数据输入，给老年计算机培训班授课，为了赚钱，几乎是没有休息日。长濑从一小时850日元的小时工转为月净收入13万8千日元的合同工，"上个月还当上了生产线的副组长"。为了能更加集中精力努力工作，萌生了在胳膊上刺青的念头。无论是在工厂做合同工，还是做兼职,从未缺过勤,病倒昏迷在车间,被冈田送回家,依然心系车间的生产线。如此努力工作,"出卖时间,换取金钱",理应得到回报,现实却并非如此。她每天拼命地工作只能换来微薄的酬劳勉强度日,生活捉襟见肘窘迫拮据。她用着从百元店买来的杯子,住在奈良文化落后的老住宅区。房子历经五十年风雨,因囊中羞涩久未修葺,"一到雨天屋内四处漏雨,遇到台风更是整栋房子都会晃动"。和朋友聚餐又为餐厅的就餐费发愁,为了省钱不能看数字电视……长濑每天都会在笔记本上记录下自己当日的花销,一天一天,那些数字不仅留于纸上,也慢慢渗入心中,那账单上的数字成了她存在的证明。"用时间换金钱,再用这些钱买食物、付水电费、让自己活下去……长濑对这种浮萍般的无着落的生活、对不得不继续下去的现实感到厌倦"①,却又无力改变。

  小说里描写了一群母子(女)家庭"穷忙族"每天为了多赚钱而挣扎的女性的现实生活。"按照家庭类型,贫困率最高的是母子(女)家庭,母子(女)家庭的贫困率在 1995 年为 55.3%,2001 年为 53.0%,一半的母子(女)家庭处于贫困之中。"② 长濑的大学同学美香大学毕业 5 年后,用攒下来的钱在奈良开了一家咖啡店维持生计,为了省钱暂时寄居在长濑家。"自从辞掉以前的那份工作,她已经好几年都没进过美发店,因为没有钱。"③ "为了生存,赚取微薄的工资,用很少的钱来维持生命。"④ 美香的生活可谓窘迫到了极点。长濑的另一位朋友律子,大学毕业后在一家经营机械零件的小公司里当了三年会计,之后就辞职回家做了专职的家庭主妇。因为和丈夫闹离婚,带着孩子从福冈来到了奈良长濑家中寄居。出门的路费都要向长濑借。

---

  ① [日]津村记久子:《绿萝之舟》,叶蓉译,上海译文出版社2014年版,第7—9页。
  ② [日]橘木俊诏:《格差社会》,丁曼译,新星出版社2019年版,第67页。
  ③ [日]津村记久子:《绿萝之舟》,叶蓉译,上海译文出版社2014年版,第12页。
  ④ [日]津村记久子:《绿萝之舟》,叶蓉译,上海译文出版社2014年版,第17页。

"整个夏天律子替换的衣服，上身是长濑以前在优衣库特价时买的某个企业文化衫，下身是长濑已经穿旧的中裤，只有内衣是她自己的。"① 她就是这身打扮，不化妆到处找工作。在找到工作租到房子后，"没从家里搬什么家电过来。先给女儿惠奈买个书包，要是有多余的钱，就买个电视"②。长濑和律子出行的路费都是要算计的不小的数目，母亲、长濑及单身母亲的朋友，"不这么拼命工作，是活不下去的"③，长濑家需要钱的地方太多了，翻修房子要钱，每天吃饭要钱，晚上开灯要钱，夏天开空调要钱，冬天开取暖器也要钱。为了维持这些开销，自己不得不拼命工作。

"所谓'下流'不仅仅是收入的低下，其人际沟通能力、生活能力、工作热情、学习意愿、消费欲望等也全都较之一般人更为低下，概而言之，即是对于全盘人生热情低下……"④ 29 岁的长濑拥有的只是 29 岁的身体，她的心早已苍老衰竭，饮尽了风雪。经历职场精神暴力，长濑辞去了第一份工作，并且产生了对工作的恐惧。之后为了能够生存下去，她不停地工作，在日复一日的奔波中，耗尽了生命的热情，牺牲了灿烂的青春，流逝了岁月的光阴，然后再用少得可怜的薪水吃力地维持着生理意义上的活着。由于必需的生活资料的匮乏阻碍了劳动的再生产，于是个体的希望也会随之被剥夺无法再生产。无论如何努力，都得不到回报，寻找不到存活的意义，没有丝毫的自我存在价值可言。这种无止境持续的没有希望没有未来的生存让长濑感到深恶痛绝。一个不到 30 岁的年轻女子认为缓解生存厌恶感最有效的方式就是不断地提醒自己——现在自己正处于人生最强盛的黄金时

---

① ［日］津村记久子：《绿萝之舟》，叶蓉译，上海译文出版社 2014 年版，第 28 页。
② ［日］津村记久子：《绿萝之舟》，叶蓉译，上海译文出版社 2014 年版，第 57 页。
③ ［日］津村记久子：《绿萝之舟》，叶蓉译，上海译文出版社 2014 年版，第 59 页。
④ ［日］三浦展：《下流社会：一个新社会阶层的出现》，陈秋实、戴铮译，文汇出版社 2007 年版，前言第 4—5 页。

期——这一人类社会的认知常识。是什么样的生存状态可以使人怠倦至此？这个可笑想法的背后又透露出怎样的悲凉？

《乳与卵》的情节围绕隆胸展开，推进故事进展，实际上背后所隐藏的深刻内涵是母子（女）家庭的贫困问题。卷子选择到东京做隆胸手术，一个重要的原因是可以找到手术费用较低的医院，可以实现少花钱办大事的目的。卷子离婚后，家庭生活陷入了困境，一个人既要工作又要独自抚育绿子，生活状况很严峻。《绿萝之舟》中律子女儿惠奈喜欢看的图鉴中关于蛇吃蛇的插图，"吃、自己、同类的蛇、有、滑鳞蛇、和王蛇"，"生活在北美的、王蛇，可以把、像响尾蛇、那样的、毒蛇、勒死、吃掉"①。这个情景设置表明，贫穷的长濑、律子等这一代人，在贫穷时还可以互相帮助，但日本如果不彻底解决贫困问题，贫穷或许继续代际延续，人的能力会进一步退化，在饥饿和危险的时候像蛇一样，上演捕猎同类的"蛇吃蛇"的悲剧。小说这段译文尊重了原文，在词与词之间加了停顿号，表面上看是孩子看到蛇吃蛇状况的惊慌与恐惧，实际上则是表现出作者对贫穷给未来社会带来毁灭的担忧。而且"经济状况不稳定家庭里的孩子们正陷入恶性循环的旋涡里，在它背后就是贫困的固化"②。

三 发展危机：追求个人最舒适的生活

日本社会的转型也为女性带来发展机遇。按照三浦展在《下流社会》中的介绍，日本《男女平等雇佣机会均等法》实施后，女性的生活方式、工作方式着实变得丰富多彩起来。一方面，从事和男性一样的工作并且获得较高薪水的女性多起来；另一方面，以自由打工者或

---

① ［日］津村记久子：《绿萝之舟》，叶蓉译，上海译文出版社2014年版，第42页。
② ［日］NHK特别节目组录制组：《女性贫困》，李颖译，上海译文出版社2017年版，第11页。

派遣员的形式从事各种工作的女性也有所增加，不愿结婚的女性也开始增多。女性逐渐分化为"专职家庭主妇型、富婆型、便装女型、酷女型、普通职业女性型"①等类型。因所处社会阶层与收入的不同，女性间的差别也在不断扩大。1999年日本修正了《劳务派遣法》，致使廉价优质的劳动力充斥市场，人满为患。"2001年，一下子便有120万白领下岗"②，失业危机波及了职场以及派遣族、飞特族等自由职业女性，导致原本生活方式可以丰富多彩的女性不得不接受这种新的危机，重新面对贫困与发展的危机。

在20世纪80年代以前，日本社会贫富差距小，绝大多数人都有一种中流意识。为了更好地发展，城市单身女性数量逐年递增，较多选择独身、晚婚或不育。《在海浪上等待》中的"我"与"大胖"等男性共同奋斗，经常工作到半夜三四点，共同喝酒、吸烟，共同努力与快乐。"我"在公司发展得确实不错，职场中努力拼搏，在全国公司内转勤，与大胖成为生死的朋友，与副科长福岛无话不谈，与同性及川慧珠也很要好，但是一直没有遇上志同道合的另一半，如同丝山秋子本人一样，成为资深剩女。这也许是高级白领的发展路径吧！的确，在日本要想工作上出人头地，确实需要超人的毅力与勇于付出的精神。《在海浪上等待》中通过工作的默契合作、业余期间的密切交往，将"草食男"与"历女"这种日常生活中违和感较强的两种人进行了人际关系的和解，形成了一种奋斗者联盟，建构了一种新兴的人际关系。

2002年日本进入了个性化社会，但日本的个人主义与西方的个人主义是有所区别的，"在日本称之为个人主义的东西更接近于'自我欣赏'"③。《一个人的好天气》中知寿最终结束了飞特族身份，正式进

---

① ［日］三浦展：《下流社会》，陈秋实、戴铮译，文汇出版社2007年版，第19—42页。
② 刘柠：《"下流"的日本》，新星出版社2010年版，第127页。
③ ［法］高丽安：《日本女人，温柔的革命》，佟心平、徐艳译，时代文艺出版社2011年版，第42页。

入职场，从人的发展轨迹上看是一个成长的飞跃，是一个重要的转型与发展阶段。这种发展，是回归到了日本传统意义上的"正路"。女性对发展的理解也是各有不同的。《人间便利店》中的古仓惠子将回归便利店打零工视为一种发展，而面对正式工作却万般的不适。与《狗女婿入赘》的自我认同相比，《少女的告密》将战胜他者看作成长与发展，《我将独自前行》却将基于人的自我与他者的调和与认同视为人的最大发展。女作家通过文学探讨的发展已经突破了以往意义上发展的功利性，侧重于人的内心感受，侧重于协调关系的体系表达，侧重于发展服务于人的感受、服务于人的内心。"牺牲的价值正逐渐失势，重要的是按照自己的方式舒适地生活。"[①] 日本绝大多数女性选择舒适而不是努力。"自由时间、休闲、绽放自我，是当前日本正流行的价值。"[②] 无论是贫困的女性，还是城市单身女性，她们看起来对自己的命运都很满意。自由职业者的她们做了自己喜欢做的事，感到自己是自由的，仍然可以过着一种学生式的悠闲生活。柴崎友香的《春之庭院》将时尚、音乐、摄影等要素融入主角看似平凡的日常和背景里，没有戏剧性的发展，而是细腻地刻画出主角在社会上格格不入却又努力活出自我的姿态，不屈服于既定的价值观和框架，深获许多读者共鸣。

总之，平成年代获奖女作家通过文学作品呈现出当今日本社会"价值的女性化"趋势。下流社会流动中，女性的社会结构与社会地位发生了变化，女性幼女时靠父母、婚后靠丈夫、老了靠儿子这样的时代一去不复返了。而女性群体自身的分化促成了女性阶层的出现。面对突如其来的社会变化，日本女性也曾经出现过"我做不到，我

---

① ［法］高丽安：《日本女人，温柔的革命》，佟心平、徐艳译，时代文艺出版社2011年版，第46页。
② ［法］高丽安：《日本女人，温柔的革命》，佟心平、徐艳译，时代文艺出版社2011年版，第35页。

已经什么都不想去想了"的消极对待。《乳与卵》中的卷子，离婚后一个人带着女儿绿子在大阪打拼，尽管在酒吧陪客人喝酒工作到很晚，但收入仍然不多。为了增加收入，保住这份工作，萌生了实施"隆胸手术"的身体改造计划，这是没有能力给孩子更多关爱带来的负疚感的具体体现，表明卷子具有日本传统女性的奉献与自我牺牲精神。

"成为自己""享受生活""为自己而活""工作、赚钱、旅游、消费、获得自由"，成为这一时期女性的价值取向。《在海浪上等待》是现代正式雇用职场上女性"不要再通过自己所扮演的角色——女人、母亲或是护士——来考量自己，要把自己作为一个整体来感知"[①]的典型代表。工作中她们与男性一样打拼与努力，呈现出巾帼不让须眉的风景。同时，她们也很自信，业余时间同男性一道出去消遣享受生活。"她们不愿意自己封闭起来，希望创造出自己的身份特征，创造出一片属于她们自己的，与她们的丈夫、孩子不同的天空"[②]。她们在有别于日本传统、既不是恋人也不是朋友的自然的人与人之间关系中，过着一种更为简单、更为自然的生活。《绿萝之舟》中的长濑，如同绿萝一样为生存顽强地挣扎，虽然很贫穷，但她一直都有自己的梦想与奋斗目标：攒足163万日元，去环球旅游。面对贫困的生活，仍然渴望实现内心真实的自我，"享受生活"，为自己而活。

成为自己但不远离他人，这是获奖女作家及其女主人公共同建构的新价值。地球村与村落思维同时存在于日本当今社会。"一方面，传媒给女人们树立起个人的成功、精英主义、事业精神。而另一方面，在日常生活中，她们却被要求随之遵守集体规则，服从村落思维，因

---

① ［法］高丽安：《日本女人，温柔的革命》，佟心平、徐艳译，时代文艺出版社2011年版，第23页。
② ［法］高丽安：《日本女人，温柔的革命》，佟心平、徐艳译，时代文艺出版社2011年版，第15页。

为在村落中，一个人总是在他人的关注之下生活着的。"①《人间便利店》借用白羽之口反复强调"这个世界是不认可异类，不跟其他人的步调一致就过下去"。因此，《一个人的好天气》中的知寿，在吟子等他者引导下转为公司正式职员，作者将其视为"迎接春天"的开始。无论是网络的虚拟世界还是现实的日本社会，如欧美式的绝对个人主义在当今时代已经行不通，尤其是日本具有东亚痕迹的个人主义，个人离不开社会，离不开集团意识的规则。正如《人间便利店》中的白羽所言，"这个世界跟绳文时代完全没有差别。对村里没有用的人会被排除掉。就是不狩猎的男人和不生孩子的女人。'现代社会、个人主义'什么的，说得好听。可实际上，不去融入村子的人就会被干涉、被强迫，最终从村子里流放出去"。小说中的白羽反复强调，"这个世道是披着现代社会这张皮的绳文时代"，认为一切规则都未曾改变过。有能力的男人身边女人成群，村花都嫁给他，不参加狩猎，或者参加了也力气不足的没用的男人受到蔑视。"这景象根本就没变过"。这也是获奖女作家的高明所在，她们不再是以对抗的二元思维结构思考现代社会问题，而是以人的发展眼光，以男女联盟的样态，协力建设共同的家园。女性一方面要脱离男性，走出家庭"为自己而活"，同时，还要联合男性，运用好"常来的妇人说的那句'一点都没变'"②。女人也认为没有改变规则，处理好与男性的关系，如古仓与白羽的合作关系，这种合作并非肉体的交换而是现实利益的平等交换关系，是合作关系。女性与男性合作、女性与女性合作，建构合作联盟。日本女性用温柔改变了世界，并用温柔的方式主导了日本社会的变革。

角色简单化，学会作为自己去生活。社会转型期，日本女性一方

---

① [法] 高丽安：《日本女人，温柔的革命》，佟心平、徐艳译，时代文艺出版社2011年版，第18页。

② [日] 村田沙耶香：《人间便利店》，吴曦译，湖南文艺出版社2018年版，第109—112页。

面以"反母性"态势步入社会,与男性一道进行自我生存、自我发展的奋斗。另一方面又以"泛母性"处理与家庭与社会的关系。高强度的节奏、旋律容易导致空虚、孤独与焦虑等社会问题,她们在这样社会结构体系中,扮演着多重,甚至是相反的角色。获奖小说中的一系列单身母亲、未婚女性形象塑造,无不透露出她们的无奈与无助。女作家们也在社会现象中捕捉到了她们的"角色简单化,学会作为自己去生活"的价值取向。女性的晚婚、晚育、不育当是纯化社会角色的重要举措。轻装上阵,尽可能减少角色转换的频次,静静地通过"女性颠覆",改变自我,适应社会。女性形象越来越模糊不清,她们在社会转型中悄然改变着自己的角色与社会定位,以女性特质建构新的价值。这种新价值突出了"人"的重要性,突出了回归自然、回归简单的"后现代"性,因而使平成年代获奖女作家的文学价值选择具有了引领性与时代性。

第二节 爱是重建自我的生命基点

爱是一种最自然、最原始的发自内心的情感,其存在具有永恒性。它无须交流与客气,时间的流逝无法阻挡与削减爱的存在与延续。爱是文学花园中最美丽的花朵,也是文学永恒的主题与旋律,自然也是芥川奖的规定与保留曲目,更是社会转型期疗伤的上等良药。获奖女作家以日本特有的"女性性"诠释了后现代社会人间之爱,用作品昭示了爱依然是人类文明进步的阶梯。关于爱的书写,朝吹真理子的《贵子永远》展现了现代日本女性对于自身的认知与爱的探索,描写了流淌在时间里的女性情谊与女性之爱。朝吹真理子在时空压缩与逃离中,主人公通过回忆思考人生,洞见了生命中最重要的东西仍然是爱,它是重建自我的重要生命基点。尊重、包容、感恩依然是现代日本爱的主旋律，是时空交汇处爱的真实表达。

《贵子永远》是第 144 届芥川奖获奖作品，作者朝吹真理子生于文学世家，其父朝吹亮二是位诗人兼法国文学研究者，祖父朝吹三吉和姑祖母朝吹登水子也都是法国文学翻译家。朝吹真理子本人毕业于庆应义塾大学大学院文学研究科，研究方向为近代歌舞伎。代表性作品有《流迹》(《新潮》2009 年 10 月号)、《家路》(《群像》2010 年 4 月号)、《贵子永远》(《新潮》2010 年 9 月号) 等。

朝吹真理子以叶山别墅为舞台，围绕时隔 25 年后永远子与贵子再次相见，运用意识流的手法将过去、现在、梦境、回忆交织在一起，在无始无终的时间轴上展现了生命的循环与人间之爱。朝吹真理子突破了时间的一般属性，让时间的可回忆性、固定性、想象性、感觉性等特征为女性之间的亲情、友情、爱情的表达与实现提供了契机。后现代社会的"时空压缩"，因复制、粘贴等均质表达加快了压缩的速度。人际交往的网络化无形中拉大了现实世界人与人之间的距离，疏远了人际关系，日本传统的集团社会所建构的人与人之间的关系正在变形。身处后现代社会与转型期的日本社会在这种裂变中是否还有爱？朝吹真理子通过《贵子永远》进行了大胆探索，得出了时间穿梭的背后，爱依然是人际关系维系的重要纽带，爱不会因为时光的流逝而改变，爱依然具有永恒性的结论。在非时间性的世界里，唱着令人感觉恐怖与安静的爱歌，在充满爱的梦境与回忆里，贵子与永远子确立了自我。

一 流淌在时间里的爱

《贵子永远》被称为"技巧派的代表"，芥川奖评委对《贵子永远》创作的独特性给予了很高的评价，作品没有争议地顺利获奖。小说将过去、现在、梦境、回忆放在一个维度上，在无始无终的时间轴上展现了生命的循环。朝吹本人在获奖感言中称"人对于时间的感觉分为物理时间与感觉时间。在物理时间的流逝和感觉之间有不一致之处，想把自己感觉的瞬间成串地联结在一起，瞬间拒不成为线状"①。朝吹利用时间的感觉性，调整人与时间的关系，让人成为时间的主体。

以时间为主题的创作也受到了评委的好评。"朝吹关于时间的创作手法，做到了像普鲁斯特和杜拉斯那样依靠味觉和嗅觉重新编织记忆，她的文章表达经常会运用到所有的五官。"② 时间的艺术性通过小说文字内部的张力在非时间性的世界里进行爱的传递。

对于人来说时间是什么？日常生活中，"时间"以独有的形式记录着个人的成长以及社会的发展。我们每个人都懂得时间的重要，但有时也会因许多原因而忽视时间的存在。关于时间的概念，《辞海》是这样定义的："时间是一种物理学概念。它是运动着的物质的存在形式，是物质运动过程的持续性和顺序性，如昼夜交替、季节变换、星辰运转、自然事物的运动变化，乃至自然生物的兴衰生灭等等。同物质一样，时间是不依赖于人的意识而客观存在的，是永恒的。"对于司空见惯的时间似乎没有什么特别的感觉，但弗雷格却认为，"说话的时间就是思想表达的一部分"③。时间还是人类借助语言文字形式可以反映的思维概念。从人的认知与感觉上看，一方面时间具有可度量性，另一方面时间又具有无限性，因为人类还不能确定时间的起点与终点。时间可以分为绝对时间与相对时间，具有自足、绝对，不可循环性与不自足、相对，可循环性。

---

① ［日］朝吹真理子：《受賞のことば》，《文藝春秋》2011 年第 3 期，第 391 页。
② ［日］島田雅彦：《はじめてのおつかい》，《文藝春秋》2011 年第 3 期，第 366 页。
③ 王玉英、李宏伟等：《汉语修辞学》，吉林出版集团有限责任公司 2011 年版，第 59 页。

哲学上，时间是抽象概念，表达事物的生灭排列。其内涵是无尽永前，其外延是一切事件过程长短和发生顺序的度量。"无尽"指时间没有起始和终结，"永前"指时间的增量总是正数。在探讨时间观的哲学家中，奥古斯丁的哲学观，对于西方哲学家探讨时间问题起到了承上启下的作用。康德的现存事物或可能事物的"一种关系，一种秩序"的时间观①；黑格尔的"从绝对精神出发的自我运动过程的一个环节、一个阶段，绝对精神正是通过扬弃时间而在更高的'逻辑'层次上返回到自身"②；马克思的自由时间论里都能找到奥古斯丁时间观的痕迹。在奥古斯丁看来，"一切过去都被将来所驱除，一切将来又随过去而过去，而一切过去和将来却出自永远的'现在'"③。奥古斯丁的观点体现了时间的客观性——上帝所创造时间；时间的主观性，即逻辑性——时间是主观的，在人的心灵中或思想中，是人的心灵或思想的延伸；主观时间的重组性——主观的时间以"现在"的方式存在，是人的记忆、关注和期待的组合，是变了形的主观世界。"时间既不是永恒的存在物，更不是独立存在者，时间只是上帝的创造物，只能是人类心灵或思想的延伸。"④ 而日本文化中"三种不同类型的时间共存，即无始无终的直线＝历史时间、无始无终的圆周上的循环＝日常时间、有始有终的人生＝普遍时间。而这三种时间都强调生活在'现在'"⑤。日本时空文化观中强调"此时"与"此处"。朝吹在顺应了当下人的时空观，遵循时间的一般意义之外，通过回忆、梦境、现实的同时，

---

① ［德］莱布尼茨：《人类理智新论》，商务印书馆1982年版，第130—131页。
② 柯小刚：《海德格尔与黑格尔时间思想比较研究》，同济大学出版社2004年版，第142页。
③ ［美］奥古斯丁：《忏悔录》，商务印书馆1963年版，第255页。
④ ［德］莱布尼茨：《人类理智新论》，商务印书馆1982年版，第130—131页。
⑤ ［日］加藤周一：《日本文化中的时间与空间》，彭曦译，南京大学出版社2010年版，第16页。

将"过去与未来通过记忆与期望被'现在'所赋予意义"①,在时间具有"非时间性"的流动中沉淀出人间真情——爱。

"这部小说最突出的特点为时间指向——非时间性"②,故事不被时间所左右,情节与故事逻辑没有被束缚在时间框架里,呈现出一种违反时间、违背时间等有悖于常规的状态。小说通过梦境、回忆、梦境的回忆、回忆的梦境让人在无穷、永远、不变中感受到了不断的变化、无止境的反复与无终点的流转,一下子将人与事定格于 25 年前。儿童时期,"贵子"和"永远子"数年间都在叶山的别墅度过夏天。贵子是别墅主人的女儿,永远子是管理人的女儿,比贵子大 7 岁。因为贵子的母亲春子突然去世,在那之后两人都离开了别墅再也没有见面。别墅也因此少有人来往,因要卖掉别墅处理相关手续,时隔 25 年后两人再次相见于别墅。小说中叙事时间、故事发生时间、回忆时间、梦境时间的多重设置,建构了一个多重的具有后现代特征的故事结构。

(一) 梦里充满了爱

"故事开头写道'永远子做梦。贵子不做梦',反复说到永远子的梦,有时候还是两重的,也就是像爱伦·坡的诗那样以梦中梦的形式书写。那个梦已经是从现在回到过去的梦。但是,最后的最后,以'贵子做了有生以来第一个梦'提示的是梦到了未来的梦。"③《贵子永远》中的时间序列是多元开放的,确定的时间与不确定的时间,明晰的时间与模糊的时间,瞬间与永恒,过去、现在与未来,实在的时间

---

① 黄杰:《论马克思的自由时间思想》,吉林大学,博士学位论文,2014 年。
② [日] 朝吹真理子、羽生善治:《人間の理を越えて》,《新潮》2011 年第 4 期,第 158 页。
③ [日] 池澤夏樹:《時間をめぐる離れ業》,《文藝春秋》2011 年第 3 期,第 369—370 页。

与消亡了的时间,这些因素是这样难解难分地共生在一起。叙述者按照故事的实际进展叙述,使得小说在总体上呈现为线性特征。但是在线性的时间轴上,不断有回忆和梦境插入,把线性的时间轴截成一小段一小段,甚至回忆和梦境本身都不是线性的,它们又被另一端梦中之梦或回忆中的回忆打断,形成更小的碎片。

故事一开始就是两句点睛之语——"永远子做梦。贵子不做梦",既解释了标题《贵子永远》的含义以及故事的主人公,同时也提到一个重要的时间因素——"梦"。接下来就从永远子的梦开始展开。永远子在梦中回想起25年前的夏天。在25年前去别墅的车里,"贵子睡着了,永远子听到贵子在自己身旁呼呼大睡,意识也快跌入沉睡中了"。当春子说,"她们都睡着了吗时,望着其实无法确切看见的春子的身影,这是我第一次在梦中装睡啊,永远子这么想着,一直假装自己已经入睡"①。作者从半梦半醒中展开的无时间性的叙事,在梦中,坐在车后座的15岁的她也处于似梦非梦的状态。在梦中的回忆里,没有日期和时间的夏天的时光只是持续着,只有照射在屋子和海边的光的移动表现了时间的推移。阅读绘本的时候,梦中的日常时间的尺度突然转换,绘本上的四亿五千年前的海中的生物、两百万年前的寒武纪等古生代"早已消失无踪的众多古代生物踪影似乎穿透永远子的身体"②,将绘本里的历史时间与现实时间进行连接。不过,永远子自己也明确所有的一切都是梦,只是"无论是几亿年前的事情,或是远在多少光年的地方,在梦中都会变成此时此刻"。这句话也是永远子对梦的性质的理解吧!

时间的空间流动。表面上看似平等的时间却因空间感觉具有了快

---

① [日]朝吹真理子:《贵子永远》,Timeout 译,台北联合文学出版社股份有限公司2012年版,第3—4页。
② [日]朝吹真理子:《贵子永远》,Timeout 译,台北联合文学出版社股份有限公司2012年版,第13—14页。

慢之分。别墅承载了玩伴美丽的回忆、贵子对母亲的感受，因此才有"这栋屋子或许过得慢吧！在贵子等人的当下，这栋屋子的时间都被驱赶到外头去了"①。贵子回到别墅的同时，她所经历的25年的时间就会统统被赶走，她一下子又回到了25年前。在空间决定时间的特殊语境下，贵子在别墅里看到了两个甚至多个母亲春子的身影，母亲厨房做饭的身影，房间里陪贵子玩耍的身影，帮助贵子穿衣服打扮出行的身影，回忆与想象会使时间变形、伸缩、逆行。就像一瞬间在身体内感觉到生命的时间的宏伟那样，被潮水引向无限。也许，这样的内容表达出的"不安"正是朝吹真理子小说的核心和魅力，也是当下人们对时间的感受的真实再现，呈现出看似静止却又暗流涌动，纵横交错时空里的焦虑、空虚与孤独的百态人生。人被时间所困，被时间牵着鼻子走，什么都按计划进行，消解了现代人的主观能动性，抹杀了一个自然人应有的生活态度与方式，如时间一样，向前、向前、永远向前的时间观是现代人空虚、孤独的重要原因之一。

在感觉到梦的瞬间，梦就醒了。在这之后，汽车后座"空间倾斜"，"窗外流动的景物也失去距离感，变形走样，而后消失。取而代之的是可以听见的雨声了"②。本该是25年前的情景却出现在永远子在自家公寓的梦里。在沙发上醒来，看到晾在阳台上的红色袜子，赶紧把晾在外面的衣物收进来，放到沙发上，可回头一看，衣服还在外面。再次将衣服收进来，回头看，还是晾在外面。如此反复，等手里抓住这衣服，转身进屋时，衣服却不见了。这又是一个梦。睡眼蒙眬睁开眼睛时，母亲淑子却正在收外面晒着的衣服。刚好，电话铃声响了，母亲又去接了电话。窗外晾在阳台的衣服、永远子取衣服、母亲的身

---

① ［日］朝吹真理子：《贵子永远》，Timeout 译，台北联合文学出版社股份有限公司 2012 年版，第 24—25 页。
② ［日］朝吹真理子：《贵子永远》，Timeout 译，台北联合文学出版社股份有限公司 2012 年版，第 4 页。

影与动作是一个连环梦,与坐在雨中行驶的汽车里的永远子、贵子、春子一样,都是梦境。受了伤还打着石膏的母亲单脚跳着走过来的声响,弄醒了在母亲家的沙发上做梦的永远子。永远子的梦醒了,回到现实。这样的一连串"遥远的梦""梦中梦"与"不醒的梦"连续进行,一个个碎片传达了不同的信息,为读者提供与主要事件相关的一些过去的信息。这些梦中碎片信息让阅读者驻足观看,让永远子的心、阅读者的心一下子就静下来了。

(二) 记忆中的爱

除了"梦",还有故事中反复提起的由某种媒介所触发的感觉——"记忆"。现实中永远子为女儿百花买的阅读绘本,令人想起在梦中,或许也曾在 25 年前春子给贵子读过的绘本;做菜中边做边想,边实践、边改进的方法是母亲春子教给贵子的。以生活中的细节、小事为契机回到从前记忆。凡此种种,"梦"和"回忆"穿插于永远子与贵子别墅之约的前一天下午到相见后的第二天晚上——这三天两夜的时间里,用"梦"和"回忆"寻找过去的光阴,把过去、现实与未来有逻辑地连接在一起。

无论是"梦",还是"回忆",都是人物内心深层次的意识流动,都是人物的心理时间,朝吹用大篇幅记录人物的一个梦或者瞬间的思绪,对 25 年间经历的描述仅寥寥数语,却让阅读者感受到了浓浓的亲情及日常之爱。

关于永远子和贵子分别 25 年间各自发生的故事,永远子只是简单地讲述了自己和丈夫相识的过程,以及养育孩子百花的情况,贵子也只是淡淡地谈了自己的工作和曾经的一段爱情。似乎她们分别 25 年后的事情与 25 年前的事情相比,都是无足轻重的小事。与此相比,想到往日两人共同度过的时光,哪怕只是一个小小的便当,作者都要事无巨细地细细拆解，一字一句娓娓道来。如 25 年前永远子和贵子的头发纠缠在一起的画面，还有春子和雄等一起去海边游玩以及中途去水族馆的经历最早在她的梦中出现，而后在行文中数次重复此事件或者与此事件相关的情节。这样的叙事放大了往日的时光，显示出主人公对于过去的某种执念。

小说多次叙述贵子的母亲春子，春子的形象是由永远子和贵子在她们描述的故事里建构的。在不同的他者眼中，春子每一次都以不同的身份出现，即使是同一件事情，也会经两人之口作出不同的评价。人导引时间，让故事在回忆、梦境中再现，然后再把一系列过去的回忆与现在的回忆连接起来，描绘出一个完整的春子的形象。永远子与贵子怀着不同的情感叙述着给她们爱的春子。这种叙事方法贯穿于整篇小说，永远子、贵子、淑子等主要人物形象也都是这种方式塑造而成的。这种叙事看似是叙述者对日常生活细节的直观感受，却达到了通感式传递爱的效果。

在朝吹真理子的作品中，"记忆"和"梦"及变奏紧密相连，操纵作品中的时间。操控的方法集中于"时间丧失"（《家路》涉及数千年的记忆丧失）、"记忆偏差"、记忆彷徨等方面。贵子与永远子见面后就去了别墅附近吃面，在散步时共同回忆了 25 年前美丽的夏天，对于同一个地方的记忆，故事内容却大相径庭。在相互交流中，"却以招来一阵混乱告终，最后彼此的记忆地层发生雪崩，年代失去了，再也分不清"①。失去年代，完全不知所以，体现了"记忆彷徨"。记忆与梦中的记忆偏差表现了贵子与永远子对时间的感悟。后来的经历对曾经的过往进行了覆盖，透露出记忆的不可牢靠性。

---

① ［日］朝吹真理子：《贵子永远》，Timeout 译，台北联合文学出版社股份有限公司 2012 年版，第 104 页。

（三）幻想里的爱

记忆的恶作剧有时候产生幻象。在朝吹的作品中，"幻"和"幻视"都寄存于时间里。《贵子永远》中，屋子里的老爷钟正在频繁地摇动着，老爷钟的时间无始无终，与外界的客观时间一道显示着生命的轮回。而别墅屋子里，25 年前的人影交错，他们的出现与离去，不断地与外界隔开，时间常常是停止的，与外界的时间是差序的。因此，作者借永远子的口说出："永远子不知道现在是用谁的眼光在看，永远子渐渐切换成贵子、春子或和雄，只是，无论是几亿年前的事情，或是远在多少光年的地方，在梦中都会变成此时此地，似乎就连光线也变得非常缓慢，感觉过一天跟一百年是一样的，眼前究竟是真切的事物，还是难以确认的记忆呢？出乎意料的种种声响不断持续，背景不断推动着前进。"① 在这部作品中，幻（幻觉）和幻想者（观察者）交替出现，主体的交替出现，人格的流露也屡屡出现。尽管时间不会停止，而流淌在时间里的爱如同 25 年前的别墅般却是静美的。

二　爱需要体验，需要建构

爱的传递需要感悟，需要尊重，需要保存。《贵子永远》反复借用身体的感官来启动回忆机制，像普鲁斯特和杜拉斯那样依靠味觉和嗅觉激活记忆，保存过去，保存爱。"随着城市日本的乡村之根的消失，故乡理想扩展为了一个更加宽泛的比喻，多样而广泛。因此现在出现了一种扩展的民族性、普泛性故乡，即神岛二郎所谓的'代用故乡'。"② 作为永远子、贵子等人"故乡之外的故乡"，25 年前的别墅承载着太

---

① ［日］朝吹真理子：《贵子永远》，Timeout 译，台北联合文学出版社股份有限公司 2012 年版，第 25 页。
② ［美］玛里琳·艾维：《日本生活风化物语》，牟学苑、油小丽译，江苏人民出版社 2018 年版，第 113 页。

多她们对爱的渴望、享受与憧憬。如何通过记忆再现那段爱？"借助于身体动作，在纪念仪式中，以自己的风格重演过去形象；也可以借助继续表演某些技艺动作的能力，完全有效地保存过去。"① 朝吹首先来到别墅事发地进行现场指认，让他们现场还原那段记忆。身体感受是朝吹着力表达的内容。"我从未想过要把吃的东西写得很美味。如果写出来的东西让人觉得很幸福，那是人本身内心藏有的感觉。人，虽然平时用身体（器官）去感受的东西很多，但是如果写出来，会让人很容易有同感。"② 小说里关于永远子与贵子、春子之间的友情，贵子与母亲春子的亲情等多通过非时间性与感官的完美结合进行爱的表达。人的爱与人的感官同在。用身体的感觉替换了时间的流逝，刺激触觉、味觉、听觉、嗅觉以及视觉，把感觉捕捉到的东西置换为物或事件，它们与别墅见面的触景生情、25年前别墅的种种回忆、别墅所在小镇的美食、歌谣的美声、"梅花"等的美色，等等，共同参与了爱的建构工程。芥川奖评委高树信子也充分肯定了这一点，认为"把身体的感觉语言化，将感觉与客观事物进行置换的同时也就给予了感觉的客观化"③。沼野充义在芥川奖第150届纪念对谈中也给予了高度评价，"朝吹真理子的《贵子永远》，虽然没有发生什么大事情，但文体本身就像是故事的内容，温柔的官能性的文章，让人心旷神怡。这样的才能的出现并不是文学的事件吧"④。

"故事开头写道'永远子做梦。贵子不做梦'，反复说到永远子的梦，有时候还是两重的，也就是以梦中梦的形式书写。那个梦已经是

---

① [美] 保罗·康纳顿：《社会如何记忆》，纳日碧力戈译，上海人民出版社2000年版，第90页。
② [日] 朝吹真理子：《文学の多様性について》，《文學界》2011年第3期，第140页。
③ [日] 高樹のぶこ：《五官の冴え》，《文藝春秋》2011年第3期，第367页。
④ [日] 沼野充儀：《芥川賞 直木賞150回記念大特集，選考委員会特別対談》，《文藝春秋》2014年第3期，第301—311页。

从现在回到过去的梦。但是，最后的最后，以'贵子做了有生以来第一个梦'提示的是梦到了未来的梦。"① 从来不做梦的贵子，梦见了思念的母亲。"春子穿着喜欢的那件夏天的淡色睡衣步行着，能够听到她来回走动的声响，她虽然是死者但不是亡灵。甚至还能听见薄薄布料摩擦声，朝阳透明的光线照上半边脸，感觉不像来自过去，反而让人觉得仍在人世，忍不住喊着'妈妈！'然后飞到春子身边，然而那不过是逝去者的身影，她没有望向这边，而是直接走进了厨房。"这是贵子的期望，每每来到别墅，春子总是在厨房给她们做吃的。也许孩子对母亲记忆最深刻的不是她的模样而是她留下的饭香味。

多么希望再见到她，而且不是一个春子，是多个，是女儿奢望在任何角落与空间都能看到妈妈，贵子的梦里出现了两个春子乃至无数个春子。"春子抱着许多黑糖馒头从玄关进来了，二楼有另一位春子却捧着香蕉走下楼梯，抱着馒头的春子和捧着香蕉的春子擦肩而过，又消失了，贵子不断地混淆、区别着许许多多母亲的身影，又坐回到沙发上，春子出现，而后消失，忙乱地散入房间的四个角落，已经无法分辨到底哪一个是春子了。"

从不做梦的贵子，第一次梦见了妈妈，清晰地见到了妈妈，妈妈送来了白天没有买着的"黑糖馒头"，母女连心，贵子担心别墅拆掉以后，妈妈还会来到她的梦里吗？是不是随着别墅的失去而变得无影无踪呢？"她将春子紧紧地粘贴在记忆的某处，一直都是活着的人拖住死者的脚步，或许别再这么做，彻底忘记这一切才是最好。"② 也许这是贵子寻找母亲的愿望实现了，她见到了多个母亲后，心灵得到了慰藉后清醒地感觉到，母亲已经离开了，或许放手，妈妈的灵魂才能安稳

---

① [日] 池澤夏樹：《時間をめぐる離れ業》，《文藝春秋》2011 年第 3 期，第 369—370 页。
② [日] 朝吹真理子：《贵子永远》，Timeout 译，台北联合文学出版社股份有限公司 2012 年版，第 147—149 页。

与放心地离开，去往那个世界，这也许是对母亲最大的爱。"虽然是死者但不是亡灵"，在贵子的心中妈妈一直没有死，没有离开过别墅，别墅成了此界与彼界的交汇点。"屋子确实在它应该存在的地址上，这反而令人感到畏缩，不管是人还是房子，都是会随着时移事往改变形态的东西，她心中其实隐隐约约有几分期待，被放置不管的庭院，如今成了茂密的树林，屋瓦崩落，现在的屋内化为被藤蔓缠绕的鬼屋模样，没有想到这栋屋子轻而易举地违背了她的期待，要拆掉屋子本来没有什么好可惜的，贵子还是难以想象房屋拆除解体，最后成为一片空地的情景。"①

"夜晚过后就是天明，根据日照不同，有时放晴，有时阴霾，云量不同的话，有时会下雨，或是飘落无声的雪花。从空地又长出草木，随着季节的脚步，或是枯萎，或是萌芽，或是在阳光下抽长，然后变得枝繁叶茂，果实成熟而掉落，时时刻刻的天象就这样永不重复地重复着。"② 四季的轮回象征人类生命的轮回、世代的更替。春子去世了，作为母亲象征的别墅也将被拆除。生命中总有人要离开，离开母亲的孩子随着季节成长，孕育果实，但果实成熟之后就会脱离母体，人世间的生命就像这样一代代地重复。从不做梦的贵子在别墅之行后，心中因为幼年时母亲频繁发病而带来的阴影消失了，对生命有了新的期待。在别墅拆除之前，贵子与母亲春子的重逢，诸多的疑问得到了回答，贵子干瘪的内心得以填充，母亲对自己的爱，对生活的挚爱让贵子的自我认同得到了实现，是母亲的爱，已经脱离了记忆媒介别墅，让贵子成熟，春子真正融入了贵子的精神。

25年前，永远子的妈妈淑子会带她一起去别墅玩。儿时母亲出轨

---

① ［日］朝吹真理子：《贵子永远》，Timeout 译，台北联合文学出版社股份有限公司2012年版，第53页。
② ［日］朝吹真理子：《贵子永远》，Timeout 译，台北联合文学出版社股份有限公司2012年版，第175页。

带来的婚姻的阴影一直笼罩着她,她并未对女儿百花表现出怎样的母爱。百花小时候就爱哭,使永远子不再相信遗传,因为永远子小时候并没有哭泣的毛病。即使看了很多育儿方面的书籍,也都无济于事。永远子生育了孩子后幻想抱着吵闹不停的孩子跳楼自杀,或是把婴儿从高处扔下去,因为实在太困了。当她听到丈夫称赞"果然妈妈才是最好的"的时候,也不觉得开心,反而想到"要是他的胸口也会分泌乳汁,事情可就不是这样了"①。所以,永远子在百花的婴儿期,照顾女儿阶段,遇到了同一性的障碍,"时间前景的散乱"②。"永远子和春子与贵子脚上都穿着同样的布鞋,粗麻布质地,式样非常朴素。在梦中穿的那双全新布鞋,过了二十五年就泛黄了,已经四十岁的永远子,现在依然把那双布鞋收在娘家的鞋柜里。"③ 永远子生活在记忆里。从别墅回到家里,记忆还是停留在三面环山,一面被海包围着的逗子市。"永远子从小就隐约有种不安,碰上洪水的话,该不会得要住在水底下吧?"所以,婚后住进高楼公寓。"她总觉得和贵子一起住过的叶山别墅是个安全的地方,也许是因为别墅位于山坡上吧!"④ 即便女儿已经上小学三年级,永远子许多时候还是生活在记忆中的那个别墅时代。现在永远子的生活以远离洼地的位于高层公寓的"家"为中心,除此之外的主要活动场所就是百货商场和超市。百货商场和超市的共同特点就是商品众多,人来人往,但是那些人大多都是陌生人,在这样熙熙攘攘的地方行走着,她却依旧不明确自己是否已经"重返现实"。今年

---

① [日]朝吹真理子:《贵子永远》,Timeout 译,台北联合文学出版社股份有限公司 2012 年版,第 132 页。

② [美]埃里克森·H. 埃里克森:《同一性:青少年与危机》,孙明之译,浙江教育出版社 1998 年版,第 168 页。

③ [日]朝吹真理子:《贵子永远》,Timeout 译,台北联合文学出版社股份有限公司 2012 年版,第 12 页。

④ [日]朝吹真理子:《贵子永远》,Timeout 译,台北联合文学出版社股份有限公司 2012 年版,第 31 页。

夏天，淑子、永远子、百花到叶山附近参加盆舞大会，太古三弦琴表演，在小食品店里的电视上放着焰火的录像——隅田川焰火大会的录像，夏天一直放这个，"焰火绽放红、绿、蓝的色彩，马上就成了一阵烟消失在夜空中"。永远子觉得"自己像是人们要跳舞送走的亡灵"①。凡此种种，永远子的孤独感与疲惫感在人群中并未消解，反而进一步加剧，现实中的永远子在青年人与主妇的身份转变中迷失了自己，期待着25年后重返叶山别墅的心理救赎，期望梦境与现实的同现时刻。

如果说永远子代表的是日本中青年女性中的主妇人群，那么贵子则展现了单身女性的生活。贵子明明是第三者，但听到交往的男人的老婆会孕吐时，她"跟着出现疑似孕吐的症状"，这个情节给人留下深刻的印象。"孕吐"是只有怀孕的女性才会出现的身体症状，贵子出现的这种感觉令她绝望，因为她知道两人无望走入婚姻，甚至想着"不如一起殉情自杀算了"。只不过，两人分手后依旧可以各自好好地生活。选择了教师职业的贵子，对于孩子的感觉与永远子的不同之处在于她幸福童年生活的背后所隐藏的大大的缺憾：春子的心脏病以及早逝给贵子留下了心灵的创伤，在人生懵懵懂懂之际就失去了母亲，如同25年不曾有人来过的空别墅一样，内心是空瘪的。与童年时母亲不关心家庭甚至出轨行为给永远子带来的母爱的缺失相比，贵子的痛则是更为深刻的，难以抚平的。

对于贵子来说，恋爱与结婚不是什么大不了的事，无非多了一个吃饭的人而已。贵子想着如何解决家里总也吃不完的莲藕："为了顺利地将莲藕消耗一空，或许应该增加家庭的成员了。是为父亲寻找再婚对象比较快，还是帮贵子找个老公比较快呢？还是该来学习新的莲

---

① ［日］朝吹真理子：《贵子永远》，Timeout 译，台北联合文学出版社股份有限公司 2012 年版，第 107 页。

藕菜谱呢?"① 虽然是胡思乱想,但是家里增加人口只是为了多一个吃饭的人,这样的想法虽然可笑,却也让人思考婚姻的伴侣究竟意味着什么。贵子在文章的最后揭示了自己的选择:先用永远子教授的方法腌制一部分糖醋莲藕,其他的以后再说。虽说处理的是事物,反映的何尝不是单身女性的感情选择呢?贵子的爸爸是一名外科医生,"由于腰痛的老毛病日渐恶化,无法承受长时间的手术,就放弃继续拿手术刀,……在制药公司的研究所上班"②,面对贵子的困惑与迷失,无法帮助贵子走出困境。作者把这一救赎任务落到了叶山别墅之行。梦境与回忆是叙事的表层,背后显现了现实中两位主人公的现实困境及自我认同的危机。

三 爱的交往与确立自我

(一) 女性情谊

永远子和贵子分开了 25 年,是"四分之一世纪"的时间,说到这么漫长的时间内各自的经历,想到往日两人共同度过的时光,哪怕只是一个便当,作者都要细细拆解,一字一句讲个明白。身高、春子、永远子的父亲、贵子的婚外恋,她们从当下各自的现状聊起,共同回忆着在别墅曾经的岁月。

当她们走过某条小巷深处,似乎听到以前在这里练歌的女生唱的"梅花啊……"③,童年的记忆是纯真与美好的。"当代女性主义思想

---

① [日]池澤夏樹:《時間をめぐる離れ業》,《文藝春秋》2011 年第 3 期,第 370 页。
② [日]朝吹真理子:《贵子永远》,Timeout 译,台北联合文学出版社股份有限公司 2012 年版,第 138 页。
③ [日]朝吹真理子:《贵子永远》,Timeout 译,台北联合文学出版社股份有限公司 2012 年版,第 51 页。

家们普遍坚信,能够使我们进入幽深领域的感官不是视觉,而是听觉。"① 梅花是春天,代表着春天的脚步。春天象征着勇敢,比起昙花一现的樱花,梅花赋予了"新生"的含义,象征了永远子与贵子的"重生"。

《贵子永远》中描绘了在轮廓模糊的时间中,两人和贵子的家人在海边和水族馆游玩的场面,那个时候的与音乐、国际象棋、鸟等相关的若无其事的谈话,在车里贴近了睡觉的两个人的脚、手腕、头发、影子都纠结在一起、缠绕在一起、分不清彼此等场景。朝吹用自己的写作证明了没有血缘关系的亲情的"永远",这种情不会被时间割断。"贵子的皮肤上贴着永远子的皮肤,永远子的皮肤上贴着贵子的皮肤,最后彼此的双手双脚,甚至连头发和影子也都交错纠缠在一起,分不清哪些是属于对方的了。……贵子的肌肤发烫,永远子则是冰冰凉凉的,但两个人纠缠在一起,体温也渐渐跟着交换,皮肤似乎也轻易地随之融化,薄荷味和甜香交错着,……永远子的影子盖住了贵子,看不清彼此的脸。"② 身体的感觉抓住了瞬间的回忆与梦境,来叙述贵子与永远子交往的时间。凭借声音(听觉)将 25 年联结上,然后"还残留呼吸声的空间逐渐消失远去,就连春子、和雄、贵子、永远子以及车内的一切都在刹那间崩解而去"。视觉上人与空间全部消失,由空间转为时间,"取而代之的是可以听见的雨声了,记忆中的声响被卷入突然降临的滂沱雨声,还在某处持续着,时间经过,即使如此,现在的时间依然不停地流逝,就是在做梦的时候,现实的时间也确切地在永远子唯一的这具身体上刻下痕迹"③。由视觉转到听觉,

---

① 耿幼壮:《倾听》,北京大学出版社 2013 年版,第 13 页。
② [日]朝吹真理子:《贵子永远》,Timeout 译,台北联合文学出版社股份有限公司 2012 年版,第 17—18 页。
③ [日]朝吹真理子:《贵子永远》,Timeout 译,台北联合文学出版社股份有限公司 2012 年版,第 25—26 页。

巧妙地进行了由空间到时间与空间的转换，变成了永远子在逗子公寓娘家的沙发上的梦境的现实。由回忆到现实的转换是通过身体的感觉，通过体验进行转变的。用身体的感觉替换了时间的流逝，刺激触觉、味觉、听觉、嗅觉以及视觉，把感觉捕捉到的东西置换为物或事件，在它上面加上时间的浓淡和扭曲，给我们描绘了一幅拥有特别色彩的绘画。

(二) 母女之爱

在这个弥补的过程中，贵子找回了关于母亲的记忆，消除了曾经的心理阴影，试着积极地面对生活。永远子从麻木的状态一点点找回自己曾经擅长的心算技能，而这项技能目前只用于家庭记账。与贵子的寻找过去相比，她是通过身体和回忆来反思自己现在的生活。"菜色"是春子的手艺，是春子的象征，是永远子25年前美好的人生记忆。淑子忙于婚外情，无暇顾及永远子父女的感受，春子的爱填补了母爱缺失的永远子的少女的内心世界，在春子身上感受到了母亲的味道。

永远子在别墅厨房的碗橱玻璃门上的扭曲的身影，瞬间产生错觉，"过去自己或许曾经凝望着现在这个瞬间的影像，望着四十岁的永远子"，而现在"就轮到我望着小时候的自己了吧"[1]。同为人母，春子如同她的名字一样，有春天的暖意，热爱生活。"下雨天的白开水果然是甜甜的，春子总是说，不管是咖啡还是红茶，在雨天就会有种甘醇的味道。"[2] 永远子在去别墅的路上回忆，"夏日黎明，饭团、叉烧、芦笋、蜂蜜口味的煎蛋刚刚装进保温饭盒，盒子两个两个地成对

---

[1] [日] 朝吹真理子：《贵子永远》，Timeout 译，台北联合文学出版社股份有限公司 2012年版，第76—77页。

[2] [日] 朝吹真理子：《贵子永远》，Timeout 译，台北联合文学出版社股份有限公司 2012年版，第165页。

放在桌子上，……小铁锅里还有牛腩和白萝卜小火炖煮了一整天，带着淡淡金黄色的清汤，春子用勺子舀汤，倒进水壶里，冒出一阵雾气，再淋上一点点盐和胡椒。……只记得便当的菜色，前后的记忆都不见了"①。"菜色"是春子的手艺，是春子的象征，是永远子25年前美好的人生记忆。与贵子约会后归家途中永远子被撞，"一瞬间，有什么东西用力扯住永远子的头发，她的身体扬天翻转，摇摇晃晃了两三步，朝后边便坐倒下去"②。那是永远子经历了别墅的友情的疗愈后的清醒与回归，在迷失的人群中确立自我的象征。

四 爱的传递与重构自我

爱的传递需要承载与保存爱之记忆的媒介物，家庭记忆中的老宅、口味独特的饮食、服饰、物件等。朝吹真理子获奖后，在与西村贤太、岛田雅彦的题为"文学的多样性"对谈中，公开了自己的创作主题——"爱"。"写作是一种交流的方式，无论是诗、小说，还是其他的东西，都是给'你'写出某种信一样的东西。虽然都是诗，有漂流瓶的说法，是单纯的信吧！小说因为是构建故事，所以会有种给读的'你'送带有故事的小包裹一样的感觉。"③ 我们确实感受到隐藏在《贵子永远》的华丽结构背后的那种"爱"。小说把"梦境""回忆"和"现实"编织在一起，表现了人的现实存在虽具有不确定性，但爱是"永远"的主题。小说内容与艺术手法无法完全分割开来，作者采用了巧妙的时间处理手法，终究还是为了实现对自我生存的世界的书写。

---

① ［日］朝吹真理子：《贵子永远》，Timeout 译，台北联合文学出版社股份有限公司2012年版，第40—41页。
② ［日］朝吹真理子：《贵子永远》，Timeout 译，台北联合文学出版社股份有限公司2012年版，第119页。
③ ［日］朝吹真理子：《文学の多樣性について》，《文學界》2011年第3期，第156页。

第五章　认同危机与价值引领

贵子坐上去往别墅所在地的电车，"望着和雄寄来的那张叶山别墅测量图，漠不关心地瞥过剖面图和平面图所示的门窗大小，以及标出土地每坪单价的占地面积总和"①。平面图给人的感觉是冷冰冰的、没有生命力的"死物"，此时贵子对于别墅是没有什么特别亲近的感情的。随着一步步接近别墅，走进别墅，往日在这里度过的生活的记忆由视觉、味觉唤醒。记忆媒介的空间距离直接影响到唤醒记忆的速度，触景生情不无道理。贵子一步一步走进别墅，一步一步走进记忆。

"别墅是外婆留下来的破旧老屋，是外婆用股票收入买下来的。"②外婆在贵子出生前就去世了。别墅位于山坡上，采光非常好。贵子的母亲春子心脏不好，每年夏天都要去别墅住上一段时间。春子"心绞痛时常发作，曾经在运动会帮贵子加油时晕倒，或在中国菜餐厅就餐时倒下，她自己和身边的亲人都已经习惯了，……春子被救护车载走也不是什么稀罕的事"③。但这样的春子让贵子非常害怕。当春子去世的时候，贵子甚至感觉，"终于让她从此从这种难以逃避的不安中解脱，这让她有种不知道从何而来的安心感"。就连"葬礼那天春风吹来，这些感受，随着让人心旷神怡的舒适感一起涌上心头"。只不过，"形形色色的感情涌现出来，身体像要从内侧开始碎裂开来"④。春子去世后，贵子跟随父亲到了新的公寓，"母亲存在的痕迹被一扫而空"，"纪念性质的正式和服和珠宝上头却没有属于日常生活的记忆"，她感觉自己似乎遗忘了与母亲有关的记忆。而这栋别墅里充满了春子

---

①［日］朝吹真理子：《贵子永远》，Timeout 译，台北联合文学出版社股份有限公司2012年版，第42页。

②［日］朝吹真理子：《贵子永远》，Timeout 译，台北联合文学出版社股份有限公司2012年版，第45页。

③［日］朝吹真理子：《贵子永远》，Timeout 译，台北联合文学出版社股份有限公司2012年版，第42页。

④［日］朝吹真理子：《贵子永远》，Timeout 译，台北联合文学出版社股份有限公司2012年版，第143—144页。

的声息与痕迹,这里的一事一物都可以唤起往昔的回忆。再次回到这所房子的贵子已经33岁,和春子去世时的年龄相同,此时观察母亲的视角已经不同于小时候的贵子了,她对母亲也有了新的认识。在谈到自己介入别人婚姻的那场恋爱的时候,贵子曾觉得"母亲轻而易举地就撒手离开人世",曾经对母亲有着一丝怨念。但是当她在这里重新审视母亲的时候,才体会到母亲一直想要告诉她的,"我就算死了,早晨依旧会降临的"的含义,才体会到母亲鼓励她积极面对生活的良苦用心。

　　朝吹笔下的头发之美是通过触觉实现的,是生命与爱的象征。头发携带着人的遗传密码,头发是情丝。"每次春子要给贵子梳头,贵子就会吵着要永远子帮她梳头,接下来春子帮永远子梳头时,贵子就会从春子手中把梳子抢过来,说永远子的头还是要交给她,都是永远子帮贵子梳,贵子也会抚摸着她的头发。"梳头成为一种母亲对女儿贵子的爱抚,是母爱的表达,梳头传递着亲情。贵子要求永远子为自己梳头,传递的是一种友情,一种同伴的信任,头发的缠绕象征着友情的编织;春子给永远子梳头,那是一种超出亲情与友情的"爱"情,春子对待别墅管理人的女儿视如己出,是脱离血缘关系的、出于母性的"爱"。永远子的女儿百花给她梳头,永远子给母亲、外婆梳头,静悄悄地传递一种浓浓的亲情。"百花依旧满意地摸了摸永远子的头,永远子又想起最近母亲淑子的头发变得稀疏了,也想起外婆住院时母亲脱口说出的话,淑子想给自己的母亲梳理头发,看到一根根的头发实在太细了,连底下的头皮都看得一清二楚,淑子心痛不已,离开医院后,在回家路上忍不住掉下眼泪。"[①] 永远子从百花给自己梳头想到了自己终究也会像外婆一样老去,百花也会像目前一样看到年华失去的永远

[①] [日]朝吹真理子:《贵子永远》,Timeout译,台北联合文学出版社股份有限公司2012年版,第79页。

子,也一定会哀伤吧!这里,头发变成了衰老的象征,头发是年轮,它稀疏的变化,牵动着下一辈儿女的牵挂,它传递着隔代的爱,传递着人间的真情。"她觉得梳理对方的头发,就像动物会彼此理毛一样,与其说是血缘相近而彼此相像,不如说是因为基因与血液的联系有如看不清的丝线一般,让她们紧紧地联系在一起。"头发是生命的信号与密码,对头发的梳理是对生命的尊重,是对人生密码的探寻。祖母、母亲、永远子、百花这四代人的生与老的联动,可以说是一瞬间,也可以说是无穷的生命的光辉,在梳头行为中绽放出来。这些都体现了作者惊人的技巧与爱的传递。阅读过之后,也会有"在瞬间和永远纠缠在一起的过程中经过了上百年上千年"①的感觉。

朝吹真理子在《贵子永远》中频繁地展现时间叙事的技巧,她把贵子和永远子这两位女性共同度过的一天分为少女时代和25年后两个部分,用几条线路把它们联系起来,明确时间带给人的影响。这些线路是梦,是各自的记忆,是见证她们曾经相遇和再次相见的别墅,以及家具、杂物,还有山脚下的商店和食物。同时,幼年的贵子和永远子一起度过的时光是在夏季和秋季,再次相见的那天是晚秋,而春季则是春子去世的季节。四季的设置象征着人生的轮回,象征着人类生命的代代传承,象征着暂时"枯萎"却会重新"萌芽"的希望。"李复言的《杜春子》,改编后的芥川的《杜春子》,都是人类情爱最终战胜恶魔性的东西,打破了不说话的誓言。这在两个故事中都是主题。原作中,老人说'你把喜、怒、哀、惧、恶、欲全都忘掉了,没有忘掉的只有爱'。'完全忘却人类感情的人',这种长生不老的仙药材,最终还是没有得到。"②

---

① [日]朝吹真理子:《贵子永远》,Timeout译,台北联合文学出版社股份有限公司2012年版,第79—80页。
② 陈舜臣:《日本人与中国人》(第一版),刘玮译,广西师范大学出版社2009年版,第214页。

信息时代，被挤压、碎片化的时间导致人的空虚、孤独与寂寞。《贵子永远》在一切充满不确定的后现代，"有些人不相信什么连接，不相信什么未来，也不相信有什么集体的动人史诗"。人被技术、信息异化的当下，通过人类自身的感觉，编制了"最安全、最简单又能让他们相信的一套故事就是'爱'"。小说的意义在于，让不在爱河里的人相信这套"爱"的故事。"只是自己不在爱里，至少你已经知道自己的人生目标了：寻找真爱。"① 即将处理掉的叶山别墅承载了贵子、永远子的爱，更承载了贵子与母亲春子的爱。这种爱不会随别墅的卖掉而消失，她会铭刻在每个人的内心深处。小说还可以让不在爱河的阅读者感受到总有一天遇到自己的爱，让自己的人生充满意义。时间的流逝无法阻挡爱的存在与延续，它无须交流与客气，爱是人类交流最自然的情感与最原始的情感。朝吹真理子把两种生活境遇完全不同的中青年女性的生活展现出来，她们通过身体和回忆，或者寻找过去，或者反思现在，展现着现代日本女性对于自身的认知与爱的探索。《绿萝之舟》中的律子没有因自身离婚、生活贫困放弃对女儿惠奈的爱，即使寄宿在好友长濑家也没有放弃对孩子的教育与爱。当找到正式工作租到房子搬出去生活时，首先考虑先凑钱给女儿买个书包，满足女儿"能上学"的愿望。母亲对子女的爱未因贫困而贫困，她们如绿萝一样艰难成长，却为孩子撑起了一片未来。用爱告诉孩子，只要有爱，我们就不会穷一辈子，只要努力奋斗，贫困就不会蔓延。如果说《绿萝之舟》是津村记久子为贫困女性指明了生活下去的原动力，《一次远行》则讲述了转型期的夫妻之爱。这种真爱不会因为疾病、不幸而褪色。爱是彼此的付出、包容与尊重。在"人性残缺不全了，现代人不是完整的人"的后现代社会，鹿岛田真希通过《一次远行》告

---

① ［以色列］尤瓦尔·赫拉利：《今日简史》，林俊宏译，中信出版集团2018年版，第272—273页。

诉阅读者，爱是人面对残缺与不完整的良药，要有爱幸福与爱不幸的两颗心。爱是生命起航的起点，是重构自我，重新开始新生活的起点，这是爱的救赎。在个性化社会里，女性之间乃至人与人之间的爱是永恒的，社会制度的变革、时间的流逝无法阻挡爱的存在与延续。对于社会变革期出现的诸多问题，要有爱心与正确的态度，退缩、自我放弃自然不可取，勤于思考、努力工作才是正确的选择。无论社会如何变化，爱仍然是人生命中最重要的东西，它是寻回重建自我的重要生命基点。

第三节 现代人有能力超越不幸

　　天灾人祸当是一个国家、一个民族的最大不幸。平成年代日本经历了"3·11"东北大地震、地铁沙林毒气事件、阪神大地震、福岛核电站泄漏、泡沫经济破灭等灾难，这一切让平成年代变得特殊。对经历过"昭和"（1926—1989 年）后半段经济神话的一代人来说，"平成"（1989—2019 年）"就像是毫无长进、至今还在角落默默舔着泡沫经济伤痕的'阿斗'。过去 30 年也因此被称作'失去的 30 年'"[①]。不幸是把双刃剑，它可以击垮某些人，使他们变得退缩、放弃，也可以使另一些人更用心地思考、更努力地工作，现实生活中人们是有能力超越不幸的。获奖女作家虽然没有直接描写灾难，却通过小说书写了灾难给人内心带来的不幸。鹿岛田真希的《一次远行》描写了不幸时代人的价值取向，描写了在空间移动世界中爱的表达与疗愈。鹿岛田真希自己也认为，"写《一次远行》时，非常辛苦，推敲了很多次。其目的在于用简单的语言来表现抽象的事物。在《一次远行》中，谈及

---

　　① 《日本平成年代要结束了，为什么大家都在怀念它?》，https：//www.ifanr.com/1195500，2021 年 4 月 19 日。

的不是一种不幸,而是所有的不幸。这是抽象的,而且将其用简单的言语表现出来很困难"①。面对不幸等社会问题,首先要保持爱心,有爱幸福与爱不幸的两颗心,以两种自然、正常的心态迎接疾病的不幸。贫穷或许与后现代关系不大,但津村记久子却在"富裕的"日本社会洞察到了女性的贫穷,在"下流社会"的流向中,捕捉到了战胜贫困的奋斗力量。

一 现代人的不幸与超越路径

"3·11"地震的第二年,鹿岛田真希的《一次远行》(又译名《冥土巡游》)② 获得第147届芥川奖。这场地震给日本人的心灵带来了重创。人的生命的脆弱与不确定性引发了文学家对生命价值与人活着的意义的思考。日本人在经历了天灾后,需要疗愈灾后受伤的心灵。"在日本发生大地震的时候,我没有发表言论。在这样的时代发生这样大的不幸的话,像我这样普通人是没有话语权的。之前,某个思想家把原子弹的惨剧说成是'白色启示录',说的恰如其分。在战争和震灾这样的不幸面前,普通人的言语是不管用的,不幸就会被漂白。"鹿岛田真希的获奖小说虽然形式上不属于震灾文学范畴,但她谈了自己的写作意图:"在现代有形形色色的不幸。从战争、革命、震灾这些公开的不幸,到失恋、贫穷这些私下的事物。对于不管面临什么样的不幸的人来说,本作品都可以成为一种解救,我是本着这个想法写作的。"③可以说,《一次远行》的获奖具有书写不幸与战胜不幸的时代意义及现实意义。

---

① [日]鹿岛田真希:《公的な不幸と私的な不幸》,《文學界》2012年第9期,第212页。
② 小说日文为"冥土めぐり",目前有两个版本:中国台湾的刘姿君将其译成《冥土巡游》,出版时间为2014年;中国大陆的蔡鸣雁将其译成《一次远行》,出版时间为2017年。
③ [日]鹿岛田真希:《公的な不幸と私的な不幸》,《文學界》2012年第9期,第212—213页。

（一）现代人不幸的缩影

鹿岛田真希，1967年于东京出生。自小就酷爱俄国文学，上高中时成了东正教信徒，后来嫁给一名神职人员。大学毕业于白百合女子大学法语语言文学专业。大学期间凭借小说《二匹》获得第35届文艺奖，2005年凭借《6000次的爱》获得第18届三岛奖，2007年凭借《长短音的三次》获得第29届野间文艺新人奖，2012年凭借《一次远行》获得第147届芥川奖。《一次远行》获得评委的一致好评。高树信子认为，"曾经极其奢华的高级酒店如今经营惨淡，变成一个花5000日元便可以住一晚的廉价宾馆，象征着日本社会这三十年的转变。奢华的高级酒店是泡沫经济时代的象征，而经营惨淡的廉价宾馆则可以说是现代日本社会的写照"[①]。虽然作品讲述的只是女主人公个人的历史，却反映出整个社会的变迁。日本经济泡沫的破裂，将醉梦中的日本人惊醒，成为从天堂到地狱的不幸。

小说中这种不幸体现在以母亲、弟弟为代表的高消费族身上。八毫米胶片的回忆里，15层海景房舞厅，"身穿礼服裙的外祖母和身穿晚礼服的外祖父手牵着手。母亲说他们一家人是会员制，随身跟着照顾小孩的人，他还用八毫米的摄像机摄影。八毫米的胶片中，穿着胸系丝带、裙摆大大张开的礼服裙的年幼的母亲正在自豪地看跳舞，还有身穿短裤的母亲的哥哥和类似水手打扮的母亲的妹妹"。他们之间却很冷漠，"坐在沙发上观看跳舞的母亲的哥哥目中无人地拿着香槟酒杯。母亲想喝，竟欲把酒杯抢过来。两个人的你来我往令人吃惊，在黑白影片的世界里却无言而漠然地进行着"。虽然母亲一家的生活很富足，但是兄弟姐妹之间缺少亲情与关爱，没有尊重、包容与感恩。在常人

---

① ［日］高樹のぶこ：《芥川賞選奨評：日本の縮図》，《文藝春秋》2012年第9期，第371—372页。

眼里，缺少了应有的家庭教养。父母也是缺少对孩子教育责任与义务的担当。"外祖父就是那样性格的人，他甚至会让孩子喝酒。而且母亲一定认为那是很光荣的事情。"这恐怕也是导致婚后母亲的专横、懒惰、绝情与缺少爱心的缘由。而象征日本转型期的豪华舞厅在经济破裂后"什么都没有，空空荡荡。有的只是丧失，是母亲拥有的全部快乐的丧失"[①]。

如拍打海岸的波浪一样的经济危机，一波强过一波，日本诸多神话破灭，经济发展跌入谷底，导致了日本国家的不幸，母亲家的不幸也是接连不断。"最开始是富裕的外祖父死去，接着父亲因为谜一样的脑疾死去。也就是从那时起，疲劳袭向家人，不久，那疲劳化作贫困，最终家人的心停止了成长。一点一点地，以波浪靠近的速度。"[②] 日本经济危机爆发，直接受到影响的是当时的有钱人。金钱万能的价值观一下子短路，没有足够的金钱作为消费生活的后盾，贫困切断了有钱人富足的生活、未来的幻想，他们一下子"死了"。而侥幸活下来的人，如何应对变革的社会？如何超越不幸？

无限清高，活在曾经辉煌光影里的母亲与弟弟，代表了经济高度发达时期的一代人的价值取向。他们一直生活在曾经高消费的富人的回忆里，不适应现代的贫困生活。看似"富态"十足，实则贫穷可怜；看似追求高雅，实则懒惰，总是企图不劳而获；看似温情脉脉，实则自私冷漠，没有丝毫的亲情。不择手段与不劳而获或许是他们的代名词。在母亲看来，"能否消遣解闷必定是头等大事，是生死攸关的问题"[③]。年轻时依靠自己的父亲，结婚后依靠丈夫生活，也是典型的家

[①] [日] 鹿岛田真希：《一次远行》，蔡鸣雁译，上海译文出版社2017年版，第33—34页。

[②] [日] 鹿岛田真希：《一次远行》，蔡鸣雁译，上海译文出版社2017年版，第42页。

[③] [日] 鹿岛田真希：《一次远行》，蔡鸣雁译，上海译文出版社2017年版，第10页。

庭主妇型的价值观。出身好、嫁得好曾是日本经济高速发展时期三浦展所说的富婆型的生活状态。但泡沫经济破裂后，波及企业与家庭，甚至出现了"一家人因不堪负债举家自杀，死之前的一天去了迪士尼乐园"①的境况，自杀一家的父母根本没有考虑即将与自己一起结束生命的孩子的感受与心情。自杀一家的父母同小说中奈津子的母亲大同小异。奈津子的母亲虽然没有杀死自己的女儿，但将自己的富婆梦寄托在女儿身上。母亲不断地给奈津子观看那个记录他们家族辉煌的八毫米录像胶片，甚至一度想把它转成彩色来加以炫耀。她却不愿意也无力正视现实生活。"母亲找不到可做的事情，简直就像慢性病一样，无药可救。"②她所能做到的就是与弟弟一道无尽地盘剥奈津子。在奈津子结婚前，靠遗嘱年金生活的母亲仍然没有忘记自己的"富婆"身份，与大学毕业短暂工作后离了职的无所事事的弟弟靠刷奈津子打小时工挣来的工资卡生活，甚至凭此出入意大利餐馆享用费用较高的西餐。过意不去、不好意思与羞愧等想法全然不存在，呈现出的依然是阔太的姿态。父亲、丈夫死后，她将自己回归富贵的梦想寄托在女儿身上。指望女儿嫁个有钱人，继续为她挥霍。当女儿受到上司性侵辞职后，她不但动手打了女儿，还想通过起诉讹诈一笔钱。她将女儿当成了赚钱工具，根本谈不上爱，所拥有的只是冷漠、无情、刻薄与傲慢。对曾让她过上富裕生活的丈夫的遗物像扔垃圾一样随意丢掉，对女儿的无尽的盘剥等体现了人性中虚伪、算计、无情与贪婪的一面。

母亲的价值观是经济高度发达时期日本人价值观的缩影。"消费即美德""越大越好""越贵越好""追求名牌"等，"尽量

---

① [日]鹿岛田真希：《一次远行》，蔡鸣雁译，上海译文出版社2017年版，第7页。
② [日]鹿岛田真希：《一次远行》，蔡鸣雁译，上海译文出版社2017年版，第9页。

多消费影响着日本人的身份认同"①。日本人对高消费表现出一种狂热，觉得他们是世界上最有钱的人，挥霍式的消费也挥霍着人性中的爱与善良。人的价值取向转向了金钱、利益与享乐。或许从价值判断角度，泡沫经济的破裂惊醒了部分日本人的狂妄、自大，让他们回到现实认真思考人的生存价值与生存的意义等时代命题。倘若像奈津子母亲那样一味地沉湎于曾经辉煌的过去，幻想过去的"美好"卷土重来，用从前不劳而获的思维方式来处理转型期的现实问题，显然是行不通的，如果一意孤行，一定会被社会淘汰。母亲的不幸在于对曾经的辉煌执迷不悟，以"不变"应"变"显然走不通。

首先，面对不幸，哭是最简单、最容易做的事情。哭，是对失去曾经拥有的一切的无限眷恋、哀伤、无奈与无助。母亲面对"不幸"时只会哇哇大哭，即使丈夫住院期间，她没有考虑如何配合医生治愈丈夫的病，嫌探望丈夫往返医院路途远，探望次数少得可怜，就连医院的医生都看不下去了，发出了"是不是有了情人，不能来探病了"的疑问。在母亲看来，男人只不过是榨取的对象而已。其次，是抱怨。对待丈夫的死亡不是夫妻间丧偶的悲伤，而是抱怨，抱怨的是你走了，我怎么办？我的富裕生活谁来埋单？女儿在单位被上司骚扰，有了"那种生活"。作为母亲不考虑女儿的身体、心理伤害，反而有点"小确幸"，认为女儿貌美、有姿色才被骚扰，认为这是女儿出色的地方，恰好可以借被骚扰起诉捞一笔赔偿费。被女儿拒绝后，无端的指责、抱怨络绎不绝。女儿与北海道出身的区政府小职员太一恋爱、结婚自然是不被她看好的。从第一次见面到婚后太一生病，抱怨声就一直未中断过。抱怨丈夫英年早逝，抱怨女儿不听自己的话，嫁给了穷人。抱怨过后

---

① ［日］三浦展：《第四次消费时代》，马奈译，东方出版社2015年版，第19页。

就是回忆与幻想。对于母亲来讲，不幸就是没有了富裕的生活。因此，母亲的最大幸福与追求是过去公主式的生活。"母亲一定认为自己还能成为公主，相信外祖父活着时理所当然享受免费、多次待遇的时代会再次到来。"① 对待不幸的诸多行为与举措中，唯独没有抱怨自己为什么不努力，唯独不见自己对不幸与未来有什么行动。因此，她的不幸不断地扩大：失去财产，为了还债放弃已经拥有的公寓，和弟弟一起迁往郊区；为了遮掩离京搬到乡下招致他人议论，闹出了自杀未遂的大动静；住院期间表演装哭和失语症，被认定为精神障碍，得以领年金生活。"母亲并没有那种担忧，泰然自若。她完全没有哪天破产后一文不名的危机感"②，依然活在回忆与幻影中。明明是用女儿打零工的钱去的高级餐厅，却认为"自己是一流的人，知道一流的饭店"③，简直是自欺欺人的骗子。鹿岛田真希透过母亲典型形象的刻画，告诉了阅读者不知不幸才是最大的不幸这一道理。

弟弟作为母亲的帮凶，对待奈津子的苛刻、无情与盘剥有过之而无不及。显然，他对日本社会曾经的"富有"是"道听途说"的，从母亲八毫米的黑白胶片录像、母亲的美好回忆中了解到的。懒惰、享乐与不劳而获的行为很容易学。母亲的言传身教很奏效，弟弟很快就进入了角色。弟弟将姐姐作为取款机，他自己虽然不出去工作，但要过"社会人"的生活。他喜欢夜总会，总是透支姐姐的信用卡"去街上玩"，去夜总会喝酒，过着"我的疯狂岁月"的生活。为了给自己装门面，用姐姐的银行卡按照自己的眼光、审美购买服装打扮姐姐，姐姐沦为了弟弟的丫鬟与侍从。拉着姐姐去逛夜总会。为了博得穿着五颜六色衣服的夜总会女招待的眼球，竟然当众辱骂姐姐"蠢透了，是

---

① [日] 鹿岛田真希：《一次远行》，蔡鸣雁译，上海译文出版社2017年版，第50—51页。
② [日] 鹿岛田真希：《一次远行》，蔡鸣雁译，上海译文出版社2017年版，第67页。
③ [日] 鹿岛田真希：《一次远行》，蔡鸣雁译，上海译文出版社2017年版，第19页。

个大蠢蛋"。对弟弟的无理，奈津子早已经习惯了。她只是默默地喝水，"既不愤怒也不激动，甚至感觉疲倦和瞌睡"①，却招致了弟弟的一个耳光。弟弟虽然没有赶上"好时候"，因受到母亲的影响，却执意追求"好时候"的生活。显然，已故的外祖父、父亲那里是不可能了。于是，他就锁定了姐姐作为猎物，消费姐姐的信用卡，消费姐姐的爱。"我在吃高级食物时是最幸福的，感觉自己还活着"②，这就是弟弟活着的目的与价值。没有经济收入来源的弟弟，与母亲一样过着寄生虫般的生活。他与母亲一样靠冷酷、无情与强势，将社会、家庭、自己不努力的不幸全部转嫁给了姐姐，成为一个地地道道的转型期的盘剥者。作者让阅读者在看到弟弟无情等丑恶的嘴脸的同时，从反面告诉我们社会转型期要注意"有悖伦理"的不幸等问题。这些问题也发生在一些转型国家，诸如网络诈骗获取亲人与朋友的钱财、朋友亲属之间诈骗、拖欠借款等现象屡见不鲜。如同《一次远行》里的弟弟一样，利欲熏心，伦理道德被置换成利益与享受，传统的价值观受到挑战，如不及时纠正与引导，后果将不堪设想。

（二）超越不幸的路径与选择

现代人能否超越不幸，答案是肯定的。小说女主人公奈津子的生活态度与处世之道告诉我们，现代人有能力超越不幸。可以说，世界上一切不幸都集中于奈津子一个人身上。阅读过程中不禁令人想到白雪公主和七个小矮人故事里的白雪公主。她的不幸既不单单是贫困与疾病，也不单单是孤独，很复杂，现代人的不幸是多元的。同时，七个小矮人对白雪公主的爱的模式也是现代人超越不幸的良方。

---

① ［日］鹿岛田真希：《一次远行》，蔡鸣雁译，上海译文出版社2017年版，第37页。
② ［日］鹿岛田真希：《一次远行》，蔡鸣雁译，上海译文出版社2017年版，第45页。

第一，理性面对与适应现实恐怕是超越不幸的第一步。对于8岁时与双亲、弟弟四人一起去过的高级海边疗养院，奈津子从小就对这家酒店有一种逆反。在她看来，这是一个"被一种冷酷的欢悦和难以忍受的痛苦的矛盾撕裂，恍恍惚惚"① 的地方。她从小就看不惯母亲的炫富，但她在家里练就了逆来顺受的本领，对于母亲、弟弟的打与骂都能做到沉默不语。从懂事时起，奈津子的希望和欲望就很淡薄。她没有像一般女孩子那样希望成为偶像，也没有像母亲一样，希望成为空姐。在家里，她就像白雪公主一样，受到母亲与弟弟的虐待；进入职场又受到了上司的性侵。但是，"奈津子心中有一片海，总是波涛汹涌"②。她并没有像一般女孩那样自暴自弃，而是变得成熟了，"她感觉不能直面的事情也能面对了"③。

《绿萝之舟》的长濑因受到性侵工作9个月后被迫辞职，《一次远行》中的奈津子也是性侵后无奈选择了辞职。这也是日本职场女性的不幸之一，性别歧视的不幸至今仍然是女性自身难以解决的社会问题。丝山秋子也因职场上的诸多不适而抑郁辞职。《在海浪上等待》中"我"与大胖的新型人际关系在日本的职场里如果存在，可能也只限于年轻人之间。这或许是丝山秋子对职场人际关系的一种期待与憧憬。不仅如此，即使转入自由职业者，工作与正式职工没有什么两样，有时反而责任更重，还不能拒绝加班，然而收入却不及正式职工的一半。常常会遇见尖酸、执拗的上司，遭遇诸多的不公正待遇，最后被迫离职。如何超越职场上的不幸，日本政府层面出台与实施了《男女雇佣机会均等法》，从制度层面上保证了女性在职场中的权益。这也要求女性改变自我认知，改变女性是弱势群体、女性低于男人等想法。女性

---

① ［日］鹿岛田真希：《一次远行》，蔡鸣雁译，上海译文出版社2017年版，第5页。
② ［日］鹿岛田真希：《一次远行》，蔡鸣雁译，上海译文出版社2017年版，第44页。
③ ［日］鹿岛田真希：《一次远行》，蔡鸣雁译，上海译文出版社2017年版，第7页。

要走出原来的自我，建构一种新的自我。如《在海浪上等待》中的女主人公"我"，在处理与男同事之间的关系时，首先摆好自己是"自然人"的位置，以"我就是我"的态势与同事相处，自我内心的暗示很重要。工作中与男性一样努力拼搏，业余时间也同男性一样去交往、去相处。一旦女性刻意强调自己的女性性，就会把自己推向了男性的对立面，一下子将自己变成弱势群体，处于不利地位。丝山秋子给出的答案是，职场、社会中女性要强化人的"自然性"，弱化女性的"自然性"，将自己放到"同类"视野下"一起玩耍"，具有与男性一样拼搏努力的工作态度、热情与精神，就可以超越因性别歧视带给女性的不幸。大胖与"我"的死后约定、彼此的信任足以证明女性有能力超越不幸。

第二，坚强应对是不幸的克星。奈津子对于在娘家遭遇的来自母亲、弟弟等诸多的虐待与不公正待遇，一直逆来顺受，无力抗争，默默接受。她从小"不追求刺激，对更加单纯的手工制作之类的工作感兴趣"[1]，以此对母亲强加给自己的空姐梦进行反抗。遭遇性侵被迫辞职后在区政府里打零工，工作具体内容是将区政府主办的逃学儿童社团的简报装订好，实现了小时候梦寐以求的做手工的理想。在拜金主义与物欲横流的资本主义社会，奈津子默默承受来自亲情的虐待与不幸，并且选择了坚强。她静悄悄地追求自己的理想，脚踏实地做好自己的本职工作。工作中收获了快乐与爱情。因工作关系与太一结识，三个月后被太一求婚。尽管太一与母亲心目中的"摇钱树"女婿差距甚远，但奈津子却认为"和太一结婚可真好"[2]，以一种出乎母亲、弟弟想象的反抗力量，义无反顾地与太一结婚，逃离了母亲与弟弟的魔掌。然而命运似乎在故意捉弄奈津子，婚后不久丈夫太一就残疾了，

---

[1] [日] 鹿岛田真希：《一次远行》，蔡鸣雁译，上海译文出版社2017年版，第14页。
[2] [日] 鹿岛田真希：《一次远行》，蔡鸣雁译，上海译文出版社2017年版，第81页。

而且是脑残疾,做了手术,脑子里植入了电极,电源在胸部。丈夫一病就是8年,虽然太一反复住院、出院,但奈津子对太一照顾有加,不离不弃。太一病情稳定后就决定带太一来一次两天一宿的远途旅行。

原文中将这次旅行表述为"冥土めぐり",为什么将这次旅行称为冥土巡游?这次旅行,奈津子和太一住进了母亲引以为自豪、炫耀与充满美好回忆的、奈津子8岁时就去过的海景房宾馆。这个三代人同住过的宾馆,经历了上层社会的豪华到大众化的破败,承载着几代人的富贵与贫贱,隐含着几代人的价值追求,折射出了日本社会价值取向变迁的轨迹。这次远行,对于大病8年的太一一家来说,如同去了黄泉一回,所不同的是他们经受了与死亡的抗争、不幸与爱河的洗礼,又从死亡堆中挣扎着站了起来,返回现实世界,因此用了"めぐり"(巡游),他们也就是去冥土游逛了一回。去冥土游逛恐怕是人生中最大的不幸,从冥土返回现实世界恐怕是不幸中的万幸。将不幸转化成万幸,需要付出有别于常人的努力。奈津子的不幸在与太一相爱、结婚、病后照料过程中发生改变。她冰冷的心在爱太一与得到太一的爱的过程中融化,成为她超越不幸的力量源泉。

第三,爱可以赶走所有的不幸。太一因为脑疾反复发作,36岁就已经满头白发。病情发作起来非常可怕,"毫无征兆地,某一天大早,不知从他身体的哪一部分发出野兽般的嚎叫,他身体僵硬、翻着白眼、口吐白沫失去意识"。对太一的病情,善良的奈津子自责是否因为太一和自己结婚而遭此厄运。"太一发病数秒间,一种十分神圣的沉默到来,只听见鸟儿的鸣叫。在奈津子看来,仿佛有另一个劫掠了太一的肉体,对她说:'你和什么样的男人在一起都不会幸福'。"显然这是从小到大遭遇不幸的奈津子懦弱、善良与爱心的表现。"八年前,自从第一次见到这种发作时开始,她就有了似曾相识的感觉。她感觉自己见过这种发作,只不过那是一种更抽象、更唯心的发作。并且那种体验反反复复地折磨着她。"奈津子从小看到了母亲的冷酷、无情，决心要做一个与母亲不一样的女人。父亲住院病危期间母亲的无情表现，父亲去世后对父亲珍贵遗物的绝情处理，以及多年以来母亲对待自己的无爱行为都如同一个反面教材，时刻提醒着她，要做一个与母亲、弟弟不一样的人。母亲、弟弟最致命的地方是没有爱。他们眼中只有钱、利益与享受。因此，当8年前太一刚发病时，奈津子首先在内心自我对话，认为太一的不幸都是自己造成的。将自己视为太一发病的祸根。因此，才出现了小说中"脑疾发作屡屡造访太一，夺去太一肉体的什么东西反反复复对奈津子说'你不会幸福'，不等奈津子反驳便扬长而去"。很显然，这些是奈津子想象的情景，却看出她对太一疾病的着急与不安，同时也在责备自己，如果不跟太一结婚，或许太一也不会病成这样。自责与不自信也是多年来诸多不幸给奈津子带来的精神疾病。这种病从小到大就没有离开过她，而且随着社会、家境的变迁愈发严重，始终没有得到过治疗。这种病的治疗方案是爱，是关心，是善良。但奈津子所处的社会环境、家庭环境都没有这副药。命运总算还是公平的，让她与太一结了婚。婚后8年的抗病过程，是奈津子心理疾病疗愈的过程。太一生病初期，照顾病中的太一，熟练地操持家务，在儿童馆里打小时工，和孩子自如地玩耍。她一边生活，一边照顾病中的太一，十分自然。奈津子的心理疾病在"日常化"的生活与平淡中，在照顾太一的付出中得到了疗愈。她对太一的不幸，也是她自己的不幸，既没有像她母亲那样大呼小叫哀号命运的不公平，也没有像破产家庭那样选择自杀，而是选择静静地面对。对于不幸，她思考的是我能做些什么。她的心态非常好，悉心照料太一的生活起居，积极配合医生治疗。她在护理太一过程中，太一对生活的态度，对自己的爱，太一对待人生突如其来的不幸所表现出的乐观、向上的精神，太一的善良、大度、善解人意也都深深感染、打动着奈津子。

第四，爱是战胜不幸的良药。太一的不幸在妻子奈津子长达8年的悉心照料下，在发达的医疗技术治疗下得到了转化。奈津子没有像她母亲对待父亲的遗物一样抛弃残疾的丈夫去追求自己的幸福，对如洪水猛兽般来临的太一的疾病，并没有感到大惊小怪，而是默默地接受。将照顾生病的丈夫视为一种正常化的生活方式。太一有自己的生活节奏，有较强的自控力，坚持看电视节目，尤其喜欢看有关家乡北海道的内容；太一的心胸比较宽广，有一颗善良、善解人意的美好心灵。他之所以对别人的恶意反应迟钝，是因为在他看来，人都是好的，都是善良的，不存在恶意。因此，他能够正确面对一切，太一知道感恩。在旅行即将结束时，太一拄着拐杖，在特产品商店购买了10袋饼干，送给整形外科的护士吉村小姐、康复中心的伊藤医生。太一是一个"一味接受一切的老好人"①，遇事不惊，也是太一的一个正常的状态。因为太一将生活中的不幸自然化、日常化，因此对所谓的不幸就能泰然处之。积极配合医生治疗，兴高采烈地与妻子远行，总是想着我能够做些什么。太一的病情稳定后，开始试驾电动轮椅，虽然驾车实际技能暂不合格，"好几次差点撞到人"，但是，太一坚持练习了一个月，终于可以独自操作电动轮椅上道了，他非常开心，"往后我就能去买东西了，小奈想要的东西，我也会拿我的零用钱买给你的"②。喜悦之中透露出对妻子的爱，对生活的爱。

第五，努力做好自己，助力战胜不幸。奈津子与太一面对不幸，表现出一种顺其自然接受、依靠自己的努力改变现状，做自己能够做的事情，做好自己，活好当下的态势。母亲、弟弟、奈津子与太一的不幸可以说是日本平成年代社会里所有人面临的不幸。但不同年代的

---

① ［日］鹿岛田真希：《一次远行》，蔡鸣雁译，上海译文出版社2017年版，第76页。
② ［日］鹿岛田真希：《一次远行》，蔡鸣雁译，上海译文出版社2017年版，第83—84页。

人对于不幸表现出不同的状态，为我们捕捉与寻觅当下人们的价值取向等问题提供了重要的参考与借鉴。以母亲为代表的经历过经济高度发达时期的"富裕"与"辉煌"的一代人，往往容易沉湎于过去的生活，期盼那样的生活可以卷土重来，对变化了的现实认识不足，跟不上时代转型的步伐，却不肯放弃原来的价值追求。一旦价值追求与现实相矛盾、相冲突时，这群人就表现出了怨天尤人，但并不是自暴自弃，还试图通过转嫁危机，通过借助外力来满足自己的金钱需要。母亲的富贵梦一半是回忆，一半是幻想，恰恰缺少了中间的在现实世界努力奋斗的环节，进而导致社会的不幸与个人不幸的最大化转化。这群人的价值观对偏向虚拟世界的"御宅族"具有某种导向性功能，稍有不慎容易成为"御宅族"坚定自己生活方式的动力源。弟弟是典型的母亲一代人的受害者。他们没有从母亲那一代人手中接收到可供他们不劳而获的物质条件，母亲那一代人的拜金、贪婪、不劳而获的思想却浸透了他们心灵。没有回忆，只有幻想，浮萍式的价值取向对社会的危害更大。

　　奈津子与太一面对不幸，采取了非常现实的态度。他们既没有美好的过去回忆，也没有无根据的憧憬未来。他们立足于回忆与幻想之间的现实社会，活在当下，勇于接受命运给予的一切。不抗争的抗争或许是最完美的抗争。"人生也许确实会有波浪。有其不幸才会称其幸，也许才是健全的理念。"① 这是以他们两人为代表的日本社会绝大多数人的价值观，顺其自然但不强求。他们对待母亲、弟弟的虐待，用沉默、理解予以化解。也正是他们在社会与家庭中饱受风霜，反而锻炼了他们的抗打击能力。丈夫取名为"太一"的含义也表达了人生面对不幸的态度。"太一"作为汉字词，有古指宇宙万物的本原、本体

---

① ［日］鹿岛田真希：《一次远行》，蔡鸣雁译，上海译文出版社2017年版，第52页。

与天神名含意义。在西方哲学中,具有单一、独一、没有界限、没有区分、自身浑然为一,以及超时空的、无限的、永恒的、不变动的,没有过去或未来含意义。太一坦然面对人生的态度,或许就是人应该有的处世态度,理性对待人的幸福与不幸的一种逻辑。同时,太一还有另外一层含义:神。评委高树信子认为"《一次远行》是一部宗教暗示色彩较浓的作品"①,作者本人承认"把太一描写成一种圣人的形象,是想说圣人就在我们身边,身边的那个人拥有神一样的胸怀"②。小说暗喻了现代日本人生活的无力感,与找寻精神寄托的渴求。

小说通过太一这个既普通又非凡的典型形象的塑造,对转型期如何看待人的浮躁心理、焦虑不安的情绪,以及所谓的一些不幸做出了示范,让读者从太一对待生活的态度里,感觉到日本真的变成了一个很"禅"的社会,转型期每个人的不幸与生活的重压都相同,但生命的出口却因人而异。太一因无助而受到众人的怜爱,奈津子却因自强能干而受到无所事事的母亲和弟弟的盘剥,以各种理由讨要物质金钱。无法割断的血缘与被挟持的痛苦,将奈津子折磨得筋疲力尽。在生活里,是不是永远不上擂台就不会输掉比赛?或者直接倒地就不会被人打败?即便败了,也是败给自己呀!不必觉得丢脸或者惭愧。恐怕这就是奈津子在这趟旅行中悟出的,属于自己的"禅宗"。在未来的日子,或许她会放弃这些重负,像太一一样,以平常心态该言败时就言败,将生活中遇到的不幸日常化、自然化。"战争和震灾和一个人的孤独、失恋是同等的感觉。这或许只有神才了解吧!但是大多数人遭遇无法预知的不幸时,会和自己身边最苛刻残酷的体验相对照。"③ 虽然

---

① [日]高樹のぶこ:《芥川賞選奨評:日本の縮図》,《文藝春秋》2012年第9期,第371页。
② [日]鹿岛田真希:《中学時代は修道女に憧れた》,《文藝春秋》2012年第9期,第383页。
③ [日]鹿岛田真希:《公的な不幸と私的な不幸》,《文學界》2012年第9期,第217页。

有些不近人情，却在与更为不幸的比照中寻找到了安慰与前行的动力。鹿岛为日本人重压的生活松绑，人人都可自我习得康复的本领，进而诠释了人生就是一个不断自我修复灵魂战胜不幸的过程。

二 活着就要创造自己

穷忙与贫穷是平成年代的两个重要关键词，越忙越穷，越穷越忙。平成年代日益严峻的贫困分为"年收入低于糊口所需的最低收入150万日元"的绝对贫困和"与他人相比，自己的收入非常低，这个人就会自惭形秽地感受到贫困"的相对贫困。在日本，各公司除了享受福利待遇、有培训和学习机会的"正式员工"，还有派遣公司的"派遣员工"，以及普遍化的、不稳定的"合同工"。合同工普遍化并不只是女性劳动者面临的问题，而是整体的就业形态。"日本社会虽然看似富裕，但是收入在生活保障基准以下的人数在实实在在地增加，真正不接受生活保障就无法维持基本生活的人数也在增加。"[1] 尤其是女性贫困带来诸多社会问题。按照家庭类型区分的话，"贫困率最高的是母子（女）家庭，日本一半的母子（女）家庭处于贫困之中"[2]。伴随离婚率的上升，母子（女）家庭的数量也在上升，单亲母亲既要工作还要独自养育子女，为生存而挣扎的贫穷不幸困扰着她们。

推动世界的手是摇摇篮的手。从明治时期开始，日本就非常重视教育母亲与母亲教育。转型期的母亲贫穷及代际传递效应对文化传承、国家未来的影响不是一个小问题，母亲的贫穷是日本国家与未来的贫穷。女作家们通过作品反映出这种贫困的不幸，看似一个个单身女性、单身母亲的不幸实则是整个日本国家的不幸。女性贫穷的书写体现出获奖女作家的责任与担当。《绿萝之舟》书写了单身女性、母子（女）

---

[1] ［日］橘木俊诏：《格差社会》，丁曼译，新星出版社2019年版，第14—18页。
[2] ［日］橘木俊诏：《格差社会》，丁曼译，新星出版社2019年版，第67页。

家庭的贫穷,将女性比作绿萝,一方面,体现了日本社会女性微不足道的社会地位;另一方面,体现出了日本女性坚毅、顽强的适应环境的生存能力与成长能力。绿萝在小说中笔墨不多,它却成为日本社会底层女性的隐喻,成为挣扎在社会底层的女性的象征。

凭借《绿萝之舟》荣获第140届芥川奖的津村记久子,1978年生于大阪府,毕业于大谷大学文学部国际文化学科。《绿萝之舟》描写了生活在底层社会苦苦度日的女性形象,真实再现了当下日本社会带有普遍性的女性贫困与艰辛抗争。她们这群"穷忙族"在贫穷不幸面前像绿萝一样表现出一种隐忍而坚韧、孤勇而执着的精神。

(一) 绿萝隐喻了日本的女性

绿萝是阴性植物,遇水即活,因顽强的生命力,被称为"生命之花"。绿萝与生命起源阶段女性的非凡地位相当。绿萝可以水栽或盆栽,在室内养殖时,不管是盆栽或是折几枝茎秆水培,都可以良好的生长。绿萝可以攀附在用棕扎成的圆柱上,也可以自然悬垂状放在书房、窗台。绿萝可以自我造型,也可以随它型而生。绿萝还具有净化空气、去甲醛等功能。

小说中长濑的母亲、长濑、冈田、美香、和乃、律子等人,她们像绿萝一样具有顽强的生命力,顶住众多压力与贫穷,创造条件,尽可能地生存、生长。她们身上具有绿萝般的善良、坚韧与健康的品格。长濑母亲对待律子的女儿惠奈亲情般的关怀与友好的相处,长濑收留走投无路的大学同学美香,律子母女寄宿在自己破落的老房子,冈田在工厂里对长濑日常工作中的悉心照顾、生病期间的嘘寒问暖,等等,都体现了平成年代日本社会转型期人与人之间的友好、善良与温情。长濑为了生存,身兼数职,勤奋努力工作,始终有一个有点不切实际却又似乎近在咫尺,有点不可思议却又实在诱人的目标——环球旅行，梦想支持着自己前进。她们非常灵活，可以自我生长，也可以凭借外在的条件顺势而为。绿萝无论怎样攀附于他者，都需要自我生长。

律子的娘家在福冈，和长濑一样，父亲在她上小学时就去世了，母女俩相依为命，婚后做了全职太太。利用200万日元存款付了买房子的首付。丈夫回到家里后基本没有什么交流，打游戏，叫外卖，不关心孩子问题，擅自做主购买等离子电视，换车也很频繁。家庭内歧视妻子，对孩子也比较冷漠。律子因无法承受这种精神压力，被迫无奈带着女儿离家出走，从福冈来到了奈良住进了长濑家的旧房子里。虽然带着孩子找工作更难，不如单身女性有优势，但律子知道，现在的婚姻生活不是她想要的。"二战后，日本女性回归了家庭，在战后女性们主妇化了"①，经济完全依赖于男性，如绿萝攀附于棕柱一样，将自己的全部交给了男性，交给了家庭。"人类婚姻竟然是建立在这么不确定的因素下。"② 律子要做一回真正的自己，带着孩子逃离了家庭。经过努力，最终找到了正式工作，要通过自己的努力与拼搏，扛起自己与孩子的未来。"日本近代家庭认为，只要结婚，家庭就是女性的全部，是她们唯一的价值体现。但是，日本近代女性作家对这样的观点进行了彻底的颠覆。她们提倡没有性爱的家庭，使男女关系中占主导地位的男性走向边缘化。"③ 律子带着女儿逃离福冈的家庭来到奈良艰辛地生活，就像绿萝一样离开之前所攀附的棕柱——家庭，将其丈夫边缘化，重新回到职场，开启人生的新航程。

作者对如同一直攀附于棕柱的绿萝的婚内女性也表现出某种忧虑。

---

① ［日］落合惠美子：《21世纪日本家庭何去何从》（第三版），郑杨译，山东人民出版社2010年版，第16页。

② ［日］津村记久子：《绿萝之舟》，叶蓉译，上海译文出版社2014年版，第36页。

③ 肖霞：《日本现代女性文学的主题表达与价值取向》，山东人民出版社2016年版，第165页。

和乃具有高中教师资格证书,大学毕业与学长结婚后就生了孩子,有一个 7 岁的儿子和一个 5 岁的女儿,还买了房子,家底殷实。买房子首付的钱是公婆和自己父母替他们支付的,两个孩子的补习班、兴趣班的学费都是父母资助的。看起来生活很光鲜,她对自己的家庭也是津津乐道。她的世界里只有老公的饮食习惯、孩子的教育,交际圈子也只有幼儿园其他小朋友的妈妈。津村记久子在小说中提出了对和乃的担忧,离婚的话怎么办? 没有工作经验,就算是回到老家也肯定找不到合适的工作。把自己的命运、前途与未来寄托于丈夫、男人身上,就像绿萝攀附于棕柱上一样,随时都有脱落、折断、落地的危险。当绿萝的藤过长,如脱离所缠绕的棕柱,往往伤害最大,重则断掉。断掉的绿萝需要重新适应生长环境,长势往往会由盛转衰。津村记久子对和乃的担忧是有依据的。

冈田为了孩子忍受丈夫的外遇,经过痛苦选择还是留在了棕柱上,但是能撑多久,冈田本人不清楚,作者也不知道。勉强将自己硬贴到正常家庭标签上,未来也是充满了不确定性。"女性自古就不是专业主妇,虽然工作方式改变了,但是自古以来女性就做着家务以外的工作。"① 绿萝本来就是可以自我成长的,日本女性亦是如此。

(二) 单身母亲的贫困

日本社会里人们一般认为,女性即使工资低、生活艰难,也不过是到结婚为止的事,是暂时的。"迄今为止的日本社会里存在着一个默许的大前提——女人早晚要结婚、回归家庭,不必自己挣钱养活自己。"因此,结婚或许成为女性摆脱贫困的一个选项。如小说中的和乃大学毕业后结婚生子,看起来比较富有。藤野可织《指甲与眼睛》里

---

① [日] 落合惠美子:《21 世纪日本家庭何去何从》(第三版),郑杨译,山东人民出版社 2010 年版,第 19 页。

的麻衣之所以选择和有 3 岁女儿的男人交往、试婚，其目的在于摆脱"派遣族"身份，摆脱贫困。即使结了婚，也未必真正摆脱贫困，如《绿萝之舟》里长濑的母亲、律子的母亲因丈夫去世或离婚而造成的单身妈妈独自抚养孩子的家庭年年增加。"2011 年日本共有 123.8 万户这样的家庭，相比 1988 年的 95.5 万户，大约增加了 30%。"[①] 29 岁的长濑由纪子，在她 9 岁那年父亲和母亲离婚，母亲带着她回到了外婆家。不过外婆家的房子实在破得没法住人了。从小生活在单亲母亲家中，居住在奈良有 50 年房龄的破旧房子里，下雨漏雨、刮风漏风，空调已经 15 年了，坏了也没有钱修理，房子随时都有倒塌的危险，经不起台风地震什么的。近 60 岁的母亲仍然在打零工，穷了一辈子。

打算离婚的律子与女儿贫困的生活我们能够想象出来。新年时，律子的女儿惠奈许愿"我的愿望是能上小学"[②]。在后现代社会的日本，上小学这个极为正常的事情却成了孩子的新年愿望，令人心酸，足见律子离婚后将面临的贫穷程度。无论结婚与否，女性都得独自活下去的时代已经到来，这也是当今日本女性所要面临的现状。

要么像和乃、麻衣那样借助男性的力量而生活，要么一个人抚养孩子，等待她们的生活将是更加的贫困。通过婚姻获得"妻子"这个身份已经越来越不现实了。贫困的单身女性尤其是单亲家庭长大的孩子，比如长濑，一旦错过了恋爱季节，一般也不愿意再考虑结婚生子。当今，日本男女有不愿意结婚的倾向，"五十岁还是未婚的'终身未婚率'，男女双方都是有增无减。1990 年的男性'终身未婚率'是 5.57%，而 2012 年是 20.14%，女性也是由 4.33% 快速升至 10.61%"[③]。

---

① ［日］NHK 特别节目录制组：《女性贫困》，李颖译，上海译文出版社 2017 年版，第 33—34 页。
② ［日］津村记久子：《绿萝之舟》，叶蓉译，上海译文出版社 2014 年版，第 54 页。
③ ［日］NHK 特别节目录制组：《女性贫困》，李颖译，上海译文出版社 2017 年版，第 35 页。

也许长濑这一代人从自己的母亲、律子的母亲生活的艰辛中看到了自己的未来，无论如何努力都不会摘掉"穷忙族"的帽子，因而对恋爱、婚姻基本处于麻木状态。长濑母女之间的生活现状，折射出日本当下及未来社会老龄化、少子化的社会状况。

（三）贫困的代际传递

单身妈妈是"贫困代际传递"的开始。律子一个人带着孩子离家出走，最初来到奈良长濑家，可以说是身无分文，穿着长濑的衣服，吃住在长濑家。日本人的耻感文化使然，一般人不会住在别人家，在给别人添麻烦的同时，自己也会感到非常不安。但律子确实是走投无路了，自己娘家也是一个单亲家庭，一室一厅的狭窄居住空间根本住不下三个人。"在这个富裕的日本，事实上有很多单亲母子家庭连饭都吃不饱，生活更是举步维艰。"① 这样的家庭，孩子们不可能受到良好的教育，结果会导致贫困的代际传递。长濑的母亲、律子的母亲、律子本人年纪轻轻就成为单身妈妈，她们在社会上人际关系薄弱，容易封闭在自己的空间里。律子受丈夫的精神虐待，衣服都来不及换，身无分文带着孩子就逃离出来了。自己的母亲指望不上，基本没有机会对孩子进行性格培养。《乳与卵》中的女儿绿子，基本上与在酒吧做女招待的母亲卷子见不着面，进而导致孩子性格扭曲、抑郁与失语。母亲拼死拼活，甚至为了能给女儿更好的生活不惜花钱进行身体改造。这些单身母亲多为非正式雇用者，在职场中遭到歧视与不公正待遇，甚至面试时直接就被淘汰。这些拼命努力工作的母亲们，往往不能像健全家庭那样去引导、教育子女，聚少离多的生活状况，母亲们没有时间关心孩子们的成长，这对孩子的人格形成非常不利。同时，单亲母亲

---

① ［日］NHK特别节目录制组：《女性贫困》，李颖译，上海译文出版社2017年版，第34—35页。

在这样苛刻的条件下工作,她们所承受的各种压力也远超出正常家庭女性。《乳与卵》中厨房里卷子与绿子两人的母女鸡蛋大战,充分表现出卷子通过隆胸手术来改变工作压力的纠结与释放。孩子成了发泄对象,最后受罪的还是孩子。《绿萝之舟》中律子等单身母亲的艰辛生活,孩子最后成为受害者。"社会从未正视过这些母子(女)家庭的生活困境,因此才滋生了贫困的固化。"[①] 单身母亲的存在正是女性贫困的象征。

单亲母女们选择的艰难相守。在《绿萝之舟》中津村记久子关注了日本三代女性的命运跌宕。作者在小说的第二章巧妙地安排律子带着女儿惠奈入住长濑母女家,于是两对单亲母女的同居完成了三代人立体式交叠的构建。

离家出走后,为了支撑起自己和女儿的生活,律子从早到晚在外工作,很少有时间陪惠奈。而长濑也因忙于生计、忙于工作兼职少有时间在家,于是惠奈大部分时间是和长濑母亲一起。长濑母亲工作时间比较自由,每天下班后都会带着惠奈出去玩,很关爱惠奈。惠奈也很喜欢长濑母亲,俩人一起时她常常露出笑脸,而对于母亲律子,惠奈的态度就极为平淡了。其实长濑母亲和惠奈更像是一对母女,这一老一少依偎的身影渗透着无言的悲凉。

小说中长濑与母亲的交流少之又少,她的人生计划、生活感悟中很难找到母亲的影响,母亲的角色对她而言是可有可无的存在。这一局面的形成除了她工作繁忙鲜少在家外,还有没有其他原因了呢?小说中曾简单地提到长濑的母亲在其九岁时离婚,并带着她回到娘家。但是此后她们是怎样生活的呢?对于这些疑问作者虽然没有给予正面的回答,却通过对律子和惠奈的描述填补了这段空白。从律子忙碌的

[①] [日] NHK 特别节目录制组:《女性贫困》,李颖译,上海译文出版社 2017 年版,第 36 页。

身影中我们可以看到当年同样辛勤奔波的长濑母亲，单薄身躯虽然挑起了残酷现实的重荷，但是错过了女儿一生只有一次的成长。于是相依为命的母女成了最熟悉的陌生人，当年长濑娇小的身影是否也只能依偎在外婆的怀中，看着母亲的背影渐行渐远最后化为一个不含情感的陌生语言符号？

惠奈只是一个六七岁的孩子却有着与孩子不相符的严谨形象，小小年纪的她必须承受父母不合、没有父亲的现实。岁月的伤痕愈刻愈深，二十年之后的惠奈会不会也如长濑一般对待婚姻有着本能的不信任呢？从久未整修的房屋和破旧的家电可以推测出长濑母亲一边工作一边抚养女儿的窘境。而在日本社会越来越苛刻的就业环境下，我们不妨设想一下今后律子的生活状况。那惠奈呢，今后会不会成为第二个"穷忙族"的长濑？据有关数据统计，日本目前有七分之一的儿童正生活在贫困中。虽然政府一再承诺会对这些儿童提供补助，并减免一部分学费。但是由于家庭经济的原因，贫困还是会让他们输在起跑线上，上不起昂贵的重点学校，无力支付各类补习班，更谈不上兴趣培养、技能扩展等全面发展了。在弱肉强食适者生存的社会中，缺乏竞争力的这些孩子在日后极有可能重蹈上代的覆辙，仍被置于中低阶层，陷入无路可出的代际的恶循环。也就是说，下流社会一旦形成就会成为慢性肿瘤难以根除。

《绿萝之舟》揭露了一个事实，即"穷忙族"和婚姻不幸是具有蔓延倾向的，对下一代有着渗透危害。"科技鸿沟会导致甚至本身就意味着相对贫困，又由于相对贫困会阻碍人力资本的积累，故可能进一步加深科技鸿沟并固化相对贫困的代际传递。"[①] 如何解决需要整个社会的共同关注和努力。但显然作家想向我们传达的是光明的正能量，

[①] 汪毅霖：《告别贫困：当代的经济现实与凯恩斯的失算》，《读书》2021年第3期，第10页。

小说中律子不仅找到了工作还成为正式员工，收入越来越乐观，和女儿的关系也在好转。这位坚强的母亲最后给读者传递的是对未来的希望。

（四）解决贫困的出路在何方？如何超越不幸？

年轻的女性不仅是今后社会的重要支柱，还将是未来一代的母亲。但是，"不知不觉包围着她们的'贫困'和'困窘'与雇用环境的变化等相互作用，造成了根深蒂固的桎梏"①。单亲母亲们还要为孩子的温饱而奔波，她们在社会夹缝中求生存。"母子（女）家庭中母亲的平均收入为230万日元（2010年），而孩子未满18岁的日本所有家庭的平均年收入为673.2万日元（2012年）。"② 可见单身妈妈们要在何等恶劣的经济条件下挣扎着活下去。她们所做的就是自己多打几份工，尽可能少花钱，甚至生病了也没有钱去医院。"日本大约有80%的二十多岁的单身母亲一年可支配的税后收入尚不足114万日元。"③ 她们就是在这样贫困状态下，过着看不见明天的生活。"解决贫困问题绝不应该仅仅聚焦于经济发展或科技进步，而是需要加入更广泛的社会关系和社会制度的考察，否则便容易陷入马克思批判的'庸俗'。"④ 很显然，日本女性的贫困不是她们靠自身努力与奋斗所能解决得了的。"为了这样努力的年轻人，我们应该创造出老有所获的社会机制。"⑤

---

① ［日］NHK特别节目录制组：《女性贫困》，李颖译，上海译文出版社2017年版，第165页。

② ［日］NHK特别节目录制组：《女性贫困》，李颖译，上海译文出版社2017年版，第40页。

③ ［日］NHK特别节目录制组：《女性贫困》，李颖译，上海译文出版社2017年版，第40页。

④ 汪毅霖：《告别贫困：当代的经济现实与凯恩斯的失算》，《读书》2021年第3期，第11页。

⑤ ［日］NHK特别节目录制组：《女性贫困》，李颖译，上海译文出版社2017年版，第14页。

显然，日本社会虽然通过一些低保政策来援助生活重建，但还"没能从多个角度具体提出解决方法也是不争的事实"①。女性在转型期面对贫困，没有自暴自弃，她们像绿萝一样充分利用一切条件顽强地挣扎着，她们不但为自己，也为孩子，为日本的未来撑起了一片蓝天。

（五）贫困也有奋斗目标，这是希望

获奖女作家通过描绘女性的贫困危机，展示了一直生活在极度艰苦环境中的女性，仍旧凭着自身的努力勇往直前，抱着总有一天我们能够过上好日子的信念，夜以继日地工作与奋斗。女作家也并非表达通过个人"自助"来寻求解决贫困对策，而是告诫读者面对贫困不幸如何重拾梦想与希望，如何尽最大限度做好自己。

《人间便利店》中36岁的古仓惠子在便利店打零工18年，收入有限，属于贫困阶层。但是在她的身上有一种精神，那就是不和其他人比较，做最好的自己，做好便利店的工作。将自己的一切融入在别人看来好不起眼的便利店。转型期的日本社会也好，中国社会也好，非常需要这样的"傻人"，需要这样脚踏实地努力工作的人。社会转型期人的浮躁心理导致现代人小事不肯做、大事做不了的清高与焦虑。长此以往，不利于青年人的成长，也不利于国家的发展。便利店是日本社会的缩影，店员古仓惠子的勤奋与敬业精神是作者对日本高度发展时期日本人奋斗精神的一种怀旧，同时也是对未来日本精神的一种期待，这种精神恰恰是日本转型期人们所缺失的东西。

《绿萝之舟》用平淡甚至略显乏味的基调刻画了漂浮在现实洪流中的女性们的现实处境与坚强不屈，可以说这也是一部记述女性找寻自我、确立自我的著作。贫困不仅在她们的脸上刻下岁月的痕迹，也在

---

① ［日］NHK特别节目录制组：《女性贫困》，李颖译，上海译文出版社2017年版，第170页。

她们的心中烙下道道伤痕。但是，她们仍保持着绿萝般顽强的生命力迎接命运无情的打击，走过风霜雨雪，她们依旧那般顽强，深信明天就会有希望。现代人抗打击的能力太弱，抑郁、自杀、犯罪、吸毒等社会问题屡见不鲜。究其原因，现代人过于考虑自我感受，缺少了社会的责任与担当。一个民族的发展与富强，需要奉献与担当精神。《绿萝之舟》中塑造的女性角色普遍具有的品质就是勇敢、坚韧与奉献。她们无畏底层的现实，依旧直面惨淡的人生，生活中有梦想，学会耐心等待。她们恪守内心的真实：等过漫长的煎熬，长濑凭借一己之力换得了环游航海的船票；历经辞职、搬家、失恋，美香拥有了属于自己的咖啡店；走出不幸的婚姻，带着幼女颠沛流离，律子终于找到了正式工作，开启了新的人生篇章……虽然渺小，但她们坚守着女性对于自我、对于生存、对于未来的希望。

母亲贫困则国家贫困，母亲强则国家强。从人类社会的演进来看，原始人最先过度为母系氏族社会而非父系，并且母系氏族社会经历了六万多年的历史，而父系氏族社会只有五千年的历史。区别人与其他动物的最大特点就是社会性和交流性，以及对幼儿和儿童的抚养教育，这使得人类在物竞天择、优胜劣汰的自然演化中不断变强，最终成为主宰者。人类历史上，女性有其不可取代的贡献，尤其是在人类的进化中，女性可谓是孕育生命的本源，承担着生命的延续与繁衍。此外母性情感及自然心理机制在建构人类文化方面的存在论意义更是不容小觑。《绿萝之舟》是一部母亲的赞歌，在父亲形象缺失的社会心理背景下，小说选择以单亲母女家庭为中心视角展开，用母亲的形象支撑起人类的成长发展史。不论是勇敢选择离婚的长濑母亲及律子，还是在围城内为了家庭和孩子选择隐忍的冈田及和乃，她们都在用自己单薄的臂膀承担起伟大母亲的角色和重担，是母性的本能和责任感促使她们在泥泞的底层勇往直前。

贫困日增、贫富差距扩大、阶级固化，日本正在走向"下流社会"，中低阶层的生存越发艰难。而处于这一阶层的女性则面对着更为严峻的现实，生活的重压、婚姻的围城、子女的养育统统袭来。她们顽强抗争，寻求自我解放，不断突破向上，自我救赎。这条女性意识的崛起之路充满荆棘，也布满了希望。《绿萝之舟》表达了对社会底层女性的广泛观照，是深刻而具有现实意义的。芥川奖的资深评委宫本辉曾发出过这样的感慨，"不知道为什么，《绿萝之舟》总是让人想去读它。不只是让人有读的欲望，而且还能引起共鸣。这份共鸣就是对人的共鸣吧！这部作品蕴含着普遍意义上的力量"①。

第四节　价值引导的传统志向

19世纪后半叶，日本引进西方种种事物的时候，不得不改变自己的东方精神和制度，巧妙地引进了一个自己无力创造出来的社会制度。日本的中央集权制度更为适宜现代化，更有能力适应这个时代。也就是说，明治维新时学习、引进欧洲先进科学技术，虽然削足适履，但在不改变核心制度的情况下，客观上实现了完美对接。学习他者却不毁坏自我，通过调整自我而适应他者，创造一个介于他者与自我之间的"新我"。实际上，自明治维新以来，日本无论是19世纪中叶向西欧学习，还是第二次世界大战战败后向美国学习，一直秉持着批判与继承的理念，进行着嫁接。这种嫁接过程中，日本始终把自己作为嫁接的砧木，把学习对象作为接穗。影响嫁接成活率的是接穗与砧木的结合度。"日本向比自己强的人学习，选择自己想要提高的项目，然后派人出国学习。在日本社会中，搜集信息成了自古以来传统智慧的一

---

① ［日］津村紀久子、宮本輝:《平凡な人生が輝く一瞬を（対談）》,《文學界》2009年第3期，第161页。

部分。"① 但是，"美欧的自由民主并未内化为日本人的信仰道德。日本传统的将政治乃至宗教等生活化和世俗化，将历史特别是战争等故事化、文学化、动漫化的习惯势力及意识十分强大，轻道义、重实利、远离政治、注重经济及个人生活的现代日本民族性格左右了社会思想的潮变"②。获奖女作家从战后经济发展及战后价值（20世纪70年代后）崩溃、建构新价值过程中，洞见到了"家庭形态的演变标志着传统价值观念的销蚀"这一现象。"20世纪20年代，超过30%日本家庭是三世或四世同堂；到了1985年已有61%的日本家庭是核心家庭，18%是单亲家庭，只有15%的家庭是祖孙三代生活在同一个屋檐下。"③ 女作家们不约而同地在这种现状中思考传统文化价值的传承与传播。她们看到了"'古老'对于日本社会来说，从来不是历史重担，相反，她们运用得宜，透过妥善保存和添加新创意，让年轻人也愿意一同参与甚至爱上这些古老玩意儿。这样的日本，有旧也有新，好比流动的活溪水，因为每天都有新的养分进来，水里的生态自然丰富多元"④。获奖女作家"遵循古法，同时思考古法与现代生活的关系"⑤。她们用女性力来诠释、表达与彰显"日本力"，在价值观解构与建构中，发挥了巨大的推动作用。她们的文学世界里，带着老学新，通过作品的"古老力"来传承文化。她们及其笔下的女主人们共同描绘了一幅日本传统文化的画卷。画卷中有老的料理味道；老的文字书写形式——假名；古老的颜色——日本色；老式日本家庭结构；老的生育观；老的审美观——物哀、幽玄与侘寂；等等。她们通过书写现代生

---

① ［美］傅高义：《日本第一》，谷英、张柯、丹柳译，上海译文出版社2016年版，第41页。
② 胡彭：《平成日本社会问题解析》，社会科学文献出版社2019年版，第193页。
③ ［美］詹姆斯·L.麦克莱恩：《日本史（1600—2000）》，王翔、朱慧颖、王瞻瞻译，海南出版社2014年版，第575页。
④ 季子弘：《走，品日本》，中国友谊出版社2012年版，第33页。
⑤ 季子弘：《走，品日本》，中国友谊出版社2012年版，第3页。

活里的传统来对其进行继承与发扬。

一 第二次世界大战后日本文化血脉的追寻[①]

在泷泽美惠子的获奖作品《猫婆婆所在的小镇》中,"待合"意象贯穿始终。既具有深厚历史内涵的故事背景,又承担着独特的叙事功能,在空间具象中彰显着作者的价值判断,也在空间转换中展现出人物的特质。在对日本文化血脉的追寻中,凝聚着作者对第二次世界大战后日本社会发展的思考,这是解读这篇小说至关重要的一把钥匙。

泷泽美惠子的小说《猫婆婆所在的小镇》是第 102 届芥川奖的获奖作品,以归国子女"惠理子"的视角,讲述了自第二次世界大战后第二十年起二十五年间三代日本人的生活,作者将自身对社会发展的思考喻于细微的生活体验之中,平实的叙述之下蕴含着深广的内容,微言大义而又妙趣横生。小说反映了当时日本人对美国社会生活的向往。小说里的"母亲"在怀孕期间喜欢上了一个美国人,于是向孩子的父亲隐瞒了孩子的真实身份,女儿惠理子出生后带她去了美国,却又在惠理子三岁时将她孤身一人丢回日本,两年后将她接回美国,不久又将她丢了回去……几乎没有参与过女儿的成长过程。"母亲"年轻时美丽又聪明,在小镇中非常出众,厌倦压抑闭塞的单亲家庭,义无反顾地奔向了代表激情和新潮的美国。

(一)"待合"意象的历史内涵

将"待合"一词理解为"酒馆",实际上是不够准确的。在当今日语中,"待合"已经是一个"死语",不再使用了。但据资料可知,

---

① 本部分内容发表于《中日文化文学比较研究(2019 年)》,第 69—78 页。

"待合"主要是指明治到昭和时期集中在东京等地提供约会、聚会场地的出租行业。客人们来到这里主要是以与艺伎交游和饮食娱乐为目的,大致相当于现今京都被称为"お茶屋"的场所。第二次世界大战后,"待合"改称"料亭"。与此同时,过去的"料亭"多被改称为"割烹",即使名称改变了,那时的"料亭"却依然作为政治家会面及企业接待的场所而存在着,渐渐地,随着"酒吧""俱乐部""高尔夫球场"等接待场所逐渐增多,同时艺伎数量锐减,停业的店家才越来越多。

"待合"在日本历史上曾经发挥过非常特殊而重要的作用,从明治维新到昭和时期,作为政治家公开会宴及私下密谋的场所,"待合"见证了日本历史上许多重要事件的发生,甚至一度有"待合政治"的说法。然而《猫婆婆所在的小镇》中所展现的"待合"风貌,却已然是一副破败不堪的场景。小说中,"外婆"与邻居"猫婆婆"的家,都曾是大森的"待合","外婆"年轻时一度是新区最当红的艺伎,彼时的兴隆之状可想而知,然而到了小说背景的"战后第二十年",新区的"待合"街,却"为了改变城市面貌争先恐后地陆续停业了……广阔的土地被卖出去一半,剩下的土地中仍保留着旧时风貌的建筑物,多半也被破坏掉,变成了奇怪的格调"。

"奇怪的格调"究竟是怎样的,作者在此并没有细说,然而结合下文中"附近的填海造陆",及"要在空地上建职工宿舍"[①]等段落,可想而知。所谓的"职工宿舍",也即原文中的"社宅",实际是指20世纪五六十年代,日本公司和政府部门为了发展经济,在城市边缘修建的一系列大型综合居住区,这些房产由日本公司和政府所有,仅仅提供给雇员单元房的居住权,被看作日本加速城市化进程的表征。因此

---

① [日]瀧澤美惠子:《ネコババのいる町で》,《文藝春秋》1990年第3期,第460页。

这种"奇怪的格调",大概就是指代表着悠然享乐文化的传统古典建筑与代表功利经济文化的现代城市建筑林立并存的景象。

同时,这种"奇怪的格调"也横亘在小说的三代人物之间,蕴含着作者对于时代变迁的独特感受,他们或是固守或是改建,或是逃离或是守护,或是从迷失到治愈,几乎所有重要的出场人物都与"待合"有着密不可分的联系,而小说的结尾又颇有深意的选择在未经改建的"待合"中结束。作为故事的起点与终点,"待合"在一小说中也承担着非常重要的叙事功能,它在空间具象中彰显着作者的价值判断,在空间转换中展现出人物的特质。

(二)空间具象中彰显价值判断

"待合"在《猫婆婆所在的小镇》这篇小说中,首先是一个作为建筑的具象存在,这一空间具象的呈现,彰显出作者自身的价值判断。

"外婆"的家是一个未经改建的"待合"建筑,文中对于这栋建筑的首次描写,是通过3岁的惠理子再次回到这里的态度表现出来的。"因为房子有些阴暗,总觉得很恐怖,于是迟迟不肯进入。"由此,"阴暗"也成了"待合"赋予年幼惠理子的主要心理基调。除却建筑本身的特质之外,这种心理基调的产生还来自惠理子与外婆的隔阂,一方面,外婆对惠理子失语的过分关注,使得她"为了避免在阴暗的家中被外婆盯着"[1],而整日赖在猫婆婆家;另一方面,外婆常常出门打麻将而将惠理子独自丢在家中,也使她拥有了一个人在"阴暗的家中嚼着冰冷的大酱饭团"的孤独记忆。小说中"待合"建筑的"阴暗"特质,首先是一种过去风光不再的萧条感,预示出新的时代背景下传统文化的没落,而惠理子与外婆的隔阂则显示出新生代缺乏与传统沟通

---

[1] [日]瀧澤美惠子:《ネコババのいる町で》,《文藝春秋》1990年第3期,第465页。

小说中"待合"建筑的另一个特点是"空旷"。作者着意强调过，"外婆的家原先是一个很大的'待合'"，在惠理子入住后，二楼"还空着几个房间"，外婆也想过将它改建成公寓，但考虑到外人入住多有不便，就将其空置了起来，因此外婆的家始终给人一种"大而无用"的感觉。直到惠理子升入高中后，"把二楼的空房间都据为己有"，"根据当下的心情，任性随意地换房间，灵活使用"①，给青春期的惠理子带来了许多自由，才好像给这栋古老的建筑平添了一丝生气。与之相对，经过猫婆婆改建的"待合"，则在玻璃拉门上有小猫晒太阳的圈栏，庭院中有能听到雪落声的松树，十分富于生趣。"待合"因为空旷反倒具有了创造的可能性，也从另一侧面喻示了传统文化的无限生成性。

除了"阴暗面"与"创造性"，这篇小说中的"待合"意象还与"家"的意象直接对等。无论是"外婆"的家，还是猫婆婆的家，原本都是"待合"，主人公惠理子生于斯长于斯，她对于"家"这一具象的认知，便是这栋"待合"建筑。在小说的结尾处，惠理子又回到了外婆家，她站在"小姨最后吃早饭的起居室"里，仿佛还能在"厨房"中听到外婆呼唤自己的声音，还能在"隔扇阴影"处听到小姨斥责自己的声音，可见惠理子对曾经生活的回忆，也是与这个空间中的具象密不可分的。

归根结底，"待合"在这篇小说中，是作者对于日本民族传统文化的隐喻。面对外来文化的冲击，传统文化也许一时无法完全适应时代的变化，但它富于创造性和生成性，是发展的起点，更是民族确证自身存在的归属。

---

① ［日］瀧澤美惠子：《ネコババのいる町で》，《文藝春秋》1990年第3期，第470页。

(三) 空间转换中展现人物特质

在具象隐喻之外，作者还利用"待合"的空间转换展现出小说人物的特质，三种转换方式，分别对应了三代人的人生选择：其一，是第一代人"外婆"和"猫婆婆"，历时意义上在不同时间、同一空间的改变；其二，是第二代人"母亲"与"小姨"，共时意义上在同一时间、不同空间的选择；其三，是第三代人"惠理子"，在时空的双重转换中，从身份迷失到自我疗愈的成长过程。

1. "固守"与"改建"：历时意义的空间转换

小说中的第一代人，"外婆"与"猫婆婆"都曾是大森新区的艺伎，她们的出身都源于昭和初期的"待合"，却有着大相径庭的人生态度和性格。

泷泽在小说中塑造了一个固执的"外婆"形象，其性格的产生主要源于这一人物对"过去"生活的留恋。"外婆"年轻时，作为"新区第一美人"，一度备受追捧，却也因此清心寡欲，缺少经济头脑，停业后只是依靠曾经的存款过活，想过要将已经停业的"待合"改造成公寓，却直到去世也没有施行，自始至终都固守在破败阴暗的"待合"之中。虽然已经停业许久，但从"外婆"的外表上，仍然可以看到"待合"艺伎的装扮习惯，她"总是穿着和服"，外出娱乐时会一丝不苟的着装打扮"换上漂亮的绉绸围裙，在梳妆台前敷上薄薄的白粉"①。而对年轻时曾经排挤过的"猫婆婆"，"外婆"始终秉持着"新区第一美人"的骄傲，态度轻蔑，多年后同女儿提及她，说的却还是往事"这要是在过去啊，谁也不愿当那个人的座上宾"②。因此，"外婆"的内心实际上并不像"政夫叔叔"所以为的那样无欲无求，恰恰

---

① ［日］瀧澤美惠子：《ネコババのいる町で》，《文藝春秋》1990年第3期，第462页。
② ［日］瀧澤美惠子：《ネコババのいる町で》，《文藝春秋》1990年第3期，第466页。

相反，过去的风头与当下的寂静在"外婆"的内心形成了强烈的反差，她固执地退守，反而促使了大女儿彻底的叛逃，之后对于小女儿恋爱行径的种种讥诮，对孙女饮食的严格管控以及孙女失语后的焦躁等，都体现出她在安全感丧失后盲目而强烈的控制欲。

"外婆"这一人物形象，浓缩了战后第一代日本人的典型心态，他们见证了昭和初期日本在甲午战争及日俄战争中的胜利，激发了强烈的民族自信心和文化认同感，然而在随后发动的侵略战争失败后，日本沦为战败国，并被异邦美国所控制，他们拒绝承认前后的巨大落差，选择固守传统以逃避现实。

"猫婆婆"因为十分爱猫，总是照顾野猫，而从"小姨"那里得了这个诨名。"猫婆婆"的性格与"外婆"完全相反，她亲切随和、处事灵活，停业之后随即将自家的"待合"改建成了一个真正舒适、宜居的住宅。她从年轻时就非常能干，与"外婆"同一时间停业后，又去蒲田开了"料亭"，以灵活的处世方式积极适应着时代和社会的变化。"猫婆婆"的性格同样也反映在她的着装上，她会在去"料亭"工作时穿着和服，平时则一直穿洋装，由此便可看出"和服"对于"外婆"与"猫婆婆"意义的不同。对"外婆"而言，"和服"是对曾经文化身份的留恋和认同，而对"猫婆婆"而言，"和服"仅仅是一套工作服装，是用来招揽生意的盈利工具。同时，"猫婆婆"对"失语"的惠理子也"全不在意"，把她当作小猫一样对待，反而赢得了惠理子的好感。

"猫婆婆"经历了与"外婆"同样的时代，却全然没有"外婆"那种过分留恋的心态。一方面，大概是因为"猫婆婆"在"过去"没有体验过"外婆"式的成功；另一方面，则是自身性格使然。而她的随和，则体现出战后日本更为复杂的社会心理。战后百废待兴之际，日本社会亟待重塑民族形象，获得世界范围的认可，但在美国占领当局的干预下，只得选取易于外界接受的面具来掩藏自己跃跃欲试的企图心，而这正与日本传统美学谦逊、纤弱的崇尚相契合，在这种小心翼翼地探索中日本社会逐渐找到了适合自身的发展战略。从1963年的"鉄腕アトム"(《铁臂阿童木》)开始，日本持续输出各式各样的文化产品，在"亲切""可爱"的标志下包裹的是日本希望传达给世界的民族形象。

"猫婆婆"表面随和，实则富于"经济头脑"的行迹，自然是自恃清高的"外婆"所不齿的，"外婆"曾经讥诮她"以前可是真正的猫婆婆"，便是因为日语中用"猫をかぶる·猫かぶり"(装成猫的样子)来比喻隐藏本性、佯装和善。"猫婆婆"的价值取向自然而然地传递到了前来轮班照顾小猫的"小姐姐"身上，平日里陪小猫玩耍，为小猫煮饭，看起来无比喜爱小猫的"小姐姐"，在发现纸箱中的死猫时，竟全无爱怜之情，处置冷淡"随意地用手抓起刚死小猫的尸体，扔到了箱子外面"①，令人咋舌。而"猫婆婆"则是挑选特别的野猫当作家猫来养，为了避免它们外出带回细菌，还给它们做了绝育手术，"猫"对于"猫婆婆"而言，更多的是弥补儿女的空缺，在她的生活中承担"缘约关系"的功能。结尾处插叙的惠理子做妈妈后，"猫婆婆"的玩笑话，似乎更加印证了这一人物的复杂性。从这个意义上看，作者以《猫婆婆所在的小镇》为这篇小说结题，也许就是出于展现时代浪潮下复杂的文化选择用心。

对于"待合"的"固守"与"改建"，体现了"外婆"与"猫婆婆"的人生选择，也代表了经历过战争的第一代日本人，在新旧交汇的历史时期对传统文化的态度差异。

2."逃离"与"守护"：共时意义的空间转换

小说中的第二代人，"母亲"与"小姨"都出生于"待合"之中，

---

① [日]瀧澤美惠子：《ネコババのいる町で》，《文藝春秋》1990年第3期，第468页。

两人有着相同的成长背景，却做出了截然不同的人生选择。

《猫婆婆所在的小镇》中塑造的"母亲"形象，是对传统意义上母亲角色的一种颠覆："母亲"在怀孕期间喜欢上了一个美国人，于是向孩子的父亲隐瞒了孩子的真实身份，女儿惠理子出生后带她去了美国，却又在惠理子三岁时将她孤身一人丢回日本，两年后将她接回，不久又将她丢了回去……这是位几乎没有参与过女儿成长过程的母亲，除了去洛杉矶机场迎接惠理子的情节外，她基本没有在小说中直接出场过。这一人物形象在呈现上是模糊的，留给女儿的记忆更是微乎其微的，这样的叙事方式使得读者与主人公惠理子对于"母亲"这一形象的认知保持同步。因此，小说中惠理子从几处不同人物对话之间获悉的"母亲"过往，就拼凑起了作者想要传达的"母亲"行为动因。这样的对话大概有三处，一处是"外婆"与"小姨"的争吵，一处是惠理子与政夫叔叔的谈心，最后一处是惠理子寻父归来后"小姨"的讲述。通过这三处对话，我们可以得知"母亲"年轻时美丽又聪明，在小镇中非常出众，她厌倦于压抑闭塞的单亲家庭，义无反顾地奔向了代表激情和新潮的美国。

从"待合"向"洋房"的跨越过程，也是"母亲"完全摒弃民族文化传统，全盘吸纳欧美文化的过程。"母亲"的"西方崇拜"是盲目而彻底的，她甚至于按照西方婚俗选取与日式婚礼格格不入的蓝色饰品，送给女儿作结婚礼物。她毅然决然地逃离日本生活、抛弃日本亲缘，仅仅遵从内心欲望追寻爱情和向往生活的行为，带有鲜明的西方式自由主义的烙印，体现出第二次世界大战后以美国为首的西方国家的文化输入对日本青年一代思想观念的深刻影响。这种"西方崇拜"倾向，可以追溯到明治时期由于推行文明开化政策而产生的优劣序列意识所引发的民族自卑感；同时，战后日本经济的被引领，也使得当时的日本人，尤其是年轻人加强了对战胜国美国的崇拜心理。"母亲"

的形象发展到极致，就是村上龙的小说《无限接近透明的蓝》（限りなく透明に近いブルー）中的"冲绳"或"玲子"，泷泽同样看到了日本民族个性在崇西崇美浪潮中的消解和丧失，她让惠理子拒绝在婚礼上佩戴母亲送的绿松石耳环，便体现出鲜明的文化立场和觉醒意识。

与之相对，"小姨"的形象是清晰而鲜活的。相应的，"终身未婚"似乎是"小姨"身上一个显著的标签，但这并非"小姨"的主观意愿。年轻时"小姨"的婚恋态度积极，会因为约会而晚归，也会因失恋向家人发火，从惠理子的角度看"小姨比母亲漂亮得多，一旦分手，立刻就能找到下一个恋人"，可见她的感情生活一直都是很丰富的，即使到了中年也能通过供养"有家室的芭蕾舞团编导"，获得感情的慰藉。"小姨"的恋爱一直受挫，一方面是因为"外婆"的反对，更重要的一方面则是因为她始终都不能抛下自己的家人，她虽然多次言辞激烈地表达过因为惠理子的出现阻碍了自己婚恋的愤怒，却始终没有像姐姐一样抽身逃离，从20岁去机场接惠理子，到45岁在家中去世，"小姨"陪伴惠理子度过了25年的人生。

"小姨"在守护"待合"之家的同时，也在责任与奉献中获得了成长，找到了自己的定位。一个"待合"出身，由三个女性组成的"家庭"，在当时的日本社会是怎样的境遇，作者没有言明，却可以从"小姨"的婚恋中看到一丝端倪。她在年轻时频繁更换恋人，也许是渴望通过婚嫁来寻求男性的庇护，但最终放弃了这条路，选择靠自己，通过辛勤的工作来供养家庭，真正成为家中"顶梁柱"般的存在。因此，"小姨"虽然始终没能离开"待合"，但她却承担起了本应由逃离者承担的责任重担。她的身上有"外婆"歇斯底里的影子，也有"猫婆婆"自强自立的态度，她是背着承袭的重担，在新的历史环境中砥砺前行的新一代日本人的代表。

泷泽却为这样一个"奉献者"的角色，设置了"过劳死"的结局，着实令人愕然。在"小姨"突然离世后，惠理子一度失语，甚至差点在"无意间拧开煤气栓"① 随她而去。"小姨"对于惠理子而言，是母亲也是父亲，惠理子的莫大悲痛，不仅是失去了世间唯一的亲人，更是因为失去了自己潜意识中的精神支柱。恍惚之间，"儿子"的呼唤将惠理子重新拉回现实，母亲的身份使她重新振作起来。"小姨"去世了，惠理子也长大了，她将接过"小姨"的接力棒，成为他者人生的守护者，作者以此传达出民族文化血脉在责任与奉献中的代代相承。同时，小姨的"过劳死"恰处于20世纪90年代初日本泡沫经济崩溃的时间节点，似乎也暗喻了以损耗民族个性为代价的"狂欢式"发展，终究不能长久。

对于"待合"的"逃离"与"守护"，体现了以"母亲"和"小姨"为代表的战后新一代年轻人，面对西方潮流对历史传统的冲击，所做出的不同文化抉择。

3. 从身份迷失到自我疗愈：时空转换下的成长

作为小说中的第三代，主人公惠理子经历了从走出"待合"全盘西化，到回归"待合"陷入失语，再到融入"待合"自我疗愈的成长过程。

惠理子在"待合"中出生，之后不到一年便被母亲带到了美国洛杉矶，两年后因为同母异父的妹妹出生，而独自一人被送回日本。三岁时惠理子连日语也不会讲，无论是衣着还是饮食习惯都是彻头彻尾的美国范儿，与日本土生土长的小姨和外婆完全无法交流。两年后惠理子的日语已经很流利，突然又被母亲召回美国，却在尝试重新使用英语与母亲或继父交流时感受到了语言的困难，并在第二次被母亲丢回日本后，彻底陷入了失语状态。惠理子的"失语"并非是病理性的

---

① ［日］瀧澤美惠子：《ネコババのいる町で》，《文藝春秋》1990年第3期，第483页。

大脑损伤,而是日语思维与英语思维组织混乱,无法开口说出自己想要表达的意思,从心理学的角度讲,这属于儿童早期双语习得中的语言发展障碍。

惠理子的语言障碍实际反映出战后日本民众对自身文化身份认同的迷茫。按照时间线索推算,惠理子应当是20世纪60年代生人,时值日本经济的高速发展期。从某种意义上讲,日本因为美国的占领而因祸得福,美国在日本推行的一系列改革,带给了日本开放完善的社会制度和繁荣雄厚的经济实力,也获得了日本民众对西方文化的强烈认同,但当他们开始尝试以全盘西化的价值观和思维方式来指导自身行为时,却感觉到自我身份的认同——"一种熟悉自身的感觉,一种'知道个人未来目标'的感觉,一种从他信赖的人们中获得所期待的认可的内在自信"① 在渐渐丧失。这也是作者泷泽美惠子的切身体验,她在外企工作时长期只用英语交流,后来一度陷入无法用日语写作的境地。② 因此作者在小说中设置这一段落,也许正是意识到文化身份认同危机所引发的"失语",就好像要借他人嘴巴来言说自己心声的困难,不仅会带来民族话语能力的退化,更意味着民族话语权的丧失。

惠理子的自我疗愈则是从融入猫婆婆家的生活开始的。起初,她像个真正的小猫似的静静聆听猫婆婆与丈夫政夫的谈话,"无论谁来搭话都绝不开口"③,逐渐将周围人的性格习惯谙熟于心,意外开口说话后,自然而然地成为一个"和谁都能讲话的,甚至是有些话痨的孩子"④。此后,她独自去名古屋寻找从未谋面的亲生父亲,屡次向政夫

---

① [美]赫根汉:《人格心理学导论》,何瑾、冯增俊译,海南人民出版社1988年版,第162页。
② [日]瀧澤美惠子:《雪が降って、受賞しました》,《文學界》1990年第3期,第72—80页。
③ [日]瀧澤美惠子:《ネコババのいる町で》,《文藝春秋》1990年第3期,第461页。
④ [日]瀧澤美惠子:《ネコババのいる町で》,《文藝春秋》1990年第3期,第470页。

叔叔和小姨打探祖父或母亲的往事，试图通过对家族历史的追寻，来获取自我身份的认同。考大学时，曾经只会讲英语的惠理子，英语成绩竟然出人意料的差；婚礼时，她坚持纯粹日式的装扮，拒绝佩戴与纯白婚服不搭的西式配饰；等等都体现出惠理子对日本社会的融入，她终于在属于自己的民族文化中获得了对自我身份的认同，完成了"失语"的自我疗愈。

最终，惠理子选择了自己喜欢的保育专业，组建起幸福的家庭，生了孩子后也没有辞职。她是在"外婆"与"猫婆婆""母亲"与"小姨"两代人的影响下成长起来的，在她的身上可以清晰地看到"外婆"对传统文化的认同，"小姨"对家庭的责任感和奉献精神，"猫婆婆"灵活处世的随和豁达以及对"母亲"盲目崇西的修正。惠理子找到了适合自己的发展方式，是日本新时代女性冲破战后阴影，勇敢追求自我价值的缩影，好似"待合"老宅中萌发出的新芽，汲取着历史的养分，绽放着属于自己的绚烂花朵。

泷泽美惠子在《猫婆婆所在的小镇》这篇小说中，将"待合"打造成了一个与时间同在的物体，见证了文本之外"外婆"一辈年轻时的辉煌，见证了文本之内从"小姨"到"惠理子"一辈日本女性的成长，也见证了大森新区乃至整个日本历史的生死轮回、世事沧桑，无论人事如何易变，只要文化血脉不断，国家与民族就能源源不竭地焕发出新的生机与活力。泷泽将沉重的思想主题寓于女主人公平时的成长叙事中，巧妙地选取了"待合"这一特殊意象，折射出丰厚的语义内容，显示出精湛的创作功力和高超的艺术水准。

二 传统价值与现代价值的传承

第 158 届芥川奖获奖作家石井游佳在她的获奖作品《百年泥》中，以印度的清奈为舞台，运用魔幻现实主义的手法，把现实与奇想、过去与现在、日本与印度交织在一起,试图呈现出人生的多样性并探讨人生是什么,人生中到底什么东西才是有价值的,从更深层次探讨了价值的历史与现代的传承。

《百年泥》的主人公"我"是一位在印度南部清奈的一家IT公司任职的日语教师。从日本来到清奈才刚刚三个半月,就遭遇了百年一遇的洪水。河水泛滥,市内全部被淹,通信中断,停电加上断水。洪水过后的第三天,终于露出了地面,"我"奔出公寓,兴奋地踩着满是淤泥的地面要到河对岸的公司去。从"我"居住的公寓到河对岸的公司,要经过架在河上的一座桥,平时步行需要15分钟左右。这座桥的中央是宽阔的车道,桥长约有五百米。在洪水过后的现在,车道两旁的人行步道上堆满了宽1米高50厘米的淤泥,从桥的这一端一直绵延到桥的另一端。"把这么巨大量的淤泥用耙子搂到桥的两侧得需要几十人几个小时的劳作,所谓百年一遇的洪水就是被河水紧紧拥抱了一个世纪的破烂也好、什么也好,各种杂七杂八的东西现在都暴露于世了。"① 小说中的魔幻现实主义的故事就是从主人公"我"踏上桥头开始,走下桥头结束。

(一)现代人的价值离不开传统的价值

从淤泥中挖掘出来的威士忌酒瓶上写着前夫的名字。实际上"我"之所以现在在印度的IT公司教授日语完全是因为这个前夫的半强制推荐的结果。与有婚外恋情的前夫离婚后,"我"被交往的男友欺骗,在"我"把从高利贷公司借来的钱交给男友后,这位男友就失踪了。没过一星期,就有人上门来讨债,一了解,原来男友使用我的名义和国民健康保险的复印件又从十几家高利贷公司借了数目不

---

① [日]石井遊佳:《百年泥》,日本新潮文库2018年版,第17页。

小的钱。走投无路的"我"只好又来找去年刚刚离婚的前夫借钱，这已经是第五次了，此前借的钱还没有还。前夫做房地产、股票交易还有老年人婚姻、援助交际、远洋渔业人才派遣等的中介。印度这家IT公司发出的招聘日语教师的广告几经辗转不知怎么就到了前夫的中介公司。经过印度公司简单的面试，"我"就来到了位于印度南部清奈的这家IT公司。

"我"的父亲并不是亲生父亲。在"我"五岁的时候，亲生父亲就去世了，母亲不久就结识了现在的父亲，与这位父亲刚一结婚，原本是银行的承包公司职员的父亲就失业了，急于找到工作的父亲最终找到的是金融公司的债权回收部门的职位，主要任务是催收债务。由于发现带着小孩子去催收债务成功率比较高，所以父亲时不时地会带着我去催缴债务。而幼小的"我"在这个时候就目睹了被催债者的窘态。在借债人还不上贷款时，父亲建议他先从别的高利贷借款这种连环借款的方式来还债。而"我"之所以现在还清晰地记得这次催债的经历，是因为在回来的路上，通过一片森林的时候，一条蚂蟥附在了"我"的手腕上，因为是附在有着粉红色表盘的漂亮的手表的表带下面，所以发现晚了，"我"的血被蚂蟥吸了个够。在这里作者石井游佳通过漂亮的手表暗喻了经济高度发达的日本社会的表面的繁荣，而附在表带下的蚂蟥则暗喻了在日本繁荣表象下还有像高利贷公司这种敲骨吸髓的阴暗丑陋的现象。

从那以后，"我"对能够拉长的任何东西都没有好感，包括子宫。"在这个世界上能够拉得最长的是子宫，子宫一直能兴风作浪到地老天荒。子宫能一直伸展缠绕吸附到任何地方，彻底把人束缚住。""我"之所以有这样的认知是因为丈夫之前交往的、现在是有夫之妇的女人突然有一天说想要见他，见面的借口是"因为要做子宫肌瘤手术，所以在子宫摘除前想要见一面"①。小说中"我"与丈夫的离异原因表面上看是由于丈夫的不断外遇。但实际上是由于两个人缺乏交流与沟通所造成的隔阂才是丈夫不断外遇与两人最终离异的根本原因。"我"是一个沉默寡言、不愿意开口说话的人。"我在世间经常遭遇的令人费解的事情当中,最令人头疼的现象是如果一段时间内不说点什么与我在一起的人就会激怒。无论是同事还是恋人,总之只要是有两个人在一起的时候,对方总会突然说:'喂,你为什么这么沉默?是有什么不满意的吗?'"原以为在人际关系淡薄这一点上与丈夫的价值观一致,没想到丈夫却对经常去的酒馆老板娘说出了下面的一番话:"……那个人哪,并不是由于喜欢我才和我结婚的,一定是……唉,太冷淡,作为女人有点不可爱。"②石井遊佳在这里呈现了现代社会家庭解体的真正原因,即缺乏沟通和理解而造成的误解与疏离。并且对男女之间的情爱、伦理道德表现出迷茫和困惑。

从百年的淤泥中又挖掘出装在玻璃箱里的人鱼木乃伊。这唤醒了"我"与人鱼母亲的温馨的回忆。"我"第一次看到人鱼木乃伊是小学五年级的时候,作为社会课程的参观学习,全班同学在老师的带领下,乘坐大巴车去了一个位于海边的小寺院。在参观快结束时,住持领着我们来到了本堂,在本堂的角落——本尊的对角线上放置的古旧的玻璃箱里的东西一下子吸引住了大家。住持一边说着那是"人鱼木乃伊"一边对着玻璃箱合起了掌。这个人鱼木乃伊在全国来说都很珍奇,据说是江户时代捐赠到这个寺院的。从那以后人鱼木乃伊就成了班级里的话题。"我妈妈说了,过去这一带是海岸,在这附近的海岸有人鱼被打捞上来,但是被大家虐杀了。因此在这一带一直有人鱼在作祟。"同学冈村说完这段话,又压低声音煞有介事地说:"我们学校每个班级都

---

① [日]石井遊佳:《百年泥》,日本新潮文库2018年版,第54页。
② [日]石井遊佳:《百年泥》,日本新潮文库2018年版,第57—59页。

有一条人鱼。""当然，我的母亲就是人鱼。这件事我没有对任何人说过，只有我自己知道。因为只有我知道真正的人鱼是不开口说话的。"①"我"的母亲肤色白皙，娇艳欲滴，行动非常迟缓，既不看别人也不说话，脸上完全没有任何表情。但是母亲的这一特点没有给我带来任何不适。当我有心事的时候，走到正在编织东西的母亲的身后，长时间地和母亲背靠背地坐着心情就会好。母亲喜欢编织东西和缝补东西，做的饭菜也好吃。"我"记得春天常常和母亲在河堤一起摘艾蒿，然后回到家里和母亲一起做艾蒿饼。当母亲掀开锅盖的瞬间，我会深深地吸一口艾蒿饼的香气，这时母亲那经常没有任何表情的脸也变得柔和了。母亲最后死于子宫肌瘤大出血。当时她正在厨房摘豆角，突然就晕倒在地，偏巧我去了一位朋友家去取我一直想读的漫画，父亲由于加班还没回家，等到发现时母亲已经流了一地的血，虽然被救护车送去了医院，但意识一直没有恢复，就那么走了。正像芥川奖评审委员小川洋子所说："在清奈的喧闹中，留在堤岸上的母亲的足迹，即便被积存百年的淤泥所埋没也不会消失，这是'我'的原点。"②通观整篇小说，与母亲在一起时的这些记忆，是"我"的人生中唯一温暖的慰藉。作者石川游佳在这里把母亲设定为不能开口说话的人鱼大概就是想说明人类的"母亲"所传递的爱和温暖是无声的，声音是会消失的，但爱不会。

（二）传统价值对当下人的影响

《百年泥》中的主人公"我"从小就是一个爱发呆的孩子。比方说星期天在家里，母亲在旁边编织毛线。"我"突然就会想：今天是星期天，然后脑子里就会浮现出别处是不是会有另一个星期天呢？

---

① ［日］石井遊佳：《百年泥》，日本新潮文库2018年版，第91—92页。
② ［日］小川洋子：《選評》，《文藝春秋》2018年第3期，第322页。

我度过的星期天和我没过的星期天。两个都是一样的星期天，并不是说哪一个是真的，哪一个更正确。这样一来就一定有另一个星期一和星期二。我没有过的星期三和也许过了的星期四。我没有走过的街路，没有看过的风景，没有听过的歌。"我"闭上眼睛在想着这一切。母亲没有说过的话、我没有听过的母亲的声音会变成别处的另一个星期五、另一个星期六的风在吹，或者是变成另一个星期日的雨在下。"我"和母亲一边静静地背靠着背坐着，一边想象着母亲的那些话语和声音结成了波斯菊花瓣和繁缕叶子上的露珠，在白铁皮屋顶上跳跃，在雨水管里奔跑，在路沟里闪烁，经过暗沟流入河里，最终汇入大海的样子。

那么在小说中作者石井游佳所设置的"我"在印度看到、听到以及所经历的一切应该是小时候的"我"所想象的别处的另一种人生的模样。岛田雅彦指出："《百年泥》的细节描写反映了印度社会的多样性，呈现出一种魔幻仙境的样态，是非常出色的地域研究的成果。"① 石井游佳正是以这样一种国际视野，为我们展现了与日本社会完全不同的印度社会的种种样态，实际上是为我们展现了人生的另一种可能性。通过呈现多样化的人生，让人思索人生究竟是什么？人生当中究竟什么是有价值的？

作品中的主人公"我"首先体验到的是印度严酷的自然环境。位于赤道上的清奈整年都是潮湿闷热的天气，最热的时期是每年的五六月，"我"是 8 月来到清奈的，虽然躲过了酷暑，却没能躲过暴雨的袭击。暴雨季在"我"刚来清奈不久就开始了，天未亮伴随着巨大的雷鸣下起的暴雨一直未停，早晨暴雨，中午暴雨，傍晚暴雨，道路上积满了水，终至这次百年一遇的洪水。

---

① ［日］岛田雅彦：《東北とインド》，《文藝春秋》2018 年第 3 期，第 329 页。

而印度社会带有魔幻色彩的多样性主要是通过"我"所教授日语的班级里一名叫作迪比拉吉的学生的身世展现的。迪比拉吉的父亲是一名流浪艺人,母亲在同村的一个女巫师家里帮忙。父母是私奔结婚的。在印度,男女私奔等于是丢了整个家族的脸,全村人都会把这个家族视为异类,不仅在路上碰到不会打招呼,村子里的重要集会和结婚典礼也不会邀请这个家族里的人去参加。因此亲兄弟追到私奔地杀死私奔的两个人的事件现在还时有发生,这就是所谓的"名誉杀人",而杀人者很少被问罪。即使是现在印度的年轻人也都是相亲结婚,很少有恋爱结婚的。在印度,结婚并不能完全凭个人意志,有种姓制度和父母的职业等种种严格的限制,有时甚至还需要占卜。印度甚至都不存在自由恋爱的氛围。小学和初中时男女同学还可以进行日常的会话,但到了高中这种氛围就消失了,在校内如果男生和女生交谈,就会被老师严厉地叱责。就算是男女同校的大学也禁止男女同学说话,课堂内的座位也都分为男生席位和女生席位,甚至设有监控器。日语班里有一个男同学,只是因为乘车时误入了女性专用车厢,就被女警察不问青红皂白地打掉了两颗门牙。因此当"我"在班级里询问谁有女朋友时,全班二十多岁的小伙子居然没有一个人举手,不仅现在没有女朋友,甚至以前也没有谈过恋爱。但即使生长在这样说不出道理的严苛的环境下,班级里的学生也都长成了纯朴的性格。这大概与印度人的精神性有很大的关系。"总之,我从他们的发言中切实感受到了印度人热爱家庭、热爱自己、珍惜当下。他们最大的愿望就是下辈子、再下辈子还是现在的自己和现在的家庭一直在一起。""世上存在着各种各样的偏见,其中根深蒂固的一种大概就是'印度人是超越现世、进行超越性思考的宗教性的人'这种偏见。比方说如果问'相信来世吗?'这一问题,我们班几乎全体成员都会毫不犹豫地举手。可是这里有一个陷阱。如果是我,说到宗教,会漠然地认为是一种超越现实的超越性的东西,可是对印度人来说宗教是包括'轮回''来世'这种宗教性的观念在内的现世本身。"① 在这里石井游佳想要指出的是,也许正是印度人的这种相信来世,但更珍惜热爱现世的强大的精神性是他们战胜眼下的严苛的环境的精神法宝。

小说中迪比拉吉的母亲的死体现了印度魔幻的另一面。母亲所帮忙的女巫师给村里人治病时采用的方法,一半是民间疗法一半是巫术。由于给一名孕妇开的生男孩的药是假药,致使孕妇死亡,孕妇的丈夫报警,巫师被逮捕。迪比拉吉的母亲在去往警察局协助调查的途中突发急病而死。后来才知道母亲死于肝炎后期的可能性极高。肝炎发展成肝硬化,血管上长出静脉瘤,静脉瘤破裂引起大出血致死。而母亲死亡的根本原因在于母亲身上的文身。在印度为了祈祷孩子的健康和长寿,有给新生儿文身的习俗。母亲出生后不久也文了身,这可能造成了病毒感染。在这里祈祷健康和长寿的文身反倒造成了人的早亡。

石井游佳在小说中给读者展示的这个带有一丝魔幻色彩的,甚至是带有一些有悖常识的印度,实际上也是给读者展现了一个有别于日本的另一种纷繁的人生。

(三) 爱是对传统价值与现代价值的和解

在小说中把日本和印度联系在一起的是一块从百年泥中挖出的大阪万国博览会的纪念硬币。迪比拉吉的母亲去世时,迪比拉吉正和父亲在外地巡回表演。接到母亲的死讯赶回来的父子两人却没有火化母亲的钱。在印度,人死了之后通常先火化,然后把骨灰撒到恒河里。印度人认为火化时死者的灵魂会和升起的烟雾一起去天国,而恒河的水会净化人过去的一切污秽。如果没有钱火化母亲,就只好把母亲的

---

① [日] 石井遊佳:《百年泥》,日本新潮文库2018年版,第71—72页。

遗体扔到恒河里。为了火化母亲，5岁的迪比拉吉正准备伸手去偷全神贯注低头看旅行指南的一个日本游客放在脚边的旅行包时，包却被旁边的一个三四岁的小孩先下手给偷走了，迪比拉吉追了上去，为日本游客追回了被偷的包。当迪比拉吉把包交给游客的时候，游客在感谢迪比拉吉时突然注意到了迪比拉吉胸前戴着的大阪万国博览会的纪念硬币。然后不相信似的瞪圆眼睛询问迪比拉吉是从哪里弄到这个纪念币的。实际上这枚硬币是一个盗贼团伙的头目为了感谢迪比拉吉用母亲配制的药救了自己生病的孩子而送给迪比拉吉的。而这块大阪万国博览会的纪念硬币则是盗贼团伙的头目从一个日本游客那里偷来的。迪比拉吉莫名地对这枚印有异国文字的硬币爱不释手。"我只看了一眼就喜欢上了上面的字。只要一看到硬币上的文字，虽然不知道是什么意思，心情就变得平静。我把它挂在胸前，只要一有时间就凝视着它。怎么看也看不够，每次看都在猜想到底写的是什么，脑子里进行着各种各样的想象，乐在其中。"①当迪比拉吉感到眼前这位日本游客对自己有好感时，就一股脑地把母亲去世，自己和父亲没有钱火化母亲的事都说了出来，请求日本游客借给他钱好来安葬母亲。"如果没有钱，就只好把母亲的遗体扔到河里。我想把母亲火化，把母亲的骨灰撒到恒河里。我会用一生来还你的钱，拜托你了，请借给我一点钱吧！"而日本游客的回答是"我不借"，"如果我借给你了，我就会恨你。我给你钱"。为什么日本游客会这么说呢？因为这位日本游客也与迪比拉吉一样在5岁的时候失去了母亲。就是在大阪万国博览会的那一年。那一年与母亲一起去了博览会。本来在那之前母亲在医院住了很长时间，那天从医院临时回家，父亲就带着他们一起去了博览会。那是与母亲在一起的最后的回忆。父亲那时买了博览会的纪念硬币。游客指着迪

---

① ［日］石井遊佳：《百年泥》，日本新潮文库2018年版，第132页。

比拉吉胸前的纪念硬币说:"与这个硬币一模一样。那之后不久母亲就去世了,我真的……非常痛苦。你也很痛苦吧!"日本游客指着迪比拉吉胸前的纪念硬币接着说:"在看到这个纪念硬币时","说实话,我甚至怀疑自己的眼睛……我小心地保管着这枚硬币。每年母亲的忌日都把它放在佛坛上。就是与这个一模一样的硬币。因此我不认为在这里与你的相遇仅仅是偶然。就算是为了我的母亲,我也要请你好好安葬你的母亲"。在迪比拉吉匍匐在地感谢他后,这位日本游客接着说"你长大之后如果能记住下面这个日语词汇我就很高兴了。在日本把这个叫作'供奉',供奉神佛"。在迪比拉吉询问是什么意思后,日本游客解释说"就是真心地供奉故去的人。供奉你的母亲,也就是供奉我的母亲"①。作者石井游佳在这里通过大阪万国博览会的一枚纪念硬币把看似毫无关联的迪比拉吉和日本游客联系在了一起,实际上也是把作者之前所呈现的种种日本的人生与印度的人生联系在了一起。作者石井游佳在这里通过这枚硬币想要说明的是无论哪种人生,无论时间过去多久,留在人们记忆深处的仍然是"爱"。在小说里石井游佳没有把大阪万国博览会的纪念硬币设置为日本经济高速发展时期的象征,而是设置成了日本游客与母亲的最后的纪念就足以证明这一点。正是这种对母亲的爱,使日本游客做出了不是"借"而是"给"迪比拉吉钱让他安葬母亲的举动,显然石井游佳想要说明的是"爱"是人生的救济这一点。

《百年泥》的故事情节从主人公在百年一遇的洪水过后踏上通往公司的大桥开始,走下大桥结束。其间运用魔幻现实主义的手法,展现了主人公"我"在日本经历的种种人生以及在印度所看到和听到的种种人生。呈现了作者石井游佳对人生的思考。

① [日]石井遊佳:《百年泥》,日本新潮文庫2018年版,第144—147页。

百年泥中挖掘出各种人生。在百年泥中挖出的"我"的第5任男友,"在我的眼里怎么看都是东亚裔的细长眼睛的大叔辈的男人,却被印度人争相地认为是自己的外甥、好朋友、堂兄弟",不停地对他诉说着过去的人生中发生的种种往事。由此引发出主人公以下感慨:"好像我们的人生,无论挖哪里无论怎么挖,也已经是不特定的多数人的人生的黏合拼接以及排除万难之后才好不容易成立的。"① 实际上这也是石井游佳的感慨。石井游佳在获芥川奖后接受采访时曾说,她在20岁、30岁的时候,或许会认为"能得芥川奖是凭自己的能力"。可是现在她不这么认为。她认为这次得奖是支持她的无数人的功劳。这么想并不是由于她谦虚,而是因为事情就是以这样的方式存在的。她是自己又不是自己。这与刚才谈到的因果关系是同一个道理。人与人之间互相交流,同时也互相汲取对方的一部分。于是一个人中有很多其他人的存在,互相混杂在一起。她认为人的存在是"你中有我,我中有你"。因此获奖这么令人高兴的事情,她也不认为是"凭一己之力获得的"。她自从学习了佛教后就能够这样思考问题了。石井游佳在这里提示了自我与他者的关系。在这篇采访中石井游佳还谈到了"因""果"关系。"比方说,行为就是一种能量的连续体。现在,我所做的事情里一定有过去的'因'在里面,现在的这个行为是那个'因'的'果'。现在我接受采访这个'果'的'因'是我获得了芥川奖。再进一步追溯那个'因',是我写了名为《百年泥》的小说。一瞬间的因和果永远地在持续着。我现在认为我只不过就是存在于'因'和'果'的大河中。"②

从小说中石井游佳把日本游客不是"借"而是"给"迪比拉吉钱

---

① [日] 石井遊佳:《百年泥》,日本新潮文库2018年版,第158—159页。
② [日] 石井遊佳:《東大で仏教を学び夫とインドへ》,《文藝春秋》2018年第3期,第336—337页。

这种行为与佛教的"供奉"联系在一起来看,我们可以看出石井游佳在这里想要提示的是人生应该有所敬畏,因为都是有"因果"的。小说的结尾是由于违反交通规则而被罚清理淤泥的迪比拉吉用耙子把沾满泥的威士忌酒瓶、人鱼木乃伊以及大阪万国博览会的纪念硬币扫到一起,不耐烦地从栏杆的缝隙处一股脑地把这些东西推落到河里。迪比拉吉的侧脸好像在说:"一笔勾销,百年后再来吧!"这是一个开放性的结尾,这一次从百年泥中挖掘出的人生又回到了百年泥中,但百年后挖掘出来的人生又会是一个什么样的人生呢?会有什么值得回忆的吗?会有什么有价值的东西吗?这值得我们生活在现在的每一个人思考。

三 "物哀""幽玄"与"侘寂"

日本"80后"新锐女作家青山七惠于2005年凭借《窗灯》获第42届文艺奖,2006年凭借《一个人的好天气》荣获第136届"芥川奖",2009年因《碎片》获第35届川端康成奖。《一个人的好天气》中,在春季的一个雨天,19岁的少女知寿来到寄宿的70岁的远房亲戚吟子家,奏响了成长的序曲。随四季更迭,她在物哀中品味成长,在"此刻""此处"中探寻生命的真谛,整部物语散发着浓浓的"和风"韵味。

(一)"物哀"与"知物哀"

"物哀"是日本文化特有的一种审美范畴。最初的"哀"(あわれ)是单纯的感叹词,随着内容的不断充实丰富,"哀"进入一种爱怜感伤的状态。至平安时代的中期,尤其是《源氏物语》的问世,"哀"演变成了"物哀"(もののあわれ)。此后,自本居宣长建立起理论体系,"物哀"进一步发展,逐渐实现理论化。叶渭渠先生认为,"'物哀'的思想结构是重层的，可以分为三个层次"，即"对人的感动，以男女恋情的哀感最为突出"；"对世相的感动"；"对自然物的感动，尤其是季节带来的无常感，即对自然美的动心"①。

在《一个人的好天气》中，青山七惠敏锐地捕捉到了每个季节特有的气质，将物语建构于四季交叠的时间轴上，并依次展开。于是物语的跌宕、主人公各个成长阶段的认知感受，便与季节的流动、自然的变迁相融合。从自然之美中，知寿感受到了生命的脉搏与律动。春天，复苏。山茶花盛开，"我"来到吟子家，揭开了新生活的帷幕。樱花飘零，"我"与阳平分手。时常拿别人东西并从这些物品中汲取温暖。容易感到寂寞、不安，觉得人与人之间的距离像三途河的此岸与彼岸，即使相互道别、相互牵连，仍是遥远。夏天，盛放。世界一片绚丽，到处绿意盎然。"我"在车站打工并与藤田相恋。与他人的挥手道别使"我"温暖。和母亲之间的距离似乎越来越遥远。依旧顺手拿人东西。秋天，凋零。枯叶堆叠，枫叶甚红，一起卧轨事件，让"我"嗅到了死亡的气息。和藤田的恋情到了曲终，开始对一切感到疲倦。冬天，蛰伏。草木枯黄，万物寂静。藤田离开，母亲再婚，只有吟子一直存在，认真地恋爱、生活。"我"决定离开，临走前，扔了所有偷来的东西。第二年春天，新生。樱花盛开，白梅绽放，"我"成为公司正式员工，开始了独立的生活，发展了新的恋情，真正拥有了属于自己的"一个人的好天气"。

知寿一共经历了三段感情，在其中经历着悲伤与快乐，也品味着成长。和阳平的恋爱像一场静默的无声电影，没有交流，亦没有争吵。结束时，"既没有悲伤，也没有憎恨"②，甚至找不到这段恋情存在的

---

① 叶渭渠：《日本文学思潮史》，北京大学出版社2009年版，第106页。
② [日]青山七惠：《一个人的好天气》，竺家荣译，上海译文出版社2007年版，第29页。

意义,"这两年半为什么非得跟他呢"①。和藤田的恋情始于缤纷的初夏,但随着盛夏的落幕,不安悄然而至犹如纷乱的虫鸣扰人心绪。入秋后,不安加剧,并渗入秋的哀愁。知寿更加频繁地拿藤田东西,想要抓住什么。不久后丝井出现,藤田提出分手,知寿终是逃不过"被离开"的命运。这是一段带着伤痕的恋曲,年轻的知寿在心底一一品味着其中的种种情绪,比如期许甜蜜、惆怅失落,甚至包括最后那些悲伤的,抑或"可怜自己的眼泪"②,这些都是成长的代价。和安藤的相恋,对知寿来说是一次质的飞跃,是真正成熟的感情。经过冬季漫长的蛰伏与思考,知寿选择勇敢地迈出第一步,走向社会,走向现实,走向内心真实的自己。当春天再次来临时,知寿完成了自我蜕变与完善。她学会了认真地对待自己、对待生活。即使"不伦之恋"的结局已注定,但知寿仍决定勇敢去爱,活在当下。最终,她乘上了向往的列车,奔向了一个有人等待自己的车站。

与知寿的恋爱形成反差的是吟子与芳介的恋爱,朴素却不乏味、简单却不单调,彼此相互独立又相互依偎,细水长流莫不静好。两位看透人生的老人以反讽的意义存在于辗转流动的城市中,坚守着生活最真实的面貌,如信仰般虔诚,让知寿羡慕、向往。

《一个人的好天气》又被誉为是"飞特族"③的青春告白。"飞特族"在日本出现于1987年泡沫经济时期。据日本内阁府统计,目前在日本国内"飞特族"的人数达到400多万。青山通过对"知寿"的塑造、刻画,反映出这些徘徊于主流世界外的年轻的"飞特族"的真实

---

① [日]青山七惠:《一个人的好天气》,竺家荣译,上海译文出版社2007年版,第32页。
② [日]青山七惠:《一个人的好天气》,竺家荣译,上海译文出版社2007年版,第99页。
③ "飞特族",实际上是Freeter的音译,是英文"自由"(Free)与德文"劳工"(Arbeiter)的组合字。该词于1991年收入《广词源》,同年日本厚生劳动省在《劳动白皮书》上给予其具体定义,即"年龄限定在15岁至34岁,以'零工'或'小时工'的身份持续就业未满5年的男性,或以这种身份就业的未婚女性,既未从事家务也非在籍学生的待业者中,希望以'零工'或'小时工'的身份就业者"。

心声：害怕孤独却不知怎样与他人相处，迷茫不安却无法摆脱，痛苦、焦躁、敏感、脆弱。从小父母离异，和母亲一起生活的主人公知寿总爱拿别人的东西，并将这些微不足道的东西，放进鞋盒收好，然后偶尔"翻看这些鞋盒，沉浸在回忆中"①。与其说是偷，不如将这形容为是一种类似于回忆的收集。她将现实的人际交往寄托于"偷"来的这些东西上，并以"欣赏"的姿态从这些物件中寻求慰藉，渴望在回忆的非真实空间内，建立起和物件主人的某种联系，且凭借这种臆想出的虚幻联系来自我麻痹，抵御孤独。在现实世界，她觉得"好像做不到将其他人和自己紧紧地连接在一起"②，只能无力地宣泄"什么时候我才能不再是一个人啊"③！另外，随着后工业时代的到来，消费意识得到确立，科技通信日新月异，城市文明高速发展，但在另一个层面上，这些反而带给人类更深的孤独。当下的城市正面临着一场"失语症"的蔓延。知寿一直与母亲生活在一起，可对于母亲，她却觉得无法沟通、理解，虽然"身上流着同样的血，心却并不相通"④，她们的交流经常会陷入不愉快、尴尬或沉默。在与阳平的恋爱中除了沉默就是做爱，彼此当对方是可有可无的存在。"飞特族"大多游离于社会边缘，与现实世界的网络联系布满裂痕，再加上处于青春的敏感期，常常于迷茫与不安中挣扎。这样的一段青春成长，对于他们来说无疑是残酷且痛苦的。

（二）"幽玄"与"知物哀"

"'幽玄'是中国人创造的一个词，这个词的中心在于'玄'字。

---

① ［日］青山七惠：《一个人的好天气》，竺家荣译，上海译文出版社2007年版，第27页。
② ［日］青山七惠：《一个人的好天气》，竺家荣译，上海译文出版社2007年版，第107—108页。
③ ［日］青山七惠：《一个人的好天气》，竺家荣译，上海译文出版社2007年版，第99页。
④ ［日］青山七惠：《一个人的好天气》，竺家荣译，上海译文出版社2007年版，第65页。

'玄'字出自老子对所谓的'道'的形容,'玄之又玄'。"[①]"幽玄"作为一个审美概念,体现了东方文化、日本文化的独特性。依据日本学者能势朝次的研究,"'幽玄'最早起源于日本平安王朝宫廷贵族的审美情趣,《源氏物语》处处可见'幽玄':男女调情没有西方式的直接表白,而往往是通过事先互赠和歌做委婉表达"。后来"'幽玄'也表现在古典戏剧'能乐'的方方面面",能乐表演时大都戴上被称为"能面"的假面具,"为的是让观众不是直接地通过最表面的人物表情,而是通过音乐唱词、歌舞动作等间接的推察人物的感性世界",追求一种"无表情"、瞬间固定表情,最有代表性的、最美的"女面"的表情被认为是"中间表情"。"幽玄"的审美表达呈现出委婉性与间接性、距离性,"却有动人的美感"[②]。《一个人的好天气》中"物哀"式的季节景色的轮回书写,吟子与知寿关系的处理,知寿母亲的出场等无不体现着间接性、距离性、委婉性的"幽玄"之美。

真,体现在仿若日常生活的流水账,日常生活的细致堆砌,关注细小的美。日常生活堆砌出的是无比陌生的世界,是在吟子的引领下找自己的心至真。青山将自己观察到的、接触到的日本年轻一代的生存现状与自身的个人经历相结合,从日常的现实生活中提炼出真实的描写素材,如实地表现在小说的字里行间。在她的物语中"所写的形形色色的事情,都不是世间所没有的"[③]。这部物语真实地还原了现实生活,比如当下"飞特族"在社会边缘茫然游离的处境,青年人探寻自我成长所面临的艰辛,掩盖于城市霓虹下的孤独与失语,等等,这

[①] [日] 能势朝次、大西克礼:《日本幽玄》,王向远译,吉林出版集团有限责任公司2011年版,第3页。

[②] [日] 能势朝次、大西克礼:《日本幽玄》,王向远译,吉林出版集团有限责任公司2011年版,第16—17页。

[③] [日] 本居宣长:《日本物哀》,王向远译,吉林出版集团有限责任公司2011年版,第3页。

些现实的诟病是从普遍的事件中概括出的特殊的客观存在，具有普遍的真实。大量生活场景的再现，生活细节的叙述，使得情节、人物有了具象的存在感。"作者在日常生活中摊开高品质感应装置，把该采集的信号采集过来，以自然体的形式编成一个故事。"[1] 再如书中吟子的原型是青山的祖母，一个爱猫、给予孙女无限疼爱的老人。《一个人的好天气》可谓"猫味"十足，小说开场便是对门楣上各式各样的猫的照片的描述，在此后知寿与吟子的共同生活中猫的身影总是不经意地出现，不刻意凸显，但又无处不在。此外，早就发现知寿偷拿自己的东西，却假寐不点破；意识到了知寿无礼刻薄地攻击，却表现得若无其事；撞见了藤田向知寿提出分手的场面，却佯装不知；每当知寿失落悲伤，从不刻意安慰只是静静陪伴，给予她充分的成长空间，并用自己的生活教会她如何让悲伤止步、如何活出自我……这些是吟子给予知寿的爱，也是祖母曾给予青山的深沉的爱。在吟子身上寄托着青山对祖母的回忆与致敬。而祖母的离世也让青山开始正视了死亡，思考死亡，体验现实的残酷，特别是目睹卧轨自杀的事件后，青山对死亡有了更深刻的认识。

除了描写客体的真实，青山更是追求人情的"真实"。在"物哀"中，她恪守"通人情"。"物语中的所谓通人情，并不是叫人按自己的想法肆意而为，而是将人情如实地描写出来，这就是让读者'知物哀'。"[2] 青山重视人的本情，注重人情的自然状态，以尊重主体情感的真实性为根本，如实加以呈现，使读者感怀人情实态并由此知"物哀"。

对于这位"80后"的女作家而言，知寿的自我成长历程何尝不是她自己成长轨迹的缩影？那些彷徨与焦虑、不安与恐惧又何尝不是作

---

[1] ［日］青山七惠：《凝视流动的世界》，《文学界》2007年第3期，第111页。
[2] ［日］本居宣长：《日本物哀》，王向远译，吉林出版集团有限责任公司2010年版，第44页。

者真实的体验？青山真实细腻地书写着知寿在青春成长的转折期所体验的"倦怠的生命力"①，一种虚无感。每段恋情开始不久，知寿总是不由自主地预感到终结，她感觉没有什么是长久存在的。从小父母离异，与相依的母亲在心灵上无法契合，而后母亲改嫁他国，她预感到与母亲最后的关联断裂。一直以来她拒绝现实世界，"我几乎没有主动告诉别人、别人也没有主动叫过我名字"②，走在人群中，她觉得自己是透明体，在偷拿来的物件上找寻与他人的联系，她就这样软弱地存在于社会边缘。青山将年轻人所感受到的倦怠的生命力，如实展现在笔下。

小说描述了一种寄宿生活，这种生活方式本身就具有一定的特殊性，区别于与父母同住或独立生活，它更倾向于两者间的一种过渡状态。19岁的知寿突然和至亲以外的人一起生活，彼此间本就存有一种距离。而当对方也是位女性，且历经沧桑，这时原本的距离，开始变得微妙，它属于陌生人之间、女性与女性之间、过来人与年轻人之间，最后还些许类似祖孙之间，青山将其称为"女性对女性的一种执念"③，并在小说中一一真实再现。寄宿之初，知寿觉得很不自在，两人的对话经常是有一搭没一搭的，或干脆无话可说，这是陌生人间的距离感。在失恋期，知寿妒忌因为恋爱而打扮得漂漂亮亮的吟子。吟子的恋人一段时间没出现，知寿惬意地猜测吟子是否失恋等，这是女性间的距离感。每当情绪低落时，知寿会对吟子倾诉，倾诉对感情的无奈、对生活的无力、对青春的疼痛与迷惘，这是长幼间的距离感。最后她们磨合、相依，找到了彼此最适合的位置，自然地相处，那是类似亲人间的距离感。青山在叙述中准确地把握了人与人之间真实的心理感觉。

---

① ［日］青山七惠：《凝视流动的世界》，《文學界》2007年第3期，第114页。
② ［日］青山七惠：《一个人的好天气》，竺家荣译，上海译文出版社2007年版，第4页。
③ ［日］青山七惠：《凝视流动的世界》，《文學界》2007年第3期，第107页。

真实的"流"意识。从小家门前静静流淌的利根河对青山而言是构成流动意识的原始景象，青山认为生活因顺流而行，"流"意识成了小说的主体基调。顺其时间的流逝、顺其事物的改变，不强求、不执着，在"流"中顺其自然活出自我，"既不悲观，也不乐观"①。这是青山从流动的河水中挖掘出的自然而真实的人生态度，它存在于吟子身上，最终也传递给了知寿。青山将自己对生活的感触，对生命的思考如实地渗透于小说的字里行间，《一个人的好天气》流淌的"人情"是青山真实的自我之情，她只想通过知寿的成长，告诉那些和从前自己一样，怀着茫然、不安的年轻人："一个人出来工作生活，并不是多么可怕的一件事。"②

（三）"侘寂"与残缺之美

"寂"的根本语义有"简单的'寂寥'意味；是'宿''老''古'的意味；'然带'（带有……倾向）"③。审美上表现为空虚、单纯、空寂、不乐、单纯、淡泊、贫等审美意象。在日本，"侘"（わび）是动词"わぶ"的名词形，具有与良好状态相对的恶劣状态的意思。有品质粗糙、简单朴实、贫穷等引申意义。侘び在美学中，指的是外表的残缺之美。因而，"侘寂"是日本最为重要的审美之一，具有残缺美之意。"从老旧的物体的外表下，随着时间的推移，一件事物渐露其表象，流露出本质，显露出一种充满岁月感的美。所谓余味无穷，这便是侘寂。"④ 在安静中融入质朴的侘寂之美是《一个人的好

---

① ［日］青山七惠：《一个人的好天气》，竺家荣译，上海译文出版社2007年版，第138页。
② ［日］青山七惠：《凝视流动的世界》，《文學界》2007年第3期，第113页。
③ ［日］大西克礼：《日本美学三部曲：侘寂》，曹阳译，北京理工大学出版社2020年版，第155页。
④ ［日］大西克礼：《日本美学三部曲：侘寂》，曹阳译，北京理工大学出版社2020年版，第9页。

天气》在传统价值观面临挑战的日本社会转型期所进行的传统价值引领。

在空间格局上，车站与吟子家的精简设置还包含着"侘寂"的意蕴。在这个装置中，作为知寿的精神导师吟子，引领知寿从站台走入家庭，又从家庭走向站台，回归社会。知寿游走于两个装置之间，在流动中获得了成长与成熟。实际上"我"的迷惘、接二连三的失恋与诸多生活的不如意、饱受生活与情感的困扰以及最终战胜自我走出彷徨，吟子起到了教育与引导的作用。知寿由不承担责任的自由职业者"飞特族"到成为"每月按时缴纳居民税、年金和保险费的公民"的正式职员的转变与吟子这个独特装置下产生的激活与驯化的作用是分不开的。

"小院篱笆墙对面就是电车站"，与知寿相关且对其产生人生转变的诸多事件多发生于此。"电车进站了"①，开始了知寿想要的由琦玉县的乡下走进大城市的"飞特族"的生活。透过篱笆小院的精巧设计可清楚看到车站及周边的景象，看到熙熙攘攘的外面的世界，是观察转动世界的安静的观测点。车站是知寿成为飞特族的入口，由此来到吟子家，开始了与自己年龄相差50岁的老人的生活，爱恨交织的多重生活乐章也是在此演奏，新生活之舟也是在这里起航。这是知寿人生成长历程中的一个关键点，只有凝视、了解世界，与社会接触才能被社会接纳，其社会化的进程才能加速。在这两个装置里，有成功的喜悦，也有不尽如人意的缺憾。小说里始终没有交代知寿的父亲，父亲是缺位的，对于一个19岁的女孩来说，是缺憾。但是母亲与北京的王先生再婚，从母亲口中得知两人很幸福，这种幸福却与知寿没有多大的关系。知寿在70岁的吟子与芳介的温情之爱

---

① ［日］青山七惠：《一个人的好天气》，竺家荣译，上海译文出版社2011年版，第4页。

中懂得了爱与尊重,从自己的名字"知寿"里懂得了"靠自己的知识长寿"①的道理。按说经历了三任男友的恋爱尝试,加上吟子与芳介、母亲与王先生的爱情课堂教育,知寿应该懂得如何选择男友进行交往了。但小说的结尾处"迎接春天"章节里,有了正式工作后,知寿便很快与有妇之夫的同事安藤开始了"不伦之恋"。明知道不会有结果,"但不管怎么说,开始总是自由的,眼看快要到春天了,多少有点不负责任,也可以原谅吧"。星期日约定与那个已婚者去看赛马,坐在开往东京的东上线电车上,靠近司机身后,眺望着窗外的风景,"向前伸展的铁路仿佛没有尽头",诏示了知寿人生的"侘寂"与"不完美"仍在继续。前方公园里白色的梅花似乎告诉我们,春天来了,梅花花期就要结束了,但是"樱花行道树还伸展着光秃秃的褐色细枝丫,再过一个月樱花盛开时,我会从拥挤的车厢里欣赏它们",即便樱花盛开,花期比梅花短暂,春天的约会很美好,却充满了不确定性。曾经的过往诸如吟子家的车站、篱笆墙、吟子家等"那些景物就像布景般静止不动了,对于那里感受到的生活气息和手感,我已经没有了亲切感,我甚至想不起来在吟子家住是多久以前的事了"②。青山七惠用不确定性与静止性诠释了后现代社会日本审美的"侘寂",这种感动之美令读者动容并欣然接受,顺其自然或许是对这种"侘寂"之美的最好欣赏吧!小说从整体结构上看,从知寿的成长历程看,结局很完美,但读到小说结尾处,知寿与有妇之夫的恋情还是让读者有些许的遗憾与不可思议,这恐怕是整部小说设计上的"侘寂"审美吧!

日本传统的时间观是看重现在,关注此刻。加藤周一认为,"时间的,特别是历史时间的概念因文化而异。这一概念中有以下几种类型。

---

① [日]青山七惠:《一个人的好天气》,竺家荣译,上海译文出版社2011年版,第157页。
② [日]青山七惠:《一个人的好天气》,竺家荣译,上海译文出版社2011年版,第172—174页。

第一，在有始有终的线段上前进的时间；第二，在圆周上无限循环的时间；第三，在无限的直线上朝一定方向流失的时间；第四，无始有终的时间；第五，无始无终的时间。……神话中所体现出的无始无终的时间意识贯穿日本文化史，而且没有根本改变，一直持续到今天"①。日本文化中的这种无始无终的时间表象有两种类型。第一种表象是在无限的时间直线坐标轴上，事件定向地依次相继发生。《古事记》在叙述诸神的出现时，反复使用"先……其次……其次"这样的叙述方式。其中从日本列岛的生成至伊耶那美男神的死去，"其次"的使用频率高达47次②。可以说，神话中的时间具有生成性。无数独立的"此刻"③先后关系相互连接构成了时间的轴，所谓的过去与将来都是以"此刻"作为参照物而存在的，较之于过去与未来，唯有现在才是中心。因此，日本神话的时间意识是看重现在，进一步推演就是生活在"此刻"。

在知寿的这场人生转折中，洗尽铅华所触碰到的正是《古事记》等神话文献里所崇尚的关怀现在的生活态度。从某种意义上说，她的成长历程就是一场对"此刻"的洗礼。知寿的生活观念中一直缺乏"此刻"意识。她从小爱拿别人东西，并以此陷入回忆找寻安慰，这是对过往的执着。她想要"飞到吟子的岁数去"④，觉得老年人用完了所有的痛苦与悲伤会很快乐，这是对未来的执着。但对于现在，知寿采取的却是一种消极态度。她认为现在太过痛苦，所以想要直接跳过。可是生命就是由无数个现在组成的，现在的流失就是生命的流失。因此知寿虽

---

① ［日］加藤周一：《日本文化中的时间与空间》，彭曦译，南京大学出版社2010年版，第10—13页。
② ［日］丸山真男：《丸山真男作品集第十卷》，日本岩波书店1996年版，第7—21页。
③ ［日］加藤周一：《日本文化中的时间与空间》，彭曦译，南京大学出版社2010年版，第1页。
④ ［日］青山七惠：《一个人的好天气》，竺家荣译，上海译文出版社2007年版，第108页。

然年轻，但感受到的生命是苍白的，对于所有的一切只觉得无力。

"此刻"的缺失往往容易使个体陷入丧失自我存在意识。在时间轴上只有现在是具体的，是可触摸能捕捉的，所以现在成为实现个体意识的唯一空间。对现在意识的重视与否，成为认知个体存在意识的关键。对于成长在单亲家庭的知寿而言，她的自我意识本来就相对薄弱。而她对现在的逃避，无疑进一步弱化了其个体的自主性，加重了"存在性不安"。由于存在意识难以得到自觉认知，她往往觉得自己处于隐形状态。"人们不停地从我面前走过，没有人朝我看"[①]，"在人群中闭上眼睛，仿佛只有自己变成了透明体"[②]。于是她便"想要通过抹杀他人的个体性来维护自己的自主性和身份"。比如每当失落或感情陷入低谷时，知寿会变得刻薄，对吟子恶言恶语或无端挑衅，有时还会故意炫耀自己的皮肤来攻击吟子。这种不安是"个体无法独自支撑他自身的存在感"的表现，意味着"个体感到自身的存在被束缚在他人身上"[③]。在知寿的生命意识中，没有真实的现在，她的自我意识无处安放，只能被迫依附于他人。结果，越是渴望得到他人的持续关注，越是感觉自我丧失，从而陷入更深的孤独，形成了恶性循环。所以知寿总觉得自己受困于"被离开"的泥淖，无法挣脱。此外，"此刻"的缺失还容易使个体的生命时间轴断裂，加剧不安与恐惧，尤其是对于死亡的恐惧更是如影随形。因为现在空白，生命便没有了支撑点，一切变得缥缈而无从把握，于是便倍感死亡临近。吟子布满皱纹的苍白脸颊和偶然的患病让知寿下意识地想到了死亡，白色花边的手绢让她觉得像死人脸上蒙着的白布，绯红的枫叶则像鲜红的血，等等，这些死亡的意象侵袭着知寿，使她恐惧人生无常。

---

① ［日］青山七惠：《一个人的好天气》，竺家荣译，上海译文出版社 2007 年版，第 30 页。
② ［日］青山七惠：《一个人的好天气》，竺家荣译，上海译文出版社 2007 年版，第 44 页。
③ ［英］R. D. 莱恩：《分裂的自我：对健全与疯狂的生存论研究》，林和生译，贵州人民出版社 1994 年版，第 67—68 页。

在知寿寻找自我、感悟现在的过程中，吟子一直安静地存在，不动声色地包容她、温暖她，用自己的信仰与行为，用自己对待生活的认真与真诚，耐心地引领她去探究人生的真谛，让她领悟到生命的真正价值在于现在，在于每一个"此刻"。吟子的信仰就是古代神话中所推崇的以现在为中心的思想意识。年轻时她也有过刻骨铭心的恨和痛，但她选择将过去付诸流水，全心全意地活在当下。很多时候"放下"也是一种必要。青山自己认为，"不放弃是非常需要能量的一件事。相反，接受、接纳感觉上更轻松"。"反过来看，放弃什么，也可以说是自己选择了其他选项，所以也并不算怎么消极。"① 即使到了70岁，吟子依旧爱打扮、爱社交，有着自己独立的生活，有着持续的恋情，有着情人节去买巧克力的心情。这让知寿羡慕不已，时间推移，吟子的"此刻"意识一点点地浸润着知寿，填补着她内心深处的缺口。万物寂静的冬天，知寿终于决定要努力活在真实的现在。在下一个春天，她开启了新的旅程。

"日本文化的时间表象的第二个类型是无始无终的循环时间"②，突出表现为季节循环和生死循环。无限循环的自然时间最初由于生产需要被划分为节，至今日本仍留有这种象征生产的季节性例行祭祀活动。之后季节观脱离了生产性，被升华至美学领域。《一个人的好天气》中，青山不仅按照四季的交替循环来推进情节的发展，更是以此作为划分小说章节的依据。在冬季的枯淡，她明白了回忆给予人的温暖是虚幻且有限的，于是她扔掉了鞋盒，选择建立现实的人际网络。她明白了在流动的世界中自我存在是支撑自他联系、内外联系的核心力量，于是她离开吟子独立生活，开始寻找自己。她明白了死亡就像

---

① ［日］青山七惠：《凝视流动的世界》，《文學界》2007年第3期，第111页。
② ［日］加藤周一：《日本文化中的时间与空间》，彭曦译，南京大学出版社2010年版，第14页。

墙上挂着的那些猫的遗照，会让一切失去个性、失去存在，于是她决定成为正式员工，走向主流社会，好好工作、好好生活，认真过好人生的"此刻"，在第二年春天，知寿终于迎来了生命的复生。

《一个人的好天气》实现了"物哀"与"幽玄"在时空中的绽放，完成了二者在"真实"的高度上深层的统一。"物哀"是主体情感表达的集合，"幽玄"是情节框架内置的结构，"侘寂"是意境，"真实"是三者统一的契合点，从文学的审美视角进行日本传统价值的引领。

第六章　叙事话语与自我建构

新价值追求是平成年代女性文学的最终落脚点。面对转型期自我身份认同中语言的迷失，女作家们首先从叙事形式入手进行积极的文学创作，她们以自己独特的语言与叙事策略、技巧进行叙事，凭借组合式的语言和多种创作模式进行着自我身份的建构。叙事形式的多元化与独特性局面的呈现，既表明了她们基于文学现实性的文学形式的创新，也说明了她们对"'我'要走向何方"的叙事话语策略与方向的选择，她们以日本女性特有的母性进行着示范与引导，告诉社会变革时期的人们"说什么"与"怎么说"。平成年代女作家们通过叙事话语与叙事策略参与了新价值的内涵生成，成为自我建构、价值引领的重要一环。

语言既是一种交际工具，也是一种文化现象。平成年代获奖女作家们建构了一个集传统、现代、未来于一体的话语体系，她们在自己建构的语言装置中，以日本女性特有的言语方式进行着价值取向的表达与引领。从历史上看，日本语言风格存在着性别差异，女性用语一直受到一种规范的约束。"由于受到女性的生理特点及社会地位等诸因素的影响，女性总是追求一种温柔、含蓄、委婉、优雅的语言，充分体现出女性特有的'女人味'，与之相比，男性语言则直接、强烈、不拘礼节，甚至有时会给人以粗暴的感觉。"① 芥川奖 1935 年设立以来，

---

① 张怡：《日语中的女性用语》，《西安外国语学院学报》1998 年第 1 期，第 80 页。

第一位获奖女作家中里恒子凭借描写胞兄、义兄与外国人通婚故事的《共同马车》（1938年）获得第8届芥川奖，女性作家获得芥川奖在当时的文坛引起了不小的轰动。评委川端康成认为，"小说如同一朵柔软的细腻美感的花朵"；小岛正二郎的评价是"纤细且富有色彩感与柔软性"；恒光利一也认为"小说精细，有味道"；泷井孝作则评价为"具有女性的纤细之美，如同上品的绘画"；而宇野浩二则将中里视为闺秀画家，认为小说具有"绘画的语言，淡淡的绘画美中具有明快质感"①。可见，女性的纤细美成为授奖的主要依据。从上述对《共同马车》的评语中可以看出，中里恒子的语言叙事策略为其获得芥川奖起到了非常重要的作用。虽然评委宇野浩二认为获奖与作者性别无关，但也只有女性作家才能写出如此细腻与美的文字。也许从那时起，日本女性所特有的语言风格就已成为芥川奖参选作品与获奖作品的一道亮丽的风景线，为后来女作家的获奖奠定了一定的基础。女作家的"女性性"的语言往往容易将读者带入文本世界，母性的温柔、细致、细节等静谧之美更符合日本人的审美需求，还满足了阅读者平息内心焦虑的需求，这恐怕也是平成年代社会转型期芥川奖频频颁给女作家的一个理由吧！

女性用语，无论是战前的"正式、漂亮、优雅、委婉、温柔"②，还是战后的"厚重感、知性、影响男性、静静地净化日语、男性化趋势"③，以及"平成年代日本女性言语表达明显呈现出中性化趋势"④，都与日本社会的变化、发展密切相关。平成年代的"中性化"趋势也

---

① ［日］芥川賞全集（第二卷）：《第八回芥川賞選評》，日本文藝春秋株式会社1982年版，第372页。

② ［日］遠藤織枝：《戦後、ことばの性差はどう変化したか》，《日本語学》2017年第11期，第140页。

③ ［日］遠藤織枝：《戦後、ことばの性差はどう変化したか》，《日本語学》2017年第11期，第152页。

④ 白雪：《关于日语中女性用语的研究》，黑龙江大学，硕士学位论文，2009年。

使这一时期女性文学突破了受众的性别界限而被广泛阅读。关于这一点，我们从女作家获奖的数据变化中可以看到其被认可的程度。芥川奖从第81届到昭和结束的第100届，获奖的17人中女性作家9人，占比52.9%，"昭示着女性作家上位时代的到来"①。"比起男作家笔下所描写的圣母玛利亚、慈母观音理想型女性的母性与慈爱"②，平成年代获奖女作家从语言入手，观察到了性别语言流于概念化与语言中性化的变化趋势，发挥了"女性语言"的"中性化"言说功能，采用了日本社会能够接受的"女性性"语言策略，跳出性别之争，以自然人姿态进行文学创作，逐步获得话语权，创造了一种新的"日本语"形式。进入21世纪后，女性用语在中性化发展的基础上更加趋于个性化。女作家迅速调整语言策略，在言说的普适性上发力。她们在不忘假名、方言、母语的同时，紧紧抓住"获奖作品涉及社会现象这一点是只有芥川奖才有的特征"③，深深懂得，"到一定时期，芥川奖获奖作品就会进入日本文学的行列"④，勇于承担起日本文学的未来。

语言是人类思维的工具。综观平成年代30位获奖女作家，她们将转型期社会变化与语言变化相结合，在两者的互动中实现了语言反映思维、影响思维、引领价值取向的功能。她们充分利用女性先天的语言能力，利用小说文本语言建构语言实验装置，其结构、语言符号等充分体现了平成年代的转型与交叉。同时，也让读者自己建构了一个语言习得机制，通过阅读行为，实现了语言符号由一个表层结构向多个深层结构的转化，透过语言符号的结构意义实现交际意图，实现语

---

① ［日］鹈饲哲夫：《芥川賞の謎を解く》，東京文藝春秋株式会社2015年版，第136页。
② ［日］鹈饲哲夫：《芥川賞の謎を解く》，東京文藝春秋株式会社2015年版，第118页。
③ ［日］宫本輝：《芥川賞 直木賞150回記念大特集 選考委員会特別対談》，《文藝春秋》2014年第3期，第255页。
④ ［日］村上龍：《芥川賞 直木賞150回記念大特集 選考委員会特別対談》，《文藝春秋》2014年第3期，第262—263页。

言符号功能意义的转换与生成,在与读者的共谋中实现观察、描写、解释的充分性统一,实现语言的传统继承性、交叉越界性和建构性的统一。她们在日语古语的重现、方言的使用、混合语的建构、多种视角观测、魔幻现实主义等多种写作策略的采用中引领社会价值取向,进而实现了文学语言的社会功能。这比较契合平成文学对语言形式的注重,对时代性的关切。

第一节 古语与假名:日本文化的保护与传承

文学是语言的"突出",包括"言内行为"(即文本的可述性),"言外行为"(文本含义与作者写作意图),"言后行为"(小说社会影响),文学性存在于语言之中。文学叙述是"叙述性文本",它的话语与听众的关系在于它的"可述性",而不在于它所要表达的信息①。文学作品因经过了出版、评论和再版的过程,阅读者一定要通过语言成分揭示文本背后的深层含义。"话语实践方式在传统方式和创造性方式两方面都是建构性的,它有助于社会本身(社会身份、社会关系、知识体系和信仰体系),也有助于改变社会。"② 平成年代获奖女作家充分发挥了"文学是语言的综合"③的特性,将文学语言触角伸向日本语的传统表达。她们从语言入手,拯救颓废的日本文坛。以水村美苗、黑田夏子、川上未映子、若竹千佐子为代表的女作家,敏锐地洞察到平成年代社会转型中日语与外来语的接触,"英语成为普遍语言,日本

---

① [美]乔纳森·卡勒:《文学理论入门》,李平译,译林出版社2008年版,第27页。
② [英]诺曼·费尔克拉夫:《话语与社会变迁》,殷晓蓉译,华夏出版社2003年版,第59页。
③ [美]乔纳森·卡勒:《文学理论入门》,李平译,译林出版社2008年版,第31页。

语濒临死亡"①，不断处于弱势。"如果弱势语言和强势语言长期接触，对弱势语言来说，就存在着是否争取语言保护的问题……，语言保持是在有其他语言的强大压力下，仍然坚持使用自己的语言。语言保持依赖于对自己的语言（母语）深厚的语言感情和真挚的语言忠诚，依赖于一个民族通过语言所凝聚的巨大的民族内心力。"② 她们发扬了日本近代文学史中夏目漱石、森欧外等力排英语、德语泛滥之波，向传统致敬，坚持用日本语写作，用日语古语、汉字、方言进行文学表达，用文学对日本语言进行保护，用文学传承、创作与传播日本的传统文化。

一 旧"言文一致"体与向传统致敬

历史上看，从明治时期到平成年代，日本作家从未中断过对日本语言的思考，他们通过文学作品引领日本语言的走向，引领日本人在社会转型期的思维方式与价值取向。

第148届芥川奖的获奖者黑田夏子以75岁9个月的高龄获奖，成为史上获得该奖最年长的人。在其获奖作品《分枝的珊瑚》中，黑田以自己为原型讲述了一个出生在昭和年代的知识分子家庭的独生子，从出生到成长，再到陪伴父母最后一段路的故事。这部看似成长小说的背后，被评委看好的不是小说故事本身，而是讲故事的语言形式。黑田用别具特色的语言书写了"战前的东京文化到战后近七十年的现在"③ 的转型期文化，用文学语言实践拯救颓废的文化与颓废的日本文坛。女评委高树信子旗帜鲜明地认为，作品"语言的解体与再构筑"

---

① ［日］水村美苗：《言語の植民地化に二本っほど無自覚な国はない》，《中央公論》2017年第8期，第27页。

② 冯广艺：《语言生态学研究》，光明日报出版社2020年版，第162页。

③ ［日］芥川賞記念対談：《蓮実重彦 & 黒田夏子》，《文藝春秋》2013年第3期，第311页。

态度很明显,"能够与大和语言成为一体的体内节奏,以及按照自己的感性与呼吸,自由地给平假名赋予意义的转换力、想象力,是对日本语的钻研。这是一部由标题与冒险之心,以及对日本语言多年钻研共同创作出的奇迹之作"①。冒险之处在于,作者立足于平成社会转型期,通过文学语言来探讨语言学问题以及语言背后的思维方式与价值观等问题。

打开小说原文,扑面而来的是一股明治维新时期"言文一致"的写作文体,书面语体、平假名、古日语的汉字词、第三人称叙事、横写等日本语言的古典风味,整部小说中没有一个外来语词语,只有小说题目"abさんご""a学校、b学校"两处出现了罗马字母"a"和"b"。小说尽可能使用平假名,避免使用汉字。这与大多数获奖小说的"私小说"氛围形成鲜明对照。

日本文学史上,作家具有描写语言、反映语言变化并能够引导日本语言走向的良好传统。明治维新后,日本语言涌现出新的文体——口语体,其原动力虽然是源自与西洋语言的对峙,最终结构形成了日本语言界的大变革。学者在植入西洋文化的同时,改变了因近世以来中国文化移入装置所携带的汉文训读、汉语表达,形成了新的文体与词汇。当时的文学界在翻译介绍西洋文学时,因受尊重原文翻译理念影响,在翻译过程中加入了大量作家们的语言意识,进而展开了"言文一致"的变革。"言文一致"运动的核心成员为东京出身的作家,提出了在东京上层阶级中使用标准语,采用平易的口语体,减少甚至废止汉字、假名书写等,推动了文章口语体的改革。"作家关于日本语的言论为思考现代日本语言诸多问题提供了重要借鉴。"② 文学上

---

① [日]芥川賞選評:《高樹のぶ言葉の解体と再構築》,《文藝春秋》2013年第3期,第357页。
② [日]田中牧郎:《日本語一五〇年——明治から平成まで》,《日本語学》2017年第11期,第4—5页。

的"言文一致"体始于日本近代小说鼻祖坪内逍遥的《小说的精髓》中关于人情的描写,通过会话文体展示了写实性的心理描写。二叶亭四迷的《浮云》,尾崎红叶、山田美妙等人的小说也都充分运用了口语体表达,实现了"会话文体的调和之美"①。在明治二十年用"言文一致"体写作,并得到普及的是木田独步。但"明治二十年的重要作家北村透谷、樋口一叶、森欧外、夏目漱石等,均拒绝使用言文一致体"。之所以拒绝使用,并非出自保守,而是认为"那深刻的内面性乃是口语体所无法承载的东西"。在柳田国男的《远野物语》(1910年)中收集了岩手县原野地区流传的有关妖怪和山人的民间传说,"在记录这些民众传说时,柳田把他们'文言体'化了。这与'言文一致'正相反。我们透过柳田,得以获得接近无法还原于现代人的'内面'的世界之途径"②。

  19世纪初索绪尔的结构主义语言学理论成为世界语言学研究的主流,索氏理论适用于印欧语系的字母文字特点,而对于假名、汉字混合一体的日本语体系未必适用。但日本知识分子认为"文""言"的不一致是最终导致国家落后的根本原因,而汉字则是这一切的"罪魁祸首"。"以前岛密的《御请废止汉学之议》(1868年)为起点,经历了森有礼的'采用简略英语论',福泽谕吉的'削减汉字论'等努力、尝试后,日本的表记法渐渐发展为今天'汉字假名混合体'的原型。""言文一致"语言变革运动,推动了"国语"与"标准语"的确立。这种"标准语"绝对不是东京街头巷尾一般老百姓的话语,而是"明治统治者所生活的'山之手'这一极为特权的局部地区内所使用的欧化的语言。……作为'近代口语'的'标准语',通过借助'国语'

---

① [日]揚妻祐樹:《言文一致体》,《日本語学》2017年第11期,第28—31页。
② [日]柄谷行人:《日本现代文学的起源》,赵京华译,中央编译出版社2013年版,第5—8页。

教科书的形式，如同固有的等质语言一般被实体化，并借助国家机器力量强行推广"，最终确立了"标准语"的标准和基础。日本政府又通过颁布法令，"通过与方言的比照以及近乎暴力的强制性教育方式，'言文一致'体得以迅速推广。以报纸连载小说为中心，这种能够记载'国民文学'或者'大文字文学'的近代'言文一致'体在社会上基本确立"①。

柄谷行人认为，村上春树不知不觉成了明治二十年的木田独步的再现，而同时代的作家中山健次乃是北村透谷相仿佛存在。他在解构"现代文学"装置中，"亲身接触了无法回到现代'言—文'这一装置中丰饶的'言'之世界。这正是柳田国男所把握的世界"②。中上在小说中试图把被现代文学所排除掉的"物语"拯救出来，并加以活用，但不幸的是，他在1992年中年早逝。其后，日本的当代文学便由村上春树代表了，村上的世界是帝国主义（新自由主义）世界。这样的世界，文学是"不具有对'强权固执之抵抗'意志的文学"，但"中上那样的文学也绝不会消失，……这个世界上胡同（被歧视部落）无所不在"③。获奖女作家黑田夏子反其道而行之的写作风格，是否可以看作"世界上的小胡同"？对这种"逆行"，黑田自己认为，"情绪上，是想避开沉闷的感觉的。横写的话，数字和希腊字母也可以顺利地写进去，功能性强。感觉现在教科书都是横写的了，只有文学还在坚持使用竖写，很奇怪。平假名和汉字不一样，意义不受限定，也可以追溯词源，所以很喜欢"④。

---

① 孟庆枢：《二十世纪日本文学批评》，吉林人民出版社2009年版，第43—52页。
② ［日］柄谷行人：《日本现代文学的起源》，赵京华译，中央编译出版社2013年版，第12页。
③ ［日］柄谷行人：《日本现代文学的起源》，赵京华译，中央编译出版社2013年版，第13页。
④ ［日］黒田夏子、下重晓子：《幼女からそのまま老人になりました》，《文藝春秋》2013年第3期，第373页。

第六章　叙事话语与自我建构

"90年代的日本文化是一种寻求回归的文化。泡沫经济崩溃，在资本主义经济大潮中的这次沉浮，使很多人向往回归。"① 黑田夏子以"特别怀恋战前的感觉"②，用近10年时间创作了《分枝的珊瑚》这部小说。从书名《分枝的珊瑚》可以看出一些线索。珊瑚是珊瑚纲中多类生物的统称，多群居，结合成一个群体，形状如树枝。古罗马人认为珊瑚具有防止灾祸、给人智慧、止血和驱热的功能。珊瑚与佛教的关系密切，印度和中国西藏的佛教徒视红色珊瑚是如来佛的化身，他们把珊瑚当作祭佛的吉祥物，多用来做佛珠，或用于装饰神像，是极受珍视的首饰宝石品种。书名《分枝的珊瑚》所体现的黑田夏子聚焦传统的写作意图非常清晰，分枝涉及选择，这种"选择"影射了战后日本社会发展道路与价值取向的选择。小说开头，"a学校和b学校该去哪一所呢？见面的大人们七嘴八舌地说着，这些话已经听了快上百遍了"③。"上百遍"表明"选择"没有结束，还在路上。

我们从黑田夏子精心设置的小说结构中就能看得出她对古典女性文学的继承与发扬。从文本结构层面，《分枝的珊瑚》分为"受像者、しるべ、窓の木、最初の晩餐、予習、やわらかい欄、旅じたく、満月たち、暗い買い物、秋の靴、草ごろし、虹のゆくえ、ねうらせうた、こま" 15个部分。但从每个部分的题目上看，与私小说的结构不同，会令人想起紫式部的《源氏物语》的结构"きりつぼ、うつせみ、ゆうがお、わかむらさき、すえつむはな"。"源氏物语故事并列穿插，相互联系较少，故事没有超自然的因素，具有独特的文体特征。"④

---

①　王健宜、吴艳、刘伟：《日本现代文学史》，世界知识出版社2010年版，第382页。
②　[日]芥川賞記念対談：《蓮実重彦＆黒田夏子》，《文藝春秋》2013年第3期，第311页。
③　[日]黒田下子：《abさんご》，《文藝春秋》2013年第3期，第414页。
④　[日]加藤周一：《日本文学史序说》，叶渭渠、唐月梅译，外语教学与研究出版社2011年版，第188—189页。

《分枝的珊瑚》中15个并列部分故事相互独立，标题多为名词，限定成分较少，故事情节并非绝对的线性结构，时间的跨度具有跳跃性。15个组成部分中，除了第1章"受像者"和第15章"こま"不能变动，其他13个章节故事之间并无内在逻辑关系，根据上下文语境可以自由调整顺序，所有信息需要按照成长历程进行整合与析出。在无波澜的叙述里，黑田在作品中没用对话形式，而是通过心理描写的方式刻画了"父亲""受像者""佣人"三个人物形象。"受像者"4岁时死了母亲，5岁左右上学，6岁半时外出旅行，母亲离世后与父亲过着恬淡的知识分子家庭的单亲生活，11岁时家里的佛画像与佛龛伴随其成长，15岁时"佣人"由雇佣变成了掌管家庭财政大权的他者，而使这个单亲家族永远失去了"父子的餐桌"，战争结束后辞退佣人，离家出走后的孩子43岁时在父亲病危时返回家中，在母亲离世的38年后又送走了父亲。整个成长与成熟的历程中没有人物的对话，但却是像讲故事一样慢条斯理、娓娓道来。由于整篇中没有人称代词，句子没有主语，说者便神秘不可测。"受像者"内心的孤独、恬淡、苦闷变成了与听者的"共谋"。其言说过程正如野家启一所言："人是物语动物或者是物语欲望之物，把亲身经历的事情或是从别人那里听来的物语整合成复杂的经验向他者进行物语，这看成最初的言语行为之一。作为非神的凡人在一定的时间与空间里以观物、闻声来了解世界。"① 在言说行为的过程中，黑田采用透视方法把过去曾经发生过，陷入忘却深渊的，并沉入了意识深层的事情激活，对其中有意义的信息进行筛选与整理。这个整理与重现的过程是靠说话者重新设置一个装置，将言说的内容放入其中，按照物理世界对真实、虚构与历史叙述进行时空重新排列。这与《源氏物语》作者的客观描写，出场人物的旁白和

---

① [日]野家启一等：《物語（現代哲学の冒険）》，日本岩波書店1990年版，第3页。

赋歌，记叙有关思考的内容，以及主语省略的写作手法极为相似。在《源氏物语》文体中，"可以将自己化身为主人公，作者（叙述者）的思想与主人公的思想达到极限的接近，其中还插入许多几乎是独立的故事，尽管人物出现又消失，但能让人强烈地感受到叙述者所叙述的现在进行时。这种文体给整个故事以连续性，创造出一种类似在伙伴中闲谈的那种亲密感"①。这种感觉在《分枝的珊瑚》中体现得也很明显，这既符合了物语的叙述形式，同时也体现了黑田后现代的碎片式的写作范式，迎合了物语的过程——"感悟"。

"日本女性作家并非只贡献于文学，她们还开创了假名文字，使之成为民族语言表述的先河。"② 很显然，黑田是在模仿紫式部进行文学表达。紫式部的假名书写摒弃了汉文的真名，意在建构一种新的文学样式——假名文学。纪贯之用假名起序并置于篇首撰写《古今和歌集》，证明了假名文学的价值，更奠定了平假名的地位。紫式部《源氏物语》的流行，也对平假名之流传做出了贡献。从黑田的回答中我们看到了两点：一是黑田的写作意图。黑田是否要通过假名文学唤起人们对女性文学的注意？是否要强调女性作家的一种姿态传递一种声音？横写与教科书的一致性是否体现了《分枝的珊瑚》言说的权威性？显然，黑田夏子并非想回到明治维新前的"日本语言"与"日本文学"状态，而是通过文本让读者展开"日本式"思考——相似的历史转型时期如何进行道路选择、价值选择。她像一个大户人家的老奶奶一样，通过娓娓道来的"从前的故事"，让孩子们自己对号入座，让他们自己立志"成为那样的人"，实现自我成长之目的。由于"现代教育方法极大地干预了人的精神的发育和成型"③，因

---

① ［日］加藤周一：《日本文学史序说》，叶渭渠、唐月梅译，外语教学与研究出版社2011年版，第189页。
② 刘春英：《日本女性文学史》，商务印书馆2012年版，第4页。
③ ［荷兰］C. A. 冯·皮尔森：《文化战略》，刘利圭等，中国社会科学出版社1992年版，第220页。

此，通过物语，在"从幼女变成老人"的过程中聆听物语，品味成长，进而起到教化的作用。二是黑田提到的希腊文的横写。希腊是人类文明的源头，让人想起古希腊神话的物语功能，其言说是否具有了人类与世界的权威性呢？

二 新"言文一致"与日本语保卫战

自昭和时代的民主化进程始，日本便着手以国字政策为中心的"国语改革"，其中心目的在于确立日语的表记，相继出台了"当用汉字表""现代假名的使用"等语言政策，日语书写形态变化很大。受西方语言学理论影响，以及美国提出的日本语言"片假名书写"的语言政策，掀起了关于日语的表音与表意定性问题的争论。"声音中心主义"者提出废止汉字的提案虽然未被采纳，但"单是字种不仅限定了1850个汉字，还要改换新字体"的"汉字改革方案"招致了"传统汉字拥护派"的反对，博弈的结果是汉字数量减少，汉字书写简化等。改革后的汉字虽然很大程度破坏了汉字所承载的文化内涵，但教科书、新闻媒体带头使用简化汉字，"国字改革达到了现代表记定型的效果"[①]。但这种定型仅限于官方，民间仍然具有表记法的自由。20世纪70年代出现日语打字机，经由80年代开始普及，到了90年代迅速普及。普通打字机里汉字的存储数量超过6000字，可供汉字与假名转换，这个数量远远超过了教科书的当用汉字表中规定的学习数量，为印刷、校对带来了压力，结果推动了2字、3字简单惯用字体的1023个表外字的通过（日本国语审议会，2000年12月）。"与汉字废止、简化的过去潮流相比，呈现出追加汉字和音读的状况，为了预防汉字混淆，又增加2316个种、4388个训读音。"[②]

---

① ［日］左竹秀雄：《国字政策と"書く"こと》，《日本語学》2017年第11期，第130—134页。

② ［日］左竹秀雄：《国字政策と"書く"こと》，《本語学》2017年第11期，第135页。

很显然，一般市民语言生活中能够书写的汉字数量远不足网络上使用的汉字。随着信息技术与网络技术的提高，便携式手机、智能手机的普及，有效地将语音与文字进行了结合。左竹秀雄将"这种'像说话一样写文章'称为'新言文一致体'"①。这种"新言文一致体"改变了旧言文一致体的书写规范与标准，语言写作与表达具有较强的随意性，导致现代人的书写能力、写作能力下降，汉字的识字率更加低下。"儿童、中小学生的阅读能力、写作能力下降，书写语言的规范性问题，基于性别差异、地域性而产生的语言资源价值也开始了转变"。平成年代，信息技术浸透于人际沟通与交往，进而导致听说读写等语言生活发生了改变，今后的日语将走向何方？特别是日本政府、民众的"尚美"思潮从战后一致延续至今，外来语、片假名大量进入日本语体系。"低头族"对电脑、智能手机的依赖，改变着日本语言生态系统。借助科技手段，将口语、书面语、视频和其他科技手段集于一体，使日本语言具有新的内涵和新的表现形式。另外，"随着全球化的到来，来日外国人逐年增加，日本人使用英语的机会大增，非母语者也会使用日语，使用日语者并非只有日本人了，这些都将成为改变日本语的潜在力量"，"新言文一致体"使用主体的范围在扩大。②

芥川奖评委村上龙说过，"没有危机感，这不是文学"③。日本作家敏锐地观察到"日本语濒临消亡"的危机，从20世纪90年代初开始思考如何拯救颓废的日本语问题。早在1991年井上靖与俵万智在《文学界》上以"日语的混乱"为题展开对谈。针对日本"难写汉字的混乱，外来语泛滥的'外来语病'，年轻人语言的混乱"现状指出，

---

① ［日］左竹秀雄：《国字政策と"書く"こと》，《日本語学》2017年第11期，第137页。
② ［日］田中牧郎：《日本語一五〇年——明治から平成まで》，《日本語学》2015年第11期，第6—7页。
③ ［日］村上龍：《芥川賞との文学の未来形》，《文學界》1999年第7期，第16页。

"外来语不能表达出日语的独特性,外来语也代替不了汉字和平假名",明确提出外来语不等于国际化。① 之后,日野启三、道见庸在1991年《文学界》第1期上进行了"在新闻语言与小说语言之间"的对谈,三岛宪一在《思想》1992年第3期上发表了"思想是语言"的文章,女作家水村美苗2008年出版了著作《日本语衰亡时刻》,2017年《日本语学》期刊专设"大和语言再确认"特集、"日本语150年"特集等栏目,这些作家都表现出了对"日本语言"的担忧与思考。水村美苗等作家在2017年的《中央公论》上进行了题为"在英语强势时代,日本语如何生存"的特辑。水村美苗直面10%的日本人用英语交际的现实,针对英语霸权的语言现状与"语言面临的殖民地化"趋势,一针见血地指出了"日本语言的贫乏"。如何走出困境?水村开出的良方是"日语中已体系化的汉文、汉语的素养不可丢弃。……应当像谷崎润一郎一样,将汉籍作为座右铭进行创作"。她也谈道了:"当下无法回到近代以前,回到汉籍更是不可能。但作家要反复阅读汉文,用汉文功底来克服日语表达的贫乏,成为真正的作家。"②

　　黑田夏子的文本写作应当与水村美苗的想法不谋而合。《分枝的珊瑚》并非完全不用汉字,但黑田所用的汉字偏向古日语的汉字词,三个汉字连用较为凸出。"小禽""片親""匂い""淫す""敵""可能性""前夜""野生""変形""帰着点""半透明""過剰""短時間""時節""書庫""意識""家事労働""観察者""死病者""衰弱者""共演者""熱望者""配色""既往症""提案""両両脚步行者""観念的""窮乏""同居人""書斎""防沙林""有肢爬虫類""半睡半醒"等,这些汉字词虽未逐一验证,但不少词语应当属于表外字与词

---

① [日]井上ひさし、俵万智:《特別対談・日本語は乱れているか》,《文學界》1991年第11期,第206—225页。
② [日]水村美苗:《言語の植民地化に日本語ほど無自覚な国はない》,《中央公論》2017年第8期,第30—33页。

汇。这样的语言形式可以看出，作为教师出身的黑田夏子，示范了水村美苗的说法。同时，更是想通过这些表达告诉读者，比起片假名、声音技术合成的读图、可视化的日本语，横写、假名、汉字表达更具有先天的优越性。"原来重要的东西和无所谓的东西之前后顺序被颠倒过来了。可是，这也并非意味着不重要的东西就变得重要了，而是重要与非重要的区别，或者区别背后存在着的理念本身被否定掉了。这正是后现代主义。"① 这也表明了女作家对读图时代到来的应变策略。黑田以此来呼吁读者在日本语泛滥之时，不要忘记来时的路，不要丢掉汉字，不要丢掉传统。现代人更不能丢掉日本已有的价值观。

三 放慢脚步，"物哀"式心态迎接选择与挑战

正是这种汉籍的文学写作，阅读与朗读者如同欣赏了"物语"与"和歌"一样，自然而然地感受到淡淡的物哀之美。本是书面语体却又让读者读出来才能够体味到小说的韵味。黑田在书面语书写、口语阅读的违和感中将读者带入小说世界。"用横向书写，把通常应该用汉字或者片假名书写的语言改为平假名书写，乍一看还以为是用特别的笔法书写的。读者被强迫去将平假名一个一个转换成汉字进行阅读。根据每个人的不同情况，或许有人会焦急吧！连我自己也在入口处迷惑了。但是我非常高兴的注意到，只要稍稍忍耐着读下去，小说的世界就会鲜活地在眼前呈现出来，丰富而特别的时间开始在周围流淌。"② 阅读速度降低，细品"清淡之美的物语"。正如评委岛田雅彦所言，"大量使用平假名的横向书写使人降低了阅读的速度，变成强迫人鉴赏亲自编织的语言修辞。最初对于这样的遣词也很困惑，觉得自

---

① ［日］柄谷行人：《日本现代文学的起源》，赵京华译，中央编译出版社 2013 年版，第 11 页。
② ［日］奥泉光：《芥川賞選評》，《文藝春秋》2013 年第 3 期，第 362 页。

己变成了花时间进行汉字转换的旧式文字处理机，但习惯的话，这种缓慢的节奏使心情变得很好。比起默读更是追求朗读的文本，回忆才是小说的王道，多数情况下，由自己来叙述过去的形式被轻易地使用，但是《分枝的珊瑚》把语言素材像眼镜一样地打磨，也透过去看潜藏在回忆背后的无意识。即使老了，少年时代、少女时代的记忆依然鲜活，像普鲁斯特那样"①。《分枝的珊瑚》的诗性与散文性语言恰恰体现了物语的言说——朗读过程。针对小说的物语衰退，采用了物语的言说形式，回归了柳田国男所说的"语言是原封不动的由口传到的耳的艺术"②。黑田恰是通过这种言说形式，弥补了小说的叙事缺欠，将阅读者拉入与言说者共通语域，通过淡淡的感觉、抑扬顿挫的声调将被阻塞的信息激活并共享，其中的数字、汉字、假名、颜色词就成了激活信息的主攻手。"口传言语在声音的直接性与历史的传承性双重特征中集聚了声音言语和文字言语各自不同的特征，或者说是超越了两种言语的特征范畴的第三种范畴。"③第三种范畴的传达过程就是相同意义内容的无限反复的理念化过程，是声音和文字中不可忽视的独特意义强制性地变为可视意义的过程。黑田的如诗如散文式的小说只有阅读才能体会其中的快感与韵味，显现了小说等文字无法达到的"第三种范畴"的言语功能。这是否可以看作黑田对日本语言的拯救与保护呢？

黑田创造了日语中并不存在的"受像者"这一词语作为第一章的题目，"ゆめの受像者の三十八ねんもへだてて死んだふたりの親たちのうち""受像者が、あとから死んだほうの親とふたりだけ"等析出。"受像者"指示单亲家中的孩子，关于孩子的称呼还用了"ひと

---

① ［日］島田雅彦：《芥川賞選評》，《文藝春秋》2013年第3期，第365页。
② 阎纯德：《二十世纪中国女性作家研究》，北京语言大学出版社2000年版，第9页。
③ ［日］野家啓一等：《物語（現代哲学の冒険）》，日本岩波书店1990年版，第15页。

り子""子""幼児""家出人"等,"死者"指示去世的母亲,"親""死病者"与"衰弱者"指示父亲,佣人用"金銭配分人""同棲者""家計管理人""家事がかり"表示。人称指示的独特运用,其观念在于黑田建构了多个物语的言说者,且并不拘泥于固定的几个可数的人物,每个人物在不同的时间带上都代表着不同的言说者,而且将读者拉入这个开放的空间来共同品味与回忆、讲述。社会角色决定了人的言语角色,同时也决定了言语的选择与言语行为方式。黑田拒绝使用"彼"(他)和"彼の女"(她),人称代词的零使用意味着涵盖了所有的人称指示,视点转移的多向性将读者的意识作为媒介,将文本的客观世界与作品、读者的主观世界连接起来。言语角色的多变性表明了人的社会角色的可变性与可调和性,直指当今日本社会心理与社会结构分层的实质性,质疑社会决策,呼吁后现代语境下社会问题解决思路的转变,呼唤超越后现代主义的"后后现代主义"解读理论的诞生。

　　黑田拒绝用传统日本语的"彼"和"彼の女"来表示男人与女人,表明后现代社会转型期,未必是只能选择"a 学校还是 b 学校",或者还有更多的选择。日本语言亦是如此。无论是"旧言文一致体"还是"新言文一致体",都存在第三种或更多种选择范畴。但无论怎样选择,或许珊瑚的母体是不会改变的,切不可让珊瑚的分枝灭掉本体。日语中的真名、假名是本体,无论怎样选择,都不应该丢掉。"整条道路看上去就像是塞满了疯长的草的沟一样。对于不认识它的人来说,他们会怀疑这到底是不是一条路。而知道它的人总是知道的。他们会尽量绕开它。"① 黑田如同夏目漱石等作家一样,高瞻远瞩地看到了拯救颓废日本语的必要性。通过文本表明,颓废的文坛乃至颓废的日本

---

① [日]黑田下子:《ab 珊瑚》,覃思远译,上海译文出版社 2018 年版,第 62 页。

道路选择,应当向传统致敬。正如小说结尾所写的那样:"来到一个岔路口时,小孩子闭上了眼,像陀螺一样地转了起来。孩子打算朝着突然停下来的方向前行,但是,到底是哪个方向呢?模棱两可的方向太多了,两个人面带微笑,四目相接,笑着,拌着嘴,再接着拉起手来前行。闭上眼睛的人,闻到了各种各样的气息,既来自 a 道,也来自 b 道。"① 历史有太多的可能性,而许多可能性最后未必都能成真。"历史就这样从一个岔路口走到下一个岔路口,选择走某条道路而非另一条的原因总是神秘而不得而知。"② 现代人的选择一定是多元化的。黑田告诫读者要以"物哀"式淡淡的心态迎接选择与挑战。在陀螺不可知、充满不确定的旋转过程中,微笑、保持定力,才能闻到来自不同方向的香味,才能看到多种可供选择的路径。

"文学是一种社会现象,也是一种思维方式,一种思想结果。女性文学也不例外。"③ 黑田直面现代人对任何问题的注意力和兴趣的持续不断缩短的现实,力图从阅读上不断维持自己的注意力进而推出新的阅读范式,向读者解释一种复杂的社会现象以便疏导或简化他们的选择,放慢脚步,用心灵体味,回归原生态,如同珊瑚一样渐渐分枝,勇于面对生活的挑战,构建一种全新的价值体系。黑田夏子在作家的使命感与责任感的召唤下,从改变小说形式入手,拯救蜕变的日本语,这也呼应了日本当下正在进行的"21 世纪活字文化项目"④,也表明了女作家对读图时代到来的应变策略。现代社会是知识、技术和伦理并

---

① [日] 黑田下子:《abさんご》,《文藝春秋》2013 年第 3 期,第 414 页。
② [以色列] 尤瓦尔·赫拉利:《人类简史》,林俊宏译,中信出版集团 2018 年版,第 227 页。
③ 阎纯德:《二十世纪中国女性作家研究》,北京语言大学出版社 2000 年版,第 9 页。
④ 21 世纪活字文化项目,日本在 21 世纪来临之际,为保存与培养日本年轻人文字书写能力,由日本读卖新闻社牵头,日本文部科学省、文化厅、NHK、日本书籍出版协会、日本杂志协会等多家组织与机构协同开展的促进活字文化活动,以防止出现 21 世纪日本年轻一代因远离文字而导致人的创造力低下的危险。该项目定期在大学等部门组织讲座或举行相关的座谈会等,以多种形式进行推进。参见 http://katsuji.yomiuri.co.jp/about.htm。

存的时代，逻各斯解释能力的局限迫切需要一种新的思维模式，也有人提出了回归意识。如果说紫氏部在《源氏物语》中充分吸取了物语文学的优长，扩张了《源氏物语》的记叙功能和内在韵致，黑田则以超越日本当下文学家的大手笔，以虚构物语与歌物语的形式描绘了知识分子家庭中的分枝的"珊瑚"，其创作的前卫性、叙述策略的创新性、对拯救颓废文化的理解还有待进一步思考与探索。

第二节 "混搭式"语言组合

后现代的日本社会，男女平等的制度化改变了日本人的性别意识，缩小了男女语言的差别，加上电视等大众媒体的广泛运用，催生了标准语的普及与方言的衰退。获奖女作家基于语言为思维工具的理念，在方言、母语、外国语的"混搭"中重组、建构了"日本语"，打破了平成文学的口语表达平衡。她们在小说语言中夹杂着方言，将带有记号性与身份象征的地域方言塞进自己的文学世界，用陌生化语言，变熟见为新异，化腐朽为神奇。大阪方言、京都腔、东北方言的运用是平成年代获奖女作家文学语言的一大特色。这种语言表达有别于历史上的旧、新"言文一致体"，在语言形式的"解构"与"建构"中实现社会转型期价值体系的"解构"与"建构"的引导，进而实现了语言建构价值的功能。

一 传统：方言与"标准语"的混搭

所谓方言写作，是指在写作中较多地使用了地方方言，即作家在写作的时候，从词汇、语法、语气、语感等各个方面大量吸纳日语方言资源，从而创造出一些具有独特方言特色的文学作品。方言写作可分为狭义与广义两种写作模式。狭义的方言写作是指，"纯粹运用方言进行写作，运用方言进行思维，并且整个的叙事结构中都贯穿着方言的思维"；广义的方言写作，即"在使用共同语写作的过程中，适当的使用方言俗语，方言经过书面语的加工，能够不失方言的味道"①。平成年代获奖女作家中方言写作比较典型的是川上未映子（《乳与卵》）与津村记久子（《绿萝之舟》）的大阪方言，赤染晶子（《少女的告密》）的京都腔，以及若竹千佐子（《我将独自前行》）的东北方言。她们不约而同将目光聚焦令计算机语言识别头疼的方言，小说文本呈现出标准语与方言混合的杂糅方式。获奖女作家的方言写作一方面让日本文化的"连续性"避免断裂，另一方面也在通过作品思考人类的大问题。

方言在旧"言文一致体"的创建时期是被排除的。那时，日本列岛根本不存在统一的口语。"全国有数以百计的方言，口语中的日语支离破碎、变化万千，并且成为地方的一种标志。"② 因此，"言文一致"首先需要解决的是改良和统一日常口语的问题。"对当时在语言上、文字上尚未确立规则的日语进行整合，就必须在声音语言与文字语言之间制造出一种规范。田锁纲纪在实践中渐渐摸索出消除方言发音的差异，利用符号单纯记录其意义的方法，在事实尚未形成'均质'的'言'之前，形成了这种超越方言的、类似于共通语的表记体系，或者说是一种替代性质的、事实上的共通书面语。"③ 显然，排除方言的目的在于建构一种效仿西方索绪尔结构主义语言学的"标准日本语"，效仿欧洲思想，摆脱由来已久的中国影响，"脱亚入欧"的倾向性非常明显。麦克阿瑟接管日本后，日本的"美国主义"发展道路很自然地波及语言政策。欲将"美国式"思维塞进日本语言，片假名无论

---

① 庄桂成：《方言写作的意义及其限度》，《长江文艺》2020年第3期，第132—135页。
② ［美］玛里琳·艾维：《日本生活风化物语》，牟学苑、油小丽译，江苏人民出版社2018年版，第77页。
③ 孟庆枢：《二十世纪日本文学批评》，吉林人民出版社2009年版，第44页。

是视觉,还是书写的便利等方面都是再合适不过的了。如果说旧"言文一致体"是日本走欧化发展道路必然选择的话,那么新"言文一致体"将是日本亲美、走美国式发展道路的另外一种选择。但是文学家总是能通过语言观,在日本道路选择上表达自己的真知灼见,尤其是女作家。她们无问西东,"我就是我"的观念日趋鲜明化。这点从川上未映子的"我并没有对'女性性'抱有特别的情感,女人只不过是人的一种形态而已,完全没有女权运动的意思"①的表达中可见一斑。女作家从"言文一致体"运动的源头出发,充分利用平成年代语言中性化的特质,采用方言创作,表达回归意识。无论是音像形式,还是书写样式,方言都是地域文化最外在的标记,潜藏着这种文化底层的蕴涵,折射着独特文化样态建构传统的行动轨迹。或许只有方言才是纯净的"日本语",因为它未曾经过国家机器强制性的改造。而用方言写作获奖的故事多发生在大阪、京都、东京等"标准语"使用地,并非方言使用的乡下,这就有了更深的意味。作为说着方言的现代人,获奖女作家们思考着日本乃至人类的大问题,看似在书写历史的连续性,实则在为当下日本人的价值取向进行引导,这恐怕是她们获奖的重要理由吧!

(一)大阪方言与文化的根性

川上未映子的《乳与卵》中叙述者"我"的大阪方言叙事,是芥川奖首部获奖的标准语与方言混合的作品。川上未映子的出道小说《牙齿或世界里我的比率》已经显现出节奏感强的关西方言,突出了人物爽快、率直的个性,起到了语言是思维的工具作用。小说《乳与卵》的题目很特别,将"女性性"最为典型的两个特征作为题目,围绕母

---

① [日]川上未映子:《哲学とわたくし》,《文學界》2008年第3期,第114页。

亲卷子是否实施隆胸手术、女儿绿子排卵展开故事情节，最后以保护乳房的完整，放弃隆胸手术，绿子开口讲话，东京小姨的月经排卵为结束。这种冲突与选择恰是通过适量掺入大阪方言得以完美实现。"适量掺入大阪方言而形成的饶舌的口语风格的文体很是巧妙，时常回响在读者脑海中。"① 其他评委对《乳与卵》的大阪方言书写也都给予了高度评价。村上龙认为，"文本中适当插入的关西方言，对于把握文本节奏，为读者把握漫长、难以理解的叙事部分起到了详细地'翻译'作用"②。黑井千次则认为，"正是因为大阪方言才能支撑'边哭边笑'女性身心的真实状态描写，并期待文坛多出现一些运用方言写作的作家"③。小说《乳与卵》的文本中，让东京的小姨"我"用大阪方言进行叙事，契合了芥川奖评选标准——"小说拥有信息社会的新鲜度与真实性"④。9位评委中除了石原慎太郎投了反对票，其他8位评委给予了川上未映子极高的评价，其中6位评委专门评价了大阪方言的写作技巧及叙事价值。这也释放了一种信号：方言与标准语混合的写作方式是以芥川奖为代表的纯文学的一种现象，或许会引发一场文学语言的革命，意味着芥川奖试图通过方言的重拾来破解新"言文一致体"带来的文化断裂问题。

"乳"与"卵"这两个日语中的汉语词为读者提供了宽泛的想象空间。表面上看，"乳"是指卷子纠结于是否要"隆胸手术"。"隆胸手术"除了女性通过身体表达体现存在感，还有喂养的文化内涵，真正的隆胸手术应当是为了赚取更多的工资，为女儿创造更好的生活。

---

① ［日］池澤夏樹：《芥川賞選評 仕掛けとたくらみの小説》，《文藝春秋》2008年第3期，第336页。
② ［日］村上龍：《芥川賞選評》，《文藝春秋》2008年第3期，第336页。
③ ［日］黒井千次：《芥川賞選評 大阪と中国的女性達》，《文藝春秋》2008年第3期，第337页。
④ ［日］高樹のぶこ：《芥川賞選評 絶対文学と文芸ジャーナリズムの間》，《文藝春秋》2008年第3期，第338页。

"卵"在日语中有"鸡蛋"与"卵子"等语义。女儿绿子在其13篇日记里反复提到的"卵",显然是思考人类繁衍的问题。最终,绿子明白了一个道理,那就是"卵子"需要与"精子"结合才能进行繁殖。小说最后通过母女在厨房的"鸡蛋冲突",打破了"卵"的外壳束缚,达到了"乳"与"卵"的融合,母女俩和好如初,"治愈"了绿子的失语症。这种情景意义的实现,大阪人直率的性格、顺滑的关西口音在其中发挥了重要作用,"一气呵成的文章是有了'我'说的大阪方言的支撑才取得成功的"①。通过"乳"与"卵"的汉字词,加上大阪方言,实现了语言表达字面意义与内涵意义的完美结合。隆胸的真相,卵子与精子结合的真相隐喻了日本旧、新"言文一致体"背后汉字、假名不可分离的历史与未来,昭示了平成年代社会转型期传统价值观与当代价值观的历史传承与延续。

川上未映子崇拜三岛由纪夫、小林秀雄、樋口一叶、森鸥外、伊藤野枝、大杉荣等作家,并在作品中有意临摹。川上自己表示使用大阪方言受到樋口一叶的影响,"设定登场人物的名字,与《青梅竹马》有许多共同性"②,对绿子性觉醒的描写明显借鉴了《青梅竹马》的写作方式。小说里,小姨还将印有樋口一叶头像的5000日元钞票作为护身符送给外甥女绿子。"川上的汉字、假名、俗语、文言混合文,再现了日本古代的大和语言和中文的交汇",她的文学创作的语言问题已经触碰到了"言文一致体"的问题。以语言策略获得芥川奖,本身也体现出芥川奖的文学引领语言、文学引领价值的取向与态势。"作为以国家为前提的'言文一致体',本尼迪克特、柄谷行人也曾有过专门论述,也曾遭到数名作家的反对,而在当代新'言文一致体'问题的再

---

① [日]黑井千次:《大阪と中国の女性達》,《文藝春秋》2008年第3期,第337页。
② [日]川上未映子:《家には本が一冊もなかった(受賞インタビュー)》,《文藝春秋》2008年第3期,第342页。

次提及并予以强化实属罕见"。川上摒弃了日本近代'言文一致体'运动的政治意图，回归到小说创作的日本语世界，"具有切断性、难得到的经验式的认识小说的醍醐味"，让人在对小说产生敬畏的同时，引发对小说的认真思考。①

《乳与卵》是"一部在结构和策划上很完美的小说。在三天两夜这样短的逗留时间里整齐地构建了故事。适量掺入大阪方言而形成的饶舌的口语风格的文体很巧妙，时常回响在读者脑海中"②。凭借大阪方言独特的节奏与结尾的声调、拟声词的爆发力将卷子、绿子与小姨在东京三天两夜的"哭""失语""呕吐""打""看焰火"等情节变成了"破冰之旅"，在动态中植入作者的写作意图。小说从一开始就弥漫着"变"与"不变"，反映出川上在变革时代的思考与对读者的导向。恰是大阪方言的独特语气与节奏，语言能量得以释放，使"乳"与"卵"具有沉重意象的话题变得轻松，陌生感下滋生的阅读快感在大阪方言与樋口一叶《青梅竹马》式的语言张力下得以实现。相对于日语固有的汉字与假名混合，《乳与卵》的语言呈现出汉字、假名与俗语的混合。从古代日本语言由假名与汉语的交织、混合的角度看，川上未映子新瓶装陈酒的语言观也折射出平成年代芥川奖的评选在语言方面的标准导向，"日本人""日本语""日本文学"与"日本文化"四位一体的内涵值得体味。

2009年津村记久子的《绿萝之舟》虽然也插入了大阪方言，却被视为日常化的写作，语言风格并未引起评委的热议，但评委对凝结在关西人身上的奋斗执着精神的书写给予了高度评价。《绿萝之舟》透过"不俯瞰、一味地匍匐在地上生存的女人们的视线，展示了苦闷的

---

① [日] いとうせいこうん：《野蛮な本格》，《文學界》2008年第3期，第122—125页。
② [日] 池澤夏樹：《仕掛けとたくらみのいい小説》，《文藝春秋》2008年第8期，第336页。

生活真实感。但是若把舞台置于东京，也许就会带有一个个生硬的问题的形式，如忍耐、努力、艰苦、不合理的抗议等，那一定会失去这部作品中的不可思议的温暖，也可以说，保持低调视线的关西人的气质和语言很好地把握了时代"①。"穷忙族"单身女性长濑的无奈与心酸如同单口相声的大阪方言，尾音的独特处理，带有某种"噪音"的语用效果，像一叶叶单薄的绿萝，在生命的旋涡中挣扎，在惨淡的现实中飘零，却隐忍而坚韧、孤勇而执着。评委们直接评价了大阪方言对主题的表达效果。评委宫本辉认为，《绿萝之舟》"把过着朴素生活的女性的每时每刻随着细小的缘分而不断变化的内心，通过不做作的故事很好地表现了出来，……蕴含着普遍意义上的力量"②。津村记久子出身于浓厚关西腔的城市，中学时代阅读了宫本辉的《泥河》、夏目漱石的《哥儿》，以及让·谷克多的《可怕的孩子们》。小说中明显有着作者自己的影子。津村记久子9岁时父母离异，大学毕业时恰逢"就职冰河期"。她在第一家公司上班时就遭上司骚扰，只做了9个月就辞职了。之后不久，与她一同生活的祖母去世，从那时开始写起了小说。与主人公长濑有着相同的心路历程。她自己作为一名身兼公司职员的"异色作家"，白天上班，晚上小睡后执笔写作直到凌晨。兼职写作数年，深刻体味到职场遭际的悲欢喜乐，酸甜苦辣。无论是津村记久子本人，还是她笔下的女主人公，都在不同程度上体现出大阪人的勤奋努力、不轻易放弃、不服输的精神。

（二）京都腔的风景与文化价值观

赤染晶子作为京都方言写作专业户，用京都方言塑造了一系列女

---

① ［日］高樹のぶ子：《そこそこ小説の終焉》，《文藝春秋》2009年第3期，第336页。
② ［日］宫本輝、津村記久子：《対談 平凡な人生が輝く一瞬を》，《文學界》2009年第3期，第161页。

性形象。古老的京都方言,发音速度较慢且多用长音,敬语十分发达,是一种优雅的语言。采用京都方言讲故事,语气上具有了历史的沧桑与久远,"日本性"韵味十足。在小说《少女的告密》中,作者采用第三人称叙事视角,巧妙地将京都方言与第三人称叙事进行整合,打破了第三人称叙事与方言相互排斥与抵制的叙事范式,把第三人称与容易拖拉的京都腔调完美地融合在一起,形成了紧凑的节奏感。赤染处理得非常巧妙,衔接得也很自然、得体,干净利落地将多余的成分剔除,呈现出精炼简洁的文章。在山田咏美看来是"久违的、感觉'语言最好'的小说,有意思得不得了,存在于小说世界的幽默是难得的价值"①。京都方言动辄就絮絮叨叨,带着让人听起来有些不舒服的语调变成了一种和音,第三人称与京都腔宛如一个优美的和旋久久回荡。在这种优美的旋律中出场的少女们,都不练习普通话,而是京都腔与东京话的组合,隐喻了少女成长"他者"因素的多元,扩大能指本身的表现形式,强调了符号本身能指的无限能量,在有限的时空内生成了无限话语。作者在标准的东京语和京都腔的差序中,表现出小说语言的跌宕感与违和感。正是主人公的京都腔,实现了赤染晶子通过小说弘扬京都人的拼搏精神,释放正能量的写作意图。

　　京都作为曾经的日本首都超过 1000 年,江户时代中期前京都方言实际上就是日本的普通话,给包括今日日本标准语在内的东京方言等各地方言带来了影响。某种意义上,京都方言是传统日本的象征之一,至今仍备受尊重。在 2014 年日本举办的"方言女子"评选中,京都方言当选第一名。很多网友称赞操京都方言的女孩腔调充满朝气,很有格调,很可爱,还有网友称她们语调丰满,非常顺耳。《少女的告密》中,京都外语大学的"乙女"们说着京都方言,接受德国巴赫曼

---

① [日] 山田詠美:《選評》,《文藝春秋》2010 年第 9 期,第 380 页。

教授的《安妮日记》的演讲训练。在德语演讲训练中，京都方言穿梭于标准日本语、德语之间，同时，与《安妮日记》中巴赫曼教授反复强调的最重要的、少女们最不擅长的、1944年4月9日的题为"现在我最希望是战争结束后的荷兰人"的那篇日记，形成了一个意义共同体，共同阐释了一个核心的问题——"尊严"①。犹太人在历史长河中无法获得自己的祖国，"让追寻祖国又失去祖国的犹太人成其为犹太人的恰恰又是祖国二字，这源自对祖国的思乡之情，世世代代的犹太人都在异乡思恋着祖国"②。安妮从德国移民到荷兰，非常热爱荷兰，希望荷兰是自己的祖国，但最后安妮自己告密——"我是犹太人"，用自己的实际行动实现了4月5日那篇日记"我希望死了以后还活着"，这才是"纯粹的安妮"，"有深度的安妮"，"沉静的安妮"③。是战争让安妮的自我分裂为多个"我"，但告密的内容——"安妮是犹太人"——才是真正的"我"，是犹太人誓死捍卫心灵深处的祖国精神。赤染晶子并非讨论安妮的身份，而是凭借"一个平凡的女大学生自我觉醒的物语"④ 诠释了"没有成熟的可能性的人物，努力之后有可能成长"的"阿童木命题"⑤。同时，少女们京都方言的插入，在历史与现代的有机结合过程中引发平成年代日本人的思考——"我是谁"。年纪轻轻的安妮能够冒着牺牲生命的危险，勇于拨开层层身份的假面具，大胆承认"我是犹太人"的真实身份，那么，当下处于社会转型期的日本该如何？赤染晶子的一系列"京都腔"作品形成了一个京都精神

---

① ［日］池澤夏樹：《ロマンチックではなく尊厳の問題》，《文藝春秋》2010年第9期，第376页。
② ［日］赤染晶子：《少女的告密》，姚东敏译，上海译文出版社2014年版，第42页。
③ ［日］赤染晶子：《少女的告密》，姚东敏译，上海译文出版社2014年版，第64页。
④ ［日］赤染晶子：《少女的告密》，姚东敏译，上海译文出版社2014年版，译后记第82页。
⑤ ［日］田中和生：《"戰後日本"的世界的記号的"我"——赤染晶子論》，《文學界》2010年第9期，第158页。

的自我表达闭环,在现实与非现实的交融中,通过巴赫曼教授之口说出了"呕心沥血"式的努力与根性。这恐怕也是赤染晶子对平成年代社会转型自我迷失的日本人、日本精神的一种文学引领。以小观大,书写小物语解决大问题,京都腔的文化价值不可小觑。

(三) 东北方言与"玄冬文学"

2017 年,63 岁的文学新人若竹千佐子凭借处女作《我将独自前行》摘得了素有芥川奖摇篮之称的第 54 届日本文艺奖,成为该奖历史上最年长的获奖者。2018 年 1 月,若竹千佐子又凭借《我将独自前行》获得第 158 届芥川奖,成为芥川奖继 75 岁的黑田夏子之后高年龄的获奖作家。该小说出版 2 个月后销量达到了 50 万册,创造了日本图书销售的奇迹,并于 2020 年被搬上银幕。说起文艺奖,往往与作者年轻、作品充满着"洋气"的青春小说相连,比如芥川奖最年轻得主绵矢莉莎的处女作《毒蘑菇》、青山七惠的《窗灯》、羽田圭介的《十九岁的夏天》等。而若竹千佐子的《我将独自前行》恰恰与此相反,小说中的主人公暮气沉沉,且时而穿插着日本东北方言,显得"土气"十足,但这反而给读者耳目一新的感觉。"2017 年,日本《朝日新闻》《读卖新闻》《产经新闻》等主流媒体纷纷对这部作品予以关注,称它的出现象征着与青春小说遥相对应的玄冬小说的诞生。"①

玄冬是书面用语,指冬天,"玄"为黑色,古代以四方为四季之位,北方冬位,其色黑,故冬天又别称"玄冬"。玄冬小说作者若竹千佐子 1954 年生于岩手县远野市,毕业于岩手大学教育学部,做过临时教员,结婚后来到东京,成为一名家庭主妇。55 岁那年丈夫去世,她

---

① 戴铮:《玄冬小说诞生! ——〈我将独自前行〉获日本文艺奖》,https://epaper.gmw.cn/zhdsb/html/2017-11/29/nw.D110000zhdsb_20171129_4-04.htm?div=-1,2020 年 11 月 5 日。

一直深陷丧失至亲之人的哀恸之中。她听从长子的建议开始去听小说讲座，八年后完成的第一部小说《我将独自前行》就获得了日本文艺奖与芥川奖。小说题目"おらおらでひとりいぐも"取自同为岩手县出身、同为岩手大学毕业的著名作家宫泽贤治为芳华早逝的妹妹登志而作的诗篇《永诀的早晨》，不过若竹千佐子将这句诗"独自一人去死"的原意改换成了"独自一人生活下去"。小说回望了75岁女主人公桃子过往的人生。24岁那年秋天，正值东京奥运会举办之际，她离开东北老家来到东京。独自一人从上野车站下车，转眼间已过去了50个年头。其间经历了埋头打工，与丈夫周造恋爱结婚，一双子女出生长大，15年前丈夫的离世。眼下子女皆已成家，她独居在住了四十多年的郊外老宅，每天一个人喝喝茶，听听老鼠的叫声，但耳边总会回荡着类似爵士音乐会现场的声音。终于有一天，她又迈开了独自前行的脚步。若竹千佐子"从一个普通人的平凡视角，描绘出自己对人生，特别是衰老死亡这些每个人都无法回避的终极问题的思索"[1]，"她想刻画出老年人的积极性，让人们领悟到即使步入人生的玄冬也能开创一片新天地"[2]。平成年代的日本已经步入被安倍称为"国难"的老龄化社会，"到2050年年末，总人口中80岁以上老人所占比例将达到20%，也就意味着5人中就会有一个高龄化的老龄者"[3]，这是日本必须面对、必须解决的问题。养老问题早已引起了社会各界的关注，作家有吉佐和子1973年就创作了反映日本老人问题的社会小说《恍惚的人》，狄野安娜的《螃蟹和他和我》也曾探讨了老人看护问题。相对

---

[1] 高阳：《作为普通人的哲学——评第158届芥川奖获奖作品〈我将独自前行〉》，《外国文学动态研究》2018年第4期，第40页。

[2] 戴铮：《玄冬小说诞生！——〈我将独自前行〉获日本文艺奖》，https://epa-per.gmw.cn/zhdsb/html/2017-11/29/nw.D110000zhdsb_20171129_4-04.htm?div=-1，2020年11月5日。

[3] [日]河合雅司：《未来の年表2》，日本講談社現代新書2018年版，第226页。

《恍惚的人》《螃蟹和他和我》所反映的家庭社会如何善待老人问题，若竹千佐子受深泽七郎的影响，从老年人自身出发，探讨了老年人如何面对自己的老去与孤独，如何一个人活下去的问题。"每个人，用尽一生才会发现，没有任何人比自己重要，自己想做的事情，自己就去做，就这么简单。"这既是主人公桃子的人生感悟，也是若竹千佐子的亲身感悟和想向读者传递的重要信息。这与杨绛先生说过的"人到了晚年，最亲的并不是老伴和孩子，而是自己"的思想不谋而合。

小说《我将独自前行》开篇扑面而来的是东北方言。"哎呀，我这脑袋瓜儿出了啥问题？""这可咋办，从今往后我一个人，叫我咋办？""咋办咋办？可不就咋办？""多大点事啊？有我在呢。你和我，到最后都栓一块儿。""哎呀，你到底是谁呀？""那还用问啊？我就是你，你就是我啊。"东北方言的句式短、设问辞格、音调偏重，没有一般意义上的日本语的委婉与过多的修饰语。方言里蕴藏着丰富的历史与文化信息，也体现出东北人单纯、朴实与执着的性格特征。主人公桃子24岁从岩手逃婚来到东京打拼，因其一口纯正的东北方言遭受过他者的歧视。为了生存，在东京拼命学习"标准语"。在外生活的50年里，桃子一直在用标准话进行交际。而在她的老年生活中，"听着一连串好像大坝决堤一样奔腾而来的东北方言，这些声音从她身体里面不断向外涌现"[1]。这些东北话是潜藏在桃子内心深处的，深入骨髓里的基因与文化符码。对于桃子，东北方言具有多层含义。

第一，东北方言意味着老旧与传统。桃子家是一个老屋子，"一切都已老旧得仿佛经过了熬煮，呈焦糖色"[2]。房间里老鼠自由穿梭，去年16岁的老狗告别了这个世界，桃子青筋突出、骨节宽大的老手，纸糊的窗子，旧衣柜，佛龛，用胶布黏着的裂了玻璃门的碗柜，还留有

---

[1] [日] 若竹千佐子：《我将独自前行》，朴海玲译，北京联合出版社2020年版，第1页。
[2] [日] 若竹千佐子：《我将独自前行》，朴海玲译，北京联合出版社2020年版，第1页。

孩子小时候在门上贴纸的旧冰箱，伤痕累累的地板，旧书，旧杂志，膝盖部分已经磨出洞的运动套装……这是桃子在丈夫去世后，一个人的生活环境与现状。老旧唤醒了桃子体内沉睡了多年的"东北话"。桃子离开家乡已经50年，无论是日常会话，还是内心思考，桃子都用的是普通话。可是深陷孤独的现在的桃子，"浓浓的东北味儿的话语在心里泛滥，甚至不知从何时起，想事儿用起了东北话。晚上整点啥吃？我到底是谁？无论是吃喝拉撒的俗事还是形而上的疑问，这阵子用的全部是东北方言"①。这是桃子的回归意识，人老了，上了年纪，思念故乡也是人之常情。一个人一辈子也许会经历很多，但人生最初的记忆是最难忘的。

第二，东北方言意味着爱。小说里桃子与周造的爱源自在异地他乡的东北方言。是周造"把事儿定了吧"，没有任何装饰，直截了当的东北方言的求婚打动了桃子，"完全不装模作样，直愣愣地表达心情，桃子也正是喜欢周造这些地方"②，是方言缔造了他们纯真透明的爱。"周造是桃子在都市里寻找到的故乡，或者说是桃子心目中的代言人。"③当心爱的丈夫突然离世后，幻想丈夫说的每一句暖心的方言让孤独寂寞的桃子走出了失去亲人的痛苦，是丈夫朴实的东北方言让桃子找到了自己活下去的理由和真正的勇气。操一口纯正东北方言的奶奶是桃子热爱东北方言、热爱生活的最原初的底色。儿时奶奶喜爱桃子，教会了她右手使筷子等生活细节。奶奶夸桃子聪明，夸她好看，让小桃子对自己、对生活充满自信。"她听着奶奶的话，一直相信自己是个聪明又好看的女娃娃，从来没怀疑过。"④当桃子上了年纪、孤身

---

① [日] 若竹千佐子：《我将独自前行》，朴海玲译，北京联合出版社2020年版，第11页。
② [日] 若竹千佐子：《我将独自前行》，朴海玲译，北京联合出版社2020年版，第94页。
③ [日] 若竹千佐子：《我将独自前行》，朴海玲译，北京联合出版社2020年版，第97页。
④ [日] 若竹千佐子：《我将独自前行》，朴海玲译，北京联合出版社2020年版，第145页。

一人时，朴实、热爱生活的奶奶成为她的榜样，就连吃饭时耳边也常回响起奶奶的"该吃你就吃"①的东北方言。奶奶的声音、影子一直都在桃子的生活里。对于桃子来说，东北方言是爱情、是亲情，它一直都在儿时的记忆里，在与丈夫周造的爱情里，在桃子的生活里，在桃子的骨髓里。

第三，东北方言意味着最深层次的"我自己"。桃子生于战前，成长于战后，离开家乡到大城市去发展或许是那时人们的梦想。桃子在读小学时纠结于自己东北方言的乡村味、土味与生硬，一旦改说标准语又觉得有些"装腔作势"，"就好像变得不是自己了"。用作者的话说，"鱼刺卡在喉咙里，吃一口白米饭就能吞下去。语言哽在心头，却无计可施，小桃子很为难"②。但相对于当时贫穷的岩手，桃子有对大城市的憧憬，有对"标准语"的向往，但如果真正运用了"标准语"，"就好像一脚踢开了老家的空气、清风、花草树木以及人与人之间的联系，这种背叛的感觉从脚踝那里攀缘上升，让桃子感到不安"。一时间是否使用东北话成了桃子的心病。"那种纠结的心情，明明喜欢却不能说喜欢，明明厌恶却不能直接拒绝。"桃子内心深处并不想放弃东北话。小时候诸如写字、拿筷子等事情都是说着东北方言的奶奶教给她的。桃子从小接受日本传统的教育并受其影响，饱含着对东北方言的眷恋与热爱。最初来到东京打拼，东北方言成了"心病"。自从周造用铿锵有力的东北方言求婚后，桃子便能坦然面对了。"周造说出来的淳朴方言，听着让人踏实舒坦。桃子承认自己很喜欢这东北方言。周造的淳朴感染着桃子，引起桃子心灵深处的共鸣。"③婚后的桃子平静、安稳、幸福，为了让心爱的周造感受到生活的意义，将自己的生活目

---

① ［日］若竹千佐子：《我将独自前行》，朴海玲译，北京联合出版社2020年版，第166页。
② ［日］若竹千佐子：《我将独自前行》，朴海玲译，北京联合出版社2020年版，第16页。
③ ［日］若竹千佐子：《我将独自前行》，朴海玲译，北京联合出版社2020年版，第17页。

标锁定为——为周造而活,周造是她在异乡的依靠与偶像。当周造突然心肌梗死离开这个世界后,桃子无论如何也接受不了,更不相信这是真的。幻想中桃子思考究竟什么是爱。"把别人看成比自个儿重要,大家都说这是爱","大家都赞美富有自我牺牲精神的爱、痴情的爱","为了别人的幸福而牺牲自己","爱是甘露,爱是坚强,爱是尊严,爱是高贵,爱啊,爱啊,只要有爱,世界就是完整的家,有爱的人最美"①。这是一般意义上的爱。在经历了丈夫离世后的孤苦,桃子悟出了"人与人之间无论多么亲密,都不会不分你我,那都是两个人。意识到这一层的时候,已经有很多岁月流走了。周造没有变,桃子变了,桃子变得想要为自己活了"。桃子认为,周造因为对自己的爱才不知疲倦地奋斗,是自己对不住周造。如果自己早一点清醒为自己活,就会将周造从疲困中解脱下来,或许丈夫也不至于这么早离开自己。这是桃子对周造的真爱的表达。恰是直截了当的东北方言,以及东北人的思维方式让老年的桃子找到了独自前行的逻辑与动力。"周造和俺是连为一体的,为了让俺一个人活着,周造死了,这是仁慈,是周造的仁慈,是从彼岸透过来的光线那样巨大的仁慈。这就是俺为了接受周造的死去而找到的意义。"② 桃子感恩周造为了让自己活一回而死去,桃子只有为"自己"活,才能打碎丈夫周造的爱的外壳,破茧重生,才能活下去。"周造,他与俺都是途中的人,俺们谁也逃不开,逃不开俺是婆娘,他是爷们儿这么一种身份的固定。"③ 周造与自己是一个人,看似桃子是一个人独自前行,实际上是她与活在自己心里、身体里的

---

① [日]若竹千佐子:《我将独自前行》,朴海玲译,北京联合出版社2020年版,第103页。
② [日]若竹千佐子:《我将独自前行》,朴海玲译,北京联合出版社2020年版,第109页。
③ [日]若竹千佐子:《我将独自前行》,朴海玲译,北京联合出版社2020年版,第158页。

丈夫周造同行。丈夫的身体虽然已经在市营陵园墓里，但他的声音、他的形象从未离开桃子，一直关心着桃子的生活起居。周造的爱无时不在，桃子并不是一个人而是两个人在前行，他们边走边说着地道的东北方言。不仅如此，他们的女儿直美、外孙女纱也佳在远离岩手的东京，也在说着东北方言，说着她们的爱。

第四，东北方言意味着历史与传统的延续。女性之所以在人类历史与文明的传承中非常重要，在很大程度上是因为女性代际间口口相传的语言交流的作用。无论是传统社会，还是信息化程度较高的现代社会，透过奶奶（姥姥）、母亲等女性的教化，文化的传承功能从未改变过。"有学者认为，文化就像是精神感染或寄生虫，而人类就是毫不知情的宿主。寄生虫或病毒就是这样住在宿主体内，繁殖、传播，从一个宿主到另一个宿主，夺去养分，让宿主衰弱，有时丧命。只要宿主能够活着让寄生虫继续繁衍，寄生虫就很少关心宿主的情形。至于文化，其实也是以这种方式寄生在人类的心中。它们从一个宿主传播到另一个宿主，有时候让宿主变得衰弱，有时候甚至让宿主丧命。任何一个文化概念，都可能让某人毕生致力于传播这种思想，甚至为此牺牲生命。于是，人类死亡了，但想法持续传播。"[①] 任何国家"女性性"，尤其是家庭中的"母性性"都会是重要的文化传播宿主。语言是文化的载体，语言是思维的内容，也是思维的工具，更是思想记录与传承的重要载体。方言是记录该方言区地域文化的活化石。从历史看，日本的东北方言，与幽默的关西方言、明快的九州方言相比，曾因人们认为语病太多、土话太多而不被重视，在东京、京都等一些大城市的东北人往往因方言而感到自卑。明治"言文一致体"时期，"标准语"的推广，东北方言也受到了限制。战后提倡民主、尊重地方，东

[①] ［以色列］尤瓦尔·赫拉利：《人类简史》，林俊宏译，中信出版集团2018年版，第226页。

北方言虽得到了公平的待遇,如桃子 24 岁来到东京时的情形一样,东北人往往还会遭到白眼与歧视。东北方言是东北文化的承载者,记录着东北文化的前世今生。方言的传承人即东北文化的传播者。

《我将独自前行》里的奶奶、母亲、桃子、直美、纱也佳都是东北文化的继承者、传播者。奶奶做和服的精湛手艺所呈现的匠人精神和对待传统生活的态度都遗传给了桃子,即使一个人独居,生活也很精致,对各种季节性习俗从不怠慢。立春的前一天晚上,撒豆驱鬼;三月三女儿节,煮了小红豆做成红豆沙,煮了青菜,还亲手做了糖金橘,她将这些盛在小碗里,供在了娃娃们面前。"请用吧,来,请你们慢用啊。"① 桃子似乎听到了奶奶和她的声音混合在一起,与奶奶跨越时空达成了一致,成为一体。外孙女在女儿节这一天突然造访桃子,让她好不欢喜。桃子拿出针线盒子,手把手教纱也佳修补坏了的布娃娃,与外孙女的互动中体味到了当年奶奶的幸福感,文化符码的隔代传递是温暖的、幸福的。

桃子有个强势的母亲,说话总是用命令式的语气,凡事都要按照她所说的那样去做,否则就会没完没了。护着桃子的奶奶去世后,桃子更是活在对母亲的察言观色中。"母亲对女性角色很不认同。母亲的想法深深影响了桃子,……桃子一直不知道该如何面对自己内心的女性部分。"② 桃子不想让自己的女儿直美重蹈覆辙,却不知道该如何与她相处。"虽然桃子的本意是不要和母亲一样,但结果却是一模一样,都想按照自己的意愿来打造控制女儿。"③ 桃子母女关系有些疏远。这就是传染,是文化的传承与传递,也是人世间的必然。桃子听从母亲的安排,在家乡农协找了份工作。在一个夏天的夜晚,"桃子母亲语重

---

① [日] 若竹千佐子:《我将独自前行》,朴海玲译,北京联合出版社 2020 年版,第 184 页。
② [日] 若竹千佐子:《我将独自前行》,朴海玲译,北京联合出版社 2020 年版,第 45 页。
③ [日] 若竹千佐子:《我将独自前行》,朴海玲译,北京联合出版社 2020 年版,第 46 页。

心长地对桃子说，结婚一点儿意思都没有"，打算让桃子一直住在家里，目的是帮帮这个家。按照日本传统，这个家业将来是由桃子的哥哥继承的。桃子"内心有什么在激烈地翻滚搅动，像一个深深的漩涡"①，这个旋涡在那一年的秋天开始打转。有人给桃子介绍对象，是农协会长的儿子，在结婚的前三天桃子逃婚到了母亲的眼睛盯不到的地方——东京，开始了新的生活。桃子逃离后，有乡难回，一直到父亲葬礼才被允许回家。桃子的哥哥也来到了大城市结婚定居，家乡的老房子里只剩下母亲一个人，母亲比以前瘦了一两圈，叹息自己已经老了，不中用了。看到母亲瘦小的身体孤身留在老宅，激活了桃子内心作为女儿的柔软处，心疼母亲、担心母亲，在母亲身上看到了一股力量，这股力量鼓舞着桃子。母亲独自在老宅生活了23年，母亲做到了，桃子也一定能做到。

桃子与女儿的关系演绎与复制了她与母亲、哥哥的模式，桃子人生中想要却又没有得到的强加给了女儿，而女儿想要的却又未曾给予她，母女关系疏远。在三月三与外孙女一起修补坏了的洋娃娃时，得知女儿在家"一激动说出来的都是东北话"②后，桃子哭了，或许这是桃子在自己女儿小时候说过的一句话，说明女儿没有忘记自己，母女亲情犹在，并且在传递。"咱们做吧，咱们做吧"③，听着外孙女话里的东北味儿，桃子笑出了声。桃子与外孙女来往不多，很显然东北话是女儿教给她的。小说结尾处，桃子笑容满面地慢慢站了起来，上了二楼去取碎布头，与外孙女一起给洋娃娃做衣裳，再现了当年奶奶用做和服剩下的边边角角的衣料做成沙包给桃子玩的情形。这就是天伦之乐，桃子享受到了。文化就是在感知、理解、强化、体演等不断

---

① ［日］若竹千佐子：《我将独自前行》，朴海玲译，北京联合出版社2020年版，第32页。
② ［日］若竹千佐子：《我将独自前行》，朴海玲译，北京联合出版社2020年版，第32页。
③ ［日］若竹千佐子：《我将独自前行》，朴海玲译，北京联合出版社2020年版，第185页。

重复中得以认同与传承。桃子在回忆、梦境、幻想后,"明白了有一条眼睛看不见的链条,有一套眼睛看不到的程序,俺不知不觉就成了那个程序里的一个环节,莫名其妙地就顺着那根链条滑行"①。这是方言对于文化传承与传播带来的新思路。

《我将独自前行》通过东北方言探讨了"老"与"新"的悖论。方言的文体非常关键。除了标准日语,方言向对其不理解的人们传达的是一种更加强大的力量,传递出了一种本质上失落的文化差异。柳田国男写作《远野物语》(1909—1910)时强调,"区域性的信仰与活动已经受到了全面的'文明开化'国家意识形态的威胁,这种意识形态激进热切的政策为后盾,希望现代意识和习惯教化给百姓。明治时代普遍的对于西方知识的看重引发了对本土知识的怀疑和重新估价"②。西方工业资本主义不仅带来文明的开化,还在很大程度上消解了传统的日本世界。所以在描写原野,日本东北部的一个偏远乡村的时候,作品以这种消除为主题。而在后现代社会,战后殖民化后日本意识形态受到"美国"国家意识形态的影响严重,日本的美国化态势明显。"21世纪活字文化项目"的实施说明日本政府早已意识到文化安全的新危机,再一次将目光投向了偏远地区。因此,《我将独自前行》中"卓越叙述文体"③的东北方言,63岁的作者,75岁的主人公的老年生活,等等,构成了一幅现代与传统、现实与非现实的画卷。如果说明治时期的"言文一致体"的"标准语"摒弃了方言的语音差异,实现了日本语言音响形式的"一致性",那么平成年代的新"言文一致体"则是想什么写什么,将书写符号的"一致性"予以了强化。伴随着智能化时代的到来,语音、机器翻译的快速与便捷,日本语中

---

① [日] 若竹千佐子:《我将独自前行》,朴海玲译,北京联合出版社2020年版,第47页。
② [美] 玛里琳·艾维:《日本生活风化物语》,牟学苑、油小丽译,江苏人民出版社2018年版,第70页。
③ [日] 小川洋子:《芥川賞選評》,《文藝春秋》2018年第3期,第327页。

平假名、汉字的书写面。临着丢失的威胁,这将给日本语言、日本文化的安全带来风险。如何实现文化安全,日本文坛启用了以"老"带"新",让玄冬文学发挥作用,让老作家、古老的东北方言发挥新职能,实现语言能指与所指的意义扩大,释放文化传承、传播的新理念、新价值。或许,当春天来临的时候,"俺不是一个等待命运判决的人,俺对热烈的红色有共鸣,俺还能战斗!俺还有未来,还有从今往后,涌向的笑意就是涌上的动力。俺还没有完蛋呢"①!"衰老"是接受失去,是忍耐寂寞,是感受到些微的希望。这也是小说中的桃子、作者若竹千佐子的未来,这也是东北方言散发出来的魅力。

二 混合:母语与外语的越界

全球化背景下,文学首先表现出的是国际化。平成年代芥川奖获奖小说的作者、背景、内容和语言等诸要素都体现出文学的无国界,语言方面更是体现了日语与世界各国语言的融合。20世纪80年代,在山田咏美的作品中曾出现过只言片语的英语;90年代,"在水村美苗的《私小说》中英语已'泛滥'到和日语的表达等量化"②。平成年代获奖女作家的获奖作品中英文音译的外来语大量涌入,汉语原封不动搬入小说,或者说她们在母语与日本语夹缝中创作,建构了一种新的"洋泾浜"式的日本语。朝鲜血统的女作家李良枝、柳美里,欧洲血统的荻野安娜,异国归来的、久居德国的"海归"作家多和田叶子,等等,因她们的加入,"日本语"的文坛不再单一而"纯粹",她们的母语与外语混合与越界,给日本文坛带来了新鲜与陌生化的表达,加快了日本文学的世界化步伐。

---

① [日]若竹千佐子:《我将独自前行》,朴海玲译,北京联合出版社2020年版,第188页。
② 王建宜、吴艳、刘伟:《日本近现代文学史》,世界知识出版社2010年版,第374页。

（一）法国文化与"落语"相遇

1991年凭借《背水》获得第105届芥川奖的荻野安娜是日籍法国文学家、小说家，父亲是混血的美国人，母亲是兵库县明石市出身的画家。荻野小学时入籍日本，曾作为法国政府公费留学生在巴黎第四大学留学，研究文艺复兴时期法国人文主义作家、杰出的教育思想家弗朗索瓦·拉伯雷，并获得博士学位。学术研究之余开始从事文学创作。无论是家庭背景，还是研究背景，都给了荻野深厚的法国文化底蕴，在她的文学创作中，法语、法国文化元素等的嵌入成为一种自然。《负水》描写了主人公"我"不顾父亲的反对执意与男友珠里同居。生活中发现了他们同居前珠里给远在法国留学的春香的汇款单，进而怀疑珠里对自己爱情的纯度。为了寻找平衡，主动寻找其他异性男友，并屡屡进行同居内的"一夜情"，与有妇之夫的裕以及菅野发生性关系。表面上看，荻野似乎在谈论"一个古往今来爱情的'忠诚'与'背叛'这一永恒话题"①，但实际上，却以"水"为题目在探讨人性中爱的储存与浪费的问题，一个在后现代社会带有普遍性的问题。

荻野安娜在法国留学时期，专门学过16世纪法国古典文学，从语言的使用中"发现了落语型法国文学。比如落语的表达，烤鳗鱼是趁热吃的，而且要花很多钱。法国是烤肉和面包一起吃的"②。安娜相信，"落语就是人类的原型"③，因此，用日语创作时通过"落语"将两者通道打通，使日本文学具有了世界意义。《负水》"落语"式讲故事风

---

① 王伟伟、李先瑞：《笑对磨难——记日本新锐作家荻野安娜》，《世界文化》2018年第10期，第38页。
② ［日］荻野アンナ 古今亭志ん朝（対談）：《笑いと想象力》，《文學界》1994年第5期，第212页。
③ ［日］荻野アンナ 古今亭志ん朝（対談）：《笑いと想象力》，《文學界》1994年第5期，第216页。

格为沉闷的日本文坛带来了活跃。评委黑井千次提出"应该关注她的才气和写作技巧"①，其技巧在于，"作品在接近卡壳的时候，就会爆发机智，应该说是聪明机智。会使自己隐藏才能的反射运动引起乱反射的倾向"②。这种包袱最后落地到了"我们所背负的水是维持生命不可欠缺的东西。'我'和'珠里'之间不过是保持了对'裕'的兴趣及'菅野'的性关系，天才般书写了'伪装'与'本体'之间的不确定性"③。这种精湛的语言艺术发挥了阅读者的想象力，在"落语"的语言游戏里或是对号入座，或是隔岸观火，引以为戒。

小说分为四个部分，标题分别是"1 サマータイム（夏天时光）""2 迷い道（迷路）""3 ピカソンの臍（毕加索的肚脐）""4 絹のまなざし（丝绸般妖艳的目光）"。

"1 サマータイム（夏天时光）"出自格什温之兄和海沃德合写的小说《波姬》改编的《波吉和贝丝》3 幕歌剧。剧情是以美国南部黑人社会为背景，描述了一对黑人青年男女 Porgy（乞丐）与 Bess（荡妇）的爱情故事，以及追求自由解放的经历。其中《夏令时间》等歌曲比较有名。这部歌剧也是主人公"我"在谎言的掩盖下与有妇之夫裕第一次约会时看的歌剧。这种不伦约会，被获野安娜安排得很浪漫。这种浪漫不符合日本人内敛、含蓄的人际交往原则。偷情的私密性与歌剧的爵士乐的狂野性形成反差，世界上恐怕只有法国人才会有如此的浪漫与风情。将法国人的生活方式植入小说开篇，使老掉牙的三角恋爱故事如同《波吉和贝丝》赋予的优美旋律般超出了故事本身的张力。裕先生公司出版的无数书籍当中，有一本书的封面使用了"我"提供

---

① ［日］黑井千次：《芥川賞選評》，《文藝春秋》1991 年第 9 期，第 411 页。
② ［日］古井由吉：《芥川賞選評》，《文藝春秋》1991 年第 9 期，第 412 页。
③ ［日］田久保英夫《芥川賞選評》，《文藝春秋》1991 年第 9 期，第 412 页。

的插图，而这个插图是意大利裔画家莱昂诺尔·菲尼①的作品。莱昂诺尔·菲尼1908年生于意大利，作为巴黎社交生活的明星，"她加入了超现实主义运动，时常回到某个反复的主题：一种神秘的性欲，雄性的造型，神话的风光"②。可以看出，荻野安娜将法国超现实主义理念带入她的文学世界，具有了后现代主义背景下的自由主义倾向。因工作关系，结识了人到中年的裕先生，因为他长相与20世纪60年代《呼唤暴风雨的男人》中的著名男演员、歌手石原裕次郎相似，因此吸引了"我"。两人约会看歌剧、去"多玛格"法国餐厅，喝着香槟酒，吃着法国蜗牛。"我"和裕先生的交往是兴趣所致。"情人是无关身份和年龄的，心中的某个角落总在这般窃窃私语。倒不如说差距越大反而越有趣。"③ 这对于日本女孩来说并不稀奇。但最终因为自己与珠里交往的事情被裕先生点破后，在落语名家古今亭志生先生的"是否后悔，从后往前看，一目了然；拄着拐、摔过跤"一节中结束了这段忘年异性交往。日本传统艺术落语的植入表明，荻野安娜小说创作没有离开"日本"的运行轨迹。这段异性交往，虽然很浪漫，却是"拄着拐、摔过跤""青鸟又逃走了一只"④ 的结局。

"2 迷い道（迷路）"部分作者注重描写了"我"与"正宗"男友"珠里"的交往。"我"很主动，并大摇大摆地搬到了珠里家里开始了正式的同居生活，却遭到父亲的阻挠与反对。在看到了珠里给在法国巴黎的女性藤田春香"国外汇款委托证明"后，开始思考自己与珠里的关系，开始考虑父亲的感受。"我一直都在责问自己的心：'这样下

---

① ［日］高桥源一郎、荻野アンナ:《小説の極北をめざして（特別対談）》,《文學界》1991年第9期，第47页。
② 名人简历:《莱昂诺尔·菲尼》,http://www.gerenjianli.com/Mingren/22/d9pca1rim.html，2021年5月23日。
③ ［日］荻野アンナ:《背负い水》,《文藝春秋》1991年第9期，第457页。
④ ［日］荻野アンナ:《背负い水》,《文藝春秋》1991年第9期，第462页。

去真的可以吗？'因为与父亲的摩擦，各种感情都被耗尽，已经没有多余的库存了。尽可能地想要节约一点感情。"① 如此看来，这样故事的逻辑并没有什么特别。但是，作者在语言表达上确实下了一番功夫。男友的名字珠里（Julie）与 20 世纪 60 年代末日本著名男歌手泽田研二的艺名 Julie 相同。1965 年植木等演唱的歌曲"遺憾に存じます"，日本漫画《男おいどん》里的一种杂草サルマタケ，深受欢迎的日本著名电视主持人冈龙太郎，等等，满满的日本文化元素。

借描写与珠里（Julie）交往，外国文化接踵而来，呈现出一大盘国际大餐：海边港口面向外国船客的和服背后的龙腾刺绣，印有世界的鱼的手帕，中华街的小点心店，土耳其街，法国古龙香水，英国摇滚乐队"披头士"成员，妻子是小野洋子的约翰·列侬的传记，英国雕塑家亨利·穆尔风的大理石乌鸦，瑞士雕塑家贾科梅第风的瘦乌鸦架子，比利时歌曲 Sans Toi M'amie，美国性感明星玛丽莲·梦露，主演《卡萨布兰卡》的美国电影女演员褒曼，美国歌剧《波吉和贝丝》，中华料理，等等。从表层上看，迷路是纠结于我与男友珠里关系的持续与分离；从深层上看，将诸多世界元素塞进"迷路"中，那么，这个迷路不仅仅是"我"个人是否与男友继续交往的选择与迷路，而是出于全球化背景下的日本国家的道路选择，是出于平成年代社会转型期人们价值取向的选择。

但最终矛盾焦点落到了珠里给藤田春香汇出的 200 万日元上。小说后来交代春香去法国学习唱香颂。唱香颂是日本对法国通俗歌曲的称呼，这种通俗歌曲在春香看来，"当然不是像伊迪斯·皮亚芙那样的波澜起伏的曲目。'我喜欢有老练有趣的歌词的曲子，对，特别是像莱奥·费雷、阿赛日·甘斯布那种风格的。'她这么说着，终于去巴黎正

---

① ［日］荻野アンナ：《背负い水》，《文藝春秋》1991 年第 9 期，第 473 页。

统地学习香颂了。"① 小说在最后一部分交代,"胜"也资助过春香30万日元。被医生告诫不能有性生活的"病人"春香去法国学习通俗歌曲,是作者对法国文化的一种宣传与厚爱。春香对法国唱香颂的喜爱与作者本人对落语的喜爱形成了一个闭环与映衬。恰是这两种文化之间,作者寻觅到了交汇处,同时也找到了日本文学文化与法国文学文化的连接点。荻野在日本学习日语、学习日本文化,传播落语艺术,春香去法国学习音乐文化,自然也会将日本文化传播到法国,走进对方的世界,相互交流与借鉴,自然就不会迷路。

"3ピカソンの臍(毕加索的肚脐)"具有落语的调侃与幽默意味。毕加索的肚脐是一个招牌,实际上描写了"我"与新晋画家菅野的身体交往。菅野打破了日本人"距离"交往的理念,在大庭广众之下像私语一般抚摸着"我"肩膀、脊背、胳膊、手指,给予了"我"身体的充分满足。身体和语言的交合却引发了"我"的空虚,菅野与"我"的身体交往,寻求身体刺激,反而在身体得到满足之后愈发空虚。"柏拉图"式所谓爱情,"从腹部底部升起的虚脱感,压垮了我。大脑、内脏都消失了之后留下的空洞,被空虚的烟填满了"。经历了这种"报复"与"尝后","我"觉醒了,"不应该见第二次面的",决定与珠里永远在一起。"青鸟逃走了。青鸟就是为了被放跑才存在的。"② 荻野安娜在东西文化比较中,提出了不可透支、不可过度消费的爱情哲理。"珠里和我,是顺着空开一厘米间距的两条平行线前进的两个平面。保持着无限接近的距离,但绝不会重合在一起,也不会分开更多。"③ 道出了当下人与人之间的关系样态。平行但不交叉,给对方一定的空间,保持一定的距离,适当进行装饰。这种人际关系交往的原

---

① [日] 荻野アンナ:《背负い水》,《文藝春秋》1991 年第 9 期, 第 473 页。
② [日] 荻野アンナ:《背负い水》,《文藝春秋》1991 年第 9 期, 第 482 页。
③ [日] 荻野アンナ:《背负い水》,《文藝春秋》1991 年第 9 期, 第 478 页。

则是较为典型的西方文化里以人为本理念的突出体现,也是日本传统间人文化的核心特质。

"4 絹のまなざし(丝绸般妖艳的目光)"。荻野安娜在文本表达中有意通过语义的不确定性、多义性来揭示跨文化融合。小说主人公"我"的三个男友的名字,其中有两个是片假名书写:"ジュリー""カンノ"。"ジュリー"根本就是一个外国人的名字,但小说描写中他是一个典型的日本西洋画家;"カンノ"像是一个外国人的名字,但仔细对照,可以写出"菅野"的汉字来。"我"是日本传统家庭的女孩,母亲却与别人私奔,扔下了"我"和父亲两个人。父亲反对未婚同居,保守与传统。但他最亲近的两个女人却都与他的意志相违背。无论是"我"的父亲"チチ"——日本传统的卫道士,还是"カンノ"的父亲オヤジ——西洋文化的传播者,通过作者对"こうせい"的同音词解读,"构成""更生""校正"中表达了自己关于日本与欧美文化交融的主张,并指出了这种融合的"艶"与"絹のまなざし"。"艳"与"丝绸般妖艳的目光"的审美是日本"物哀"与"侘"之美的合体,为读者提供了一个极富想象力的空间,通过日本语与外语的接触,实现了西方文化与日本含蓄之美的融合。

(二) 德语与日本语的"混搭"

多和田叶子出生在日本中野的大杂院,从六岁开始就一直住在典型的上班族的小区里。英语是作为外语在日本母语环境下学习的。她对母语有着自己独到的理解,"我无法想象完全不会说日语,只会说英语的生活。对我而言,语言就是日语。来到德国之后突然明白,日语并不是我一体的东西,它有生命力,是鲜活的事物"①。多和田叶子因

---

① [日] 多和田葉子、リービ英雄:《母国語から遠く離れて(特別対談)》,《文學界》1994 年第 5 期,第 145 页。

多年生活在德国，可以用日语与德语同时写作与发表小说。她对日语中的汉字与假名有着自己的想法，"日语是一种'杂种性'语言，……如果只用平假名，就没有叫作スウーツ的那种绚丽的感觉了，把那种杂种性写得不显眼就没意思了"①。多和田叶子所说的日语的"杂种性"体现了日语来源的多样性与多源性。其实，在王朝时期的女性文学里早就体现了这种语言的杂糅性。"紫式部、清少纳言和她们之前的朴素主义作家不同，文本创作里具有了汉语和日语的融合性。在她们之后，无人能够超越。正是因为紫式部生活在只写封闭在内部的小故事的时代，意识到了中国视野的大物语，因而《源氏物语》取得了令世人瞩目的文学效果。"② 多和田叶子不排斥日语的多元性特征，多年海外生活的经历，引发了她对女性文学创作语言的思考。在她的作品中，通过不同源的日语与德语这两种语言的交替使用引起语言的变化，与接触日本男人身体后的日本女性的身体感觉进行比较，交织感觉的叙事风格独具特色，她把接触到的异国文化的味觉、嗅觉、视觉、听觉、触觉等身体感觉融入思考与意识。多和田叶子的童话和寓言语言之所以如此吸引人，"大概是因为她想把日语和德语这两种语言作为自己身体的延伸，装进自己身体内部，享受着外部事物的乐趣"③。她自己的身体本身就是日语和德语两种语言的共同体。

多和田叶子认为，"在生死两岸交换的语言、声音、情感和肉体想要到达彼世界的话就一定要通过'我'，'我'是在生死两岸中间的存在。'我'是两岸间不定状态的障碍，两岸之间的界限会随着'我'存在状态的变化而变化。'我'的视线全面扫视不断浮动的光学装置，

---

① ［日］多和田葉子、リービ英雄：《母国語から遠く離れて（特別対談）》，《文學界》1994 年第 5 期，第 146 页。
② ［日］多和田葉子、リービ英雄：《母国語から遠く離れて（特別対談）》，《文學界》1994 年第 5 期，第 146 页。
③ ［日］和田忠彦：《多田和葉子論》，《文學界》1997 年新春特别号，第 218 页。

就像要一心找出所有东西的差异那样，紧盯着这次重新绘制的两份生死地图。最终接受所有差异的'我'和两枚地图融合在一起"。这种魔力赋予语言浮力和上升力，将从魔力中产生的东西，进行"日常"空间内部的异物感和伤痕的确认，或者缺失和过剩的发现，彰显了语言的魅力。"当时我写小说的时候和现在是不同的，没有用德国人的思维方式，而是在头脑中借鉴德国文章，然后用日语进行最初的创作。"①"我的德语并不是很好，只是用与母语是德语的人的不同的德语写，是我用德语写的目的，通过这样写，反而在用自己母语写的时候，想打破所谓流利的美丽的日语。换言之，想成为能巧妙地运用两种语言的人。而且，舍弃一个，还没有进入另一个，一边保持着两个一边破坏，这样的事情我是抱着害羞的心情来努力的。"② 评委对多和田叶子的创作文体给予了很高的评价，称她"将日本人或他国的民间故事搬到现代日语的流畅文体中"③，在"新旧两种文化的交汇处播撒了一粒民间故事的种子"④。对多和田叶子的语言风格，女评委大庭美奈子在给予高度评价的同时，还寄予厚望，"以获奖为契机传承日本文学的传统"⑤。"日本人在建立近代国家时以普鲁士为样本，幻想利用文化的单一性建立统一的强国"⑥，多和田叶子从日本文化的多元性与德国文化的单一性存在的明显差异中受到启发，从语言文化的根源、"物种"的视野出发，没有"切断"母语之根，反而通过古代民间故事的现代植入，呼唤日本语言的后现代传承。

---

① [日] 和田忠彦：《多田和葉子論》，《文學界》1997 年新春特别号，第 215 页。
② [日] 多田和葉子：《母国語から遠く離れて（特别対談）》，《文學界》1994 年第 5 期，第 138—139 页。
③ [日] 大江健三郎：《奇妙でアリル》，《文藝春秋》1993 年第 3 期，第 419 页。
④ [日] 黒井千次：《民話の種》，《文藝春秋》1993 年第 3 期，第 421 页。
⑤ [日] 大庭みな子：《外部と異和感》，《文藝春秋》1993 年第 3 期，第 420 页。
⑥ [日] 多田和葉子：《母国語から遠く離れて（特别対談）》，《文學界》1994 年第 5 期，第 140 页。

(三) 韩国语与日本语的选择与杂糅

李良枝的《由熙》获得第 100 届芥川奖。缘何将这么重要的奖颁给在日朝鲜族作家李良枝？评委大庭美奈子认为，小说"将'语言'这一非常重大的主题作品化，……通过成长环境的语言、民族、个人长期经历的文化背后所存在的语言问题逐渐逼近文学的本质"[1]。文学的本质是语言的意识形态问题。在日本土生土长的由熙为寻根来到韩国首尔大学留学，但无论怎样都无法适应自己的母音、母语，经历一番痛苦之后选择离开自己的祖国，屈服于自己的母语和文化感，放弃学习母语和本民族文化，返回日本。表面上李良枝书写了由熙"因语言的生理性等语言问题受到了诸多打击而动摇"，实则作者发出了"如何打破旧壳，想怎样生存？如何活下去"[2]的叩问。而李良枝本人在获奖致辞中也表明，"从语言本身所积蓄的东西中，从爱、人类、生的语言中寻找生存之仗"[3]。在由熙的语言、民族、身份的文化认同纠葛中，深层次探寻了平成年代日本的世界定位问题。也许美国并不一定是日本最好的、摆脱经济困境的依赖者，如果将日本恢复经济、发展经济的砝码全部押给美国，或许会像由熙一样"无语""失语"与"逃离"。日本文化中虽然有外来文化的因素，但也会日久生情，应当让它变成永远的"土生土长"，国家要发展、要振兴需向自己的国家要答案，要自我成长，否则夹生、徘徊可能会产生"精神分裂"的后果。日本文坛把芥川奖颁给李良枝，意味着日本在选择自己的道

---

[1] ［日］大庭みな子：《第百回芥川賞選評》，《文藝春秋株式會社》（芥川賞全集第十四卷）1997 年，第 450 页。

[2] ［日］河野多恵子：《第百回芥川賞選評》，《文藝春秋株式會社》（芥川賞全集第十四卷）1997 年，第 452 页。

[3] ［日］李良枝：《受賞の言葉》，《文藝春秋株式會社》（芥川賞全集第十四卷）1997 年，第 466 页。

路上，在从"他者"的镜像里进行观察与借鉴中，或许能较为清晰地辨认出自己、看清自己。

不可否认，李良枝作为二代在日韩国作家，"'出生在日本的半日本人'意识，即趋同于'离散''流亡'的意识问题，是其一生都难以割舍的文学创作原点"①。她沿袭了一代作家金时钟在"抗争被日本同化、日本语言的同化"②中的纠结的民族身份，苦于母语、日本语的选择及文化身份的游离与确立问题。而柳美里出生于神奈川县，却一直保留韩国国籍。1983年进入横滨共立学园高中，却遭遇了欺凌，1年后选择退学。1988年凭借《致水中之友》作为剧作家、导演而出道。1997年凭借《家族电影》获得第116届芥川奖。柳美里笔耕不辍，成为平成年代成果丰厚的耀眼作家。柳美里在日本习得日本语言与文化，受日本文化影响颇深，自始至终都不曾有过"因为自己是无法归属于'祖国＝韩国'或'养育之地＝日本'中的任何一方的'异邦人'而感到内心的痛苦不堪"③。因此，她的作品中感受不到语言的选择与民族意识问题。但是，柳美里对自己的双重文化身份也有过深度思考。柳美里不懂韩国语，父母在家里谈论不想让她知道的事情时会使用韩国语，导致柳美里对大人的不信任，对韩国语的厌恶。虽然她曾表示过"对日语和韩语都怀有抵触心理"，却说"自己生来就是无根草"，"我的心扎根在祖国（朝鲜）"④。对于柳美里，她的祖国不是出生地的日本，也不是父母出生地的韩国，她自己称"朝鲜民主主义人民共和国"是她的祖国。或许是这种多重复杂的心理与民族身份的纠

---

① ［日］黑古一夫：《"民族"和"语言"双重束缚下"在日"文学的现状与走向》，侯冬梅、刘楚译，《东北亚外语研究》2018年第3期，第71页。
② ［日］细见和之：《アンデンテイテイ他者性》，日本岩波书店1999年版，第79页。
③ ［日］黑古一夫：《"民族"和"语言"双重束缚下"在日"文学的现状与走向》，侯冬梅、刘楚译，《东北亚外语研究》2018年第3期，第71页。
④ ［日］黑古一夫：《"民族"和"语言"双重束缚下"在日"文学的现状与走向》，侯冬梅、刘楚译，《东北亚外语研究》2018年第3期，第72页。

葛，为柳美里提供了文学思考的空间与创作的原动力。《家庭影院》的获奖与在日本出生的柳美里的纯度日本语写作说明：日本女性文学在全球化时代，已经与世界女性文学合为一体，也正因为柳美里移民家庭背景破裂，日本和韩国的夹缝间处境与经历，为她日后创作出其他纯粹日本女作家无法比拟的文学作品提供了源泉。她的小说里虽没有韩国语的形式，却有朝鲜半岛的味道，这种味道通过日本语言杂糅成平成年代新的文学表达样态。

三　衍生：新鲜与陌生化的语言世界

"陌生化"也可以称为"奇特化""反常化"，"是指表达者为了更好地表情达意的需要而采取的一种异于常规的表现手法。即故意对常规常识偏离，造成语言理解与感受上的陌生感"[①]。"陌生化"这一理论是由俄国形式主义理论家什克洛夫斯基在《作为手法的艺术》中最早提出来的。其原理在于，当人们习惯了一种事情或行为之后，人的感觉就会变得麻木，丧失了感受的丰富性、生动性。

为了打破这种麻木性，就需要使用陌生化，变熟见为新异，化腐朽为神奇。陌生化则不断破坏人们通常的反应，使人们从迟钝麻木中惊醒过来，重新调整心理定式，以一种新奇的眼光去感受对象的生动性和丰富性。

日本女作家对语言敏感，容易适应语言的变化，创造了新的"日本语"，并不断衍生陌生化的语言世界。日本历史上的三次女性文学高潮无一不是与语言的创新相关。第一次女性文学的高潮时期是平安王朝时代，在中国文学《长恨歌》的影响下，同时为官的紫式部和清少纳言分别写了日本女性文学的开山之作《源氏物语》和《枕草子》，

---

① 李宏伟、王玉英：《汉语修辞学》，兵器工业出版社2009年版，第63页。

将宫廷男性使用的汉子改成日语假名文字，开创了日本文学新的语言表达范式，开启了"日本语言文学"的历史篇章；第二次女性文学的高潮时期是明治时期，樋口一叶和与谢野晶子等不接受西方近代文艺思潮和文艺理论，拒绝把文言体改成言文一致的口语体，为"日本语"的延续性而创作了《青梅竹马》《乱发》等优秀佳作，成为学习西方科学技术，保护日本文化安全，保存好"日本语""日本精神"与"日本文化"的一段佳话；第三次女性文学的高潮时期是平成年代。当今日本文坛已摘得芥川奖、直木奖等众多文学奖的女作家们直面"外来语"的日益增多、观念的不断更新、社会的不断变化，充分发挥女性对语言的敏感性优势，不仅很快适应了语言的这种变化，而且还快速顺应了后现代社会"语言的游戏性"特征。她们抑或向传统致敬，抑或"混搭"，从语言变化中产生出新的十分微妙的"日本语"。"这是男女之间的差异，也是日本女性文学繁荣的因素之一。"[①]

针对"芥川奖候补作品等小说无意义的篇幅过长化"的写作现状，女作家作为语言表达示范的先锋，在语言表达上下功夫。柳美里的《家庭影院》文本的"详略得当"，被河野多惠子称为"带来了锻炼眼球与刺激联想的功德"[②]。将作品篇幅的长与短看作一种功德，足见评委对小说阅读效果的重视。可以看出，文学评论在关注文本自身的基础上，加大了对阅读者的思考。文学语言的"经济性原则"、文学语言的"生成性"与"增殖性"已经成为文学评论重要的视点。我们翻开平成年代近30位获奖女作家作品的评委评语，对语言的观测与评价集中在语言的"幽默""素简""留白"（省略）、"隐喻式表达"等方面，这也正是女作家们融合"日本性"与"后现代性"审美意识建构

[①] ［日］原善：《新小说思想或思想性小说的构建者》，载《中日女作家新作大系》（日本方阵总序），中国文联出版社2001年版，第3页。

[②] ［日］和野多惠子：《感想》，《文藝春秋》1997年第3期，第396页。

出新鲜、简单的文学语言世界的关键所在。在这个语言世界里，女作家们将语言符号的表层结构转化为了深层结构，实现了有限文本字面意义的无限增殖。由于身处平成年代社会转型期，获奖女作家在"变"与"不变"的博弈中，通过对语言的"保护"与"创新"，传递出对当代人的价值取向引导的策略与新常态。

（一）新词语的出现

芥川奖作为作家的龙门奖项，新人、新作品、时代性无疑是芥川奖获奖作品的选拔标准。文学语言最能折射出社会的变迁。语言中较为稳定的是语音、语法，而变化最快、最活跃的是词语。随着时代的变化，新词语不断出现，旧词语不断消亡。文学作品对新词语的产生与推广起到了推波助澜的作用。

水村美苗所言的日本语中"外来语泛滥"之所以还有市场，就是因为现代年轻人的交往只有用外来语才能真正实现传情达意，一旦换成汉字或假名，言说意图就不能够很好地表达出来。30部获奖作品除了黑田夏子的《分枝的珊瑚》，几乎都是外来语布满文本。一方面，大量外来语直接被音译成外来词、新事物以及网络语言，文本也因此具有了文学语言的同时代性。女作家采用大量外来语书写，也在证明自己的与时俱进。另一方面，外来语的表达也是语言表达的一种"新"与"潮"，是吸引更多的年轻阅读者的需要。如《负水》中涉及美国、法国、意大利等国文化元素，均采用外来语表达，因而使文本具有了世界意义。获奖作品中上述例子比比皆是。"人只有服从语言（符号）系统才能存在。一定的语言秩序被身体所同化，变成无须解释的'自然的'思考模式的状态，这只能是'习惯'。"[①] 那么，文学语言是否

---

① ［日］岩城见一：《感性论——为了被开放的经验理论》，王琢译，商务印书馆2008年版，第91页。

有了外来语的表达，是否用片假名书写就有了"国际性"的意味了呢？这个问题值得商榷。

针对大量外来语的涌入，以黑田夏子为代表的保守派作家，拒绝使用片假名的同时，利用日本语中已有的汉字进行造词。柴崎友香在《春之庭院》里，用甲乙丙丁戊戌等天干命名房间号码，柳美里在《家庭影院》里将摄影师二十多年的木造公寓命名成"辰巳庄"，将父亲杀死的杂种狗命名为"路易"，还有其他作家的大阪方言、京都方言、东北方言塞入小说文本，被大量阅读，这些都可以看作对"外来语泛滥"的一种抵制。

女性语言的中性化，尤其是年轻人因受漫画、动画等影响，造出了一些表形象与表声音的形容词，"日本語言形容词被年轻人无意识给捕捉到了"①。如，"太め""细め""小め""超"等结尾词活用，以极强的造语力造出了一些新的形容词。绵矢莉莎的《欠踹的背影》、金原瞳的《蛇舌》、小川洋子的《妊娠日记》等这种在过去被称为误用或偏误的表达方式，在当下的日本年轻人中间，在年轻女作家的作品里成为一种陌生化的表达。随着作品被阅读，这种用法就在逐渐地被接受。

"文学奖是新人奖，因此需要紧密结合实际，表现作品的现代性是不可或缺的元素。"② 语言的现代性当然也是评奖的重要标准之一。获奖女作家文学语言的外来语书写，从另外一个层面上看，也是在全球化背景下，不动声色地抢占话语权，把持地球村内的话轮结构，用变了形的"日本语"讲好日本故事，并将故事讲给世人听。这不得不说是日本文学振兴会、日本文坛的前瞻性与战略性的高明之处。因此，

---

① ［日］井上ひさし、俵万智：《特別対談．日本語は乱れているか》，《文學界》1991年第11期，第206—225页。

② ［日］平野啓一郎：《日本語で書く》，《文學界》2012年第6期，第222页。

无论是黑田夏子，还是金原瞳、绵矢莉莎，她们在日本国家语言政策上达成了共识，也与日本芥川奖评选达成了"共谋"，造就了女性文学的色彩纷呈。

（二）词语表达的后现代性与语义的增殖

"后现代主义文学的基本特征可以概括为不确定性的创作原则，创作方法的多元性，语言实验和语言游戏。"①《乳与卵》《穿紫色裙子的女人》等小说中词语的"混搭""暧昧""简素"等表达实现了语义的增殖。平成年代获奖女作家不约而同地在文学语言从遣词造句上发力。

1. 绵矢莉莎：语言的"暧昧"与"混搭"

最年轻的作家绵矢莉莎是追求日语暧昧表达性的典范。"日本语暧昧表达比较容易做到。省略主语，隐藏交际意图，实现语义增殖。"②词义的模糊性对于日本表达的暧昧性起到了非常重要的作用。绵矢莉莎作为京都人，将关西人特有的人际交往感觉与心灵感应运用于文学语言表达上，做到了作者与阅读者的心有灵犀。她书写了"语言无法言说的痛苦，无法消解的孤独感，与周围环境的违和感，被逼迫的责任感"③。

小说的"混搭"风格强化了绵矢青春文学的印记，"混搭"的文学表现在《欠踹的背影》中无处不在。在蜷川榻榻米的房间里，"小学生的书桌""泛黄的棉被壁橱""旧式小型冰箱""日本娃娃""日本娃娃的涂漆矮柜"全然不搭调。日本娃娃是"已经去世的奶奶的遗物，

---

① 马凤春：《戴维·洛奇作品中的后现代主义叙事模式》，《湖南医科大学学报》（社科版）2010 年第 2 期，第 157—158 页。
② ［日］绵矢りさ：《日本語の曖昧さを追求するほど》，《文學界》2012 年第 6 期，第 224—225 页。
③ ［日］山田詠美：《芥川賞選評》，《文藝春秋》2004 年第 3 期，第 317 页。

一直都舍不得丢"①。日本人认为木娃娃有灵魂，奶奶的遗物，是传家镇宅之宝，是日本传统文化的象征。蜷川一直都"舍不得"，而同为叛逆者的"我"对待"遗物"却是"赶紧缩回正要触摸木娃娃的手"，是敬畏还是拒绝，反映了日本青年人对待传统文化的接受心理。"我"与蜷川的不同态度说明，当代的年轻人并非都叛逆传统。简陋的房间里"唯一看起来正常的书桌，靠近一看也很怪异。牙刷、牙膏、自动铅笔、美工刀，全都插在一个笔筒中。桌子的架子上，不只放着文具用品，还排列着七味辣椒粉小瓶子、调味酱等，教科书边的塑料箱中有装着叉子、汤匙、筷子的尼龙袋，放在桌上的《广辞苑》上，还摆着吃剩的意大利面，上面撒着的不是奶酪粉，而是房间逐渐堆积的灰尘，椅背上还晾着浴巾"②。笔筒应是存放书写工具的地方，是教化的象征，而把生活用品、文具、餐具、调味料等一股脑地放进笔筒，说明蜷川生活无序与混乱，但同时又与存放崇拜明星收纳箱的井井有条形成对比，表明蜷川做事很有规矩，那只能认为是绵矢莉莎设计的"混搭"。书桌的幼稚与家具老旧的混搭，符合少女"混搭"的审美。在"混搭"的文化背景下，自我定位更需要经历探险与追寻过程。蜷川房间与父母房间的"混搭"表明当代人生存空间的狭窄，存在感的丧失。语言、意象、符号等多重元素的"混搭"正是绵矢莉莎青春文学的魅力所在，显示了其创作的实力。

2. 川上未映子：幽默语言与颜色词语的模仿

《乳与卵》里"想把胸部变大的女性""胸大女性""胸派女子"，与之相对应的"冰冷女子""变冷女子"等幽默表达，产生了对象距离意识。③红颜色词语的运用，如"红色的手绢""血红的眼睛"、乳

---

① [日]绵矢莉莎：《欠踹的背影》，涂愫芸译，上海译文出版社2011年版，第12页。
② [日]绵矢莉莎：《欠踹的背影》，涂愫芸译，上海译文出版社2011年版，第18页。
③ [日]いとうせいこう：《野蛮な本格》，《文學界》2008年第3期，第125页。

头的美国樱桃色、月经血的红色、"红色的铅笔"等都模仿了樋口一叶《青梅竹马》里的红绸子。日本人最喜欢的颜色是红色与白色。每年新年的"红白歌会",日本人结婚时传统婚服的颜色也是红色。各种节日或正式场合,可以见到红色的和服,但在日本人日常生活中,红色并不常见,反而紫色、白色或者一些色彩并不鲜明的颜色比较常见。女作家通过红颜色书写,从视觉上制造了"陌生化"表达效果,引起了阅读者的注意,令读者挖掘出反常意义,深刻揭露出女性身体改造的矛盾心理。其他作家如朝吹真理子的《贵子永远》里的"红海参""红豆饭",《妊娠日记》里有毒的"红色西柚",等等,也都是出于表达的需要而设计了小说语言的红色。从认知心理学角度看,红色在众多颜色中比较醒目、张扬,作者刻意采用红颜色具有特殊强调的意味。信息化发达的后现代社会,人们早已对"复制""粘贴"等"均质"社会处于麻木状态,少有了激动与激情,尤其是"耻感文化"背景下的日本可能会表现得更明显。因此,作者通过红颜色词语及语义来激活人的生活热情,回归到"自然人"的生活状态。

3. 今村夏子:紫色、黄色倒错的"正常"与"异常"

芥川奖获奖女作家的作品往往通过颜色词语的变换告诉阅读者"人"的善变性,以及如何摆脱空虚、直面生活。平成年代最后一届(2019年第161届)获奖女作家今村夏子的小说《穿紫色裙子的女人》(むらさきのスカートの女),直接将紫色用于小说题目,"穿紫色裙子的女人"作为整部小说的移动视点,期间交织着"穿黄色开衫的女人",这种颜色的交错演绎了紫色与黄色彼此替换、两色合为一色的故事,在紫色、黄色的倒错的"正常"与"异常"中引发当代人关于何为"正常"的思考。

《穿紫色裙子的女人》讲述了一个看似平常却充满荒诞感的故事。

小说延续了私小说"第一人称"叙事,描绘了"我"眼中穿紫色裙子的女人的固定性,每天都穿一样的紫色裙子,总在固定的时间去固定的商店街的面包店里购买固定奶油口味的面包,然后在公园里"紫色裙子的女人专座"上坐下慢慢用餐。"穿着紫色裙子的女人的厉害之处在于,不论周围的人如何反应,她的步子都不会出现一丝凌乱。"① 她的"固定性"成了社区的"名人",人们对与其偶遇则表现出"假装没看见,飞速让开道路,因为可能有好事发生而额手称庆,也有人长吁短叹(因为这一带流行一个迷信的说法:一天看到她两次就能走运,看到三次则会遭遇不幸)"②。紫色裙子是她的符号,建构了"无人知晓"符号能指与所指的无限放大的空间,充满了不确定性。小说中,"我"认为"穿紫色裙子的女人"是"我"的姐姐——"跟姐姐很像","我"的小学同学——退役的滑冰运动员小梅,是画家,是超市的收银员,等等。"穿紫色裙子的女人"是现实生活中的任何一个人,是具有符号化、机械化的现代社会人。同时"穿紫色裙子的女人"又具有"可变性"。为了生计,她可以做小工,可以做"合同工",还希望通过努力成为正式职工。应聘合格后进入宾馆成为一名保洁员。"紫色裙子"换成了"黑色连衣裙"与"白色围裙"。经过职场入职教育与"规训"后很快适应了新的工作环境,一改以往糟糕形象,工作努力、勤奋,深得主管赏识,同时也与其他老手服务员一样,偷吃客房内食物,反锁房门睡懒觉,并很快与所长智弘交往,发生男女关系。但"紫色裙子"也有自己的价值取向与判断,当所长来到她的住所,要她当所长偷盗行为的"替罪羊"时,她又表现出了一种坚定与坚强,不畏强势维护自己的尊严,与之前刚入职时的懦弱形成反差,最终当

---

① [日]今村夏子:《无人知晓的真由子》,吕灵芝译,四川文艺出版社2021年版,第5页。

② [日]今村夏子:《无人知晓的真由子》,吕灵芝译,四川文艺出版社2021年版,第4页。

所长对她采取极端暴力行为时,"她抓住机会甩掉所长的手,猫低身子连击所长的腹部。所长闷哼一声,踉跄了几步,穿着紫色裙子的女人趁势一脚踹向他的两腿之间,还朝他脸上来了一巴掌"①,致使所长从二楼头朝下栽下来,躺在地上一动不动,差点送了性命。她又冲下一楼跪在所长的身体旁边,伸出双手,呼唤所长的名字:"智……智弘君……!智弘君……!智弘君……!智弘君……!你快醒过来呀,智弘君!智弘君!智弘君!智弘君!智弘君!"②表现出其"人性"中善良的一面。她可以是常人眼中的拖沓女,也可以是"怪人",是"小偷",将客人剩下的巧克力拿到公园分给小孩子们,但面对让自己充当"替罪羊"却敢于反抗。"穿紫色裙子的女人"追求的应是具有后现代意义的"正常人"的"均一"地位,超越现实的"差别"而实现精神、价值的"均一"。

紫色由温暖的红色和冷静的蓝色化合而成,既不像蓝色那样冷,也没有红色那么抢眼,是极佳的刺激色,富有独特性。紫色可以容纳许多淡化的层次,具有较强的可调和性。在中国传统里,紫色是尊贵的颜色,如北京故宫又称为"紫禁城",当年老子来函谷关被比喻为"紫气东来",日本王室仍尊崇紫色。在西方文化里紫色还代表正统。在拜占庭时代,来自王族嫡系的皇帝会将"紫生"一字加于自己的称号,表明自己的正统出身,以别于靠其他手段获得王位的君主。紫色,普通中有几分华丽与高贵,平常中带有几分浪漫与淡淡的哀愁。

黄色在日本虽没有中国和古代的多重含义,但日本农耕文化的传统特质,黄色具有了成熟、植物的衰败等意义。黄色往往联想到空虚、

---

① [日]今村夏子:《无人知晓的真由子》,吕灵芝译,四川文艺出版社 2021 年版,第 163 页。

② [日]今村夏子:《无人知晓的真由子》,吕灵芝译,四川文艺出版社 2021 年版,第 164 页。

贫乏和不健康等意象，画师通常会把紫色作为黄的互补色。小说里"紫色"的"她"是通过"穿黄色开衫的女人"的"我"的"视觉"扫描后转述而成。"我"对"穿紫色裙子的女人"非常感兴趣，很想跟"她"交朋友，却不知如何开口，于是每天跟踪她的行迹，来寻找机会。这是为什么？简简单单就是因为"她"是"我"的邻居？显然不是。小说里关于"我"没有任何正面描写，一直都是"我"处在某一角落里跟踪、观察"穿紫色裙子的女人"，并伺机帮助她。尤其是小说接近尾声时，"穿紫色裙子的女人"因一个意外陷入了巨大的危机，作为整个事故的目击者与证人的"我"终于第一次面对面地跟她说上了话。"我"蛊惑并怂恿"穿紫色裙子的女人"逃离现场，并帮助她设计逃跑线路及提供逃跑所需物品。阅读过程中，读者会渐渐觉察叙述者"我"的一些荒诞做法"理据性"不足。在看似"我"用理所当然的语气为自己的行为作合理的解释里，却"有悖常理"，读者其实已经对"我"所描述的一切心生怀疑。"穿紫色裙子的女人"的疑惑"为什么权藤主任你要这样帮我……"①，也是读者的疑惑。其实作者借"我"之口，在文中已经做了回答，"我摇摇头说，我不是权藤主任，我就是穿着黄色开衫的女人"②。意思是说，是以黄色开衫的女人身份帮助你，而不是什么单位的领导。"阅读的过程中能够感觉到在追踪'穿紫色裙子的女人'的过程中，作为辅助颜色的'穿黄色开襟毛衣的女人'逐渐占据篇幅。这是一部被两位女子诱惑的小说的有趣之处。使用毫不夸张的独特的语言，将人带入难以形容的恐怖、怪异处处散在的世界，其手段之出色令人钦佩。"③ 恰是叙述者不确定性与叙

---

① ［日］今村夏子：《无人知晓的真由子》，吕灵芝译，四川文艺出版社 2021 年版，第 169 页。

② ［日］今村夏子：《无人知晓的真由子》，吕灵芝译，四川文艺出版社 2021 年版，第 170 页。

③ ［日］山田詠美：《芥川賞選評》，《文藝春秋》2019 年第 9 期，第 329 页。

第六章 叙事话语与自我建构

事策略，使阅读者在阅读体验中与叙述者、作者共同建构了多义阐释的空间，实现了文本的互文性。其中一点很明确，穿黄色开衫的女人仗义，乐于助人，有正义感。

小说中下半身"穿紫色裙子"的女人与上半身"穿黄色开衫"恰好是一个完整的打扮，色调很搭，很和谐。"本人作为讲述者来描写偏离焦点的人物是困难的，但是通过将穿紫色裙子的女人置于眼前，增加了'我'的神秘色彩。两人如同彼此的镜中人一般关系密切，甚至失去了两人之间的边界。从一个女子携带着投币式自动存放柜中的行李离开之时开始，可以说紫色与黄色彼此替换，也可以说两色合为一色。"① 这两种颜色的合色在小说的下半部。黄色和紫色调和后会成黑色。黑色是人类色系的原色、基础色。可以认为，通过穿紫色裙子的女人与穿黄色开衫的"我"调色，向彼此的"异常"与"正常"移动转化中，形成了符合时代、符合人类自身发展的主色调——黑色，让"穿紫色裙子的女人"进入职场"穿上黑色的裙子"。人的变化具有不确定性。小说的后半段，"我"由开始的"普通人"变成了"异常"，而"穿紫色裙子的女人"变得像个普通人。如果后来不发生"意外"，"穿紫色裙子的女人"或许通过自身努力可以变成一个正式的公司职员。当协助"穿紫色裙子的女人"出逃后，"我"又重新回到了职场，因所长栽赃与诽谤"穿紫色裙子的女人"而打抱不平，利用手里掌握的"所长曾经偷盗明星五十岚雷纳内裤"的秘密，要挟所长加时薪、预支工资。所长被迫答应。"穿紫色裙子的女人"虽然出逃，已不在公司工作，或许逍遥法外，或许被警察逮捕，这些都已不重要了。重要的是"我"可以利用跟踪"穿紫色裙子的女人"与所长行踪时的"意外收获"，可以不断要挟所长。此时"穿

---

① ［日］小川洋子：《滑稽な生き物》，《文藝春秋》2019 年第 9 期，第 326 页。

紫色裙子的女人"就会附体于"我"身上，成为"我"的重要帮手。此时的"我"不仅仅是从前的"穿黄色开衫的女人"的"半个人"，而是一个"穿紫色裙子的女人"与"穿黄色开衫的女人"的合体，是一个完整的人。"我"很珍惜我的两半，因此，在"穿紫色裙子的女人"消失后的某日早晨，"我晾了衣服，打扫了房间，边看电视边吃早饭，然后起身去商店街购物"①。在商店街逛了药妆店、酒铺和面包店后，走向了公园。坐在公园里曾属于"穿紫色裙子的女人"的长椅上，吃着她喜爱的面包。这一天的活动组成自然也是两个合体的完整部分，是"我"的部分。"穿紫色裙子的女人与将女性置于透明的跟踪狂的位置上不断观察的、作为讲述者的穿黄色开衫的女人实为上下一体。观察者的奇妙的臆想以他人为镜子，映射出自身的扭曲，但是不知为何，淡然讲述的技巧将这种扭曲变成一种可爱的东西，这一点极具魅力。只能看到自己，却刻画出与他者的关系。"②这种颜色词语意象的语篇组合性与语义的多重性对小说获奖起到了非常重要的作用。

"混搭式"的语言组合是平成年代获奖女作家语言游戏最为突出的表现。或是在自己的获奖小说里，或是在自己的系列作品中，或是作家群之间，她们通过组合建构了一个幽默与新鲜的语言世界。她们充分利用词义的生成性、模糊性、色彩性、词源性，利用有限的语法规则创造出无限的话语，使她们的语言功能意义获得了增殖，使叙事语言呈现出多棱镜效应。

小说文本会话含义的清晰化需要借助语境才能完成，这与后现代叙事策略的不确定性形成了回环。"后现代主义沉迷于意义的游戏，它

---

① ［日］今村夏子：《无人知晓的真由子》，吕灵芝译，四川文艺出版社2021年版，第194页。
② ［日］堀江敏幸：《いびつさをいとおしさに变える眼力》，《文藝春秋》2019年第9期，第335页。

在这些意义中冲浪,关注的是表演、游戏和过程,而不是最终的结果。"① 平成文学注重语言形式,如何写比写什么重要。芥川奖评委首先对写作技巧、叙事风格进行评价也成就了平成年代日本女性文学的语言风格与特色。语音、词汇、语法等的结构意义引导功能意义,这是日本女作家对现代语言学的重要贡献。如何通过具有后现代意义的碎片化的语言结构意义形成整体的功能意义,使能指意义大于所指意义的文学表达将是日本女性文学的世界贡献。平成年代获奖女作家充分利用女性语言的流动、无中心、游戏、零散和开放结尾式等特征,演说了日本共同的问题,较比男性作家语言的线性、限定、结构、理性和一致等特征来说,更具有后现代性,更能与后现代语言特性相接近,因而演说具有了权威性、引领性。在写作上,比起男性总是看重排列、组合,总是不必要地使用两分法,女性的写作是没有固定界限的。获奖女作家文学语言的游戏性与多重性践行了拉康说过的女性的非线性思维领域的特殊能力,通过"圆形写作",委婉地规避了线性思维和男性的科学样式,创造出不同于男性的文化。

第三节　多元化叙事方式的探索

日本女作家的书写活动是在以父权制为中心的历史语境下展开的,也一直处于男性主导的社会文化结构中。既无法脱离历史和文学叙事传统,又要表达女性的生存和心志,获奖女作家的"写作与文学史、女性书写者与现成秩序之间处于叛逆与渗透、对抗又容括的复杂关系中"②。21 世纪女作家首先从叙事形式入手进行积极的文学创

---

① [美] 吉姆·鲍威尔:《图解后现代主义》,章辉译,重庆大学出版社 2015 年版,第 107 页。
② 魏天真、梅兰:《女性主义文学批评导论》,华中师范大学出版社 2011 年版,第 71 页。

作。在她们的努力之下，文坛呈现出叙事形式的多元化与独特性的局面。"芥川奖所追求的是应该有着文学姿态的东西。"① 20世纪七八十年代以来，日本文化、文学处于"动荡的""转型期"，传统的"文学"观念受到严峻挑战，新的事物不断涌现，日本小说世界呈现出萎缩的倾向。平成文学的头十年，埴谷雄高、中村真一郎等战后派作家一一退场，但是"战后文学产生出来的精神依然存在着——争夺世界、展望社会未来的多元的开放的文学之魂还依然存在于平成文学之中"②。1993年铃木贞美在《文学界》杂志上连续发表了"日本文学的思考"，指出"在过去的十年间，纯文学对应大众文学的模式已经滑向崩溃，不是观念的问题，而是出现了文艺出版行业溶解了文坛现象。……'文艺杂志''中间小说杂志'的制度虽然没有解体，但是其内容正在变化中"③。日本文坛、日本作家们正在努力做出新的探索和新的选择。"20世纪80年代中期以来，女性主义叙事学的研究基本都在话语层面（故事的表达层）展开"④，而平成年代初期获奖女作家叙事"话语"层面的各种技巧呈现出日常性、典型性、后现代性等特质，进而改变着日本文学形式。

颓废的日本文学急需新的写法、新的类型出现。无论是现实主义作家还是现代主义作家，仍然沿用过去的写作模式去描写变化了的日本社会现实，显然是过时了。日本作家必须打破以往的、单一的文学模式，与多元的日本社会与全球化的国际相接轨。事实证明，日本文坛、日本作家们正在努力做出新的探索和新的选择。"现代小说本身就

---

① ［日］小川洋子:《芥川賞150回記念大特集·作家の本音大座談会（小川洋子，川上未映子，川上弘美，绵矢りさ)》,《文藝春秋》2014年第3期，第293页。
② ［日］三浦雅士:《"平成文学"とは何か》,《新潮》2002年新年特别号，第258—260页。
③ ［日］尾崎真理子:《現代日本の小説》,東京株式会社筑摩書房2007年版，第37页。
④ 申丹、王丽亚:《西方叙事学:经典与后经典》,北京语言大学出版社2011年版，第201页。

是一种类型，同时它又是在文学开始消灭的时候诞生的。而超现实主义和后现代主义者所作的尝试是要恢复再次被压抑掉的注重类型。比方说，普鲁特斯将自己与解剖体相融合；乔伊斯把各种'语言的游戏'和神话性的东西重新恢复起来；而后现代主义者导入了科幻和讽喻。在日本则意味着'江户文学'诸类型的恢复。"[1] 平成年代芥川奖获奖女作家们就是通过自己的叙事模式进行着杂糅与创新。

一 叙事视角的全方位化

获奖女作家运用"外视角"与"内视角"相结合的全视角模式叙事，散点透视与焦点透视的有机结合，使得言说具有了一定的权威性、可靠性，因而具有了一定的引导性。

作为观察与体验的第一人称"我"叙事的《由熙》《猫婆婆的小镇》《妊娠日记》《背水》《至高圣所》《跨越时间的联合企业》《踩蛇》《舌蛇》《乳与卵》《咸味兜风》《欠踹的背影》《一个人的好天气》《异类婚姻谭》《家庭电影》《在海浪上等待》《冥土巡游》《洞穴》《人间便利店》《我将独自前行》《百年泥》《穿紫色裙子的女人》。她们或是从自己目前的角度来观察，与旁观的外视角或是放弃观察角度转而采用当初在体验事件时的眼光聚焦的内视角，通过"叙述"（声音）与聚焦（眼睛、感知）书写与反映社会现实，使读者具有了临场感、体验感。"第一人称体验视角的一个显著特点在于其局限性，读者仅能看到聚焦人物视野之内的事物，这样容易产生悬念。"[2] 阅读者随着作者体验言内行为，感悟言外行为，产生言后行为，发挥了文学元语言的语义增殖效益。

---

[1] ［日］柄谷行人：《日本现代文学的起源》，赵京华译，中央编译出版社2013年版，第159页。

[2] 申丹、王丽亚：《西方叙事学：经典与后经典》，北京语言大学出版社2011年版，第104页。

作为第三人称叙事的《夏天的约会》《狗女婿上门》《少女的告密》《绿萝之舟》《分枝的珊瑚》《贵子永远》《春之庭》等。第三人称通常是指说话者、听话者之外的人，交谈双方谈论第三者的相关情况，第三者不参与交谈。第三人称叙事意思表达比较清晰，虽然对表达作家写作意图体现得不是那么明显。"叙述者在叙述层面暗暗采用人物的眼光，表面上看，我们读到的是叙述者的话，实际上体现的是人物的思维方式，而不是叙述者的。"① 看似不可靠叙述，实则是隐含的叙述者，这"对于作品阐释具有重要意义，有助于读者在阐释作品时能够超越叙述者的感知层面，从而将眼光投向小说的意蕴"②，同时，也为女作家和读者共建文学元语言的语义场提供空间与可能。

第二人称叙事较少，也比较难以驾驭。"真正的第二人称叙述，是小说艺术发展到相当高度，小说家进入更自觉更独立的艺术创造阶段才开始出现的。"③ 30部获奖小说中《指甲与眼睛》是以第二人称叙事的典范。在一定语境中第二人称叙事的指称具有一定稳定性和确定性。文学叙事中的第二人称"你"则把叙述变成了一种面对面的直接对话，读者仿佛参与其中，完全消除了"你"与"我"的距离感。藤野可知把"你"不仅作为"我"的对话者，而且作为"我"的主要叙述对象直接引进作品，"我"凝视着"你"的行为，叙述着你的故事，分享着你的情感。侧面反映了近年来日本社会与国民社会心理的变化历程，以及人们对物质与精神二元结构需求的变异。这种叙事艺术对于第一人称私小说盛行的日本文坛无疑是一种颇有现代意味的

---

① 申丹、王丽亚：《西方叙事学：经典与后经典》，北京语言大学出版社2011年版，第15页。
② 申丹、王丽亚：《西方叙事学：经典与后经典》，北京语言大学出版社2011年版，第83页。
③ 李庆信：《小说的第二人称叙述》，《当代文坛》1989年第6期，第35页。

大胆创造。

人称视点视域下，三种叙事视角在不同的语境下，可以相互转化，第一人称叙事所指示的信息可以是第二人称，也可以是第三人称。人称指示的视点转移，使人称指示、人称叙事泛化，故事里的事是你的事，也是我的事，还有可能是她的事，是所有人的事。各个年龄段的女作家具有了内、外全方位的观测点，从不同层面扫描式看清社会、看清世界，看清自我，为社会转型中书写社会、价值引领进行了社会调查的准备。

二 叙事的细节性与日常性

在散点透视与焦点透视基础上，女作家有策略地集体发声。平成年代30名女作家频频摘取芥川奖，本身就具有了全面性、系统性与结构性，具备了价值取向引导的可能，而叙事的细节性与日常性则潜移默化地承担了这份引导工作。

（一）扩大关注视线，以小观大

平成初期，"疗愈""早熟""创伤"成了流行语，反映了当时的"崩溃"。20世纪90年代女性主义兴起，作家在克服"内向时代"颓废的个人感受的同时，还要关注文学的现实性，其结果是文学必然走向多元，宏大叙事与细节描写都会成为拯救纯文学走出低迷的良药。文学需要细节与感觉的描写，以一种自由度来说话，这是女性的强项，更是日本女性的拿手曲目，她们在这方面有着得天独厚的条件。平成年代初期文坛上涌现出小川洋子、笙野赖子、多和田叶子、河野多惠子等一批大姐大式的重量级作家。笙野赖子的《什么也没做》和多和田叶子的《丢失的脚后跟》显现出了由女性的日常生活细节逆推出的一种幻想型的社会，显现出了该社会中非现实的东西，也只有用女性的视角才能够写出来那么多的细节。小的迷惑会错乱方向，大的迷失会错乱本性。女作家从细节上引导、修正迷失方向，通过价值取向引领，避免本性错乱，实现人的本性回归。

以往的女作家多半描写自身社会生存的艰辛，将女性置于弱势来与男性为中心的社会抗争。进入20世纪90年代后，因为性别差异而导致职业选择的不自由度越来越少，时代与社会处于多变之中，女性在经济高度增长阶段的优越感与满足感渐渐消失，物质与精神方面没有了依靠。尽管日本政府不断推出男女平等等相关政策，女性与男性可以公平竞争，但现实中的安全感不复存在。对于放大镜下的模糊了的大现实难以描述，于是作家开始关注自身周围的现实细节，这成为了平成文学的目的之一，也可以认为是女性关注的视线扩大了。小川洋子的《妊娠日历》、丝山秋子的《在海浪上等待》、小山田浩子的《洞穴》等都可以看作以小观大的典范。

《一个人的好天气》《指甲与眼睛》《咸味兜风》等大量饮食细节的描写，颇有意味。文学作品中的饮食习惯、新发现的食物及不同时期的宗教与医学观念等都能体现社会的发展与变化。后现代主义作家喜欢对食物进行喜剧式的处理。"食物的物化是指动植物从活物变成死的东西，硬的变软、凉的变热，这一物化过程让动植物变成了可控的客体，同时变得更小、更顺从，成了我们可以随意支配的东西。吃东西时，人们不仅能得到味觉上的满足，同时也会有征服自然的感觉。人类自主完成的描绘食物的过程又强化了这种掌控的感觉。"① 女作家通过饮食描写，通过食物的物化过程，试图告诉读者，在充满不确定性的后现代社会，一切都是可以控制的，人可以建构一切，也可以随时毁灭一切。在两者之间如何调和建构一种和谐是当代人走出

---

① 薛巍：《绘画中的食物》，《读者》2020年第10期，第59页。

迷失的良药。

女作家将神话原型叙事、动漫叙事等叙事策略嵌入日常叙事，使日常叙事具有了超现实性。鹿岛田真希的《冥土巡游》开创了21世纪神话原型叙事的新次元。小说以奈津子的回忆为线索，形式上以第三人称为视点展开叙事，行文中却暗含了第一人称"我"作为小说中的重要叙述者，成为主观化了的主体，进而用叙述创造叙述。《冥土巡游》中借用、改写、再现神话原型，成为她小说整套奏鸣曲的伴奏乐。后现代社会里，人们已经告别了神话心理，但精神深处还保存着神话的基本元素。鹿岛面对灾后的"失语症"，通过神话原型形象的呈现，以神话原型的力量来疗愈2011年"3·11"东日本地震后日本国民的内心创伤，借用《灰姑娘》中的寓言故事原型对人物、社会、环境等进行嘲讽，揭示人们的精神世界的空虚与身份的迷失。

赤染晶子的《少女的告密》延续了处女作《初子》（2004年）的动漫式叙事策略。句式简洁、拟声词、拟态词等如同剪贴画的叙事均采用了客观的第三人称，但在画面的表述中仍有贴近主人公内心的接近于"第一人称"的语言出现，再现体会到的现实感，这是用现实主义手法所写不出来的东西。通过和第三人称的"美佳子"融合在一起的第一人称"我"的叙述，能否体现被赋予人工身体，但有一颗成熟的心的"战后日本"世界对"阿童木命题"的超越？借助《安妮日记》的文学实力，借助描写"告密者"具有极强冲击力解释的瞬间，显现用动漫式来记述"战后日本"式标记的"我"，能够到达与犹太主体一致的程度，以此来打破"战后文学"的结构，并超越一直以来自闭的现代日本文学，显示了作者很强的实力。

女作家以自身感受到的琐事、小事入手展开文本创作。《穿紫色裙子的女人》等服饰色泽、《锅中》的传统饮食、《一个人的好天气》的季节变化、《贵子永远》里关于头发的细写、《家庭影院》的拍照过程,等等,举不胜举的身边事、日常事的书写无不透露出细节描写对焦虑情绪的安抚,对迷失方向主体的价值引导。

(二) 书写日常生活的"超现实的空间"

大卫·哈维的"时空压缩"理论认为,"语言和人类心理的碎片化,是通过感知时空的变化而带来的"①。"时空压缩"使空间在向内收缩、崩溃的同时产生向外的张力,迫使空间分裂、扩散,导致后现代的心理疾病——精神分裂。而后现代"空间迷向"理论则认为,后现代"超空间"的模拟,消解了真实空间与复制品之间的界限,引起了人们的迷向感。这种"后现代'超时空'成功地超越了个人的能力,使人体未能在空间的布局中为其自身定位;一旦置于其中,我们便无法以感官系统组织围绕我们四周的一切,也不能透过认知系统为自己在外界事物的总体设计中确定自己的位置方向。人的身体和他的周遭环境之间的惊人断裂,可以视为一种比喻、一种象征,它意味着我们当前思维能力的无所作为"②,"主体丧失了以个人或集体方式把握自身的能力"③。后现代主义沉迷于意义的游戏,在意义中的冲浪,关注的是表演、游戏和过程,不关注结果,这恐怕也是获奖女作家从言说方式上苦心雕琢的缘故吧!小说里人物的快乐是表面的,而非根源性的,很容易导致价值取向的偏离。平成年代女作家们直面时空挤压的现状,大胆书写"分裂"的社会现实与人的精神世界。《猫婆婆的小

---

① [美]吉姆、鲍威尔:《图解后现代主义》,章辉译,重庆大学出版社2015年版,第116页。
② 冯雷:《理解空间——20世纪空间观念的激变》,中央编译出版社2018年版,第168页。
③ [美]詹明信:《晚期资本主义的文化逻辑》,赵清侨译,生活·读书·新知三联书店1997年版,第255页。

镇》《欠踹的背影》《至高圣所》《蛇舌》《乳与卵》等作品描绘了"宅思想"下迷茫的年轻一代。她们在"宅思想"与"自我意识"的弱化、家庭归属与女性角色裂变、自我同一性的迷失、肉体冒险中的挫折、角色错乱与身份迷茫中呈现了平成年代女性的价值取向的游离。而《夏天的约会》《乳与卵》《狗女婿上门》《家庭电影》《咸味兜风》《指甲与眼睛》《绿萝之舟》《在海浪上等待》等作品则描写了社会角色错乱中的迷茫与主体丧失。

面对空间力学视域下的游离与迷失，柯司特提出了"空间流动说"。网络社会一个重要的关键词是流动，资本流动、信息流动、技术流动。"这种流动空间没有明晰的构造，没有明确的中心与边缘之分，而是节点和边际随时变化着的、半透明的拓扑空间。"① 这种流动的空间以电子网络为基本形象，没有固定的形态或边界，时而扩张时而萎缩、自然流动着。《妊娠日记》《乳与卵》《夏天的约会》《负水》《跨越时间的联合企业》《洞穴》《踩蛇》等作品描写了社会转型期的"失语"，呈现了频繁流动的身心中的惶恐不安的集体焦虑，以及"我们什么都拥有，却也什么都不足"② 的社会现状，并从不同角度试图为阅读者"疗愈"。女性作家借用了流体力学的隐喻，流体具有连续不断、可压缩、会膨胀、黏性好、传导迅速、可扩散等特质，流体没有终止的尽头，是不稳定的。因生命的滋养、血液、黏液、气息等的流动性，女作家的声音是流动的，带有很强的渗透性，因而具有了顽强的生命力和影响力。

"我们的文化可以说出现了一种新的'超空间'，而我们的主体却未能演化出足够的视觉设备以为应变，因为大家的视觉感官习惯始终

---

① 冯雷：《理解空间——20世纪空间观念的激变》，中央编译出版社2018年版，第177页。
② ［法］罗兰巴特：《符号帝国》，江灏译，台北麦田出版2016年版，第10页。

无法摆脱昔日传统的空间感"①，于是人们就会产生空间迷向、眩晕，感到无力把握空间。社会关系被从相互作用的地域性的关系中"提取出来"，在对时间和空间的无限跨越的过程中被重建。"90年代诸多社会派的女作家开始登场"②，通过"实用"的知觉空间，包括视觉空间、触觉空间、听觉空间等被"纯动物性"的人的感官所感知的空间的日常生活的书写，阐释了实现空间的社会功能，进而"表现"人的空间概念。她们不仅仅是利用空间描写故事发生的地点与场所，而是把她们理解的或者建构的秩序镶嵌到空间。用她们的观念来"布置"空间，通过神话思维的相似性，将"仿佛充满着任意性的一些碎片"③的世界，"用一个正常人的'身体'感知生物空间，而且能够以'主体'把握对象化、客观化的空间"④，引领读者在文本世界"感性空间"或"生理空间"的体验里，获得"心像空间"，书写生物行为，引导社会行为，形成文化行为。她们的空间从美国、韩国、中国、德国到日本的东京、大阪、京都、仙台、福冈等，足迹几乎遍布全日本的城市乡村。她们通过文学作品"对空间的表象再现活动，揭露被压抑和抽象化的日常生活空间，并把空间的理想注入现实的空间实践当中"⑤。面对她们关注的语言的历史性、语言的多样性、日本语言的影响力与表现力，她们在历史—社会—空间里，创造了没有"城市性"的城市，通过读者与作者的旅行，进行着日常生活的超现实书写。

---

① [美]詹明信：《晚期资本主义的文化逻辑》，赵清侨译，生活·读书·新知三联书店1997年版，第489页。
② [日]与那霸惠子：《20世纪后期日本女性文学论》，东京株式会社晶文社2014年版，第42页。
③ 冯雷：《理解空间——20世纪空间观念的激变》，中央编译出版社2018年版，第83页。
④ 冯雷：《理解空间——20世纪空间观念的激变》，中央编译出版社2018年版，第85页。
⑤ [法]雅克·沃克莱尔：《动物的智能》，侯健译，北京大学出版社2000年版，第65页。

三 日本式的新魔幻现实主义写作

"90年代文学的另一个特色就是小说的寓言化"①,平成时期多位获奖女作家的文学作品呈现出该特色,《狗女婿入赘》《跨越时间的联合企业》《踩蛇》《洞穴》《异类婚姻谭》《百年泥》是比较典型的代表作品。

如果说战后日本开始了重新寻找、塑造民族自我的尝试,走出一条在全面现代化的情境中复苏传统文化,确立自我形象的坎坷之路,那么,进入平成年代日本则加大了文化的吸收力度。获奖女性文学"在令人目眩的生产、积累和消费的包围中吸收了些(后)现代性的装饰,同时却保存了传统的、不变的文化内核"②。她们将发端于拉美文学且有着世界文学意味的魔幻现实主义文学样式与日本故事进行叠加,将魔幻现实主义与日本的风俗文化相结合,在日本的城市、乡村等地讲日本故事。从日本文化安全的角度看,很高明,很有策略,很有站位。在具有世界影响力的瓶子里装入日本文化之酒,生成了日本式魔幻现实主义。这种做法,既进行了日本文化内核与吸收者透露出的那种深刻的、绝对的不安的和解,又通过保持文化的截然不同压抑了这种不安,进而保持了日本文化的纯度。诚然,"保持日本文化的纯粹性使日本人民族身份认同上的焦虑受到了控制,然而维持这种纯粹状态也有它的代价。尽管日本几乎什么都从外国引进了,从烹调到哲学,但一种孤独的感觉依然萦绕不绝"。柄谷行人指出,日本文化缺少外部(外在性)以及与外部世界的必要"交通"(交流),这种跨文化交流存在着文化的差异性。如何接受这种差异性,"外国——因为它具有威

---

① [日]川本三郎:《"平成文学"とは何か》,《新潮》2002年新年特别号,第241页。
② [美]玛里琳·艾维:《日本生活风化物语》,牟学苑、油小丽译,江苏人民出版社2018年版,第2页。

胁——必须被转换为一种可控的秩序的符号,这种转换最明确地表达大概是日本过去十年中的一个统治性的政治理念:'国际化'"。日本的国际化有别于世界其他国家的政治表达,"日本政府主导的国际化则倾向于化外为内",意味着彻底地归化外国和在全世界传播日本文化。① 这一点被获奖女作家瞄准并稳稳地进行了把控。女作家拿着世界通用的魔幻现实主义钥匙,打开了日本文化走向世界的房门,也标志着日本文学走向世界的进程。这也是日本女作家使出浑身解数拯救颓废的日本文坛所做出的贡献。

获奖女作家运用日本式的魔幻现实主义手法,利用女性特有的思维方式与写作态势,描绘了感觉到的现实社会,对男权的东西进行了解构,用艺术的魔幻书写现实,用心理感受、生命体验等女性意识书写了具有社会现实意义的物语。作品具有代表性的东西给人以安慰,代表的价值变成了一种可变的符号。在当下这样一个电子复制引起幻想消失的年代,女作家利用魔幻现实主义书写社会现实,不仅能成为日本文学界的代表,而且也能成为世界文学一般意义上的代表。此外,在女性主义文学批评方面,获奖女作家日本式的魔幻现实主义的写作也为女性文学重构人类文化、解构现代性、建构后现代性等方面提供了新的评论范畴与思路,推动了日本或世界的文学理论的多元化进程。

(一) 后现代社会如何应对人的异化?

2016年,本谷有希子凭借作品《异类婚姻谭》问鼎第154届芥川奖。《异类婚姻谭》描写了作者"我"与丈夫的日常生活。"我"为逃避工作享有优越的物质生活嫁给了虽然离过婚但有稳定工作的丈夫,

---

① [美] 玛里琳·艾维:《日本生活风化物语》,牟学苑、油小丽译,江苏人民出版社2018年版,第3页。

成为一名家庭主妇。婚后"我"发现丈夫的脸似乎可以随意转变,随着时间的推移情况变得愈加严重,在丈夫沉迷于一种无脑的手机游戏之后甚至连正常的形状都无法保持。之后,丈夫又开始热衷于做油炸食品,每天很早下班回家并认真做家务,越来越像一名家庭主妇;而"我"则像丈夫从前一样用看电视来消磨时间,暴饮暴食自我放弃。夫妻的趋同使"我"触目惊心,终于有一天"我"发现自己的脸和丈夫的脸变得一模一样。在"我"幡然醒悟恢复了原貌后,丈夫竟不可思议地变成了一朵山芍药。第二年"我"再去看望移栽到山里变成了山芍药的丈夫时,他已经变得和旁边的龙胆一模一样。该小说从家庭、婚姻视角出发,从传统的说话文学中汲取灵感,以隐喻和象征的手法,将现代社会生活与虚幻世界巧妙地结合在一起,使得虚幻元素也成为现实的一部分,创造出新的现代都市传说,映射出当下社会某种畸形的现实。从文本表层来看《异类婚姻谭》与人类相对的"异类"指向无疑是丈夫,但丈夫与常人的差异很大程度上只在于其"形",丈夫虽然被妻子视作怪物,但很难分辨这到底是事实抑或只是妻子的臆想。真正性格扭曲的人却是妻子。"在他者的注视下,自我的主体性失落,被异化为客体;自我用同样的注视来反击他者的注视,使他者客体化。"①

"我"正在一点点改变,丈夫正在渐渐"偷走""我"的身份,过分的模糊和磨灭自己的个性就会让自己被侵蚀为一具空壳。"自我的异化"问题成了新作的叙事原动力。"异类"最能够象征他者的他性,突出与自我的差异。小说中设定的种种谜团给读者留下富有余韵的思考空间和文本诠释的自由。丈夫究竟原本就是"异类",还是在与他者的交往中一步步变成了"异类"?抑或夫妻二人并非异类,而

---

① [法]萨特:《存在与虚无》,陈宣良等译,生活·读书·新知三联书店1997年版,第46页。

是深层次上的同类。"蛇球"是"我"自我认知开始苏醒的转折点，原先萎缩的自我意识经由对自身婚姻的思考而逐渐复苏。自我与他者若能坦诚相对，相互尊重并理解对方，当能避免同化与抵抗的发生，双方都可以保持独立的自我。身份是体现人的社会地位的重要符号，它首先是由家庭所给予的。在男性占据主导地位的社会里，男性具有身份的确定权。质疑这一权力的虚构性是从内部来颠覆它的合法性。作品一而再，再而三地反复表现出作者的"女性"和"作家"这双重立场，不过那不是实验性的反复表现，就本质来说，那是一种健康的自我批评机制在发挥作用。这里的家没有一点温情，这些都预示着男权中心的传统家庭时代一去不复返了，这种批判是震撼人心的。我们究竟该如何与他者相处？本谷将这个哲学问题浓缩到最小社会单位——只有夫妻两人的小家庭中予以审视，"我"在与丈夫这一他者共同演变的过程中，历经自我的迷失、沉沦、反思、挣扎，最终克服了自我消解的危机，走向了自我的觉醒，强烈地传达出"请理解真正的我"的诉求。

本谷有希子以超现实的写作手法将说话文学与现代社会的日常生活巧妙地结合起来，使小说回归日本文学的暧昧传统，以仿作的手法赋予了文本细腻的审美感受和逻辑性，表达出古典与现代元素交融的审美意趣。"'美和诡异'是'谭'的构成要素，也是日本说话文学的源泉。"① 从小说题目的命名就可以体现出作者的写作意图。"将说话结构活用于现代小说中，描写出说话所持有的令人害怕的异界世界。"② 本谷有希子虽然是仿作说话文学形式但是又不同于以往的"异类婚姻"。在日本传统文学中有关"异类婚姻"题材的作品有很多，如《南总里见八犬传》《仙鹤报恩》等。所谓"异类婚姻"都是指跨物种

---

① ［日］高樹のぶ子：《美と不気味さ》，《文藝春秋》2016年特别号。
② ［日］奥泉光：《奇を衒う》，《文藝春秋》2016年特别号。

的婚姻，多为异类女性成为人妻。"在异类妻子的故事中，出现的有蛇、鱼、鸟或者狐狸、猫等各种动物。"① 而在《异类婚姻谭》中"异类"却是指能"变脸"的丈夫，丈夫最初是人类无疑，在小说结尾却变成了一朵山芍药，从此彻底成为异类。故事场景设置在一个再普通不过的城市家庭生活圈里，无论是丈夫日渐显露的"真身"，还是"我"在一点点失去自我之后又慢慢找回自我，文中处处埋有伏笔。这样的人物塑造方法带有日本私小说平淡、温和、闲话家常的叙事风格，既引人入胜、神秘诡异，又给读者一种毫不刻意、十分自然的感觉，"一种难以言说的滑稽、轻微的诡异与静谧的悲哀烘托出了这篇小说的魅力"②。小说中多次描写了丈夫外形的变化，起初只是脸会"随机应变"，如面对外人或是遇到麻烦时会五官收紧，在家里看电视时会放松下来。这些描写有着某种真实生活的体味，在一起生活久了的夫妻似乎会变得相像，人的表情也确实会根据不同场合而出现微妙变化，许多细节会让有过类似经验的读者产生共鸣。作者从婚姻这一微观视角出发，描写了日常家庭生活中碎片式的生活图景，极易使读者在同一感受中产生认同感，从而得到某种心灵上的安慰。本谷有希子以平静舒缓的笔触构建了一种新型的都市传说，引领漂泊于都市文明中的孤独灵魂回归精神故乡。作家以自由奔放的想象力将种种日常现象"异化"，探索后现代都市生活中人的精神和心理病症，体现出作为戏剧编剧的深厚创作功底。

同样，《踩蛇》里的蛇母、蛇妻都是以蛇异化成女性的形象出现的。蛇母想控制人类，想让比和子进入蛇的世界，多次引诱、规劝未果后想通过发水淹没房屋与念珠店，但最后比和子和蛇母用同样的力

---

① ［日］河合隼雄：《民间传说与日本人的心灵》，范作申译，生活·读书·新知三联书店2018年版，第122页。
② ［日］山田詠美：《芥川賞選評》，《文藝春秋》2016年特别号。

气拼命掐着对方的脖子,屋子被水流冲卷着,飞速向前。信息化时代,人与动物、人与自然存在着和谐共生的问题。蛇母的力量强大,表明自然界的威力并未因后现代社会的进步与发展而减弱,这个矛盾不但存在,而且处理不当,就会殃及人类的自身安全。人与自然关系的处理,是没有演习时间与机会的。当然,如果处理得当,就如愿信寺住持的蛇妻——大黑夫人一样,很会照顾人、温柔、贤惠。而小茜的蛇之死,是一种自然的死亡,多次劝小茜去温暖的蛇的世界,被婉言拒绝后并没伤害小茜,而是脱落鳞片自然老死。

川上弘美魔幻出的蛇与人的相处哲学表现出后现代社会人与自然之间关系的处理问题。蛇在日本文化里有多重含义。伏羲和女娲的神话传到日本后,神话的男女主人公分别变成了咿呀那岐和咿呀那美。"'那岐'和'那美'从印度'那伽'演化而来,是蛇的意思。"① 蛇是创世之神。日本神话传说中,三轮山神的父亲是蛇体。"三轮山当然有很久远的历史渊源,而这种渊源与蛇体也不是没有关系的,因为龙神、龙或八岐大蛇等古老时代的神有不少都是蛇体。而且三轮神的子孙更以祖父是蛇身而自豪,伴随着其家系一代代传颂下来。"在日本绳文陶器中的蛇纹、蛇形把手体现出古人对蛇的敬畏。"蛇的蜕皮、再生的形态似乎象征着大地的生命力。"② 川上弘美则通过对蛇的幻想,一面具有邪恶、令人厌恶的感性因素,同时也融入了日本传统文化关于蛇的美好形象,实现了幻想形象的古今融合,讲述了现代人与自然相处、与自我相处中的日本思维与日本范式,引导当代人顺其自然,实现后现代纷繁乱象和谐相处的价值取向的引导。

---

① [日] 河合隼雄:《民间传说与日本人的心灵》,范作中译,生活·读书·新知三联书店 2018 年版,第 62 页。
② [日] 阪下圭八:《日本的神话》,李濯凡译,新星出版社 2019 年版,第 113—114 页。

(二) 魔幻现实主义关于现代性与后现代性的思考

"穴"在日本文化中具有一定的内涵。折口信夫在《古代生活研究》里记载,石垣岛有一个村子,村里有一个海蚀洞穴,当地人相信这个洞穴可以通到海底世界。他们认为海底有另外一个神仙常驻的世界,因此,就有了"穴"是连接人与神的通道的说法。"风之穴"里的"穴"是根的意思。在《八重山语汇》一书中宫良当壮认为,"沿着石垣岛宫良村的岩洞一直往下走有一个海底世界。那里是一个魔界,也是一个黑暗的世界,在那里居住的都是一些凶神恶煞,赤面神、黑面神就是从那里一个被称为'锅之凹地'的洞穴进进出出的。……赤面神、黑面神在西表岛被认为是能带来丰收的来访神而备受欢迎"[①]。显然,洞穴是通往现实世界与彼世界的通道。日本学者黑川雅之在《日本的八个审美意识》中提出了"西方的建筑形同洞穴,日本的建筑类似柱子。洞穴是'实体的空间',而柱子打造的是'心灵的空间'"。洞穴给人以安全感,柱子给人以心灵的慰藉。从洞穴与柱子的形状来说,"我们可以注意到她们很像女性和男性的生殖器。……男女生殖器也像传统的阴阳关系一样,洞穴和柱子是关联性的。洞穴中插入柱子的构造,就像男女间的交合"。洞穴可以让人隐藏,它是环境,是空间。"所谓母性,同时也是女性,是生殖与生命诞生的象征。洞穴,不仅让人联想到母亲怀抱婴儿的景象,同时也是接受男性进入,生殖生产的象征。"[②] 洞穴也是母爱的象征。如此看来,小山田浩子的《洞穴》获得第 150 届芥川奖应当存在着一定的独特性。

小山田浩子用幻想和非日常的、魔幻现实主义的手法描写了主人

[①] [日] 古川健一:《日本的众神》,文婧、韩涛译,中国社会科学出版社 2015 年版,第 7 页。

[②] [日] 黑川雅之:《日本的八个审美意识》,王超鹰、张迎星译,中信出版集团 2018 年版,第 51 页。

公松浦朝日因丈夫转职辞去了自己的工作，随丈夫迁居于婆家所在的乡村。那里交通不便，但物价低廉。无论是一天的节奏还是太阳光，都和之前完全不同。在那里有挖掘洞穴的怪兽，在河边滩地上有许多洞穴。在那个时候看到了黑色的迷之兽，为追看黑兽，朝日陷入一米多深的洞穴。对于"将乡土土俗式的魔力魔幻化了的令人称赞的小说"①，评委村上龙认为，"《洞穴》既直白又有趣。通过妻子搬到一个一无所知的土地这样一个到处都有的主题，将新出现的事物、失去的事物以一种乍一看无序的，实际上用高级手法巧妙地构筑起来。这是作为书写现代社会的作家的正统方式。在第150届这个节点，这样一个拥有正统姿态的作家获奖，对于芥川奖来说，也是一件幸事"②。这一点正是小山田浩子对结构性文学写作模式的一种突围，也是对具有后现代主义色彩的不确定与多元性的一种探索。

《洞穴》典型的后现代主义的幻想性与不确定性透露出当代人的不安。小说"往返于现实与非现实之中，意欲挖掘浸润到'每个角落的都市型生活中的现代日本社会'所不为人知的一面"③。未搬家之前同事们都很羡慕"我"辞掉工作，在家做专职家庭主妇。本来以为搬到这里可以生活更轻松，但是习惯了工作的"我"非常不适应这一切，让"我"很焦虑。导致"我"不安的客观原因是"异界"的环境。"小说中出现了很多虽然可以看到但是又看不到的东西。……黑色的、不知道什么名字的动物，不知道什么意思的洞穴，便利店的、实际不存在的孩子们……"④ 小说里的怪兽、洞穴等场景在小山田浩子小时候

---

① ［日］清水良典：《妖しい土俗の魔力たたえる小説》，《日本经济新闻朝刊》2014年2月16日。

② ［日］村上龍：《芥川賞選評》，《文藝春秋》2014年第3期，第318页。

③ ［日］水牛健太郎：《地方の日常のある異界》；小山田浩子：《穴（書評）》，《日本经济新闻朝刊》2014年2月16日。

④ ［日］川上弘美：《処理できないもの》，《文藝春秋》2014年第3期，第319页。

都似曾相识过。她家后面不远处是山，前面是河流，小山田的家就夹在山和水之间。在她小时候家附近有貉等动物，还看见过大概黄鼠狼呀、狗呀、猫呀等东西会穿过草丛。《洞穴》里的怪兽等动物原型都是来自作者儿时的经历与记忆，具有一定的真实性。

表面上看，引起"我"不安的是"异界"的环境，实际上是环境给予"我"的孤独与空虚，变化了的人际关系消解了"我"的存在感，是造成"我"不安的主观因素，是引发幻想的助力器。"我"随丈夫转勤搬到乡下，住在婆家，与婆婆、公公、丈夫的祖父一起生活。喜欢社交的婆婆外出工作，公公基本上不在家，和朝日见面的机会很少，祖父每天在院子里浇水，还有一个住在婆家仓库20年的、从未听家里人提及的自称是丈夫哥哥的人。松浦朝日作为一个非正式员工，原本就比正式员工的存在感要薄弱，再加上辞掉了工作，使得她失去了与社会的联系，存在感也随之变得更加微弱了。"树木都静止，每一栋房子的窗户都关着。路上别说是行人，就连猫、飞行的家雀、乌鸦也一个都不见。"[①] 这也是孤独寂寞的"我"为完成婆婆交办琐事去超市路上的所见所闻。炎热的天气下沿着蝉声嘈杂的河边步行道走着，视线的前方有一个正在行走的黑色怪兽。这个怪兽或许就是"我"在孤独前行时对"伙伴"的呼唤、期盼的想象之物，或许就是"同行者"的化身，或许就是"我"之前职场中的同事。因此，"我"才能没有任何防备与警觉地去追赶黑兽，陷入像巢一样的洞穴，产生幻想。

这个洞穴也隐喻了现代人陷入的生活困境，这也是后现代社会人的生活状态的缩影。后现代的日本达到令人厌烦程度的单一风景是非常普遍的。全国连锁的超市、连锁店、便利店，在店头立着的原色招

---

① ［日］小山田浩子：《穴》，《文藝春秋》2014年第3期，第346页。

牌,用同一种规格的建材建造的住宅大楼,等等。这些意欲引人注目的存在,从色彩到形状都极为相似,几乎毫无差别。以至于一提到这些事物的名称就使我们产生了"知道知道,不过如此"的心态。《穴》向我们展示了一个视觉信息被均一化了的现实世界不为人知的一面。或者说,现代人,因智能化、信息化导致人际关系疏离,正在陷入看不见的"洞穴"的那一面。由于网络信息化的发达,人们生活的一切都要依赖网络,如同小说中的丈夫,每天心里、手里、生活里只有手机。打开智能手机似乎什么都知道,却什么都没有体验过,对世界的认知也只是停留在机器上。现代人距离真实的客观世界不知道隔了多少层,网络语言的谎言性远远超出了语言符号对客观世界的能指与所指范畴。人们通过网络可以很早就有了关于"性""婚姻"与"家庭"的常识与知识,现实生活中却不愿意结婚或生孩子。

　　《洞穴》还通过后现代的多元性告诉了身处"洞穴"的人如何逃离洞穴。小说里的"我"陷入洞穴后,帮助我从洞穴逃离出来的是一位未曾谋面的、被婆婆告知不要与之打招呼的老女人世罗。"我"最开始试图通过自己的努力爬出洞穴,几经努力都没有成功,最后还是在世罗的帮助下从洞穴里出来了。表明即便我们都掉入洞里,握住你的手,拉你上来的人是绝对存在的。现代人一旦陷入空虚与孤独困境,一定有解决的办法。但首先应当对身处环境有一个清醒的认知。"洞穴"的周围是黑色的,洞穴里或者更深处有怪兽、洞穴壁上或许有什么动物、有毒的虫子,等等,存在着一些不可预知的伤害性。如何预防?消毒是预防疾病的最后办法。现代人进行空虚与孤独的消毒方式,小山田浩子开出的消毒方子——体验。"我"经历了因追赶黑兽陷入洞穴,经历最初时的恐惧、逃离时的紧张、被帮助时的感动后,无论如何再也不会陷入洞穴了。对周围众多的小洞穴已经产生了抗体,不可能再掉进去了。同理,针对现代人的空虚与孤独调理的方子就是体验。

人只有体验与经历后才能获得成长。20年自闭式生活在仓库里的大伯哥，大雨天也一直往院子里洒水的痴呆的丈夫的祖父，平日里不作声的公公，整日寡言、手机不离手的丈夫，等等，都是远离现实生活体验的典型，或是现代人的一种生活状态。小说告诉我们，远离社会，离开人际的交往现实，正是现代人产生孤独最直接的制导因素。

小说里的年轻婆婆似乎是这个家庭的主心骨。当丈夫转勤到家乡时，是婆婆打来电话，让儿子与儿媳妇搬到自己的隔壁，是婆婆不让家里人告诉"我"住在仓库里的大伯哥的情况。她不但操持着一大家子的家务与杂事，每天还要去工作。用汉语来说，是一个女强人的形象。小说却利用大伯哥之口说出了关于婚姻制度的思考。"你不觉得家庭是一种奇怪的制度吗？……为了留下子孙，但是，谁都应该留下子孙吗？……我觉得那个很恶心。"① 男性拒绝生育与人类繁衍，从这个意义上讲，这部小说的内部隐藏着强烈的家族形成规范。小说中的"穴"表示生殖＝再生产关系的入口。我虽然在堤坝的草丛里掉进了"洞"里，但外出是为了完成婆婆的委托，而且住在丈夫的老家也是因为婆婆的劝说，我似乎被巧妙地引导到了"洞穴"。美国著名历史学家和外交家赖肖尔对古今日本妇女在家庭内外所处的地位做了精辟的分析，"日本起初可能曾是一个母系社会，这种母系制的因素一直贯穿了整个历史，尽管存在着封建主义和儒家学说所造成的男子至上的重压；……现代日本的家庭，毫无疑问是以母亲，而不是以父亲为中心的；母亲支配着一切。事实上，父亲虽然是经济支柱，但在处理家务方面可能是个很不重要的角色，家庭的财务几乎由母亲独揽；……在家庭里，妻子可能是主宰一切的重要人物，但在范围更大的社会上，

---

① ［日］小山田浩子：《穴》，《文藝春秋》2014年第3期，第374—375页。

女人仍然处于绝对从属的地位"①。2013年小山田浩子创作《洞穴》时，恰好是她自己的怀孕期。"我总是觉得自己是被无可奈何的东西控制着生活的"②，一边写作，一边工作，一边还要思考怀孕与育儿等事情。工作、不安、希望、不满和满足都通过指尖进入字里行间。因此，"洞穴"的"女性性"、"母性性"、"生殖性"等内容显然会进入她的创作。

小说最后部分设置的"自行车"表明"我"已经找到了前行的方向与目标，将再度出发。"我"走出了炎热的夏季，在经历了"酷热"后，最终找到了便利店的工作，心情格外舒畅。骑着自行车看到了路边老人割掉的青草，象征"我"已经走出迷茫、空虚，心情与人生如同彼岸花一样美丽。"黑兽、洞穴、孩子全都看不见，消失了。""我"从幻想中回归到现实。"我回到家里，穿着工装站在镜子前，发现我的脸不知哪里和婆婆长得非常像了。"③ 带着从家庭回归社会的喜悦、自信，"我"重新找到了工作，找到了存在感，找到了方向。

尽管远藤织枝质疑"女性的语言是女性语"④，但平成年代女作家的语言表达与阅读对象不仅仅局限于女性，她们的言说具有了普适性。后现代女性主义关注主体、身体、话语和权力，关注文化塑造身体和主体的力量。进入21世纪后，女性用语在中性化发展的基础上更加趋于个性化。平成年代获奖女作家从语言入手，采用了日本社会能够接受的"女性性"的语言策略，跳出性别之争，以自然人姿态进行文学创作，逐步获得话语权。获奖女作家作品中的个性化语言表达，创造

---

① [美] 埃德温·O. 赖肖尔、马里厄斯·B. 詹森：《当代日本人》，上海译文出版社1998年版，第179—180页。
② [日] 小山田浩子：《穴のこころのこと・賞記念エッセィ》，《文學界》2014年第3期，第350页。
③ [日] 小山田浩子：《穴》，《文藝春秋》2014年第3期，第385页。
④ [日] 遠藤織枝：《戰後、ことばの性差はどう変化したか》，《日本語学》2017年第11期，第152页。

了一种新的"日本语"形式。她们首先从叙事形式入手进行积极的文学创作。在她们的努力之下,文坛呈现出叙事形式的多元化与独特性的局面。女作家一方面立足于日本文学的传统写作模式,继承了私小说的写作技巧。"正统"的写作模式,"物哀"的感觉书写与字斟句酌的修辞细节描写,在当代女作家中不乏其人。她们频频获芥川奖足以证明,在读图时代到来的日本社会,作为传统叙事模式并未过时,像《蛇舌》《一个人的好天气》等无复杂结构的作品反而更能博得读者与评委的好感。在第150届芥川奖作品评选时,村上龙把票投给了叙事结构简单的《洞穴》,因为作品"并非用复杂的结构就可以表现复杂的问题。……在第150届这个节点上,这样一个拥有正统创作姿态的作家获奖,对于芥川奖来说,也是一件幸事"①。这体现了芥川奖对获奖作品叙事模式创新的肯定,及文坛对传统文学的态度。同时,女作家为使文学走出低迷,正在克服"内向时代"颓废的个人感受追求,在东奔西突中进行着突围,在关注文学的现实性基础上,进行着文学形式的创新。

---

① [日]村上龍:《芥川賞選評》,《文藝春秋》2014年第3期,第318页。

第七章　获奖女作家及其作品的价值引导

平成年代是"困境""探索"的30年,是日本社会"自我寻找"①的30年,对30位获奖女作家而言,是一个"文艺富壤"的时代。她们"从年轻作家到成熟作家,创作内容与昭和时期相比,由男女恋爱描写转向了伙伴之爱,由相对幻想转向了共同幻想"②;她们作为纯文学作家,在"思考人的生存问题中,描绘出了人之所以为人的最应该有的状态,让属于个体的生命汇集到文学潮流中"③;她们立足于平成年代多元价值观共存的后现代社会,直面"战后所形成的价值观崩溃"④的现实,融合"后现代小说""回归原点""纯文学"等创作理念,书写社会现实,引领读者思考"人生""人活着的意义"等价值取向问题;她们利用芥川奖这个文学大舞台从不同维度深入探讨了"人与时代""人与社会"的关系等问题,以其作品的后现代性、文学性、社会性在当代日本文学的发展进程中留下了深深的烙印。

---

① [日]平野启一郎:《时代の"自分の探し"》,《新潮》2019年第5期,第130页。
② [日]重里彻也、助川幸逸郎:《平成の文学とはなんだったのか 激流と無情を超えて》,はるかぜ書房株式会社2019年版,第70—71页。
③ [日]小林敦子:《純文学という思想》,花岛社2019年版,第252页。
④ [日]重里彻也、助川幸逸郎:《平成の文学とはなんだったのか 激流と無情を超えて》,はるかぜ書房株式会社2019年版,第14页。

一　获奖女作家及其作品价值取向引导的策略

平成年代芥川奖获奖女作家及其作品对价值取向的引导呈现出一种追求新颖和独特的主导性的冲动，以及寻求未来表现形式和轰动效果的自我意识。在现实世界与文学世界中，女作家们透过想象、透过作品预兆出明天的社会现实，利用社会提供的表达的舞台与市场创造新价值。这是一种使命，是合法合理的、对新事物永无休止的探索。女作家们充分发挥作品文本的认知功能、情感功能、劝说功能、交际功能、语言功能、审美功能等文学交往功能，在潜移默化中，在与阅读者的对话中，"润物细无声"地影响着读者的价值判断、价值选择，践行着文学所承载的社会功能、文化使命。

（一）文本认知功能的发挥

为了书写平成年代的日本社会，女作家们透过其创作的小说为我们展示了一幅平成社会和历史环境的全景画卷。通过对幼儿、小学生、高中生、大学生、飞特族、朋克族、派遣族、白领阶层的职场女性、家庭主妇、老年女性、来日女性等不同年龄段女性群体在东京、大阪、京都等现代都市以及首尔、北京、清奈等国外城市的现实生活的书写，运用空间理论、寓言化、魔幻现实主义、"混搭式语言组合"等多维度叙事策略，以更为直接的方式，从道德或价值取向层面引导读者理解后现代主义背景下的日本与世界，为读者提供了一套具有时代感与明晰方向的"理想化态度语法"，进而提供行为选择的模式。

女作家们充分发挥小说文本传达的潜能，为对当下小众文化、流行文化、亚文化感兴趣的读者提供了一批展现异族生活状况的文本；让读者在自我认知与他者认知的互动过程中，顺应时代的变迁与转型，引导人们通过认知取代她们熟悉的态度和行为的可行的行为模式与价值判断。小说文本作为教科书来引导读者，最典型的就是黑田夏子的《分枝的珊瑚》，这是引导读者放慢脚步、用心灵体味的文学典范。黑田夏子大学毕业后在横须贺的女子高中担任两年国语老师，深知文字对一个民族文化的传承与传播的重要价值。小说打破了日本文学传统的写作形式，以横写、平假名、零度外来语、零度人称代词等独特的散文言说方式拯救正在衰退的物语。黑田直面现代人对任何问题的注意力和兴趣的持续度在不断缩短的时代现实，从颠覆小说的形式入手，强化了小说的语言表达功能，避开了当今文坛小说写作的"沉闷感觉"。这种语言表达的魅力还在于出声朗读的感觉要好于阅读。黑田所用的日语汉字偏向古日语的汉字词，三个日语汉字连用较为凸出，这种物语言说行为还体现在语言的节奏感和音乐感上，具有了日语的古风之文韵。黑田夏子在作家的使命感与责任感召唤下，从改变小说形式入手，拯救蜕变的日本语，这也呼应了日本当下正在进行的"21世纪活字文化项目"①，也表明了女作家对读图时代的到来的应变策略。21世纪初全球已进入了网络化与信息化的时代，"快餐化阅读"已经成为日本人阅读的一种被动接受的新趋势。随之而来的是日本社会大部分年轻人的文字书写与运用的能力每况愈下。日本为了预防由此衍生的下一代人思考力与创造力低下，进而导致作为人的能力的衰退，启动了为了"保卫书与报纸的活字文化"的"21世纪活字文化项目"。黑田夏子在用创作回应该项目的同时，还诠释了声音与绘画稍纵即逝，只有文字才能够浓缩现实而保存文化意义的内涵，旨在通过小说来推

---

① 21世纪活字文化项目，是日本在21世纪来临之际，为了为保存与培养日本年轻人的文字书写能力，由日本读卖新闻社牵头，日本文部科学省、文化厅、NHK、日本书籍出版协会、日本杂志协会等多家组织与机构协同开展的促进活字文化活动，以防止出现新世纪日本年轻一代因远离文字而导致人的创造力低下的危险。该项目定期在大学等部门组织讲座或举行相关的座谈会等，以多种形式推进。参见 http://katsuji.yomiuri.co.jp/about.htm。

动活字文化的发展。

(二) 文本情感功能的释放

　　获奖女作家透过文学释放感情的能力极强,她们并非直接表露爱憎的情感,而是把情感的表达隐藏在风格化的语言和虚构性的故事之中。《蛇舌》中惊世骇俗的身体改造,并非金原瞳所提倡,而是通过"身体之痛"来"充分运用第一人称所拥有的直接性的结果,从暗含杀意的粗暴的时间里流露出静寂哀伤的调子。这种音色就像是要让价值与身体改造的梦的悲伤浮现出来一样"①,是用"悲痛的故事讲述着一种纯粹的爱"②。平成年代"女作家抬头"③,她们的文学世界不同于欧美浪漫主义文学的情感效果,"她们能够在平淡中坚持不懈,凭借执着精神进行写作创新"。她们身上有一种不同于"疲倦状态男性的让人感觉到永远年轻"的执着与韧性,凭借"梯子酒"精神进行文学创作、书写社会现实。平成年代的"苦难时期"④,女作家们通过立面图(从正面看到的直觉像)和平面图(从上面看到的直觉像)的组合,在"直觉"和"表象"之间飞跃;通过散点透视表现手法,使阅读者因某些文本中提供了亲切感,提供了情感认同的可能性,而非常关注人物和角色模式。"活着就要发现自己,创造自己的故事"⑤;只要有故事,就能让人勇敢地接受恐惧与伤悲;等等。上述正能量的释放,使得读者和女作家在平成年代社会转型期,共同寻找一种建构集身份追

---

　　① [日]黒井千次:《一人称の必然性》,《文藝春秋》2004 年第 3 期,第 315 页。
　　② [日]池澤夏樹:《若い人人》,《文藝春秋》2004 年第 3 期,第 317 页。
　　③ [日]吉行淳之介:《芥川賞委員はこう考える》,《文藝春秋》(特集) 2015 年,第 177 页。
　　④ [日]重里徹也、助川幸逸郎:《平成の文学とはなんだったのか 激流と無情を超えて》,はるかぜ書房株式会社 2019 年版,第 14 页。
　　⑤ [日]河合隼雄、小川洋子:《活着就是要创造自己的故事》,王蕴洁译,时报文化出版企业股份有限公司 2013 年版,第 49—50 页。

寻、价值取向、自我肯定等为一体的文化身份的方式。《一个人的好天气》《分枝的珊瑚》从传统古老力上引领阅读者思考，使读者在感知物哀的审美享受中，在日本语古语的朗读体验中释放对传统的敬意，在小说的赏析中走进传统，在传统与现代的结合中，重新塑造传统，接通古今文化血脉，引发阅读者的深度思考；《绿萝之舟》释放了后现代社会贫穷女性奋斗的力量，通过阅读，激活了日本女性乃至日本人骨子里不怕穷的奋斗精神，唤醒了内心战胜困难的强大力量，越穷越要有生活目标、越穷越要有努力拼搏的劲头的情绪被点醒，随着阅读无形中增强了战胜困难的勇气与斗志；《洞穴》《跨越时空的企业联合体》《百年泥》《异类婚姻谭》等魔幻现实主义作品中，荒诞与不可思议的景象，土俗话、印度化的幻想世界里，让后现代空洞的内心得以放松，空虚与孤独的情绪得以舒缓，通过转移视线、不在场来疗愈后现代的发达社会病；《乳与卵》《少女的告密》《我将独自前行》在方言的音响与意义的表演中，唤醒了阅读者的地域文化意识，在碎片化的语言接触中，想起了故乡与美丽的日本。女作家们在文学的世界里，"试图建立一种新的现代伦理，以打破传统道德观或伦理观，……这些观点表现或触及了当代日本文学的价值趋向性"[①]。在"变"与"转型"的当下社会，女作家和主人公们一直试图寻求自我的更为合理的身份认同，或是选择了对抗，或是在同化与对抗的矛盾中纠结。在这种寻求过程中，他们或者探索到自己的合理定位，或者陷入一种更深的身份危机，而更多的人则陷入了被同化的泥淖。

（三）文本劝说功能的运用

获奖女作家在书写社会现实、反映价值取向的过程中，理性地引

[①] 魏大海：《日本当代文学考察》，青岛出版社2006年版，第138页。

导读者在文学性中解读与理解文本，充分发挥了文本的互动性或建构性作用，实现了文本的劝说功能。她们有意或无意地采用了两种策略①。正向策略，"强调主体创造性的、认知性的、情感的以及面向目标的作用"；逆行策略，"关注对语言材料中的符码的知觉与阐释"。获奖女作家关注平成年代的"世俗生活"，引领阅读者走进她们建构的世界；在文本阅读的社会化过程中，引导阅读者把他们对小说的反应同其他读者相协调，潜移默化地提升了其文学式的阅读体验。女作家的获奖作品的销量不断创出新高，表明阅读者遵守文学成规，认同女作家们对作品赋予的意义架构，分享着文本的体验，接受了文本价值取向的引领。

小川洋子的《妊娠日记》将产妇描写成"几乎都面无表情"②，将孕妇姐姐说成"如同掉进了深深的冰冷的沼泽地般悄无声息地睡着"③。在未婚的妹妹眼中，妊娠是辛苦、痛苦，没有幸福感的"神经、荷尔蒙"④失调，称妊娠的发胖是"身体变成了一个大脓包"⑤，把腹中的胎儿看作"梦，是幻觉"，甚至"害怕见到自己的孩子"⑥。故事通过妊娠反应、围产、早产的体验式写作，使阅读者跟着孕妇参与妊娠的痛苦、愉快、期待、恐惧等过程，体会女人、妻子、母亲的丰富情感。二阶堂的男医生、姐夫对孕妇姐姐的呵护、照顾与顺从，体现了面对新生命男女的合作与同盟；反而作为妹妹的"我"明知美国进口的葡萄柚果酱富含破坏人染色体的防腐剂 PWH 等毒药，对胎儿不好，却又屡次购入让姐姐吃，导致胎儿早产。这一切告诫读者，信

---

① ［荷兰］佛克马、蚁布思：《文学研究与文化参与》，俞国强译，北京大学出版社1996年版，第164页。
② ［日］小川洋子：《妊娠日记》，竺家荣译，浙江文艺出版社2014年版，第8页。
③ ［日］小川洋子：《妊娠日记》，竺家荣译，浙江文艺出版社2014年版，第14页。
④ ［日］小川洋子：《妊娠日记》，竺家荣译，浙江文艺出版社2014年版，第47页。
⑤ ［日］小川洋子：《妊娠日记》，竺家荣译，浙江文艺出版社2014年版，第57页。
⑥ ［日］小川洋子：《妊娠日记》，竺家荣译，浙江文艺出版社2014年版，第62页。

息化时代男女之间的合作与联盟存在着消解新时代女性之间同盟与合作的危险，应当引起注意。人类化解这些危险的重要策略，就是要回归到人类原生态，回归到人的本真状态。人与自然、人与动物、人与人的和谐相处。《冥土巡游》里夫妻间的爱，《指甲与眼睛》中再婚家庭的爱，《乳与卵》《贵子永远》中的女性之爱，《在海上等待》中超越夫妻、情人的友情之爱，《踩蛇》《狗女婿入赘》中的人与动物之爱，《我将独自前行》《一个人的好天气》《锅中》的人与自然的爱，等等。获奖女作家们用满眼、满世界的爱引领人们的价值观。

面对日本纯文学大众化的倾向与趋势，平成年代获奖小说广泛被读者阅读与接受，"文以载道"的价值与意义具有了鲜明的时代性。"文学表达的是一种道德（或哲学）观念这样的思想早就存在了"[①]，平成年代获奖女作家在现实书写中传递了爱、奋斗、坚持不懈等作为自然人应有的生存方式的信念，读者在了解了时代的前世今生中，潜移默化地接受了作家的价值引领，进而实现了文学的劝说功能。小川洋子的《博士的爱情算式》被评为平成年代十大文学经典之一的重要原因恐怕就是文坛大姐大的文学劝说功能对读者的吸引力吧。女作家并没有循规蹈矩地进行引导，而是"强调通用的生活技能，能够随机应变，学习新事物，在不熟悉的环境里仍然保持心智平衡"[②] 的生活状态。

（四）文本交际功能的建构

作家通过文本释放的信息主要是通过读者阅读、作家间的交流与合作、作品的跨越时空的对话来实现。信息的流动、传播效果往往

---

① ［荷兰］佛克马、蚁布思：《文学研究与文化参与》，俞国强译，北京大学出版社1996年版，第196页。
② ［以色列］尤瓦尔·赫拉利：《今日简史》，林俊宏译，中信出版集团2018年版，第254页。

"依赖于语言的交际功能实现,所有文学都具有这种功能"①。文学的语言交际功能隐藏在社会背景、时代背景之中。

日本女性文学在世界文学中具有鲜明的独特性。世界各国文学早期作品,往往很难找到作家的名字,更难找到女性作家的影子。但在日本大和与奈良时期的《古事记》《万叶集》里不难找到女性作者的名字。"日本古代文学几乎有一半是靠女性创造的。这些女性作者有着坦荡的胸怀,健康、富有个性,勇往直前。"②平成年代获奖女作家成绩斐然的文学创作源泉之一,应当来自日本女性文学的优良传统,很自然她们创作的文学世界不断地与历史对话,不断地与文学特别是女性文学的经典对话,在文本创作的模仿、创新与超越中建构了后现代社会背景下的日本当代女性文学世界。女作家们也是隔空对话,在对话交流中成就了作家本人以及当代日本女性文学,传承了日本传统文化的基因与符码,拯救了颓废的日本文坛。如川上未映子文学创作对樋口一叶第一人称叙事的继承与借鉴;黑田夏子从文字书写入手,在强烈的历史感与时代感兼顾中确立女性言说的姿态,重述人的成长和成熟过程;李良枝、杨逸、柳美里、多和田叶子的国际融合身份;朝吹真理子、金原瞳、山田咏美、赤染晶子等女作家的海外经历滋养的国际化视野;等等。获奖女作家在不同层面进行着经典的流传与传承,在古今日外的对话与交流中获得写作灵感,创作着"日本式""传统式""国际化"的文本世界。她们重视女性文学传统和文学的本文间性(Intertextuality),使得看似相对独立的日本女性文学具有了日本视野与国际视野,使日本女性文学乃至整个日本文学都具有了日本性与世界性。这些女作家中诸如小川洋子、川上弘美、丝山秋子、山田咏

---

① [荷兰] 佛克马、蚁布思:《文学研究与文化参与》,俞国强译,北京大学出版社1996年版,第198页。
② 刘春英:《日本女性文学史》,商务印书馆2012年版,序第2—3页。

美等文坛老将还进行了文学评论,无论是招致评论,还是批评他者,都是在进行文学间的语言交际活动,就文学的创作意图、文学的价值取向都进行了交流。在她们的交际中,从文化深层对阅读者进行了引领、启发。

(五) 文本元语言功能的强化

语言是人类最重要的交际工具,文学语言符号的能指与所指对文本交际意图的实现起着非常重要的作用。后现代社会语言表达方式具有发散性、不确定性、多元性、模糊性等特点。文学语言具有两重性。一方面对于符号的语音、词汇、语法的结构体系,通过组合与聚合规则建构了语言的结构意义和字面意义;另一方面,文学语言基于一定的语境,建构了语境意义、功能意义或者说是含义。往往写作者的意图是通过文学语言符号结构意义的表层结构转换到功能意义的深层结构,需要阅读者深度解读、感悟出其蕴含的意义。"文学中的自由力量并不取决于作家的儒雅风度,也不来自他的政治承诺,甚至也不来自他的作品的思想内容,而是主要取决于他对语言所做的改变,这才是最基本的生活方式。"[①] 女作家与阅读者共同建构了循环的语义场,把表达手段和方式本身转变成一种复杂的理解和思考的过程;转变为一种再创造和精神的再生产的过程,在有限规则创造无限的话语中,实现文学语言言内行为、言外行为与言后行为的语义增殖。后现代语境下,隐喻思维与隐喻表达占据十分重要的位置,文学语言开始寻求回归原生态路径。文学语言的"语义条件一方面和语境有别,另一方面也和语词的意义有别"[②]。语义含义有核心、有周边,有深有浅,往往

---

① [法] 罗兰·巴特:《符号帝国》,江灏译詹伟雄导读,(台北)麦田出版社 2016 年版,第 24 页。
② 陈嘉映:《语言哲学》,北京语言大学出版社 2008 年版,第 341 页。

需要借助语义条件才能析出。"语义条件也是隐含着的,而且一概隐藏得较深。"① 文学语言的分析,如果没有探究出深藏不露的语义条件,对文本的理解就会止于字面意义,而隐藏在背后的含义却被埋没,失去了文学的语言功能。

在获奖女作家的"语言游戏"中,语言首先是一种活动,从根本上是日本现实的一种反映;而游戏规则就是语言编织在现实生活中的一种活动,也是和其他行为举止编织在一起的活动。语言的能指和所指构成语言游戏的基本范式,两者的组合与聚合沿着一条边或大面积与现实接触,意义不断增殖。一方面,语言游戏、语言的组合与聚合要遵守语言的使用规则,体现了语言的规范性、通用性,具有生成可分析的语言结构的意义。另一方面,语言游戏规则还有灵活性,体现出游戏的乐趣、情趣、旨趣。语言游戏更多的趣味在于在遵守规则前提下的灵活性、多样性,其魅力在于更多地借助语境意义的生成。女作家的高妙之处在于充分发挥了"作为人的机体的一部分的日常语言"②的复杂性,让读者不经意间、没有任何负担地走进她们所编织的故事世界,在阅读中自然获取语言逻辑,体悟语言掩饰的思想,感悟语言结构背后的作者意图、含义。

平成年代获奖女作家叙事"话语"层面的各种技巧呈现出了系统性、典型性、后现代性特质。首先,全方位的叙事视角,散点透视与焦点透视的有机结合。她们运用"外视角"与"内视角"相结合的全视角模式叙事,使得言说具有了一定的权威性、可靠性,因而具有了一定的引导性。如作为观察与体验的第一人称"我"叙事的《由熙》《猫婆婆所在的小镇》《妊娠日历》《背水》《至高圣所》《跨越时间的

---

① 陈嘉映:《语言哲学》,北京语言大学出版社2008年版,第342页。
② [奥]维特根斯坦:《维特根斯坦读本》,陈嘉映主译,新世界出版社2010年版,第39页。

联合企业》《踩蛇》《舌蛇》《乳与卵》《咸味兜风》《欠踹的背影》《一个人的好天气》《异类婚姻谭》《家庭电影》《在海浪上等待》《冥土巡游》《洞穴》《人间便利店》《百年泥》《穿紫色裙子的女人》。她们或是采用外视角，从自己目前的角度来观察与旁观；或是放弃观察角度转而采用内视角，用当初正在体验事件时的眼光聚焦，通过"叙述"（声音）与聚焦（眼睛、感知）书写来反映社会现实，使读者具有了临场感、体验感，使阅读者跟随作者体验言内行为，感悟言外行为、产生言后行为，发挥了文学元语言的语义增殖效益。如《夏天的约会》《狗女婿上门》《少女的告密》《绿萝之舟》《分枝的珊瑚》《贵子永远》《春之庭》《我将独自前行》均采用第三人称叙事，虽然作家的写作意图体现得不是那么明显，但对于作品阐释具有重要意义，有助于读者在阐释作品时能够超越叙述者的感知层面，从而将眼光投向小说的意蕴，同时也为女作家和读者共建文学元语言的语义场提供了空间与可能。《指甲与眼睛》是少有的成功的第二人称小说范例，藤野可知把"你"不仅作为"我"的对话者，而且作为"我"的主要叙述对象直接引进作品，"我"凝视着"你"的行为、叙述着你的故事、分享着你的情感。女作家运用三种叙事视角，通过内、外全方位的观测，全面扫描式地看清社会、看清自我，为社会转型中书写社会、价值引领进行了充分的现实准备。

其次，叙事策略的多元性。一是助力细节描写，扩大关注视线，以小观大。如《一个人的好天气》《锅中》《指甲与眼睛》《咸味兜风》等作品中大量饮食细节的描写，《妊娠日历》《在海浪上等待》等作品中作家对周围现实细节的描写都可以看作以小观大的典范。二是书写日常生活的"超现实的空间"，建构女性话语空间与话语体系。如《猫婆婆的小镇》《欠踹的背影》《至高圣所》《蛇舌》《乳与卵》等作品描绘了"宅思想"下迷茫的年轻一代。她们在"宅思想"与"自我意识"的弱化、家庭归属与女性角色裂变、自我同一性的迷失、肉体冒险中的挫折、角色错乱与身份迷茫中呈现了平成年代女性的价值取向的游离。而《夏天的约会》《乳与卵》《狗女婿上门》《家庭电影》《咸味兜风》《指甲与眼睛》《绿萝之舟》《在海浪上等待》等作品则描写了人们在社会角色错乱中的迷茫。《妊娠日历》《乳与卵》《夏天的约会》《负水》《跨越时间的联合企业》《洞穴》《踩蛇》等作品描写了社会转型期的"失语",当代人在频繁流动的身心状态中呈现了惶恐不安的集体焦虑。在这些作品中,女作家不仅仅是利用空间描写故事发生的地点与场所;而是在空间中镶嵌她们理解的或者是建构的秩序,用她们的观念来"布置"空间,引领读者在文本世界"感性空间"或"生理空间"的体验里,获得"心像空间",书写生物行为,引导社会行为,形成文化行为。

最后,具有后现代意味的"混搭式"语言的使用。获奖女作家通过语言混搭达到的语言陌生化效果,从整体上打破了平成文学口语表达的平衡。她们一改用标准东京话进行文学创作的范式,将东京话、京都腔与大阪方言混合等,如《少女的告密》在标准日本语的描写中对话部分少女们却使用京都腔,《绿萝之舟》中单身女性长濑使用的大阪方言,《乳与卵》中适量掺入的大阪方言,《狗女婿上门》中日语与德语的双语写作,等等。女作家在"迷向"时期首先想到的是语言的功能与价值,从话语表达方式入手,在柔声细语的语言变奏中不经意间将"日本人""日本语""日本文学"与"日本文化"四位一体的内涵灌输给了读者,使读者在清新、陌生化的语言里,在被塞进带有记号性与身份象征的地域方言的文学世界里徜徉,在对语言的欣赏中进行"疗愈"。

(六) 文本审美功能的追求

文学研究关注的价值取向问题不仅是社会价值、历史价值、文化价值的问题，更多的是关注审美价值问题，审美价值是最难追求的。"价值或绝对价值是不可说的，……不可说的东西尽管不可言说，但它们能够显示。"① 10世纪日本文学界提出"下半身写作"，以身体本身感知的美为第一要义，这是物质条件发达到一定程度才能达到的。平成年代以来，芥川奖作为纯文学奖项，审美价值是首当其冲的。获奖女作家透过作品中的衣着、对话、妆容以及对自然的描写与感悟，呈现了一幅幅独特的审美图像。"日本人的生活态度和哲学，归结起来，崇尚顺应自然、尊重人权和发挥美学。顺应自然，可以保留原始之美；尊重人权，才能安心生活；发挥美学，就能让日子变得更有质感。这是日本人自豪的生活力的体现！"② 女作家们通过身体写作、宅、物哀、涩等日本女性之美引领时代的审美价值，通过对身体美、生活美、人际关系美的创造来寻求迎接新时代的密钥，给审美价值为第一价值的当下带来了一种清新感、愉悦感。

日本文学之美在《古今和歌集》序文中早有表述，"大和之歌，以人心为根，发而为万千言辞之叶"③，意思是说，日本的和歌从人的心理生根发芽，长出绿叶般姿态万千的词句。获奖的30部小说，以表现自我心境为主要任务，很少有重大题材和惊心动魄的情节，作家没有在小说结构上煞费苦心，只是把作家的亲身经历和所想所感直接写出，语言清新、简单，这在一定程度上迎合了日本人的某种价值取向和审美情趣。这些作品犹如荒漠中的一片绿洲，清新、走心、养眼，是一幅美景，会让心灵与脚步分离的后现代人驻足、静心。《一个人的好天气》里关于"物哀"的描写，以"春天""夏天""秋天""冬天""迎接春天"为线索，主人公"知寿"在季节轮回中成长，感知物哀，

---

① [奥]维特根斯坦：《维特根斯坦读本》，陈嘉映主译，新世界出版社2010年版，导言第X页。
② 季子弘：《走，品日本》，中国友谊出版社2012年版，第204页。
③ [日]高阶秀尔：《日本人眼中的美》，杨玲译，湖南美术出版社2018年版，第7页。

走向成熟。《在海上等待》中"我"和"小胖"的约定,《贵子永远》中的女性情谊,《一个人的好天气》中"知寿"和"吟子"的友爱,《猫婆婆的小镇》中"我"和"外婆"的和解、和"小姨"的友好相处等体现了"日本人重视回忆,但自古以来日本人不是依靠物质上的坚固性来承载记忆的,而是在自然的轮回中发现记忆的可靠性"①。这些小说体现了后现代社会日本审美并没有因科技的发达、信息化时代的到来而改变,"自然与其说是人类的对立面,毋宁说是人类可以信赖的存在"②。《冥土巡游》中,自然的力量不仅接受了大脑有病的"太一",理解了"太一"的真正内涵,还诠释了后现代社会自然对人的"疗愈力"。《洞穴》等小说中对魔幻现实主义的描写,主人公在"再造的自然"中获得解脱。《庭院》则直接以自然为故事发生地,书写了后现代社会生活在自然世界里的人们,获奖女作家文本的审美功能可见一斑。"宅文化"作为体现消费文化一定发展水平的新文化业态,正悄然成为一种时尚,学界从各个层面关注"御宅族""宅文化"现象,获奖女作家也从审美角度、价值取向角度进行了呈现与引领。《欠踹的背影》《蛇舌》《一个人的好天气》《夏天的约会》《乳与卵》等作品,书写了日本人对美的感受,用作品诠释了"重点不在于'什么是美',而是在乎'在什么场合下产生美'"③的审美传统观,在"实体之美"与"状况之美"中引领日本人的审美价值。日本美的主要创建者是女人,整个日本文学的审美趣味是女性化的。获奖女作家更是美的,她们在建构的美的世界里,进行着传统的"感性体验"、对"美"的保存、超越日常的此世界与彼世界的"越界"书写,在当下日本以"涩""侘""留白"为代表的"不对称性""样式性""多色彩性"等

---

① [日] 高阶秀尔:《日本人眼中的美》,杨玲译,湖南美术出版社 2018 年版,第 94 页。
② [日] 高阶秀尔:《日本人眼中的美》,杨玲译,湖南美术出版社 2018 年版,第 94 页。
③ [日] 高阶秀尔:《日本人眼中的美》,杨玲译,湖南美术出版社 2018 年版,第 100 页。

既有日本传统又具有后现代特质的"审美"引导着日本人的审美价值与社会价值。

二 获奖女作家及其作品引导的价值取向

平成时代的日本处于现代社会向后现代社会"裂变"的过程中，全球化与后现代社会成为这个时代文学的创作背景。"在一个信息爆炸却多半是无用的世界，清晰的见解就成了一种力量。"① 30位摘取芥川奖的女作家遵循"手段的有效性、价值的一贯性、欲望满足的合适性"②等原则，从价值取向入手，充分发挥得天独厚的"感性""细腻"，以及看似"可爱""单纯"却"有品位""有深度""有厚度"的女性美；着眼于看似没有任何波澜的日常生活，书写"小物语"却在反映时代的"大物语"，探讨着人性、未来人的思维方式、价值取向等世界性的问题，通过她们的文本中的言谈举止，潜移默化地引导着日本人的价值取向与行为方式。

（一）回归人性：爱是人类真正进步的阶梯

获奖女作家们在日本社会的重大转型期，深度思考了"变"中"稳定"的大问题，用作品、用故事回应了时代的重要命题。女作家们不约而同地将目光转向了人性，转向了人性中的爱。人性不仅指作为人应有的诸如慈爱、善良的正面的、积极的品性，也包括感受他人情感的同情心与同理心。同情是一种美德和能力，是爱的一部分，也是良好社会关系的基石。"人性之所以尽善尽美，就在于多为他人着想而少为自己着想，就在于克制我们的自私心，同时放纵我们的仁慈心；

---

① ［以色列］尤瓦尔·赫拉利：《今日简史》，林俊宏译，中信出版集团2018年版，序第5页。
② ［日］作田启一：《价值社会学》，宋金文、边静译，商务印书馆2004年版，第421页。

而且也只有这样,才能够在人与人之间产生感情上的和谐共鸣"①,爱是人们放弃某些自己最为熟悉的事物,学会与未知和平相处的密钥。日本人的这种爱体现在人际交往中的"耻感意识"中。日本人在处理人与人的关系时,一个最基本的前提就是不给交往的对方添麻烦。日本人所谓的绝对价值,"诸如拜神、信念和哲学,都不能成为对生活规律的约束。但报有'对不起周围人的感觉''羞耻感觉'等特别顾及他人感受的心态都体现了这种价值"②。这里面有两个关键点,一是不给别人添麻烦,二是让别人舒服。日本人活着的理由就是不做令人不愉快的事。"带有罪恶感的意识,由羞耻意识支配的心态和如何让他人感到舒服的想法,是这种价值观的核心,这也是日本人的绝对价值取向。"获奖女作家们从人性中的爱入手,把爱视为人类进步的阶梯,透过作品中所讲的故事,娓娓道出了什么是爱以及应当怎样去爱。

爱是凝视,爱是关注。"人类思考用的是故事,而不是事实、数据或方程式,而且故事越简单越好。每个人、每个国家,都有自己的故事和神话"③,能在数千年中一直安抚几十亿人焦虑的故事,一定是一个关于人与人之间的有关爱的故事,"如果有些人不相信什么链接,不相信什么未来,也不相信有什么集体的动人史诗,或许最安全、最简单又能让他们相信的一套故事就是'爱'了"④。获奖女作家们在一篇篇动人的故事中,用静静地凝视、默默地关注书写了亲情之爱、友情之爱。如《一个人的好天气》中70岁吟子与亲戚"知寿"的凝视的爱,虽然同在一个屋檐下,却保持着一定的距离;但在"知寿"男友

---

① [英]亚当·斯密:《道德情操论》,谢宗林译,中央编译出版社2011年版,第23页。
② [日]黑川雅之:《日本的八个审美意识》,王超鹰、张迎星译,中信出版集团2018年版,序言第Ⅷ页。
③ [以色列]尤瓦尔·赫拉利:《今日简史》,林俊宏译,中信出版集团2018年版,第3页。
④ [以色列]尤瓦尔·赫拉利:《今日简史》,林俊宏译,中信出版集团2018年版,第272页。

的选择与相处、走向社会等涉及个人成长的大事情上,"吟子"却通过自己与男友的相处、知物哀式的引导,给予"知寿"带有一定距离感的爱。这种爱,既不是传统日本带有村落文化与家庭文化的浓浓亲情,甚至不是带有封建家长式的爱,也不是西方文化视域下的以个人主义为中心的爱;它是一种在凝视范围内可以掌控与引导,却又给予对方一定空间的爱。这种渗透式的、日本式的爱,更多的是关注,是自我感悟。《乳与卵》中作为妹妹的"我",对于姐姐是否做隆胸手术,也是通过默默地关注,尽可能地搜集关于手术成功案例带来益处、副作用方面的资料,引导姐姐在全面考虑成熟的基础上做出合理的判断。《猫婆婆所在的小镇》中外婆对"我"从小到大的成长也是静静地等候、静静地关注,让"我"在经历了"失语""挫折"后自然成长。小姨为了照顾"我",至死终身未嫁,静静等候"我"的成长与成熟,乃至成家。日本人在凝视、关注的爱意表达中进行着在静静的革命。这种具有后现代主义色彩的简单的爱,既符合日本的减法美学原则,又与倡导清寂的日本文化接通血脉,因而这种爱具有同时代性。

　　爱是感性的,机器无法代替人的爱。科技的不断进步,特别是信息技术和生物技术革命的深入,不仅推动了经济社会的发展,更可能改变人的思想,甚至设计和制造生命。尽管"人类过去已经学会如何控制外在世界,但对我们自己的内在世界多半无力掌控"[①]。技术可以操控人体内部世界、重塑自我,但因为我们并不了解自己心智的复杂性,所做的改变也就可能大大扰乱心智系统,甚至造成崩溃。在人生逻辑不再是线性的、"不连续性"可能成为显著特征和常态的时代,或许教孩子拥抱未知、保持心理平衡,比教他们物理方程式重要得多。"要想跟上2050年的世界,人类不只需要发明新的想法和产品,最重

---

① [以色列]尤瓦尔·赫拉利:《今日简史》,林俊宏译,中信出版集团2018年版,第6页。

第七章　获奖女作家及其作品的价值引导

要的是得一次一次地重塑自己。"①同时期女作家山田咏美创作的小说《床上的眼睛》《彩蝶缠足》以性爱中的男女为描写对象,通过大量的性爱描写、极端化的肉体表现,说明"现代人的恋爱方式是由肉体开始的"②。她自己认为是"用身体创作小说,是自我肉体翻译的小说"③,这在20世纪末期的日本文坛,引起了非议,却又带来新意,这是对传统伦理观的一种挑战,触及了当代日本文学的价值取向——性。这种试图建立一种新的伦理价值观或伦理观,在整个平成年代并不是文学书写价值的主流。小川洋子的《妊娠日历》,以妹妹"我"的视点观察怀孕的姐姐的孕期感觉及变化,小说中出场的三个人物——作为妹妹的"我"、姐姐、姐夫对于孕育的新生命并没有兴奋、喜悦之感,机械地按照怀孕周数按期进行围产检查,描绘了一个"现实中创造的具有现实感的社会与家庭——在那种新的现实中,人们观念中的正常、异常或正确、错误等价值标准统统被推翻"④。但是,无论身体感觉如何,怀孕生子关乎生命的延续方式没有改变,这是人类的希望所在,人类繁衍不会因为生物技术、人工智能等机器的出现而停止,生命延续是人类的大爱。

人类面临前所未有的各种变革,生物技术与信息技术一旦携手,最有可能改变人类自身的思想和身体。世界会变成怎样?在一切充满不确定性的后现代社会,人与人之间的爱或许也会通过计算机的算法得出结论,那么,未来社会人与人之间的关系是否会完全机器化、程序化呢?日本是一个感性思维较强的民族,人与人之间的情感很细腻,物哀式、淡淡忧伤的美依然会出现在现代生活中,依然存在于人与人

---

① [以色列] 尤瓦尔·赫拉利:《今日简史》,林俊宏译,中信出版集团2018年版,第254页。
② 魏大海:《日本当代文学考察》,青岛出版社2006年版,第138页。
③ 魏大海:《日本当代文学考察》,青岛出版社2006年版,第137—138页。
④ 魏大海:《日本当代文学考察》,青岛出版社2006年版,第160页。

之间的关系里，依然存在于日本人的爱之中。《在海浪上等待》中"我"和"大胖"之间的绝对信任与依赖，突破了日本文化中的"间人主义"，是人们之间一种原初的爱，这种爱应当说因电脑机器的存在而更为牢固，机器参与建构了他们之间的爱。电脑没有了，但是我和"大胖"建立的友谊、爱却永远留在了"我"的记忆里，非但没有因机器的毁坏而消失，反而这种爱会越来越清晰、永久。《冥土巡游》中太一的脑子出了问题，做了"在脑中植入电极"的大手术[①]，太一的神经是人工的，参与了太一与妻子奈津子的爱的建构，但太一的神经却是奈津子亲手写下的、给予的。机器离不开人的因素，在人与人爱的建构中，人仍然是第一性的，机器是第二性的、从属的，不是决定因素。即便是"我们现在已经就像一个又一个小小的芯片，装在一个大到没有人真正理解的数据系统之中"[②]，因机器与算法不懂道德，我们永远不会把重要的决定交给算法去处理，机器、算法是无法代替人与人之间的爱的。

流淌在时间里的爱，不会因空间的挤压而变形。个性化社会也引发了新的矛盾，即"个人情感中产生的个性化，带有使得人与人之间产生分隔的倾向，而同时，由于个性化的背景是阶层化，因此会进一步造成人与人之间隔阂的产生和个人的孤立"[③]。人们越来越难以意识到自身和他人的关联，"明明身处社会中，却感受不到和他人的关联"[④]。女作家们意识到消费社会、私生活主义和个人意向的过度发展，提出了建立联盟，建立一个人与人之间能够自然地产生联系的社会。

---

① ［日］鹿岛田真希：《冥土巡游》，刘姿君译，联经出版事业股份有限公司2014年版，第43页。
② ［以色列］尤瓦尔·赫拉利：《今日简史》，林俊宏译，中信出版集团2018年版，第52页。
③ ［日］三浦展：《第四次消费时代》，马奈译，东方出版社2014年版，第92页。
④ ［日］三浦展：《第四次消费时代》，马奈译，东方出版社2014年版，第93页。

并认为爱是解决"人的一生之中的各个接缝处可能会出现的裂痕"的良方;爱不仅可以让人觉得拥有了整个宇宙,爱还可以让人知道自己的人生目标是寻找真爱。

《冥土巡游》中的美津子与爱慕虚荣、整日幻想回归高度发达时期的母亲的幸福感、快乐感截然相反。物质上的富有不再是通过对物质的占有来实现;而是像大脑中植入机器的"太一"一样,不是独占信息物质,不是保存它,而是将热爱生命、爱自己、爱他人等关于爱的信息传递出去,并与他人共享这种爱的信息,进而体会到拥有爱的快乐与满足。《贵子永远》描写了主人公永远子与贵子时隔25年的再次相见,描写了她们对曾经共同度过的夏天的回忆。在时代的尘埃感中,作者将过去、现在、梦境、回忆交织在一起,展现了生命的循环与女性之间的情谊和爱。朝吹真理子告诉了我们一个道理,时间的流逝无法阻挡住爱的存在与延续,它无须交流与客气,爱是人类交流最自然与最原始的情感。朝吹真理子把两种生活境遇完全不同的中青年女性的生活展现出来,她们通过身体和回忆,或者寻找过去,或者反思现在,展现着现代日本女性对于自身的认知与爱的探索。爱是生命起航的起点,是重构自我,重新开始新生活的起点,这是爱的救赎。《猫婆婆的小镇》里"惠理子"两岁时被远嫁到美国的母亲抛弃、送回日本,由开始时吵着要回美国,不喜欢日本的外婆、小姨,"无语";到后来在医院看到小姨死亡时的"无语","呆呆的什么话也说不出来,只是按照猫婆婆的指示为让香火不绝不断在遗体旁添着线香"[①]。小说采用倒叙方式,浮现了几十年来小姨对"惠理子"的爱与付出。外婆似乎对女儿不负责任的行为不满,甚至将这种不满不时发泄到外孙女身上,在去世前却为放心不下的"我"购买了大额保险,感受到了她去世

---

① [日]瀧澤美惠子:《ネコババのいる町で》,《文學界》1993年第3期,第456页。

后的爱的温情。名古屋从未谋面的生父"平田",请"我"吃鳗鱼饭、给"我"买回程的车票、站台送别、离别时"眼眶也红了"① 等细节之处无不体现父亲的爱,这种爱并没有因为时间、交往而疏离。爱不用更多的语言,爱未必一定要通过交往而存在。虽对抛弃"我"的母亲也有过怨言,但在外婆、小姨相继离世后,儿子却将"我"从痛苦的世界拉回来,"我把猫婆婆准备的食物拿给儿子,时而也送到自己口中,重新振作起来,思考是否也要通知母亲。这之前,我一次也没有给母亲写过信。等安顿好这些事,要不要和丈夫儿子一家三口去拜访她呢,我无意中想起现实"②。对远在美国的母亲,其实内心深处一直都有爱与挂念,甚至存有对较为深入与密切的来往的期盼。"母亲和父亲不知从何时起都变成了令人怀念的存在,我也曾试想过与他们一起生活的话会怎样,却从没想要与他们真正一起生活。"③ 亲人之间的爱,没有因长久的不联系、遥远空间距离而消失;反而随着年龄、生活阅历的增长,这种爱,会逐渐清晰。

30 位获奖女作家通过作品描写了人性深处的人与人之间的爱。她们从最能体现人性的日常生活入手,表面上看很少维护价值、观念,实际上却把本体论上不同、彼此并没有必然联系的世界叠加在一起,在撕开语言能指背后的转喻里,回归生命原生态的写作意图依稀可见。她们在"万物土崩瓦解,中心无法支撑"④ 的混乱世界中窥视到亘古未变的人性之爱从未改变的社会现实。人性中的爱,并没有因时代的变迁、技术的改进、信息革命的到来而消解,它只不过被一些破坏性的创造遮蔽、掩盖了而已。女作家们不约而同地通过小说将尘封了的

---

① [日] 瀧澤美惠子:《ネコババのいる町で》,《文學界》1993 年第 3 期,第 475 页。
② [日] 瀧澤美惠子:《ネコババのいる町で》,《文學界》1993 年第 3 期,第 483 页。
③ [日] 瀧澤美惠子:《ネコババのいる町で》,《文學界》1993 年第 3 期,第 483 页。
④ [美] 戴维·哈维:《后现代的状况对文化变迁之缘起的探究》,阎嘉译,商务印书馆 2013 年版,第 19 页。

第七章 获奖女作家及其作品的价值引导

日本式的爱呈现出来，将一直贯穿到日本人文中的、在传递过程中消失了的淡淡的爱转移到文学创作中，与女性言说的意图结合，与后现代性对话，通过作品唤醒了那些被后现代的病态所遮蔽的爱。

日本文坛在平成年代屡屡推出女作家，从女性自身角度看也具有一定的道理。"对于灾难、痛苦和弱者的同情、悲悯使女人能够超越现实和世俗利益，从本质上讲，母性也是社会发展和人类文明滚滚向前的原始动力之一。"日本女性一个很突出的特征是具有"母性爱"观念，这种爱不仅体现在家庭中，而且还体现在职场等各种社会场合，她们不经意间就承担了"母亲"的角色。"母性使女性更具备人类和世界情怀。我们对母性力量的感受在于她们蕴藏、展现的精神和文化的力量，这种力量同样来自人性和母性。"她们"在公共领域表现出了不同于男人的优秀"①，喜欢商量与讨论，乐于合作，"在公共事务中，大多数女性单纯、仁爱、合作，只考虑工作，怎样对工作有利，怎样做"。人类的进步往往在"解构""建构"和"超越"中实现。而悲悯、同情、爱，超越了利益的牢笼，毫无疑问是源自女性代表的人之善。"母性使女性更容易与人性中的美好相通，超越族群、部落、封国、国家，直至现在的区域联盟，将来有可能走向世界大同、走向合作。与其说女性会拯救现在，不如确切地说，是女性的特质，更接近于人类大同的目标。在这个意义上讲，可以引用歌德的'永恒的女性'引领我们前进。"② 信息时代，个性化社会，女作家在喟叹日本群体社会瓦解的同时，自"'新价值'诞生的年份"③起，通过爱的书写引领社会转型期迷向的人们，进行定向与定位。

---

① 萧淑贞：《发现人性》，商务印书馆2012年版，第63—65页。
② 蒋丰：《脱下和服的大和抚子——千姿百态的日本女性》，东方出版社2014年版，第58页。
③ [日] 三浦展：《第4消费时代》，马奈译，中央编译出版社2011年版，第103页。

（二）回归自我：在选择和行动中创造自己

平成年代，"人们对于'真正的自我'追求越来越强烈，消费行为早已超出了消费本身，'寻找自我'开始不断扩大"①。这一时期的获奖女作家敏锐地捕捉到了这一社会态势，通过文学回应了人们不断思考的自己究竟应成为什么样的人、什么样的自己才是真正的自己等问题。在女作家集体上演的故事里重新形塑自我，再现日本民族的思维和行动方式，潜移默化地引导读者不要在意别人的眼光，回归自我，在选择和行动过程中创造自己。回归自我并不是无所事事，而是通过自身内、外改造的结合而实现。这种"自我改造倾向"既包含外在的自我改造——染成棕色头发、戴耳环、文身、整形、肉体改造，也包括内在的自我改造——各种形式的自我启发、取得证书、学习技艺的"学习倾向"②。

"20世纪是身体登场的世纪，只要身体出场时，却总是处于疾病和痛苦之中，而且还处于暴力与死亡的威胁之中，因此没有哪一个世纪像20世纪是一个如此充满身体创伤的时代了。"③ 女作家们突破了以往身体言说的感性—知性—理性、动物性—人性—神性、身体—心灵—精神、物体—身体—幽灵等的话语等级制，让身体找到自己的语言，让身体以身体的方式表达自身。《乳与卵》中母亲卷子对于隆胸义无反顾地热衷，渴望以隆胸手术改变现实，体现了卷子对回归自我的挣扎，体现了生活在多样文化环境中卷子的盲从与妄想。作者借用卷子女儿绿子的疑问回答："有些事是无所谓真相的，有些事情是没有真相的……"④ 表达了川上未映子对回归自我多样性的思考。最终母女和

---

① ［日］三浦展：《第4消费时代》，马奈译，中央编译出版社2011年版，第79页。
② ［日］三浦展：《第4消费时代》，马奈译，中央编译出版社2011年版，第84页。
③ 夏可君：《身体》，北京大学出版社2013年版，第3页。
④ ［日］川上未映子：《乳与卵》，杨伟译，上海译文出版社2009年版，第101页。

好，母亲放弃做隆胸手术，表明女性回归自我的关键在于内心的强大与内在改造。《蛇舌》的身体改造与消费，表明了金原瞳态度，即由身体之痛引发的生活之痛、生命之痛非但不能够实现自我独特性，反而会更加迷失、彷徨。

如果把女性回归自我比作一个符号系统，外在改造即为能指，内在改造即为所指。形式对意义的内容的表达非常重要，能指只有回归原生态的任意性，回归到身体要表达自身的生态话语的组合与聚合符号体系，才能从所指的原初义上建构具有同时代性的增殖意义，才能在所指形成的语义场中进行放射状的多重、循环身体话语的建构与表达。理想状态下应是通过自身的内、外改造实现自身的独特性。如《一个人的好天气》中知寿在吟子的教化下，由打零工的飞特族最终成为勇于承担社会责任和纳税义务的社会人，走向职场，体现了"自我改造倾向"的内在改变，自我启发与自我成长；《指甲与眼睛》中作为派遣族的"继母"麻衣与《绿萝之舟》的单身母亲长濑，以及《在海浪上等待》中的"我"会加班加点地学习公司引进的新技术，提高职场工作技能；《少女的告密》《人间便利店》中主人公获得学习技艺，体现了内在改变的"学习倾向"；《蛇舌》中十九岁的牛仔女中泽路易迷上扎耳钉、穿耳环以及文身等身体改造，十八岁的小流氓阿马"吸毒""染发"，二十四五岁的朋克族阿柴的文身、"性虐待"；《乳与卵》中的"母亲"的隆胸手术，《指甲与眼睛》里母亲的"阳台自杀"；等等。肉体改造体现了当代日本人外在的自我改造历程，构建了与大家步调一致、相同的自我，同时也拥有与别人不一样的差别化的自我的"多重自我"。在自我的建构中始终有一条主线一直贯穿，那就是通过个人的努力与奋斗获得自己想要的东西。自己想要的东西，不再是购买物的欲望，而是通过消费、通过工作建立的社会交往、交流，通过共同的"圈子"来实现自我的价值，在人际关系互动中体现自我、实现自我价值。

　　《指甲与眼睛》中"继母"麻衣无力周旋于复杂的、现实的人际关系，虽然实现了作为派遣族时的梦想，"家庭主妇使用丈夫的信用卡任意购物，拥有了家庭的财政大权"，网购虽实现了消费的便捷与愉悦，满足了消费欲望，但单一化、无差别的消费行为却使她备感迷失与彷徨，最终还是与旧书店店长约会、建立社会关系。与店长性交的肉欲满足之后果断提出分手表明，性消费解决不了因网络人际关系疏离而带来的后现代病，这种对社会复杂现实的逃避，倾心于虚拟的网络交际综合征，以毒攻毒根本无法医治。逃离或许是一种选择，但在信息化的时代，无论逃到哪里，走向何方，如同《指甲与眼睛》里的母亲将死亡场所选在了"阳台"一样，阳台本身属于外面的世界，但其开关的把手却在"屋里"，没有完全脱离世界的世外桃源。《绿萝之舟》里29岁的单身母亲长濑是一位典型的"下流社会"的"穷忙族"，生活非常艰辛，一身兼数职，生活可谓是疯狂的忙碌。即使每天拼命地工作却只能换来微薄的酬劳勉强度日，生活依旧捉襟见肘、窘迫拮据，但并没有影响长濑积攒163万日元用于海外旅行的梦想，她如同绿萝一样努力工作，在黑暗的底层艰辛地努力存活，就算看不见光明，却依旧勇敢地想要改变命运，执着地叩问存在的意义，坚定地探寻自我价值。看似长濑对于生存的挣扎是"穷忙族"的挣扎，是社会底层女性的挣扎，是一叶浮舟对无边瀚海的挣扎；实际上津村记久子针对当代人自身的内、外改造实现自身的独特性给出了的一个综合答案，即山的那一边也许会是晴天，路的下一个拐点也许就是出口，无论现实怎样，只有不放弃才会有希望。面对恐惧、麻木、无奈、无助的被动的信息化时代，解决迷失的办法只有一个，就是要向长濑那样，明确生活目标，脚踏实地地努力奋斗，要像绿萝一样坚韧，利用一切可以生长的条件让自己熠熠生辉。

30位获奖女作家通过对不同人物形象的刻画与塑造,在从具有后现代主义色彩的大物语的书写转向追求自我肯定的价值观的书写中,反衬着自我扩张型价值观的衰退,预示了从更美生活到个人最美生活,从自我扩张感到自我肯定感的新价值观的出现。在自我奋斗、寻找幸福的过程中,在挑起自己和家庭未来的同时,还应在回归社会中,通过奋斗与不懈的追求获得自我价值的实现。

(三) 回归传统:创造性地保存与传承日本文化

经历了战败、被占领和复兴、工业化、城市化、富裕化以及文化准则规范化的数十年急剧变迁后,对于某些有价值的传统将要从他们手中滑落并且永远消失,许多日本人都感到一种深深的惋惜。1995年的阪神大地震和东京地铁沙林毒气事件,使日本国民意识到世界的不确定性与不安全性,"需重新确认自己的传统观念"[①]。日本转型期的消费主义、极简主义,貌似追求快乐的纵情消费,不知节制的结果正在摧毁人类赖以繁荣的根基,正在失去正义。"普遍失去正义,肯定会摧毁社会。"[②] "到了稳定期,人们则开始重新发掘……固有的价值观"[③],在"展现自我""寻找自我""自我改造"中进行着"自我建构"。女作家们将目标投向了社会发展等领域,对转型期出现的价值取向问题,尝试着向日本传统索要答案,聚焦于"女性颠覆"逐渐成为主流的平成时期,用完全化的女性表达,用温柔的方式,在对快乐幸福的评估中引导读者创造性地保存与传承日本文化,影响社会变革。

---

① [美] 傅高义:《日本第一》,谷英、张柯、丹柳译,上海译文出版社2016年版,第202页。
② [英] 亚当·斯密:《道德情操论》,谢宗林译,中央编译出版社2011年版,第103页。
③ [日] 三浦展:《第4消费时代》,马奈译,中央编译出版社2011年版,第125页。

获奖女作家的传统回归体现在言说策略和写作模式上。首先，她们透过活着的、流动的言说策略传承文化。黑田夏子的《分支的珊瑚》提倡日本汉字+假名的书写格式，排斥片假名等外来语的书写与表达，从书写与阅读习惯改变入手，呼吁日本语言的传统回归；川上未映子作品中大阪京都方言的穿插、交替使用，"建构了咬舌拗口的口语体表达技巧，给阅读者以震撼，隐含着樋口一叶的写作风格"①。多和田叶子对不同文化语境中语言的差异性表现出异常的敏感，《狗女婿上门》冗长的句式没有句号，《阴影中的男人》富于突然变化的节奏，《飘洒目标的花》如同古文的译文等陌生化表达；在词语意义的转移过程中，潜移默化地回归到日本语言中的原初意义表达方式，从语言感觉上启发读者对日本传统的敬畏。女作家们从语言符号能指的日本性、言说方式上入手，运用"日本语"讲好"日本故事"。

其次，女作家们立足于日本文学的传统写作模式建构话语体系。她们一反后现代社会"去中心化""碎片化"的潮流与常态，直奔时代思考的大问题，思考叙事话语与身份建构的历史性与时代性的结合。她们用多元化的叙事方式揭示后现代社会日本人的精神世界，这种新探索显现了作家成熟的写作方向。一方面，她们立足于日本文学的传统写作模式，继承了私小说的写作技巧，在发挥第一人称所拥有的直接性效果的同时，将第三人称的叙事与极具辨识度的方言并用，突破了全知叙事者的"选择性"与"中心意识"，进而实现了视角的全景化。叙事视角由第一人称、第三人称向多重视角转化，实现了对后现代社会的多角度叙事。文学叙事中的第二人称的挑战，反映了人们对物质与精神二元结构需求的变异，这对于第一人称的私小说盛行

---

① ［日］池澤夏樹：《仕掛けとたくらみの小説》，《文藝春秋》2008年第3期，第336页。

的日本文坛，其叙事艺术无疑是一种颇有现代意味的大胆创造。另一方面，她们为使文学走出低迷，正在克服"内向时代"对颓废的个人感受的追求，在关注文学现实性的基础上，进行着文学形式的创新。将动漫的叙事模式植入纯文学的创作让我们看到了日本文坛创作形式改革的力度与魄力，神话原型叙事推开了日本文学与世界文学相连的窗口，魔幻现实主义的创作代表了日本文学的世界步伐，时间叙事的创新标志着日本文学对"人"的官能认知的深化。她们以自己的叙事形式昭告，日本文坛正在走向多元，宏大叙事与对细节的描写都会成为拯救纯文学走出低迷的良药，对细节的关注是女性的强项，而宏大叙事同样也是日本女作家的拿手曲目。

结　语

　　平成年代女作家之所以能够频频摘得芥川奖，一方面，是因为她们的文学言说创造性地构建了一个超越男女二元思维和东西方界限的新的共同体，描写了一个又一个在社会转型风浪中沉浮的现实的"自然人"，是对社会现实的真实反映，顺应了芥川奖的社会性评价标准，诠释了芥川奖的时代性；另一方面，是转型期的日本社会需要、阅读者需要、文坛需要。转型期人们的空虚、焦虑、迷茫需要表达出去，需要有人为他们代言，需要有人为他们指明方向；文坛需要反映社会，发挥文学的文化建设作用，需要释放正能量的作家和走心的好作品，更需要润物细无声的引领者。在获奖女作家的文学世界里，无论是呈现出的自我意识的弱化与迷失、角色冲突中的身份错乱、社会适应中的价值迷茫等问题，还是提出的自我探寻与他者认同、认同危机与价值引导、叙事话语与自我建构等分析问题、解决问题的策略，在疗愈阅读者的同时，还交给了阅读者"我将独自前行"与"如何前行"的钥匙。

　　以芥川奖获奖女作家为代表的日本女作家的多元化文学创作，使当代日本女性文学带有明显的后现代性与世界性特征；在传承本土文化中解构男性中心话语，解构外来文化，建构后现代日本文化，为我们认知女性文学的言说功能、认知文学承载的文化功能提供了一些启示与借鉴。

（一）

我们在当下的学术语境中谈论当代日本女性文学时，很自然地会采纳一种泛化的女性主义视角，即那种从现代女权主义到最新的后女性主义的理论出发点。然而，在全球化时代的今日，面对人类处于整体的生存危机险境的尴尬奇绝的现实，无论是传统的"平权"论说，还是政治上更加激烈的马克思主义女性主义，以及乌托邦化、美学化的生态女性主义，恐怕都已失去了思想效力。当人类已经能模仿上帝去创造物质、生命、宇宙（模拟宇宙大爆炸及物质、生命出生的环境；基因技术和克隆生命）时，我们曾经拥有的谈论世界与人的任何男性或女性的视角都已成为历史。面对已处于成熟的后工业社会的日本当代女性文学，应寻找一种新的论说模式或思维模式，争取理论的创新与更生，如此关于平成年代芥川奖获奖女作家及其作品的价值取向的探讨和评说才会真正有意义。

当代女性主义批评已注意到"言说"的重要性[①]，但无论是针对男性话语霸权和男权中心的政治性言说，还是强调女性身份特殊性的身体言说，最终都无法摆脱和逃逸出男权藩篱。因为，无论女性主义（者）对男性霸权和男权中心主义的揭露批判多么激烈、深刻，都无法撼动（甚或强化了）男权主义的统治地位。女性主义者愈是强调、张扬自己的身份（身体）、权利、价值，愈是将自身推向他者化、边缘化的境地。只要女性主义者习惯性地亮出自己的底牌，祭出"女人—身体—弱者—受害者—边缘人—少数派"这些旗号，便是一开始就将自身放置在"非主体"的地位上；而在任何时代，这样的角色、视角和地位即便有权力也无充分的资格来言说！这种现实的困境与言说的悖

[①] 张若冰：《女性主义文论》，山东教育出版社2001年版，第207—208页。

论状态恐怕真的要将女性主义推向解体乃至消亡。当伍尔夫说出女性要有"一间自己的房子"时,这间房子还是男人为她们搭建的;只有女性言说——亲自搭建那间人类和世界的大房子时,这间"大房子"才可以让人类和她们自身安居。

20世纪的人类人文思想发生了两次根本性的转向,一次是存在论的转向,一次是语言学的转向。而这两次具有本质性和本体论意义的转向其实又合为了一个完整的人类意识的革命:语言是存在的家,而存在的创造和建设要通过语言的行动来完成,最直接、最主要的语言的行动便是言说。当然,这个"言说"也是多重复合性的,它是宣示、宣讲,也是书写、创作、写作,更是凭借这样的话语、言说、理论、作品而发起的具体的行动。

随着女权主义运动的兴起和女性主义思想(文学)的繁荣,"女性言说"成为现代文明史的一道奇异的风景。西方女性文学的言说,从19世纪末20世纪初的"平权"式女权主义的呼唤到当下的女性乌托邦主义似乎已到尽头。而女性乌托邦文学向反乌托邦(或曰"歹托邦",dystopia)的转化(以阿特伍德《女仆的故事》《羚羊与秧鸡》为代表),实际上是自动地使好不容易搭建起来的女性主义话语再次落入男性权力和男性话语的陷阱——所谓女性主义反乌托邦,无非是20世纪以来的男性主导的反乌托邦文学噩梦的重现而已[①],而这也就意味着女性主义话语的自我消解。而在20世纪以来的大部分时间中,不论是弗吉尼亚·伍尔夫的"一间自己的房子"的抗辩,还是西蒙娜·波伏瓦的"第二性"的哲学宏论,以至爱丽丝·门罗等女性作家对女性与自然、人与自然关系的重设重构,等等,基本都是在"男—女"两性的二元论域内提出女性视角的主张,都是在努力地争取和巩固相较

[①] 曾桂娥:《理想与现实的对话——论女性主义乌托邦小说范式》,《国外文学》2012年第3期,第61—67页。

于男性的女性的权利与地位。

西蒙娜·波伏瓦在被称为"女权主义的圣经"的《第二性》的最后一章写下这样一段预言式结语:"所谓妇女解放,就是让她不再局限于她同男人的关系,而不是不让她有这种关系。即使她有自己的独立生存,她也仍然会不折不扣地为他生存;尽管相互承认对方是主体,但每一方对于对方仍然是他者。他们之间关系的这种相互性,将不会消灭由于把人类分成两个单独种类而发生的奇迹:欲望、占有、爱情、冒险;……相反,当我们废除半个人类的奴隶制,以及废除它所暗示的整个虚伪制度时,人类的划分将会显露出其真正的意义,人类的夫妻关系将会找到其真正的形式。"① 接下来,波伏瓦引用了马克思在《1844年经济学哲学手稿》中的那段名言:"任何人之间的直接的、自然的、必然的关系是男女之间的关系。……从这种关系的性质可以看出,人在何种程度上成为并把自己理解为人类存在物,男女之间的关系是人和人之间最自然的关系。因此,这种关系表明人的自然的行为在何种程度上成了人的行为,或人的本质在何种程度上对他来说成了自然。"② 波伏瓦就此写下了自己的结论:"对这种情况不可能有(比马克思)更透彻的理解了,这就是说,要在既定世界当中建立一个自由领域。要取得最大的胜利,男人和女人首先就必须依据并通过他们的自然差异,去毫不含糊地肯定他们的手足关系。"③

我们从上述波伏瓦的论述中可轻易地发现,这位20世纪女性主义思潮运动的旗手已经洞察到创立超越既有两性关系的"自由领域"的

---

① [法]西蒙娜·波伏瓦:《第二性》(下册),陶铁柱译,中国书籍出版社1997年版,第827页。
② [德]卡尔·马克思:《1844年经济学哲学手稿》,中央编译局译,人民出版社2000年版,第76页。
③ [法]西蒙娜·波伏瓦:《第二性》(下册),陶铁柱译,中国书籍出版社1997年版,第827页。

前景；但她仍未能摆脱"男—女"或"女—男"的二元思维局限，而这样的惯性视角、惯性思维导出的思想理论无论如何振聋发聩，无论推进到何种程度，终究难以摆脱男性话语的限制和控制，以至于很容易再次落入强劲的男权中心主义话语陷阱。然而，我们又不能不看到，波伏瓦讲到的"自由领域"以及她借用马克思哲学语言的"自然"概念，的确又预言式地昭示了超越男女二元思维和东西方界限的全新的世界，这预示着一种新的共同体。日本当代女性作家群用她们创造性的言说已开始了这个新共同体的建设——这不是一个"尚未"的乌托邦，而是一个正在展开的现实，她们自信满满的言说正在使人类所期待的"尚未乌托邦"变为真实的理想共同体。

　　日本当代女性文学的崛起不仅仅是一道"亮丽的风景"，同时也是一道全新的景观，是不同年龄段代表日本女性的女作家们言说的新神话、新生命模式、新生活道路。她们的创作不仅本质性地描述了多彩多姿的现实生活和当下世界，透视了它的真相，诊断了它的病患病因，而且以其厚重的言说开出了药方，铺就了通往未来的道路；她们的靓丽登场，既承担着表现现实社会生活与人生百态的一般性任务——承袭着文学重要的传统使命，又担当着就人类命运而言继往开来的新使命。这项新使命便是，指向人类自身——生命的新生和再造，指向人类文明和话语体系的新生和再造，指向大自然和世界的新生与重建。日本当代女性文学至少已为这种新生和重建预备了神话、土壤、空气、环境，乃至新生命的胚芽、新世界的雏形。

　　平成年代日本的女性文学在欧美、东亚被译介、被接受。村上文学海外翻译数量可观，却没有日本女性文学多，评价也没有女性文学那么高。究其原因，是日本女作家将人从各种束缚中解放出来，还原了人的本质。她们站在人类的前沿想象、言说性别、语言、身体、生命和生活。德里达的目的是解构、拆毁，更是建设。德里达解构了男性中心主义，留下了一堆废墟；还能用什么材料、工具、语言去建构与建设，在女性文学中可以找到答案，女性文学以一种全新的建构，已经提供了新材料、新工具、新话语、新设计。人、生活、社会、土壤、阳光、空气，已经具备，生命本身已经开始萌芽。女性文学是指向未来的，已经开始建设新的生命、新的生活与新的世界了。

开启未来的一个新阶段，有其奇妙之处。与欧美不同，日本有着东方气质与风格，不张扬，默不作声却透露出坚韧与顽强，真实、柔和却不乏力量。带有日本性的女性文学，虽是个性与普遍性的，但又是人类性与世界性的。如果说当代日本女性文学的繁荣与发展是基于后现代主义背景，那么，平成时期女性文学创作的原理、材料（故事与主题）、新的工具（叙事技巧）、新的话语（语言机制）、新的策略（价值取向引导）都呈现出具有日本特色的后现代女性主义色彩，体现出"有机整体系统观念，都关心和谐、完整和万物的互相影响"[①]。芥川奖获奖女作家的文学言说，从主题、故事、叙事技巧、语言机制到价值取向的引导都是作者的所思、所想、所感，揭示的是后现代日本社会较为真实的人的内心需求，是对社会现实的真实反映，是一种全新的、在超越了既有两性关系的"自由领域"中建构的新图景；不仅承袭着文学的重要传统使命，同时也用"言说"实践着文学的理论创新。

（二）

2014年10月，习近平总书记在北京召开的文艺工作座谈会上发表了重要讲话，为文学如何发挥文化建设作用指明了方向。习近平总书记明确指出，文艺要反映好人民的心声，坚持为人民服务、为社会主义服务这个根本方向；必须有大批德艺双馨的文艺名家；要创作生产出

---

① 王治和、樊美筠：《第二次启蒙》，北京大学出版社2011年版，第14页。

无愧于我们这个伟大民族、伟大时代的优秀作品；要把爱国主义作为文艺创作的主旋律，引导人民树立和坚持正确的历史观、民族观、国家观、文化观，增强做中国人的骨气和底气；追求真、善、美是文艺的永恒价值，传递向上向善的价值观；必须认真学习借鉴世界各国人民创造的优秀文艺；等等。① 2021年8月，中央宣传部等五部门联合印发了《关于加强新时代文艺评论工作的指导意见》，强调弘扬中华美学精神，进行科学的、全面的文艺评论，发挥价值引导、精神引领、审美启迪作用，推动社会主义文艺健康、繁荣发展。文艺评论要构建中国特色评论话语，继承、创新中国古代文艺批评理论优秀遗产，批判、借鉴现代西方文艺理论，建设具有中国特色的文艺理论与评论学科体系、学术体系和话语体系；不套用西方理论剪裁中国人的审美，改进评论文风，多出文质兼美的文艺评论；把政治性、艺术性、社会反映、市场认可统一起来，把社会效益、社会价值放在首位，不唯流量是从，不能用简单的商业标准取代艺术标准。

"文化是一种依靠记忆和象征符号体系而维系的社会共同经验。作为文化活动的方式之一，文学创作有责任通过文学叙事建构国家和民族记忆，通过文学形象塑造并丰富文化符号系统，参与社会共同经验这一价值和意义体系的建设，推动文化共识的形成、社会共同经验的巩固。文学也由此获得存在依据和上升路径。"② 发挥文学在文化建设中的独特作用，有必要借鉴其他国家文化建设过程中文学所发挥的价值与功能。日本是中国的近邻，同为儒家文化圈，在文化上与我们有着很深的渊源关系，通过对芥川奖以及获奖女作家文学言说的研究，有一些经验可以为中国当前的文化建设提供有益的启示。

---

① 习近平：《在文艺工作座谈会上的讲话》，人民出版社2015年版。
② 廖文：《文学：呼唤文化建设性》，人民网，http://theory.people.com.cn/n/2013/0618/c40531-21878478.html，2013年6月18日。

结 语

1. 书写社会现实、引领价值取向的文学创作值得借鉴

与社会转型中的文化需求相比,文学还尚未展现出足够的建设性姿态。"在价值和意义体系呈现复杂化、多元化、动态化的变动过程中,文学作为文化建构活动的自觉性,以及为文化建构提供有效成分的能力,都还亟待提升。"① "不套用西方理论剪裁中国人的审美"指明了当代中国文学引领价值的方向,也指出了文化建设的出发点。

纵观平成年代芥川奖30位获奖女作家的获奖作品,如同一幅幅底色相似的日本社会现实画,用不同的风格直面转型期的各种社会问题,用"女性性""日本性"和"世界性"的站位与风格迥异的叙事策略实践着价值引领,当把这些作品粘贴在一起时,我们看到了一幅日本后现代社会的全景画面。当今中国文学令人忧虑的一种创作病是,"文学创作似乎更乐于也长于不断解构基本的价值和意义,却拙于或不屑于给出富有文化建设性和确定性的价值"②。平成年代的获奖女作家却拨开了种种社会乱象,书写社会现实,聚焦社会问题,在不同作品里呈现出了回归人性、回归传统、回归自我等具有正能量的价值取向;从正反两个方面进行展示、分析与价值引领,其文学创作所发挥的社会作用值得我们借鉴。

后现代主义经历了怀疑、破坏、反抗等阶段的解构之后必然要进入建构阶段,如何建构?早在1988年,75位诺贝尔奖获得者在巴黎发表联合宣言,向全世界呼吁,21世纪人类要生存,就必须汲取2000多年以前孔子的智慧,必须重新认识东亚文明。很明显,中国文学的价值引领钥匙一直在我们自己的手中,和谐社会、中庸之道早已是中国人思维、生存哲学的一种常态。因此,我们完全没有必要抛开"自我"

---

① 廖文:《文学:呼唤文化建设性》,人民网,http://theory.people.com.cn/n/2013/0618/c40531-21878478.html,2013年6月18日。

② 廖文:《文学:呼唤文化建设性》,人民网,http://theory.people.com.cn/n/2013/0618/c40531-21878478.html,2013年6月18日。

而重走探寻之路。当然，作家选取的社会现实应多一些对社会共同经验的讲述，而不是过于强调个人的感受、经历与体验。倘若偏离了社会共同认知与经验，文本有故事没思想，意味着作品灵魂的空洞化，则会导致作品社会意义的缺失。因此，文学应多一些价值观照。"文学的根本价值不是展示看到的虚无，而是要给人抗拒虚无的精神力量；不是一味在消解意义中制造文化废墟，而是要坚持用价值观照现象，坚守文化固有的优秀价值和维系人类生存的意义体系，同时在文化的碰撞和剧变中，发现新的价值和意义。"① 这种新价值的建构承担起了文学的文化建设的作用。

美国文学理论家米勒在 2002 年出版的专著《论文学》中指出，"文学是述行语言"。在他看来，文学语言和文学文本是"述行话语"，而且，文学述行行为还是一种相对更好的行事方式。文学的施为言语表现为作者用语言做事，作品中叙述者和人物发出的言语行为是用言语行事的一种方式，读者以他的或她的方式讲授、评论或非正式评论也是通过将阅读转化为言语来做事情。② 后现代主义的"不确定性"并非无秩序、无理性、无道德底线、无文化禁忌的代名词，而是指一切皆有可能的"多元性"，这恰是文学意义的言外之意、言后意义的具体体现。文学作为一个完整的言语行为过程，表达意图即会话含义是生命力所在，文本的言内行为、言外行为、言后行为构成了意义的整体，作为一名作家应当思考文本能指与所指的关系，如何使有限的话语产生无限的句子，实现意义的增殖。因此，作家对时代、社会、个人的现实书写应处理好感性与理性的关系，应多一些理性书写。客观、科学地认识社会是作家重要的文学能力，也是文学实现价值引领的重

---

① 廖文：《文学：呼唤文化建设性》，人民网，http://theory.people.com.cn/n/2013/0618/c40531-21878478.html，2013 年 6 月 18 日。
② 张进：《文学理论通论》，人民出版社 2014 年版，第 132—133 页。

要前提。芥川奖近90年的文学评价标准始终坚持文学的时代性、社会性与作家精神，国家的重要性是芥川奖重要的采分点。正是这样的标准调动了作家文学创作的主观能动性与创作热情，获奖女作家的作品无不重视文本背后意义世界的理性建构，重视文本创作的蕴含意义，重视文学的价值引领。

正如上文所述，当今中国多元价值的建构离不开传统、离不开中国、离不开全球化时代。多元价值不是一个人一个价值，而是有限的价值观被更多的人认同，一种价值观被大多数成员所认同。社会的主流价值观——社会主义核心价值观的建立也是理所当然的。社会主义中国依然存在绝对价值与相对价值，价值的建构需要文学的引领，应从个体主义和集体主义、权势距离、不确定规避、男性气质和女性气质、长期定位与短期定位等多元文化价值维度上予以思考与引领。应当清醒地认识到价值的多元不是价值的个人化、价值的庸俗化、价值的去传统化、价值的我行我素化。价值的多元化与后现代社会的去中心化绝非一回事。因此，构建社会主义核心价值观需要立足中国文化深层结构，从众多中国人的价值观里抽取出代表中国历史文明、当今社会发展需要、未来走向的价值观并予以弘扬、传承与传播。

现代中国社会虽然没有出现平成年代的"苦难性"，但在向信息化、后现代社会转型中也会出现类似问题。在现代生活方式建构过程中，"数字鸿沟"将原来的社会差距置于放大镜之下，由此带来新的社会风险。这一切改变了中国人的传统价值观、生活方式与人际交往方式。人与机器的交流替代了人与人的交流，网络与技术参与并渗透到价值的塑造，人的异化等情形时有发生。如何快速适应网络时代生活方式的改变且保存好传统与"人"的规范，女作家的文学创作为我们提供了参考。进步与发达中要有风险意识；更新传统观念，勇于接纳新事物；发挥文学阅读的价值与功能，充分利用中国文化经典进行价值引领。应当思考如何让更多的年轻人读懂经典，在经典永流传中传承中国的价值观，在文化体演中感悟中国价值的真谛，在网络与现实中激活现代人的进取心。

此外，文艺创作还要处理好传统与现代、民族文化与外来文化的关系。传统与西方这两种因素相互作用、彼此消长是近代以来日本文化变迁的基本线索，如何处理两者的关系是日本现代文化建设的棘手课题。[①] 芥川奖获奖女作家的文学世界告诉我们，社会转型的平成年代，更应该以开放、包容的心态对待日本文化与世界文化。在后现代文化建设中，仍然需要向传统致敬，让传统文化与现代文化、民族文化与外来文化有机融合，在"和魂和才""我就是我"的文化自信中，以传统文化为基础移植、涵化外来文化，吸收一切有用的东西为我所用，构建新型的日本式的后现代文化。现今中国的文化建设、文艺创作不仅要有当代生活的底蕴，还应思考如何发挥传统文化、现代文化、民族文化、地域文化、外来文化的综合引领效应，如何利用多种文化融合的力量来解决文化建设的现实问题。文化自信首先是对自己民族文化的认同，中国优秀传统文化是中华民族的精神命脉，是涵养社会主义核心价值观的重要源泉，也是我们在世界文化激荡中站稳脚跟的坚实根基，是世界文化的重要组成部分。因此，在全球化的当下，我们的文学世界要与传统接上血脉，开发利用好优秀传统文化宝藏；保存好永不褪色的价值的同时，不排斥学习借鉴世界优秀文化成果，洋为中用、开拓创新，做到中西合璧、融会贯通。无论是现实社会，还是文学世界，只有妥善处理好这些不同类型文化的关系，促进不同文化的交流与融合，才能保证中国文化建设的健康可持续发展。让中国文学在文化保存、传承与传播方面发挥越来越大的作用，要鼓励各种

---

① 崔士广：《日本现代化过程中的文化改革与文化建设研究》，河北人民出版社2009年版，第284页。

类型的作家群出炉，尤其是女作家群，发挥文学文化建设的集体作用，引领主流价值观。

2. 透过文学言说传承文化的方式值得借鉴

没有妇女的酵素就不可能有伟大的社会变革①，从本质上讲，只要你是女人，你就永远被母性的晕轮笼罩着，母性也是社会发展和人类文明滚滚向前的原始动力之一。我们对于母性力量的感受在于她们蕴藏、展现的精神和文化的力量，这种力量同样来自人性和母性。② 日本女性文学充分发挥女性在文化创造、保存与传承中的作用，如同一个家庭中母亲为全家人料理生活一样，温馨中带有软软的强制性，表面上是说给你看，实际上是让你去照着她说的那样去做，将一个母亲的言内、言外、言后行为发挥到了极致，"启发式"比起"灌输式"、使动句比起命令句的语用表达效果更是截然不同，这是女性文学言说的威力所在。获奖女作家通过作品预见性地告诉读者在时代潮流的变革中如何保持平衡的心智，如何提高学习新事物、适应新环境的素养与能力，如何通过努力获得适合的、通用的生活技能，不仅告诉女性该如何，其实也是在言说转型期人应该如何的问题。

透过平成年代芥川奖获奖女作家的言说我们可以看到，获奖女作家在她们的文学世界里通过对衣、食、住、行等方面描写不失时机地嵌入传统日本文化元素，使阅读者在阅读中体验传统、接受现实、展望未来。这些文学描写都是顺理成章的，丝毫无生硬之感，让阅读者有效地拆除掉了传统与现代的隔板，让日本文化精髓具有了同时代性。阅读者通过看一部小说、看一部动漫就能很轻松地与古人对话，潜移默化中被文化浸润心田，文化伴随着阅读者的阅读悄无声息地凝结在了他们的血液里。这种高明的、策略的文化传承方式值得我们参考，

---

① 《马克思恩格斯选集》（第四卷），人民出版社2008年版，第26页。
② 萧淑贞：《发现人性》，商务印书馆2012年版，第64—67页。

是我们在传承中国传统文化时需要思考的问题。如"国学"的传播，不乏生硬、刻意、碎片化的解读，"高深莫测"的表达让年轻人"望而却步"，毫无兴趣可言。我们赞成"国学"的传播，但是用什么样的传播方式能产生最大化的社会效益值得深思。文化、历史、现在与未来应当是一脉相承的，不应人为地进行切割，拿出某个截面进行放大与缩小；如果处理不当就会造成文化传承的"血栓"，进而影响文化的鲜活与生存。

  获奖女作家清楚地认识到，男性气质与女性气质倾向规范着人们的行为，影响着他们的价值观，更影响着人类自身的繁衍。她们透过作品言说思考了女性身份、角色定位与国家发展的大问题。当今的中国处于百年未有之大变局时期，同样需要绝对价值、集体价值与个人价值的引领；应当充分发挥女性文学特有的言说功能，发挥女性的思考力、想象力，发挥女性在家庭、职场中的母仪性、示范性。如社会主义核心价值观建设中应充分发挥母亲的力量。霍夫斯泰德的长期定位与短期定位的价值维度考察表明，母亲对孩子的道德培养，不仅仅是启蒙，而且是定格。母亲的胸襟、德行与格局决定了孩子的视野与未来的发展。"推动世界的手是摇摇篮的手"，母亲的价值观是一个家庭的核心，铸就了孩子价值观的雏形与模板，对丈夫及其他家人的价值取向也会产生影响。因此，对母亲的教育，尤其是对年轻母亲的教育至关重要。随着中国三孩生育政策的实施，更应重视母亲的教育问题，关心母亲的成长与发展。可以从国家层面实施"做一名合格母亲"的教育工程，从价值观建构等方面引导女性做一名合格的母亲。母亲教育永远在路上。

  再例如，获奖女作家作品中关注的"御宅族"和"宅思想"在中国也是一个带有普遍性的问题，消极的"宅思想"泛化到社会其他层面，会衍生出更多、更大的社会问题，不可小视。如何解决？获奖女作家的做法值得我们参考。首先，要端正对"宅族"的认知与态度。这个问题、这个群体的出现很正常，是社会发展的必然产物。他们不是怪物，更不是问题少年的集合体。他们是时代的敏感者，他们能够快速跟上时代步伐，快步进入网络与信息时代，快速接受新事物，建构着一种新的时尚与流行文化。其实，历史发展到每一个阶段，都会有这种"新人类"的出现。如中国改革开放初期的"波浪头""喇叭裤"，当时人们看待他们的目光跟现在我们看待"宅族"一样。如何将其"宅"的劲头与功力引导到正常的工作与生活中，这是我们应该思考的问题。我们要像母亲一样给予他们足够的关爱、等待与引导。"母亲宅"解决了，"孩子宅"的解决就不远了。其次，要重视家庭教育，处理好家庭成员关系。青少年成长过程中面临的"宅"问题是家庭、社会等综合因素合力的产物，其中家庭因素非同小可。从"宅"问题本身入手，让颓废、懒惰的"宅"转化成人的一种得体的、舒适的生活方式，通过肯定与正确方式的引导，激活"御宅族"执着、专注、热情的精神，实现"宅文化"与"中国优秀传统文化"的融合。

3. 利用文学奖项培养作家人才的经验值得借鉴

日本可数的各类文学奖项达到120多个，获得各类文学奖项的作家不计其数，每个奖项的评选标准、侧重点各有不同。其中，1935年设立的芥川奖、直木奖的评选已有近90年的历史，推出新人新作的评选标准，已被更多的文学爱好者、写作者知晓。作为纯文学与大众文学的晴雨表与风向标，鼓励各行各业人员成为作家。以芥川奖为例，利用芥川奖推出新人新作，从各个行业、各个年龄段推出"文艺青年"，鼓励文学爱好者通过作品反映对时代的所思、所想、所感，反映社会与时代的变迁，反映个体人对变化时代的真实感受与价值取向，从更细微之处折射变化了的国家与时代对个体的影响。这些作家书写的现实将为文化建设提供较为真实的人的内心需求，利于文化建设的针对性、有效性。虽然芥川奖的选拔存在着政治性、权衡性，但芥川奖评选方针的"全然无名"，在社会上还是极大地激发了一些人的写作热情，让更多的"素人"成为作家，甚至让"无名"成为"有名"后引领文坛。这种利用文学奖项推出新人新作的机制值得我们借鉴与参考。

纵观国内设立的主要文学奖项，或因评选周期过长不利于快速培养年轻作家，或因地域限制具有一定的局限性。如设立于1981年的茅盾文学奖四年评选一次，主要奖励长篇小说，坚持传统价值取向；1999年创立的老舍文学奖主要奖励在北京创作的作家；创立于1986年的鲁迅文学奖主要奖励中篇小说、短篇小说、报告文学、诗歌、散文杂文、文学理论评论，各单项奖每两年评选一次，每四年评选一次鲁迅文学奖大奖；始评于1981年的曹禺戏剧文学奖主要奖励戏剧作品；等等。而大家熟知的诺贝尔文学奖是一年评选一次，日本的芥川奖、直木奖则是半年评选一次。

中国人口众多，文学爱好者、文艺青年不乏其数，有着庞大的写作群、读者群。但却有数量缺质量、有"高原"缺"高峰"，存在着抄袭模仿、千篇一律的问题，存在着机械化生产、快餐式消费的问题，社会现象、市场运作引领了写作。究其原因，与文学奖项数量少、奖项分工不细致、奖项设立时间较晚、评奖周期长等有直接关系；同时，也与文学奖项推出新人新作的机制不够健全、作家人才培养的规划不够完善等制度性问题有关。这些问题的存在不利于形成文学奖项推出新人新作的良性机制，不利于作家的多元选拔、培养与发展，应建构文学人才培养的引领机制与长效机制。

卓越文学家的培养、文学的兴隆应从年轻人抓起，通过设立各种文学奖项鼓励更多的青年人从事文学创作，让更多的新人获得更权威的文学奖项，让更多的"全然无名"的文艺青年获奖，让更多的年轻

结　语

人立志成为德艺双馨的文学家，以此推动文学创作的后继有人、文坛的厚积薄发，实现文学的文化建设功能。如何让各类文学奖项成为培养青年作家、培养未来作家、培养德艺双馨文艺家的摇篮和方向，应从评选标准、评选条件、可持续性机制的设置上思考。作家人才的培养重在过程，重在方向的引领，重在作家主体的多元性。建议相关部门就此进行专项研究，成立作家人才培养课题研究团队，专门研究文学奖的设立、文学奖培养作家、文学奖推动阅读、文学奖的文化功能等问题，用文学奖项推动文学创新，尽快让更多的年轻人脱颖而出，成为文化建设的中坚力量，成为社会主义核心价值观的建设者、引领者。

　　芥川奖获奖作家作品研究任重道远，日后展开研究的空间与学术潜力非常大。平成时期的社会"破型"在令和年代是否有望完成"构型"？近90年的芥川奖获奖作品反映了怎样的日本社会现实、日本人的价值取向及国民心理的变化轨迹？芥川奖获奖女作家在令和年代是否还能延续平成年代旺盛的创作热情？芥川奖评选的社会性、时代性在男作家文学创作中是如何体现的？女作家和男作家所反映的社会现实与价值问题有哪些异同点？芥川奖培养作家的方向会发生怎样的变化？日本文坛会从哪些方面加快与世界文学的融合？针对此类问题可以展开广泛研究与深度剖析。平成年代刚刚结束，无论是日本还是中国学界刚刚开始的"平成研究热"还会持续一段时间；聚焦芥川奖获奖作家的文学创作，探讨文学参与文化建设的作用，期许为中国文化建设提供文学批评的参考与借鉴。

参考文献

一　平成年代芥川奖获奖女作家的获奖作品

［日］本谷有希子：『異類婚姻譚』，講談社 2016 年版。

［日］柴崎友香：『春の庭』，文藝春秋 2014 年版。

［日］朝吹真理子：『きことわ』，新潮社 2011 年版。

［日］赤染晶子：『乙女の密告』，新潮社 2010 年版。

［日］川上弘美：『蛇を踏む』，文藝春秋 1996 年版。

［日］川上未映子：『乳と卵』，文藝春秋 2008 年版。

［日］村田沙耶香：『コンビニ人間』，文藝春秋 2016 年版。

［日］大道珠貴：『しょっぱいドライブ』，文藝春秋 2003 年版。

［日］荻野アンナ：『背負い水』，文藝春秋 1991 年版。

［日］多和田葉子：『犬婿入り』，講談社 1993 年版。

［日］黒田夏子：『abさんご』，文藝春秋 2013 年版。

［日］今村夏子：『むらさきのスカートの女』，朝日新聞社 2019 年版。

［日］金原ひとみ：『蛇にピアス』，集英社新書 2004 年版。

［日］津村記久子：『ポトスライムの舟』，講談社 2009 年版。

［日］李良枝：『由熙（ユヒ）』，講談社 1989 年版。

［日］柳美里：『家族シネマ』，講談社 1997 年版。

［日］瀧澤美恵子：『ネコババのいる町で』，文藝春秋 1990 年版。

［日］鹿島田真希：『冥土めぐり』，河出書房新社 2012 年版。

［日］綿矢りさ：『蹴りたい背中』，河出書房新社 2003 年版。

［日］青山七恵：『ひとり日和』，河出書房新社 2007 年版。

［日］若竹千佐子：『おらおらでひとりいぐも』，河出書房新社 2017 年版。

［日］笙野頼子：『タイムスリップ・コンビナート』，文藝春秋 1994 年版。

［日］石井遊佳：『百年泥』，新潮 2017 年版。

［日］絲山秋子：『沖で待つ』，文藝春秋 2006 年版。

［日］松村栄子：『至高聖所（アバトーン）』，福武書店 1992 年版。

［日］藤野可織：『爪と目』，新潮社 2013 年版。

［日］藤野千夜：『夏の約束』，講談社 2000 年版。

［日］小川洋子：『妊娠カレンダー』，文藝春秋 1991 年版。

［日］小山田浩子：『穴』，新潮社 2014 年版。

楊逸：『時が滲む朝』，文藝春秋 2008 年版。

二　日文著作

［日］長谷川泉：『女性作家の新流』，至文堂 1991 年版。

［日］川村湊、原善：『現代女性作家研究事典』，鼎書房 2001 年版。

［日］川上弘美：『センセイの鞄』，文春文庫 2004 年版。

［日］川西政明：『新日本文壇史　女性作家の世界』，岩波書店 2012 年版。

［日］村田沙耶香：『きれいなシワの作り方〜淑女の思春期病』，マガジンハウス 2015 年版。

［日］渡辺みえこ：『語り得ぬもの：村上春樹の女性表象』，御茶の水書法房 2009 年版。

［日］渡辺澄子：『女性文学を学ぶ人のために』，世界思想社 2000 年版。

［日］児玉実英、安森敏隆、杉野徹：『二〇世紀女性文学を学ぶ人のために』，世界思想社 2007 年版。

［日］飯田裕子：『彼らの物語』，名古屋大学出版会 1998 年版。

［日］高根沢紀子：『小川洋子 現代女性作家読本（2）』，小学館 2000 年版。

［日］高橋一清：『私が出会った芥川賞・直木賞作家たち』，文藝社 2012 年版。

［日］高橋一清：『作家の魂に触れんた』，青土社 2012 年版。

［日］河合雅司：『未来の年表2』，講談社現代新書 2018 年版。

［日］黒井千次：『「私」の住む場所－津島佑子「光の領分」を読む』，文藝社 1980 年版。

［日］吉本隆明：『「ばなな」メタローグ』，角川書店 1994 年版。

［日］加藤典洋：『川上未映子を推す．文学地図：大江と村上と二十年』，朝日新聞社 2008 年版。

［日］加藤典洋：『小説の未来』，朝日新聞社 2004 年版。

［日］間々田孝夫：『第三の消費文化論―モダンでもなくポストモダンでもなく』，ミネルヴァ書房 2007 年版。

［日］今村夏子：『こちらあみ子』，筑摩書房 2011 年版。

［日］今井泰子、渡辺澄子、薮禎子：『女性文学の現代』，桜楓社 1993 年版。

［日］津島佑子：『生き物の集まる家』，新潮社 1973 年版。

［日］井上輝子、上野千鶴子、江原由美子、大沢真理、加納実紀代：『女性学事典』，岩波書店 2002 年版。

［日］橘木俊詔：『日本の経済格差：所得と資産から考える』，岩波

書店1998年版。

［日］栗原彬：『震災戦後2000年以降（ひとびとの精神史C第9巻）』，岩波書店2016年版。

［日］米川茂信、矢川正見：『成熟社会の病理学』，学文社1991年版。

［日］目黒依子：『個性化の家庭』，勁草書房1987年版。

［日］斉藤環：『戦闘美少女の精神分析』，筑摩書房2016年版。

［日］青井和夫：『家族とは何か』，講談社1990年版。

［日］山田詠美：『ベットタイムアイズ』，河出文庫1987年版。

［日］山田詠美、松浦理英子：『女性作家シリーズ21』，角川書店1999年版。

［日］石原慎太郎：『芥川奖・直木奖150回全纪录』，文藝春秋2013年版。

［日］市古夏生、菅聡子：『日本女性文学大事典』，日本図書センター2012年版。

［日］水田宗子：『二十世紀の女性表現―ジェンダー外文化の部へ』，学芸書林2003年版。

［日］水田宗子：『女性学との出会い』，集英社新書2004年版。

［日］水田宗子：『物語と反物語の風景――文学と女性の想象力』，田畑書店1993年版。

［日］松本和也：『現代女作家論』，水声社2011年版。

［日］松浦寿輝：『解説――分類学の遊園地』，文春文庫1999年版。

［日］鵜飼哲夫：『芥川賞の謎を解く』，文藝春秋2015年版。

［日］田中貴子：『近代国民文学からみた平安女性とその文学――「女流」文学とは何か――厳書想像する平安文学第三巻言説の制度』，勉誠出版2001年版。

［日］細見和之：『アンデンテイテイ他者性』，岩波書店1999年版。

［日］小谷野敦：『芥川賞の偏差値』，二見書房 2017 年版。

［日］小谷野敦：『文学賞の光と影』，青土社 2012 年版。

［日］小林敦子：『純文学という思想』，花島社 2019 年版。

［日］小森陽一：『小説と批評』，世織書房 1999 年版。

［日］養老孟司：『身体の文学史』，新潮社 1999 年版。

［日］野家啓一等：『物語（現代哲学の冒険）』，岩波書店 1990 年版。

［日］永井竜男：『文学と教育のかけ橋——芥川賞作家・長谷健の文学と生涯』，日本ジャーナリス 2004 年版。

［日］与那覇恵子：『現代女流作家論』，審美社 1986 年版。

［日］与那覇恵子：『後期 20 世紀女性文学論』，株式会社晶文社 2014 年版。

［日］増田裕美子、佐伯順子：『日本文学の「女性性」』，思文閣出版社 2011 年版。

［日］重里徹也、助川幸逸郎：『平成の文学とはなんだったのか 激流と無情を超えて』，はるかぜ書房株式会社 2019 年版。

［日］竹田青嗣：『「在日」という根拠』，ちくま文藝文庫 1995 年版。

［日］左原洋：『日本的成熟社会論：20 世紀末の日本と日本人の生活』，東海大学出版会 1989 年版。

［日］佐藤泉：『付け合い＝付生合いの共同体——川上弘美「光ってみめるの、あれは」』，学灯社 2001 年版。

三　日文期刊文献

［日］安藤礼二：『花嫁供養——赤染晶子小論』，『文學界』2010 年第 9 期。

［日］奥泉光：『方法意識』，『文藝春秋』2012 年第 9 期。

［日］奥泉光：『奇を衒う』，『文藝春秋』2016 年特別号。

［日］長嶋有：『猛スピードで母は』,『文藝春秋』2001 年第 3 期。

［日］朝吹真理子、西村賢太、島田雅彦：『文学の多様性について』,『文學界』2011 年第 3 期。

［日］朝吹真理子、羽生善治：『人間の理を越えて』,『新潮』2011 年第 4 期。

［日］朝吹真理子：『文学の多様性について』,『文學界』2011 年第 3 期。

［日］朝吹真理子：『文学の名門に生まれたゆえの苦悩』,『文藝春秋』2011 年第 3 期。

［日］池澤夏樹：『ぼくの芥川賞採点表』,『文學界』2011 年第 9 期。

［日］池澤夏樹：『ロマンチックではなく尊厳の問題』,『文藝春秋』2010 年第 9 期。

［日］池澤夏樹：『若い人人』,『文藝春秋』2004 年第 3 期。

［日］池澤夏樹：『時間をめぐる離れ業』,『文藝春秋』2011 年第 3 期。

［日］池澤夏樹：『仕掛けとたくらみのいい小説』,『文藝春秋』2008 年第 8 期。

［日］赤染晶子、小川洋子：『アンネフランクと私たち（特別対談）』,『文學界』2010 年第 11 期。

［日］赤染晶子：『少女の煙草』,『文學界』2009 年第 1 期。

［日］赤染晶子：『新・蝶倶楽部』,『文學界』2010 年第 9 期。

［日］川本三郎：『「平成文学」とは何か』,『新潮』2002 年新年特別号。

［日］川上未映子：『家には本が一冊もなかった』,『文藝春秋』2008 年第 3 期。

［日］川上未映子：『生物と文学の間』,『文學界』2008 年第 8 期。

［日］川上未映子：『言葉から建築される普遍性』，『ABS・建築雑誌』2008 年第 8 期。

［日］川上未映子：『哲学とわたくし（師弟対談）』，『文學界』2008 年第 3 期。

［日］村上龍、金原ひとみ：『作家という最後の職業』，『文學界』2004 年第 3 期。

［日］村上龍：『選評』，『文藝春秋』2014 年第 3 期。

［日］大道珠貴：『小説はザルと巻紙から』，『文學界』2003 年第 3 期。

［日］大江健三郎：『奇妙でアリル』，『文藝春秋』1993 年第 3 期。

［日］大江健三郎：『新しい無機的な場所で』，『文藝春秋』1992 年第 3 期。

［日］大庭みな子：『第百回芥川賞選評』，『文藝春秋』（芥川賞全集第十四巻）1997 年。

［日］大庭みな子：『外部と異和感』，『文藝春秋』1993 年第 3 期。

［日］島田雅彦：『はじめてのおつかい』，『文藝春秋』2011 年第 3 期。

［日］島田雅彦：『レンズを磨くようにことばを（芥川賞選評）』，『文藝春秋』2013 年第 3 期。

［日］島田雅彦：『何度目でも正直な人々』，『文藝春秋』2014 年第 9 期。

［日］島田雅彦、鹿島田真希：『小説という祈りの儀式（芥川賞受賞記念対談）』，『文學界』2012 年第 9 期。

［日］島田雅彦：『過去の自分との訣別』，『文藝春秋』2012 年第 9 期。

［日］島田雅彦：『忘却との戦い』，『文藝春秋』2013 年第 9 期。

［日］荻野アンナ:『古今亭志ん朝（対談）．笑いと想象力』,『文學界』1994年第5期。

［日］渡部直己:『存在の発生論的な歯ぎしりにむけて』,『文學界』2008年第3期。

［日］渡部直己:『主題の転勤』,『文藝春秋』2005年第11期。

［日］多和田葉子:『衣服としての日本語』,『群像』1995年第3期。

［日］多和田葉子:『リービ英雄「母国語から遠く離れて」（特別対談）』,『文學界』1993年第3期。

［日］多和田葉子:『母国語から遠く離れて（特別対談）』,『文學界』1994年第5期。

［日］福岡伸一、川上未映子:『生物と文学のあいだ』,『文學界』2008年第8期。

［日］高橋源一郎、荻野アンナ:『小説の極北をめざして（特別対談）』,『文學界』1991年第9期。

［日］高樹のぶ子:『絶対文学と文芸ジャーナリズムの間で』,『文藝春秋』2008年第3期。

［日］高樹のぶ子、池澤夏樹:『男の小説、女の小説』,『文藝春秋』2014年第3期。

［日］高樹のぶ子:『そこそこ小説の終焉』,『文藝春秋』2009年第3期。

［日］高樹のぶ子:『美と不気味さ』,『文藝春秋』2016年第3期。

［日］高樹のぶ子:『日本の縮図』,『文藝春秋』2012年第9期。

［日］高樹のぶ子:『言語の解体と再構築（芥川賞選評）』,『文藝春秋』2013年第3期。

［日］高樹のぶ子:『揺らめく住まい』,『文藝春秋』2014年第9期。

［日］高樹信子:『期待と感慨』,『文藝春秋』2004年第3期。

［日］宫本辉：『モノの命』,『文藝春秋』2014年第9期。

［日］宫本辉：『伸びようとする力』,『文藝春秋』2004年第3期。

［日］古井由吉：『がらんどうの背中』,『文藝春秋』2004年第3期。

［日］古井由吉：『芥川賞選評』,『文藝春秋』1991年第9期。

［日］国谷裕子：『言葉にできない痛み』,『文藝春秋』2004年第4期。

［日］和田忠彦：『多田和葉子論』,『文學界』1997年新春特別号。

［日］河野多恵子：『二受賞作について』,『文藝春秋』2004年第3期。

［日］河野多恵子：『「沖で待つ」の新しさ』,『文藝春秋』2006年第3期。

［日］黒井千次：『大阪と中国の女性達』,『文藝春秋』2008年第3期。

［日］黒井千次：『反変身的変身譚』,『文藝春秋』1996年第9期。

［日］黒井千次：『民話の種』,『文藝春秋』1993年第3期。

［日］黒井千次：『一人称の必然性』,『文藝春秋』2004年第3期。

［日］黒井千次：『遠く近い芥川賞』,『文藝春秋』2012年第9期。

［日］黒井千次：『芥川賞選評』,『文藝春秋』1991年第9期。

［日］黒井千次：『僅差の印象』,『文藝春秋』1990年第3期。

［日］黒井千次：『静かな力と重い力』,『文藝春秋』2000年第3期。

［日］黒井千次：『石の領域』,『文藝春秋』1992年第3期。

［日］黒井千次：『順当な受賞』,『文藝春秋』2003年第3期。

［日］黒井千次：『一長一短』,『文藝春秋』1991年第3期。

［日］黒井千次、藤野千夜：『性差を越えた世界を描く』,『文學界』2000年第3期。

［日］黒田夏子：『「abさんご」という時限爆弾』,『文學界』2013年第3期。

［日］黒田夏子、下重暁子：『幼女からそのまま老人になりました』,『文學界』2013年第3期。

［日］鴻巣友季子：『朝吹真理子アテンポラルな夢の世界』,『文學界』2011年第3期。

［日］加藤典洋、関川夏央、船曳健夫：『おじさんは「綿矢・青山・金原」をどう読んだか』,『文學界』2007年第7期。

［日］菅野昭正等：『「平成文学」とは何か——1990年代の文学と社会から』,『文學界』1999年第3期。

［日］筒井康隆、川上弘：『面白さをきわめたい』,『文學界』1996年第10期。

［日］『芥川賞150回記念大特集・選考委員会特別対談』,『文藝春秋』2014年第3期。

［日］『芥川賞150回記念大特集・作家の本音大座談会（小川洋子，川上未映子，川上弘美，綿矢りさ）』,『文藝春秋』2014年第3期。

［日］金原ひとみ、村上龍：『作家という最後職業（特別対談）』,『文學界』2004年第3期。

［日］津村記久子、宮本輝：『平凡な人生が輝く一瞬を』,『文學界』2009年第3期。

［日］津村記久子：『オリンピックの夏と芥川賞』,『文學界』2009年第3期。

［日］井上ひさし、俵万智：『特別対談．日本語は乱れているか』,『文學界』1991年第11期。

［日］堀江敏幸：『いびつさをいとおしさに変える眼力』,『文藝春秋』2019年第9期。

［日］堀江敏幸：『鼻子と定説』,『文藝春秋』2014年第3期。

［日］堀江敏幸：『沙が舞うを推す』,『文藝春秋』2013年第9期。

［日］蓮実重彦、黒田夏子：『芥川賞記念対談』,『文藝春秋』2013年第3期，

［日］柳田邦男：『言語活動を刺戟』，『文藝春秋』2004年第3期。

［日］鹿島田真希：『公的な不幸と私的な不幸』，『文學界』2012年第9期。

［日］鹿島田真希：『中学時代は修道女に憧れた』，『文藝春秋』2012年第9期。

［日］平野啓一郎：『日本語で書く』，『文學界』2012年第6期。

［日］平野啓一郎：『時代の「自分の探し」』，『新潮』2019年第5期。

［日］斉藤孝：『小説の王道』，『文藝春秋』2004年第4期。

［日］青山七恵：『流れゆく世界を見つめて』，『文學界』2007年第3期。

［日］日野啓三：『戦いの物語』，『文藝春秋』1996年第9期。

［日］若竹千佐子：『玄冬小説の書き手を目指す』，『群像』2018年第1期。

［日］三浦雅士：『「平成文学」とは何か』，『新潮』2002年新年特別号。

［日］三浦哲郎：『感想』，『文藝春秋』1990年第3期。

［日］三浦哲郎：『感想』，『文藝春秋』1991年第3期。

［日］三浦哲郎：『感想』，『文藝春秋』2004年第3期。

［日］山田詠美：『芥川賞選評』，『文藝春秋』2019年第9期。

［日］山田詠美：『楽しい芥川賞?』，『文學界』2003年第7期。

［日］石井遊佳：『ダブル受賞者は同じ先生の生徒だった 先生、私たち芥川賞獲りました！（若竹千佐子、根本昌夫との鼎談）』，『文藝春秋』2018年第4期。

［日］石原慎太郎：『大江健三郎との激論』，『文藝春秋』2014年第3期。

［日］石原慎太郎：『夢の魅力』，『新潮』1994年第7期。

［日］石原慎太郎：『現代文学の衰弱』，『文藝春秋』2010年第9期。

［日］滝沢美恵子：『ネコババのいる町で』,『文學界』1990 年第 3 期。

［日］滝沢美恵子：『雪が降って、受賞しました』,『文學界』1990 年第 3 期。

［日］水村美苗：『言語の植民地化に二本っほど無自覚な国はない』,『中央公論』2017 年第 8 期。

［日］絲山秋子：『小説の技巧に徹底的にこだわりたい』,『文學界』2006 年第 3 期。

［日］藤野可織、堀江敏幸：『この世界を正確に書きうつしたい』,『文學界』2013 年第 9 期。

［日］藤野可織：『傷つくことと傷つかないこと』,『文學界』2013 年第 9 期。

［日］藤野可織：『世界は恐ろしい、でも素晴しいこともある』,『文藝春秋』2013 年第 9 期。

［日］藤野可織：『受賞のことば』,『文藝春秋』2013 年第 9 期。

［日］藤沢周、綿矢りさ：『イノセンスの先へ』,『文學界』2004 年第 3 期。

［日］田九保英夫：『女の身体感覚』,『文藝春秋』1991 年第 3 期。

［日］田久保英夫：『芥川賞選評』,『文藝春秋』1991 年第 9 期。

［日］田久保英夫：『人と鉱物のあいいだ』,『文藝春秋』1992 年第 3 期。

［日］田中和生：『戦後日本的世界の記号的「我」——赤染晶子論』,『文學界』2010 年第 9 期。

［日］田中弥生：『それが生きた庭であるために——柴琦友香とその世界』,『文學界』2014 年第 9 期。

［日］田中牧郎：『日本語一五〇年——明治から平成まで』,『日本語学』2017 年第 11 期。

［日］西村賢太、朝吹真理子、島田正彦：『文学の多様性について「私」につなぐこと「私」を消すこと』,『文學界』2011年第3期。

［日］小川洋子、川上弘美：『私たちと芥川賞』,『文學界』2007年第8期。

［日］小川洋子：『二作を推す』,『文藝春秋』2013年第9期。

［日］小川洋子：『滑稽な生き物』,『文藝春秋』2019年第9期。

［日］小川洋子：『時器の針が指し示すもの』,『文藝春秋』2012年第9期。

［日］小川洋子：『余計なお世話（芥川賞選評）』,『文藝春秋』2008年第3期。

［日］小川洋子：『至福の空間を求めて』,『文學界』1991年第3期。

［日］小川洋子：『最後の小説』,『文學界』1992年第6期。

［日］小森陽一：『津島佑子論』,『国文学』1999年第1期。

［日］小山田浩子：『穴のこころのこと・賞記念エッセィ』,『文學界』2014年第3期。

［日］小山鉄郎：『「性の反転」の意味 ——松村栄子の世界』,『文學界』1992年第3期。

［日］揚妻祐樹：『言文一致体』,『日本語学』2017年第11期。

［日］義家弘介：『蹴られた背中と希望のピアス』,『文藝春秋』2004年第4期。

［日］桜庭一樹：『「赤染老少女劇団」の憂鬱』,『文學界』2010年第9期。

［日］永井均、川上未映子：『哲学とわたくし』,『文學界』2008年第3期。

［日］有森裕子：『なぜ日本女子は強くなったのか』,『文藝春秋』2011年第9期。

［日］円城塔：『レンズのむこう——藤野可織の小説について』,『文學界』2013 年第 9 期。

［日］遠藤織枝：『戦後、ことばの性差はどう変化したか』,『日本語学』2017 年第 11 期。

［日］早坂茂三：『文学とは思えない』,『文藝春秋』2004 年第 4 期。

［日］中条省平：『居心地の悪さを鈍敏に』,『文藝春秋』2004 年第 3 期。

［日］左竹秀雄：『国字政策と「書く」こと』,『日本語学』2017 年第 11 期。

四　中文译著

［奥地利］维特根斯坦：《维特根斯坦读本》，陈嘉映译，新世界出版社 2010 年版。

［澳］勒普顿：《风险》，雷云飞译，南京大学出版社 2016 年版。

［德］查尔斯·泰勒：《自我的根源与自我认同》，赵旭东、方文译，生活·读书·新知三联书店 1998 年版。

［德］哈特穆德·罗萨：《新异化的诞生》，郑作彧译，上海人民出版社 2018 年版。

［德］哈特穆特·罗萨：《社会加速批判理论大纲》，郑作彧译，上海人民出版社 2018 年版。

［德］卡尔·马克思：《1844 年经济学哲学手稿》，中央编译局译，人民出版社 2000 年版。

［德］尼采：《悲剧的诞生》，周国平译，译林出版社 2011 年版。

［法］让·鲍德里亚：《消费社会》，刘成富、全志钢译，南京大学出版社 2014 年版。

［法］高丽安：《日本女人，温柔的革命》，佟心平、徐艳译，时代文艺

出版社2011年版。

[法] 罗兰·巴特：《符号帝国》，江灏译，詹伟雄导读，麦田出版2016年版。

[法] 罗兰·巴特：《流行体系》，敖军译，上海人民出版社2016年版。

[法] 米歇尔·福柯：《知识考古学》，谢强、马月译，生活·读书·新知三联书店1988年版。

[法] 莫里斯·哈布瓦赫：《论集体记忆》，毕然、郭金华译，上海人民出版社2002年版。

[法] 热拉尔·热奈特：《叙事话语》，王文融译，中国社会科学出版社1990年版。

[法] 西蒙娜·德·波伏瓦：《第二性》，郑克鲁译，上海译文出版社2011年版。

[古希腊] 柏拉图：《柏拉图对话集》，王太庆译，商务印书馆2011年版。

[荷兰] D. 佛克马、E. 蚁布思：《文学研究与文化参与》，俞国强译，北京大学出版社1996年版。

[荷兰] 冯·皮尔森：《文化战略》，刘利圭等译，中国社会科学出版社1992年版。

[荷兰] 佛克马、伯顿斯：《走向后现代主义》，王宁等译，北京大学出版社1992年版。

[加拿大] 查尔斯·泰勒：《自我的根源：现代认同的形成》，韩震等译，译林出版社2008年版。

[美] M. A. R. 哈比布：《文学批评史：从柏拉图到现在》，阎嘉译，南京大学出版社2017年版。

[美] 阿兰·布鲁姆：《爱的阶梯》，秦露译，华夏出版社2017年版。

[美] 埃里克·H. 埃里克森：《同一性：青少年与危机》，孙名之译，

浙江教育出版社1998年版。

[美]保罗·康纳顿：《社会如何记忆》，纳日碧力戈译，上海人民出版社2000年版。

[美]贝蒂·弗里丹：《非常女人》，邵文实、尹铁超译，北方文艺出版社2000年版。

[美]贝蒂·弗里丹：《女性的奥秘》，程锡林等译，北方文艺出版社2002年版。

[美]戴维·哈维：《后现代的状况对文化变迁之缘起的探究》，阎嘉译，商务印书馆2013年版。

[美]丹尼尔·贝尔：《资本主义文化矛盾》，赵一凡等译，生活·读书·新知三联书店1989年版。

[美]菲利普·津巴多：《路西法效应》，孙佩妏、陈雅馨译，生活·读书·新知三联书店2010年版。

[美]傅高义：《日本第一》，谷英、张柯、丹柳译，译文出版社2016年版。

[美]葛尔·罗宾等：《酷儿理论：西方90年代性思潮》，李银河译，时事出版社2000年版。

[美]吉姆·鲍威尔：《图解后现代主义》，章辉译，重庆大学出版社2015年版。

[美]杰里米·里夫金：《第三次工业革命》，张体伟、孙豫宁译，中信出版社2013年版。

[美]勒内·韦勒克、奥斯汀·沃伦：《文学理论》，刘象愚等译，江苏教育出版社2017年版。

[美]鲁思·本尼迪克特：《菊与刀》，吕万和等译，商务印书馆1990年版。

[美]罗伯特·斯科尔斯、詹姆斯·费伦、罗伯特·凯洛格：《叙事的

本质》，于雷译，南京大学出版社 2015 年版。

[美] 罗洛·梅：《人寻找自己》，冯川、陈刚译，贵州人民出版社 1991 年版。

[美] 玛里琳·艾维：《日本生活风化物语》，牟学苑、油小丽译，南京人民出版社 2018 年版。

[美] 玛莉莲·亚隆：《乳房的历史》，何颖怡译，华龄出版社 2001 年版。

[美] 乔纳森·卡勒：《当代学术入门 文学理论》，李平译，辽宁教育出版社、牛津大学出版社 1998 年版。

[美] 塞缪尔·亨廷顿、劳伦斯·哈里森：《文化的重要作用——价值观如何影响人类进步》，程克雄译，新华出版社 2012 年版。

[美] 苏珊·鲍尔多：《女性主义、西方文化与身体》，赵育春译，江苏人民出版社 2009 年版。

[美] 苏珊·朗格：《艺术问题》，腾守尧译，中国社会科学出版社 1983 年版。

[美] 威廉·A. 哈维兰：《人类文化学》，瞿铁鹏、张钰译，上海社会科学院出版社 2006 年版。

[美] 休斯顿·史密斯：《人的宗教》，刘安云译，海南出版社 2002 年版。

[美] 亚伯拉罕·马斯洛：《动机与人格》，许金声等译，华夏出版社 1987 年版。

[美] 詹明信：《晚期资本主义的文化逻辑》，赵清侨译，生活·读书·新知三联书店 1997 年版。

[美] 詹姆斯·L. 麦克莱恩：《日本史（1600—2000）》，王翔等译，海南出版社 2016 年版。

[美] 朱迪斯·巴特勒：《性别麻烦》，宋素风译，上海三联书店 2009 年版。

［日］NHK 放送文化研究所：《现代日本人的意识解读》，陈乐冰、王平译，南京大学出版社 2013 年版。

［日］NHK 特别节目组录制组：《女性贫困》，李颖译，上海译文出版社 2017 年版。

［日］阪下圭八：《日本的神话》，李濯凡译，新星出版社 2019 年版。

［日］坂东真理子：《女人的品格》，赵玉皎译，中信出版社 2008 年版。

［日］保阪正康：《平成史》，黄立俊译，东方出版中心 2020 年版。

［日］本谷有希子：《异类婚姻谭》，唐辛子译，上海译文出版社 2018 年版。

［日］本居宣长：《日本物哀》，王向远译，吉林出版集团有限责任公司 2010 年版。

［日］柄谷行人：《柄谷行人文集Ⅲ 历史与反思》，王成译，中央编译出版社 2011 年版。

［日］柄谷行人：《日本现代文学的起源》，赵京华译，中央编译出版社 2013 年版。

［日］柴崎友香：《春之庭院》，黄碧君译，联经出版事业股份有限公司 2015 年版。

［日］朝吹真理子：《贵子永远》，Timeout 译，联合文学出版社股份有限公司 2012 年版。

［日］朝吹真理子：《贵子永远》，泰奥译，译文出版社 2016 年版。

［日］赤染晶子：《少女的告密》，姚东敏译，上海文艺出版社 2014 年版。

［日］川上弘美：《踩蛇》，杨建琴译，南海出版公司 2011 年版。

［日］川上弘美：《风花》，李萍译，上海文艺出版社 2014 年版。

［日］川上未映子：《乳与卵》，杨伟译，上海译文出版社 2009 年版。

［日］村田沙耶香：《人间便利店》，吴曦译，湖南文艺出版社 2018

年版。

[日]大道珠贵:《咸味兜风》,祝子平译,上海文艺出版社2005年版。

[日]大江健三郎:《大江健三郎口述自传》,许金龙译,新世纪出版社2008年版。

[日]大西克礼:《日本美学三部曲:侘寂》,曹阳译,北京理工大学出版社2020年版。

[日]大塚英志:《"御宅族"的精神史1980年代论》,周以量译,北京大学出版社2015年版。

[日]渡边京二:《看日本:逝去的面影》,杨晓钟等译,陕西人民出版社2009年版。

[日]多和田叶子:《三人关系》,于家胜译,中国文联出版社2001年版。

[日]多和田叶子:《狗女婿上门》,金晓宇译,河南大学出版社2018年版。

[日]饭岛裕子:《日本贫困女子》,吕灵芝译,新星出版社2021年版。

[日]富永健一:《日本的现代化与社会变迁》,李国庆、边静译,商务印书馆2004年版。

[日]冈田武彦:《简素》,钱明译,社会科学文献出版社2016年版。

[日]高阶秀尔:《日本人眼中的美》,杨玲译,湖南美术出版社2018年版。

[日]古川健一:《日本的众神》,文婧、韩涛译,社会科学文献出版社2015年版。

[日]广井良典:《后资本主义时代:黄金一代是否会成为失去的一代?》,张玲、后浪译,四川人民出版社2021年版。

[日]河合隼雄、小川洋子:《活着就是要创造自己的故事》,王蕴洁译,时报文化出版企业股份有限公司2013年版。

［日］河合隼雄:《民间故事与日本人的心灵》,范作申译,生活·读书·新知三联书店2018年版。

［日］黑川雅之:《日本的八个审美意识》,王超鹰、张迎星译,中信出版集团2018年版。

［日］黑田夏子:《ab珊瑚》,覃思远译,上海译文出版社2018年版。

［日］吉见俊哉:《平成史讲义》,奚伶译,东方出版中心2021年版。

［日］吉野耕作:《文化民族主义的社会学——现代日本自我认同意识的走向》,刘克申译,商务印书馆2005年版。

［日］加藤周一:《日本文化中的时间与空间》,彭曦译,南京大学出版社2010年版。

［日］加藤周一:《日本文学史序说》,叶渭渠、唐月梅译,外语教学与研究出版社2011年版。

［日］今村夏子:《无人知晓的真由子》,吕灵芝译,四川文艺出版社2021年版。

［日］金原瞳:《蛇舌》,载《日本著名文学奖"芥川奖"获奖小说选》,祝子平译,上海文艺出版社2005年版。

［日］津村記久子:《绿萝之舟》,叶蓉译,上海文艺出版社2014年版。

［日］橘玲:《(日本人):括号里的日本人》,周以量译,中信出版社2013年版。

［日］橘木俊诏:《格差社会》,丁曼译,新星出版社2019年版。

［日］林真理子:《青果》,石不石译,漓江出版社2004年版。

［日］柳美里:《女学生之友》,李华武、许金龙译,中国文联出版社2001年版。

［日］柳美里:《家庭电影》,于荣胜译,人民文学出版社2006年版。

［日］柳美里:《魂》,贾黎黎译,海南出版社2008年版。

［日］鹿岛田真希:《冥土巡游》,刘姿君译,联经出版事业股份有限公

司2014年版。

［日］鹿岛田真希：《一次远行》，蔡鸿雁译，上海译文出版社2017年版。

［日］落合惠美子：《21世纪日本家庭何去何从》，郑杨译，山东人民出版社2010年版。

［日］门仓贵史：《穷忙族》，袁森译，中信出版社2009年版。

［日］绵矢莉莎：《欠踹的背影》，涂愫芸译，上海译文出版社2011年版。

［日］南博：《日本人的心理 日本人的自我》，刘延州译，社会科学文献出版社2014年版。

［日］能势朝次、大西克礼：《日本幽玄》，王向远译，吉林出版集团有限责任公司2011年版。

［日］青山七惠：《一个人的好天气》，竺家荣译，上海译文出版社2011年版。

［日］若竹千佐子：《我将独自前行》，杜海玲译，北京联合出版公司2020年版。

［日］三浦展：《下流社会——一个新社会阶层的出现》，陆求实、戴铮译，上海文汇出版社2007年版。

［日］三浦展：《第四次消费时代》，马奈译，东方出版社2014年版。

［日］上野千鹤子：《近代家庭的形成和终结》，吴咏梅译，商务印书馆2005年版。

［日］上野千鹤子：《厌女：日本的女性嫌恶》，王兰译，上海三联书店2019年版。

［日］笙野赖子：《无尽的噩梦》，竺家荣、王建新译，中国文联出版社2001年版。

［日］丝山秋子：《在海上等你》，郭清华译，译文出版社2012年版。

［日］土居健郎：《日本人的心理结构》，阎小妹译，商务印书馆 2006 年版。

［日］尾滕正英：《日本文化的历史》，彭曦译，南京大学出版社 2010 年版。

［日］小川洋子：《沉默博物馆》，伏怡琳译，人民文学出版社 2012 年版。

［日］小川洋子：《妊娠日历》，竺家荣译，浙江文艺出版社 2014 年版。

［日］小熊英二：《改变社会》，王晓尘译，上海译文出版社 2017 年版。

［日］岩城见一：《感性论——为了被开放的经验理论》，王琢译，商务印书馆 2008 年版。

［日］原田信男：《日本料理的社会史：和史与日本文化论》，周颖昕译，社会科学文献出版社 2011 年版。

［日］斋腾茂男：《饱食穷民》，王晓夏译，浙江人民出版社 2020 年版。

［日］中曾根康弘：《新的保守理论》，金苏城、张和平译，世界知识出版社 1984 年版。

［日］作田启一：《价值社会学》，宋金文、边静译，商务印书馆 2004 年版。

［瑞士］卡尔·古斯塔夫·荣格：《寻找灵魂的现代人》，王义国译，光明日报出版社 2007 年版。

［以色列］尤瓦尔·赫拉利：《人类简史——从动物到上帝》，林俊红译，中信出版集团 2017 年版。

［以色列］尤瓦尔·赫拉利：《今日简史——人类命运大议题》，林俊红译，中信出版集团 2018 年版。

［英］弗吉尼亚·伍尔夫：《妇女与小说》，瞿世锐译，河北教育出版社 1991 年版。

［英］吉登斯：《社会的构成》，李康等译，生活·读书·新知三联书店

1998年版。

［英］吉登斯：《现代性与自我认同：现代晚期的自我与社会》，赵旭东等译，生活·读书·新知三联书店1998年版。

［英］凯文·奥顿奈尔：《黄昏后的契机：后现代主义》，王萍丽译，北京大学出版社2004年版。

［英］诺曼·费尔克拉夫：《话语与社会变迁》，殷晓蓉译，华夏出版社2003年版。

［英］齐格蒙特·鲍曼：《共同体》，欧阳景根译，江苏人民出版社2007年版。

［英］特里·伊格尔顿：《后现代主义的幻象》，华明译，商务印书馆2002年版。

［英］亚当·斯密：《道德情操论》，谢宗林译，中央编译出版社2011年版。

五　中文著作

《马克思恩格斯选集》（第四卷），人民出版社2008年版。

柏棣：《西方女性主义文学理论》，广西师范大学出版社2007年版。

卞崇道等：《跳跃与沉重——二十世纪日本文化》，东方出版社1999年版。

蔡春华：《中日文学中的蛇形象》，上海三联书店2004年版。

茶乌龙：《便利店全解读》，中信出版集团2019年版。

车文博：《心理咨询大百科全书》，浙江科学技术出版社2001年版。

陈嘉映：《语言哲学》，北京大学出版社2008年版。

陈杰：《战后日本　废墟中的崛起》，陕西人民出版社2015年版。

池雨花：《雪国之樱——图说日本女性》，团结出版社2009年版。

崔士广：《日本现代化过程中的文化改革与文化建设研究》，河北人民出版社 2009 年版。

戴季陶：《日本论》，光明日报出版社 2013 年版。

戴晓东：《跨文化交际理论》，上海外语教育出版社 2011 年版。

冯广艺：《语言生态学研究》，光明日报出版社 2020 年版。

冯雷：《理解空间——20 世纪空间观念的激变》，中央编译出版社 2018 年版。

郭勇：《他者的表象　日本现代文学研究》，上海交通大学出版社 2009 年版。

郝祥满：《日本人的色道》，湖北人民出版社 2009 年版。

胡澎：《平成日本社会问题解析》，社会科学文献出版社 2019 年版。

黄华：《权力、身体与自我——福柯与女性主义文学批评》，北京大学出版社 2005 年版。

黄亚南：《谁能拯救日本：个体社会的启示》，上海辞书出版社 2009 年版。

江腊生：《结构与建构——后现代与中国 20 世纪 90 年代小说研究》，中国社会科学出版社 2010 年版。

蒋丰：《风吹樱花落尘泥——当代日本风俗志》，九州出版社 2014 年版。

蒋丰：《脱下和服的大和抚子——千姿百态的日本女性》，东方出版社 2014 年版。

柯小刚：《海德格尔与黑格尔时间思想比较研究》，同济大学出版社 2004 年版。

李德纯：《战后日本文学史论》，译林出版社 2010 年版。

李银河：《女性主义》，山东人民出版社 2005 年版。

李银河：《同性恋亚文化》，内蒙古大学出版社 2009 年版。

李友梅、肖瑛、黄晓春：《社会认同：一种结构视野的分析——以美、德、日三国为例》，上海人民出版社2007年版。

李长生：《哈，日本——二十年零距离观察》，中国书店2010年版。

林少阳：《"文"与日本的现代性》，中央编译出版社2004年版。

刘春英：《日本女性文学史》，商务印书馆2012年版。

刘柠：《"下流"的日本》，新星出版社2010年版。

刘研：《日本"后战后"时期的精神史寓言——村上春树论》，商务印书馆2016年版。

鲁枢元：《文学与心理学》，学林出版社2011年版。

鲁迅：《鲁迅全集》（第一卷），人民文学出版社2005年版。

吕本富、郝叶力：《网络时代的中国》，外文出版社2018年版。

孟庆枢、杨守森：《西方文论》，高等教育出版社2007年版。

孟庆枢等：《二十世纪日本文学批评》，吉林人民出版社2009年版。

孟庆枢等：《中日文化文学比较研究》，吉林出版集团有限责任公司2012年版。

聂珍钊：《文学伦理学批评导论》，北京大学出版社2014年版。

祁型雨：《利益表达与整合——教育政策的决策模式研究》，人民出版社2006年版。

阮青：《价值哲学》，中共中央党校出版社2014年版。

申丹、王丽亚：《西方叙事学：经典与后经典》，北京大学出版社2010年版。

申丹：《叙事、文本与潜文本》，北京大学出版社2009年版。

唐月梅：《日本文学》，上海文化出版社2018年版。

王健宜、吴艳、刘伟：《日本现代文学史》，世界知识出版社2010年版。

王玉樑：《价值哲学新探》，陕西人民教育出版社1993年版。

王玉英：《现实书写与身份追寻——新世纪日本芥川奖获奖女作家及其作品研究》，吉林出版集团有限责任公司2015年版。

王玉英等:《汉语修辞学》,吉林出版集团有限责任公司2011年版。

王岳川:《后现代主义文化研究》,北京大学出版社1991年版。

王治河、樊美筠:《第二次启蒙》,北京大学出版社2011年版。

魏大海:《日本当代文学考察》,青岛出版社2006年版。

魏天真、梅兰:《女性主义文学批评导论》,华中师范大学出版社2011年版。

吴光辉:《嬗变与回归:现代性日本文学主题研究》,厦门大学出版社2013年版。

萧淑贞:《发现人性》,商务印书馆2012年版。

肖霞:《日本现代文学发展轨迹:作家及其作品》,山东大学出版社2011年版。

肖霞:《日本现代女性文学的主题表达与价值取向》,山东人民出版社2016年版。

肖霞等:《全球化语境中的日本女性文学》,山东大学出版社2009年版。

徐航:《平成十二年》,北京联合出版公司2018年版。

杨大春:《语言 身体 他者——当代法国哲学的三大主题》,生活·读书·新知三联书店2007年版。

叶琳等:《现代日本文学批评史》,上海外语教育出版社1998年版。

叶琳等:《现当代日本文学女性作家研究》,南京大学出版社2013年版。

叶舒宪、李继凯:《太阳女神的沉浮——日本文学中的女性原型》,陕西人民出版社2010年版。

叶渭渠、唐月梅:《20世纪日本文学史》,青岛出版社1999年版。

叶渭渠、唐月梅:《日本文学史》,经济日报出版社2000年版。

于长敏:《菊与刀:解密日本人》,吉林出版集团责任有限公司2009年版。

于长敏：《管窥日本——从日本民间文学看日本民族文化》，吉林出版集团有限公司 2010 年版。

袁鼎生：《文学理论基础》，广西师范大学出版社 2000 年版。

张进：《文学理论通论》，人民出版社 2014 年版。

张若冰：《女性主义文论》，山东教育出版社 2001 年版。

赵倞：《传统与现代之间的人性根由——动物性》，北京大学出版社 2013 年版。

郑也夫：《后物欲时代的来临》，中信出版集团 2016 年版。

中国社会科学杂志社编著：《社会转型：多文化多民族社会》，社会科学文献出版社 2000 年版。

周国平：《尼采：在世纪的转折点上》，上海人民出版社 2000 年版。

朱光潜：《西方美学史》，人民出版社 1979 年版。

六　中文期刊、报纸文献

曾桂娥：《理想与现实的对话——论女性主义乌托邦小说范式》，《国外文学》2012 年第 3 期。

陈世华、王奕华：《从小说看平成 30 年的日本——对话日本评论家、圣德大学教授重里辙也》，《中国社会科学报》2020 年 12 月 31 日。

陈世华：《新世纪日本文学发展进程——黑古一夫访谈录》，《外国文学动态研究》2016 年第 3 期。

陈映芳：《个人化与日本的青少年问题》，《社会学研究》2002 年第 2 期。

戴铮：《多和田叶子新作拷问现代社会》，《中国读书报》2014 年 11 月 19 日。

杜伟：《日本后现代社会的价值观与道德观》，《当代青年研究》2003 年第 12 期。

高阳：《作为普通人的哲学——评第 158 届芥川奖获奖作品〈我将独自

前行〉》,《外国文学动态研究》2018年第4期。

何昌邑、区林:《西方男同性恋文学书写和述评》,《云南大学学报》(社会科学版)2011年第2期。

[日]黑古一夫:《"民族"和"语言"双重束缚下"在日"文学的现状与走向》,侯冬梅、刘楚译,《东北亚外语研究》2018年第3期。

李先瑞、沈晓晓:《小川洋子——异类人生的描绘者》,《世界文化》2019年第8期。

刘晓峰:《平成日本学论》,《日本学刊》2015年第3期。

刘研:《川上弘美〈踩蛇〉:神话叙事与女性意识的曲折言说》,《汉语言文学研究》2011年第12期。

刘研:《身体的出场——规训与突围》,《东方丛刊》2010年第2期。

柳礼泉、肖冬梅:《文化民生:改善民生进程中一个需要深切关注的领域》,《湖南大学学报》(社会科学版)2010年第6期。

吕隆顺:《日本关于〈男女雇佣均等法〉之争》,《国外社会科学》1985年第1期。

马凤春:《戴维·洛奇作品中的后现代主义叙事模式》,《湖南医科大学学报》(社会科学版)2010年第2期。

孟庆枢:《芥川奖的难产与日本女性作家的闪亮登场》,《汉语言文学研究》2011年第4期。

沈俊:《日本后现代文学空间研究——以战争记忆与主体为中心》,南京大学,博士学位论文,2019年。

史秋菊、彭乐乐:《镜像理论维度下的自我建构及他者认同》,《中共乐山市委党校学报》2014年第7期。

孙洛丹:《文字移植后——多和田叶子创作述评》,《外国文学动态》2013年第1期。

田庆立:《日本国家战略的演变及其面临的困境》,《日本学刊》2017

年第 1 期。

汪毅霖：《告别贫困：当代的经济现实与凯恩斯的失算》，《读书》2021 年第 3 期。

王伟伟、李先瑞：《笑对磨难——记日本新锐作家荻野安娜》，《世界文化》2018 年第 10 期。

王雨：《决绝的摧毁　温婉的建构——论柳美里作为女性主义写作者的生成》，《汉语言文学研究》2011 年第 4 期。

王玉英、刘研：《芥川奖获奖作品与女性话语的建构》，《外国问题研究》2012 年第 1 期。

王玉英、赖晓晴：《后现代语境下村上春树文学语言的增殖策略——以〈海边的卡夫卡〉为中心》，《东方论丛》2010 年第 2 期。

肖霞：《突围与建构：论日本现代女性文学的发展》，《文史哲》2010 年第 5 期。

谢小洁：《论小川洋子〈妊娠日记〉中的女性自我意识》，《大众文艺》2021 年第 3 期。

杨洪俊：《日本平成时代文学的后现代图景》，《中国社会科学报》2019 年 6 月 13 日。

杨永忠、周庆：《后现代主义哲学视野中的女性主义认识论研究》，《山东女子学院学报》2018 年第 3 期。

叶琳：《论川上未映子〈乳与卵〉的象征意义》，《湖南科技大学学报》（社会科学版）2016 年第 3 期。

叶琳：《论平成时代日本后现代女性主义文学的繁荣与变化》，《东北亚外语研究》2020 年第 1 期。

叶渭渠：《日本艺术美的主要形态》，《日本学刊》1992 年第 5 期。

叶渭渠：《安部公房与日本存在主义》，《外国文学》1996 年第 3 期。

于朔、陈然：《日本女性政治地位的变化及其原因》，《日本研究》2013

年第4期。

于长敏：《第136届芥川奖获奖作品解读》，《日本学论坛》2017年第1期。

张怡：《日语中的女性用语》，《西安外国语学院学报》1998年第1期。

钟志清：《新世纪女性主义圣经研究的新趋向》，《外国文学动态研究》2015年第1期。

朱晓佳：《女性"性别身份"的哲学思考》，《山西师大学报》（社会科学版）2012年第3期。

庄桂成：《方言写作的意义及其限度》，《长江文艺》2020年第3期。

附　　录

平成年代芥川奖获奖女作家个人年表[①]

1. 李良枝（1989 年）

李良枝（イ・ヤンジ、이양지）(1955 年 3 月 15 日至 1992 年 5 月 22 日)，为在日韩国人二代小说家。入日本籍后，改名为田中淑枝。出生于山梨县南都留郡西桂町。上小学时，由于其父母取得日本国籍，自动加入日本国籍。1973 年从山梨县富士吉田市下吉田的山梨县立吉田高等学校编入京都府立鸭沂高等学校。1975 年进入早稻田大学社会科学部，但是在第一学期中途退学。1980 年 5 月第一次访问韩国，之后不断往来韩国，受到巫俗舞、伽倻琴、说唱（盘索里）等的影响。1982 年进入首尔大学国语国文学科，留学时期完成的《蝴蝶·小调》发表于《群像》，成为第 88 届芥川奖候补。此外，《海女》(1983 年)、《刻》(1984 年) 也陆续成为候补作品。1988 年，毕业于首尔大学。毕业论文的题目为《和遗弃姑娘相连的世界》。1989 年《由熙》获得第 100 届芥川奖。在梨花女子大学舞蹈科研究生院不断学习硕士课程，1922 年亲手撰写长篇小说《石之声》，另一方面帮助妹妹创刊四国语言信息杂志《we're》，5 月 22 日感染急性肺炎，同时并发病毒性

[①]　日本芥川奖按年度每年举行两次选拔活动。上半年度（12 月 1 日至次年 5 月 31 日前公开发表的作品）是在 7 月中旬进行选拔，8 月中旬颁奖，刊载于《文艺春秋》9 月号；下半年度（6 月 1 日至 11 月 30 日前公开发表的作品）是在翌年 1 月中旬进行选拔，同年 2 月中旬颁奖，在《文艺春秋》3 月号刊载。因此，下半年度的颁奖时间为次年的 2 月份。资料主要来源：http：//homepage1.nifty.com/naokiaward/akutagawa/jugun/，受奖作家的群像，以及获奖当年日文期刊《文艺春秋》的三月与九月号刊，详见参考文献处。

心肌炎，不久逝去。享年 37 岁。刊登在《群像》上的《石之声》第一章成为遗稿。讲谈社于死后一周年忌日 1993 年 5 月 22 日出版《李良枝全集》，作品也被翻译成韩语和中文出版发行。

主要作品

《海女》（讲谈社，1983 年）

《刻》（讲谈社，1985 年）

《由熙》（讲谈社，1989 年）

《石之声》（讲谈社，1992 年）

《李良枝全集》（讲谈社，1993 年）

2. 龙泽美惠子（1990 年）

龙泽美惠子（たきざわ みえこ）（1939 年 3 月 1 日至 2020 年 8 月 9 日），为日本的小说家。出生于新潟县中蒲原郡村松町，原名冈村美枝子。毕业于新潟县立村松高等学校，1960 年从东京外国语大学外国语学部中文学科中途退学。1961 年进入日产轮船公司，1964 年在麦克伦工作。1980 年和泷泽淳结婚。1981 年辞职成为家庭主妇。1987 年加入朝日文化中心驹田信二的小说教室。1989 年以《猫婆婆所在的小镇》获得第 69 届文学界新人奖。1990 年以《猫婆婆所在的小镇》获得第 102 届芥川龙之介奖。

主要作品

《猫婆婆所在的小镇》（文艺春秋 1990 年 3 月；文春文库，1993 年 3 月）

《猫婆婆所在的小镇》（《文学界》1989 年 12 月号）

《神之弃子》

《莉莉丝的长头发》

《夕颜之宿》（文艺春秋，1991 年 5 月）

《愚蠢伴奏》（角川书店，1995 年 3 月）

《愚蠢伴奏》（《野性时代》1993 年 6 月号）

《长脚少女》（《野性时代》1993 年 9 月号）

《水仙花之镜》（《野性时代》1993 年 12 月号）

《春风》(《野性时代》1994年2月号)

《座右铭》(《野性时代》1994年4月号)

《骤雨》(《野性时代》1994年6月号)

《洞穴》(《野性时代》1994年8月号)

《不安信号》(《野性时代》1994年10月号)

《应断悲恋》(飞鸟新社,1995年4月)

《舞台后》(文艺春秋,1997年8月)

单行本未收录作品

《孤零一人》(《野性时代》1995年6月号至1996年3月号)

《冻裂》(《文学界》2004年2月号)

3. 小川洋子（1991年）

小川洋子（おがわ ようこ），1962年出生于冈山县，毕业于日本早稻田大学第一文学系文艺科。1988年以《燕尾蝶受伤时》获得海燕新人文学奖。1989年创作了《跳水台》。1991年作品《妊娠日历》获得日本第104届芥川文学奖。1997年小说《爱丽丝旅馆》入围泉镜花文学奖。2003年发表《博士的爱情算式》获得巨大成功，这本小说不仅在日本国内获得多个奖项，畅销100万册，其英文版在欧美也引起强烈反响，获提名英国独立报外国小说奖，2004年第一届日本"书店图书大奖"等多项殊荣，2005年3月日本数学协会又授予小川洋子出版奖。2006年1月《博士最爱的公式》同名电影在日本上映。2006年，小川洋子以长篇小说新作《米娜的行进》获得第42届日本谷崎润一郎文学奖，同时获得100万日元的奖金。2004年9月6日号的《纽约客》杂志刊登了收录在《妊娠日历》中的《傍晚的配餐室和雨中的游泳池》英译本，这也使得小川洋子成为继村上春树和大江健三郎后，在《纽约客》发表作品的日本作家第三人。小川洋子是继村上春树和大江健三郎后，目前在欧美文坛最成功的日本作家。2008年她凭借英文版小说集 The Diving Pool 获得美国雪莉·杰克逊奖，同年获提名英国独立报外国小说奖，成为继远藤周作和村上春树后，第三个提名该奖的日本作家。2010年小川洋子凭借《博士的爱情算式》英文版第二次提名英国独立报外国小说奖。2014年小川洋子

凭借英文版小说集 *Revenge: Eleven Dark Tales* 第三次提名英国独立报外国小说奖，并且进入了决选短名单。2019 年小川洋子的小说《秘密结晶》（英译本 *The Memory Police*）获提名美国国家图书奖翻译文学奖。2020 年小川洋子小说《秘密结晶》（英译本）获提名布克国际文学奖，成为继大江健三郎后，第二个提名该奖的日本作家。

从 2007 年 7 月第 137 届芥川奖开始至今，担任芥川奖评委，从 2004 年第 20 届开始担任太宰治奖评委，从 2011 年第 63 届开始担任读卖新闻奖评委，从 2013 年第 1 届开始担任河合隼雄物语奖评委。

小说

《完美的病房》（福武书店，1989 年；福武文库，1991 年；中公文库，2004 年）

《红茶未凉》（福武书店，1990 年；中公文库，2004 年）

《妊娠日历》（文艺春秋，1991 年）

《空白的爱》（福武书店，1991 年）

《甜蜜时光》（中央公论社，1991 年）

《安吉丽娜》（角川书店，1993 年）

《隐秘的结晶》（讲谈社，1994 年）

《无名指标本》（新潮社，1994 年）

《绣花女》（角川书店，1996 年）

《温柔的诉说》（文艺春秋，1996 年）

《光圈酒店》（学习研究社，1996 年）

《沉默的尸骸　淫乱的追悼》（学习研究社，1996 年）

《冰封的香气》（幻冬舍，1998 年）

《沉没博物馆》（筑摩书店，2000 年）

《偶然的祝福》（角川书店，2000 年）

《眼睑》（新潮社，2001 年）

《贵妇 A 的苏醒》（朝日新闻社，2002 年）

《博士的爱情方程式》（新潮社，2003 年）

《布拉夫曼的埋葬》（讲谈社，2004 年）

《米娜的行进》（中央公论新社，2006 年）

《童话忘却的东西》（集英社，2006 年）

《海》（新潮社，2006 年）

《第一部文学　小川洋子》（文艺春秋，2007 年，）

《迷失于黎明前的人们》（角川书店，2007 年）

《抱着猫、与大象游泳》（文艺春秋，2009 年）

《零页原稿日记》（集英社，2010 年）

《人质的朗读会》（中央公论新社，2011 年）

《尽头的拱廊》（讲谈社，2012 年）

《小鸟》（朝日新闻出版，2012 年）

《他们总在某个地方》（新潮社，2013 年）

《琥珀的闪烁》（讲谈社，2015 年）

《紧急降落的流星群》（角川书店，2017 年）

《擅长吹口哨的白雪公主》（幻冬舍，2018 年）

《小箱子》（朝日新闻出版，2019 年）

《应许的举动》（河出书房新社，2019 年）

随笔

《妖精飘落的夜晚》（角川书店，1993 年）

《安妮的记忆》（角川书店，1995 年）

《发自内心深处》（海龙社，1999 年）

《抚摸狗尾巴》（集英社，2006 年）

《物语的作用》（筑摩 Primer 新书，2007 年）

《博士的书架》（新潮社，2007 年）

《敲开科学之门》（集英社，2008 年）

《彩色小鸟与咖啡豆》（小学馆，2009 年）

《一边祈祷一边书写"道路"系列 2》（金光教徒社，2010 年）

《妄想情绪》（集英社，2010 年）

《总之我们散步吧》(每日新闻社,2012年)

《只要那里有工厂》(集英社,2021年)

对谈集

《美丽数学入门(与藤原正彦对谈)》(筑摩 Primer 新书 2005 年)

《小川洋子对话集》(幻冬舍,2007年)

《或者就是创作自己的故事(与河合隼雄对谈)》(新潮社,2008年)

《洋子的书架(与平松洋子对谈)》(集英社,2015年)

《猩猩森林、言语之海(与山极寿对谈)》(新潮社,2019年)

《随后只需贴一张邮票(与堀江敏幸对谈)》(中央公论新社,2019年)

合著

《博士赠送的礼物》(菅原邦雄、冈部恒治、宇野胜博合著),(东京图书,2006年)

《小川洋子的"语言标本"》(福住一义合著),(文艺春秋,2011年)

《大家的图书室》(PHP 文艺文库,2011年)

《大家的图书室 2》(PHP 文艺文库,2012年)

《将语言诞生科学化》(冈谷一夫合著),(河出图书,2011年)

《大量订货的订货单》(Craft Ebbing 商会 合著),(筑摩书房,2014年)

翻译

伊凡·屠格涅夫《初恋》(角川书店,2003年)

解说

《偶然的音乐》(保罗·奥斯特),(角川书店,2003年)

《短暂的时光》(鲍里斯·维昂),(早川书房,2002年)

《爱哭鬼小隼》(河合隼雄),(新潮文库,2007年)

《和你一起死》(村田喜代子),(朝日文库,2012年)

《新装版 故事的智慧》(河合隼雄),(朝日文库,2014年)

《活在故事里——现在是过去、过去是现在》(河合隼雄),(岩波现代文库,2016年)

4. 荻野安娜（1991 年）

荻野安娜（おぎの あんな），原名荻野安奈，1956 年 11 月 7 日出生在神奈川县横滨市中区长大。日本的法国文学家、小说家。庆应义塾大学文学部教授。父亲是意大利、西班牙、克罗地亚等混血的美国人。母亲江见娟子是兵库县明石市出身的画家，和冈本太郎等有往来。荻野自认为文学研究和创作活动受到母亲的影响。小学时入籍日本，成为荻野姓。毕业于 Ferris 女学院高等学校、庆应义塾大学文学部法文科。作为法国政府公费留学生在巴黎第四大学留学，研究勒布雷。完成庆应义塾大学研究生院研究科博士课程。曾任庆应义塾大学商学部助教（1987—1995 年）、庆应义塾大学文学部佛文科副教授（1995—2002 年），2002 年 4 月开始任庆应义塾大学文学部文学佛教文学专业教授。

作为小说家在 1991 年以《背水》获得第 105 届芥川奖。2002 年以《吹海螺安利的冒险》获得读卖文学奖。2008 年以《螃蟹和他和我》获得第 19 届伊藤整文学奖。2005 年成为落语家第 11 代金原亭马生的弟子。2009 年第二次以金原亭驹奈自称登上了舞台。2007 年成为国务大臣"创造美丽国家"项目计划会议委员。被法国政府授予教育功勋。2009 年成为读卖文学奖选考委员。

小说

《游机体》（文艺春秋，1990 年）

《Bruegel 飞了》（新潮社，1991 年）

《我爱看的书》（福武书店，1991 年）

《背水》（文艺春秋，1991 年）

《我爱安吾》（朝日新闻社，1992 年）

《古事记外传》（岩波书店，1992 年）

《荻野周刊》（角川文库，1993 年）

《安娜流精力比什么都好》（海龙社，1993 年）

《桃物语》（讲谈社，1994 年）

《吃货女》（文艺春秋，1994 年）

《勒布雷出港》（岩波书店，1994 年）

《与百万富翁和结婚的教义》（讲谈社，1995 年）

《安娜的工厂参观》（朝日文库，1995年）

《生麦生米半哈欠》（讲谈社，1995年）

《名侦探玛丽琳》（朝日新闻社，1995年）

《天空之书》（巴而可出版，1996年）

《花的物语——巴黎》（日本放送出版社，1996年）

《半生半死》（角川书店，1996年）

《一日三餐午睡词典》（*Britannica*，1999年）

《空中飞猪 安娜的猪》（共同通讯社，1999年）

《吹海螺安利的冒险》（文艺春秋，2001年）

《坚强》（岩波书店，2002年）

《一帆风顺》（清流出版，2002年）

《安娜的活力参观》（A出版社，2004年）

《勒布雷变得精神》（美铃书房，2005年）

《螃蟹和他和我》（集英社，2007年）

《殴打女人》（集英社，2010年）

《工作安娜的独生子护理》（画报社，2009年）

《色妓》（中央公论新社，2013年）

《电灯作家》（芝麻书房，2015年）

《卡西斯河》（文艺春秋，2017年）

合编

《死的发现——探访欧洲古历史》（岩波书店，1997年）

《滑稽模仿世纪》（雄山阁出版，1997年）

《荻野安娜和特利伊藤的纯粹撒谎方式》（Eagle出版，1999年）

《可以人造美女吗?》（庆应义塾大学出版会，2006年）

《大地震灾难欲望和仁义》（共同通讯社，2011年）

《轻松学习古武术！不疲劳、不受伤的身体使用方法》（黄金文库，2012年）

《简单学习法语荻野安娜的无意识落语》（NHK出版，2014年）

5. 松村荣子（1992年）

松村荣子（まつむら えいこ），1961年出生于静冈县，毕业于福岛县立磐城女子高等学校、筑波大学比较文化学。在本校研究生院教育学研究科中途退学。经过在出版社、电脑软件商公司工作，1990年以《我是辉夜姬》获得海燕新人文学奖，同作品候补三岛由纪夫奖。以《至高圣所》获得1991年下半期（1992年1月）芥川龙之介奖。之后，创作梦幻小说《紫色沙漠》和续篇《诗人的梦》、自己感兴趣的以茶道为题材的幽默青春小说《不畏雨粗茶一服》《不畏风粗茶一服》等。丈夫是万叶学者京都光华女子大学教授朝比奈英夫。没有子女。1993年居住在京都。在2006年的大学入学考试中心的国语问题中，采用《我是辉夜姬》的一节来出题。

主要作品

《我是辉夜姬》（福武文库，1993年）

《至高圣所》（福武文库，1995年）

《这就是人生》（福武书店，1992年）

《那片天空的颜色》（杂志屋，1992年）

《紫色沙漠》（新潮社，1993年）

《对001温柔的摇篮》（福武书店，1995年）

《明天，在旅人的树下》（角川书店，1997年）

《诞生》（朝日新闻社，1999年）

《诗人的梦》（春木文库，2001年）

《讲谈飞鸟》（JIVE文库，2007年）

粗茶一服系列

《不畏雨粗茶一服》（JIVE文库，2008年）

《不畏风粗茶一服》（杂志屋，2010年）

《花之江户粗茶一服》（白杨文库，2020年）

文章及其他

《写文章吧！从1200字开始表达自己入门》（福武书店，1997年）

《外行茶人的匣子 网上享受茶》（杂志屋，2000年）

《外行茶人，进入茶会》（朝日文库，2011年）

《在京都读徒然草》（京都杂志社，2010年）

文集及其他

《芥川奖全集第16卷》（文艺春秋，2002年）

《金原瑞人YA选集 午后小憩想读的10个故事》（JIVE文库，2009年）

《一瞬间的方言》（白杨文库，2012年）

《神社210号》（神社甲部组合发行，平成24年）

《明日镇水晶糖果商店街 招待兔子和七栋物语》（白杨文库，2013年）

6. 多和田叶子（1993年）

多和田叶子（たわだ ようこ），1960年3月23日出生于东京都中野区，在国立市度过早年。父亲多和田荣治在东京神保镇经营一家名为易北河洋的书店。多和田叶子毕业于东京都立立川高级中学，早稻田大学第一文学部俄罗斯文学。她加入了西德汉堡的一家图书机构，并在汉堡大学完成了硕士学位。1982—2006年居住于汉堡市，2006年起居住在柏林。1987年，多和田叶子在德国出版双语诗集，初露锋芒。2000年，多和田叶子获得德国永久居住权。她修完苏黎世大学的博士课程，获得了博士学位。她的德文著作有20册以上，并被翻译成法语、英语、意大利语、西班牙语、中文、韩语、俄语、瑞典语、挪威语、丹麦语和荷兰语。她还因与德国作曲家伊莎贝尔·蒙德里和奥地利作曲家彼得·阿布林格的合作而闻名。获奖情况：1991年第34届群像新人文学奖（《失去脚踝》），1993年第108届芥川龙之介奖（《入赘的狗女婿》），1996年夏米索文学奖（德国），2000年第28届泉镜花文学奖（《雏菊茶的时候》），2002年第12届Bunkamura双偶文学奖（《球形时间》），2003年第14届伊藤整文学奖（《嫌疑犯的夜行列车》），2003年第38届谷崎润一郎文学奖（《嫌疑犯的夜行列车》），2005年歌德奖章（德国），2009年第2届早稻田大学坪内逍遥大奖，2011年第21届紫氏部文学奖（《僧尼与丘比特之弓》），2011年第64届野间文艺奖（《雪的练习生》），2013年第64届读卖文学奖（《抓住云端的故事》），2013年艺术选奖文部科学大臣奖（《抓住云端的故事》），2016年克莱斯特奖（德国），2018年国际交流基金奖，2018 年美国国家图书馆翻译奖（《献灯使》），2019—2020 年度旭日奖，2020 年紫绶带奖章。

小说

《唯有你所在的地方什么也没有》（格尔克—康库尔斯图书出版社，1987 年）

《三人关系》（讲谈社，1992 年，《失去脚踝　三人关系　文字移植》入选新潮讲谈社文艺文库）

《狗女婿入赘》（讲谈社，1993 年，后文库）

《字母的伤口》（河出书房新社，1993 年，后改名为《文字移植》，《失去脚后跟　三人关系　文字移植》入选新潮讲谈社文艺文库）

《圣女传说》（太田出版，1996 年，筑摩文库）

《上帝坚硬的铁路》（讲谈社，1996 年，新潮讲谈社文艺文库）

《狐月》（新书馆，1998 年）

《飞魂》（讲谈社，1998 年，新潮讲谈社文艺文库）

《二口男》（河出书房新社，1998 年）

《呓语》（青土社，1999 年）

《光与明胶的莱比锡》（讲谈社，2000 年）

《雏菊茶的时候》（新潮社，2000 年）

《为了变身的奥斯卡》（讲谈社，2001 年，新潮讲谈社文艺文库）

《球形时间》（新潮社，2002 年，新潮讲谈社文艺文库）

《嫌疑犯的夜行列车》（青土社，2002 年）

《Exophony 母语外之旅》（岩波书店，2003 年，新潮岩波现代文库）

《旅行的脚踝之眼》（讲谈社，2004 年，新潮文库）

《伞的尸体和我的妻子》（思潮社，2006 年）

《掉进海里的名字》（新潮社，2006 年）

《美国　惨无人道的大陆》（青土社，2006 年）

《融化的街道　通透的道路》（日本经济新闻社，2007 年）

《波尔多的义兄》（讲谈社，2009 年，后文艺文库）

《僧尼与丘比特之弓》（讲谈社，2010年，新潮文库）

《雪的练习生》（新潮社，2011年，新潮文库）

《抓云的故事》（讲谈社，2012年，文艺文库）

《和语言漫步的日记》（岩波新书，2013年）

《〈突然〉和〈情不自禁〉》（明治书院，2013年）

《献灯使》（2014年，新潮文库）

《百年的散步》（新潮社，2017年，新潮文库）

《草鞋》（青土社，2017年）

《被地球镶嵌》（讲谈社，2018年）

《打开F的初恋祭》（文艺春秋，2018年）

《星隐》（讲谈社，2020年）

外国语版小说

Das Bad, 1989

Wo Europa anfängt, 1991

Die Kranichmaske, die bei Nacht strahlt, 1993

Ein Gast, 1993

Talisman, 1996

Ein Gedicht für ein Buch, Fotos Stephan Köhler. Hamburg : Edition Clement - Tobias Lange, 1996

Verwandlungen, 1999

Spielzeug und Sprachmagie in der europäischen Literatur : eine ethnologische Poetologie, 2000

Das nackte Auge, 2004

Was ändert der Regen an unserem Leben?, 2005

Sprachpolizei und Spielpolyglotte, 2007

Schwager in Bordeaux, 2008

Abenteuer der deutschen Grammatik, 2010

Fremde Wasser. Hamburger Poetikvorlesungen, 2012

Mein kleiner Zeh war ein Wort, 2013

7. 笙野赖子（1994 年）

笙野赖子（たわだ ようこ），1956 年 3 月 16 日出生于三重县，本性，市川。毕业于立命馆大学法学部。自称从"神道左翼"的立场出发，提出激进的政治性，采用了绵密的超小说和复声音乐将私小说和幻想小说等进行混合的作品风格，被称为"战斗作家""元之女王"等。自 2011 年开始成为立教大学特任教授（教授文学研究科，比较文明学专业博士课程前期课程）。1981 年《极乐》获得第 24 届群像新人文学奖。1991 年《什么都没做》获得野间文艺新人奖，1994 年《二百周年忌日》获得第 7 届三岛由纪夫奖，凭借《跨越时间的企业联合体》荣获第 111 届芥川奖，因为获得了作为纯文学新人奖而出名的上述三个奖项，所以也被称为"新人奖三冠王"。1996 年《母亲的发达》入围第六届紫式部文学奖候补。1998 年的《东京妖怪浮游》入围女性文学奖候补。2001 年《幽界森娘异闻》获得了第 29 届泉镜花文学奖。2004 年《水晶内制度》获得了第 3 届 Sense of Gender 奖。2005 年《金毘罗》获得了第 16 届伊藤整文学奖。2013 年发现自己患有胶原病（混合性结合组织病）30 多年，现在正在接受持续治疗。凭借《未斗病记——胶原病、"混合性结合组织病"》一书中获得第 67 届野间文艺奖。

文学奖评选委员经历

  文艺奖（第 35 届至第 36 届/1998—1999 年）

  群像新人文学奖（第 43 届至第 46 届/2000—2003 年）

  野间文艺新人奖（第 22 届至第 26 届/2000—2004 年）

  昴文学奖（第 26 届至第 30 届/2002—2006 年）

小说

《极乐笙野赖子·初期作品集 1》（河出书房新社，1994 年 11 月）

 《极乐》（《群像》1981 年 6 月号）

 《大祭》（《群像》1981 年 11 月号）

 《皇帝》（《群像》1984 年 4 月号）

《极乐大祭皇帝—笙野赖子初期作品集》（讲谈社文艺文库，2001 年）

《梦的尸体笙野赖子·初期作品集 2》（河出书房新社，1994 年 11 月）

  《海兽》（《群像》1984 年 8 月号）

  《冬眠》（《群像》1985 年 4 月号）

  《梦的尸体》（《群像》1990 年 6 月号）

  《虚空人鱼》（《群像》1990 年 2 月号）

  《被称为植物》（《群像》1989 年 5 月号）

《什么都没做》（讲谈社，1991 年 9 月；讲谈社文库，1995 年 11 月）

  《什么都没做》（《群像》1991 年 5 月号）

  《伊塞市、春琪》（《海燕》1991 年 2 月号）

《没有住处》（讲谈社，1993 年 1 月；讲谈社文库，1998 年 11 月）

  《没有住处》（《群像》1992 年 7 月号）

  《背上的洞》（《群像》1991 年 10 月号）

《玻璃生命论》（河出书房新社，1993 年）

  《玻璃生命论》（《文艺》1992 年冬季号）

  《水中雏幻想》（《昴》1991 年 9 月号）

  《幻视建国序说》（《书 THE 文艺 1》1993 年 3 月）

  《偶人历元年》（新写）

《压力梦》（河出书房新社，1994 年 2 月；河出文库，1996 年 2 月）

  《压力梦》（《昴》1992 年 1 月号）

  《压力游戏》（《昴》1992 年 10 月号）

  《压力世界》（《昴》1993 年 3 月号）

  《摔跤结束》（《文艺》1994 年春季号）

《二百周年忌》（新潮社，1994 年 5 月；新潮文库，1997 年 8 月）

  《大地的霉》（《海燕》1992 年 7 月号）

  《二百周年忌》（《新潮》1993 年 12 月号）

  《颤抖的故乡》（《海燕》1993 年 1 月号）

《跨越时间的企业联合体》（文艺春秋，1994 年 9 月；文春文库，1998 年 2 月）

《跨越时间的企业联合体》(《文学界》1994 年 6 月号)

《下落合的对面》(《海燕》1994 年 1 月号)

《麻痹的梦之水》(《文学界》1994 年 9 月号)

《增殖商店街》(讲谈社,1995 年 10 月)

《增殖商业街》(《群像》1993 年 1 月号)

《这样的工作到此结束》(《群像》1994 年 11 月号)

《是否还活着的蜗牛》(《群像》1995 年 7 月号)

《不能拉开老虎的隔扇》(《海燕》1995 年 1 月号)

《石榴之底》(《海燕》1988 年 8 月号)

《母亲的发育》(河出书房新社,1996 年 3 月;河出文库,1999 年 5 月)

《母亲的缩小》(《海燕》1994 年 4 月号)

《母亲的发育》(《文艺》1995 年秋季号)

《母亲的大旋转舞蹈》(《文艺》1996 年春季号)

《天堂之旗》(新潮社,1997 年)

初出:《波》1996 年 1 月号至 1997 年 1 月号

《太阳的巫女》(文艺春秋,1997 年)

《太阳巫女》(《文学界》1995 年 10 月号)

《龙女的送葬》(《文学界》1997 年 11 月号)

《东京妖怪浮游》(岩波书店,1998 年 5 月)

《东京也不例外》(《每日新闻》星期日版 1996 年 4 月 7 日至 6 月 23 日)

《单身妖怪·蛋黄酱》(《颓废》1997 年 5 月号)

《触觉妖怪·苏黎各》(《海神》1997 年 7 月号)

《结核妖怪·航空母舰幻》(《世界》1998 年 1 月号)

《拥抱妖怪·发现》(《世界》1998 年 2 月号)

《女流妖怪·里真杉》(《世界》1997 年 3 月号)

《首都圈妖怪·伊甸鬼》(《世界》1998 年 4 月号)

《说教师蟹棒和百人的危险美女》(河出书房新社,1999 年)

《说教师蟹棒》(《文艺》1997 年冬季号)

《一百个危险美女》(《文艺》1998年冬季号)

《笙野赖子窑变小说集 时光绿洲》(朝日新闻社,1999年)

《时光绿洲》(《一本书》1998年11月号)

《人偶的端坐》(《群像》1995年11月号)

《一九九六、存在等级差别的一天》(《三田文学》1996年夏号)

《使者日记》(《群像》1997年1月号)

《看到破损处》(《文学界》1997年1月号)

《夜晚的棒球手套》(《一本书》1997年3月号)

《鱼之光》(《新潮》1997年4月号)

《莲下的乌龟》(《昴》1998年1月号)

《所有的郊游》(《群像》1998年1月号)

《一九九六·丙子,存在等级差别的一年》(新写)

《天啊,不知道怎么了,好无聊》(讲谈社,2000年)

《天啊,不知道怎么了,好无聊》(《群像》1998年7月号)

《文人之森,实况转播》(《群像》1999年1月号)

《这里太过难懂了,请慢慢来。争论的丑女》(《群像》1999年7月号)

《利己主义者芥川》(《群像》2000年1月号)

《涩谷色浅川》(新潮社,2001年3月30日)

《涉谷色浅川》(《新潮》1996年2月号)

《无国籍紫》(《新潮》1998年1月号)

《西麻布黄色行》(《新潮》1999年1月号)

《中目黑前卫圣诞》(《新潮》2000年3月号)

《宇田川粉色宅邸》(《新潮》2001年1月号)

《爱别外猫杂记》(河出书房新社,2001年;河出文库,2005年)

《爱别外猫杂记》(《文艺》2000年冬季号)

《爱别外猫杂记》(《文艺》2001年春季号)

《阴曹森娘异闻》(讲谈社,2001年7月;讲谈社文库,2006年12月)

《阴曹森娘异闻》(《群像》2000年3月号至10月号)

《阴曹森娘异闻后记神赐予的寿司》(《群像》2001年1月号)

《S仓迷妄通信》(集英社,2002年)

《S仓迷妄通信》(《昴》2001年3月号)

《S仓妄神参道》(《昴》2001年11月号)

《S仓迷宫完结》(《昴》2002年4月号)

《水晶内制度》(新潮社,2003年7月)

初出:《新潮》2003年3月号

《不收拾的作家和西方的天狗》(河出书房,2004年6月)

《胸上的前世》(《Vogue日本》2002年8月号)

《S仓极乐图书馆》(《图书馆的学校》2002年3月号)

《质数长歌与背诵》(《群像》2002年1月号)

《50日元食堂与黑色翅膀》(《河南文艺》文学篇2003年夏号)

《箱子一般的道路》(《群像》1996年10月号)

《猫猫妄者与怪》(《文艺》2004年春季号)

《越乃寒梅小偷》(《新潮》1996年9月号)

《杂司谷的"道路恶魔"》(《东京新闻》1999年6月26日晚报,初出时标题为《墓地旁的"路过恶魔"》)

《金毘罗》(集英社,2004年10月)

初出:《昴》2004年4月号,河出文库,2010年9月

《尖叫章鱼美食家和一百个"普通"的男人》(河出书房新社,2006年4月)

《尖叫章鱼美食家》(《文艺》2005年春季号)

《一百个"普通"男人》(《文艺》2005年夏季号)

《越过仙龟的牢狱》

《笙野赖子给八百木千本先生的信》

《大和别史》(讲谈社,2006年8月)

初出:《群像》2006年1月号

《一、二、三、死、活在今天！成田参拜》（集英社，2006年10月）

 《成田参拜》（《昴》2003年5月号）

 《一、二、三、死，活在今天吧！》（《昴》2005年1月号）

 《五、六、七、八、超越苦难吧！》（《昴》2005年6月号）

 《从羽田出发到小樽，苦中之自由》（《昴》2006年4月号）

《笙野赖子三冠小说集》（河出文库，2007年1月）

 《穿越时间的企业联合体》

 《二百周年忌》

 《什么也没做》

《大日本评论提纲》（讲谈社，2007年10月）

 初出：《群像》2006年8月号

《萌神分魂谱》（集英社，2008年）

 初出：《昴》2007年9月号

《大日本，无关紧要》（讲谈社，2008年4月）

 初出：《群像》2007年12月号

《早上好，水晶——晚安，水晶》（筑摩书房，2008年12月）

 初出：《筑摩》2006年6月号至2008年6月号

《海底八幡宫》（河出书房新社，2009年9月）

 初出：《昴》2008年10月号

《猫土牢暗中保护者》（讲谈社，2012年9月）

《母亲的发育，永远/猫厕所》（河出书房新社，2013年3月）

 《浑浊的始末〈母亲的发育〉浊音篇》（《文艺》2007年冬季号）

 《母亲的蒲公英〈母亲的发育〉半浊音篇》（《文艺》2012年秋季号）

《未斗病记——胶原病、"混合性结合组织病"的》（讲谈社，2014年7月）

《猫校园暗中保护者》（河出书房新社，2014年12月）

《殖民食人逐条列举之国》（河出书房新社，2016年11月）

 《你好，这是葫芦》（新写）

《葫芦的约定》(《文艺》2016 年夏号)

《奶奶的教学大纲》(《文艺》2016 年秋号)

《食人之国》(《文艺》2016 年冬号)

《陶俑家的遗产》(新写)

《葫芦的点心》(《文艺》2013 年春季号)

《葫芦的媳妇》(《文艺》2012 年冬季号)

《公主与战争与"庭院之雀"》(《新潮》2004 年 6 月号)

《猫道单身转转小说集》(讲谈社文艺文库,2017 年 3 月)

《来,用文学来结束战争吧 猫厨房灶神》(讲谈社,2017 年 7 月)

  初出:《群像》2017 年 4 月号

《乌拉密苏摩奴隶选举》(河出书房新社,2018 年 10 月)

  初出:《文艺》2018 年秋号

《会面 静流藤娘游记》(讲谈社,2020 年 6 月)

  初出:《群像》2019 年 5 月至 12 月号

《猫沼》(斯蒂奥·帕博利卡,2021 年 2 月)

随笔·评论

《咖喱毒药套餐》(与松浦理英子合著)(河出书房新社,1994 年 8 月;河出文库,1997 年 4 月)

《语言的冒险、脑中的战斗》(日本文艺社,1995 年 7 月)

《堂吉诃德的"争论"》(讲谈社,1999 年 11 月)

《彻底抗战!文人之森》(河出书房新社,2005 年 6 月)

单行本未收录作品

《这条街上有我的妻子》(《群像》2006 年 10 月号)(收录于讲谈社文艺文库《猫道》)

《将龙的衣柜做成诗·不在》(《新潮》2006 年 12 月号)

《越过九条前夕和火星人少女花街柳巷的诞生》(《论座》2008 年 6 月号)

《来吧,用文学来结束战争吧,猫厨房!》(《群像》2017 年 4 月号)

《待在家中写新冠——#宅家却不沉默》(《群像》2020 年 10 月号)

8. 川上弘美（1996 年）

川上弘美（かわかみ ひろみ），1958 年出生，日本著名女作家，芥川奖评委，1994 年出道即以《神》获得柏斯卡短篇文学奖。1996 年凭借《踩蛇》获得日文文学最高荣誉的芥川奖。2001 年发表《老师的提包》成为她最著名的代表作，该小说获得谷崎润一郎奖，英文版获提名英国独立报外国小说奖，并且进入了最后决选短名单。

旧姓山田，婚后改姓川上。御茶水女子大学生物系毕业。大学时代曾加入科幻小说社团，从那时起，就开始试着写作。大学毕业后，担任高中理科老师，在这段时间，她结婚、生子，成为家庭主妇。1994 年以处女作《神》荣获帕斯卡短篇小文学新人奖。从此，便成为日本各文学奖项的座上客。1996 年，作品《踏蛇》荣获日本纯文学类最高奖——芥川文学奖。1999 年《溺》获得伊藤整文学奖、女流文学奖。而处女作《神》则再度获得双叟文学奖、紫式部文学奖。2000 年获得女流文学奖。2001 年的代表作《老师的提包》，获得谷崎润一郎奖。2007 年获得艺术选奖。

川上弘美的小说中常会在贴近现实的日常生活中混入幻想的世界，对女性的心情刻画入微。川上弘美在她的文学作品中创造了一个奇幻的童话世界。构筑这个神奇世界的支柱，是作品中大量出现的异化生物形象，被誉为"东方卡夫卡"。

主要作品

小说

单行本

《物语就要开始》（中央公论社，1996 年）

《踩蛇》（文艺春秋，1996 年）

《爱怜纪》（幻冬舍，1997 年）

《神》（中央公论社，1998 年）

《沉溺》（文艺春秋，1999 年）

《恭贺》（新潮社，2000 年）

《椰子、椰子》（小学馆，1998 年）

《老师的提包》（平凡社，2001年）

《游行》（平凡社，2002年）

《龙宫》（文艺春秋，2002年）

《看起来闪闪发光》（中央公论新社，2003年）

《西野的恋爱与冒险》（新潮社，2003年）

《古道具 中野商店》（新潮社，2005年）

《夜晚的公园》（中央公论新社，2006年）

《哗啦哗啦》（Magazine House，2006年）

《叶月》（讲谈社，2006年）

《真鹤》（文艺春秋，2006年）

《风花》（集英社，2008年）

《无论从何处出发都遥远的城镇》（集英社文库，2008年）

《这样就好？》（中央公论新社，2009年）

《面条机幽灵》（Magazine House，2010年）

《心情好的狗》（俳句集）（集英社，2010年）

《低于天顶一点点》（小学馆，2011年）

《神2011》（讲谈社，2011年）

《七夜物语》（朝日新闻出版，2012年）

《光滑的、滚烫的、甜蜜的》（新潮社，2013年）

《去捡一只猫》（Magazine House，2013年）

《水声》（文艺春秋，2014年）

《不要被大鸟绑架》（讲谈社，2016年）

《附近的人们》（Switch Publishing，2016年）

《请多关照我的尸体》（小学馆，2017年）

《一起去森林吧》（日本经济新闻出版社，2017年）

《某》（幻冬舍，2019年）

《第三次恋爱》（中央公论新社，2020年）

选集收录

《严禁横卧》（收于 LOVERS，安达千夏等合著，祥传社，2001 年）

《一实的故事》（收于 Teen Age，角川光代等合著，双叶社，2004 年）

《小南》（收于《人鱼之鳞 Short Fantasy Stories 幻想的宝箱 Vol. 1》，产经新闻文化部编，全日出版，2004 年）

《低于天顶一点点》（收于《恋爱小说》，新潮社，2005 年）

《夜晚兜风》（收于《与你一起去某个地方 Eight Short Stories》，吉田修一等合著，文艺春秋，2005 年）

《虽非本意》（收于《在空中飞翔的恋爱 通过手机连接的 28 个故事》，新潮社编，新潮文库，2006 年）

评论·随笔

单行本（评论·随笔）

《似有似无》（中央公论新社，1999 年）

《不经意的日子》（岩波书店，2001 年）

《慢慢说再见》（新潮社，2001 年）

《此处、彼处》（日本经济新闻社，2005 年）

《时晴时阴》（讲谈社，2013 年）

《我喜欢的季节词》（NHK 出版，2020 年）

选集收录（评论·随笔）

《哼哼》（收于《花节和巴米扬大佛 2003 年度最佳随笔》，日本文艺家协会编，光村图书出版，2003 年）

《后脑勺》（收于《妈妈做的牛奶糖》，日本随笔俱乐部编，文春文库，2004 年）

《町内十番以内》（收于《狗的叹息 2004 年度最佳随笔》，日本文艺家协会编，光村图书出版，2004 年）

《茗河谷的鸟叔叔》（收于《顺其自然 2005 年度最佳随笔》，日本文艺家协会编，光村图书出版，2005 年）

《突然袭击》（收于《坏心眼的人 2006 年度最佳随笔》，日本文艺家协会

编，光村图书出版，2006年）

对谈

《与筒井康隆对谈〈我想研究有趣之处〉》（收于《筒井康隆这样说》，筒井康隆著，文艺社，1997年）

《与矢岛稔、糸井重里对谈〈昆虫的故事〉》（收于《窃取经验》，糸井重里著，中央公论新社，2002年）

《与村松友视对谈》（收于《武田百合子》，KAWADE梦MOOK，2004年）

《与山折哲雄对谈〈心灵的取向——科学的观点和宗教的人类观〉》（收于《山折哲雄心灵私塾》，山折哲雄述、读卖新闻大阪本社编，东方出版，2004年）

与小泉武夫对谈《穿过憧憬的寿司店门帘的幸福》（收于《敬畏之食》，小泉武夫著，讲谈社，2006年）

《恋爱小说家的工作》（收于《田边圣子全集 别卷1》，田边圣子等合著，集英社，2006年）

文库解说·书评

《黑暗扫描仪》（菲利普·K.迪克著，三丽鸥SF文库1980年，以山田弘美之名）

《梦侦探》（又名《红辣椒》）（筒井康隆著，中公文库1997年）

《西瓜的味道》（江国香织著，新潮文库2000年）

《谜的母亲》（久世光彦著，新潮文库2001年）

《百鬼园随笔》（内田百闲著，新潮文库2002年）

《回转》（北村薰著，新潮文库2007年）

《偶然的祝福》（小川洋子著，角川文库2004年）

《游行》（吉田修一著，幻冬舍文库2004年）

《花芯》（濑户内寂听著，讲谈社文库2005年）

《最喜欢的书 川上弘美书评集》（朝日新闻社，2007年）

日记

《东京日记 庆祝一个鸡蛋》（平凡社，2005年）

《东京日记2　另外不懂舞蹈》（平凡社，2007年）

《东京日记3　鲶鱼的幸运》（平凡社，2011年）

《东京日记4　变坏了》（平凡社，2014年）

《东京日记5　红色僵尸、蓝色僵尸》（平凡社，2017年）

翻译

《伊势物语》（收于池泽夏树个人编集《日本文学全集03》，河出书房新社，2016年）

9. 柳美里

柳美里（ゆう　みり、유미리），1968年6月22日出生于茨城县土浦市。本名柳美里是祖父为了不让她因为名字受苦而起的（"美里"的读法在日语，韩语中都发音为"みり"）。在日韩国人、剧作家、小说家。国籍为韩国，是剧团"青春五月党"的主持。1983年进入横滨共立学园高中，却遭遇了欺凌，1年后选择退学，次年以最年少的身份加入由东由多加率领的音乐剧剧团东京基德兄弟。出演了1986年该剧团第9期研究生的毕业公演"冬日之夜梦"，同年8月，作为演员参加了东京基德兄弟的第二个公司"PAN and CIRCUS"的揭幕公演"BILLY 比利BOY"，参与了地方公演（名古屋、大阪、京都、高松）。在担任导演助手后，于1987年创立了戏剧组合"青春五月党"。1988年凭借《致水中之友》作为剧作家、导演而出道。1993年，凭借《鱼之祭》作为最年轻者获得第37届岸田国士戏剧奖（与宫泽章夫同时获奖）。

1996年凭借《家梦已远》获得第24届泉镜花文学奖、第18届野间文艺新人奖。1997年凭借《家族电影》获得第116届芥川奖。1999年，广播节目《柳美里的All Night 日本》（于日本放送）获得第36届Galaxy奖的励奖。同年，凭借《淘金热》获得第3届木山捷平文学奖。2001年《生》《魂》《声》，完成了四部作品。2007年，出版了第一本新写的儿童书《登月的健太郎》。同年12月，《周刊现代》开始连载 On air。2020年，《JR 上野站公园口》的英译版 Tokyo Unio Station 入选 TIME 杂志2020年的100本必读书籍，获得美国文学奖全美图书奖（翻译文学部门）。

小说

《家梦已远》（文艺春秋，1996年；文春文库，1999年，解说：山本直树）

《家族电影》（讲谈社，1997年；讲谈社文库，1999年，解说：铃木光司）

《水边的摇篮》（角川书店，1997年；角川文库，1999年，解说：林真理子）

《花砖》（文艺春秋，1997年；文春文库，2000年，解说：三国连太郎）

《淘金热》（新潮社，1998年；新潮文库，2001年，解说：川村二郎）

《女学生之友》（文艺春秋，1999年；文春文库，2002年，解说：秋元康）

《男》（媒体工厂，2000年；新潮文库，2002年，解说：中森明夫）

《命》（小学馆，2000年；新潮文库，2004年，解说：Lily Franky）

《魂》（小学馆，2001年；新潮文库，2004年，解说：福田和也）

《口红》（角川书店，2001年；角川文库，2003年，解说：槙村悟）

《生》（小学馆，2001年；新潮文库，2004年，解说：町田康）

《声》（小学馆，2002年；新潮文库，2004年，解说：山折哲雄）

《在石头上游泳的鱼》（新潮社，2002年；新潮文库，2005年，解说：福田和也）

《8月的尽头》（新潮社，2004年；新潮文库，2007年，解说：许永中、高桥源一郎）

《雨后梦后》（角川书店，2005年；角川文库，2008年，解说：角田光代）

《黑》（扶桑社，2007年）

《山手线内圈》（河出书房新社，2007年）

《再见妈妈》（改编《JR高田马场站户山口》，并将其改为文库版，河出文库，2012年，解说：和合亮一）

《JR高田马场站户山口》（河出书房新社河出文库，2021年3月，重新装订、改编）

On Air（讲谈社，2009年；讲谈社文库，2012年，解说：榎本正树）

《自杀之国》（河出书房新社，2012年）

《约会》（河出书房新社河出文库，2016 年，解说：泷井朝世）

《JR 品川站高轮口》（河出书房新社河出文库，2021 年 2 月，新装、改编版）

《JR 上野站公园口》（河出书房新社，2014 年；《河出文库》2017 年，解说：原武史）

　　〇《우에노 역 공원 출구》2015（韩国版）

　　〇 *Sortie parc, gare d'Ueno*, Actes Sud Editions, 2015（法国版）

　　〇 *Tokyo Ueno Station*, Tilted Axis Preses, 2019（英国版）

　　〇 *Stacja Tokio Ueno*, Wydawnictwo Uniwersytetu Jagiellońskiego, 2020（波兰版）

　　〇 *Tokyo Unio Station*, Riverhead Books, 2020（美国版）

《猫之家》（河出书房新社，2016 年；河出文库，2019 年 6 月，解说：武田砂铁）

《饲主》（文艺春秋，2017 年）

随笔

《家族标本》（朝日新闻社，1995 年 4 月；朝日文艺文库，1997 年 8 月，卷末随笔：久世光彦/角川文库，1998 年 4 月，解说：渡边真理）

《柳美里的"自杀"》（河出书房新社，1995 年）

《自杀》（文春文库，1999 年 12 月，解说：原一男，文库版时大幅度加笔、改题）

《私语辞典》（朝日新闻社，1996 年 5 月；角川文库，1999 年 10 月，解说：特里伊藤）

《从有窗的书店》（角川春树事务所，1996 年；春树文库，1999 年 5 月，解说：川本三郎）

《NOW and THEN 柳美里——柳美里的全部作品解说+51 个问题》（角川书店，1997 年）

《假面之国》（新潮社，1998 年 4 月；新潮文库，2000 年 5 月，解说：樱井吉子；角川文库，2001 年 6 月，解说：表万智）

《鱼做的梦》（新潮社，2000年10月；新潮文库，2003年4月，解说：后藤繁雄）

《语言静静地跳舞》（新潮社，2001年3月；新潮文库，2004年1月，解说：坪内佑三）

《世界的裂缝和灵魂的空白》（新潮社，2001年）

《交换日记》（新潮社，2003年）

《接触无法命名的事物》（日经BP社，2007年）

《柳美里不幸全记录》（新潮社，2007年）

《NHK 享受着了解我的执着人物传 色川武大 平稳的逃犯》（2008年NHK电视台出版，2008年）

《贫穷之神 芥川奖作家贫困生活记》（双叶社，2015年）

《人生中有不做也可以的事》（最佳新书，2016年）

《通往国家的路》（河出书房新社，2017年）

《南相马混合曲》（第三文明社，2020年）

戏曲

《静物画》（而立书房，1991年）

《向日葵的棺材》（而立书房，1993年）

《绿色长椅》（河出书房新社，1994年）

《绿色长椅》（角川文库，1998年12月，与《向日葵的棺材》同时收录，解说：筒井康隆）

《鱼之祭》（白水社，1996年1月；角川文库，1997年12月，与《静物画》同时收录，解说：齐藤由贵）

《街上的遗物》（河出书房新社，2018年11月，与《静物画》《窗外的婚礼》同时收录）

《在某个晴天》（《喜剧悲剧》，早川书房，2019年11月号，纪实文学）

《家族·秘密》（讲谈社，2010年5月；文库，2013年3月，解说：野村进）

《平壤的暑假 我看到的"北朝鲜"》（讲谈社，2011年）

自选作品集

《柳美里自选作品集 第一卷 永在的死与生》（最佳畅销，2018年4月）

《柳美里自选作品集 第二卷 家族再演》（最佳畅销，2018年6月）

对谈·合著

现代洋子《请吃饭猜拳队（3）》（小学馆，1999年10月1日）

铃木光司《天才们的DNA——接近才能之谜》（杂志屋，2001年）

北野武《顶峰对谈》（新潮社，2001年10月；新潮文库，2004年6月）

《响与流——小说与批评的对话》（同福田和也合著，PHP研究所，2002年3月）

西原理惠子《能做到吗》（扶桑社，2007年4月）

山田玲司《对绝望有效的药 Vol.13》（小学馆，2008年6月）

小松成美《相信的力量》（白杨文库，2007年12月）

《了解宗教与现代的书2008》（收录于《同末木文美士的对谈》，平凡社，2008年3月）

石井真司《鳗鱼舞》（河出文库，2008年10月）

赤冢不二夫《赤冢不二夫对谈集 这样就好了》（MF文库达芬奇，2008年12月）

坂本忠雄《文学之器》（收录于《同江国香织的对谈》，扶桑社，2009年8月）

桐野夏生《对论集 起火点》（文艺春秋，2009年9月）

西原理惠子《西原理惠子的太腕繁盛记 用FX严肃认真决胜负篇》（新潮社，2009年9月）

《柳美里对谈集 不要说比沉默更轻松的话》（创出版，2012年8月）

《只属于我的故乡 作家们的原风景》（岩波书店，2013年3月）

《人为什么会"欺凌"——思考其病理和护理》（与山折哲雄合著，シービーアール，2013年9月）

《春天的消息》（与佐藤弘夫合著，第三文明社，2017年）

《沉默的礼法》（与山折哲雄合著，河出书房新社，2019年6月）

东浩纪《新对话篇》（原论，2020年5月，与东浩纪、糖屋法水的三人会谈）

儿童读物

《登月的健太郎君》（白杨社，2007年4月；白杨文库，2009年2月，解说：表万智）

被影视化的作品

《家族电影》（导演 パク・チョルス）

《女学生的朋友》

《口红》（NHK 电视剧）

《命》（导演筱原哲雄）

《雨后梦后》（朝日电视台电视剧）

解说和其他执笔书籍

中岛美雪《日本人的微笑》（新潮文库，1997年11月）

太宰治《思念的芦苇（平成十年版）》（角川文库 Classics，1999年6月）

福田和也《日本人的眼珠》（筑摩学艺文库，2005年6月）

阿佐田哲也《麻将放浪记4番外篇》（文春文库，2007年11月）

前田司郎《不是爱也不是青春的旅程》（讲谈社文库，2009年10月）

评论

拉丝·冯·特里亚 Dance In The Dark（角川书店，2000年）

佐藤江梨子《挂念咖啡》（扶桑社，2003年9月）

美里博子《海滨的午后——从福岛浜大道开始》（Coalsack 公司，2015年）

10. 藤野千夜（2000年）

藤野千夜（ふじのちや），日本小说家，1962年2月27日生于福冈县。毕业于麻布中学，麻布高中，千叶大学教育学部。曾担任过漫画杂志编辑，1995年凭借《午后的课表》获得第14届海燕新人文学奖，从而转型为小说家。1996年《少男少女的波尔卡舞曲》获第18届野间文艺新人奖候补。1998年《鬼怪杂谈》

获得第 20 届野间文艺新人奖。1999 年《恋爱假日》获得第 121 届芥川奖候补。1999 年《夏天的约会》获得第 122 届芥川奖。2004 年就任群像新人文学奖选考委员（第 47 届至第 51 届）。2006 年《国道 225 号》被改编成电影。

主要作品

《少男少女的波尔卡舞曲》（贝乐思公司，1996 年 3 月／讲谈社文库，2000 年；Kinobooks 文库，2018 年）

 《少年和少女的波尔卡》

 《午后的时间表》

 《六月的夜晚Ⅰ》（只收录在 Kinobooks 文库）

 《六月的夜晚Ⅱ》（只收录在 Kinobooks 文库）

《闲聊怪谈》（讲谈社，1998 年；讲谈社文库，2001 年）

 《BJ》

 《闲聊怪谈》

 《女学生的朋友》

 《可爱星球》

《恋爱假日》（讲谈社，1999 年；讲谈社文库，2002 年）

 《恋爱假日》

《隐蔽的热带鱼》（《群像》1999 年 5 月号）

《夏天的约会》（讲谈社，2000 年；讲谈社文库，2003 年）

 《夏天的约会》

《主妇和警察局》（《群像》1999 年 12 月号）

《国道 225 号》（理论社，2002 年；新潮文库 2005 年）

《她的房间》（讲谈社，2003 年；讲谈社文库，2006 年）

 《万圣节去美国》（《文学界》2002 年 1 月号）

 《父亲回家》（《群像》2003 年 1 月号）

 《爱之信》（《文学界》2002 年 5 月号）

 《药房事件》（《文学界》2003 年 3 月号）

 《她的房间》（《群像》2003 年 9 月号）

《蔬菜高地故事》（光文社，2005 年；光文社文库，2007 年）

   《鳄梨的女儿》

   《西兰花的日常》

   《两根胡萝卜》（《小说宝石》2003 年 3 月号）

   《萝卜之梦》（《小说宝石》2003 年 10 月号）

   《再吃鳄梨》

   《再见蔬菜》（《小说宝石》2004 年 10 月号）

《与主妇谈恋爱》（小学馆，2006 年，新潮文库）

   初出：《文艺邮报》连载

《中等部超能力战争》（双叶社，2007 年，新潮文库）

   初出：《小说推理》连载

《清爽的季节》（光文社，2007 年）

   《两周》

   《要哪一个?》（《小说宝石》2006 年 4 月号）

   《九月的照片邮件》

   《秋天的秘密》

   《听你的声音》

   《最好的恋人》

   《一年结束》

《少女怪谈》（文艺春秋，2008 年）

   《佩蒂的下落》（《文学界》2004 年 4 月号）

   《蓝色滑板车》（《文学界》2005 年 11 月号）

   《秋子的伞》（《飞翔的教室》2006 年春号）

   《米米卡的不满》（《飞翔的教室》2007 年春号）

《父子三代，狗三只》（朝日新闻出版，2009 年）

《愿望》（讲谈社，2010 年）

《世外桃源》（新潮社，2010 年）

《流利画漫画的教室　美丽的魔法笔》（绘画学研出版社出版，2013 年）

《你的时光》（角川春树事务所，2013 年新潮文库）

《时穴美加》（讲谈社，2015）

《D 菩萨峠漫研夏合宿》（新潮社，2015 年）

《家庭化妆同好会》（理论社，2016 年）

《寿司荞麦天妇罗》（角川春树事务所，2016 年新潮文库）

《编辑们集合!》（双叶社，2017 年）

单行本未收录的作品

《麻木之夜》（《小说现代》2004 年 4 月号）

《春假之乱》（《小说推理》2004 年 5 月号）

《抚慰的方式》（《小说昴》2004 年 12 月号）

《纵向》（《小说昴》2005 年 6 月号）

11. 大道珠贵（2003 年）

大道珠贵（だいどうたまき），1966 年 4 月 10 日生于福冈县，日本小说家。毕业于福冈县立中央高中。2000 年以小说《裸》获第 30 届九州艺术节文学奖，步入文坛。此后，该作品入围了第 123 届芥川奖候补。2003 年凭借《咸味兜风》获得了第 128 届芥川奖。2005 年凭借《雪上加霜》获第 15 届文化村德马戈文学奖。

主要作品

《叛逆之子》（讲谈社，2001 年；讲谈社文库，2004 年）

《裸》（文艺春秋，2002 年；文春文库，2005 年）

《裸》（《文学界》2000 年 4 月号）

《甲鱼》（《文学界》2000 年 10 月号）

《忧郁的草莓》（《文学界》2001 年 12 月号）

《咸味兜风》（文艺春秋，2003 年；文春文库，2006 年）

《咸味兜风》（《文学界》2002 年 12 月号）

《额》（《文学界》2001 年 2 月号）

《蒲公英和流星》（《文学界》2002 年 6 月号）

《银盘上的金苹果》（双叶社，2003 年；双叶文库，2006 年）

　　初出：《小说推理》2002 年 8 月号至 2003 年 5 月号

《久违的再见》（讲谈社，2003 年/讲谈社文库，2006 年）

　　《久违的再见》（《群像》2002 年 12 月号）

　　《芋头、章鱼、南瓜》（《群像》2003 年 6 月号）

《牛奶》（中央公论新社，2004 年；中公文库，2007 年）

《牛奶》

《蔬菜汁》

《烤乳汁软糖》

《法国洋梨》

《旋转糖果》

《早餐不喝粥？》

《太阳形便当》

《绝佳》（光文社，2004 年；光文社文库，2007 年）

　　《纯白》（《小说宝石》2003 年 4 月号）

　　《绝佳》

　　《一宿》（《小说宝石》2003 年 12 月号）

　　《奔跑》（《小说宝石》2004 年 6 月号）

　　《河马君》

《雪上加霜》（讲谈社，2005 年/讲谈社文库，2008 年）

　　初出：《群像》2004 年 11 月号

《碰巧……》（朝日新闻社，2005 年）

　　初出：《小说旅行者》2003 年冬季号至 2005 年冬季号

《向后走》（文艺春秋，2005 年；文春文库，2008 年）

　　《向后走》（《文学界》2005 年 1 月号）

　　《旬》（《文学界》2004 年 7 月号）

　　《前世姻缘》（《文学界》2003 年 7 月号）

《花与海》（双叶社，2005 年，新潮文库）

初出：《小说推理》2004年4月号至2005年3月号

《凯撒巴萨兰》（小学馆，2006年，后文库）

 《粽子》

 《草太》

 《FUKU 和 HARUO》

 《剑》

《蝴蝶或飞蛾》（文艺春秋，2006年）

 初出：《别册文艺春秋》2005年9月号至2006年9月号

《鬼来了》（光文社，2007年）

《骇人听闻的色情》（讲谈社，2007年，后文库）

《太蓝的天空》（《小说现代》2004年4月号）

 《想被诱拐》

 《准小姐热海》（《小说现代》2006年2月号）

 《亲近》

 《冰冷的紫罗兰》

 《吸髓》

 《骇人听闻的色情》

《变漂亮了吗？》（双叶社，2008年，后文库）

 初出：《小说推理》连载

《一直美丽》（文艺春秋，2011年）

《第一次却让人怀念的人》（《文学界》2010年1月）

《以身孕轻》（《文学界》2010年7月）

《持久美丽》（《文学界》2010年11月）

《烦恼之子》（双叶社，2015年，新潮文库）

随笔

 《东京居酒屋探访》（讲谈社，2006年，后文库）

  初出：《小说现代》连载

未收录单行本

《被炉》(《文学界》2001 年 5 月号)

《挤奶器》(《文学界》2001 年 10 月号)

《粉笔》(《文学界》2002 年 2 月号)

《汽油》(《文学界》2003 年 3 月号)

《燃烧落叶》(《新潮》2003 年 5 月号)

《吉娃娃》(《小说新潮》2003 年 8 月号)

《走运的人》(《新潮》2003 年 10 月号)

《鸟掉落的羽毛》(《小说宝石》2005 年 3 月号)

《大腮太阳鲈的晴天》(《全读物》2005 年 10 月号)

《狂风暴雨》(《文学界》2005 年 11 月号)

《请不要闭眼》(《全读物》2006 年 2 月号)

《幽灵隧道》(《去像我的那个地方》,讲谈社文库,2006 年)

《险些丧命》(《文学界》2011 年 7 月号)

《隙》(《全读物》2013 年 4 月号)

12. 金原瞳 (2004 年)

金原瞳 (かねはら ひとみ),1983 年 8 月 8 日出生,日本小说家,目前和两个女儿居住在巴黎。金原瞳从文化学院(专修学校)的高等课程退学。小学四年级的时候开始旷课,初中、高中几乎没上过学。小学六年级时,随其父在美国旧金山生活了一年。12 岁时开始写小说。15 岁时多次割腕。初三时,父亲在政法大学开设研讨会,其作为"高中生的侄女参加"。20 岁时,受周围人的鼓励,应征了昂文学奖。2003 年凭借《蛇舌》获得第 27 届昂文学奖。2004 年凭借该作品和绵矢莉莎一起获得第 130 届芥川文学奖。2007 年动画电影《乡村医生卡夫卡》首映。2010 年短篇小说《夏天的旅行》获川端康成文学奖最终候补。小说《旅行—陷阱》获第 27 届织田作之助奖。2012 年 4 月 11 日,在 NHK 的谈话类节目《来自播音室公园的你好》中担任嘉宾,完成了人生首次的直播演出。2012 年凭借《母亲》获得第 22 届文化村德马戈文学奖。《蛇舌》于 2008 年搬上银幕,蜷川幸雄担任导演，吉高由里子担任主演。

主要作品

《蛇舌》（集英社，2004 年 1 月，后文库）

　　初出：《昂》2003 年 11 月号

《灰色宝贝》（集英社，2004 年 4 月，后文库）

　　初出：《昂》2004 年 3 月号

《变形虫》（集英社，2005 年 7 月，后文库）

　　初出：《昂》2005 年 7 月号

《自动虚构》（集英社，2006 年 7 月，后文库）

《九头蛇》（新潮社，2007 年 4 月，后文库）

　　初出：《新潮》2007 年 1 月号

《落到星星上》（集英社，2007 年 12 月）

　　《落到星星上》（《昂》2007 年 2 月号）

　　《我的汤、沙尘暴、虫》

　　《左之梦》（《昂》2007 年 2 月号）

《忧郁》（文艺春秋，2009 年 9 月，后文库）

　　《定界符》（《群像》2006 年 10 月号）

　　《水貂》（《文学界》2007 年 1 月号）

　　《丹麦》（《文学界》2008 年 1 月号）

　　《曼保舞》(*Sweet Black Story*)

　　《耳钉》（《文学界》2009 年 1 月号）

　　《泽利》（《野性时代》2009 年 5 月号）

　　《吉比卡》（《文学界》2009 年 7 月号）

《TRIP TRAP 触发陷阱》（角川书店，2009 年，后文库）

《母亲节》（新潮社，2011 年，后文库）

《马里大街》（新潮社，2012 年，后文库）

《扶不起的阿斗》（集英社，2015 年，后文库）

《轻薄》（新潮社，2016 年，后文库）

《皇冠女郎》（朝日新聞出版，2017年，后文库）

《亚特兰西亚》（集英社，2019年5月）

《巴黎的沙漠、东京的海市蜃楼》（ホーム社，2020年4月）

《fishy》（朝日新聞出版，2020年9月）

13. 绵矢莉莎（2004年）

绵矢莉莎（わたやりさ），本名山田梨沙，1984年2月1日出生于京都府京都市，日本小说家。生长在金阁寺附近一个幽静的住宅区。父亲是在服饰相关（和服）公司工作的工薪族，母亲是在短大的准教授（英语教师）的家庭环境中长大的，有个小三岁的弟弟，17岁的时候被太宰治的作品吸引，决定成为作家。读于京都市立紫高中时，凭借《毒蘑菇》获得第38届文艺奖，并以17岁的年龄成为该奖当时的最年轻得主。2004年大学期间，19岁的绵矢莉莎以《欠踹的背影》荣获第130届芥川奖（与金原瞳同时获奖），并刷新了该奖项最年轻获奖者纪录，因而备受关注。2006年发表了第三部长篇小说《梦女孩》。早稻田大学教育学部国语国文学课毕业后，走上了专业作家的道路。2012年凭借《这样不是太可怜了吗?》成为获得大江健三郎奖的最年轻获奖者。笔名"绵矢"是参考了姓名学，从中学时代的同年级同学姓氏"绵谷"那里借用来的。《毒蘑菇》还曾获得第15届三岛由纪夫奖提名，受到评委福田和也、岛田雅彦的高度评价。同名单行本出版后，在两年后勇夺芥川奖和电影版热播等因素的共同促进之下，截至2008年，共发售70余万册，成为炙手可热的畅销书。

2002年，绵矢莉莎高中毕业后以自我推荐考试的方式升入早稻田大学教育系国语国文专业（在校期间参加千叶俊二研讨班）。2003年大学期间，《欠踹的背影》获得第25届野间文艺新人奖候补，2004年19岁的绵矢莉莎凭借该作品荣获第130届芥川奖。和当时20岁的金原瞳《蛇舌》同时获奖，并刷新了丸山健二（1966年第56届获奖者）所保持的23岁最年轻获奖者纪录。刊登芥川奖获奖作品和评委评语的月刊《文艺春秋》2004年3月号因此破例首度开印80万册，并创下最终发售118.5万册的纪录，超越了此前1990年12月号《昭和天皇独白录》收录号的105万册。单行本《欠踹的背影》，单就芥川奖获奖作品来说，也是一桩时隔 28 年的盛事。自 1976 年村上龙的《无限近似于透明的蓝》，终于又有一部百万级畅销书问世。截至 2004 年年底，《欠踹的背影》总计发售 127 万册。2012 年小说《这样不是太可怜了吗?》获得第 6 届大江健三郎奖，同年，获得京都市艺术新人奖。2019 年，凭借《只要活着》获得第 26 届岛清恋爱文学奖。

主要作品

《毒蘑菇》（河出书房新社，2001 年，后文库）

《欠踹的背影》（河出书房新社，2003 年，后文库）

《梦女孩》（河出书房新社，2007 年，后文库）

《随你颤抖吧》（文艺春秋，2010 年，后文库）

与文库版《好好相处吧》（《文学界》2012 年 7 月号）合并收录

《这样不是太可怜了吗?》（文艺春秋，2011 年，后文库）

合并收录：《亚美是美人》

《敞开》（新潮社，2012 年，后文库）

《姜的味道是热的》（文艺春秋，2012 年，后文库）

合并收录：《对自然很有益》

《愤死》（河出书房新社，2013 年，后文库）

《大人》

《厕所的忏悔室》

《愤死》

《人生游戏》

《大地游戏》（新潮社，2013 年，后文库）

《预热壁橱》（讲谈社，2015 年，后文库）

《手掌之京》（新潮社，2016 年，后文库）

《阻挡我》（朝日新闻出版，2017 年，后文库）

《意识丝带》（集英社，2017 年，后文库）

《岩盤浴》

《被炉的 UFO》

《床上的信》

《没有履历的女人》

《没有履历的妹妹》

《愤怒的漂白剂》

《无声的人》

《意识丝带》

《只要活着》(上下)(集英社,2019年)

单行本未收录作品

《让我们变成好朋友吧》(《文学界》2012年7月号)

《大地的游戏》(《新潮》2013年3月号)

《番茄超人》(《文学界》2014年3月号)

《黑猫》(《小说现代》2014年12月号;《100万分之1的猫》讲谈社2015年)

《气质发表会》(《昴》2018年10月号至2019年1月号)

《激煌短命》(《文学界》2020年8月号至今)

电影

《毒蘑菇》(2004年)

《随你颤抖吧》(2017年)

《阻挡我》(2020年)

漫画

《毒蘑菇》(讲谈社,2003年)

电视剧

《欠踹的背影》(2007年9月17日开始播放)

《梦女孩》(2015年播放)

14. 丝山秋子（2006年）

丝山秋子（いとやま あきこ），1966年11月22日出生于东京都世田谷区，日本小说家，现居住在群马县高崎市。本名西平秋子。"丝山"是从曾祖父的律师

丝山贞规（父亲的母方家族）那里借用的。高中就读于东京都立新宿高等学校，早稻田大学政治经济学部经济学科毕业。毕业后进入伊奈企业工作，作为营业员曾数度转调到各地工作。1998年由于患躁郁症而停职入院。在入院治疗期间开始执笔写小说。2001年正式离职。2003年凭借《只是说说而已》夺得第96回文学界新人奖，作为小说家正式出道。获奖时的笔名是用平假名书写的"あき子"（秋子），出道时便改为用汉字书写的"秋子"了。这部作品还入围第129届芥川奖候补。2004年以《死胡同里的男人》获得第30届川端康成文学奖。从出道到获该奖仅用一年时间，这是历届所用时间最短的。2005年以《海仙人》获得第55届艺术选奖文部科学大臣新人奖。凭借《逃亡大胡闹》入围第133届直木奖候补以及第27届野间文艺新人奖候补。2006年以《在海浪上等待》荣获第134届芥川奖。2016年，凭借《薄情》获得第52届谷崎润一郎奖。

《只是说说而已》由广木隆一导演拍成电影《柔软的生活》。2011年一年间担任政法大学客座教授。2015年6月起担任高崎经济大学兼职理事。在前桥市内的书店设立了一个叫作丝山房的专柜，向公众公开写作。她还在广播高崎担任主持人。喜欢的作家有比托尔、亨利米拉、塞利纳、宫泽贤治与井伏鳟二等。

丝山奖

把一年读过的书籍中最有趣的作品作为"丝山奖"在博客上发表。虽然只是博客上的企划，但是获奖作品的封带上有时会写出这个要点，得到了一定的评价。

第一届（2004年度）：古处诚二《接近》，町田康《朋克武士》

第二届（2005年度）：赤染晶子《沉闷的人》

第三届（2006年度）：多和田叶子《掉进海里的名字》

第四届（2007年度）：筒井康隆《灌篮高手》

第五届（2008年度）：鹿岛田真希《零的王国》

第六届（2009年度）：唐纳德-金《日本人的战争　读作家的日记》

第七届（2010年度）：木下古栗《好女人 vs. 好女人》

第八届（2011年度）：松浦寿辉《不可能》

第九届（2012年度）：由井鲇彦《见不到的人》

第 10 届（2013 年度）：小川洋子《小鸟》

第 11 届（2014 年度）：宫部美雪《荒神》

第 12 届（2015 年度）：台弘《谁看见风了　增補版　精神科医生的生涯》，小川义文写真集《Moment of Truth》

第 13 届（2016 年度）：都筑响一《圈外编辑者》

第 14 届（2017 年度）：前野ウルド浩太郎《为了打倒蝗虫去非洲》

第 15 届（2018 年度）：内田洋子《蒙特雷小村庄旅行书店的故事》

第 16 届（2019 年度）：杉山雅彦《日本的上班族们》

第 17 届（2020 年度）：西崎宪《直到未知的鸟类到来》

主要作品

《只是说说而已》（文艺春秋，2004 年 2 月，后文库）

《只是说说而已》（《文学界》2003 年 6 月号）

《第七道障碍》（《文学界》2003 年 9 月号）

《海仙人》（新潮社，2004 年 8 月，后文库）

初出：《新潮》2003 年 12 月号

《死胡同里的男人》（讲谈社，2004 年 10 月，后文库）

《死胡同里的男人》（《群像》2003 年 12 月号）

《小田切孝的说法》（《群像》2004 年 7 月号）

Aglio Olio（《群像》2004 年 10 月号）

《逃亡大胡闹》（中央公论新社，2005 年 2 月，后讲谈社文库）

《小型谈话》（二玄社、后角川文库，2005 年）

《小型谈话》（NAVI 连载）

收录新写的随笔、和德大寺有恒的对话

《发电机》（《野性时代》2008 年 2 月号）

《尼特族》（角川書店，2005 年 10 月，后文库）

《尼特族》

《铃—时代》（《野性时代》2004 年 7 月号）

《2 + 1》（《野性时代》2005 年 8 月号）

《胆小》（《野性时代》2005年9月号）

《不需要爱》（《野性时代》2005年2月号）

《在海浪上等待》（文艺春秋，2006年2月，后文库）

　　《在海浪上等待》（《文学界》2005年9月号）

　　《勤劳感谢日》（《文学界》2004年5月号）

《逃课/缺席》（新潮社，2006年12月，后文库）

　　初出：《新潮》2006年11月号

《肮脏工作》（集英社，2007年4月，后文库）

　　《担心你》（《小说昂》2005年10月号）

　　《同情魔鬼》（《小说昂》2005年12月号）

　　《月光下的微笑》（《小说昂》2006年2月号）

　　《在他们让我跑之前》（《小说昂》2006年4月号）

　　《想念你》（《小说昂》2006年6月号）

　　《归零》（《小说昂》2006年8月号）

　　《驮畜》（《小说昂》2006年10月号）

《收音节奏》（讲谈社，2008年7月，后文库）

　　《收音节奏》（《群像》2008年7月号）

　　《烟熏隔扇》

《笨蛋》（新潮社，2008年，后文库）

　　《笨蛋》（《新潮》2008年1月号至8月号连载）

《妻子的超然》（新潮社，2010年，后文库）

《后裔》（讲谈社，2011年年，后文库）

《不愉快的书的续集》（新潮社，2011—2010年，后文库）

　　短篇集《尼特族》中收录的《不需要什么爱》的续篇

《被遗忘的华尔兹》（新潮社，2013年4月）

《恋爱琐事论》

《强震检测器走马灯》

《葬礼和极光》

《登玉山》

《NR》

《被遗忘的华尔兹》

《神和增田喜十郎》

《起飞》（文艺春秋，2014 年，后文库）

《薄情》（新潮社，2015 年，后河出文库）

《小松与小泽》（河出书房新社，2016 年，后文库）

《没做梦就睡着了》（河出书房新社，2019 年）

《贵公司的轻浮男》（讲谈社，2020 年）

随笔

《丝的冥想》（讲谈社，2006 年，后文库）

　《小说现代》连载

《猪肉泡菜有没有姜丝的炊事记》（杂志屋，2007 年，后讲谈社文库）

　《Hanako》连载

《北纬 14 度》（讲谈社，2008 年后文库）

《丝般的生存》（讲谈社，2009 年后文库）

《走在丝山秋子的街道上》（上毛新闻出版部，2015 年）

《丝心无法治愈》（日本评论社，2019 年）

15. 青山七惠（2007 年）

青山七惠（あおやま ななえ），1983 年 1 月 20 日出生于埼玉县大里郡妻沼町（现熊谷市），日本作家。小学的时候读过阿加莎·克里斯蒂的作品，中学的时候读川端康成和吉本芭娜娜的作品，并以成为图书馆图书管理员为目标。1998 年 4 月进入埼玉县立熊谷女子高中学习。高中的时候，读了弗朗索瓦丝·萨冈的《悲伤你好》后，开始写小说。2005 年 3 月，毕业于筑波大学图书馆信息专业。进入东京都新宿区的旅行社工作（获芥川奖时也在该公司工作），同年，在就读大学时写下的《窗灯》获得第 42 届文艺奖。2007 年，凭借《一个人的好天气》获得第 136 届芥川龙之介奖（获奖时年龄为 23 岁 11 个月）。2009 年，凭借《碎片》获得第 35 届川端康成文学奖（历届中最年轻的获奖者）。2012 年到 2018 年担任群像新人文学奖评选委员。

单行本

《窗灯》（河出书房新社，2005 年 11 月；河出文库，2007 年 10 月）

《窗灯》（《文艺》2005 年冬季号）

《村崎太太的巴黎》（新写）

《一个人的好天气》（河出书房新社，2007 年 2 月；河出文库，2010 年 3 月）

初见：《文艺》2006 年秋季号；《出发》（《文艺》2009 年春季号

《温柔的叹息》（河出书房新社，2008 年 5 月；河出文库，2011 年 4 月）

初见：《文艺》2008 年春季号；捡松球《文艺》2008 年夏季号

《碎片》（新潮社，2009 年 9 月；新潮文库，2012 年 7 月）

初见：（《新潮》2008 年 11 月号）；榉树的房间（《昂》2009 年 1 月）；山猫（《新潮》2009 年 8 月）

《魔法师俱乐部》（幻冬舍，2009 年 11 月；幻冬舍文库，2012 年 4 月）

《离别之音》（文艺春秋，2010 年 9 月；文春文库，2013 年 9 月）

《我的男友》（讲谈社，2011 年 3 月；讲谈社文库，2015 年 2 月）

初见：《群像》2010 年 1 月号至 2010 年 12 月号

《灯之湖畔》（中央公论新社，2011 年 11 月；中公文库，2014 年 12 月）

初见：《读卖新闻》夕刊 2010 年 7 月至 2011 年 4 月

《新娘》（幻冬舍，2012 年 2 月至幻冬舍文库，2015 年 4 月）

初见：Ginger L. 2010 WINTER 01 – 2011 AUTUMN 04

《紫罗兰》（文艺春秋，2012 年 6 月；文春文库，2015 年 3 月）

初见：《文学界》2012 年 1 月号

《快乐》（讲谈社，2013 年 5 月；讲谈社文库，2015 年 7 月）

初见：《群像》2013 年 3 月号

《命运的长线》（集英社，2013 年 12 月；集英社文库，2017 年 1 月）

初见：《昂》2011 年 11 月号至 2013 年 6 月号

《风》（河出書房新社，2014 年 5 月；河出文库，2017 年 4 月）

《茧》（新潮社，2015年8月；新潮文库，2018年7月）

　　初见：《新潮》2014年3月号至2015年4月号

《钵盂（"现代版"绘本御伽草子）》（绘本、大型本，绘：庄野菜穗子，讲谈社，2015年12月）

《我，月亮大人》（绘本、大型本，绘：刀根里衣，NHK出版，2016年11月）

《哈奇与马洛》（小学馆，2017年5月；小学馆文库，2020年4月）

《跳跃星座》（中央公论新社，2017年10月）

《蓝色夏威夷》（河出书房新社，2018年7月）

《我家》（集英社，2019年10月）

《替身》（幻冬舍，2020年10月）

单行本未收录作品

《实习生丰子》（《群像》2009年2月号）

《跳舞》（《新潮》2013年1月号）

诗选

《给村上春树的12封赞词　给现在的你》（2014年5月 NHK 出版）《你的故事》

《如果厌倦了情歌》（2015年2月 幻冬宿舍文库）《山上的春子》

对谈・鼎谈

《给现在开始写小说的人们（与矶崎宪一郎对谈）》（《文艺》2009年冬号）

《对"讲故事"的报恩（与藤野可织对谈）》（《昴》2014年3月号）

《文学与恋爱（与野崎欢和绵矢莉莎鼎谈）》（《群像》2012年9月号）

16. 川上未映子（2008年）

川上未映子（かわかみ みえこ），1976年8月29日出生于大阪府大阪市城东区，日本的小说家、诗人、原创歌手、女演员。女权主义者。在大阪市立工艺高中学习设计。高中毕业后为了让弟弟上大学，白天在书店打工，晚上在北新地的俱乐部当女招待。1996年，日本大学通信教育部文理学部哲学专业入学。在2002年，在 Victor Entertainment 以川上三枝子的名义作为歌手出道，发表了专辑《回家吧~Free Flowers~》。改名为"未映子"进行音乐活动。2004年发表了专辑《做梦的机器》。当时制作人有财津和夫，但并没有被认可为歌手。2007年7月出版了处女作《牙齿或世界里我的比率》。2008年凭借《乳与卵》获得第138届芥川龙之介奖。2011年11月26日，作为第一届日本大学高级学院，在大垣日大社区大厅举行了题为"那时语言是怎样的闪耀"的演讲。2015年11月28日和29日，她担任了在福岛县郡山市举办的文学讲座"只是绚丽多彩文学学校"的讲师。11月28日，村上春树作为嘉宾参加了川上举行的短歌研讨会。2020年10月26日，川上因在网络上受到中伤和威胁，第一次口头辩论对投稿者提出了约450万日元的损害赔偿，投稿者要求驳回请求。

获奖经历

2007年，早稻田大学第1届坪内逍遥大奖鼓励奖（《牙齿或世界里我的比率》《世界溜进空空的大脑》）

2008年，第138届芥川龙之介奖（《乳与卵》）

2008年，第1届池田晶子纪念奖（《牙齿或世界里我的比率》《世界溜进空空的大脑》）

2009年，第14届中原中也奖（《尖端、刺或被刺都不错》）

2010年，电影旬报新人女演员奖（《潘多拉的盒子》）

2010年，大阪电影节新人女演员奖

2010年，第20届紫式部文学奖（《天堂》）

2013年，第43届高见顺奖（《水瓶》）

2013年，第49届谷崎润一郎文学奖（《爱之梦》）

2016年，最佳日本青年小说家奖（《玛丽的爱的证明》）

2016年，第1回渡边淳一文学奖（《憧憬》）

2019年，第73回每日出版文化奖（《夏天的物语》）

单行本

《牙齿或世界里我的比率》（讲谈社，2007年/讲谈社文库，2010年7月）

《牙齿或世界里我的比率》(《早稻田文学0》,2007年5月30日)

《感觉到的专家录用考试》(『WB』WASEDA bungaku FreePaper Vol. 07_ 2006_ 11)

《乳与卵》(文艺春秋,2008年;文春文库,2010年)

《乳与卵》(《文学界》2007年12月号)

《你们的恋爱濒临死亡》(《文学界》2008年3月号)

《天堂》(讲谈社,2009年;讲谈社文库,2014年11月)

《天堂》(《群像》2009年8月)

《所有深夜的恋人们》(讲谈社,2011年;讲谈社文库,2014年9月)

《所有深夜的恋人们》(《群像》2011年9月号)

《爱之梦》(讲谈社,2013年;讲谈社文库,2016年4月)

《冰淇淋热》(《午夜》,2011 Early Spring)

《爱之梦》(《Monkey商务》2011年夏)

《因为草莓田圃永远都在》(《纵横》2007年5月号)

《星期天去哪里》(yom yom 2011年第23号)

《三月的毛线》(《早稻田文学》2012年4月)

《花圃自身》(《群像》2012年4月号)

《十三月怪谈》(《新潮》2012年6月号)

《憧憬》(新潮社,2015年;新潮文库,2018年6月)

《Miss·冰淇淋三明治》(《新潮》2013年11月号)

从草莓酱上摘草莓的话(《新潮》2015年9月号)

《维斯利和三个女人》(新潮社,2018年3月)

《关于她和她的记忆》(Monkey Vol. 2,2014年)

《枝形吊灯》(2017年作为Kindle Single电子发布)

《迷迭香的爱的证明》(《Grana Japan with 早稻田文学03》2016年)

《维斯利和三个女人》(《新潮》2017年8月号)

《夏天的物语》(文艺春秋,2019年7月)

《夏天的物语》(前篇《文学界》2019年3月号,后篇《文学界》2019

年4月号)

单行本未收录作品

《必须要叫妈妈，很难》(《纵横》连载中)

《拥有优秀骨骼的人》(《新潮》2009年7月号)

《我们甚至互相拥抱（2014年1月1日，朝日新闻广告特集《另一个岚》)

作家读本

《追求川上未映子语言的灵魂》(河出书房新社文艺别册，2019年11月)

诗歌集

《在尖端，被人抓住了，令人惊叹》(青土社，2008年)

《水瓶》(青土社，2012年)

17. 杨逸（2008年）

杨逸（ヤンイー），本名刘莜，1964年6月18日出生于中国哈尔滨市，小说家。专业为会计学，毕业前半年中途退学。1987年作为留学生到日本。由于此时完全不懂日语，在电脑的组装工厂和中华料理店洗刷盘子挣取学费来读日本的语言学校。曾经在垃圾场捡到歌手松田圣子的唱歌磁带，来听日语进行学习。在茶水女子大学教育学部地理学专业毕业后，经过在纤维相关的公司和面向在日中国人的杂志社工作后，2000年成为中文教师。在此期间，1991年和日本人结婚并生有2个孩子，2001年离婚。2005年前后开始写小说。2007年以《小王》获得第105届文学界新人奖作为获奖小说家出道。2008年以《小王》进入第138届芥川奖候补。同年以《渗透时光的早晨》获得第139届芥川奖。2009年成为关东学院大学客座教授。2012年成为日本大学艺术学部文艺学科兼课讲师，之后成为教授。

主要作品

《小王》(文艺春秋，2008年1月，后文库)

《小王》(《文学界》2007年12月号)

《老处女》

《渗透时光的早晨》（文艺春秋，2008年，后文库）

  初见：《文学界》2008年6月号

《金鱼生活》（文艺春秋，2009年）

  初出：《文学界》2008年9月号

《寿喜烧》（新潮社，2009年，后文库）

  初出：(《新潮》2009年6月号）

《美味中国——"酸甜苦辣"的大陆》（文艺春秋，2010年）

《向阳幻想曲》（讲谈社，2010年，短篇集）

《杨逸读聊斋志异》（明治书院，2011年，文章）

《狮子头》（朝日杂志出版，2011年，长篇）

《对孔子的提议　中国历史人物第一天》（文艺春秋，2012年，文章）

《轮回的魔女》（文艺春秋，2013年，后文库，长篇）

《给你的歌》（中央公论新社，2014年，长篇）

《中国谚语说　古为今用》（清流出版社，2014年）

18. 津村记久子（2009年）

  津村记久子（つむらきくこ），日本小说家。1978年1月23日出生于大阪府大阪市，毕业于大阪府立今宫高等学校、大谷大学文学部国际文化专业。小时候模仿儿童书写文章，从初中开始喜欢音乐。从大学三年级开始正式写小说。2000年，在刚毕业入职的公司受到上司的严重骚扰，10个月后辞职。之后，通过职业训练学校等的学习在2001年转行。2005年凭借《食人兽》（单行本化时改名为《你永远比他们年轻》）获得第21届太宰治奖，作为小说家出道。作为兼职作家，从公司回来后，把睡眠分成两次并在两次睡眠的间隙写小说。2012年从工作了10年半的公司离职，成为专业作家。2009年以"绿萝之舟"荣获第140届芥川奖。津村记久子以自己的公司职员生活经验为基础，描绘工作人员和女性的作品很多。居住在大阪，以近畿地区为舞台的作品、说关西方言的人物也创作了很多，爱好观看体育比赛，是海外足球、公路赛、花样滑冰的粉丝。

获奖经历

2005年，凭借《食人兽》获得第21届太宰治奖

2008年，凭借《伪装的行踪》成为第138届芥川奖候选人

2008年，凭借《婚礼、葬礼及其他》成为第139届芥川奖候选人

2008年，凭借《音乐保佑你!!》获得第30届野间文艺新人奖

2008年，获得"盛开之花"文学奖文艺及其他门类奖

2009年，凭借《绿萝之舟》获得第140届芥川奖

2011年，凭借《白领纪要》获第28届织田作之助奖

2013年，凭借《给水塔与龟》第39届川端康成文学奖

2016年，凭借《世界上没有容易的工作》获得艺术选奖新人奖

2017年，凭借《浮动灵巴西》获得第27届紫式部文学奖

2017年，凭借《不能和亚历山大一起工作》获得第13届酒鬼书店员奖

2018年，凭借《无论如何要回家》获得第10届紫锥花书店奖候选人

2019年，凭借《第二天》获得第6届足球大奖

主要作品

《你永远比那些家伙年轻》（筑摩书房，2005年，后文库）

《伪装的行踪》（讲谈社，2008年2月；讲谈社文库，2012年1月）

　《伪装的行踪》（《群像》2007年9月号）

　《每日一作》（《小说昴》2006年7月号）

　《新郎的汉谟拉比法典》（《群像》2006年5月号）

《音乐保佑你!》（角川书店，2008年6月；角川文库，2011年6月）

《婚礼、葬礼及其他》（文艺春秋，2008年7月；文春文库，2013年2月）

　《婚礼、葬礼及其他》（《文学界》2008年3月号）

　《冰冷的十字路口》（《文学界》2007年6月号）

《不能和亚历山大一起工作》（筑摩书房，2008年12月；筑摩文库，2013年6月）

　《不能和亚历山大一起工作》（《筑摩》2007年7月至2008年1月）

　《地铁的叙事诗》（新作）

《第八肌委员会》（朝日新闻出版，2009年2月；朝日文库，2014年4月

《绿萝之舟》（讲谈社，2009年2月；讲谈社文库，2011年4月）

 《绿萝之舟》（《群像》2008年11月）

 《十二月的窗边》（《群像》2007年1月号）

《白领纪要》（集英社，2011年3月；集英社文库，2014年6月）

 《白领纪要》（《小说昴》2010年9月号至11月号）

 《欧诺威先生不在》（《小说昴》2008年4月号）

《正派人家的孩子不在》（筑摩书房、2011年；筑摩文库，2016年）

《无论如何要回家》（新潮社，2012年2月；新潮文库，2015年）

 《职场礼仪》（日本经济报纸电子版2010年10月4—23日）

 《无论如何要回家》（《新潮》2009年3月号）

《西翼》（朝日新闻出版，2012年11月；朝日文库，2017年8月）

《现在开始去祈祷》（角川书店，2013年；角川文库，2017年1月）

《波苏克》（中央公论新社，2013年；中公文库，2018年1月）

《世界上没有容易的工作》（日本经济新闻出版社，2015年10月；新潮文库，2018年11月）

《浮动灵巴西》（文艺春秋，2016年10月；文春文库，2020年1月）

 《给水塔与龟》（《文学界》2012年3月号）

 《爱托尔·贝拉斯科的新妻子》（《新潮》2013年1月号）

 《地狱》（《文学界》2014年2月号）

 《命运》（《新潮》2014年6月号）

 《个性》（《昴》2014年9月号）

 《浮动灵巴西》（《文学界》2016年6月号）

《第二天》（朝日新闻出版，2018年6月）朝日新闻连载

《刚刚忘记》（新潮社，2020年6月）

随笔等

《想做的事只有睡回笼觉》（讲谈社，2012年6月；讲谈社文库，2017年8月）

《消除"女子"诅咒的方法》（纪伊国屋书店，2013 年 4 月；集英社文库，2017 年 1 月）

《睡回笼觉，是在远方想着的东西》（讲谈社，2015 年 4 月；讲谈社文库，2019 年 3 月）

《闷闷不乐管理》（清流出版，2016 年 5 月）

《枕边的书架》（实业之日本社，2016 年 7 月；实业之日本社文库，2019 年 10 月）

《大阪的》（三岛社，2017 年 3 月，与江弘毅的对谈）

《愚蠢的日历》（平凡社，2017 年 4 月）

19. 赤染晶子（2010 年）

赤染晶子（あかぞめ あきこ）（1974 年 10 月 31 日—2017 年 9 月 18 日），日本作家。京都府舞鹤市出身，本名濑野晶子，研究生期间专门研究布莱希特，笔名来源于赤染卫门。毕业于京都外国语大学外国语学部德语学科，后来到北海道大学原文学研究科进修德语文学博士课程期间退学。在研究生院从事托尔特·布莱希特的研究。2004 年，她凭借小说《初子》荣膺日本第 99 届文学界新人奖。2010 年，凭借《少女的告密》荣获第 143 届芥川奖。2017 年 9 月 18 日凌晨 2 点 26 分，因急性肺炎在京都宇治市的医院去世，享年 42 岁。

主要作品

《现实与恍惚》（文艺春秋，2007 年）

《初子》（《文学界》2004 年 12 月号）

《现实与恍惚》（《文学界》2005 年 10 月号）

《少女的告密》（新潮社，2010 年）

《少女的告密》（《新潮》2010 年 6 月号）

《想要!! 怪人 21 面相》（文艺春秋，2011 年）

《恋爱红叶》（《文学界》2006 年 12 月号）

《少女烟草》（《文学界》2009 年 4 月号）

《想要!! 怪人 21 面相》（《文学界》2011 年 2 月号）

单行本未收录作品

《抹茶小路旅行店》(《群像》2005 年 5 月号)

《新娘驾到》(《群像》2006 年 1 月号)

《等待春天的生活》(《群像》2007 年 11 月号)

20. 朝吹真理子（2011 年）

朝吹真理子（あさぶき まりこ），1984 年 12 月 19 日出生，日本小说家，东京都出身，庆应义塾大学大学院文学研究科国文学硕士毕业。专攻近代歌舞伎、硕士毕业论文的主题为鹤屋南北。在围绕吉增刚造的谈论会上发表了讲话，随后听了她发言的编辑便积极劝诱她写小说，以此为契机，2009 年 10 月，她以小说家身份出道，在《新潮》上发表作品《流迹》。2010 年被堀江敏幸选为第 20 届文化村德马戈文学奖得主。2011 年，以《贵子永远》（新潮 9 月号）获得第 144 届芥川龙之介奖（平成 22 年度下半期）。在研究生院取得硕士学位后，没有再继续攻读博士课程，而是作为专业作家开始活动。2010 年获得第 20 届文化村德马戈文学奖（《流迹》）。2011 年获得第 144 届芥川龙之介奖（《贵子永远》）。

家属、亲属

朝吹英二（高祖父）：实业家

长冈外史（高祖父）：陆军军人、政治家

久原房之助（高祖父）：实业家、政治家

朝吹常吉（曾祖父）：实业家

石井光次郎（曾祖父）：官僚、政治家

朝吹三吉（祖父）：文学家

朝吹登水子（大姊）：翻译家

石井好子（大姊）：歌手

朝吹亮二（父亲）：文学家、诗人

主要作品

《流迹》（新潮社，2010 年 10 月；新潮文库，2014 年 6 月）

初出：《新潮》2009 年 10 月号

《贵子永远》（新潮社，2011 年 1 月/新潮文库，2013 年 8 月）

  初出：《新潮》2010 年 9 月号

《永恒的》（新潮社，2018 年 6 月）

随笔

《花言巧语巡游》（摘自《银座百点》2015 年 1 月号）

《文豪朗读》（《朝日新闻》2016 年 04 月 17 日起）

《抽斗中的海》（中央公论新社，2019 年 7 月，随笔集）

单行本未收录作品

《家路》（《群像》2010 年 4 月号）

《请给我 mame 的夹克》（《新潮》2019 年 1 月号）

《奶奶的幽灵》（《新潮》2020 年 6 月号）

戏剧

《入口即口》（《新潮》2013 年 6 月号，与饴屋法水共同创作）

《国东半岛艺术项目 2012 艺术之旅》

对谈、三人会谈等

《早稻田文学免费报纸 WB vol. 21 町田康 + 朝吹真理子》（2010 年）

《为了和子的房间小说家的人生咨询》（阿部和重，朝日新闻出版，2011 年）

《新潮"从未来传来的语言大江健三郎/朝吹真理子"》（新潮社，2012 年 1 月号）

《新潮"超越人类的道理/朝吹真理子 + 羽生善治"》（新潮社，2011 年 4 月号）

《西村贤太对话集》（新潮社，2012 年）

《文学界"在三崎，人成为筒状物"》（2013 年 12 月号）

《战斗头脑》（羽生善治，文春文库，2016 年）

《阅读战后文学》（2016 年讲谈社文艺文库）

《生命之谈》（福冈伸一，新潮社，2014 年）

《穗村弘的，在这样的地方》（穗村弘，KADOKAWA，2016 年）

《昂 "将社会性的死亡'幽灵化'"》（冈田利规，集英社，2020 年）

21. 鹿岛田真希（2012 年）

鹿岛田真希（かしまだまき），1976 年 10 月 26 日出生，东京都出身，日本小说家，作品多是受到法国文学影响的前卫作品。高中时为陀思妥耶夫斯基等俄罗斯文学倾倒。从对作品世界的兴趣上升到了出入教会。17 岁时在日本东正教正教会受洗礼而成为正教会信徒。入读白百合女子大学文学院时进入法国文学专业，读普鲁斯特等。毕业论文是朱莉娅·克里斯蒂娃。1999 年读大学期间，凭借小说《二匹》获得第 35 届日本文艺奖，自此出道。2003 年与日本正教会的圣职者（结婚时为传教士，婚后为辅祭）的男子结婚。2004 年，凭《白玫瑰四姐妹杀人事件》入围三岛由纪夫奖。2005 年凭《六千度的爱》正式获得三岛由纪夫奖，该获奖作品是以玛格丽特杜拉斯的《广岛之恋》为基础，以长崎的原子弹爆炸为主题的作品。2007 年凭借《皮卡地三度》夺得野间文艺新人奖。2009 年《女子的庭院》获得第 140 届芥川奖候补，《零的王国》获第 5 届丝山奖。2010 年《这个拂晓的温暖》获得第 143 届芥川奖候补。2012 年凭《冥土巡游》获得第 147 届芥川奖。成为继笙野赖子后获得纯文学新人奖的三冠王作家。

主要作品

《二匹》（河出书房新社，1999 年，后文库）

初见：《文艺》1999 年冬号

《雷吉恩的新娘》（河出书房新社，2000 年，后与《一个人的悲哀与世界的尽头相匹敌》被文库本一并收录）

《一个人的忧伤足以毁灭世界》（河出书房新社，2003 年）

《天—地—巧克力》（《文艺》2001 年秋号）

《圣旋转木马》（《文艺》2001 年冬号）

《在这个世界的边际野营》

《伊甸园的娼妇》

《一个人的忧伤足以毁灭世界》（《文艺》2003 年夏号）

《白玫瑰四姐妹杀人事件》（新潮社，2004年）

　　初见：《新潮》2004年3月号

《六千度的爱》（新潮社，2005年，后文库）

　　初见：《新潮》2005年2月号

《第一名—结构》（新潮社，2006年）

　　初见：《新潮》2006年1月号

《皮卡迪的三度》（讲谈社，2007年）

　　《皮卡迪的三度》（《群像》2007年3月号）

　　《低俗酒店》（《早稻田文学》2005年5月号）

　　《万花筒素描》（*en-taxi* 2004年春季号）

　　《女小说家》（《群像》2005年5月号）

《女人的庭院》（河出书房新社，2009年）

　　《女人的庭院》（《文艺》2008年秋季号）

　　《出嫁前》（《文艺》2006年夏号）

《零度王国》（讲谈社，2009年；后文库，2012年）

　　《零度王国》（《群像》2008年1月号至2009年1月号连载）

《黄金猿》（文艺春秋，2009年，后文库）

　　《我们出去吧》

　　《蓝色笔记本》（《早稻田文学》2008年12月）

　　《蜜月》（《新潮》2006年3月号）

　　《绿色酒店》（《新潮》2008年11月）

　　《两个人的庭园》（《文学界》2008年11月）

《来吧，棒球部》（讲谈社，2011年，后文库）

《黎明的温暖》（集英社，2012年）

《冥土巡游》（河出书房新社，2012年，后文库）

　　《冥土巡游》（《文艺》2012年春季号）

　　《99的接吻》（《文艺》2009年夏季号）

《哈耳摩尼亚》（新潮社，2013年）

《少女的秘密圣经》（新潮社，2014 年）

《被选中的坏孩子们》（文艺春秋，2016 年）

《少年圣女》（河出书房新社，2016 年）

进入选集

《动物们的礼物》（PHP 研究所，2016 年，作品「キョンちゃん」入选）

《文学 2015》（讲谈社，2015 年，《花园笔记》被选入）

单行本未收录作品

《想变强》（《小说新潮》2006 年 5 月号）

《月亮在看》（《小说新潮》2007 年 3 月号）

《女小说家的一天》（《新潮》2007 年 8 月号）

《不要触碰》（《小说新潮》2007 年 11 月号）

《在河里唱歌的孩子》（《文学界》2008 年 1 月号）

《这是一个冰冷的月亮》（《小说新潮》2008 年 10 月）

《派对上的西卡巴布》（《文学界》2009 年 2 月）

《爱斯帕尼亚之神》（《思想地图 Vol.4》2009 年 11 月；《战国 BASARA》中基督教的少年爱情同人作品）

《湖面的女人们》（《新潮》2009 年 8 月）

《第三个爱》（《群像》2009 年 9 月）

《不知道怎么说》（《文学界》2009 年 12 月）

22. 黑田夏子（2013 年）

黑田夏子（くろだ なつこ），本名未公开，1937 年 3 月 23 日出生，日本小说家。出生于东京赤坂，父亲是梵语学者辻直四郎。4 岁时母亲因结核病去世，自己也在自家疗养，5 岁时开始写故事。从小学到高中都在天主教系的湘南白百合学园度过。在高中的文艺部杂志上首次刊登了《民惠》，刊登了四行九连诗《遥远日子的断章》。就读于早稻田大学教育学部国语国文学科，在校期间主持同人志《砂城》。同时期，早大国文科的前辈有寺山修司和山田太一，她与原 NHK 播音员、随笔作家下重晓子是同学，也是同人志的伙伴。大学毕业后，在横须贺的绿丘女子高中担任国语教师2年，此后，做过事务员、自由校对员等其他各种各样的兼职工作。1963年，凭借《毯》入选读卖短篇小说奖。1970年开始，她就没有在有奖的征稿和印刷品上公开发表，但在继续写作工作。2012年9月，凭借在"早稻田文学"投稿的《分枝的珊瑚》获得早稻田文学新人奖随之登上文坛。2013年1月，该作品又获得了第148届芥川奖。以75岁9个月的高龄获得该奖项，成为史上获得该奖最年长的人。

主要作品

《累成体明寂》（审美社，2010年12月）

《分枝的珊瑚》（文艺春秋，2013年1月）

　《分枝的珊瑚》

　《毯》

　《田宫的花》

　《虹》

《感受体之舞》（文艺春秋，2013年12月）

《分枝的珊瑚·感受体之舞》（文春文库，2015年7月）

　《分枝的珊瑚》

　《感受体之舞》

《不谄媚地别人而活》（海龙社，2014年6月，与下重晓子合著）

《忘了组曲》（新潮社，2020年5月）

23. 藤野可织（2013年）

藤野可织（ふじの かおり），1980年2月14日出生于京都府京都市，日本小说家。毕业于同志社高等学校、同志社大学文学部、博士前期课程毕业于同大学院文学研究科美学艺术学专业。学位是文学硕士。直到2008年，在京都市内的出版社边打工边写小说。2006年以《讨厌的鸟》获第103届文学界新人奖。2009年凭借《鬼影》获第141届芥川龙之介奖候选作品。2012年以《帕特罗涅》获第34届野间文艺新人奖候选作品，2013年凭借《指甲与眼睛》获第149届芥川龙之介奖。

主要作品

(1)《贪嘴的鸟》（文艺春秋，2008年；河出文库，2018年）

《贪嘴的鸟》（《文学界》2006年12月）

《不融化》（《文学界》2008年2月号）

《蝴蝶兰》（《MONPALNAS》2号，2008年2月）

《超弦领域年刊日本SF杰作选》（东京创元社，2009年）

(2)《帕特罗涅》（集英社，2012年；集英社文库，2013年10月）

《帕特罗涅》（《昴》2011年7月号）

《指甲和眼睛》（新潮社，2013年7月；新潮文库，2015年）

(3)《指甲和眼睛》（《新潮》2013年4月号）

《儿童广场》（《群像》2009年5月号）

(4)《我是》（弗雷贝尔馆，2013年）

(5)《说话的孩子》（讲谈社，2013年；讲谈社文库，2017年）

《说话的孩子》（《群像》2012年7月号）

《美女情绪》（《群像》2013年2月号《水瓶座 美女情绪》）

(6)《最终女孩》（扶桑社，2014年；新潮文库，2017年1月）

(7)《礼服》（河出书房新社，2017年；河出文库，2010年）

(8)《我不看幽灵》（KADOKAWA，2019年）

(9)《彼得·特兰奇（完全版）》（讲谈社，2020年）

单行本未收录作品

《大自然》（《Lmagazine art 京阪神艺术书》2009年4月）

《踩影子的游戏》（《文学界》2010年12月号）

《喵不知道》（《昴》2012年6月号）

《我和V和刑警C》（《群像》2013年12月号）

《钢琴变形金刚》（《新潮》2014年1月号）

《邮票占卜杀人事件》（《新潮》2014年6月号）

《美术少女》（《文学界》2020年1月号）

《碉堡》（《群像》2020年1月号）

随笔、对谈等

《对"故事"的报恩》(《昴》2014 年 3 月号，对谈，青山七惠)

24. 小山田浩子（2014 年）

小山田浩子（おやまだ ひろこ），小说家。1983 年出生于广岛县广岛市佐伯区。毕业于广岛大学文学部日本文学语言学讲座。现居广岛市，爱好棒球，是广岛东洋鲤鱼队的粉丝。大学毕业后，辗转于编辑制作、大型汽车制造商子公司等工作岗位。2010 年，凭借《工厂》获得第 42 届新潮新人奖。2013 年，凭借单行本《工厂》获得第 26 届三岛由纪夫奖候选、第 30 届织田作之助奖、第 4 届广岛本大奖（小说部门）。2014 年，凭借《洞穴》获得第 150 届芥川龙之介奖。同年获得第 30 届县民文化奖励奖（第 30 届纪念特别奖）。英国文艺杂志 *Grannta* 刊登了短篇，在奥地利举办了"Literature in autumn：Echoes from Japan"文学活动，同时邀请了青山七惠、辻仁成、榴莲助川、中村文则、柳美里等人参加。

单行本

(1)《工厂》(新潮社，2013 年 3 月)

《工厂》(《新潮》2010 年 11 月号)

《折扣忌》(《新潮》2012 年 9 月号)

《稻穗虫》(《新潮》2011 年 5 月号)

(2)《洞穴》(新潮社，2014 年 1 月)

《洞穴》(《新潮》2013 年 5 月号)

《无地自容》(《新潮》2013 年 7 月号)

《雪之宿》

(3)《庭》(新潮社，2018 年 3 月)

《斗牛》

《彼岸花》

《延长》

《动物园的迷路儿童》

《疏忽》

《拜访婶婶》

《泥鳅》

《院子的声音》

《名犬》

《宽广的庭院》

《预报》

《照顾》

《螃蟹》

《绿色点心》

《家徽》

韩国版单行本

《洞穴》（2017年9月韩国，翻译：韩成礼）

《洞穴》

《工厂》

《拜访婶婶》

刊登杂志

《斗牛》（《群像》2013年4月号）

《彼岸花》（《Grana Japan with 早稻田文学 01》）

《延长》（《早稻田文学》2014年秋季号）

《异乡》（《早稻田文学》2014年冬季号）

《拜访姑母》（《昂》2015年1月）

《粗心》（《新潮》2015年1月）

《泥鳅》（《Grana Japan with 早稻田文学 03》）

《螃蟹》（《早稻田文学增刊女性号》）

《绿色点心》（*Monkey* Vol. 13）

《雏鸟》（《群像》2018年10月号）

《猫咪》（《群像》2019年3月号）

《小猴子》（《文学界》2020年1月号）

《另一方面》(《新潮》2020年7月)

随笔、对谈等

获奖纪念对话《日常与幻想之间》(《文学界》2014年3月号,川上弘美)

获奖纪念、随笔《洞穴的时候》(《文学界》2014年3月号)

《作为(广岛)被炸的第三代和母亲笔下的"广岛"》(《文学界》2017年4月号)

书评《重新提问的视野》(《波》2017年9月号:古川真人《四点多的船》)

《和球炎说话》(《中国新闻第70届新闻大会纪念特辑号》2017年10月16日)

《这样想的自己不是不行吗》(《新潮》2019年5月号)

25. 柴崎友香(2014年)

柴崎友香(しばさき ともか),1973年10月20出生于大阪府大阪市大正区,日本小说家。大阪府立市冈高中毕业后考入大阪府立大学综合科学部国际文化系人文地理学专业。柴崎友香从高中开始就开始写小说。大学毕业后有4年左右的时间作为OL在机械制造商工作。1998年,她成为第35届文艺奖的最终候选人(获奖者是鹿岛田真希)。1999年,短篇《红、黄、橙、橙、蓝》在《文艺别册J文学图表BEST 200》初次亮相。2004年,小说《今天的故事》被拍摄成电影,并于2006年获得第24届樱花奖。2007年,凭借《那条街的现状》获得第136届芥川龙之介奖候选、第57届艺术选奖文部科学大臣新人奖。同年,凭借《再会之日》获得第20届三岛由纪夫奖候选作品,《主题曲》获得第137届芥川龙之介奖候选作品。2010年,凭借《春夏推理事件簿里没有我》获得第143届芥川龙之介奖候选作品。《睡也好醒也好》获得第32届野间文艺新人奖。2014年,凭借《春之庭》获得第151届芥川龙之介奖。2018年,《睡也好醒也好》被拍成电影,由东出昌大主演,滨口龙介导演。该作品在第71届戛纳国际电影节中被展出。

小说

(1)《今天的故事》(河出书房新社,2000年;河出文库,2004年)

《红、黄、橙、橙、蓝》(《文艺别册 J 文学书排行榜 BEST200》)

《中途》(《文艺》1999 年冬号)

《蜂蜜闪光灯》

《洋龟》

《十年后的动物园》

《今天的故事》(文库版/《文艺》2004 年春号)

《继续今天的故事》(限文库版,《文艺》2004 年春天号)

(2) 《到下一个城市,你唱什么?》(河出书房新社,2001 年;河出文库 2006 年)

《到下一个城市,你唱什么?》(《文艺》2000 年夏天号)

《Ebride Lovers 阳光》(《文艺》2001 年春号)

(3) 《青空感伤》(河出书房新社,2004 年;河出文库,2005 年)

初出:《文艺》2002 年夏天号

《短发》(河出书房新社,2004 年/河出文库,2007 年)

《短发》(《文艺》2003 年秋号)

《温柔》(《文艺》2004 年夏号)

《派对、Polaid》(新写)

(4) 《全职生活》(杂志屋,2005 年;河出文库 2008 年)

(5) 《那条街的现状》(新潮社,2006 年;新潮文库,2009 年)

初出:《新潮》7 月号

(6) 《再见之前》(河出书房新社,2007 年,后文库)

初出:《文艺》2006 年春号

(7) 《主题曲》(讲谈社,2008 年,后文库)

《主题曲》(《群像》2007 年 6 月号)

《六十的一半》(《朝日新闻》关西版 2006 年 1 月 5 日、12 日、19 日、26 日)

(8) 《星之印》(文艺春秋,2008 年)

初出:《文学界》2008 年 6 月号

(9)《DREAMAS》(讲谈社，2009 年，后文库)

《高位》(《群像》2005 年 5 月号)

《薄脆饼·尤尔·汉斯!》(*Esora Vol·2* 2005 年 7 月)

《一瞬间》(*Esora Vol·3* 2006 年 4 月)

《睡也好醒也好》(*Esora Vol·5* 2008 年 8 月)

《梦玛斯》(《群像》2009 年 6 月号)

(10)《睡也好醒也好》(河出书房新社，2010 年，后文库)

(11) *Billiam*(每日新闻社，2011 年，后文库)

(12)《虹色与幸运》(筑摩书房 2011 年，后文库)

(13)《我不在的街道》(新潮社 2012 年，后文库)

《我不在的街道》

《这里、这里》

(14)《周末的坦白》(角川书店，2012 年，后文库)

《青蛙王子和好莱坞》(《野性时代》2006 年 8 月号)

《Happy Neo 燕子节》

《波渡之日》(《野性时代》2008 年 12 月号)

《沿海之路》

《地上的派对》

《离这里很远的地方》

《Haltomu 里没有我》(《新潮》2010 年 6 月号)

(15)《比星星更秘密》(幻冬舍，2014 年)

(16)《春之庭》(文艺春秋，2014 年)

(17)《帕诺拉》(讲谈社，2015 年，后文库)

(18)《今天的事件，十年后》(河出书房新社，2016 年，后文库)

(19)《模仿白话堀怪谈》(角川书店，2017 年)

(20)《春之庭》(文春文库，2017 年)

《春之庭》

《线》

《看不见》

《出门准备》

(21)《千之门》（中央公论新社，2017年）

(22)《去公园吗？星期二》（新潮社，2018年）

(23)《间のまの事》（Kadokawa，2018年）

(24)《望眼欲穿》（每日新闻出版，2019年）

(25)《百年与一日》（筑摩书房，2020年）

单行本未收录作品

《景观》（《文艺》2003年夏号）

《还有一点》（《文艺》2004年冬号）

《小窗户》（《集英社WEB文艺Renzaburo》连载中）

《年糕烧焦的地方》（《ODD ZINE》Vol. 4）

《人们说不知道》（《文学界》2021年2月号）

26. 本谷有希子（2016年）

本谷有希子（もとや ゆきこ），1979年7月14日出生于石川县白山市，日本剧作家、小说家。同时兼任导演、女演员、声优等，主持《剧团，本谷有希子》。丈夫是诗人、作词家御徒町凛。在松任市立松任中学上学时担任垒球网球部部长。读石川县立金泽锦丘高中时加入戏剧部。去东京后，进入ENBU研究班戏剧科，在松尾铃木的班上学。在校期间开始主要是参与舞台上的女演员活动。

1998年凭借动画《他和她的事情》作为声优出道。2000年9月成立了"剧团、本谷有希子"。开始作为剧作家和导演活动。2002年，在《群像增刊エクスタス》上发表了《江利子与绝对》，作为小说家出道。从2005年4月到2006年3月的1年间，担任了广播节目《本谷有希子的深夜日本》的主持人。同年，小说《即使不争气也要展现悲伤的爱》入围第18届三岛由纪夫奖。2006年，小说《只要活着就要爱》成为第135届芥川龙之介奖候选作品。2007年，《遇难》成为第10届鹤屋南北戏曲奖史上最年轻的获奖作品，小说《只要活着就要爱》入围第20届三岛由纪夫奖。同年，《即使不争气也要展现悲伤的爱》被拍成电影，由佐藤江梨子主演。2008年，凭借小说《遇难》入围第21届三岛由纪夫奖。2009年，凭借《超感谢难以置信的幸福！》获得第53届岸田国士戏剧奖（白水社主办）。同年，以《那孩子的想法很奇怪》入围第141届芥川奖。2011年凭借小说《温和的毒药》入围第24届三岛由纪夫奖、第145届芥川奖，获得第33届野间文艺新人奖。2013年凭借小说《风暴的野餐》获得第7届大江健三郎奖。2014年凭借小说《喜欢自己的方法》获得第27届三岛由纪夫奖。2016年凭借小说《异类婚姻谭》获得第154届芥川龙之介奖。继笙野赖子、鹿岛田真希后，成为第三位获得纯文学新人奖的三冠作家。

2009年10月，被杂志 *VOGUE* 创办的《VOGUE 日本 Woman the Year 2009》，评为10位日本代表性女性之一。

戏曲

《粗暴与待机》（《台词的时代》小学馆，2005年冬号）

《遭难》（讲谈社，2007年）

《偏路》（新潮社，2008年）

《超感谢难以置信的幸福！》（讲谈社，2009年）

《来来来来来》（白水社，2010年）

小说

(1)《江利子与绝对——本谷有希子文学大全集》（讲谈社，2003年；讲谈社文库，2007年）

《江利子与绝对》

《生垣之女》

《暗狩》（《群像》2003年5月号）

(2)《即使不争气也要展现悲伤的爱》（讲谈社，2005年；讲谈社文库，2007年）

初见：《群像》2004年12月号

(3)《绝望》（讲谈社，2006年）

初见：《群像》2005年11月号

(4)《只要活着就要爱》（新潮社，2006年；新潮文库，2009年）

(5)《只要活着就要爱》(《新潮》2006年6月号)

(6)《在那黎明》(新作)

(7)《粗暴与待机》(小说版)(媒体工厂，2008年)

(8)《书呆子》(太田出版，2008年)

(9)《Go a mu》(新潮社，2008年；新潮文库，2011年)

　　初见：《新潮》2008年1月号

(10)《那孩子想法很奇怪》(讲谈社，2009年；讲谈社文库，2013年)

　　初见：《群像》2009年6月号

(11)《温和的毒药》(新潮社，2011年；新潮文库，2014年)

(12)《风暴的野餐》(讲谈社，2012年；讲谈社文库，2015年)

　　《外面》

　　《我在呼唤你的名字》

　　《冒牌的次郎》

　　《装在套子里的人》

　　《悲哀的权衡》

　　《亡灵病》

　　《台风》

　　《Q & A》

　　《她们》

　　《如何给女孩增加负担》

(13)《喜欢自己的方法》(讲谈社，2013年；讲谈社文库，2016年)

　　初见：《群像》2013年5月号

　　《异类婚姻谭》(讲谈社，2016年)

(14)《异类婚姻谭》(初见：《群像》2015年11月号)

　　《稻草的丈夫》(初见：《群像》2014年2月号)

(15)《静静地，嗯，静静地》(讲谈社，2018年)

　　《真正的旅行》

　　《夫人，狗还好吧？》

单行本未收录作品

《被害者的国》(《新潮》2005 年 4 月号)

27. 村田沙耶香（2016 年）

村田沙耶香（むらた さやか），1979 年 8 月 14 日出生于千叶县印西市。10 岁开始写作，她感到只有在写作的时候才能表现自己并解放自己。小学的时候读过儒勒·罗纳尔的《胡萝卜》，他说"直到最后都绝望的东西都被拯救了"，中学时代被同学说"去死吧"，虽然实际中想着死亡，但是写小说时将对生的执着联系在了一起。

二松学舍大学附属沼南高等学校（现 二松学舍大学附属柏高等学校）、玉川大学文学部艺术学科艺术文化课程毕业。大学时代，为了朝向小说（发展），她开始在便利店打工，在 2016 年凭借《便利店人》获得芥川龙之介奖后继续打工。

在横滨文学学校向宫原昭夫学习，与朝井寮、加藤千惠、西加奈子等作家并称为"狂热的沙耶香"。

获奖经历

文学奖

2003 年，凭借《哺乳》获得第 46 届群像新人文学奖优秀奖。

2009 年，凭借《银之歌》获得第 22 届三岛由纪夫奖候补。

2009 年，凭借《银之歌》获得第 31 届野间文艺新人奖。

2010 年，凭借《星星吸水》获得第 23 届三岛由纪夫奖候补。

2012 年，凭借《回来的窗户》获得第 25 届三岛由纪夫奖候选作品。

2013 年，凭借《白色街道上骨头的体温》获得第 26 届三岛由纪夫奖。

2014 年，凭借《杀人生子》获得第 14 届男女性别奖少子化对策特别奖。

2016 年，凭借《便利店人》获得第 155 届芥川龙之介奖。

其他

2016 年，2016 年日本年度最佳女性

2016 年，第 3 届雅虎检索大奖 个性类别作家部门奖

小说

(1)《哺乳》(讲谈社，2005 年 2 月，后文库)

　　《哺乳》(《群像》2003 年 6 月号)

　　《恋人》(《群像》2003 年 12 月号)

(2)《老鼠》(讲谈社，2008 年 3 月，后文库)

(3)《银之歌》(新潮社，2008 年 10 月，后文库)

　　《光之脚步声》(《新潮》2007 年 2 月号)

　　《银之歌》(《新潮》2008 年 7 月号)

(4)《星星吸水》(讲谈社，2010 年 2 月，后文库)

　　《星星吸水》(《群像》2009 年 3 月号)

　　《忍冬航海》(《群像》2009 年 12 月号)

(5)《方舟》(集英社，2011 年 11 月)

　　《方舟》(《昴》2010 年 10 月号)

(6)《回来的窗户》(《新潮社》2012 年 3 月)

　　《回来的窗户》(《新潮》2011 年 8 月号)

(7)《白色街道上骨头的体温》(朝日新闻出版，2012 年 9 月，后文库)

(8)《杀人生子》(讲谈社，2014 年 7 月)

　　《杀人生子》(《群像》2014 年 5 月号)

　　《三倍》(《群像》2014 年 2 月号)

　　《洁净的结婚》(《Grnta Japan with 早稻田文学 01》)

　　《余命》(《昴》2014 年 1 月号)

(9)《消失世界》(河出书房新社，2015 年 12)

(10)《便利店人》(文艺春秋，2016 年 7 月，后文库)

　　《便利店人》(《文学界》2016 年 6 月号)

(11)《地球星人》(新潮社，2018 年 8 月)

(12)《生命式》(河出书房新社，2019 年 10 月)

(13)《变半身》(筑摩书房，2019 年 11 月)

(14)《丸之内魔法少女米拉库里娜》(Kadokawa，2020 年 2 月)

随笔

《美丽皱纹的制作方法——淑女的青春期病》（杂志屋，2015 年 9 月 17 日；文库，2018 年 12 月）

《隔壁的脑世界》（朝日新闻出版，2018 年 10 月）

《我吃了的书》（朝日新闻出版，2018 年 12 月）

单行本未收录作品

《水槽》（《群像》2005 年 5 月号）

《吃街》（《新潮》2009 年 8 月号）

《信仰》（《文学界》2019 年 2 月号）

28. 石井游佳（2018 年）

石井游佳（いしい ゆうか），1963 年 11 月出生于大阪府枚方市，日语教师。居住于印度泰米尔·纳杜州的金奈。毕业于大阪府立大手前高中、早稻田大学法学部。之后，他还取得了东京大学文学部印度哲学法教学专修课程的学习学位。而后，进入东大学习人文社会系研究科博士后期课程，满期退学（专业是中国佛教）。在《海燕》原主编——根本昌夫的小说教室听课。2015 年开始和在东大认识的梵语研究者——丈夫（石井裕）一起在金奈的 IT 企业当日语教师。2017 年，凭借《百年泥》获得第 49 届新潮新人奖。2018 年，凭借该作品获得第 158 届芥川奖。同时获奖的若竹千佐子同样也是根昌夫担任讲师的其他小说教室的听讲生。

单行本

《百年泥》（新潮，2017 年 11 月；新潮社，2018 年 1 月；新潮文库，2020 年 7 月）

《象牛》（新潮社，2020 年；《新潮》2018 年 10 月号；《星曝》《新潮》2020 年 4 月号）

小说、随笔、单行本未收录

《百年泥》（《昂》2018 年 2 月号）

《非时之事——插曲》（《群像》2018 年 2 月号）

《关于"教训"》(《文学界》2018 年 3 月号)

《在东大学习佛教,和丈夫去印度》(《文艺春秋》2018 年 3 月号)

《双双获奖者是同一个老师的学生,我们获得了芥川奖》(与若竹千佐子、根本昌夫的三人谈话,《文艺春秋》2018 年 4 月号)

《这么做行吗?日记石井游佳篇①》(《昴》2018 年 7 月号)

《这样也可以吗?日记石井游佳篇②》(《昴》2018 年 8 月号)

《这么做行吗?日记石井游佳篇③》(《昴》2018 年 9 月号)

《印度猫女神》(《文艺春秋》2019 年 12 月号)

《我与考试》(《中央公论》2020 年 2 月号)

《成为小说家的梦想》(《中央公论》2020 年 2 月号)

《与印度的因缘》(《中央公论》2020 年 2 月号)

《通过入学考试培养出来的被诅咒的执拗》(《中央公论》2020 年 2 月号)

29. 若竹千佐子(2018 年)

若竹千佐子(わかたけ ちさこ),1954 年出生于岩手县远野市。居住于千叶县木更津市。曾就读于岩手县立釜石南高中,毕业于岩手大学教育学部。大学毕业后曾做过临时教员,婚后成为家庭主妇。55 岁那年丈夫去世,后以长子的推荐为契机,开始参加原《海燕》主编——根本昌夫所担任讲师的早稻田大学扩展中心的小说讲座。2017 年,凭借处女作《我将独自前行》获得第 54 届文艺奖。并于 2018 年,荣获日本第 158 届"芥川龙之介奖"。继黑田夏子后,成为芥川奖史上第二位高龄获奖者。同时获奖的石井游佳也是根本昌夫担任讲师的其他小说教室的旁听生。

小说

《我将独自前行》(河出书房新社,2017 年 11 月;河出文库,2020 年 6 月)

《我将独自前行》(《文艺》2017 年冬号)

《不知怎么讲》(《文艺》2020 年冬号,连载中)

随笔等

《我是玄冬小说的作者》(《群像》2018 年 1 月号)

后被收录在《最佳随笔2019》（日本文艺家协会编，光村图书出版，2019年7月）

《怎么办》（《文学界》2018年3月号）

《思考过的事情》（《昴》2018年3月号）

《今年生了第一个孙子哦》（《文艺春秋》2018年3月号）

《登山》（《周刊文春》2018年2月22日号）

《见到母亲》（《新潮》2018年4月号）

《"想要奖赏""想写出好的作品"胜于此，一直在写》（《公募指南》2018年4月号）

《丈夫突然去世，改变了我》（《妇人公论》2018年3月13日号）

《与丈夫死别获得的自由》（《女性自身》2018年4月24日号）

《一勺咖喱》（《小说BOC9》，中央公论新社，2018年4月）

《55岁开始重新学习成为芥川奖作家》（《日经大人的OFF》2018年5月号）

《小说的功罪》（《北之文学》76号，2018年5月20日）

《出道作品中的"芥川奖"63岁的新人作家》（《深夜广播》2018年8月号）

《挖土》（《生活手册》4世纪97号，2018年11月24日）

《享受孤独生活并活下去》（《周刊朝日》2019年5月10日号）

《宴后》（《文艺春秋》2019年9月号）

30. 今村夏子（2019年下半期，2020年1月获奖）

今村夏子（いまむら なつこ），1980年2月20日出生于广岛县广岛市安佐南区。居住于大阪市。曾就读于广岛县内的高中，毕业于大阪市内的大学。之后转行做清洁兼职工作。29岁的时候，在职场被告知"明天请休息"，回家的路上突然想到写小说。写出来的《时髦的女儿》在2010年获得了太宰治奖。同名作品改编而成的《这位是阿美子》收录于新作中篇《野餐》的《这位是阿美子》（筑摩书房）中，2011年获得第24届三岛由纪夫奖。在广岛的老家附近，2014年发生的广岛泥石流灾害中，泥水涌向老家周围，导致祖母的墓被冲走了。在《这位是阿美子》中，充满了对儿时故乡的回忆，广岛方言也不露声色地登场。2014年出版的《这位是阿美子》筑摩文库版中同时收录了新作《チズさん》，除此之外没有其他作品发表，处于半隐退状态。2013 年结婚，在大阪市内和丈夫和女儿一起生活。庄野润三的长女（1947 年出生）是同名同姓的另一个人。敬爱生于冈山市的"像神一样的"小川洋子，并说道"如果能一直那样写就太棒了"。

  2016 年，在西崎宪的介绍下，在西崎担任主编的新创刊文艺杂志书肆侃侃房发表了时隔 2 年的新作《鸭子》，并被提名为第 155 届芥川龙之介奖候选作品。在收录于该作品的短篇集《鸭子》中，获得了第 5 届河合隼雄物语奖。2017 年，凭借《星之子》获得第 157 届芥川奖候选人、第 39 届野间文艺新人奖。2019 年，凭借《穿紫色裙子的女人》获得第 161 届芥川奖。荣获 2019 年度绽放之花奖项。2020 年 2 月获得广岛市民奖。

主要作品

  （1）《这位是阿美子》（《筑摩书房》2011 年 1 月；筑摩文库，2014 年 6 月，解说：町田康、穗村弘）

  《这位是阿美子》（以《时髦的女儿》为题收录于《太宰治奖 2010》）

  《野餐》（新作）

  《奶酪》（新作，仅收录文库版）

  （2）《鸭子》（书肆侃侃房，2016 年 11 月；角川文库，2019 年 1 月，解说：西崎宪）

  《鸭子》（文学丛书《吃得慢》Vol. 1）

  《奶奶的家》（新作）

  《森的兄妹》（新作）

  （3）《星之子》（朝日新闻出版，2017 年 6 月；朝日文库，2019 年 12 月）

  《星之子》（《小说 Triper》2017 年春号）

  （4）《父亲和我的樱尾商店街》（角川书店，2019 年 2 月）

  《白色毛衣》（文学丛刊《吃得慢》Vol. 3）

  《鲁鲁修》（《文艺广角》2017 年 12 月号）

  《葫芦之精》（《文艺广角》2017 年 10 月号）

《濑户的妈妈的生日》(《早稻田文学》增刊女性号)

《鼹鼠之门》(新作)

《父亲和我的樱尾商店街》(《文艺 KAWA》2016 年 9 月号)

(5)《穿紫色裙子的女人》(朝日新闻出版,2019 年 6 月)

《穿紫色裙子的女人》(《小说 Triper》2019 年春号)

(6)《变成树的亚沙》(《文艺春秋》2020 年 4 月)

《变成树的亚沙》(《文学界》2017 年 10 月号)

《变成七未》(《文学界》2020 年 1 月号)

《某夜的回忆》(文学丛刊《吃得慢》Vol. 5)

单行本未收录

《冬夜》(《文艺广角》2017 年 8 月号)

《猪骨 Q&A》(《群像》2020 年 7 月号)

《谎言之道》(《群像》2020 年 10 月号)

后　　记

　　光阴荏苒，日月如梭，转眼间我与日本女性文学从遇见到热爱已近13载。当我迈着轻松的步伐，在日本文学的园地里徜徉之时，正逢世界刚刚进入一个崭新的世纪之初，迎面而来的世界的变革与交融之风，挟知天命之年的我重归校园求学，攻读博士学位，开启日本女性文学研究之旅。东师校园丰富的学养，使我得以博采众长，导师刘研教授的亦师亦友的言传身教，成为我专事日本芥川奖获奖女作家及其作品研究的动力源，也成为我毕业后申报国家社科基金项目的底气，也使我能有机会对整个平成年代芥川奖获奖作家及其作品进行了系统的考察与研究。

　　平成年代芥川奖获奖女作家及其作品研究的关键在于"平成年代"，涉及"社会转型"的认知、"文学与社会关系处理"的能力、"价值取向"的引领等问题。客观、科学地认识社会是作家重要的文学能力，也是文学实现价值引领的重要前提。作家对时代、社会、个人的现实书写应处理好感性与理性的关系，多一些理性书写，多一些文本能指与所指关系的思考，以实现话语意义的增殖。获奖女作家们之所以能够频频、大量摘得芥川奖，缘于她们的文学言说创造性地构建了一个超越男女二元思维和东西方界限的新的共同体，真实地描写了一个又一个在社会转型风浪中沉浮的现实的"自然人"，揭示了后现代

后　记

社会人的内心需求，是对社会现实的真实反映，顺应了芥川奖的社会性评价标准，诠释了芥川奖的时代性。同时，她们的文学言说也在一定程度上说明了文学研究要积极发挥文学引领价值取向的功能，要积极构建现实书写与价值引领的融合机制。但在现实的文学研究中，"引领"却面临着诸如认知传统、理解偏颇、能力不足、被动接受、环境不佳等种种困境。困境的破解，需借助学科交叉式的研究理念和方法的综合运用，需突破文学研究的传统理路，在哲学、社会学、文化人类学、语言学等语境中综合分析，探寻有效推动"反映社会现实"与"价值导向"的可能，将价值取向、引领模式与引领手段融入文学创作与文学阅读中，深度挖掘文学的文化内涵和社会功能，依托文本展开分析，力争客观、真实地呈现文学的社会性及文化建设功能。平成年代是开展"引领"的最佳平台，小说是最终实现"引领"的关键，是作家发挥自我能力、自我价值的最佳场所。基于此，本研究立足于平成年代这一社会转型期，将平成年代没有经过统一构思与设计的30位获奖女作家的30部获奖小说置于价值取向的问题框架中，将芥川奖获奖女作家及其作品作为主要分析对象，透过作品的现实书写，探讨该创作群体对价值取向的认知、找寻及内在关联。

在文学研究领域，从最初的重视文学性到合理处理文学与社会关系，从价值传播到价值取向引领，社会现实书写与文化传播融合的意义日益凸显，这是一个认知改变、能力提升、行动实践的渐变过程，是社会转型期作家发挥价值取向引领与传播自觉性的有效选择。本研究以"社会问题"为视点对获奖作品进行归类，分析静态文本所追求的价值取向，探讨价值取向的现实动态反映（被阅读和被谈论），及获奖女作家形塑"社会价值"的方式。这当是本书的独创之处，在此之前中日学界未曾看到有这样的专著问世。如果说本书还有一点学术意义的话，就全在于这种学科交叉的尝试上了。社会性和艺术性确实一直是芥川奖自1935年设置以来的重要评选标准，倘若本书能给学界带来些许新的启示与价值，将不胜荣幸，真诚希望能够得到学界同仁的斧正。不可否认的是，以"社会问题"为视点来阐释"没有海图的航行"的平成年代的"困境""探索"与"复兴"的作家、作品还有很多，远非本书所涉及的30位获奖女作家及其作品能涵盖尽净的，循着这一思路，能够明显地读出有意识地表现社会转型期价值取向问题的获奖作家至少还有大冈玲、边见庸、奥泉光、花村万月、藤泽周、堀江敏幸、吉田修一、中村文则等，这也是本研究团队今后要进一步展开研究与探索的方向。

本书是我主持的国家社会科学基金规划项目"平成年代芥川奖获奖女作家及其作品价值取向问题研究"（项目批准号：16BWW026）的最终成果，项目结项获得优秀。本书由我设计并撰写，邸焕双老师（长春理工大学）负责修订、统稿。还有几位老师参与了相关章节的撰写（按姓氏笔画排序）：王雨（长春理工大学文学院，第二章），王爱军（长春工业大学外语学院，第一章、第一节、一），商雨虹（吉林大学公共外语学院，第五章、第四节、二）。

本书在研究、写作、修改与完善的过程中，得到了北京师范大学王向远教授，东北师范大学刘建军教授、林岚教授、孟庆枢教授、刘研教授的指导，并分别提出了宝贵意见，在此谨向他们致以诚挚的谢意！同时，非常感谢刘研教授在百忙之中为本书作序，感谢刘教授对我自始至终的支持与鼓励！感谢课题组的全体成员！感谢郭宁老师、曲朝霞老师、李向格老师为本研究提供的资料和译文！感谢我的丈夫、女儿的支持、包容与陪伴！

更为幸运的是，中国社会科学出版社的王衡老师作为本书的责任编辑，给予本书出版很多帮助，以极其负责的工作态度保证了出版进度与质量，谢谢王老师！

后记

  本书书稿在撰写过程中力争做到文本资料采集的稳定性与丰富性，但因日本社会转型所衍生出的诸多社会问题并未因令和时代的开启而结束，芥川奖获奖女作家的获奖态势更是有增无减，很多重要问题研究的深度和广度需要进一步拓宽，问题意识和现实针对性需进一步强化，其中错误与不当之处在所难免，敬请广大专家、学者、读者批评指正，不吝赐教！

王玉英

2023 年早春于长春